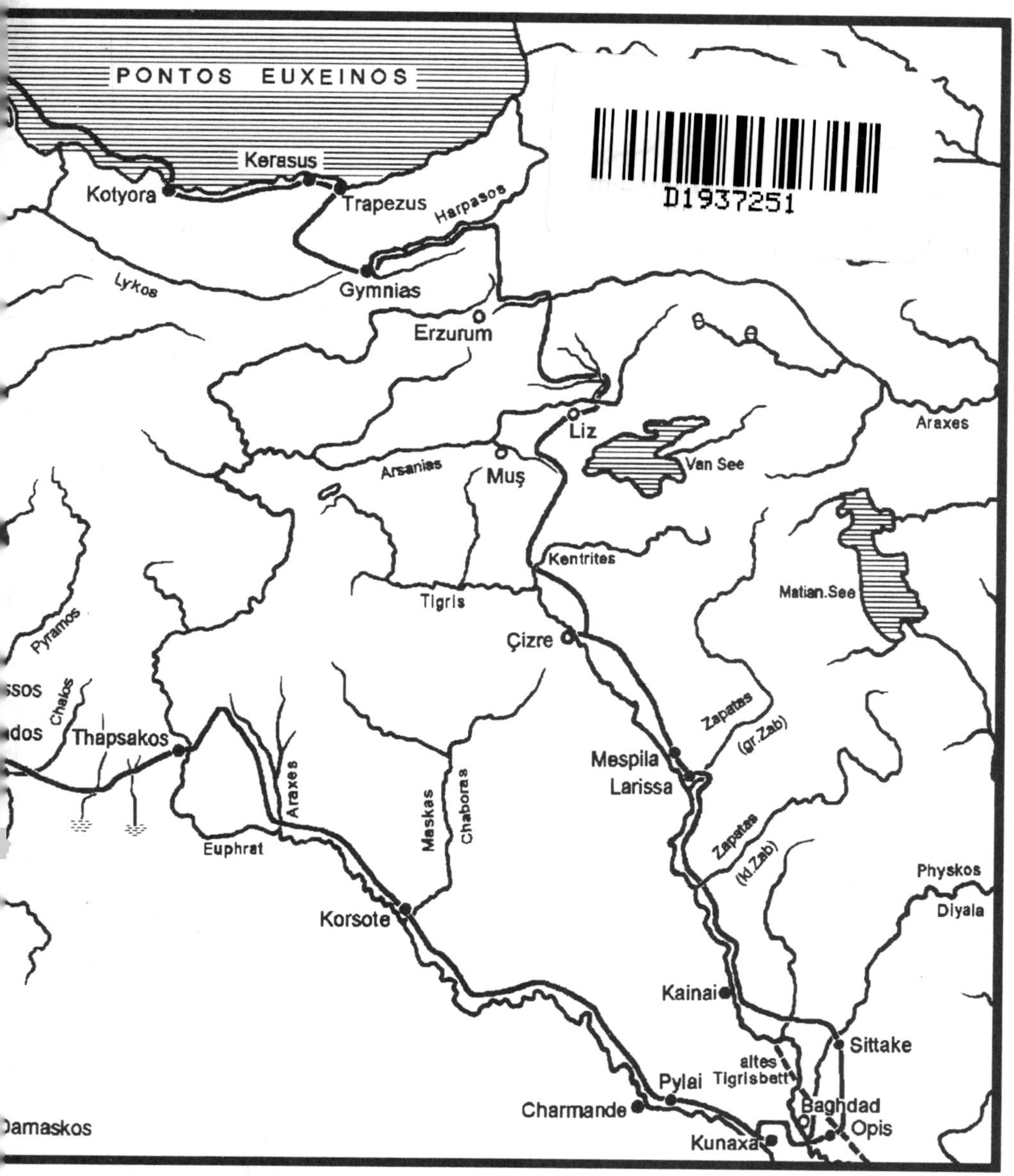
PONTOS EUXEINOS
Kerasus
Kotyora
Trapezus
Harpasos
Lykos
Gymnias
Erzurum
Liz
Van See
Araxes
Arsanias
Muş
Kentrites
Matian.See
Tigris
Pyramos
Çizre
Chalos
Thapsakos
Zapatas
(gr.Zab)
Mespila
Larissa
Araxes
Maskas
Chaboras
Euphrat
Zapatas
(kl.Zab)
Physkos
Diyala
Korsote
Kainai
Sittake
altes
Tigrisbett
Pylai
Charmande
Baghdad
Opis
Kunaxa

Otto Lendle

Die Söldner des Kyros

Otto Lendle

Die Söldner des Kyros

Historischer Tatsachenroman

PRIMUS
VERLAG

Einbandgestaltung: Jutta Schneider, Frankfurt

Die Deutsche Bibliothek – CIP-Einheitsaufnahme

Lendle, Otto:
Die Söldner des Kyros: Historischer
Tatsachenroman / Otto Lendle. – Darmstadt :
Primus Verl., 1999
ISBN 3-89678-216-9

Gedruckt auf säurefreiem und alterungsbeständigem Offsetpapier
Printed in Germany

ISBN 3-89678-216-9

Inhalt

Die Vorgeschichte.......7

Aufbruch ins Ungewisse.......29

Die Schlacht.......85

Der Marsch nach Armenien.......105

Von Armenien zum Schwarzen Meer.......169

Von Trapezus nach Herakleia.......209

Von Herakleia nach Byzantion.......261

Im Dienst des thrakischen Fürsten Seuthes.......303

Von Selymbria nach Pergamon.......339

Nachwort des Verfassers.......349

Erläuternder Anhang.......354

Die Vorgeschichte

Langsam fuhr die *Pandora*, ein kleiner offener Segelfrachter, aus südlicher Richtung in die breite und tief ins Land eingeschnittene Bucht von Ephesos ein*. Jetzt war der Nordwestwind, der auf der offenen See heftig geblasen und zerrissene Wolkenfetzen vor sich her getrieben hatte, kaum noch zu spüren. Unser Kapitän, ein erfahrener, etwa fünfzigjähriger Samier namens Nikagoras, hielt das Schiff auf der Steuerbordseite dicht unter der bergigen Küste. Offenbar verlief hier die kürzeste und sicherste Fahrrinne zum Hafen, während das Wasser an vielen Stellen der Bucht sehr flach zu sein schien.

Nach halbstündiger Fahrt, einer leichten Kursänderung aus Ost auf Ostsüdost und der Umrundung eines schroff ins Meer vorspringenden Kaps wurde am späten Nachmittag, bei grauem Nieselregen, der Hafen von Ephesos sichtbar. Er liegt im Schutz dieses Kaps am Fuß eines stark zerklüfteten Hügels, der landeinwärts dann in jenen langhingestreckten Bergzug übergeht, den wir die ganze Zeit über rechter Hand gesehen hatten.

Die *Pandora*, die drei Tage zuvor den athenischen Hafen Piräus verlassen und am Vormittag noch einmal kurz in Samos angelegt hatte, war hauptsächlich mit großen, festgezurrten Amphoren beladen, die teils Olivenöl, teils Wein enthielten - die bevorzugten Ausfuhrgüter Athens. Hinter dem Mast stand als einziges schweres Stückgut ein von attischen Künstlern gefertigter Marmorsarkophag, den ein reicher ephesischer Kaufmann bestellt hatte. Daneben waren zahlreiche Holzkisten, in denen sich jeweils fünf der überall sehr begehrten attischen Vasen befanden, mit Stricken an der Bordwand befestigt.

In den unbequemen Nischen zwischen der Ladung hatten sich die wenigen Passagiere, die Nikagoras mitgenommen hatte, mit Decken und Planen notdürftig für die Seefahrt eingerichtet. Jetzt, als das Ende der Reise endlich bevorstand, erhoben wir uns steifbeinig von unseren Schlafplätzen und sammelten uns in der Nähe unseres Kapitäns, der auf seinem erhöhten Standort im Heck das Ruder bediente. Einer von uns, ein würdiger älterer Mann namens Theophilos, mit dem ich mich ein wenig angefreundet hatte (er übte den Beruf eines Sehers aus), richtete nun das Wort an ihn und sagte:

* Leser, die sich über ungewohnte Begriffe oder ihnen erklärungsbedürftig erscheinende Sachverhalte genauer informieren wollen, seien auf den Erläuternden Anhang verwiesen.

»Kapitän Nikagoras, du hast uns wohlbehalten bis hierher gebracht, und wir danken dir dafür. Aber du hast so gut wie nie ein Wort mit uns gewechselt, sondern uns mit stummer Verachtung wie Bestandteile deiner Ladung behandelt. So öffne jetzt endlich einmal deinen Mund und kläre uns ein wenig über diese Gegend auf, die dir von vielen Fahrten bekannt, einigen von uns aber völlig fremd ist.«

Nachdem Nikagoras uns zunächst eine Zeitlang schweigend von oben herunter gemustert und dann Unverständliches in seinen struppigen grauen Bart gemurmelt hatte, kam er zu unserer Überraschung, wohl durch den Gedanken an die bevorstehende Landung milde gestimmt, diesem Wunsch nach und gab folgende Erklärung ab:

»Wir laufen jetzt gleich in den Hafen ein. Auf dem Hügel gerade voraus hat früher einmal die freie jonische Stadt Ephesos gelegen. Aber der lydische König Kroisos hat sie bekanntlich vor vielen Generationen unterjocht und die Bewohner gezwungen, sich weiter im Landesinneren eine neue Stadt zu bauen, ganz in der Nähe seines berühmten Artemis-Tempels, von dem ja wohl jedermann gehört hat. Die Entfernung zur Stadt beträgt vom Hafen aus, wo ihr Lastesel und Maultiere mieten könnt, etwa eine halbe Stunde.«

Nach dieser unverhältnismäßig langen Rede schnaufte er laut auf, verfiel wieder in sein gewohntes mürrisches Schweigen und knurrte nur noch:

»Aus dem Weg!«

Inzwischen hatten die sechs Matrosen, welche die Mannschaft der *Pandora* bildeten, bereits ihre Positionen für das Landemanöver eingenommen und warteten auf die Anweisungen des Kapitäns, der mit zusammengekniffenen Augen sorgfältig die abnehmende Entfernung zur niedrigen Kaimauer beobachtete. Schließlich ertönte sein Befehl:

»Segel aufgeien!«

Daraufhin lösten zwei Matrosen eilig die beiden Schoten, welche das gewaltige, vielfach geflickte viereckige Rahsegel an den unteren Ecken festhielten, während sich die übrigen für die Verholung der zahlreichen, zur Rah hinaufführenden Geitaue, die mittschiffs hinter dem Mast an beiden Bordwänden dicht nebeneinander festgelegt waren, bereitstellten. Ich hatte schon bei der Ausfahrt aus dem Piräus und bei der Zwischenlandung in Samos voller Faszination die genau aufeinander abgestimmte Zusammenarbeit der kleinen Besatzung, die unter der strengen Aufsicht des Kapitäns das Schiff sicher manövrierte, beobachtet und erlebte jetzt wieder ein Musterbeispiel dieser Zusammenarbeit mit. Die vier dafür eingeteilten Seeleute zogen nämlich auf das Kommando hin die an der unteren Kante des Segels befestigten Geitaue in rhythmischen, von einem rauhen Gesang begleiteten Wechsel Stück für Stück an, so daß sich die steife Leinwand allmählich unter Knirschen und

Quietschen immer mehr zusammenfaltete und schließlich hoch oben direkt unter der Rah hing und kaum noch Wind aufnahm.

Die *Pandora* machte nur noch ganz langsame Fahrt. Ein größeres Ruderboot, das sich inzwischen vom Hafen aus näherte, um das schwerfällige Frachtschiff ins Schlepptau zu nehmen und an seinen Liegeplatz zu bugsieren, wies Nikagoras mit lautem Geschrei zurück. Er gehörte zu den stolzen Segelschiffkapitänen, die sich nur in der äußersten Not durch Ruderer schleppen ließen - im Unterschied zu vielen nicht so wagemutigen Kapitänen vor allem der größeren Frachtsegler, die ohne die Hilfe derartiger Schlepperboote kaum noch in die Häfen einzulaufen wagten und häufig sogar für alle Fälle ein eigenes Beiboot hinter sich herzogen.

Eine Viertelstunde später lag die *Pandora* fest vertäut am Kai. Dank dem seemännischen Geschick des Kapitäns hatte sie aus eigener Kraft einen freien Liegeplatz des Hafens, in dem bereits mehrere Handelsschiffe und auch zwei Kriegsschiffe vor Anker gegangen waren, erreicht und schließlich den Bug so sanft gegen die Mauer geschoben, daß kaum ein Ruck zu spüren war.

Nun bereitete die Mannschaft unser Ausschiffen vor. Zunächst wurde auf der Steuerbordseite des Buges die an Bord mitgeführte Leiter ausgebracht. Über sie kletterten vier Matrosen an Land, schleppten eine der auf dem Kai bereitliegenden breiten und langen Laufplanken herbei und legten sie von außen an der Backbordseite an. Sie wurde später beim Löschen der Ladung von den Schauerleuten benötigt, bot jetzt aber zunächst uns Reisenden eine bequemere Möglichkeit als die Leiter zum Verlassen des Schiffes.

Einer der Fahrgäste hätte ohne sie sogar überhaupt nicht von Bord gehen können: mein Lieblingspferd, das ich auf die Reise mitgenommen hatte. Der nicht sehr große, aber herrlich gewachsene und temperamentvolle Rotfuchs hatte die schaukelnde Fahrt in einem kleinen Pferch, der im Vorschiff eingerichtet worden war, mitgemacht, liebevoll betreut von meinen beiden Sklaven, die ihn mit Futter und Wasser versorgten und immer wieder beruhigten, wenn ihm der Seegang zu schaffen machte.

Nach kurzer Verabschiedung von Nikagoras ging ich als erster Passagier an Land. Dann folgten mein altvertrauter Leibdiener und meine Sklaven mit den Gepäckstücken und mit dem Pferd, das sich erst nach geduldigem Zureden auf die Laufplanke wagte, und danach die übrigen Reisenden.

Es waren drei hebräische Kleinhändler, die eine enge Gruppe bildeten, ein athenischer Kaufmann, der mit Hilfe eines Matrosen eine schwere Kiste voller Buchrollen an Land brachte, zwei niedere persische Beamte und schließlich jener griechische Seher Theophilos aus Argos, der jetzt die allgemeine Aufmerksamkeit auf sich lenkte, als er plötzlich die Arme zum Himmel erhob und mit lauter Stimme den Göttern für das glückliche Ende der Reise dankte.

An Land wurden wir schon von zahlreichen Eselstreibern und Maultierbesitzern empfangen, die ihre Tiere zum Transport in die Stadt anboten. Sie hatten unser Ausschiffen beobachtet und erhofften sich - mit Recht - ein Geschäft. Denn im Hafen konnte man nicht bleiben, jedenfalls nicht über Nacht. Außer zwei oder drei wenig Vertrauen erweckenden Matrosenkneipen standen hier nur ein paar Lagerhallen, Schiffswerkstätten, Handelshäuser und das ansehnliche Amtsgebäude der Hafenbehörde. Dahinter zogen sich noch einige ziemlich baufällig wirkende Hütten den Hang hinauf, die wohl den Fischern, deren Boote man hinter dem Ende der Kaimauer im Sand liegen sah, als Unterkünfte dienten.

Nach längerem Feilschen setzte sich, als schon die Dämmerung einzubrechen begann, die kleine Karawane der vom Nieselregen schon ziemlich durchnäßten *Pandora*-Passagiere in Marsch. An der Spitze ritten auf Maultieren die beiden persischen Beamten, die während der ganzen Seefahrt jeden Kontakt mit den übrigen Reisenden vermieden hatten, obwohl sie fließend Griechisch sprachen. Hinter ihnen ritt ich auf meinem Pferd, zu Fuß begleitet von meinen Dienern und zwei Eseln, die ich für mein Gepäck gemietet hatte. Dann folgte der Seher, der auf einem besonders zierlichen Eselchen saß, so daß er mit den Füßen fast den Boden berührte; seine wenigen Habseligkeiten hatte er in einem über der Schulter hängenden Beutel verstaut. Den Schluß machten der Buchhändler, der seine kostbare Kiste zwar dem Packsattel eines Esels anvertraut hatte, aber unterwegs immer wieder zugreifen mußte, um sie im Gleichgewicht zu halten, sowie die drei Hebräer, die ihre kleinen Bündel selber trugen.

Der breite und offenbar vielbegangene Weg führte vom Hafengelände aus zunächst ein kurzes Stück am Nordhang des dicht mit Gestrüpp bewachsenen und zerklüfteten Hügels entlang. Auf der linken Seite sah man nun deutlich hinter dem schmalen Wasserarm eine kleine Insel, die vor dem Hintergrund des nahen Festlandes bei der Einfahrt in die Bucht kaum zu erkennen gewesen war. Ihr Name wurde mit Syrie angegeben. Rechts waren hier und da verfallene Überreste von Häusern der alten Stadt, die Nikagoras erwähnt hatte, erkennbar. An einigen Stellen zogen sich aber auch regelrechte Trampelpfade in die Wildnis hinein, und man konnte vermuten, daß manche der Ruinen von armen Leuten, wenn nicht gar von lichtscheuen Wegelagerern, die einzelnen Wanderern gefährlich werden konnten, bewohnt wurden.

Dann senkte sich der Weg allmählich in die Ebene hinunter, aus der jetzt immer deutlicher gegen den trüben Abendhimmel der Umriß des berühmten Riesentempels der ephesischen Artemis aufzusteigen begann - ein überwältigender Anblick, der uns zu einem kurzen Halt veranlaßte. Aber die Treiber wollten ihr Tagewerk möglichst schnell beenden und drängten zur Eile. So setzte sich unsere Karawane wieder in Bewegung, überschritt einen kleinen

Bachlauf, durchquerte nach etwa einer halben Stunde, bei Einbruch der Dunkelheit, das Stadttor und zerstreute sich nun in verschiedene Richtungen.

Die Hebräer, von denen niemand wußte, wohin sie wollten und womit sie handelten, machten sich eilig auf den Weg ins Hebräerviertel, wo sie nach der Sitte dieses Volkes von ihren Glaubensbrüdern gastfreundlich aufgenommen werden würden. Die beiden Perser waren in Ephesos zu Hause, und auch der Buchhändler war in dieser Stadt am Ziel: Er wollte hier die Bücher, die er aus Athen mitgebracht hatte, an den Mann bringen. Nur Theophilos und ich blieben noch zusammen, da wir beabsichtigten, in den nächsten Tagen zu unserem gemeinsamen Ziel Sardeis, der Provinzhauptstadt und Residenz des persischen Satrapen, die drei Tagemärsche von Ephesos entfernt lag, weiterzureisen.

Die Eselstreiber führten uns nun über schmale und verwinkelte Straßen bis an den nördlichen Stadtrand. Dort lag ganz in der Nähe der Stelle, wo die ins Landesinnere abgehenden Fernstraßen die Stadt verlassen, ein großer Gasthof. Es handelte sich um einen zweigeschossigen Gebäudekomplex mit vielen Räumen, der auf allen vier Seiten einen offenen, durch ein Tor zugänglichen Innenhof umzog, in dem schon zahlreiche Pferde, Maultiere, Esel und sogar eine Gruppe jener seltsamen Kamele, die wir in Griechenland nicht kannten, im nächtlichen Dunkel versammelt waren.

Dort wurde jetzt auch mein Rotfuchs an einem Haltepfahl angebunden; in seiner unmittelbaren Nähe schlugen die beiden Sklaven ihr Lager auf und entzündeten wie viele andere Diener, die bei ihren Tieren übernachteten, ein kleines Feuer zur Bereitung des Abendessens.

Ich selbst bezog zusammen mit meinem Leibdiener und dem Seher im Obergeschoß der Herberge ein Zimmer, das außer Teppichen, zwei einfachen Liegen, einer Wasserschüssel und einem bronzenen Leuchter keine weiteren Möbel enthielt, aber im ganzen, soweit man bei dem schwachen Licht sehen konnte, einen einigermaßen sauberen Eindruck machte. Gemessen an der Unbequemlichkeit, der Nässe und dem Gestank, denen wir während der Fahrt auf der *Pandora* ausgesetzt gewesen waren, konnte man geradezu von einer luxuriösen Unterkunft sprechen. Jedenfalls faßten wir den Entschluß, in diesem Quartier so lange auszuharren, bis eine größere Reisegruppe nach Sardeis aufbrechen würde.

Zwar hatte uns der Wirt, ein beleibter, glatzköpfiger Lyder mittleren Alters, der gemeinsam mit seiner Frau und den beiden halbwüchsigen Söhnen das Gasthaus betrieb, versichert, daß in dieser Satrapie auch Einzelreisende kaum noch überfallen würden, seit »unser junger Prinz Kyros«, so drückte er sich mit einem gewissen Stolz in der Stimme aus, hier als Satrap des Königs der Könige Ordnung geschaffen habe. Dennoch empfehle er aber seinen Gästen, jedes Risiko zu vermeiden und lieber gemeinsam mit mehreren anderen Reisenden oder Kaufleuten den Dreitagemarsch zu unternehmen. Die Reise selbst biete keine Schwierigkeiten, da am Weg nach Sardeis nach jeweils einem normalen Tagemarsch ein großer Gasthof liege, ähnlich wie der seine hier, in dem Menschen und Tiere Verpflegung und Unterkunft für die Nacht fänden.

Nach einem bescheidenen Mahl, das uns der Wirt gegen gute Bezahlung verschafft hatte, streckte ich mich auf der einen und der Seher auf der anderen Liege aus, während mein Diener einen Teppich, den er neben die unverschließbare Türöffnung gezogen hatte, als Lagerstätte benutzte. Bald erfüllten unmelodische Schnarchtöne aus der Ecke des Sehers den Raum.

Im Unterschied zu ihm konnte ich, obwohl auch ich todmüde war, nicht einschlafen. Im Gegenteil - die Erwähnung »unseres jungen Prinzen Kyros« hatte mich im Innersten aufgewühlt und aus der Schlaffheit, die seit der Abreise aus Piräus über mir lag, herausgerissen.

Der junge Kyros!

Einzig und allein mit der Absicht, diesen Mann persönlich kennenzulernen, hatte ich ja die scheußlichen Strapazen der weiten Seereise auf mich genommen - und nun, in wenigen Tagen, würde es soweit sein. Ein Wunschtraum, der während des vergangenen Winters immer mehr von mir Besitz ergriffen hatte, würde in Erfüllung gehen!

Der Brief!

Ich kannte ihn Wort für Wort auswendig, jenen Brief, dem es zu verdanken war, daß ich jetzt nicht in Athen meinen philosophischen Studien nachging, sondern mich hier in Ephesos schlaflos auf dieser Liege herumwälzte. Ein Matrose hatte ihn im Herbst, kurz bevor das Meer für die Handelsschiffahrt geschlossen wurde, im Gutshaus meines Vaters Gryllos draußen in der fruchtbaren Gemeinde Erchia, einige Stunden nordöstlich von Athen, abgegeben. Mein Vater, der dem Ritterstand angehörte und über ein beträchtliches Vermögen verfügte, bewirtschaftete dort große Ländereien, besaß aber natürlich auch ein Stadthaus, das vor allem von mir bei meinen häufigen Aufenthalten in Athen benutzt wurde. Am späten Abend jenes Tages hatte mir dort ein Sklave meines Vaters den Brief ausgehändigt und hinzugefügt, der Matrose habe nur noch mitgeteilt, daß der Brief dem Kapitän des Schiffes, auf dem er Dienst tue, im Hafen von Ephesos von einem berittenen Boten aus dem Hof des Satrapen übergeben worden sei; weitere Einzelheiten wisse er nicht.

Der Brief lautete folgendermaßen:

»Proxenos, der Thebaner, grüßt seinen Freund Xenophon, den Athener! Du wirst es kaum glauben wollen, aber ich befinde mich in Sardeis am Hof des persischen Satrapen und gehöre sogar zu seinem Freundeskreis. Um diese Überraschung zu erklären, muß ich ein wenig ausholen - wir hatten uns ja in den letzten Jahren ganz aus den Augen verloren. Wie du dich aber gewiß noch erinnerst, war ich seinerzeit ein Schüler des Gorgias aus Leontinoi geworden. Dieser Mann - ich weiß, daß du deinen Sokrates für bedeutender hältst, aber wir wollen unseren alten Streit nicht wieder aufrollen - dieser Mann also hat mein ganzes Leben in eine neue Bahn gelenkt.

Er hat mir Selbstvertrauen gegeben und den Weg gezeigt, auf dem ich nach oben kommen kann! Ihr müßt, so hat er uns Schülern damals gesagt, die großen, einflußreichen Männer in der Welt kennenlernen und euch in ihrer Umgebung hocharbeiten - und nicht, nimm mir diese Bemerkung bitte nicht übel, wie dein Sokrates ganz unten bleiben und sich mit Handwerkern und Flötenspielern und solchen Leuten abgeben. Gorgias hat uns in allen Einzelheiten beigebracht, was man wissen muß, um eine führende Rolle in der Welt zu spielen und - auch das wird dir vielleicht nicht gefallen - reich zu werden!

Diese Ausbildung trägt nun ihre goldenen Früchte! Auf mancherlei Umwegen bin ich schließlich hierher zu Kyros gekommen, dem Satrapen der riesigen westlichen Satrapie Persiens (dein Attika würde vielleicht hundertmal hineinpassen), und durch die Fürsprache des Sophainetos aus Stymphalos, der hier schon länger als Söldneroffizier tätig ist, in seinen exklusiven Freundeskreis aufgenommen worden.

Dieser Kreis besteht aus gebildeten Männern, einigen Griechen, in der Mehrzahl jedoch persischen Würdenträgern, die aber unsere Sprache recht ordentlich beherrschen. Wir treffen uns oft zu gemeinsamen Mahlzeiten und unterhalten uns dann bis in die Nächte hinein über Gott und die Welt, meistens über philosophische Fragen - und da bin ich immer wieder erstaunt, wie gut diese Perser über unsere Diskussionen daheim informiert sind.

Vor allem der junge Satrap selbst! Er ist ein wunderbarer Mann, etwa dreißig Jahre alt, also in unserem Alter, mit einer persönlichen Ausstrahlung, wie ich sie noch bei keinem Menschen erlebt habe. Und von einer Großzügigkeit, die ihresgleichen sucht! Kürzlich bemerkte er, wie ich eines seiner wunderschönen Pferde bewundernd anstaunte - am nächsten Morgen stand die Stute in meinem Stall, »ein Geschenk des Satrapen für meinen Gastfreund Proxenos«, so hatte er eigenhändig auf einen kleinen Zettel geschrieben, den mir sein Sklave aushändigte.

Du mußt diesen Mann unbedingt kennenlernen! Mach dich auf den Weg nach Sardeis, nimm alle Strapazen der weiten Reise auf dich - wenn du erst ein paar Worte mit ihm gewechselt hast, wirst du genauso begeistert sein wie ich. Und noch eins: Wie du ja sicher weißt, ist er ein leiblicher Bruder des regierenden Königs der Könige. Es klingt wie ein Märchen - aber vielleicht ergibt sich für mich oder vielmehr für uns, wenn du vor diesem Abenteuer nicht zurückschreckst, die unglaubliche Möglichkeit, mit seiner Hilfe bis in den Hof dieses mächtigsten und reichsten Mannes der Welt vorzudringen!

Mein lieber Freund, laß alle Bedenken fallen und komm hierher - ich erwarte dich im nächsten Frühjahr in Sardeis!«

Was für ein Brief!

Was für ein Vorschlag!

Voller Erregung hatte ich damals den Text immer wieder gelesen, um mir über den Inhalt in allen Einzelheiten Gewißheit zu verschaffen. Natürlich erinnerte ich mich gut an Proxenos. Wir hatten uns auch während des erst vor wenigen Jahren zu Ende gegangenen großen Krieges zwischen unserem Attischen Seebund und den Peloponnesiern, in dem seine Heimatstadt Theben ja auf deren Seite stand, häufig in Athen getroffen, vor allem in den Wintermonaten, wenn die Kampfhandlungen eingestellt wurden. Weil wir beide aus wohlhabenden Familien stammten und unseren Lebensunterhalt nicht als Handwerker oder Händler verdienen mußten, gehörten wir zu der großen Schar der von vielen Älteren mit Mißtrauen betrachteten jungen Müßiggänger, die nichts anderes als ihre eigene Ausbildung im Kopf hatten.

Dazu bot Athen damals unbeschränkte Möglichkeiten. Ständig tauchten in den Mauern der Stadt sogenannte Weisheitslehrer auf, welche Vorträge über die richtige Einstellung zum Leben hielten oder Kurse in Rhetorik und Philosophie anboten oder einfach Diskussionen über irgendein Thema entfesselten, um junge Männer (manchmal sogar auch junge Frauen!) erst einmal in ihren Bann zu ziehen. Allenthalben im Schatten der vielen Hallen, die über die Stadt verteilt sind, konnte man die kleinen Grüppchen beflissener Schüler sehen, die voller Spannung den Darlegungen dieser wortgewandten Männer lauschten.

Auch ich ließ keine Gelegenheit aus, mich über die Besonderheiten der verschiedenen Weisheitslehrer zu informieren, und traf dabei anfangs oft mit Proxenos zusammen. Dessen Interessen schlugen dann allerdings immer deutlicher eine ganz bestimmte Richtung ein: Er war zunehmend von dem Gedanken besessen, daß jedermann durch eine entsprechende Ausbildung in der Kunst der Rede praktisch alle Ziele, die er sich im Leben setze, erreichen könne. Das versprachen in der Tat die Weisheitslehrer, die sich auf die Rhetorik spezialisiert hatten, als das sichere Ergebnis ihrer monatelangen und teuren Kurse. Eines Tages war Proxenos dann nicht mehr in Athen aufgetaucht; er habe sich, so ging das Gerücht, dem berühmtesten und erfolgreichsten Redelehrer, Gorgias aus Leontinoi, angeschlossen und befinde sich irgendwo in Thessalien. Seitdem war der Kontakt zwischen uns abgebrochen.

Ich hatte zwar auch die Grundlagen der Rhetorik studiert, war aber bald der Ausstrahlung eines athenischen Weisheitslehrers namens Sokrates erlegen, um den sich bereits ein größerer Schülerkreis gesammelt hatte. Dieser Mann warf ganz andere Fragen als die übrigen Weisheitslehrer auf und setzte sich auch auf eine ganz andere Weise mit ihnen auseinander. Oft genug überraschte er uns mit dem in langer Diskussion unwiderleglich herbeigeführten Nachweis, daß manche Fragen, die wir für einfach gehalten hatten, sich überhaupt nicht beantworten ließen.

Voller Faszination beobachtete ich immer wieder, wie der unauffällig, ja ärmlich wirkende alte Mann seine Gesprächspartner auf manchmal verschlungenen Pfaden, aber letzten Endes doch ganz konsequent an die Grenzen ihres Wissens führte und so ihr Kritikvermögen schulte. Nachdem ich viele Monate hindurch fast täglich mit ihm zusammengetroffen war, verehrte ich ihn nicht mehr nur voller Dankbarkeit als meinen Lehrer, sondern auch als einen väterlichen Freund, dessen Rat ich sogar bei manchen persönlichen Problemen einholte.

So war es selbstverständlich, daß ich bereits am Tag nach dem Eintreffen des Briefes zu Sokrates eilte und ihm von der Einladung berichtete. Der alte Philosoph hörte mir aufmerksam zu, setzte dann ein skeptisches Gesicht auf und sagte:

»Bedenke, mein lieber Xenophon, daß dieser Kyros im großen Krieg auf der anderen Seite stand. Was werden die Athener dazu sagen, wenn du die Gastfreundschaft ausgerechnet dieses Mannes suchst - so kurz nach unserem Zusammenbruch, den er ja mit herbeigeführt hat?«

»Aber einen persischen Satrapen und gar einen königlichen Prinzen persönlich kennenzulernen und unter seinem Schutz in Persien reisen zu können, womöglich bis nach Susa an den Hof des Königs der Könige...«, ich brach meine erregte Rede ab, als Sokrates lächelnd die Hand hob:

»Schon gut, beruhige dich, junger Freund! Vielleicht hast du recht, wenn du diese Gelegenheit beim Schopf ergreifst. Laß dir aber auf alle Fälle in Delphi ein Orakel geben, damit du weißt, ob die Götter deinen Wunsch billigen oder zurückweisen.«

Einige Wochen nach diesem Gespräch, als der Winter sich seinem Ende zuneigte, ritt ich nach Delphi und reichte dort meine Frage bei den zuständigen Priestern schriftlich ein. Ich hatte sie gemäß dem bei solchen privaten Anfragen üblichen Wortlaut so formuliert: »Zu welchen Göttern muß ich beten und opfern, damit die von mir geplante Reise gut verläuft und ich heil heimkehre?« Auf dem Antwortzettel, der mir schließlich ausgehändigt wurde, standen drei Namen: »Zeus der Retter, Apollon der Abwehrer von Übeln, Herakles der Führer.«

Sokrates machte, als ich ihm das Ergebnis meiner Delphi-Reise erzählte, zunächst ein besorgtes Gesicht und belehrte mich:

»Du hättest doch als erstes fragen müssen, ob es besser für dich sei, die geplante Reise überhaupt anzutreten oder zu Hause zu bleiben.«

Dann aber lächelte er und fügte hinzu:

»Da du jedoch so gefragt hast, mußt du tun, was der Gott dir befohlen hat.«

Noch war das Meer wegen der anhaltenden Stürme für die zivile Schiffahrt nicht freigegeben. Vorsorglich entsandte ich jedoch schon meinen Leibdiener in die Hafenstadt Piräus, um dort eine möglichst frühe Schiffspassage nach Asien ausfindig zu machen. Schließlich erklärte sich Nikagoras, der Kapitän der *Pandora*, die im Hafen überwinterte, dazu bereit, die Reisegesellschaft mitsamt einem Pferd auf der ersten Fahrt nach Ephesos mitzunehmen.

Das Schiff, so berichtete mir damals der Leibdiener, sei allerdings ein ziemlich kleiner und schon betagter Segelfrachter ohne Verdeck und ohne irgendwelche Aufbauten und biete den Passagieren keinerlei Annehmlichkeiten. Gegen eine nicht unerhebliche Summe habe sich Nikagoras jedoch bereit erklärt, für das Pferd im Vorschiff einen kleinen Pferch einzurichten. Alles in allem, so fügte er verdrießlich hinzu, sehe er der Reise mit sehr gemischten Gefühlen entgegen.

Im Unterschied zu ihm konnte ich meine Vorfreude kaum zügeln, je näher der Tag des Aufbruchs kam. Ich verbrachte die Wartezeit mit Lesen. Es war mir gelungen, noch einmal ein Exemplar jenes aus neun dicken Papyrusrollen bestehenden Buches, das ich ein paar Jahre zuvor zum ersten Mal gelesen hatte, in die Hand zu bekommen: die Darstellung der persischen Geschichte und insbesondere jener berühmten Kriege, welche die Perser zwei Generationen zuvor mit uns Griechen ausgefochten hatten, von der Hand eines weit in der Welt herumgekommenen, wunderbaren Schriftstellers namens Herodot.

Seit ich dieses Buch, das seinerzeit eine literarische Sensation in Athen gewesen war und schon bald nach seinem erstmaligen Auftauchen in zahlreichen privaten Abschriften in der Stadt kursierte, Zeile für Zeile durchgearbeitet hatte, war ich von dem Wunsch beherrscht, Persien und überhaupt den geheimnisvollen Osten der Welt kennenzulernen. Wie winzig klein wirkte Attika und sogar das ganze, in unzählige, sich gegenseitig bekämpfende Stadtstaaten zerfallene Griechenland, wenn man es an den Dimensionen des persischen Reiches maß, das trotz seiner unermeßlichen Größe erstaunlicherweise (dieser Gedanke ging mir fortan nicht mehr aus dem Kopf) von einem einzelnen Menschen, dem König der Könige oder, wie man ihn auch nannte, dem Großkönig, regiert wurde.

Natürlich waren die Griechen und vor allem wir Athener mit Recht stolz darauf, daß wir die unübersehbaren Truppenmassen der Großkönige Dareios und Xerxes damals, als sie Griechenland dem persischen Reich einverleiben wollten, in die Flucht schlagen und so unsere Freiheit bewahren konnten - trotzdem: Von dieser fremdartigen Kultur ging für mich eine unbeschreibliche

Anziehungskraft aus, die sich noch steigerte, als ich nun das großartige Werk Herodots zum zweiten Mal las und dabei weit schneller als beim ersten Mal vorankam, da sich schon damals ganze Partien meinem Gedächtnis unvergeßlich eingeprägt hatten.

Als ich dann mein Reisegepäck zusammenstellte, legte ich in einem besonderen Futteral die Schreibutensilien bereit: Ich war entschlossen, von der Ankunft in Ephesos an ein ausführliches Tagebuch über meinen Aufenthalt in Persien zu führen und daraus vielleicht später einmal ein großes Buch, wie dasjenige Herodots, zu machen; an erzählenswerten Eindrücken würde ich gewiß, davon war ich überzeugt, keinen Mangel haben.

Und nun befand ich mich - nach einer unerfreulichen Reise auf der *Pandora*, an die ich nicht zurückdenken wollte - tatsächlich in Ephesos und würde in wenigen Tagen jenem Mann gegenübertreten, der mir das Tor nach Persien aufschließen sollte: Kyros. Jetzt endlich, lange nach Mitternacht, begannen sich meine Gedanken allmählich im Dämmer des Schlafes zu verlieren.

Am nächsten Vormittag besuchten Theophilos und ich gemeinsam den berühmten heiligen Bezirk der Artemis, der nicht weit von unserem Gasthof entfernt lag. Wir gingen zunächst auf der an seiner Umfassungsmauer entlangführenden Straße bis zur Westseite und betraten ihn dort durch ein offenstehendes Tor. Vor uns breitete sich nun ein großer, gepflasterter Platz aus - jener Platz, der in der ganzen Welt wegen seines Asylrechtes bekannt ist: Wer ihn erreicht, darf von niemandem mehr verfolgt werden.

Vor dem riesigen Tempel, der im Hintergrund wie ein Gebirge zum Himmel aufragte, befindet sich nicht weit hinter dem Tor nur noch eine einzige eigenartige Anlage, der wir unsere Aufmerksamkeit zunächst zuwandten. Es handelt sich um einen ziemlich breiten, mit Marmorplatten belegten, nach oben offenen Hof, der auf drei Seiten von einem nicht sehr hohen Sockel, auf dem eine Art steinerner Zaun steht, umschlossen wird. An der Vorderseite zieht sich nur eine niedrige Absperrung entlang, mit einem Eingang am rechten Ende, neben dem klares Wasser in einem Becken plätschert.

»Das ist wahrhaftig eine besonders monumentale Form des Opferaltars«, sagte Theophilos, als wir die Anlage durch den Eingang betraten. Dort steht rechts eine leere Kultbildbasis, links der Opferherd und oberhalb davon der Altar, wo offenbar die Opfertiere getötet werden.

»Das Blut fließt direkt zum Herd«, setzte Theophilos nun seine Erläuterung fort, »eine beeindruckende Anlage. Hier können sie Hekatomben opfern und haben auch noch gleich das Wasser zur Hand, um hinterher alles sauber zu machen!«

»Und was ist mit der Basis? Es steht nichts darauf.«

»Das kann eigentlich nur bedeuten, daß sie bei Opferfeiern das Kultbild jedesmal heraustragen. Es soll ja recht klein sein.«

Wir verließen nun den Opferhof wieder durch den Eingang und gingen außen herum zu dem freien Platz, der sich zwischen seiner Rückseite und dem Tempel selbst erstreckt. Überwältigt vom Anblick des unvorstellbar großen Bauwerks blieben wir stehen. Es war nicht zu fassen, was Menschenhand hier geschaffen hatte! Vor uns reckten sich unzählige gewaltige Säulen, die den Tempel auf allen vier Seiten in Doppelreihen umziehen, wie ein steinerner Wald in die Höhe. Seine Länge schätzte ich auf 350-400 Fuß, jedenfalls erheblich größer als diejenige unseres athenischen Parthenon. Der Marmor der teilweise mit Reliefs verzierten Säulen, der Figuren im Giebel, der Friese und sonstigen Dekorationen des Baues erstrahlte überall in bunten, leuchtenden Farben.

»So etwas habe ich noch nie gesehen - ein Wunderwerk«, murmelte der Seher ergriffen, und ich konnte ihm nur zustimmen. Wir betraten über einige Stufen den westlichen Säulenumgang und blickten von ihm aus durch die von acht weiteren haushohen Säulen beherrschte Vorhalle zu unserer Überraschung nicht in eine im Halbdunkel liegende Zella, wie sie in griechischen Tempeln sonst üblich sind, sondern in einen lichtdurchfluteten Innenhof. Tatsächlich war, das hatte man von außen nicht erkennen können, fast die Hälfte des Gebäudes ohne Bedachung gelassen worden - und dort stand, unter freiem Himmel, genau in der Mitte des Tempels, das Allerheiligste, der tempelartige Schrein mit dem Kultbild der Artemis Ephesia.

In der Regel ist das Kultbild anscheinend hinter einem Vorhang verborgen. Im Augenblick aber waren zwei ältere Frauen, die das Ehrenamt der Schmuckordnerinnen im Heiligtum bekleideten, mit ihm beschäftigt und hatten den Vorhang zur Seite gezogen. So blieb ich hier wohl eine halbe Stunde lang in ehrfürchtigem Schweigen stehen, während inzwischen Theophilos die unzähligen kostbaren Weihgeschenke und Kunstwerke, die allenthalben an den Wänden und vor den Säulen aufgestellt sind, in Augenschein nahm.

Das nicht einmal lebensgroße Kultbild gilt als uralt - manche glauben sogar, es sei vom Himmel gefallen. Es besteht aus Holz, verschwindet freilich fast vollständig unter dem in verschwenderischer Fülle aufgelegten Goldschmuck. Nur das Gesicht sowie die Hände und Füße sind freigelassen; dort wirkt das Holz, das man durch häufiges Einölen vor dem Zerfall zu schützen sucht, schwarz wie Ebenholz. Der übrige Körper ist über und über mit Schmuckstücken aus Gold behängt, die abnehmbar sind und, wie mir die beiden Frauen erzählten, bei Prozessionen von den sogenannten Schmuckträgerinnen zur Schau gestellt werden.

Gebannt, wie von einem religiösen Schauder erfaßt, blickte ich zu der berühmten Göttin auf. Sie hat die Oberarme am Oberkörper, aus dem sich zwei Brüste deutlich nach vorne wölben, angelegt und streckt die Unterarme seitlich vor. Ihr Unterkörper verjüngt sich konisch nach unten, wo die dicht nebeneinander stehenden Füße sichtbar sind. Obwohl sie sehr fremdartig und irgendwie unheimlich wirkte, ganz anders als die muntere griechische Jägerin Artemis, zu der ich von frühester Jugend an ein besonders inniges Verhältnis habe, übte sie auf mich eine seltsame, fast lähmende Faszination aus, so daß ich mich nur schwer von ihrem Anblick losreißen konnte. Ich hatte früher schon einmal eine Kopie in Korinth gesehen, aber weder diese kunstvolle Nachahmung noch eine der zahlreichen anderen, jüngeren Artemisstatuen, die hier im Heiligtum aufgestellt sind, zog mich derart in ihren Bann wie das kleine, alte Holzbild in seinem Schrein.

Schließlich verließ ich den Tempel, erwehrte mich mit einiger Mühe der Andenkenverkäufer, welche auf dem Vorplatz kleine Statuetten der Göttin und andere Weihegaben anboten, und schlenderte ein wenig durch die Stadt; Theophilos war inzwischen verschwunden. Die Straßen wimmelten jetzt, kurz vor Mittag, von Menschen, vor allem im Zentrum mit den von Hallen umzogenen Märkten.

Aber mir stand noch immer das seltsame Kultbild vor Augen, und so hatte ich bald das Bedürfnis nach Einsamkeit, ging noch einmal am heiligen Bezirk vorbei und setzte mich eine kurze Strecke oberhalb des Tempels auf einer Mauer am Ufer nieder. Sie gehörte zu einem alten Hafen, der wegen des allzu stark gesunkenen Wasserstandes von größeren Schiffen nicht mehr angelaufen werden kann und allmählich versandet. Hier fand ich, während ich die im Sonnenlicht glitzernde Wasserfläche, über welche einzelne Fischerboote ihre Spuren zogen, betrachtete und dem sanften Plätschern der flachen Wellen lauschte, allmählich meine innere Ruhe wieder.

Am Abend verkündete uns der lydische Wirt, daß in zwei Tagen eine größere Karawane von seinem Hof aus nach Sardeis aufbrechen werde. Daraufhin kaufte ich am nächsten Vormittag eine ältere Stute für meinen Leibdiener sowie zwei Esel, die das Gepäck tragen sollten; der Seher versorgte sich mit einem Maultier, das er nach der Ankunft in Sardeis wieder günstig loszuschlagen hoffte.

Am frühen Morgen des folgenden Tages verließ die aus etwa zwanzig Personen und zahlreichen Tragtieren, darunter auch jenen Kamelen, bestehende Karawane Ephesos durch das Osttor auf einer guten und bequemen Straße, die zunächst am Ufer der Bucht entlang bis zur Mündung des Kaystros führte, dann diesen bald auf einer Brücke überquerte und fortan dem nördlichen Rand seines breiten Tales in östlicher Richtung folgte.

Die beiden ersten Tagemärsche verliefen ohne Schwierigkeiten, der dritte stellte jedoch erhebliche Anforderungen an Menschen und Tiere, weil nun der Weg in steilen Serpentinen aus der Kaystrosebene nach Norden auf das Tmolosgebirge hinaufstieg, um auf der anderen Seite die Hermosebene zu erreichen. Gegen Mittag öffnete sich nach fünfstündigem schwierigem Anstieg auf der Paßhöhe überraschend ein fruchtbares Tal zwischen zwei Bergrücken. Der Weg orientierte sich jetzt am Verlauf eines kleinen Flusses namens Paktolos und ging nach etwa einer Stunde bequemen Marsches allmählich wieder in abwärts führende Serpentinen über. Dann wurde endlich der Blick frei hinunter in das Hermostal und die sardische Ebene, und schließlich kam auch die unmittelbar am Nordhang des Gebirges liegende berühmte Stadt Sardeis selbst in Sicht.

Man konnte von oben sehen, daß der Paktolos das vor allem an seinem Ostufer lang hingestreckte Stadtgebiet durchquert und in der Ferne vom Hermos aufgenommen wird. Rechter Hand steigt das felsige Gelände immer steiler an und trägt auf einem schroff aufragenden Gipfel die von eigenen Mauerringen umgebene Akropolis; und dort, auf gewaltigen Fundamenten am westlichen und nördlichen Rand des Burgberges, erhebt sich der große Palast des lydischen Königs Kroisos, der nun dem persischen Satrapen als Residenz dient - dort also würde ich mit Kyros zusammentreffen.

Als die letzte kurze Rast vor dem Abstieg gehalten wurde, ertönte plötzlich der laute Schrei eines Adlers. Ich fuhr aus meinen Gedanken auf - da sah ich ihn: Der heilige Bote des Zeus saß majestätisch auf einem Felsen rechts oberhalb des Weges, umschwärmt von mehreren kleinen Vögeln, deren zaghafte Angriffe er nicht beachtete.

Theophilos, der neben mir im Gras saß, bemerkte meinen fragenden Blick und wandte sich mir zu:

»Es ist nicht zu verkennen: Zeus sendet dir ein Zeichen!«

»Kannst du mir dieses Zeichen deuten?«

»Natürlich. Du wirst großen Ruhm gewinnen, aber auch in große Schwierigkeiten geraten. Ruhm, weil dir von rechts ausgerechnet ein Adler, nicht einer der vielen anderen weissagenden Vögel, erschienen ist. Schwierigkeiten, weil der Adler sitzt - denn im Sitzen wird er, wie du ja selbst sehen kannst, heftiger als im Flug von anderen Vögeln belästigt.«

Zögernd fügte ich noch eine Frage an, die mir, seit ich den Brief des Proxenos gelesen hatte, nicht mehr aus dem Sinn ging:

»Kündigt das Zeichen vielleicht auch an, daß ich hier Reichtümer gewinnen werde?«

Die Antwort war eindeutig:

»Nein! Denn der Adler gewinnt seine Beute ja vor allem im Flug, dieser Adler aber sitzt.«

Während unsere Karawane sich allmählich der Stadt näherte, grübelte ich über diese seltsame Zukunftsperspektive nach. Ruhm? Gut - aber wie sollte ich durch den Besuch bei einem persischen Satrapen Ruhm gewinnen? Und mit welchen Schwierigkeiten mußte ich rechnen? Offenbar wohl mit persönlichen Angriffen, wie man sie bei dem sitzenden Adler wahrnehmen konnte -

der aber kümmerte sich nicht um das aufgeregte Geflatter der kleinen Vögel, also waren wohl kaum wirklich bedrohliche Schwierigkeiten zu erwarten.

Kein Gewinn von Reichtümern - das überraschte mich doch ein wenig nach den Andeutungen, die Proxenos über die Großzügigkeit des jungen Prinzen gemacht hatte. Sollte das bedeuten, daß ich bei Kyros in Ungnade fallen würde? Jedenfalls nahm ich mir vor, von jetzt an sehr auf der Hut zu sein, um mein Schicksal nicht auch noch durch eigene Fehler in die falsche Bahn zu lenken.

Daß sich die Weissagung des Theophilos auf jeden Fall erfüllen würde, stand für mich außer Zweifel. Ich bin ein im tiefsten Sinn gläubiger Mensch und habe überhaupt kein Verständnis für viele junge Männer gerade meiner Generation und meiner Bildungsschicht, welche als aufgeklärte Philosophen gelten wollen und die alten religiösen Rituale nur noch ganz äußerlich betrachten und manchmal sogar offen darüber spotten.

Vor allem glaube ich unverbrüchlich daran, daß die Götter den Menschen auf vielen Wegen Weisungen und Signale zukommen lassen; man muß nur die Augen offen halten und darf solche Signale nicht übersehen. Das gilt insbesondere für diejenigen Vorzeichen, die uns unmittelbar von den Göttern gesandt werden, etwa in der Form von Träumen oder eben von Vogelzeichen.

Ich selbst habe bei zahllosen Gelegenheiten die Opferpriester bei ihrer Arbeit genau beobachtet: wie sie das Verhalten der Tiere schon beim Gang zum Altar bewerten, wie sie das Messer führen, wie sie das ausströmende Blut an eine ganz bestimmte Stelle lenken, wie sie das Tier nach seinem Tod aufschneiden und die einzelnen Organe, vor allem das Herz und die Leber, und die Eingeweide insgesamt begutachten, wie sie aus dem Brand des Opferfeuers, wenn es den Kadaver allmählich verzehrt, ihre Schlüsse ziehen, wie sie sogar das Kräuseln des aufsteigenden Rauches in ihre Überlegungen einbeziehen - und schließlich tatsächlich imstande sind, einen Blick in die Zukunft zu werfen.

In diesem Bereich der Weissagekunst kenne ich mich vorzüglich aus und lasse mir von keinem berufsmäßigen Seher etwas vormachen; ebenso beherrsche ich die Grundlagen der Traumdeutung - aber in das komplizierte Verfahren der Auswertung des Vogelflugs hatte ich bisher nur wenig Einblick gewonnen; natürlich weiß ich wie alle Griechen, daß das Auftauchen eines Adlers grundsätzlich als wichtiges Vorzeichen betrachtet werden muß, aber für die Deutung im einzelnen bin ich auf die Hilfe eines Experten angewiesen. Welches Glück, daß Theophilos sich gerade an meiner Seite befand!

Bei Einbruch der Dunkelheit zog unsere Karawane durch das Südtor in Sardeis ein. Jetzt mußte ich mich leider von meinem Reisegefährten trennen, der hier einen ihm aus Argos bekannten Seher aufsuchen wollte, und bezog das Nachtquartier in einem großen Gasthof ganz in der Nähe des Tores.

Am nächsten Morgen erfuhr ich durch meinen Leibdiener, den ich in die Residenz des Satrapen geschickt hatte, um mit Proxenos das Treffen zu vereinbaren, ich solle mich am frühen Nachmittag am Haupttor der Akropolis einfinden; dort werde Proxenos mich erwarten.

Als ich mich zur verabredeten Zeit den starken Mauern der Akropolis näherte, löste sich aus dem Schatten des Tores ein bärtiger, schlanker Mann in einer schmuckvoll verzierten Hoplitenrüstung, offensichtlich ein Offizier, trat lächelnd auf mich zu und sprach mich an:

»Erkennst du mich nicht, mein lieber Xenophon?«

»Proxenos? Wahrhaftig, du bist es! Sei herzlich gegrüßt!«

»Auch du sei herzlich gegrüßt. Du kannst dir gar nicht vorstellen, wie sehr ich mich freue, daß du gekommen bist.«

Wir umarmten uns stürmisch, aber bald konnte ich meine Neugierde nicht mehr zügeln und fragte ihn:

»Du bist Hoplitenoffizier geworden - du, der Redekünstler und Philosoph?«

»Ja, aber das muß ich dir genauer erzählen - bei einem Krug Wein, den wir dort drüben gemeinsam leeren werden.«

Nachdem wir uns im Hof eines kleinen Lokals im Schatten einer hohen Platane niedergelassen hatten, berichtete Proxenos ausführlich über sein bisheriges Leben. Er hatte nach seinem Studium bei Gorgias zunächst eine Zeitlang in Thessalien gelebt und versucht, mit den dortigen Fürstengeschlechtern in Verbindung zu kommen - ohne großen Erfolg. So war er weitergezogen nach Makedonien, hatte unterwegs Rhetorikkurse abgehalten und philosophische Vorträge angeboten, fand aber auch hier nicht den Zugang zu den Mächtigen. Schließlich hatte er Byzantion erreicht und war dort zufällig mit Leuten, die Beziehungen zum Satrapenhof in Sardeis hatten, zusammengetroffen.

»Und so bin ich hierher gekommen«, fuhr er fort, »vor etwa anderthalb Jahren. Schon bald nahm mich der Prinz in seinen Freundeskreis auf. Sophainetos, der für Kyros eine griechische Söldnerabteilung kommandiert, hat sich sehr für mich eingesetzt. Vor allem aber verdanke ich das Gorgias! Als sich herumsprach, daß ich bei ihm studiert habe, war ich ein gemachter Mann. Gorgias genießt hier ein unheimlich hohes Ansehen - ganz im Unterschied übrigens zu deinem Sokrates, von dem so gut wie keiner meiner persischen Freunde je gehört hat. Immer wieder mußte ich im kleinen Kreis die Gedanken des Meisters erläutern, Musterreden vortragen, ihn selbst und seine Lehrmethode charakterisieren. Ich erwähne es nicht ohne Stolz, daß Kyros zunehmend von meinen Darlegungen begeistert war und mir immer deutlicher sein besonderes Wohlwollen schenkte.«

Für einen Augenblick trat Schweigen ein. Ich mußte mir widerwillig eingestehen, daß Proxenos in den letzten Jahren offenbar ein erfolgreicheres Leben als ich geführt hatte. War der gute alte Sokrates mit seinen allzu praxisfernen Fragestellungen, die so häufig auch noch ohne Antworten blieben, womöglich doch nicht die richtige Wahl gewesen?

»Nun gut«, nahm Proxenos seinen Bericht wieder auf, »zu Anfang des vergangenen Winters zog mich Kyros dann in ein Gespräch, dem ich diesen Rang verdanke. Er fragte mich rundheraus, ob ich dazu bereit sei, für ihn eine griechische Söldnertruppe neu aufzubauen und als Strategos an ihre Spitze zu treten. Aus meinen Vorträgen habe er entnommen, daß Gorgias seine Schüler systematisch darauf vorbereite, Führungsämter wahrzunehmen. So wie er mich bisher kennengelernt habe, sei er fest davon überzeugt, daß ich auch eine solche militärische Führungsaufgabe gut und vor allem loyal meistern würde.«

Wieder trat eine kurze Pause ein, ehe Proxenos mit einem verlegenen Blick auf mich fortfuhr:

»Du kannst dir vorstellen, in welche Verwirrung mich dieses Angebot gestürzt hat. Ich habe ja außer der Grundausbildung im Hoplitendienst keinerlei militärische Erfahrung, ich hatte, im Unterschied zu dir, nie an einem Kampf teilgenommen. Aber ich spürte auch, daß Kyros jetzt von mir gewissermaßen den Preis für seine Freundschaft einforderte - und das hieß, daß es ein schwerer Fehler gewesen wäre, seine Bitte abzuschlagen. Was sonst, ich frage dich, hätte ich machen sollen?«

»Da blieb dir wohl tatsächlich nichts anderes übrig«, erwiderte ich, »und die Theorie des Führens steht ja, wie auch ich weiß, auf dem Lehrplan deines Gorgias. Wie aber kommst du mit den praktischen Anforderungen zurecht? Hast du tatsächlich eine Truppe zusammengebracht?«

»Das war relativ einfach! Kyros stattete mich großzügig mit Geld aus, Sophainetos half mir dabei, kampferprobte Lochagen anzuwerben. Die stellten sich dann ihre Kompanien zusammen oder brachten sie gleich im ganzen mit. Griechische Söldnerabteilungen auf der Suche nach Soldherren findest du hier massenhaft. Nach kurzer Zeit war ich Kommandant über eine Truppe von 1500 Hopliten und 500 Leichtbewaffneten. Gegen Ende des Winters zogen wir im Auftrag des Kyros an die Nordgrenze seiner Satrapie und kümmerten uns dort um einige aufständische Dörfer - keine großen Kämpfe, aber immerhin meine ersten Erfahrungen als Strategos.«

Proxenos räusperte sich und fügte hinzu:

»Um der Wahrheit die Ehre zu geben, die Hauptarbeit haben meine Lochagen geleistet; diese Männer verstehen wirklich ihr Handwerk und halten die Söldner in guter Disziplin. Wir sind erst vor kurzem von unserem Einsatz zurückgekommen und haben unten in der Ebene vor der Stadt unser Biwak aufgeschlagen - neben vielen anderen Truppen, die sich dort inzwischen sammeln. Denn», jetzt schwang Stolz in seiner Stimme mit, »Kyros wird in wenigen Tagen mit einer großen Armee nach Süden aufbrechen, um die Pisider anzugreifen und in ihre Schranken zu verweisen.«

»Er will die Pisider angreifen?«

»Ja, diese ungehobelten Bergbauern und Hirten kommen immer wieder aus ihren Schlupfwinkeln im Taurosgebirge hervor, dringen über die Südgrenze in die Satrapie ein und richten dort Verwüstungen an. Kyros meint, es sei jetzt dringend an der Zeit, hier ein für alle Mal Ordnung zu schaffen.«

Wieder trat einen Augenblick lang Stille ein. Ich war über diese Mitteilung so überrascht, daß ich keine Worte fand. Schließlich stellte ich die Frage:

»Und was wird aus mir? Ich bin ja hierher gekommen, um Kyros kennenzulernen - und nun höre ich, daß er in Kürze Sardeis verlassen wird, wer weiß für wie lange. Hätte ich das geahnt, wäre ich ganz sicher in Athen geblieben!«

»Aber ich selbst habe es nicht gewußt, als ich dir meinen Brief schrieb; mach mir also keine Vorwürfe! Natürlich habe ich mir auch schon überlegt, wie wir am besten aus dieser Schwierigkeit herauskommen. Mein Vorschlag: Wenn wir morgen gemeinsam zum Prinzen gehen, werde ich ihn um die Erlaubnis bitten, dich auf den Feldzug mitnehmen zu dürfen - als Zivilisten in meiner Begleitung. Wir haben dann während des Marsches, auf dem du manches Interessante sehen wirst, und an den Abenden im Quartier viel Zeit, miteinander zu plaudern, und finden gewiß auch Gelegenheiten, in die Nähe des Satrapen zu gelangen. Und außerdem wird das Ganze sicher nicht lange dauern. Ich denke, daß wir in zwei oder drei Wochen wieder hier sind. Bist du mit meinem Vorschlag einverstanden?«

Ich nickte. Die einzige Alternative wäre wohl die sofortige Heimfahrt gewesen - aber dieses Eingeständnis, daß mein hochgestecktes Vorhaben schon gescheitert war, bevor es überhaupt begonnen hatte, wollte ich mir nicht zumuten. Welches Gelächter würde sich in Athen unter den jungen Schülern der Weisheitslehrer, von denen viele mich ohnehin für einen Angeber halten, erheben, wenn ich dort nach kurzer Abwesenheit unverrichteter Dinge wieder auftauchte?

Nein, die Heimreise kam nicht in Frage. Dagegen versprach die Teilnahme an einer solchen Strafexpedition doch mancherlei Einblicke in die persische Welt, von der Landschaft angefangen bis zur Heeresorganisation - alles, so nahm ich mir vor, würde ich mit wachen Augen beobachten und in meinem Tagebuch festhalten.

Wir saßen noch lange im Gespräch beim Wein zusammen. Dabei warf ich die Frage auf, ob ich bei der Begegnung mit dem Prinzen irgendwelche besonderen Vorschriften zu beachten hätte.

»Nein«, erwiderte Proxenos, »du bist ein freier Grieche und brauchst dich dem Hofzeremoniell nicht zu unterwerfen. Von den meisten persischen Besuchern erwartet Kyros, daß sie beim Eintritt die Hände in den Ärmeln ihrer Gewänder verborgen halten und sich vor ihm zu Boden werfen.«

»Diese persische Gesellschaft«, fügte er dann hinzu, »weist schon sehr merkwürdige Züge auf. Alle Perser scheinen sich irgendwie als Sklaven des Königs der Könige zu fühlen - auch die Mächtigen und Reichen, die ihrerseits aber diejenigen, die im Rang unter ihnen stehen, gleichfalls wie Sklaven behandeln. Und so geht es hinunter bis zum kleinsten Beamten. Alle buckeln nach oben und treten nach unten - daran muß man sich erst einmal gewöhnen. Kyros ist wohl der einzige hohe Machthaber, der westlichen Einflüssen gegenüber eine gewisse Offenheit zeigt. Er soll sogar einmal gesagt haben, daß er eigentlich lieber ein freier Grieche als ein noch so reicher Perser wäre. Wie dem auch sei, er ist jedenfalls ein sehr eindrucksvoller und liebenswürdiger Mann - du wirst es morgen sehen!«

Nachdem der Krug geleert war, schlenderten wir in der Abenddämmerung gemeinsam auf einer wenig belebten Straße von der Burg zum Paktolos hinunter und folgten ihm flußabwärts bis zum Marktplatz, wo im Schein von zahlreichen Fackeln noch reges Leben herrschte. Hier trennten sich unsere Wege. Während Proxenos dem Nordtor zustrebte, wo er in einem kleinen Mietstall sein Pferd untergestellt hatte, und dann zum Biwak in die Ebene hinausritt, durchwanderte ich ein weiteres Mal die ganze Stadt in umgekehrter Richtung, bis ich mein Quartier in der Nähe des Südtores erreichte.

Die Audienz bei dem Satrapen war für den frühen Nachmittag des folgenden Tages angesetzt. Wieder trafen wir uns am Haupttor der Akropolis. Der Weg führte von dort durch ein zweites und ein drittes Tor ins Innere der großen Burganlage, die fast wie eine eigene kleine Stadt wirkte. Zwischen zahlreichen Gebäuden hindurch - einige waren offenkundig Kasernen, andere dienten der Verwaltung der Satrapie, manche schienen auch von privilegierten Mitgliedern des Hofes bewohnt zu werden - wand er sich stetig aufwärts, bis er am eigentlichen Palastbezirk endete. In dem großen Hof vor dem Eingang hielten sich etwa hundert Soldaten der persischen Leibwache des Satrapen auf. Am Rand des Hofes waren im Schatten einer Baumreihe zahlreiche aufgezäumte Pferde angebunden, die von den Boten, welche die Verbindung zu den Truppen unten in der Ebene herstellten, benutzt wurden. Ferner sah man auch einzelne griechische Offiziere und persische Würdenträger eiligen Schrittes ein und aus gehen. Offensichtlich waren die Vorbereitungen für den Feldzug in vollem Gang und erzeugten in der Befehlszentrale eine Atmosphäre hektischer Betriebsamkeit.

Wir betraten nun, vorbei an grimmig blickenden Wachposten in kostbar verzierten, langen Gewändern, die Speere in den Händen hielten, durch ein monumentales Tor den Palast selbst. Kroisos hatte ihn einst für sich errichten lassen. Trotz der anderthalb Jahrhunderte seines Bestehens erstrahlten die

Außenfassaden noch unverändert im bunten Glanz der glasierten Ziegelsteine, mit denen die Mauern verblendet waren.

Im Inneren hatte sich wohl die Pracht der lydischen Königszeit nicht ganz so deutlich erhalten - aber auch jetzt noch übertraf der Luxus für griechische Augen jedes Maß. Riesige Teppiche mit bunten, exotischen Mustern bedeckten die Böden und zum Teil auch die Wände der Flure und Hallen, durch welche wir von einem Eunuchen geführt wurden. Überall standen hohe Kandelaber, die den Palast bei Dunkelheit in helles Licht tauchen sollten, sowie wertvolle, mit Duftstoffen angefüllte Schalen. Mehrfach kamen wir an mit Gold oder Silber überzogenen Tischen und gepolsterten Ruhebänken vorbei.

Neben dem Eingang in den Audienzsaal zweigte ein von mehreren Eunuchen streng bewachter Gang ab.

»Hier geht's zum Harem«, sagte Proxenos.

»Zum Harem? Wie viele Frauen sind dort wohl eingeschlossen?«

»Niemand von uns weiß es genau, aber etwa drei Dutzend dürften es wohl sein. Im Harem des Königs der Könige sollen es sogar über dreihundert sein - praktisch für jede Nacht eine andere!«

Ich hatte zwar, wie alle jungen Griechen, gewisse Erfahrungen in der Knabenliebe gesammelt, war aber noch unverheiratet und hatte bisher noch keiner einzigen Frau beigewohnt. Das war nach meinen moralischen Vorstellungen eine Sache, die der Ehe vorbehalten bleiben sollte. Zu Hause hatte ich mich oft genug über die zügellose Einstellung der meisten meiner Altersgenossen zum vorehelichen Verkehr lauthals empört und mußte dafür einigen Spott ertragen. Viele von ihnen zog es von Zeit zu Zeit in den Piräus, wo sie sich niederste Huren für ihre sexuellen Gelüste mieteten - manchmal über Wochen und Monate hin. Andere trieben es sogar mit ihren eigenen Sklavinnen! Und dasselbe schändliche Verhalten galt hier nun als das besondere Vorrecht der höchsten Würdenträger bis hin zum König der Könige: für jede Nacht eine andere Dirne - welch widerliche Vorstellung!

Ich hatte keine Zeit mehr, meine schweifenden Gedanken weiter zu vertiefen, denn inzwischen hatten wir den Audienzsaal betreten. Kyros stand mit einer Gruppe hoher persischer Würdenträger und Offiziere an der nach Norden gerichteten Fensterfront des Saals. Von hier aus hatte man einen weiten Blick über die sardische Ebene, in der sich zwischen dem Hermos und der Stadt zahlreiche Biwaks mit Hunderten von Zelten aneinanderreihten und Tausende von Pferden, Eseln und Lastochsen weideten.

Am Rand der Gruppe war ein griechischer Hoplitenoffizier erkennbar, dem ein Dolmetscher die auf Persisch geführten Beratungen leise flüsternd übersetzte.

Als Kyros aufblickte und Proxenos erkannte, unterbrach er das Gespräch, kam zu uns herüber und begrüßte uns in griechischer Sprache:

»Sei mir willkommen, mein lieber Proxenos! Und das ist sicher dein Freund, den du mir angekündigt hast. Sei auch du willkommen, Xenophon aus Athen!«

Ich deutete eine leichte Verbeugung an und spürte sofort, wie ich dem Charme des Prinzen zu erliegen begann.

Kyros war mit seinen sehr ebenmäßigen, adeligen Gesichtszügen auch nach unserem griechischen Schönheitsideal ein wirklich schöner Mann. Sein dichtes schwarzes, in zierliche Locken gelegtes Haupthaar und sein kunstvoll gekräuselter Bart wirkten außerordentlich gepflegt, ebenso die makellos bräunliche Haut an Gesicht und Händen. Ich konnte das Gefühl nicht unterdrücken, daß hier wohl professionelle Meister der Verschönerungskunst, die mit Schminke und Salben umzugehen verstanden, am Werk gewesen waren.

Den Hals und die Unterarme schmückten breite Reifen aus purem Gold, an den durchbohrten Ohrläppchen hingen goldene Ringe. Bekleidet war er mit einem langen weißleinenen Untergewand, das seine Hose weitgehend verdeckte, sowie einem doppelten, mit farbigen Mustern bestickten, langärmeligen, kittelartigen Gewand, das ein mit Edelsteinen besetzter breiter Gürtel zusammenhielt. Die Füße steckten in safrangelben Lederschuhen. Trotz der üppigen Kleidung machte er auf mich dank seiner straffen Haltung und seines federnden Ganges den Eindruck eines drahtigen, durchtrainierten Athleten.

Nun ergriff Proxenos das Wort:

»Wir danken dir, o Kyros, dafür, daß du uns heute empfängst, obwohl du, wie wir sehen, sehr beschäftigt bist. Darum möchte ich ohne weitere Umschweife meine Bitte an dich richten: Erlaubst du, daß mein Freund Xenophon mich auf dem Feldzug gegen die Pisider begleitet?«

Kyros runzelte die Stirn und zögerte lange mit der Antwort. Schließlich sagte er:

»Also gut, ich will dir deine Bitte nicht abschlagen. Dein Freund wird für diese Zeit ohne militärische Funktionen in meine Armee aufgenommen. Paß du gut auf ihn auf!«

Indem er sich direkt an mich wandte, fügte er noch hinzu:

»Du unterwirfst dich hiermit meinem Kommando. Sobald der Feldzug beendet ist, bist du wieder ein freier Mann und kannst tun und lassen, was du willst.«

Nachdem wir uns beide überschwenglich für diese Entscheidung bedankt hatten, richtete Proxenos noch eine letzte Frage an Kyros:

»Darf ich meinem Freund deinen Garten zeigen?«

Daraufhin hellte sich die Miene des Prinzen, der am Schluß des kurzen Gespräches einen verschlossenen Eindruck gemacht hatte, wieder auf:

»Natürlich! Leider kann ich euch nicht begleiten - aber du kennst ja den Weg. Lebt wohl!«

Auf diesen Garten war Kyros, wie mir Proxenos erläuterte, sehr stolz; häufig führte er seine Gäste selbst hindurch. Er hatte ihn bald nach der Übernahme der Satrapie an einer ebenen Stelle der Akropolis noch im Palastbereich angelegt. Mit eigenen Händen, so wurde gesagt, habe er das allerdings nicht sehr große Gelände rechtwinklig ausgemessen und die exakt parallel laufenden Streifen, auf denen dann in genau gleichen Abständen Bäume und duftende Sträucher gepflanzt wurden, festgelegt - ja sogar einige dieser Bäume selbst gepflanzt.

»Du wirst es kaum für möglich halten«, ließ sich Proxenos, als wir das Tor der Umgrenzungsmauer durchschritten, vernehmen, »in all den Jahren seiner Herrschaft hier ist kaum ein Tag vergangen, an dem er nicht mit Spaten und Hacke und Sichel in diesem Garten gearbeitet hat. Ich habe das selbst gesehen. Er müsse, so pflegte er scherzend zu sagen, erst einmal kräftig geschwitzt haben, bevor er sich zum Abendessen niedersetze.«

Nachdem wir eine Zeitlang schweigend zwischen den Baumreihen umherspaziert waren und die Schönheit und Stille des Gartens genossen hatten, setzten wir uns auf einer Bank nieder. Dann sprach ich meinen Freund an:

»Ich habe, mein lieber Proxenos, zwei Fragen. Erstens: Wer war der griechische Offizier, der an der Beratung bei Kyros teilnahm? Zweitens: Warum hat Kyros so lange gezögert, unsere Bitte zu erfüllen?«

»Der Offizier«, erwiderte Proxenos, »war Xennias aus Parrhasia. Er lebt mit Frau und Kindern in Tralleis, wo ich ihn einmal besucht habe, steht schon länger bei Kyros in Sold und ist der Strategos aller griechischen Söldner, die in den Städten seiner Satrapie stationiert sind. Vor wenigen Tagen ist er mit etwa 4000 Hopliten hier eingetroffen und hat unten in der Ebene sein Biwak nicht weit von meinem eigenen aufgeschlagen.«

Nach einer kurzen Pause fuhr er fort:

»Deine zweite Frage ist mir auch schon im Kopf herumgegangen. Fast hatte ich den Eindruck, er wollte nicht, daß du mitkommst. Aber aus welchem Grund? Ich habe dafür keine Erklärung.«

Auf dem Abstieg von der Akropolis in die Stadt kam zwischen uns kein rechtes Gespräch mehr auf. Ich mußte immer wieder an das Adler-Omen denken, das mir Schwierigkeiten vorausgesagt hatte. Konnte es sein, daß ich schon bei der ersten Begegnung den Widerwillen des Prinzen erregt hatte?

An diesem Abend ahnte ich natürlich noch nicht, daß die Begegnung mit Kyros mein ganzes Leben für Jahrzehnte völlig verändern würde. Aber ungeachtet aller Strapazen und Gefahren, die ich fortan durchstehen mußte, blieb mir zum Glück mein getreulich geführtesTagebuch erhalten: Ohne die darin zusammengetragenen Informationen hätte ich diesen Bericht nach der langen Zeit, die inzwischen vergangen ist, nicht schreiben können.

Aufbruch ins Ungewisse

Zwei Tage nach der Audienz war es soweit. Der Marsch in eine ungewisse Zukunft hinein nahm seinen Anfang. In der Zwischenzeit hatte sich die sardische Ebene über und über mit Menschen und Tieren angefüllt. Zusätzlich zu den griechischen Kontingenten, die dort zum Teil schon länger lagerten, waren nun auch die einheimischen Truppen des Satrapen, die sich zunächst in der nicht weit entfernt liegenden Ebene von Kastolos gesammelt hatten, eingetroffen - eine unübersehbare Masse von mehreren zehntausend Fußsoldaten und einigen tausend Reitern.

Außerdem war der Troß, der hinter den Truppen herziehen würde, von Tag zu Tag angewachsen. In Reihen hatten sich zahlreiche Ochsenkarren aufgestellt, auf denen die schweren Lederzelte der griechischen Truppen und sonstige Lasten verstaut wurden. Andere Wagen- und Tragtierkolonnen gehörten Kaufleuten, die unterwegs Märkte abhalten und Lebensmittel anbieten wollten. In ihrem Auftrag wurden ferner ganze Rinder- und Schafherden als lebende Verpflegungsreserven mitgetrieben. Natürlich fanden sich auch zahlreiche grell geschminkte Dirnen ein, die, wie bei jedem Feldzug, gute Geschäfte zu machen hofften.

In der letzten mondhellen Nacht vor dem Aufbruch, die ich bereits im Biwak bei Proxenos verbrachte, hallte die sardische Ebene wider von dem Gebrüll der Rinder, dem Wiehern und Stampfen der Pferde, dem durchdringenden Geschrei der Esel, dem Blöken der Schafe, dem Bellen der Hunde und dem in der Ferne verschwimmenden Stimmengewirr der an zahllosen Lagerfeuern versammelten Menschen.

Bald nach Mitternacht erschien der Prinz mit einer berittenen Leibwache und dahinter einer großen Wagenkolonne, die sein persönliches Gepäck, seine Lebensmittelvorräte, seine Dienerschaft und seinen Harem transportierte. Einige der Wagen, das konnte man sehen, waren sogar mit Heu für seine zahlreich mitgeführten Pferde beladen.

Ungefähr zur selben Zeit brach die Vorhut auf. Sie bestand aus etwa tausend einheimischen Reitern und wurde von Ariaios, einem hohen persischen Offizier, der, wie es hieß, das Oberkommando über alle einheimischen Truppen des Kyros innehabe, angeführt. Danach setzten sich die einzelnen griechischen Söldnerabteilungen in Marsch, an der Spitze die 4000 Mann starke Hoplitenabteilung des Xennias, dann diejenige des Sophainetos mit 1000 Hopliten; ihm folgte Proxenos mit seinen 1500 Hopliten und 500 Leichtbewaffneten. Den Schluß machten zwei kleinere Abteilungen, die erst vor kurzem aus Milet, an dessen Belagerung sie teilgenommen hatten, eingetroffen waren; ihre Strategoi hatte ich noch nicht kennengelernt. Sie hießen, so berichtete mir Proxenos, Sokrates aus Achaia, der 500 Hopliten anführte, und Pasion aus Megara, dessen Einheit aus 300 Hopliten und 300 Leichtbewaffneten bestand.

Die Söldner marschierten in lockerer Ordnung, wobei die im Durchschnitt 100-200 Mann starken Lochoi mit ihren Lochagen an der Spitze jeweils einen gewissen Abstand voneinander hielten. Im Gefolge der Offiziere zogen in der Regel mehrere Diener und Sklaven mit, die zum Teil schwer beladene Lastochsen oder Esel führten. So gut wie jeder Hoplit wurde von einem Sklaven begleitet, der sein Gepäck und vor allem seinen schweren, durch ein Futteral geschützten Schild trug.

Den Truppen schloß sich der griechische Troß an mit seinen zahlreichen knarrenden Ochsenkarren, Tragtieren, Lastenträgern und sonstigen Fußgängern, darunter mehreren Priestern und Sehern, Ärzten, Kaufleuten, Handwerkern zur Reparatur von Waffen und Geräten, Viehtreibern, Dirnen - *der große Haufe*, wie die Soldaten diese bunte Ansammlung von Menschen und Tieren zu nennen pflegten.

Nachdem die letzten Griechen in der inzwischen hereingebrochenen, dunstigen Morgendämmerung verschwunden waren, übernahm Kyros selbst die Führung der einheimischen Truppen. Er ritt an der Spitze seiner 600 Mann starken Elitereiterei, umgeben von seinen engsten Gefährten, die den ehrenden Titel *Tischgenossen* trugen; sie gehörten in der Mehrzahl jenem von Proxenos beschriebenen Freundeskreis an. Dann folgte seine Wagenkolonne und dahinter schließlich der unüberschaubar lange und buntscheckige Zug der einheimischen Fußtruppen, berittenen Einheiten und des Trosses.

Ich ließ an diesem Morgen meinen Rotfuchs von einem Sklaven führen und marschierte zu Fuß neben Proxenos her. Der vielbegangene Fernhandelsweg, auf dem, wie ich mich erinnerte, nach dem Bericht Herodots seinerzeit auch Xerxes in umgekehrter Richtung nach Sardeis gezogen war, führte zunächst an den nördlichen Ausläufern des Tmolosgebirges entlang nach Osten, verließ aber nach zwei Stunden die breite Ebene des Hermos und bog in das nach Südosten gerichtete Tal des Kogamos ein.

Nach etwa vier Stunden wurde eine Marschpause eingelegt, damit das Frühstück bereitet werden konnte. Da die Ebene reich besiedelt war, benutzten viele Söldner die Feuerstellen der in der Nähe liegenden Häuser, um sich Wasser für die Bereitung von Mehlsuppe oder Brei zu erhitzen. Manche entzündeten auch kleine Feuer im Freien mit Hilfe von Feuersteinen und Zunder oder, da inzwischen heller Sonnenschein herrschte, von Brenngläsern. Nicht wenige verzichteten jedoch an diesem Morgen auf eine warme Mahlzeit und verzehrten nur ihre mitgebrachten Brotfladen mit Käse und Oliven. Einen solchen kalten Imbiß ließen auch wir uns von unseren Dienern zubereiten. Dazu tranken wir stark mit Wasser verdünnten Wein.

Während des Essens warf ich die Frage auf, ob zur Disziplinierung der Pisider tatsächlich eine so riesige Armee benötigt werde und ob Kyros bei ähnlichen Unternehmungen in der früheren Zeit immer derartige Truppenmassen aufgeboten habe.

»Nein«, erwiderte Proxenos, »diesen Aufwand betreibt er, soweit ich weiß, jetzt zum ersten Mal. Ich war zwar bisher noch nicht an der Südgrenze der Satrapie, aber was ich von den Pisidern höre, spricht eigentlich nicht dafür, daß sie eine organisierte Armee haben. Sie tauchen in kleinen, primitiv bewaffneten Gruppen hier oder dort aus heiterem Himmel auf, brennen Dörfer nieder, rauben Vieh und verschwinden wieder. Außerdem spielt sich das alles wohl in sehr unübersichtlichem, bergigem Gelände ab. Ich frage mich, ob wir da überhaupt eine vernünftige Hoplitenphalanx aufbauen können und, wenn ja, ob das gegenüber diesem Gegner wirklich sinnvoll ist.«

Als ich ihn fragend anblickte, fügte er noch hinzu:

»Ich habe mit Sophainetos und Xennias, erfahrenen Offizieren, über die Sache gesprochen, und die haben mir klipp und klar gesagt, daß das gewaltige Aufgebot nach ihrer Einschätzung für einen Pisidienzug bei weitem zu groß sei, zumal unterwegs noch mit dem Eintreffen weiterer Truppenkontingente gerechnet werde. Tatsächlich sind unter den Soldaten auch allerlei Gerüchte im Umlauf. Man munkelt, daß Tissaphernes bereits auf dem Weg zum Großkönig sei.«

»Tissaphernes? Der frühere Satrap von Sardeis?«

»Ja! Wer weiß, was er vorhat. Seit der König der Könige Dareios ihn vor einigen Jahren aller Ämter enthoben und seinen jungen Sohn Kyros in Sardeis als Satrapen eingesetzt hat, herrscht bittere Feindschaft zwischen den beiden. Am Anfang hielt sich Tissaphernes noch zurück, später intrigierte er ganz offen gegen den Prinzen. Du kennst ja sicher die üble Geschichte, die sich bei der Inthronisierung von Artaxerxes Mnemon in Babylon abgespielt hat.«

»Nein! Jedenfalls nicht im einzelnen. Was ist damals passiert?«

»Nach dem Tod des Dareios - das war im Winter vor drei Jahren - reisten Kyros und Tissaphernes gemeinsam nach Babylon, um an der Inthronisierung des neuen Großkönigs teilzunehmen. Dort wurde Kyros plötzlich verhaftet und in einem Eilverfahren mit der Billigung seines Bruders zum Tod verurteilt - unter der Anklage, er wolle ihn bei der Weihezeremonie im Tempel von Pasagardai töten und selbst den Thron des Königs der Könige besteigen. Es ist nur dem Einsatz seiner Mutter Parysatis zu verdanken, daß er mit dem Leben davonkam und wieder in seine Satrapie zurückkehren konnte. Die Hintergründe dieses Skandals sind nie völlig aufgeklärt worden, aber niemand hatte damals einen Zweifel daran, daß die scheußliche Verleumdung von Tissaphernes ausgestreut wurde. Das weiß ich von Xennias, der seinerzeit den Prinzen mit 300 griechischen Hopliten auf der Reise begleitete. Du kannst dir vorstellen, daß es seit diesem schlimmem Zwischenfall mit dem Verhältnis der beiden Brüder zueinander nicht zum Besten steht.«

»Das kann ich mir gut vorstellen«, erwiderte ich, nippte an meinem Becher und fügte dann hinzu:

»Mein Gott, Proxenos, könnte es sein, daß dieser Feldzug in Wahrheit garnicht gegen die Pisider, sondern gegen den Großkönig geht?«

»Es gibt Leute, die vor dem Abmarsch diese Vermutung unter der Hand geäußert haben - aber niemand von uns Griechen weiß etwas Genaues. Offiziell war und ist immer nur von den Pisidern die Rede. Wie dem auch sei - wir sind nun einmal Söldner und folgen unserem Soldherrn überall hin, solange er uns bezahlt.«

»Ich bin kein Söldner - aber ich habe mich, du warst ja dabei, dem Kommando des Satrapen unterworfen! Mitgefangen - mitgehangen! Sollte der gebildete junge Prinz wirklich so skrupellos sein, uns alle derartig hinters Licht zu führen? Doch genug davon, lassen wir uns überraschen. Es geht weiter.«

Die Kolonne hatte sich wieder in Bewegung gesetzt und rückte nach etwa dreieinhalb Stunden Abteilung für Abteilung in ein großes Wiesengelände ein, das von der Vorhut für das Nachtlager ausgesucht worden war. Darauf lagen mehrere Dörfer, die als Quartiere dienen konnten.

Die Griechen zogen es jedoch vor, im Freien ein geordnetes Zeltlager mit dem Waffenplatz im Zentrum zu errichten. Auf diesem Platz legten die Schildträger die schweren Schilde der Hopliten in Reihen ab und bauten rundherum die Lederzelte so auf, daß die einzelnen Gruppen möglichst nahe bei ihren Schilden lagerten. Zwar brauchte man hier gewiß nicht mit irgendwelchen Überfällen zu rechnen, aber die Offiziere waren übereingekommen, daß von Anfang an Wert auf militärische Disziplin gelegt werden solle. Deshalb wurde für die Nacht ein ordentlicher Wachdienst nicht nur am Waffenplatz, sondern auch an den Rändern des Lagers eingerichtet.

Jetzt flackerten nach und nach überall vor den Zelten die Feuer auf, auf denen die Hauptmahlzeit des Tages hergestellt werden sollte. Nach dem üblichen Brauch war jeder Soldat selbst für seine Ernährung verantwortlich; er sollte in seinem Gepäck immer Lebensmittel für ein paar Tage mitführen und seine Vorräte auf eigene Kosten rechtzeitig auffüllen. Dafür erhielt er den Sold, der sich für den einfachen Soldaten pro Tag auf eine Drachme (das entsprach etwa dem Tagesverdienst eines zivilen Lohnarbeiters), für den Lochagen auf das Doppelte und für den Strategos auf das Vierfache belief.

Zum Einkauf von Lebensmitteln bestand künftig auf allen Stathmoi, wie die Lagerplätze in der militärischen Sprache offiziell (und auch von mir in meinem

Tagebuch) genannt wurden, Gelegenheit, denn hier errichteten nicht nur die mitziehenden Kaufleute jeweils ihre Märkte, sondern boten auch die Bauern und Händler aus der Umgebung ihre Waren an, vor allem (wie ich später feststellen konnte) Mehl oder ungemahlenes Getreide, Hülsenfrüchte, Gemüse, Honig, Käse, Oliven und Obst, dazu lebende Schafe und Ziegen oder auch einzelne Fleischstücke frisch geschlachteter Tiere sowie Wein, Öl und Milch.

Wir überließen ebenso wie die anderen Offiziere die Bereitung der Mahlzeiten unseren Dienern. In der Zwischenzeit machten wir an diesem Nachmittag des ersten Marschtages noch einen Spaziergang bis zum Ende des griechischen Lagers, wo auf dem Markt schon reges Leben herrschte, und gingen dann noch ein wenig weiter hinüber zu den Persern. Dort stießen wir zunächst auf das exakt ausgerichtete Zeltlager der Elitereiterei, deren etwa 600 Pferde sich über die Wiesen zerstreut hatten, aber, da ihnen die Vorderfüße mit kurzen Stricken zusammengebunden waren, nicht davonlaufen konnten. Später wurden sie für die Nacht in langen Reihen in der Nähe der Zelte angepflockt.

Bald kam, etwas abseits des Weges, das sehr große, prunkvolle Zelt des Satrapen in Sicht. Auch seine Pferde befanden sich unter der Aufsicht zahlreicher Diener noch auf der Weide. Andere Diener waren damit beschäftigt, die Abendmahlzeit für den Prinzen und seine *Tischgenossen*, deren Zelte neben seinem Prunkzelt standen, herzurichten. Man roch den Duft gebratenen Fleisches und frisch gebackenen Brotes und sah, wie von einem der Wagen seines Trosses große Weinkrüge ins Zelt getragen wurden.

Vor einem Zelt, das direkt hinter dem Prunkzelt errichtet war, standen zwei ältere, dickbäuchige Eunuchen in der Haltung von Wächtern: Es beherbergte offenkundig den Harem des Prinzen. Zahlreiche Soldaten der Leibwache schirmten das ganze für den Satrapen reservierte Gebiet, in dem ein ständiges Kommen und Gehen war, wie eine kleine Stadt nach außen ab.

Nachdem wir aus der Ferne eine Zeitlang das bunte Treiben betrachtet hatten, machten wir uns wieder auf den Rückweg zu unserem Zelt. Das weit in der Ebene ausgebreitete Biwak der Zehntausende von persischen Soldaten und ihres Trosses, aus dem ein brodelndes Geräusch, wie aus einem Bienenkorb, zu uns herüberdrang und der Rauch unzähliger Feuer zum Himmel aufstieg, lockte uns nicht an, zumal inzwischen die Dämmerung hereingebrochen war.

Nach dem früher als üblich eingenommenen Abendessen sanken wir auf den leichten Feldbetten, die man für uns im Zelt aufgestellt hatte, sofort in den traumlosen Schlaf der Erschöpfung.

Noch bei tiefer Dunkelheit begannen am nächsten Morgen die Vorbereitungen für den Aufbruch. Die Diener brachten ihren Herren Schüsseln mit Wasser und Tücher und packten ihr privates Gepäck zusammen. Dann wurden im

Schein einiger Feuer, die man wieder zum Lodern gebracht hatte, die Zelte abgeschlagen und auf den Ochsenkarren verstaut, sowie den Lastochsen und Eseln ihre Lasten aufgelegt. Schließlich nahmen, während sich die Lochoi zu formieren begannen, die Schildträger die Schilde und Bündel ihrer Hopliten auf und begaben sich auf ihre Plätze.

Auch *der große Haufe* hatte sich inzwischen marschfertig gemacht und am Ende der langen griechischen Kolonne Aufstellung genommen. Kurze Zeit später ertönte hell und klar von der Spitze her das wohlbekannte Trompetensignal: *Gepäck aufnehmen! Abmarsch!*

So begann der zweite Tag des langen Marsches, dem noch einige hundert folgen sollten. Ich hatte an diesem Morgen den Rotfuchs bestiegen, weil mir vom Vortag her noch alle Knochen schmerzten, und mich hinter die Abteilung des Proxenos zurückgezogen. Hier ritt ich neben meinem Leibdiener her, der kläglich und wortlos auf seiner alten Stute hing, und hörte hinter mir das eifrige Getrappel der von den Sklaven geführten beiden Eselchen, die mein Gepäck trugen. Worauf, dachte ich, habe ich mich nur eingelassen?

Die Straße, auf der uns von Zeit zu Zeit Handelskarawanen entgegenkamen, die zur Seite ausweichen mußten und dadurch praktisch mindestens einen ganzen Tag verloren, führte im sich allmählich verengenden und ansteigenden Tal des Kogamos weiter nach Südosten. Am Morgen des dritten Tages erfolgte auf einem an manchen Stellen tiefen und engen Weg der Aufstieg zur Wasserscheide zwischen dem Hermos- und dem Mäandertal. Erst nach fünf Stunden wurde auf dem langen Abstieg bei einer kleinen Stadt, von der aus sich eine herrliche Aussicht in die Mäanderebene eröffnete, die Frühstückspause eingelegt.

Bald nach Mittag erreichte die Spitze des Heereszuges den Fluß selbst, durchquerte ihn und legte in den Wiesen des anderen Ufers den Stathmos an. Es kam dabei bis in die Dunkelheit hinein zu einem Stau, weil die riesige Kolonne durch die schmale und ziemlich tiefe Furt (das Wasser ging den Menschen bis zur Brust) geschleust werden mußte. Ein Teil der einheimischen Truppen und ihr ganzer Troß kampierten in der Nacht noch auf dem nördlichen Ufer und konnten die Durchfurtung erst am nächsten Morgen durchführen.

Die Straße bog nun in das Tal des Lykos, eines Nebenflusses des Mäander, ein, und wir überschritten bei der unbedeutenden Stadt Kydrara, wo ein von Kroisos errichteter Grenzstein stand, die lydisch-phrygische Grenze. Nach einem Gewaltmarsch von acht Stunden wurde der Stathmos bei der großen Stadt Kolossai eingerichtet. Da hier für eine Woche pausiert werden sollte, verließ ich wie die meisten höheren Offiziere das Biwak, mietete mich in einem Gasthof ein und genoß wieder einmal die Annehmlichkeiten des städtischen Lebens.

Am zweiten Tag der Ruhewoche traf im Stathmos eine neue Abteilung von 1000 Hopliten und 500 Leichtbewaffneten ein, die durchweg einen sehr erschöpften Eindruck machten. Sie waren, wie man hörte, vor mehreren Wochen im thessalischen Larisa aufgebrochen und durch ganz Thrakien bis nach Byzantion marschiert, hatten von dort aus in Fährschiffen die Propontis überquert und schließlich in Eilmärschen Sardeis erreicht - zwei Tage, nachdem Kyros den Befehl zum Aufbruch gegeben hatte. Durch berittene Boten war vereinbart worden, daß das Heer in Kolossai auf sie warten und ihnen eine Verschnaufpause gewähren würde. Die Abteilung stand unter dem Kommando eines gewissen Menon aus Larisa.

»Menon aus Larisa?«, fragte ich meinen Freund. »Ist das der Gorgiasschüler?«

»Ja, der ist es; ich kenne ihn gut; er ist jünger als wir, aber wir haben uns oft beim Studium getroffen.«

»Dann kenne ich ihn auch! Er war im vorigen Winter in Athen und ließ sich dort auf eine Diskussion mit Sokrates ein. Unser alter Meister hat ihn dabei ziemlich an die Wand gespielt. Aber damals war er ganz gewiß kein Hoplitenstrategos, sondern versuchte sich als Weisheitslehrer durchzuschlagen - mit ziemlich provozierenden Thesen übrigens, die seinem Lehrer kaum gefallen haben dürften.«

»Ich weiß das! Er war das Sorgenkind des Gorgias. Ein Jüngling mit hoher Intelligenz, aber förmlich besessen von einem skrupellosen Egoismus und einer unerträglichen Überheblichkeit. Er beherrscht wie kein anderer alle Kniffe der Rhetorik und brachte unseren Lehrer dadurch, daß er sich einen Spaß daraus machte, seine wohldurchdachten Thesen oft bis zur Unkenntlichkeit zu verdrehen oder sogar richtig auf den Kopf zu stellen, manchmal zur Verzweiflung. Andere Gesprächspartner, vor allem uns, seine Mitschüler, versuchte er immer wieder förmlich niederzumachen und anschließend auch noch mit zynischem Hohn zu überschütten - ein widerlicher Kerl!«

»Aber wieso erscheint dieses Bürschchen hier als Strategos an der Spitze einer so großen Truppe?«

»Die genauen Hintergründe kenne ich auch nicht. Auf jeden Fall spielt der Aleuadenfürst Aristippos dabei eine Rolle - übrigens gleichfalls ein Gorgiasschüler, den ich einmal kennengelernt habe! Er soll die Truppe, die jetzt hier eingetroffen ist, in Larisa aufgestellt haben - wie es heißt, mit Geld von Kyros. Gerüchtweise habe ich außerdem noch gehört, daß Menon seinem einflußreichen thessalischen Landsmann als eine Art Lustknabe zu Diensten gewesen sei und gewissermaßen als Dank dafür trotz seiner Jugend dieses Kommando bekommen habe.«

Proxenos senkte für einen Augenblick schweigend den Kopf, dann richtete er plötzlich seine Augen voll auf mich und sagte:

»Verdammt noch mal, zutrauen würde ich es ihm! Dieser Bursche kennt keine Hemmungen, wenn er ein Ziel erreichen will. Übrigens nehme ich an, daß er bald bei mir, vermutlich seinem einzigen Bekannten in dieser großen Menschenmasse, auftauchen wird - und wäre dir sehr dankbar, wenn du dabeisein könntest.«

»Mit dem größten Vergnügen! Sag mir Bescheid, wenn es soweit ist.«

Schon am nächsten Abend, als ich gerade mit Eintragungen in mein Tagebuch beschäftigt war, erschien ein Bote bei mir und meldete:

»Strategos Proxenos läßt dich bitten, möglichst schnell zu ihm zu kommen.«

Da wir beide im selben Gasthaus Quartier genommen hatten, dauerte es nur wenige Minuten, bis ich im Zimmer meines Freundes eintraf. Dort begrüßte mich Menon, ein hochgewachsener und schlanker junger Mann in makellos sauberer Hoplitenrüstung, mit kühler Unverbindlichkeit. Auffälligerweise trug er keinen Bart, wie die meisten Söldner; sein glatt rasiertes, hageres Gesicht wirkte daher unter dem kurz geschnittenen, vollen schwarzen Haar noch sehr jugendlich.

Er war unbestreitbar ein hübscher Jüngling mit einer spürbaren homoerotischen Ausstrahlung, derer er sich offensichtlich auch selbst ständig bewußt war. Seine Art, die Hände zu bewegen, die Augen aufzuschlagen, sich auf dem Liegesofa niederzulassen - alles wirkte wie die unauffällige Vorbereitung auf ein Liebesspiel zwischen Männern. Sogar die Art, wie er seine Stimme führte, paßte in dieses Bild.

Bei näherem Hinsehen konnte man in seinen Zügen freilich auch schon die Spuren eines ausschweifenden Lebens erkennen. Der Bursche, dachte ich, hat trotz seiner Jugend offenkundig schon einiges hinter sich. Irgendwie ist er vulgär und zugleich, ich muß es zugeben, anziehend, ja faszinierend. Und hochmütig! Dieser arrogante, spöttische Blick, mit dem er mich von oben herab ansieht! Er versucht, mich einzuschüchtern - aber das wird ihm bei Gott nicht gelingen!

»Mein lieber Xenophon«, eröffnete Menon nun das Gespräch, »ich freue mich sehr, dich kennenzulernen. Proxenos hat mir erzählt, daß du bei meiner Diskussion mit Sokrates anwesend warst - es tut mir leid, daß ich dich nicht wiedererkannt habe. Aber damals waren ja viele Zuhörer und Schüler zugegen.«

Dieser Angeber, ging es mir durch den Kopf, will sich hier als ausgewachsenen Philosophen hinstellen - und rechnet mich unter die Schüler. Aber warte nur, bis wir einmal ernsthaft zum Diskutieren kommen - dann wirst du schnell die Segel streichen müssen.

Menon hatte sich inzwischen Proxenos zugewandt:

»Kyros, ein wirklich bemerkenswerter junger Mann, hat mich sehr freundlich aufgenommen und mir übrigens sofort den rechten Flügel in der Phalanx zugeteilt.«

»Er hat dir den rechten Flügel in der Phalanx zugeteilt?«

»Ja! Das war mein Ziel - und ich habe es erreicht. Ich konnte ihn schon im ersten Gespräch davon überzeugen, daß meine Truppe am besten ausgebildet ist und aus kampferprobten Männern besteht. Und daß ich die besten Lochagen habe und daß ich auch selbst...«, er verstummte kurz - großer Gott, dachte ich, was kommt jetzt? -, »und daß ich auch selbst keinen schlechten Kommandanten abgebe. Gorgias hat uns ja, mein lieber Proxenos, mit der Wissenschaft des Führens in allen Einzelheiten vertraut gemacht - und ich habe einige seiner Ratschläge für meine Person noch ein bißchen verfeinert oder, na ja, verdeutlicht und bin mit meiner Philosophie bisher gut, nein: *sehr gut* gefahren. Aber, meine Freunde, ich muß zurück ins Biwak zu meinen Männern. Wir bilden alle zusammen eine verschworene Gemeinschaft, in der die Offiziere, auch der Strategos, keine Sonderrolle spielen. Ich wollte euch heute nur kurz begrüßen.«

Als Menon gegangen war, fragte ich Proxenos:

»Hast du die Kritik herausgehört? Im Gasthaus zu wohnen schickt sich nicht für einen Strategos! Und wie hat er doch gesagt?: >Kyros, ein wirklich bemerkenswerter junger Mann.< So spricht der eingebildete, bartlose Jüngling über unseren Prinzen, der schließlich seit Jahren eine große Satrapie regiert und diese ganze riesige Armee auf die Beine gebracht hat - wohin auch immer die Reise gehen mag.«

»Noch mehr rege ich mich über die Sache mit dem rechten Flügel auf«, erwiderte Proxenos, »dort gehören erfahrene Strategoi wie Xennias oder meinetwegen auch Sophainetos hin, aber doch nicht dieses arrogante Bürschchen! Nun - wenn es wirklich zum Kampf kommen sollte, werden wir ja sehen, was hinter seinem Geschwätz steckt. Ich fürchte allerdings, daß wir ihn vorher noch öfter am Hals haben werden: Denn natürlich wird er uns und vor allem dir seine philosophische Überlegenheit demonstrieren wollen. Laß dich nur nicht von ihm ins Bockshorn jagen, mein Freund!«

Mit den Worten »Keine Angst! Soll er doch kommen!« verließ ich nun auch das Zimmer und kehrte zu meinem Tagebuch zurück, um darin meine ersten Eindrücke von Menon zu notieren.

Die folgenden drei Tagemärsche führten in östlicher Richtung immer tiefer in bergiges Land hinein. Die Straße folgte zunächst dem Tal des Lykos, dann einem schmalen Nebenfluß bis hin zu einem großen, salzreichen See, berührte dessen Nordufer aber nur für ein kurzes Stück an seinem westlichen Ende, ließ ihn dann rechts liegen und erreichte über eine ausgedehnte Ebene Kelainai, eine große und bedeutende Stadt . Während das Lager vor den

Mauern, in der Mäanderebene, errichtet wurde, sah ich die Wagenkolonne des Satrapen im Inneren verschwinden.

»Er bewohnt immer, wenn er hier ist«, klärte mich Proxenos auf, »ein eigenes Schloß, das er sich, wie man sagt, unmittelbar bei einem Teich, aus dem der Mäander hervorgeht, hat errichten lassen. Der Fluß soll sich von dort aus durch einen großen Wildpark schlängeln, in dem Kyros, so wird erzählt, häufig vom Pferd aus jage, um sich selbst und seine Pferde in Übung zu halten.«

»Auch Herodot«, warf ich ein, »erwähnt die Quellen des Mäander in Kelainai. Außerdem spricht er, wenn ich mich recht erinnere, noch von einem zweiten Fluß, der sonderbarerweise direkt auf dem Marktplatz entspringen soll. Nun, wir werden uns das ansehen. Denn es wird hier doch, wie ich höre, ein längerer Aufenthalt eingelegt?«

»Ja, Kyros erwartet hier noch weitere Truppen. Das kann Wochen dauern. Also quartieren wir uns in der Stadt ein - Menon mag ja draußen bleiben.«

Nachdem wir Zimmer in einem ordentlichen Gasthaus gemietet hatten, streiften wir während der nächsten Tage viel in der Stadt umher. Am Rand des Marktplatzes, unterhalb eines großen Palastes, der am Fuß der stark befestigten Akropolis errichtet war, brach tatsächlich aus dem Fels eine mächtige Quelle hervor und bildete einen kleinen Teich, von dem aus dann ein ansehnlicher Fluß von immerhin 25 Fuß Breite quer durch das Stadtgebiet dem Mäander zuströmte.

Als wir einen Einheimischen nach dem Namen des Flusses fragten, sagte dieser: »Marsyas.«

»Marsyas, wie der Satyr?«

Er blickte uns erstaunt an und fuhr fort:

»Ja. Wißt ihr denn nicht, daß hier der berühmte musikalische Wettstreit stattfand, zu dem Marsyas den Gott Apollon herausgefordert hatte? Den Marsyas verlor, weil der listenreiche Gott auf der Kithara, als er sie umgedreht hatte, weiterspielen konnte, Marsyas aber nicht auf der umgedrehten Schalmei? Apollon hat ihm dann ja bei lebendigem Leib die Haut abgezogen und sie wie einen Schlauch da hinten in der Quellgrotte aufgehängt.«

»So etwas Ähnliches habe ich auch bei Herodot gelesen«, warf ich ein.

»Da hängt sie immer noch«, setzte der redselige Bürger seine Geschichte fort, »und jedesmal, wenn in der Nähe eine phrygische Weise ertönt, bewegt sie sich. Und dieser Fluß hier ist aus dem Blut des Geschundenen und den Tränen der zuschauenden Satyrn und Nymphen entstanden - deshalb heißt er Marsyas.«

»Bei Herodot«, fügte ich, als wir wieder unter uns waren, hinzu, »trägt er, meine ich mich zu erinnen, den sonderbaren Namen *Stromschnelle*, jedenfalls heißt er nicht Marsyas. Aber die Geschichte hat uns der gute Mann, ein richtiger phrygischer Patriot, doch schön erzählt! Ihm sind ja selbst fast die Tränen gekommen, als er vom Blut des Geschundenen sprach.«

Einen Tag in der zweiten Woche hatte Kyros, wie das bei Reisen des Satrapen durch seine Satrapie in größeren Städten üblich ist, als Gerichtstermin festgesetzt. Da die Verhandlungen öffentlich waren, mischte ich mich auch für eine kurze Zeit unter das auf dem Gerichtsplatz zahlreich erschienene Publikum.

Ich erlebte gerade die Verurteilung eines etwa vierzigjährigen, finster blikkenden, in Lumpen gekleideten Phrygers und seines halbwüchsigen Sohnes mit. Ihnen wurde vorgeworfen, gemeinsam einen einzeln reisenden kleinen Handelsmann überfallen, niedergeschlagen und seiner ganzen Habe beraubt zu haben. Da sie ihn für tot hielten, hatten sie ihn neben dem Weg in ein Gebüsch geworfen und seinen Packesel fortgetrieben. Aber er lebte noch, war zu seinem Glück bald gefunden worden und inzwischen wieder einigermaßen zu Kräften gekommen. Jetzt stand er, auf einen Stock gestützt, als Zeuge den Übeltätern gegenüber.

Das Verhör dauerte nur wenige Minuten, da weder über den Ablauf des Verbrechens noch über die Schuld der Angeklagten Zweifel bestanden. Nach kurzem Nachdenken fällte Kyros das Urteil:

»Beide erhalten Peitschenhiebe, der Alte fünfzig, der Junge zwanzig. Dem Alten wird die rechte Hand abgehackt und das rechte Auge herausgeschnitten. Dem Jungen schneidet ein Ohr ab. Dann jagt sie fort!«

Die Strafen wurden sofort vollzogen. Zunächst legten zwei Gehilfen den Vater auf eine bereitstehende Bank und hielten ihn dort fest.D er Scharfrichter ließ seine Peitsche mit voller Wucht auf den nackten Rücken klatschen, bis er mit blutigen Striemen bedeckt war. Während der Vater bei dieser Tortur nur gepreßt stöhnte, schrie der arme Junge später bei jedem Schlag markerschütternd auf und war am Schluß kaum noch fähig, wieder auf die Beine zu kommen.

Aber das Schlimmste stand ihm noch bevor. Neben der Bank stand ein Holzklotz mit blutverschmierter Oberfläche. Darauf mußte der Vater seine rechte Hand legen. Als er ein wenig zurückzuckte, erhielt er von einem der Gehilfen mit einem Knüppel einen lähmenden Stockschlag auf das Gelenk; unmittelbar danach sauste das messerscharfe Beil des Scharfrichters hernieder und trennte die Hand ab. Als der Junge sah, wie sie in einen Eimer geworfen wurde, fiel er in Ohnmacht. So konnte ihm ohne weitere Schwierigkeiten mit einem Rasiermesser die linke Ohrmuschel abgeschnitten werden.

Nachdem man den blutigen Armstumpf mit einem Lappen umwickelt hatte, mußte sich der Vater, der vor Schmerzen seiner Sinne kaum noch mächtig war, auf die Bank setzen. Dann hielt einer der Gehilfen seinen Kopf fest, während der Scharfrichter mit einem eigens dafür konstruierten Messer blitzschnell den rechten Augapfel herausschnitt und in den Eimer fallen ließ.

Mit einem kurzen Schrei fuhr der zusammengesunkene Mann nach einem kräftigen Stockhieb hoch, drückte den blutigen Verband seines Armstumpfes gegen die leere Augenhöhle, zog mit der linken Hand seinen wie leblos daliegenden Sohn vom Boden auf und schleifte ihn mühsam durch die Reihen der Schaulustigen zum Rand des Gerichtsplatzes. Ich sah, wie er dort neben seinem Sohn in den Staub niedersank und stöhnend liegenblieb.

Was wird wohl aus diesen Menschen, dachte ich auf dem Heimweg, während hinter mir bereits das laute Geschrei des nächsten Delinquenten, der mit einer Prügelstrafe davongekommen war, ertönte. Muß die Durchsetzung des Rechtes wirklich derart grausame Formen annehmen?

Am Abend sprach ich mit Proxenos über mein Erlebnis und die Gedanken, die mich bewegten. Er blickte mich eine Zeitlang schweigend an und sagte dann:

»Ich kann deine Erregung gut verstehen! Sie wenden hier, gerade in dieser Satrapie, unbeschreiblich grausame Foltern und Strafen an, wenn sie Recht sprechen. Aber man muß auch zugeben, daß in den letzten Jahren der Straßenraub, der vorher gang und gäbe war, ganz stark zurückgegangen ist. Das hat Kyros mit seiner Strenge erreicht. Trotzdem - auch mir fällt es immer noch sehr schwer, mich an den Anblick der vielen armseligen Verstümmelten, die um Almosen betteln, zu gewöhnen. Da sitzen sie ohne Hände, ohne Füße, ohne Augen, ohne Ohren, ohne Zunge im Dreck am Straßenrand und hoffen, daß man ihnen einen Brocken zuwirft - wie Hunden, scheußlich!«

Gegen Ende der dritten Woche kamen kurz hintereinander noch drei große Söldnerabteilungen, auf welche Kyros hier offenbar gewartet hatte, im Lager an. Wir befanden uns gerade im Biwak, als die erste Abteilung, die sich aus 1000 Hopliten, 800 thrakischen Peltasten (darunter 40 Reitern) und 200 kretischen Bogenschützen zusammensetzte, einrückte. Sie stand unter dem Kommando des Spartiaten Klearchos.

»Ist das der berüchtigte Klearchos«, fragte ich Proxenos, »den die Spartaner vor ein paar Jahren aus Byzantion verjagt haben? Dort soll er ja ziemlich übel gewütet haben - wurde er nicht sogar zum Tod verurteilt?«

»Ja, er wurde damals zum Tod verurteilt und hat sich der Vollstreckung durch die Flucht zu Kyros entzogen. Er ist ein eisenharter Offizier mit einer kaum vorstellbaren Energie, schon um die 50 Jahre alt. Ich habe ihn bisher nur einmal kurz gesehen, doch ich kenne seinen Ruf. Er soll seine Leute unglaublich brutal ausbilden, aber dadurch sogar noch aus Versagern gute Soldaten machen. Gute Soldaten, so soll er verkündet haben, müssen vor ihren eigenen Offizieren mehr Angst als vor den Feinden haben. Was sagst du dazu? Dieser Mann kennt das Kriegshandwerk wie kein anderer - er hat sein ganzes Leben bisher auch nur mit Kampf und Krieg verbracht, weil er sich, es fällt einem schwer zu glauben, für nichts, für tatsächlich gar nichts sonst im geringsten interessiert.«

Während wir das Einrücken der großen Abteilung in das Lager verfolgten, konnten wir Klearchos selbst bei der Arbeit beobachten. Er hatte ein knochiges Pferd bestiegen und dirigierte lautstark und unter gelegentlichem Schwenken eines Speers, den er in der rechten Hand hielt, die einzelnen Lochoi an ihre Plätze. Dort standen bereits nach kurzer Zeit in Reih und Glied die Zelte um den exakt ausgerichteten Waffenplatz, und sogar der zugehörige Troß baute sein Lager in sonst ungewohnter Ordnung auf. In dieser Truppe herrschte wirklich von allen Söldnerabteilungen, die ich bisher zu Gesicht bekommen hatte, die bei weitem beste Disziplin.

Am nächsten Tag trafen gemeinsam noch weitere 300 Hopliten unter dem Kommando des Syrakusaners Sosis sowie eine Abteilung von 1000 Hopliten, die alle geborene Arkader waren und auch von einem Arkader namens Agias befehligt wurden, im Biwak bei Kelainai ein.

Schon neigte sich die vierte Ruhewoche ihrem Ende zu, als Kyros seine griechischen Söldner dazu aufforderte, eine Musterung und Zählung in seinem Wildpark durchzuführen. Nach kurzem Marsch am Mäander entlang erreichte die Kolonne ein ausgedehntes ebenes Wiesengelände ohne Bäume, das dem Prinzen sonst für seine Hetzjagden vom Pferd aus diente, entwikkelte dort auf das entsprechende Signal hin aus der Marschordnung heraus durch eine Viertelschwenkung aller Lochoi die Phalanx mit Angriffsrichtung rechts und stand nach wenigen Augenblicken in der neuen Formation. Kyros war mit seinem engeren Stab erschienen und beobachtete das äußerst exakt ablaufende Manöver, das zur Elementartaktik der griechischen Fußtruppen gehört, mit unverhohlenem Stolz.

Ich hatte die Kolonne begleitet und konnte auch meine eigene Bewunderung nicht unterdrücken: Obwohl sich die Armee aus so vielen verschiedenen Einheiten, die noch nie gemeinsam operiert hatten, zusammensetzte, klappte der Aufbau der Phalanx wie am Schnürchen, weil jeder Offizier und jeder Soldat genau wußte, was er zu tun hatte. Und nun standen sie zu acht Gliedern hintereinander in langen Reihen da, der Strategos jeweils am rechten Flügel seiner Einheit neben dem Lochagen des ersten Lochos; die Hopliten hatten die großen Schilde gleichmäßig vor sich abgestellt und hielten ihre Speere in der rechten Hand. Die blank geputzten Helme und Metallteile der Rüstung blinkten in der Sonne - ein wirklich wunderbarer, erhebender Anblick.

Die Leichtbewaffneten hatten sich für die Musterung jeweils am linken Flügel der Einheiten, denen sie zugehörten, in die Phalanx eingereiht, zunächst immer die Speerwerfer, die ihre leichten Rundschilde am linken Arm trugen, dann die schildlosen Bogenschützen mit ihren relativ kleinen, entspannten

Bögen in der Hand und dem Köcher voller Pfeile auf dem Rücken und schließlich die Schleuderer, die außer ihren Schleudern nur noch ein Säckchen für die Munition mitführten.

Nach der im Anschluß an die Musterung durchgeführten Zählung begaben sich die Strategoi zu Kyros und meldeten das Ergebnis: Die Truppe bestand jetzt aus nicht ganz 11000 Hopliten und etwas mehr als 2000 Leichtbewaffneten. Bei dieser Gelegenheit gab Kyros bekannt, daß das Lager im Lauf des nächsten Nachmittags abgebaut werden solle; die Vorhut werde nach Mitternacht zum Weitermarsch aufbrechen.

»Nun sind wir schon zwei Monate unterwegs«, bemerkte Proxenos zu mir, als wir abends unser Gasthaus verließen und ins Biwak zurückkehrten, »und Kyros hat noch immer keinen Sold gezahlt! Er ist jetzt volle drei Monate im Rückstand. Die Soldaten werden unruhig, und meine Lochagen haben alle Hände voll zu tun, um sie mit Versprechungen bei der Stange zu halten. Das paßt eigentlich gar nicht zu ihm - sollte ihm wirklich das Geld ausgegangen sein?«

»Hoffen wir«, erwiderte ich, »daß er das bald in Ordnung bringt. Auf jeden Fall geht es jetzt weiter. Hat er bei der Musterung noch etwas über das Ziel gesagt?«

»Nein, darüber fiel kein Wort - auch von den Pisidern war nicht die Rede. Irgend jemand sprach von Aufständen in Lykaonien. Das wäre allerdings weit im Osten. Wir werden ja sehen.«

Der Marsch begann, wie angekündigt, bald nach Mitternacht und führte im Mäandertal entlang nach Nordwesten.

»Nach Nordwesten? Verstehst du das?«, fragte ich meinen Freund, »wir marschieren ja zurück! Will er jetzt den Feldzug abbrechen? Soviel ist jedenfalls sicher, daß die Pisider im Süden nicht unser Ziel sind.«

»Du hast recht, die Pisider sind offensichtlich nicht unser Ziel. Vielleicht will er wirklich nach Lykaonien. Dann werden wir noch ein paar Tage nach Norden marschieren bis zu einer wichtigen Handelsstadt namens Topfmarkt und dort auf die große Fernstraße treffen, die von Sardeis aus in den Osten des Reiches führt. Aber das hätten wir, bei den Göttern, einfacher haben können: Die direkte Entfernung von Sardeis bis Topfmarkt beträgt auf dieser Straße allenfalls fünf Marschtage - und wir ziehen schon zwei Monate in der Gegend herum!«

Proxenos hatte richtig vermutet. Der Marsch führte vier Tage lang nach Norden, unterbrochen allerdings von einem dreitägigen Aufenthalt in der Stadt Peltai, wo Xennias mit den Arkadern die *Lykaia* feierte. Da fast jeder zweite Hoplit aus Arkadien stammte und der Termin für dieses heimatliche Fest zu Ehren des Zeus Lykaios soeben erreicht war, hatte sich Xennias, selbst ein Arkader, dem Druck seiner Landsleute gebeugt und bei Kyros den

Aufenthalt für die Veranstaltung gefordert und auch erreicht - nicht zuletzt mit dem Argument, daß dadurch die wegen der Soldfrage aufgeheizte Stimmung der Soldaten vielleicht etwas entspannt werden könne.

Unter großer Anteilnahme der übrigen Griechen und zahlreicher Perser - auch Kyros befand sich unter den Zuschauern - führten die Arkader nach einer feierlichen Opferzeremonie zunächst in den vier Disziplinen Wettlauf, Ringkampf, Faustkampf und Pankration - jenem brutalen *Allkampf*, in dem außer Beißen und Kratzen buchstäblich alles erlaubt ist -, so lange Ausscheidungskämpfe durch, bis die letzte Gruppe der Läufer und die letzten Paarungen der Kampfsportler ermittelt waren.

Am zweiten Tag begannen die Endkämpfe, die unter lautstarker Parteinahme des Publikums vor allem von den Kampfsportlern bis zur völligen Erschöpfung ausgefochten wurden. Einige von ihnen waren schon auf den großen Sportfesten in der Heimat, sogar bei olympischen Spielen, mit dem Siegerkranz geehrt worden. Hier erhielten die vier Sieger von Xennias goldene Striegel überreicht, während sich zur gleichen Zeit der unglückliche Verlierer des Pankrations wegen eines stark verrenkten Fußgelenkes in ärztliche Behandlung begeben mußte.

Zwei Tage nach dem Fest wurde die Stadt Topfmarkt erreicht und nun tatsächlich, wie Proxenos vorausgesagt hatte, die viel begangene Handelsstraße nach Osten eingeschlagen. In Gewaltmärschen ging es weiter bis zu der größeren Stadt Kaystrupedion, wo es wieder zu einem längeren Aufenthalt kam: Die Soldaten verweigerten hier den Aufbruch, wenn ihnen nicht sofort der Sold ausgezahlt werde.

Zur allgemeinen Überraschung trat dieses Ereignis tatsächlich am vierten Tag ein. Am frühen Morgen wurden die Strategoi und Lochagen aufgefordert, sich bei Kyros einzufinden und den Sold für vier Monate in Empfang zu nehmen. Die frohe Nachricht verbreitete sich in Windeseile unter den Söldnern, und sogleich bildeten sie vor den Zelten ihrer Lochagen Schlangen, um endlich wieder bares Geld in die Hand zu bekommen. Die jetzt verteilten Münzen, so ging im Lager das Gerücht, habe *die Frau* mitgebracht.

»Welche Frau?«

»Diese geheimnisvolle Frau, die gestern mit einigen schwer bewachten Wagen hier eingetroffen und seitdem im Quartier des Prinzen, sagen wir mal, spurlos verschwunden ist.«

Als ich diesen merkwürdigen Gerüchten nachging, brachte ich in Erfahrung, daß am Vortag tatsächlich Epyaxa, die Gemahlin des Fürsten von Kilikien, mit einer starken Eskorte in Kaystrupedion eingetroffen war, sich sofort zu Kyros begeben hatte und seitdem nicht mehr gesehen worden war.

»Wenn sie wirklich aus ihrer Residenz in Tarsos bis hierher gereist ist«, meinte Proxenos, »muß sie ja wochenlang unterwegs gewesen sein und den Tauros überquert haben - eine unvorstellbare Strapaze!«

»Aber warum hat sie diese Reise gemacht?« fragte ich, »was steckt dahinter? Von wem wußte sie denn schon vor Wochen, daß wir auf dieser Straße im Anmarsch sind? Und was hat überhaupt Kilikien mit der sardischen Satrapie und mit diesem Feldzug zu tun? Kyros kann doch von Kilikien kein Geld verlangen?«

»Nein, gewiß nicht. Kilikien ist, wenn ich recht unterrichtet bin, so etwas wie ein autonomer Staat für sich, zwar irgendwie dem Reich eingegliedert, aber doch weit unabhängiger als jede normale Satrapie. Hier kann Kyros jedenfalls keine Forderungen stellen. Sie müssen ihm das Geld freiwillig gegeben haben, nachdem Tissaphernes - das kann nur Tissaphernes gewesen sein, wer sonst? - sie über uns informiert hat. Und noch eins: Falls wir wirklich nach Lykaonien marschieren sollten, berühren wir Kilikien überhaupt nicht. Das ist alles sehr merkwürdig. Andererseits - diese Straße, auf der wir uns befinden, führt geradewegs über den Tauros nach Tarsos und dann weiter nach Osten, mitten hinein ins Kernland der Perser. Will er tatsächlich, wie manche schon länger vermuten, seinen Bruder angreifen? Will er nach Babylonien marschieren? Dann steht uns, bei den Göttern, noch einiges bevor.«

Am Nachmittag des fünften Tages wurde das Lager abgebrochen und nach Mitternacht der Marsch wieder aufgenommen. Er führte jetzt durch bergiges Gelände immer weiter nach Osten. Bei der Stadt Tyriaion, vor der sich eine größere baumlose Ebene ausbreitete, kam es erneut zu einem Aufenthalt. Nachdem das riesige Lager unmittelbar am Mauerring errichtet worden war, traf bei Xennias ein Bote mit der (gerüchtweise schon im Lager umlaufenden) Nachricht ein, Kyros wolle am nächsten Tag eine Musterung seiner gesamten Armee, auch der einheimischen Truppen, in der Ebene durchführen, und er möge das Nötige im griechischen Heer veranlassen.

Xennias bat daraufhin die anderen Strategoi zu sich in sein Zelt, um die Sache zu besprechen.

»Kyros wünscht«, begann er die Beratung, über die ich später von Proxenos unterrichtet wurde, »daß wir Griechen uns morgen in der üblichen Kampfordnung aufstellen. Seine eigenen Leute sollen dann an ihm vorbeiziehen, wir sollen stehenbleiben: an unserer Phalanx will er selbst entlangfahren - übrigens zusammen mit Epyaxa.«

»Die ja«, warf Klearchos ein, »um diese Parade gebeten haben soll - sagen die Soldaten.«

»Schon möglich. Jedenfalls wünscht er, daß wir uns parademäßig ausstatten, mit unseren schönsten Rüstungen, mit entblößten Schilden und mit den roten Chitonen.«

»Offenbar will er«, führte Sophainetos den Gedanken weiter, »mit unserer Hilfe Eindruck auf die Fürstin machen. Deshalb schlage ich vor, daß wir die Viererphalanx bilden. Dann kommen wir auf eine Länge von etwa 15 Stadien - das kann sich doch sehen lassen!«

»Sind alle einverstanden?« fragte Xennias und fuhr nach dem zustimmenden Gemurmel fort: »Nun die Verteilung. Wer steht rechts?«

»Ich«, sagte Menon, »das hat mir Kyros zugesichert.«

»Also gut. Wer links? Ich denke Klearchos. Die anderen dazwischen in der gewohnten Marschordnung. Gibt es Einwände? Wenn nicht, können wir Schluß machen.«

Am nächsten Tag herrschte von der Frühe an pausenlos überall im Lager und in der Ebene Bewegung, als zunächst die einheimischen Fußtruppen in den vollen Karrees zum Vorbeimarsch aufgestellt wurden. Die einzelnen Abteilungen bildeten dabei jeweils etwa 20 bis 25 Mann tiefe und 50 bis 100 Mann lange Blöcke einheitlich gekleideter und bewaffneter Soldaten, die hinaus in die Ebene zogen und dort hintereinander Aufstellung nahmen. Danach trabten auch die Reiterschwadronen in ähnlich tief gestaffelten Karrees auf ihre Positionen.

Die Griechen, die inzwischen ein gutes Stück hinter dem Gelände, über das die Parade führen sollte, ihre schmale und lange Phalanx gebildet hatten, beobachteten den Vorbeimarsch der Perser mit einigem Staunen. Das war nach dem allgemeinen Urteil, dem ich nur zustimmen konnte, eine durchaus eindrucksvolle Streitmacht, die jetzt wohlgeordnet an ihrem auf einem Streitwagen stehenden Oberbefehlshaber vorüberzog. So hatten wir unsere Kampfgenossen bisher noch nicht zu Gesicht bekommen. In den Stathmoi lagerten die Barbaroi, wie wir sie nannten, ja abgetrennt und weit entfernt vom griechischen Biwak, und unterwegs konnte man ihre Anwesenheit eigentlich nur an dem Staub erkennen, der in unendlich langen Wolken weit hinten über dem Marschweg aufstieg.

Erst nach Stunden waren der Aufmarsch und die Parade der Perser beendet; die Abteilungen kehrten langsam in ihre Biwakräume zurück. Nun näherte sich Kyros auf seinem Streitwagen, begleitet von einer kleinen Reitereskorte, dem rechten Flügel der Griechen. Neben ihm her fuhr, von zwei Maultieren gezogen, einer der üblichen persischen Reisewagen aus seinem Troß, der sonst einigen Damen seines Harems als Fahrzeug diente. Über der Vorderachse erhob sich ein halbkreisförmiger, nach vorne geschlossener Korb für den Lenker; der hintere Teil des kostbar dekorierten Wagens war überdacht und rundum mit reich geschmückten Vorhängen zugehängt, zwischen denen sich gelegentlich, kaum erkennbar, ein schmaler Spalt öffnete.

Als die beiden Fahrzeuge langsam vor der Front der Phalanx entlangfuhren, war hier und da aus den Reihen der Söldner unterdrücktes Gemurmel zu hören:

»Warum läßt sie sich nicht blicken?«

»Sie soll noch blutjung und sehr schön sein.«

»Unsinn! Man sagt, daß sie ein altes, häßliches Weib ist.«

»Haltet endlich eure Mäuler! Keiner von uns hat sie je gesehen!«

Vom linken Flügel aus fuhr Kyros zurück und brachte seinen Wagen vor der Mitte der Phalanx zum Stehen. Dann löste sich Pigres, der Dolmetscher, aus seiner Eskorte, ritt nach vorne und rief mit lauter Stimme, er habe den Strategoi eine Bitte des Kyros zu übermitteln. Nachdem sie alle bei ihm eingetroffen waren, wobei sich einige ihrer hinter der Phalanx bereitgestellten Pferde bedienten, sagte er nach dem Bericht meines Gewährsmannes Proxenos:

»Kyros bittet euch, mit aufgenommenem Schild und gefällter Lanze, wie zum Angriff, vorzurücken und so euren Kampfgeist zu demonstrieren.«

Xennias wechselte einen kurzen Blick mit den anderen Strategoi und erwiderte dann:

»Reite zurück und melde Kyros, daß wir seinen Wunsch erfüllen werden. Der Scheinangriff beginnt, wenn das Trompetensignal ertönt.«

Als Pigres sie verlassen hatte, fügte er noch hinzu:

»Hoffentlich geht das gut. Wir müssen den Soldaten einschärfen, daß wir nach dem Angriffssignal nur zum Schein vorrücken. Das sollen die Lochagen übernehmen. Eine Viertelstunde muß ihnen für die Vorbereitung reichen. Dann läßt du, Menon, den Trompeter am rechten Flügel blasen, und daraufhin rücken wir alle, bitte, in äußerster Disziplin vorwärts.«

Das Manöver begann wie geplant. Völlig gleichmäßig trat die Phalanx auf das Signal hin den Vormarsch an. Sie wurde jedoch immer schneller und fiel schließlich spontan in jenen zwar relativ langsamen, aber rhythmisch stampfenden und scheinbar durch nichts mehr aufzuhaltenden Laufschritt der Schwerbewaffneten, der in der Schlacht einen unerfahrenen Gegner häufig schockartig lähmt. Zusätzlich erhob sich immer lauter aus tausenden Kehlen das wie *Alala* oder *Eleleu* klingende Kampfgeschrei.

Während Kyros mit seiner Eskorte wendete und in gebührendem Abstand vor der auf den Markt des Zeltlagers zurollenden Phalanx dahintrabte, brach dort, wo niemand wußte, was eigentlich vor sich ging, Panik aus. Man sah, daß die Kaufleute von ihren Waren fortrannten und wie aufgescheuchte Hühner in die Stadt zu flüchten versuchten. Auch den Lenker des Reisewagens, in dem Epyaxa saß, hatte die Angst ergriffen. Mit heftigen Peitschenhieben jagte er seine Maultiere über das glücklicherweise sehr ebene Gelände zurück.

Endlich, noch bevor die persischen Truppen auf den merkwürdigen Vorgang reagieren konnten, brachten unsere Offiziere mit energischen Kommandos die Phalanx wieder zum Stehen. Vor allem Klearchos äußerte danach unverhohlen seinen Unmut über die mangelnde Disziplin der anderen Einheiten, die dadurch, daß sie plötzlich ohne Befehl in Laufschritt gefallen waren, seine eigenen Leute mitgerissen hatten. Aus den Reihen der Hopliten hörte man dagegen beim Rückmarsch ins Biwak viel Gelächter über den Schrekken, den sie angerichtet hatten. Abends hob sich beim Wein die Stimmung noch weiter, als bekannt wurde, daß Kyros selbst den Ansturm der Griechen und die schmähliche Flucht seiner Landsleute offensichtlich mit großer Freude beobachtet habe.

In der folgenden Nacht ging es weiter. Nach drei starken Tagemärschen wurde Ikonion, die letzte phrygische Stadt vor Lykaonien, erreicht. Fünf Tage dauerte dann der Zug durch dieses Land, das zwar den Griechen ausdrücklich zur Plünderung freigegeben wurde, aber, wie man jetzt merkte, nicht das Ziel des Feldzuges war. An keiner Stelle kam es zu irgendwelchen Kampfhandlungen.

Die Straße führte am Südrand der großen Hochebene, die sich östlich von Ikonion bis hinauf zum salzreichen Tattasee und hinunter zum Gebirgsmassiv des Tauros erstreckt, stetig weiter nach Osten und bot kaum Schwierigkeiten. Täglich wurde etwa sechs Stunden lang marschiert, mit einer Unterbrechung am frühen Vormittag zur Bereitung des Frühstücks. Gegen Mittag erreichte die Spitze üblicherweise bereits das Tagesziel und begann mit der Einrichtung des Stathmos, der sich, wenn nach und nach die Marschkolonnen aufmarschierten, an der Straße entlang immer weiter nach hinten vergrößerte. Das Leben des einzelnen, auch mein Leben, verlief jetzt in den eingespielten Bahnen der Routine und bot wenig Abwechslung.

Nur zwei Ereignisse brachten etwas Unruhe in die Eintönigkeit. Im Stathmos bei Laranda, einer kleinen lykaonischen Stadt an der Straße, ließ Kyros den griechischen Strategoi die Bitte übermitteln, sie möchten Sorge dafür tragen, daß Epyaxa so schnell wie möglich nach Tarsos zurückgeleitet werde. Ein Stück weit östlich der Stadt zweige ein Weg über das Gebirge ab, der zwar schwierig, aber gegenüber der üblichen Paßstraße durch die *kilikischen Tore* um viele Tage kürzer sei.

Als im Kreis der Strategoi über diese Bitte diskutiert wurde, meldete sich als erster Xennias zu Wort:

»Er will also nach Kilikien, das scheint mir jetzt außer Zweifel zu stehen. Und er legt Wert darauf, daß Epyaxa vor uns in Tarsos eintrifft. Vermutlich soll sie dem Fürsten eine Nachricht überbringen. Die entscheidende Frage ist doch, ob wir kampflos nach Kilikien hineinkommen. Wenn sie die *Tore* sperren, wird es sehr schwierig. Ich kenne dieses enge Nadelöhr, ich bin ja schon zweimal dringewesen. Vielleicht soll die Frau für uns die Durchzugsgenehmigung erreichen. Das wäre natürlich großartig.«

»Aber was sollen wir denn in Kilikien?«, warf Proxenos ein: »Es ist doch ganz undenkbar, daß Kyros diesen Staat seiner Satrapie gewaltsam einverleiben möchte. Ich halte das jedenfalls für völlig ausgeschlossen! Andererseits wissen wir ja alle nur zu gut, wohin diese endlose Straße hinter Kilikien noch führt: nach Babylonien und weiter nach Susa, praktisch bis zum Palast des Großkönigs. Wenn Kyros uns also noch wochenlang durch die Wüste hetzen und dann den unermeßlichen Truppen seines Bruders entgegenwerfen will: gut, meinetwegen - aber warum sagt er uns das nicht?«

In das Schweigen hinein räusperte sich nun Sokrates, der bei solchen Beratungen fast nie den Mund aufmachte, und sagte:

»Vielleicht will er nicht nach Kilikien, sondern nur nach Pamphylien. Das erreichen wir auf dieser Straße ja, bevor sie in das Gebirge eintritt, in zwei oder drei Tagen. Dort sollen Unruhe und Aufruhr herrschen. Weiß denn wirklich niemand von euch etwas Genaueres? Klearchos? Menon? Ihr habt doch ganz gute Beziehungen zu den Persern.«

Als keiner von beiden antwortete, ergriff Xennias wieder das Wort:

»Wenden wir uns also dem Nächstliegenden zu. Einer von uns muß das Geleit dieser Frau, von der ich bisher gar nicht wußte, daß sie noch bei uns ist, übernehmen. Ich habe den Eindruck, daß das eine ziemlich gefährliche und strapaziöse Sache wird, und möchte vorschlagen, daß einer der Jüngeren...«

»Ich mache das«, bot in diesem Augenblick Menon an, »falls ihr später auch nach Tarsos kommen solltet, werde ich euch dort empfangen.«

Am nächsten Tag bog er kurz hinter Laranda tatsächlich unter der Führung eines Einheimischen mit seinen 1500 Mann von der Hauptstraße ab und zog auf einem holperigen Nebenweg entlang, der bald im dichten Wald, hinter dem in der Ferne drohend die hohen Gipfel des Tauros aufragten, verschwand. In der Mitte seiner Marschkolonne fuhr schwankend und knarrend der von wenigen Dienern begleitete Reisewagen der Epyaxa - und viele Griechen, die dem Zug nachblickten, fragten sich voller Zweifel, ob die Reise in diesem Gefährt und überhaupt das ganze Unternehmen wohl gutgehen werde. Sogar Proxenos und ich, die wir beide dem jungen Mann wahrhaftig nur wenig Sympathie entgegenbrachten, konnten eine gewisse Bewunderung für seinen Mut (natürlich will er vor allem Eindruck auf Kyros machen, dachte ich, aber trotzdem: er riskiert etwas!) und eine gewisse Sorge um sein Leben nicht unterdrücken.

Der zweite Vorfall ereignete sich ein paar Tage später in der bekannten kappadokischen Stadt Dana. Hier legte Kyros während des dreitägigen Aufenthaltes wieder einen Gerichtstermin ein - aber diesmal ging es nicht um irgendwelche kleine Halunken, sondern um zwei hochgestellte Persönlichkeiten fürstlicher Herkunft, die unter der schweren Anklage standen, einen Mordanschlag auf den Satrapen vorbereitet zu haben. Der eine von ihnen, Megaphernes, war mit der Würde eines *königlichen Purpurträgers* ausgezeichnet, der andere verwaltete eine Statthalterschaft.

Beide wurden von Kyros zum Tod verurteilt und öffentlich vor einer großen Zuschauermenge hingerichtet. Nachdem man ihnen zunächst die Augen ausgestochen und die Ohren abgeschnitten hatte, köpfte sie der Scharfrichter mit einem rasiermesserscharfen Schwert, steckte die entstellten Köpfe auf hohe Stangen und stellte sie zur Schau. Kyros hatte den Gerichtsplatz bereits vor der Exekution verlassen.

»Ich bezweifele ja nicht, daß Strafen sein müssen«, bemerkte ich abends im Quartier zu Proxenos, »und auch nicht, daß für Hochverrat nur die Todesstrafe in Betracht kommt. Aber genügt da nicht die einfache Hinrichtung? Warum diese schrecklichen zusätzlichen Foltern?«

»Mein lieber Xenophon«, erwiderte der Freund, »du solltest dir darüber im klaren sein, daß dies aus persischer Sicht sehr humane Hinrichtungen waren. Sie haben die Köpfung, die hierzulande ohnehin als die mildeste Form der Tötung gilt, ja bereits wenige Minuten nach den Verstümmelungen vorgenommen. Da habe ich schon ganz andere Dinge gesehen: grausam zugerichtete Opfer, die noch tagelang lebend an Kreuzen hingen - mit dem Kopf nach unten. Oder Delinquenten, denen man mit Steinen nach und nach die Gliedmaßen und schließlich auch die Köpfe zermalmte, über Stunden hin. Oder gar - das ist das Schlimmste, was ich nie in meinem Leben vergessen werde - die Schindung eines älteren Mannes, dem man bei lebendigem Leib die Haut abzog, wie einem geschlachteten Stück Vieh; und dann wurde der noch zuckende Fleischklumpen an einen Pfahl genagelt und die Haut an einen zweiten Pfahl daneben - ein grauenhafter Anblick.«

Die Straße, der wir von Dana aus folgten, führte nun in das Gebirge hinein, auf die berühmten *kilikischen Tore* zu. Zunächst ging es langsam auf immer steiler werdenden Serpentinen hinauf bis zu einer kleinen Hochebene, auf welcher das von starken Wachen abgesicherte Biwak eingerichtet wurde. Es hieß, am Paß selbst, dessen nördlicher Eingang noch einige Stunden entfernt war, stünden kilikische Truppen; da sei kein Durchkommen.

Am nächsten Morgen verbreitete sich das Gerücht, der Paß sei frei. Ein Bote habe Kyros diese Meldung überbracht. Und zwar seien die Kilikier plötzlich fluchtartig abgezogen, weil Menon Tarsos bereits erreicht habe und weil sich eine Flotte mit Truppen für Kyros der kilikischen Küste nähere.

»Menon in Tarsos«, meinte ich zu Proxenos, »das ist eine Leistung, die man vorbehaltlos bewundern muß, mag der Mann sein, wie er will. Was aber, mein lieber Freund, hat es mit dieser Flotte auf sich? Abermals neue Truppen! Ist die Armee noch immer nicht groß genug?«

»Wenn die Nachricht stimmt, sind es vielleicht - vermutlich sogar - die Spartaner, auf deren Hilfe Kyros seit langem gerechnet hat. Elitesoldaten! Das kann doch wohl nur bedeuten, daß er tatsächlich den Großkönig angreifen will - wen denn sonst?«

Am späteren Vormittag begann die Vorhut mit dem Marsch zum Paß. Die Straße folgte dem Tal eines kleinen Flusses namens Kydnos, das allmählich abfiel und immer enger wurde. Dann konnte man schon aus einer Entfernung von etwa 25 Stadien weiter unten den Eingang in den Paß zwischen steil, fast senkrecht aufragenden Felswänden erkennen. Je näher man ihm kam, desto schwieriger wurde der Marsch. Schließlich quetschte sich die Straße, auf der außer unzähligen Tragtieren und Fußgängern auch viele Fahrzeuge ihre Spuren hinterlassen hatten, auf einem leicht erhöhten Bankett von nur etwa 6 Fuß Breite neben dem Fluß durch die Lücke. Im Inneren des etwa zwei Stunden langen Passes traten die Felsen etwas weiter, auf vielleicht 25 Fuß, zurück, und zogen sich an seinem südlichen Ausgang wieder zu einem engen Durchlaß zusammen.

Glücklicherweise war von den kilikischen Wachposten nichts außer ihren anscheinend eilig geräumten Zelten zu sehen. Denn tatsächlich hätte wohl eine kleine, entschlossene Mannschaft ausgereicht, um hier die Straße völlig unpassierbar zu machen.

Weit auseinandergezogen schoben sich am Nachmittag und während des ganzen folgenden Tages die Truppenabteilungen und die Kolonnen des Trosses mit vielen Stockungen durch den Paß, sammelten sich allmählich wieder hinter dem Ausgang und traten den Abstieg nach Tarsos und in die kilikische Ebene an. Schon von weit oben öffnete sich der Blick über die Südausläufer des Gebirges und das anschließende hügelige Plattenland auf diese fruchtbare, breit hingestreckte Küstenebene und das dahinter im Dunst verschwimmende Meer.

Nach zwei Tagen erreichte unsere Vorhut in den Morgenstunden den Stadtrand von Tarsos und wurde am Nordtor von Menon, der bereits vor fünf Tagen eingetroffen war, empfangen und ins Biwak geleitet. Dort trafen nach und nach auch die übrigen griechischen Abteilungen mit ihrem Troß ein und errichteten, wie gewohnt, das Zeltlager.

Merkwürdigerweise wirkte die ganze Stadt mit ihren großen Märkten und weiten Plätzen, auf denen sonst wohl reger Handelsverkehr herrschte, wie ausgestorben. Die Bewohner, so erklärten die Soldaten Menons, hätten schon vor ihrer Ankunft die Flucht ergriffen und sich irgendwohin in die Berge zurückgezogen, an ihrer Spitze der *Syennesis* selbst, der Fürst von Kilikien. Nur die Kaufleute seien damals in der Stadt geblieben, diese Dummköpfe - denen hätten sie es heimgezahlt!

»Was habt ihr ihnen heimgezahlt?«

»Bei den Göttern, unsere Toten!«

»Eure Toten? Ihr habt Verluste gehabt?«

Allmählich kam zutage, daß etwa 100 Hopliten den Marsch durch das Gebirge nicht überlebt hatten. Zwei der relativ kleinen Lochoi, aus denen sich die Abteilung Menons zusammensetzte, waren völlig aufgerieben worden oder jedenfalls spurlos verschwunden. Vielleicht waren sie, niemand wußte es genau, vom Weg abgekommen, hatten sich in der Wildnis verirrt und den Anschluß nicht mehr gefunden. Jedenfalls aber zweifelte niemand daran, daß sie von den Bergbewohnern abgeschlachtet worden waren - und die ohnmächtige Wut der Kameraden über diese Untat hatten die tarsischen Kaufleute, die auf gute Geschäfte mit den Söldnern gehofft hatten, ausbaden müssen: Ihre Geschäfte waren ausgeräumt und zum Teil zerstört, sie selbst und ihre Angehörigen mitgenommen und als Sklaven dem eigenen Troß einverleibt worden.

Dann war die aufgebrachte Menge der Söldner zum Palast des *Syennesis* gezogen, hatte ihn ausgeplündert und die dort noch angetroffenen Diener gleichfalls verschleppt. Menon war nicht imstande gewesen, die Disziplin seiner Soldaten wiederherzustellen, und hatte sie schließlich gewähren lassen. Unter der Hand wurde sogar das Gerücht verbreitet, man habe ihn selbst beim Plündern gesehen.

Während auch die einheimischen persischen Truppen draußen vor der Stadt ihr Biwak aufbauten, nahm Kyros in dem eilig hergerichteten Palast Quartier und bemühte sich verzweifelt darum, mit dem *Syennesis* in Kontakt zu kommen. Über das Verhalten der Soldaten Menons, so war zu hören, sei er außerordentlich verärgert; während er durch Kilikien wie durch befreundetes Land habe ziehen wollen, hätten sie sich hier wie die ärgsten Feinde aufgeführt und sogar freie Bürger zu Sklaven gemacht. So etwas könne nicht hingenommen werden!

Noch am Abend dieses Tages trafen sich die griechischen Strategoi zu einer Lagebesprechung. Dabei kam es zu einer scharfen Kontroverse zwischen Klearchos und Menon.

»Was deine Leute gemacht haben«, begann Klearchos, »ist nicht hinnehmbar. Entweder hast du deine Truppe nicht im Griff, oder du hast selbst nicht die richtige Einstellung zu deinem Beruf. Eine Söldnerabteilung zu führen ist keine leichte Aufgabe, die man nebenbei erledigen kann. So etwas muß einem im Blut liegen! Da nützt dir, verdammt noch mal, deine gelehrte Philosophie nichts! Was aber das Schlimmste ist: Durch so etwas kann die Disziplin einer ganzen Armee untergraben werden...«

»Um die es im Augenblick ohnehin nicht gut bestellt ist«, mischte sich Proxenos ein, der dem Angriff ein wenig die Schärfe nehmen wollte, »meine Leute sind jedenfalls sehr aufgebracht und haben mir angekündigt, sie würden den Weitermarsch verweigern. Kyros wolle den Großkönig angreifen - und dafür seien sie nicht angeworben worden.«

»Das ist die allgemeine Stimmung«, bestätigte Xennias, »und ich befürchte, daß wir große Schwierigkeiten bekommen werden.«

»Das ist nichts anderes als Meuterei«, fuhr daraufhin Klearchos auf, »und da hilft nur eines: hart und kompromißlos durchgreifen!«

»In Ordnung!«, stimmte Menon zu, »aber mich hast du persönlich angegriffen, und das kann ich so nicht auf mir sitzen lassen. Ich war es schließlich, der diese Fürstin auf schwierigsten Wegen heil bis nach Tarsos gebracht hat...«

»Gut gemacht!« unterbrach Klearchos.

»Ich habe sie also heil nach Tarsos gebracht. Unterwegs zog sich unsere Kolonne ziemlich weit auseinander...«

»Darf nicht passieren!«

»Sie zog sich auseinander, weil wir manchmal nur noch enge Saumpfade benutzen konnten.«

»Und der Wagen der Fürstin, mein lieber Menon?«

»Wurde schon bald zurückgelassen. Sie ritt auf einem Maultier. Und eines Tages, als wir uns abends in einem kleinen Bergdorf sammelten, trafen die beiden letzten Lochoi, unsere Nachhut, nicht ein. Wir warteten auf sie, wir schickten ein Suchkommando zurück, wir riefen nach ihnen. Nichts, sie waren spurlos verschwunden, unauffindbar.«

»Ein schwerer Führungsfehler! Der Kontakt zur Nachhut darf auf einem Marsch bei Gott niemals, unter keinen Umständen, abreißen! Man hört aber auch, ihr hättet unterwegs geplündert - kann es dabei passiert sein?«

Jetzt zögerte Menon etwas mit der Antwort. Dann räumte er ein:

»Ja, Klearchos, es kam zu Plünderungen. Von irgend etwas mußten wir leben. Und ich gebe zu, daß manche meiner Leute aufs Plündern vielleicht mehr Zeit als unbedingt nötig verwendet haben. Dadurch traten gelegentlich ungeplante Verzögerungen einzelner Lochoi ein. Aber der Weg war wirklich schwierig und...«

»Lassen wir das mal gut sein«, nahm jetzt der besonnene Sophainetos das Wort, »schwerer wiegen die Plünderungen deiner Leute hier in Tarsos. Das hättest du auf jeden Fall verhindern müssen.«

»Es ging nicht. Ich habe mich nach Kräften bemüht - aber sie waren wirklich außer Rand und Band! Meine Lochagen können das bestätigen.«

»Natürlich wäre es gegangen«, knurrte Klearchos leise vor sich hin, »wenn du ein Offizier mit der richtigen Einstellung wärest.«

Danach fügte er laut hinzu:

»Fassen wir die Zukunft ins Auge! Soweit ich höre, will Kyros dann, wenn er wieder Einvernehmen mit dem *Syennesis* hergestellt hat, sofort weitermarschieren - ich vermute frühestens in drei, vier Tagen...«

»Wohin soll denn dieser Marsch gehen?« erkundigte sich Proxenos, »stimmt es, was die Soldaten und doch wohl auch viele von uns Offizieren glauben: gegen den Großkönig?«

»Ich weiß es nicht, aber ich denke: nach Osten. Wohin sonst?«

Mit dieser unbefriedigenden Aussage endete die Versammlung der Strategoi. Wir beide, Proxenos und ich, waren uns darin einig, daß das Zusammenleben innerhalb der griechischen Heeresabteilung durch den Konflikt zwischen Klearchos und Menon sehr belastet wurde. Wenn sich erst einmal Parteien bildeten, bestand nach meinem Urteil die Gefahr eines Bürgerkrieges im eigenen Lager - das war das Schlimmste, was uns passieren konnte!

Die Verhandlungen zwischen Kyros und dem *Syennesis* zogen sich länger hin, als man ursprünglich geglaubt hatte. Während der Wartezeit streifte ich viel in der Stadt, in welche die Bewohner nach und nach zurückkehrten, und in der näheren Umgebung umher. Der auf seinem Weg vom Gebirge in die Ebene zu einem kräftigen und reißenden Fluß angeschwollene Kydnos durchfloß das Stadtgebiet in voller Länge und mündete etwa 70 Stadien weiter unterhalb in eine große Lagune, die als Seehafen diente. Hier war von der Unruhe, welche die Stadt ergriffen hatte, nichts zu spüren. Die Bewohner der kleinen Siedlung, die sich am Hafen gebildet hatte, waren nicht geflüchtet, sondern gingen in aller Ruhe ihren üblichen Geschäften nach. Zwei größere Schiffe, die gerade aus Ägypten gekommen waren, lagen vor Anker und wurden von Schauerleuten entladen. Ich beobachtete, wie man Ballen und Säkke in stabilen, großrädrigen, mit Planen abgedeckten Wagen, die von vier Maultieren gezogen wurden, fortschaffte. An anderer Stelle wurden Esel, Lastochsen oder Kamele bepackt und in kleinen Gruppen zur Stadt hinauf geführt.

Über Tarsos mit seiner einzigartigen Paßstraße läuft ja fast der ganze Ostwesthandel. Hier kommen (freilich nicht auf dem Umweg über den Hafen, sondern auf der direkten Straße) alle Karawanen durch, welche die syrische Wüste hinter sich gebracht haben und nun weiterziehen zum Pontos Euxeinos oder in das westliche Asien. Und natürlich dieselben Karawanen noch ein zweites Mal, wenn sie auf dem Rückmarsch sind. Der Seehandel tritt hinter dem Landhandel allerdings zurück, weil die Verschiffung der aus dem Orient herbeigeschafften Waren oft schon in Myriandos am Golf von Issos erfolgt. Aber Tarsos lebt vom Handel in jeder Form und ist so nicht nur zu einer reichen Stadt geworden, sondern auch zu einem Schmelztiegel der verschiedensten Völkerschaften. Hier bin ich auf meinen Streifzügen Ägyptern, Nubiern, Syrern, Phoinikern, Griechen und vielen Menschen noch anderer Nationen begegnet, welche auf den Handelsstraßen durch die Welt ziehen, um Geschäfte zu machen.

Auf dem Rückweg vom Hafen stieß ich am Stadtrand auf einen Tiermarkt, auf dem für die Karawanen frische Tiere zum Verkauf standen, darunter auch eine ganze Reihe von Pferden. Nach genauer fachkundiger Inspektion kaufte ich zwei sehr ansehnliche Stuten, die ich zur Schonung meines Rotfuchses einsetzen wollte. Der *Rote*, wie wir ihn nannten, blieb allerdings mein bevorzugtes Lieblingspferd: Er war mir in den unzähligen Stunden, die ich schon auf seinem Rücken gesessen hatte, richtig ans Herz gewachsen.

Während der untätig verbrachten langen Wartezeit verschlechterte sich die Stimmung bei den griechischen Söldnern zusehends. Von allen Seiten konnte man die trotzige Versicherung hören: »Gegen den König der Könige kämpfen wir nicht! Dafür sind wir nicht angeworben worden. Gegen die Pisider: ja. Gegen Artaxerxes: nein!«

In den Kreisen der Offiziere herrschte keine einhellige Meinung. Vor allem Xennias äußerte sich auf einer Diskussion, an der ich teilnahm, über die Sache skeptisch:

»Noch wissen wir nicht, was Kyros wirklich vorhat. Wenn er aber seinen Bruder angreifen will, dann gnade uns Gott! Ihr kennt die Größe seiner Truppenmassen nicht. Ihr kennt auch die Unendlichkeit seines Landes nicht. Dieses Land wird uns, wenn wir hineinmarschieren, verschlingen.«

Menon formulierte die Gegenmeinung:

»Unsere Großväter haben damals Xerxes aus Griechenland vertrieben und sich nicht von seiner riesigen Armee in Angst versetzen lassen. Diese Haltung sollten wir auch einnehmen! Wir müssen uns unserer griechischen Herkunft würdig erweisen - was auch immer die Zukunft bringen mag. Ich marschiere jedenfalls mit meinen Leuten dahin, wo mich Kyros haben will.«

»Natürlich marschieren wir mit Kyros weiter«, bekräftigte auch Klearchos, »es wäre ja noch schöner, wenn wir uns von unseren Leuten sagen lassen, was wir zu tun haben. Sie haben uns zu gehorchen! Wenn es soweit ist, bringen wir sie schon auf Trab.«

»Gut«, stimmte Proxenos zu, »wir werden es versuchen, aber ich sehe...«

»Versuchen?« unterbrach ihn Klearchos mit dröhnender Stimme, »was heißt hier versuchen? Wir werden sie von Tarsos wegtreiben - notfalls wegprügeln!«

Nach ein paar Tagen hörte man aus dem Palast, der *Syennesis* sei zurückgekehrt und habe von Kyros kostbare Geschenke angenommen: Goldschmuck, ein Pferd mit vergoldetem Zügel, ein kunstvoll verziertes persisches Gewand. Außerdem habe der Prinz ihm versichert, daß keine weiteren Plünderungen mehr stattfänden und daß die verschleppten Einheimischen, wenn irgend auffindbar, zurückgegeben würden. Dafür sei Kyros vom *Syennesis* noch einmal eine große Geldsumme ausgehändigt und sogar (da waren sich allerdings die Informanten nicht ganz sicher) ein Kontingent kilikischer Soldaten zur Verfügung gestellt worden - unter dem Kommando eines seiner Söhne.

Schließlich traf die Nachricht ein, daß in der Frühe des nächsten Tages aufgebrochen werde. Der Abbau des Biwaks noch in der Dunkelheit ging zwar in gewohnter Weise vonstatten, aber über der Truppe lag eine unheimliche, fast körperlich spürbare Spannung. Die miteinander tuschelnden Söldner wirkten erregt, als sie in der Morgendämmerung zögernd und unwillig die Marschkolonne bildeten. Öfter als sonst hörte man laut geschrieene Kommandos der Offiziere, die manchmal von den Männern mit einem bisher noch nie vernommenen diffusen Murren beantwortet wurden.

Die Abteilung Klearchs bildete den vorderen Teil der Kolonne. Hinter der aus zwei Lochoi bestehenden Vorhut waren seine kleine private Tragtierkolonne und seine Dienerschaft eingeordnet, während er selbst mit dem Trompeter ganz an der Spitze der Vorhut stand. Als er zum festgesetzten Zeitpunkt das Signal zum Abmarsch blasen ließ, passierte das Unvorstellbare: *Die Kolonne blieb stehen!*

Klearchos drehte sich um und blickte ein paar Minuten schweigend zurück. Dann ging er mit versteinertem Gesicht ein Stück weit an der Kolonne entlang nach hinten, stellte sich auf eine kleine Bodenerhebung und erteilte ruhig, aber laut und deutlich, den Befehl:

»Abmarschieren!«

Als ihn daraufhin die meisten Soldaten nur wortlos mit zusammengebissenen Zähnen anblickten oder den Kopf gesenkt hielten (einige, vermutlich die Rädelsführer, brachen allerdings in ein höhnisches Gelächter aus), begann er zu zittern, stampfte mit dem Speer, den er immer in der Hand trug, auf dem Boden auf und schrie:

»Das ist offene Meuterei! Dafür werdet ihr mir bei den Göttern büßen!«

Entschlossen rief er seinen Dienern zu:

»Treibt meine Tiere vorwärts!«

Aber auch dieser Versuch, Bewegung in die Massen zu bringen, scheiterte, denn die Soldaten hoben plötzlich Steine auf und schleuderten sie gegen die Tiere. Und dann, es war kaum zu glauben, nahmen sie sogar ihren Strategos mit Steingeschossen unter Beschuß. Ich war nach vorne geritten, als dort die Stockung eintrat, und erlebte es fassungslos mit: Klearchos, ausgerechnet Klearchos, entging der spontanen Steinigung durch seine eigenen Leute nur dadurch, daß er schleunigst die Flucht ergriff.

Was wird er um Gotteswillen jetzt machen?, dachte ich; wenn es ihm nicht gelingt, seine Abteilung wieder unter Kontrolle zu bekommen, wird eine Katastrophe eintreten - für ihn, für Kyros, für uns alle. Klearchos war inzwischen aus meinem Gesichtskreis verschwunden, aber bald hörte ich, wie sein Herold die Soldaten zu einer Versammlung einlud: Der Strategos wolle mit ihnen sprechen.

Ich stellte mich an den Rand des großen Halbkreises, der nun gebildet wurde, um die weitere Entwicklung verfolgen zu können. Auch zahlreiche Offiziere der anderen Abteilungen hatten sich dort eingefunden. Sie alle waren von dem Geschehenen schockiert und hofften inständig, daß Klearchos einen Ausweg aus der gefährlichen Krise finden werde.

Nach einiger Zeit, als das Stimmengewirr in dem Halbkreis schon lauter wurde, trat er aus der Gruppe seiner Lochagen, die sich um ihn geschart hatten, nach vorne und - begann lauthals zu weinen! Schlagartig trat Ruhe ein, und minutenlang hörte man nur sein heftiges Schluchzen.

Nachdem ich die Szene mit großem Erstaunen beobachtet hatte, wandte ich mich an den neben mir stehenden Proxenos:

»Hättest du das für möglich gehalten? Dieser harte Mann, den bisher nichts ernstlich erschüttern konnte, bricht in Tränen aus! Das kann doch nur Theater sein!«

»Natürlich ist das Theater«, erwiderte Proxenos, »aber das ist gerade das Überraschende: Er weiß genau, wie man eine aufgebrachte Menge zur Ruhe bringt und welche Mittel man einsetzen muß, um das Publikum in die richtige Stimmung zu bringen. Phantastisch! Er hat nie Rhetorik studiert, aber er kann die Seelen der Zuhörer beeinflussen wie ein professioneller Redner. Ich bin gespannt, was er sagen wird.«

Klearchos beruhigte sich allmählich und begann seine Ansprache mit folgenden Worten:

»Soldaten, wundert euch nicht, daß ich an diesem Vorfall schwer zu tragen habe.«

Nach einer längeren Pause entwickelte er dann ausführlich den Gedanken, daß seine Leute ihn durch ihr Verhalten in einen schweren Gewissenskonflikt gestürzt hätten: Einerseits sei er Kyros zu großem Dank verpflichtet, den er durch die Teilnahme an diesem Feldzug habe abtragen wollen, andererseits aber könne er sie, die nun den Weitermarsch verweigerten, nicht im Stich lassen.

»Ob es richtig ist, was ich tue«, rief er zum Schluß aus, »weiß ich nicht - aber ich entscheide mich für euch, und ich will alles, was kommen wird, mit euch zusammen durchstehen. Ihr seid für mich Vaterland, Freunde, Bundesgenossen, und ich bin sicher, daß ich nur in Gemeinschaft mit euch in Ehren stehen werde. Glaubt mir also zuversichtlich: Ich werde dahin gehen, wohin auch immer ihr geht!«

Nach dieser Rede brandete bei den Soldaten lauter Beifall auf. Sie schlugen sich gegenseitig auf die Schultern und schüttelten sich die Hände. Überall herrschte ausgelassene Freude darüber, daß Klearchos sich weigerte, gegen den Großkönig zu marschieren. Die Nachricht verbreitete sich in Windeseile auch bei den anderen Söldnern - und plötzlich verließen über 2000 Mann aus den Abteilungen des Xennias und des Pasion ihre Standorte und suchten Anschluß an das Kontingent des Klearchos: ein bedrohliches Zeichen für die Aushöhlung der Disziplin.

»Meint er das wirklich ernst?« fragte ich später meinen Freund. »Klearchos hatte doch inzwischen ein wirkliches Vertrauensverhältnis zu Kyros gewonnen. Ich kann mir einfach nicht vorstellen, daß er sich diese Meuterei ohne Widerstand gefallen läßt.«

»Auch ich kann mir das nicht vorstellen«, pflichtete mir Proxenos bei, »er verfolgt hier irgendeine Strategie, die wir noch nicht durchschauen. Kyros soll ihn zu sich gebeten haben, so hieß es vorhin, er aber habe das abgelehnt. Andere munkeln, die beiden stünden in geheimem Kontakt miteinander. Auf jeden Fall bin ich sehr gespannt, wie das Ganze ausgeht.«

Nach kurzer Zeit hörte man wieder den lauten Ruf des Herolds, der verkündete, daß Klearchos abermals seine Soldaten und darüber hinaus alle, die dies wollten, zu einer Versammlung einlade. Daraufhin entstand ein gewaltiges Gedränge, weil die meisten Söldner nun endlich erfahren wollten, wie es weitergehen solle.

»Soldaten«, begann der Strategos ruhig und gefaßt seine Rede, »die Situation ist jetzt klar: Kyros ist nicht mehr unser Soldherr, und wir sind nicht mehr seine Soldaten, da wir ihm ja nicht mehr folgen wollen. Daß er der Meinung ist, wir täten ihm Unrecht, weiß ich. Deshalb werde ich auch seine Bitte, zu ihm zu kommen, nicht erfüllen - vor allem, weil ich mich in Grund und Boden schäme.«

Für einen Augenblick senkte er schweigend die Augen, dann fuhr er fort:

»Denn ich bin mir bewußt, daß ich ihn in jeder Hinsicht getäuscht habe.«

Auch diesen Satz ließ er eine Zeitlang wirken, bevor er weitersprach:

»Außerdem befürchte ich, daß er mich bestrafen könnte für das Unrecht, das ich ihm - wie er meint - angetan habe.«

Nach dieser (wie ich finde, sehr geschickten) Einleitung eröffnete er in geschäftsmäßigem Ton die Diskussion über die nunmehr anstehenden Fragen:

Wie schützen wir uns, solange wir noch hier unmittelbar neben den einheimischen Truppen des Kyros lagern?

Wie können wir, wenn wir das wollen, gefahrlos abziehen?

Wie kommen wir an die nötigen Lebensmittel?

»Denn dieser Mann«, so beendete er seine Ansprache, »ist für seine Freunde ein höchst wertvoller Freund, für seine Feinde aber ein außerordentlich gefährlicher Gegner - wir alle kennen ja seine Streitmacht an Fußsoldaten, Reitern und Schiffen!«

Nun entwickelte sich eine hin- und herwogende Debatte über das Für und Wider eines Abmarsches mit teilweise recht abstrusen Vorschlägen: Einer lautete zum Beispiel, man solle doch einfach Kyros um Schiffe für die Heimfahrt oder wenigstens um einen landeskundigen Führer bitten, ein anderer, man müsse sofort die *kilikischen Tore* besetzen. Klearchos ergriff nur noch einmal das Wort, um mitzuteilen, daß er aus verschiedenen Gründen nicht bereit sei, die Führung auf dem Rückmarsch zu übernehmen, aber sich selbstverständlich jedem von den Soldaten neu gewählten Strategos unterordnen würde.

Schließlich setzte sich der vernünftige Vorschlag durch, man möge eine von Klearchos angeführte Delegation zu Kyros entsenden und ihn persönlich direkt nach seinen Plänen befragen. Der Vorschlag wurde sofort in die Tat umgesetzt. Fünf Offiziere machten sich auf den Weg. Man rechnete mit ihrer baldigen Rückkehr, da sich der Prinz ganz in der Nähe, im Biwak seiner Elitereiterei, aufhielt.

Nach etwa einer halben Stunde trafen die Gesandten wieder ein und überbrachten die Antwort: Der Feldzug richte sich gegen Abrokomas, den Satrapen von Phoinikien. Diesen seinen Feind, der in einer Entfernung von 12 Tagemärschen am Euphrat stehe, wolle er züchtigen. Wenn Abrokomas jedoch entkommen sollte, wolle er an Ort und Stelle erneut mit ihnen beraten.

Obwohl viele Soldaten noch immer glaubten, daß in Wahrheit der Großkönig das Ziel des Angriffs sei, wurde schließlich mehrheitlich beschlossen, weiter mitzumarschieren - allerdings unter der Bedingung, daß der Sold deutlich angehoben werde. Die erneut entsandte Verhandlungsdelegation brachte ein positives Ergebnis mit: Kyros verpflichtete sich, den Sold der Soldaten pro Monat von einem auf eineinhalb Dareikoi zu erhöhen. Damit war die Meuterei beendet. Die Truppen zogen sich wieder in ihre alten Positionen zurück und verbrachten dort die Nacht unter freiem Himmel.

Das war ein Meisterstück Klearchs, so lautete die einhellige Meinung der Offiziere. Vor allem Proxenos war noch immer hingerissen von der, wie er es nannte, *natürlichen, ungekünstelten Rhetorik* des alten Strategos und schwärmte regelrecht:

»Indem er scheinbar schon die Organisation des Rückmarsches besprach, machte er zugleich unterschwellig deutlich, daß dieser Rückmarsch tatsächlich gar nicht durchführbar ist. Und wie geschickt er mit dem Gedanken von der Scham gespielt hat! Das war doch wirklich eine außerordentlich raffinierte Argumentation, die ich ihm, bei den Göttern, nicht zugetraut hätte.«

Am nächsten Morgen ging es weiter. Die Straße führte jetzt in östlicher Richtung quer durch die Obst- und Weinplantagen und die üppigen Weizen-, Hirse-, Gerste- und Sesamfelder der fruchtbaren aleïschen Ebene und erreichte nach vier Tagemärschen bei Issos, der letzten Stadt Kilikiens, das Ufer des Meeres. Hier wurde das Lager direkt neben dem ausgedehnten Hafenbecken, in dem etwa 60 Schiffe lagen, errichtet. Diese große Flotte war, wie man hörte, vor einigen Tagen aus Ephesos eingetroffen und brachte weitere Söldner für Kyros, darunter auch das erwartete spartanische Kontingent von 700 Hopliten unter dem Kommando des Strategos Cheirisophos.

Ganz überraschend marschierten während unseres dreitägigen Aufenthaltes plötzlich auch noch 400 griechische Hopliten von Süden her in das Lager ein - Überläufer aus der Armee des Abrokomas. Sie berichteten, daß sie den Strandpaß der *kilikisch-syrischen Tore* hätten sichern sollen, während Abrokomas mit dem Gros seiner Truppen bereits den Marsch zum Euphrat angetreten habe.

»Also wird es dort keine Schwierigkeiten geben«, meinte Klearchos nach der Rückkehr von einer Besprechung mit Kyros: »Für den Fall der Verteidigung war ein Landemanöver oberhalb und unterhalb der *Tore* von See aus vorgesehen, um den Paß von beiden Seiten aus freizukämpfen. Das ist nun nicht mehr nötig. Morgen abend werden wir in Syrien sein.«

Die Straße, der wir folgten, näherte sich immer mehr dem im Osten hoch aufragenden Amanos-Gebirge, das sich hier wie eine Barriere zwischen Syrien und das Meer schiebt. Dann stieg sie allmählich in die bis an das Ufer reichenden Ausläufer hinein und senkte sich schließlich wieder in eine etwa 20 Stadien lange und 3 - 6 Stadien breite Strandebene hinab; an ihrem immer enger werdenden südlichen Ende lag der eigentliche Paß.

Vorsichtig rückte die Vorhut auf eine starke Mauer zu, die sich vom Meeresufer aus bis hin zum steil aufragenden Rand des Gebirges erstreckte. Aber die dort postierten kilikischen Wachposten öffneten sofort das Tor und gewährten freien Durchgang. In etwa 3 Stadien Entfernung sah man vor den schroffen Steilhängen, die hier jäh direkt ins Meer abstürzen, eine zweite, die syrische, Sperrmauer. Im Niemandsland dazwischen ergoß sich ein Fluß von einem Plethron Breite, den die Straße auf einer Furt durchquerte, ins Meer.

Das Tor der syrischen Mauer stand, wie es die Überläufer angekündigt hatten, weit offen und wurde von niemandem bewacht. Wenn die Syrer diesen Paß verteidigt hätten, lautete die allgemeine Meinung, wären wir nicht durchgekommen - oder allenfalls unter Inkaufnahme schwerer Verluste.

Nachdem die umliegenden Höhen mit Posten besetzt waren, wurde das Lager in der Strandebene eingerichtet. Überall, auch zwischen den beiden Mauern, breiteten sich die Biwaks aus und flammten die Feuer auf. Erleichtert, daß es an dieser extrem schwierigen Stelle nicht zum Kampf gekommen war, bereiteten sich die Soldaten ihr Abendessen.

Am nächsten Tag lagerte die Kolonne bei der phoinikischen Hafenstadt Myriandos, die über einen großen Hafen, in dem zahlreiche Handelsschiffe festgemacht hatten, verfügte. Denn hier werden die Lasten vieler Karawanen, die aus dem Landesinneren kommen, für den Weitertransport auf Schiffe umgeladen. Während des einwöchigen Aufenthaltes konnte ich den lebhaften Handelsverkehr gut miterleben. Häufig waren Ruderboote zu sehen, welche die ankommenden schwerfälligen Segelfrachter ans Ufer oder auch, nachdem sie ihre Fracht aufgenommen hatten, wieder hinaus auf die hohe See schleppten. In den Lagerhallen stapelten sich die Waren, die von Schauerleuten in langen Reihen an Bord gebracht oder von dort geholt wurden. Auf dem Pier herrschte ein ununterbrochenes Kommen und Gehen, man spürte die Unruhe, die jeder stark frequentierte Hafen ausstrahlt.

Aber auch die durch die Stadt führende Fernstraße war sehr belebt. Neben kleineren Gruppen berittener oder Wagen benutzender Reisender und sogar einzelnen Fußgängern sah man auch große, manchmal aus Hunderten von Tieren bestehende Handelskarawanen durchziehen, welche offenkundig den Landweg durch die *kilikischen Tore* einschlagen wollten.

Am vierten Ruhetag verbreitete sich im Lager plötzlich wie ein Lauffeuer die Nachricht, die Strategoi Xennias und Pasion hätten an Bord eines der auslaufenden Frachtschiffe das Weite gesucht. Der spektakuläre Vorgang führte zu erregten Diskussionen bei Soldaten und Offizieren. Die Meinungen waren durchaus geteilt. Die einen sprachen von Feigheit und Fahnenflucht, die anderen beneideten die Flüchtigen um ihren Entschluß oder fanden ihn zumindest verständlich. Schließlich habe ja, so überlegten sie, Kyros nicht dafür gesorgt, daß ihre 2000 Soldaten, die damals in Tarsos Anschluß an Klearchos gesucht hatten, wieder zu ihnen zurückkehrten. Kyros hat sie im Stich gelassen, so konnte man hören, jetzt lassen sie ihn im Stich - das ist die ausgleichende Gerechtigkeit.

Was aber wird Kyros machen?, so fragte sich jedermann, läßt er sie in Ruhe oder wird er sie mit seinen Trieren verfolgen? Schon lief das Gerücht um, er habe die Verfolgung aufgenommen, da wurden die Strategoi zu einer Besprechung eingeladen. Proxenos berichtete mir später ausführlich über ihren Verlauf:

»Bei dieser Gelegenheit«, so sagte er voller Hochachtung, »haben wir die adlige Gesinnung des jungen Mannes kennengelernt! Er läßt sie laufen, obwohl es ein Leichtes für ihn wäre, sie einzuholen, und obwohl er weiß, wo sie hinwollen: nach Tralleis zu ihren Familien. Aber, so etwa hat er argumentiert, sie hätten sich früher um ihn verdient gemacht, deshalb werde er sie jetzt, wo sie ihn verlassen wollten, nicht bestrafen und auch ihre Angehörigen nicht zu Geiseln nehmen. Ihr schlechtes Gewissen sei Strafe genug! Da siehst du, was dieser Mann für einen Charakter hat!«

Nachdem sich die Söldner der beiden geflüchteten Strategoi, wie ihre Kameraden in Tarsos, dem Kommando Klearchs unterstellt hatten, wurde der Einmarsch nach Syrien in Angriff genommen. Kurz hinter Myriandos begann die Straße in steilen Serpentinen auf den felsigen, rauhen Amanos hinaufzusteigen. Stunden später öffnete sich dann plötzlich vom höchsten Punkt des Passes aus der Blick auf eine tief unten im Sonnenschein weit ausgebreitete, auf allen Seiten von dicht bewachsenen Bergen umschlossene, mit Ortschaften übersäte fruchtbare Ebene - ein herrliches Bild!

Der Stathmos wurde unmittelbar am Fuß des Gebirges in einigen Dörfern, in denen wir viele Vorräte fanden, eingerichtet. Aus Freude darüber, daß die Invasion so problemlos vonstatten gegangen war und in eine so angenehme Gegend geführt hatte, feierten die Soldaten überall in ihren Unterkünften kleine Feste. Auch viele Offiziere versammelten sich zu spontan verabredeten Symposien. Proxenos und ich gingen hinüber zum nahegelegenen Quartier Klearchs, wo wir neben mehreren Strategoi und Lochagen auch Glus, den Ordonnanzoffizier des Kyros, antrafen. Dieser hochgewachsene, stolze Ägypter, der vorzüglich Griechisch sprach, war im Kreis der griechischen Offiziere immer ein gern gesehener Gast.

Die vor ihnen liegende Ebene, so berichtete er, sei der Königinmutter Parysatis zum Gürtel gegeben.

»Zum Gürtel gegeben«, fragte Proxenos, »was bedeutet das?«

»Das bedeutet, daß der König der Könige den jährlichen Tribut, der von dieser Gegend für ihn erbracht werden muß, seiner Mutter als Lehen abgetreten hat.«

»Aber was hat das Lehen mit dem Gürtel zu tun?«

»Eigentlich nichts. Das ist bei den Persern ein stehender Ausdruck. Vielleicht hängt er damit zusammen, daß sie, wie ihr ja sicher gesehen habt, häufig außerordentlich kostbare Gürtel tragen. Am Gürtel kannst du den Reichtum eines Persers abschätzen - das könnte dahinter stecken.«

Von Glus erfuhren wir an diesem Abend auch noch einige interessante Einzelheiten über die Syrer, in deren Land wir uns jetzt befanden.

»In drei Tagen«, so erzählte er, »werden wir den Fluß Chalos überschreiten. Dieser Fluß, ihr werdet es sehen, wimmelt von großen zahmen Fischen, welche aber die Syrer nicht anrühren: Sie betrachten sie als heilig, ebenso auch die Tauben. Das hängt mit der von ihnen verehrten Landesgöttin Atargatis zusammen. Die soll aus einem Ei zum Vorschein gekommen sein, das Fische aus dem Euphrat an Land geschoben hatten und das dann eine Taube ausbrütete.«

Acht Tage nach der Überschreitung des Chalos, in dem tatsächlich unzählige Fische lebten, wurde der Euphratübergang bei Thapsakos erreicht. Die Marschzeit bis dorthin betrug täglich 5 - 6 Stunden. Die Straße führte, nachdem sie die blühende Ebene verlassen hatte und auf das östlich anschließende Hochplateau hinaufgestiegen war, durch eine wüste und wenig besiedelte Landschaft, in der nur hier und da Oasen für Abwechslung sorgten.

In einer besonders schönen und großen Oase, die durch zwei reichlich fließende Quellflüßchen (sie vereinigten sich dort zu dem ein Plethron breiten Fluß Dardas) bewässert wurde, stand das von einem ausgedehnten und gepflegten Park umgebene Schloß des vor Kyros geflüchteten Satrapen von

Syrien und Assyrien, Belesys. Der Prinz ließ es rücksichtslos niederbrennen und alle Bäume des Parkes abhacken.

Drei Tage später wurde der Stathmos bei Thapsakos am Euphrat bezogen. Diese wichtige Handelsstadt liegt ein Stück weit oberhalb des Flusses am Rand des allmählich ins Tal abfallenden Plateaus. Von hier aus hat man einen grandiosen Blick auf den gewaltigen, ruhig und träge dahinfließenden Strom, dessen Breite ich auf volle vier Stadien schätzte. Jedenfalls war das gegenüberliegende Ufer nur noch schwer zu erkennen. Einige längere, inselartige Sandbänke ragten in der Mitte des Flußbettes aus dem Wasser hervor und teilten es in mehrere Arme.

Die Bedeutung und der Reichtum der Stadt beruhen auf der Tatsache, daß alle Benutzer der großen Fernstraße, der auch die Armee des Kyros folgte, an dieser Stelle den Euphrat gegen gute Bezahlung zu Schiff überqueren. Weit und breit gibt es keine andere Fährmöglichkeit. Aber merkwürdigerweise war nicht ein einziges der zahlreichen Fährschiffe, die hier sonst auf beiden Seiten für den Transport von Mensch und Tier bereitliegen sollen, zu sehen. Bald wurde klar, aus welchem Grund: Abrokomas hatte wenige Tage zuvor nach dem Übersetzen seiner eigenen Truppen alle Fähren verbrennen lassen!

Noch am Abend des Ankunftstages lud Kyros die griechischen Strategoi zu einer Besprechung ein, eröffnete die Diskussion mit der Mitteilung, der Feldzug richte sich gegen den Großkönig in Babylon, und schloß die Bitte an:

»Sagt das den Soldaten und bringt sie dazu, weiter mitzuziehen.«

Die Offiziere nahmen diese seit langem erwartete Klarstellung ohne große Überraschung zur Kenntnis und versprachen, in dem gewünschten Sinn auf ihre Männer einzuwirken. Schließlich fragte Klearchos:

»Wie aber sollen wir über den Fluß kommen, es gibt ja offenbar keine Schiffe mehr?«

»Ich werde neue bauen lassen«, erwiderte Kyros, »das wird natürlich einige Tage dauern - aber viel wichtiger ist, daß das griechische Kontingent mich jetzt nicht im Stich läßt. Ich bitte euch inständig: Tut alles, um das zu verhindern.«

»Wir werden unser Bestes tun, aber ich fürchte, es wird nicht ganz einfach werden«, erwiderte Klearchos und wandte sich dann an die anderen Strategoi:

»Ich schlage vor, daß wir für morgen vormittag eine Heeresversammlung einberufen und dort die Lage erörtern. Vorher sollte jeder von uns mit seinen Lochagen bereits das Nötige beraten, damit wir unser Ziel möglichst ohne Schwierigkeiten erreichen.«

Die Versammlung, an der mehrere Tausend Soldaten teilnahmen, verlief aber bei weitem nicht so harmonisch, wie man gehofft hatte. Nicht so sehr

Kyros als vielmehr die Strategoi wurden von vielen Rednern angegriffen: Sie hätten seit langem gewußt, daß der Großkönig das Ziel sei, dies aber verheimlicht. Jedenfalls komme ein Marsch nach Babylonien nicht in Betracht. Versuche der Offiziere, in die Debatte einzugreifen, gingen im Geschrei der Menge unter. Schließlich mußte die Versammlung abgebrochen und auf den nächsten Tag verschoben werden.

Da ging es zwar ruhiger und geordneter zu, aber die Wortführer der Soldaten bestätigten noch einmal unmißverständlich, daß die Truppen sich weigerten, weiterzumarschieren. Dann warf ein Lochage, der seinerzeit zu jenen 300 Hopliten gehört hatte, die Kyros auf seinem Weg zum sterbenden Vater begleiteten, den Gedanken einer *Prämie* in die Diskussion. Damals, so berichtete er, habe jeder Mann fünf Silberminen zusätzlich zu seinem Sold ausgezahlt bekommen - eine eindrucksvolle Summe, zumal es ja nicht um Kampf, sondern lediglich um die Sicherung des Satrapen während der Reise gegangen sei.

Durch diese Anregung kam wieder Bewegung in die Beratung. Nach einigem Hin und Her wurden die Strategoi beauftragt, mit Kyros über eine solche Prämie in mindestens derselben Höhe zu verhandeln. Als sie nach etwa einer Stunde endlich zurückkehrten, berichteten sie, daß Kyros sich verpflichtet habe, jedem Mann fünf Silberminen zu geben, sobald wir Babylon erreichten, und außerdem so lange den vollen Sold auszuzahlen, bis wir wieder in Jonien eingetroffen seien.

Bei der Abstimmung über dieses Angebot ergab sich zwar eine deutliche Mehrheit für die Annahme und also für die Fortsetzung des Marsches, aber die Diskussion war noch lange nicht zu Ende: Ganze Lochoi weigerten sich nach wie vor, gegen den Großkönig zu ziehen. Das, was er uns da anbietet, ist doch nichts anderes als ein Schuldschein auf die Zukunft, sagten die Kritiker, und wer kann uns garantieren, daß er ihn auch einlösen wird oder kann - oder will?

Unterdessen hatte man unten am Fluß damit begonnen, Fährmöglichkeiten für die Überquerung des Stromes herzurichten. Aber obwohl die Zimmerleute sich mächtig ins Zeug legten, war klar, daß die neuen Fährschiffe nicht vor ein oder zwei Wochen zu Wasser gelassen werden konnten. Deshalb hatte man auch die Erbauung von landesüblichen Flößen in Angriff genommen. Sie bestanden, wie ich beobachtete, aus einem Holzgestell, unter dem aufgeblasene Bälge von Schafen oder Ziegen für den Auftrieb sorgten. Um ihnen jedoch die nötige Größe und Tragkraft geben zu können, brauchte man für jedes Floß Hunderte solcher Bälge - und deren Beschaffung bereitete offensichtlich Schwierigkeiten. Außerdem machten die Einheimischen darauf aufmerksam, daß diese nicht gut lenkbaren Flöße eher dafür geeignet seien, sich mit der Strömung flußabwärts treiben zu lassen als die Strömung zu durchqueren.

Da verbreitete sich plötzlich, am frühen Morgen des fünften Tages, eine sensationelle Nachricht im Lager:

»Menon ist mit seinen Leuten drüben!«

»Menon ist drüben? Ohne Schiffe?«

»Ja. Er ist durchgewatet.«

»Durchgewatet? Durch diesen breiten Strom? Unvorstellbar!«

Ich rannte sofort hinunter zum Ufer, wo sich inzwischen in aller Eile unzählige Soldaten und auch viele Bewohner von Thapsakos versammelten und beobachteten, wie gerade die letzten Männer der Abteilung Menons eine in der Mitte des Flusses liegende niedrige Insel bestiegen, mit den Händen heftig zurückwinkten und jenseits verschwanden. Und schließlich sah man hinter der Sanddüne nur noch einen dünnen dunklen Streifen, der sich durch das Wasser bis zum im Dunst verschwimmenden anderen Ufer erstreckte.

»Das ist kaum zu glauben!« hörte man aus dem Mund der Einheimischen, »seit Menschengedenken hat hier noch nie jemand den Euphrat zu Fuß überquert. Es kann nicht anders sein: Der Fluß ist aus Ehrfurcht vor Kyros zurückgewichen, weil die Götter auf seiner Seite stehen. Wir haben ein Wunder miterlebt!«

Bald danach sah ich Glus zusammen mit einer kleinen Eskorte an derselben Stelle ohne Schwierigkeiten hinüberreiten. Wenige Stunden später, nachdem das Lager in aller Eile abgeschlagen worden war, folgte die Eliteretei des Kyros und seine Wagenkolonne - und dann zog den ganzen Tag über bis in die Dunkelheit hinein und auch noch während des nächsten Vormittages Abteilung für Abteilung der riesigen Armee und ihres Trosses durch das Wasser, das an keiner Stelle den Männern höher als bis zur Brust reichte.

Viele Offiziere beglückwünschten Menon zu seiner Sonderleistung und fragten ihn, wie es ihm gelungen sei, seine Soldaten zu diesem Wagnis zu bewegen. Er habe, so erwiderte er, während der Zeit, als allenthalben über das Für und Wider des Weitermarsches diskutiert wurde, seine Abteilung zu einer Versammlung außerhalb des Stathmos geführt und dort etwa das folgende vorgetragen:

»Männer, wenn ihr meinem Vorschlag folgt, werdet ihr in höherer Ehre als die anderen Soldaten bei Kyros stehen, ohne Gefahren und Mühen auf euch nehmen zu müssen. Was also schlage ich vor? Kyros hat den Wunsch, daß wir Griechen jetzt mit ihm gegen den Großkönig marschieren - und so sage ich euch: Ihr müßt den Fluß überqueren, bevor klar ist, was die anderen antworten! Denn wenn sie beschließen, Kyros zu folgen, habt ihr das Verdienst, als erste den Übergang riskiert zu haben, und dafür werdet ihr von ihm reich belohnt werden. Wenn sie dagegen den Weitermarsch ablehnen, werden wir alle zusammen zurückmarschieren - euch aber, die ihr als einzige in treuem

Gehorsam zu ihm gestanden habt, wird er dann daheim seinen Dank abstatten durch die Aufnahme in Wachmannschaften, durch das Angebot von Lochagenposten und durch sonstige Vergünstigungen.«

Nachdem er sie durch diese Rede für sein Vorhaben gewonnen habe, seien seine Lochagen auf die Suche gegangen und hätten schließlich einen alten Fischer aufgetrieben, der behauptete, angesichts des ungewöhnlich niedrigen Wasserstandes traue er sich zu, sie hinüberzuführen.

»Und es hat ja alles gut geklappt«, fuhr Menon fort, »kaum waren wir drüben, erschien bereits Glus und übermittelte uns eine Botschaft des Prinzen im Wortlaut: Ich spreche euch, ihr Männer, jetzt nur mein Lob aus; dafür aber, daß auch ihr mich später loben könnt, werde ich sorgen - oder ich will nicht mehr der Kyros sein, den ihr kennt!«

Der Weitermarsch erfolgte auf der großen Fernstraße in nördlicher Richtung vom Euphrat fort. Aber nach drei Tagen entschloß sich Kyros, auf eine andere Straße, die quer durch das syrische Binnenland wieder in südöstlicher Richtung zum Euphrat zurückführte und ihn etwa an der Einmündung seines ersten größeren Nebenflusses, des Araxes, erreichte, überzuwechseln. Es hatte sich nämlich herausgestellt, daß die Truppen des Abrokomas, die mit einem Vorsprung von wenigen Tagen auf der Hauptstraße vor uns herzogen, alle erreichbaren Vorräte aufgebraucht und die Feldfrüchte verbrannt hatten. Überdies waren die Bewohner mitsamt ihrem Vieh und den Lebensmitteln, die sie schleppen konnten, aus ihren Dörfern geflohen, so daß die riesigen Menschen- und Tiermengen der Kyrosarmee nicht mehr aus dem durchzogenen Land versorgt werden konnten.

Die jetzt eingeschlagene Straße, die später dem Nordufer des Euphrat bis nach Babylon folgte, war zwar, wie Kyros den griechischen Feldherren erläuterte, bei weitem weniger bequem als jene andere. Sie führe meistens durch sehr dünn besiedeltes, wüstenartiges Gebiet und werde, das wolle er nicht verheimlichen, größte Anforderungen an die Marschkolonne stellen. Aber sie sei um viele Tagemärsche kürzer als die Hauptstraße, welche die syrische Wüste ja auf einem großen Umweg nördlich umgehe.

»Kurzum«, so sagte er abschließend, »mit Abrokomas brauchen wir in Babylonien trotz seines Vorsprungs nicht zu rechnen. Dort werden wir den Sieg errungen haben, lange bevor er überhaupt eintrifft.«

Die erste Strecke, die uns in sechs Tagen bis in die Mündungsebene des Araxes brachte, ließ sich noch recht gut bewältigen. Von dem letzten Stathmos aus zogen dann über drei Tage hin Requisitionskolonnen in die fruchtbare und stark besiedelte Umgebung, um einen großen Vorrat an Getreide für den bevorstehenden Wüstenmarsch zu sammeln und auf Wagen zu verladen. Auch die einzelnen Soldaten füllten ihre Beutel bis zum Äußersten auf und erklärten, sie wollten lieber ein zusätzliches Gewicht tragen als Hunger leiden.

Am frühen Morgen des vierten Tages erfolgte der Aufbruch. Nach einem Marsch von eineinhalb Stunden durch dichtes Tamariskengestrüpp wurde der Euphrat, der vom Stathmos aus noch nicht sichtbar gewesen war, und kurz danach die Furt über den fast zwei Plethren breiten und ziemlich tiefen Araxes, der die Grenze zwischen Syrien und Arabien darstellte, erreicht.

Der Weg verlief danach meistens in dem recht breiten Tal des in vielen Windungen dahinziehenden gewaltigen Stromes, manchmal aber auch auf dem etwas erhöhten Rand des fast völlig vegetationslosen, nach Osten allmählich ansteigenden Sandbodens, in den er sich eingefressen hatte. Für die Stathmoi wurde immer ein Platz am Flußufer gewählt, um die Wasserversorgung für Menschen und Tiere sicherzustellen. Als ein unlösbares Problem stellte sich allerdings sehr bald die Beschaffung von Futter für die Tausende von Pferden und Tragtieren heraus. Denn hier wuchs buchstäblich nichts außer wildem Wermuth und Tamarisken; die wenigen in der schattenlosen Wüste verdorrten Grashalme waren gleichsam nur ein Tropfen auf den heißen Stein. Vor allem die Pferde litten unter dem Futtermangel und verloren zusehends an Temperament und Kraft, da ihnen auch Gerste nur noch in kleinen Mengen zugeteilt werden konnte.

Der zweite Stathmos auf arabischem Gebiet wurde unmittelbar vor dem Eingang in eine schluchtartige Engstelle angelegt. Schon während des Marsches war immer deutlicher ein das Tal quer durchziehendes Bergmassiv sichtbar gewesen, durch das sich, wie man jetzt erkennen konnte, der Fluß irgendwann einmal einen Durchbruch geschaffen hatte. Im Inneren der Schlucht wurde sein stellenweise von hohen und steil abfallenden Wänden begrenztes Tal manchmal so schmal, daß die Straße direkt neben den in ihrem eingeengten Bett stürmisch dahinschießenden Fluten verlief. Vier Stunden lang dauerte am nächsten Morgen der Durchmarsch, bis der Ausgang erreicht war und sich die Landschaft wieder weitete.

Mühsam schleppte sich in den folgenden Tagen das große Heer weit auseinandergezogen durch die menschenleere Wüste. Schon in tiefer Nacht wurde aufgebrochen, um die Morgenkühle auszunutzen, und nach meistens siebenstündigem Marsch am Weg entlang möglichst nahe am Fluß das Lager eingerichtet. Dann lag bereits flimmernde Hitze über der baumlosen, hier und da mit Wermuthsträuchern bedeckten, völlig ebenen Einöde, welche mich in ihrer furchtbaren Unendlichkeit an das Meer erinnerte. Glücklicherweise konnte man sich im Wasser des Euphrat immer wieder ein wenig Abkühlung verschaffen. Manchmal glitten auch größere oder kleinere Flöße vorbei, auf denen von Sonnenschirmen geschützte Kaufleute (fast die einzigen Menschen, die wir zu Gesicht bekamen) ihre Waren bequem nach Babylon schafften - sehnsüchtig mit den Augen verfolgt von den erschöpften Soldaten.

Erstaunlicherweise lebten in dieser abweisenden Umgebung jedoch nicht wenige Tiere. Vor allem wurden zahlreiche Herden von Wildeseln gesichtet. Als einige der thrakischen Reiter des Klearchos versuchten, sie zu jagen, galoppierte die ganze Schar jeweils ein kurzes Stück weit vor den schnell erlahmten Pferden her, blieb plötzlich ruckartig, in Staubwolken gehüllt, stehen, blickte aufmerksam (manche sagten: *höhnisch grinsend*) zu den Verfolgern zurück und wiederholte, wenn diese sich erneut näherten, das grausame Spiel. Erst als die Reiter auf meinen Vorschlag hin mehrere Gruppen bildeten, eine kleine Herde einkreisten und sich bei der Verfolgung ablösten, gelang es ihnen, einige der Tiere durch Pfeilschüsse zu erlegen. Sie wurden in Portionen aufgeteilt und abends über den dürftigen Feuern, die sich aus dem Buschwerk anlegen ließen, teils gebraten, teils geschmort. Auch ich kostete von dem zarten Fleisch, das nach unserem allgemeinen Urteil ähnlich wie das Fleisch von Hirschen schmeckte.

Zwischen den Wildeseln sah man auch Gazellen und viele Strauße, die bei der Verfolgung eine solche Geschwindigkeit entwickelten, daß kein Pferd sie einholen konnte. Dagegen gelang es mehreren Fußgängern, die sich zusammentaten, fette Trappen immer aufs neue bis zur Erschöpfung hochzuscheuchen und dann zu fangen.

Fünf Tage, nachdem wir den Araxes überschritten hatten, trafen wir auf den zweiten (und letzten) Nebenfluß des Euphrat, den Maskas, an dessen Ufern sich fruchtbare Felder zwischen blühenden Dörfern erstreckten. Unmittelbar neben der Einmündung des Flusses in den Euphrat wurde der Stathmos in der großen, aber völlig verlassenen Stadt Korsote eingerichtet und von dort aus wieder alles Getreide, das man in der Umgebung finden konnte, eingesammelt und auf Wagen verladen oder in den Vorratsbeuteln der Soldaten verstaut. Hier erholten sich während der dreitägigen Pause Menschen und Tiere von den überstandenen Strapazen - aber nach der Auskunft der Landeskenner begann jetzt erst die schwierigste Strecke des ganzen Marsches.

Tatsächlich führte die schlechte Piste jenseits des Maskas nicht mehr durch flache Sandwüste, sondern durch eine felsige, von zahlreichen kurzen und tiefen Schluchten, die häufig weit oberhalb des Euphratbettes überschritten werden mußten, zerschnittene tote Landschaft. Nach wenigen Tagen mit jeweils 7 bis 8 unbeschreiblich anstrengenden Marschstunden waren die mitgeführten Vorräte aufgebraucht. Da sie aus dem Land nicht ergänzt werden konnten, trat nun ein akuter Notstand ein.

Während die Offiziere und ich dank der größeren Lasten, welche unsere Tragtiere transportierten, noch über gewisse Lebensmittelreserven verfügten (manchmal schickte uns auch Kyros Bratenstücke und Brote aus seiner Küche herüber), konnten viele Soldaten nur noch unzureichende, manche überhaupt keine Mahlzeiten mehr zubereiten. Einige machten sich schließlich auf den stundenlangen Weg zum Markt der Lyder, der jeden Tag im Troß der einheimischen Truppen eröffnet wurde. Dort könne man, so hieß es, noch Mehl kaufen. Nach ihrer Rückkehr berichteten sie voller Empörung, daß man ihnen für zwei normale Tagesrationen 30 Obolen, einen ganzen Wochensold, abgenommen habe.

In großer Sorge waren die Reiter um ihre Pferde, an welche nur noch sehr kleine Gersterationen ausgegeben werden konnten. Grünfutter war so gut wie nirgends mehr zu finden. Die dünne Grasnarbe, die sich an manchen noch etwas feuchten Stellen der Trockentäler entwickelt hatte, war immer wenige Minuten nach dem Durchzug der ersten berittenen Truppen bereits vollständig verschwunden und in Schlamm verwandelt.

Relativ gut kamen nur die Pferde der griechischen Offiziere (und auch meine) über diese etwa eine Woche andauernde besonders schwierige Zeit. Denn einmal entsandte Kyros einen großen Wagen mit Heu aus seinem Troß zu Klearchos und ließ ihm einen eigenhändig geschriebenen Zettel überreichen: »Werft dieses Futter euren Pferden vor, damit sie meine Freunde nicht hungrig tragen müssen.«

Im Unterschied zu den anspruchslosen Eseln, von denen sich die meisten irgendwie am Leben erhielten, brachen nach mehrtägigem Hungern viele Lastochsen zusammen. Wenn irgend möglich wurden sie noch bis in den Stathmos getrieben und sofort notgeschlachtet. Fast eine Woche lang lebten die Söldner ausschließlich von diesem zähen Fleisch, das sie in kleine Stükke schnitten und in purem Wasser ohne jede Beigaben gar zu kochen versuchten.

Ungeachtet dieser Schwierigkeiten arbeitete sich die gewaltige Marschkolonne immer näher an die babylonische Grenze heran. Die tägliche Marschzeit von 7 bis 8 Stunden wurde trotz des Hungers und der Schwäche von Menschen und Tieren durchgehalten. Häufig traten unterwegs allerdings auch Stockungen ein, wenn die Troßwagen bei der Durchquerung der steilwandigen Trockentäler steckenblieben.

Einmal, als ich gerade ganz am Ende der griechischen Abteilung ritt, bekam ich mit, wie sogar die Wagenkolonne des Kyros in einer engen, schlammigen Vertiefung festsaß und trotz der Bemühungen persischer Soldaten, die von Glus und Pigres angefeuert wurden, nicht mehr von der Stelle kam. Kyros sah sich das eine Zeitlang an, dann wandte er sich an seine *Tischgenossen*, die immer in seiner Nähe waren, und rief:

»Helft ihnen, die Wagen vorwärts zu bringen!«

Und nun konnte man ein Musterbeispiel von Gehorsam sehen. Diese vornehmen Männer warfen da, wo sie standen, ihre purpurfarbigen Mäntel von sich, rannten wie Wettläufer in ihren kostbaren Leibröcken und bunten Hosen und mit all dem Schmuck, den sie trugen, den Steilhang hinunter, stürzten sich förmlich in den Schlamm hinein und machten tatsächlich in Windeseile diese Wagen wieder flott - unglaublich!

Endlich entspannte sich die Situation für die Tiere, welche die Hungerstrekke überlebt hatten, wieder ein wenig. Immer häufiger trafen wir auf größere Weideflächen, deren Gras zu Heu vertrocknet war. Als wir dann den letzten Stathmos vor der Grenzstation nach Babylonien (sie hieß passenderweise Pylai, *das Tor*) erreichten, glaubten die nach wie vor vom Hunger gepeinigten Soldaten ihren Augen nicht mehr trauen zu können: Sie sahen von dort aus eine große, von Palmenhainen und anscheinend auch von üppigen Feldfluren umgebene Stadt im hellen Sonnenschein daliegen - auf der anderen Seite des Flusses. Es war tatsächlich wie ein Alptraum: Dort, in Charande (dieser Name wurde uns genannt), gab es ohne Zweifel alles, was zum Überleben notwendig war, aber dazwischen lag wie ein unüberschreitbarer Graben der breite Strom.

Verzweifelt suchte man überall nach Booten oder Kähnen - ohne Erfolg. Nur einige armselige Einwohner wurden aufgestöbert, die den porösen Stein, aus dem hier die Flußufer bestanden, zu Mühlsteinen verarbeiteten. Immer wenn sie ein paar Stück fertig hatten, stellten sie sich aus wenigen aufgeblasenen Schafsbälgen kleine primitive Flöße her, transportierten mit ihrer Hilfe die Steine im Wasser hängend nach Babylon und tauschten sie dort gegen Getreide um.

Dieses Vorbild brachte einige praktisch veranlagte Söldner auf die Idee, die Überfahrt nach Charande mit ähnlichen Flößen zu versuchen. Da sie natürlich keine Bälge zur Verfügung hatten, formten sie ihre ledernen Zeltplanen zu Säcken, füllten sie mit dürrem Gras voll und schnürten sie so dicht zusammen, daß kein Wasser ins Innere dringen konnte. Nachdem viele derartige Säcke in Reihen zusammengebunden worden waren, wurde die auf diese Weise entstandene Plattform vor den Augen und unter dem Beifall von Tausenden Zuschauern zu Wasser gebracht und von zahlreichen Schwimmern quer über den Fluß nach Charande geschleppt.

Als sie wieder zurückkamen, trug das Floß einen Haufen von aus Hirsemehl gebackenen Broten sowie mehrere große Amphoren voll Dattelwein. Beides wurde von den geschäftstüchtigen Initiatoren der Aktion auf einem schnell improvisierten Markt am Ufer zum Verkauf angeboten, während das Floß (bald kam noch ein zweites hinzu) in ununterbrochenem Pendelverkehr den Nachschub herbeischaffte.

Der Markt entwickelte sich schnell zum Zentrum des griechischen Lagers, aber auch zum Ausgangspunkt von Streitigkeiten. Es kam sogar zu Schlägereien zwischen den Käufern und Verkäufern wegen der überhöhten Preise und zwischen den Käufern untereinander, weil sie in Scharen nach vorne drängten und sich dabei gegenseitig behinderten. Die Stimmung in der griechischen Heeresabteilung war freilich schon seit längerem gereizt, und die Besonnenen befürchteten, daß es ohnehin nur noch eines kleinen Anlasses bedürfe, um den schwelenden Brand aufflammen zu lassen.

Diesen dramatischen Augenblick erlebte ich an der Seite des Proxenos mit. Dessen Abteilung war an diesem Tag am Ende der griechischen Kolonne marschiert und rückte soeben als letzte in den Stathmos ein, als Klearchos sich gerade unter lautem Geschrei anschickte, mit seinen 40 Reitern gegen die Abteilung Menons anzureiten. Dahinter standen seine Hopliten in Phalanxformation. Gleichzeitig sah man, wie die Hopliten Menons zu ihrem Waffenplatz liefen und sich kampfbereit machten. Um das Schlimmste zu verhüten, ließ Proxenos geistesgegenwärtig seine Abteilung in den Zwischenraum zwischen den beiden Parteien einrücken und dort anhalten.

»Aus dem Weg«, brüllte daraufhin Klearchos, »diese Hunde wollten mich steinigen!«

»Beruhige dich doch«, rief Proxenos zurück, »was auch immer geschehen ist, laß es um der Götter willen nicht zu einem Kampf zwischen Griechen kommen!«

Aber Klearchos war förmlich außer sich vor Wut und machte jetzt sogar Anstalten, Proxenos anzugreifen. Da erschien glücklicherweise im richtigen Augenblick Kyros selbst, der an der Spitze seiner einheimischen Truppen marschiert war, auf der Bildfläche, ritt mit seiner Eskorte zwischen Klearchos und Proxenos und erklärte ihnen auf Griechisch mit lauter Stimme, so daß auch die Soldaten seine Worte verstehen konnten:

»Ihr wißt nicht, was ihr tut! Wenn ihr hier in einen Kampf geratet, könnt ihr sicher sein, daß ich noch heute niedergemacht werde - und ihr nicht lange nach mir. Denn sobald meine einheimischen Truppen merken, daß wir, ihr Griechen und ich, nicht einhellig an einem Strang ziehen, werden sie allesamt uns schlimmere Feinde sein als die Truppen des Großkönigs.«

Durch diesen Appell wurde zwar die akute Krise beigelegt; auch kam es in den folgenden Tagen, die wir noch hier verbrachten, nicht mehr zu ähnlichen Zusammenstößen. Aber die griechischen Offiziere mußten aus der pragmatischen Lagebeurteilung entnehmen, daß Kyros sich der Loyalität seiner Landsleute nicht mehr sicher war und sein ganzes Vertrauen ausschließlich auf die Griechen setzte - und das nur noch einen Tagemarsch vor der babylonischen Grenze!

Was eigentlich passiert war, erfuhr ich erst später: Aus irgendeinem Grund waren Soldaten Klearchs und Menons in Streit geraten. Klearchos hatte einen der Männer Menons, den er für den Schuldigen hielt, verprügelt, danach zu Pferd den neu eröffneten Markt besichtigt und schließlich den durch das Biwak Menons führenden Rückweg zu seiner eigenen Abteilung angetreten.

Da warf plötzlich einer der Männer, der dort gerade Holz kleinmachte, mit der Axt nach ihm - und dann flogen massenhaft, von lautem Geschrei begleitet, die Steine.

»Er hätte natürlich den Mann einer anderen Abteilung nicht bestrafen dürfen«, meinte Proxenos zu der Angelegenheit, »das wäre die Aufgabe Menons gewesen. Auf keinen Fall aber durfte er seine Truppen aufmarschieren lassen. Was hätte da nicht alles passieren können!«

Am nächsten Tag hörte man aus der Umgebung des Prinzen, der griechische Seher Silanos aus Amprakia habe nach einem Opfer prophezeit, der Großkönig werde innerhalb der nächsten zehn Tage nicht kämpfen. Kyros habe daraufhin gesagt: »Wenn er in dieser Zeit nicht kämpft, wird er überhaupt nicht mehr kämpfen«, und dem Seher für den Fall, daß seine Prophezeiung eintreffe, eine Prämie von 10 Talenten versprochen.

Nachdem sich das Heer einige Tage lang erholt hatte, wurde der Marsch nach Pylai, dem *Tor* nach Babylonien, in Angriff genommen. Jetzt traten die zuvor charakteristischen Steiluferhänge immer weiter vom Flußbett zurück. Das zerrissene und wüste Hügelland, durch das sich der Euphrat zuletzt geschlängelt hatte, ging allmählich in die fruchtbaren Fluren der babylonischen Tiefebene mit ihren Feldern, Plantagen und Wiesen über. Jeder spürte, daß sich das Abenteuer seinem Höhepunkt näherte: Entweder würde es in wenigen Tagen zu der großen Schlacht zwischen den Brüdern kommen - oder aber, was freilich kaum jemand für möglich hielt, zu der kampflosen Inthronisierung des jungen Prinzen als des Königs der Könige.

Bald nach dem Abmarsch aus Pylai kam die Kolonne schon wieder zum Stehen, weil die Vorhut auf Spuren von Pferden gestoßen war. Klearchos, der nach vorne geritten war, berichtete, daß schätzungsweise 2000 Reiter außer Sichtweite vor uns herzögen und rundum Feuer gelegt hätten.

»Sie haben«, rief er voller Empörung aus, »das dürre Gras, von dem unsere Tiere leben, in Asche verwandelt und, verdammt noch mal, auch die Anpflanzungen der Bauern hier, sogar ihre Dattelpalmen, angezündet! Diese Hunde wissen also, daß wir kommen, und versuchen uns aufzuhalten. Aber das wird ihnen natürlich, bei den Göttern, nicht gelingen.«

Inzwischen hatte sich die Spitze wieder in Bewegung gesetzt. Auf dem ganzen etwa vierstündigen Marsch bis zum neuen Stathmos konnte man die Brandspuren sehen. Glücklicherweise war jedoch in den zum Euphrat abfallenden Feldern und Plantagen nur wenig von den Flammen verzehrt worden, so daß die Tiere noch zum Weiden getrieben werden konnten und auch die Soldaten noch manches Eßbare fanden.

»Es wird langsam ernst, mein Freund«, sagte beim Abendessen Proxenos zu mir, »Artaxerxes wird uns, da bin ich mir ziemlich sicher, nicht kampflos nach Babylonien hineinlassen. Wir können nur noch hoffen und alles dafür tun, daß Kyros mit unserer Hilfe sein Ziel erreicht und den Thron des Großkönigs besteigt. Dann sind wir gemachte Leute.«

»Wenn aber nicht«, erwiderte ich, »sind wir so gut wie verloren! Denn ganz gewiß werden wir auch nicht kampflos wieder aus Babylonien herauskommen. Wir müssen unsere Zuversicht auf den Beistand der Götter setzen.«

In den letzten Stunden dieser Nacht, als bereits die Vorbereitungen für den Aufbruch begannen, entstand plötzlich Unruhe im ganzen Lager. Persische Reiter von der Vorhut galoppierten am griechischen Biwak vorbei nach hinten. Zunächst wußte niemand, was los war, dann verbreitete sich das Gerücht, man habe einen Verräter gefaßt.

Die meisten der griechischen Strategoi hatten sich unterdessen spontan zu Klearchos begeben, weil sie bei ihm am ehesten Aufklärung über den Vorgang zu finden hofften - aber auch er kannte bisher nur das vage Gerücht.

Während die Gruppe der Offiziere, der ich mich angeschlossen hatte, noch im Gespräch beisammen stand, erschien im Morgengrauen ein von einem Dolmetscher begleiteter berittener Bote des Satrapen und überbrachte folgende Botschaft:

»Kyros ersucht euch, einen Sicherheitsring aus Hopliten um sein Zelt zu legen, damit das Gerichtsverfahren gegen Orontas ohne Störungen durchgeführt werden kann. Dich, Strategos Klearchos, fordert er auf, an der Verhandlung teilzunehmen.«

Klearchos erwiderte:

»Melde, daß ich, so schnell ich kann, mit 3000 Hopliten zur Stelle sein werde.«

Nachdem die beiden Perser wieder verschwunden waren, fügte er hinzu:

»Jetzt traut er schon seiner eigenen Leibwache nicht mehr! Haltet während meiner Abwesenheit die Augen offen und richtet euch auf einen möglichen Aufruhr ein. Orontas ist ein vorzüglicher und beliebter Offizier und sogar, wenn ich recht im Bilde bin, ein Verwandter des Königs der Könige.«

Als wir zu unserem Lagerplatz zurückkehrten, war Proxenos über das, was er gehört hatte, noch ganz erschüttert:

»Orontas soll der Verräter sein! Zwar weiß ich, daß es vor Jahren zwischen Kyros und Orontas ernste Konflikte gegeben hat, und auch, daß er von vielen über lange Zeit hin als ein ergebener Diener des Artaxerxes angesehen wurde - aber zuletzt galt er doch allgemein als ein loyaler Anhänger unseres Prinzen. Damals, bei der Audienz in Sardeis, stand er neben ihm am Fenster. Kyros schätzte, diesen Eindruck hatte ich jedenfalls, seine vorzüglichen militärischen Fähigkeiten hoch ein und schenkte ihm, trotz der früheren Mißhelligkeiten, sein volles Vertrauen.«

Schweigend ging er ein paar Schritte auf und ab, blickte kopfschüttelnd zu Boden und fuhr dann fort:

»Wir wissen noch nicht im einzelnen, was ihm vorgeworfen wird. Aber wenn er tatsächlich Hochverrat begangen hat, fürchte ich, steckt da noch mehr dahinter! Jetzt, wo Kyros fast am Ziel ist, wo der Kampf mit Artaxerxes unmittelbar bevorsteht, könnte dem einen und anderen seiner engeren Gefolgsleute der Boden zu heiß werden. Hoffen wir, daß es nicht zu einer Massenflucht von hochgestellten Überläufern kommt, ganz abgesehen von den einfachen Soldaten, die lieber heute als morgen ihren Dienst beenden würden - und daß wir heil aus dieser ganzen Geschichte herauskommen!«

Inzwischen marschierte Klearchos mit seinen Hopliten durch den griechischen Troß hindurch zum Prunkzelt des Prinzen und ließ auf allen vier Seiten geschlossene Phalangen mit der verdoppelten Tiefe von 16 Mann Aufstellung nehmen. Erschrocken wichen die zahlreichen Perser, die sich dort bereits versammelt hatten, vor diesem waffenstarrenden und kampfbereiten Karree zurück. Das Zelt war nun völlig gegen die Außenwelt abgeschirmt.

Ich hatte mich, zusammen mit Proxenos und vielen anderen griechischen Offizieren, unter die Zuschauer gemischt und versuchte, Genaueres über die Sache in Erfahrung zu bringen. Was ich von verschiedenen Informanten hörte, ergab etwa dieses Bild: Orontas hatte am Tag zuvor Kyros den Vorschlag gemacht, er wolle mit 1000 Reitern die vor ihnen herziehende königliche Reitertruppe verfolgen, aus dem Hinterhalt angreifen und vernichten oder gefangennehmen und jedenfalls verhindern, daß sie die Nachricht vom Eintreffen der Kyros-Armee in Babylonien an den König der Könige weitermelden könne.

Kyros habe, so hieß es, diesem Vorschlag zugestimmt, und Orontas habe daraufhin im Laufe des Tages seine 1000 Reiter zusammengestellt, mit denen er heute morgen aufbrechen wollte. Dazu aber sei es nicht mehr gekommen wegen seines Briefes an den König der Könige. Diesen Brief habe ein Bote heimlich zu Artaxerxes bringen sollen. Der Bote sei jedoch während der Nacht damit zu Kyros gegangen und habe so die ganze Sache ins Rollen gebracht.

Zum Inhalt des verräterischen Briefes wußte niemand etwas Genaues. Nur soviel sei durchgesickert, daß Orontas darin den König der Könige seiner Ergebenheit versichere und daß er ihm mitteile, er werde mit möglichst vielen Reitern zu ihm überlaufen, und daß er ihn bitte, seine eigene Reiterei darüber zu informieren, damit sie ihn als Freund aufnehme.

»Wenn er dies tatsächlich geschrieben hat«, sagte Proxenos, »ist es Hochverrat, und das wird ihm den Kopf kosten.«

Im Inneren des Zeltes hatte inzwischen, wie wir von Klearchos wissen, das Gericht auf Stühlen Platz genommen. In der Mitte saß Kyros selbst, rechts und links umgeben von je vier Personen, nämlich den sieben vornehmsten persischen Würdenträgern aus seinem Gefolge und am äußeren linken Ende Klearchos, hinter dem ein Dolmetscher stand.

Orontas, der bisher im benachbarten Zelt des Artapates angekettet gewesen war, wurde nun von zwei Wächtern hereingeführt. Artapates, ein erstaunlich schlanker, etwa vierzigjähriger Eunuche, bekleidete das hochrangige Amt eines *Skepterträgers* und galt als der getreueste Gefolgsmann des Kyros überhaupt.

Nachdem der Angeklagte sich vor dem Prinzen zu Boden geworfen hatte und in kniefälliger Haltung mit gesenktem Haupt verharrte, eröffnete Kyros das Verfahren:

»Ich habe euch hergerufen, meine Freunde, um mit euch zusammen zu beraten, was vor Göttern und Menschen die gerechte Strafe für diesen Orontas hier ist: Die will ich dann an ihm vollstrecken! Er wurde mir zuerst von meinem Vater als mein Diener übergeben; später hat er jedoch im Auftrag meines Bruders, wie er selbst zugegeben hat, von der Burg in Sardeis aus gegen mich einen Krieg angezettelt. Ich habe damals den Kampf mit ihm aufgenommen und ihn zu der Einsicht gebracht, daß es besser für ihn sei, die Feindseligkeiten zu beenden. Wir haben uns sogar gegenseitig durch Handschlag unserer Freundschaft versichert - und habe ich dir, Orontas, danach irgendein Unrecht zugefügt?«

»Nein.«

»Und später bist du, ohne daß ich dir, wie du selbst zugibst, ein Unrecht getan hätte, zu den mit mir verfeindeten Mysern gegangen und hast meinem Land nach Kräften Schaden zugefügt?«

»Ja.«

»Als du wiederum deine Unterlegenheit erkanntest, kamst du zum Altar der Artemis und erklärtest, du empfändest Reue über dein Handeln - und hast mich dort auch von deiner Ehrlichkeit überzeugt. Und da haben wir uns wiederum gegenseitig unseres Vertrauens versichert?«

»Ja, ich gebe es zu.«

»Worin habe ich dir denn Unrecht getan, daß du jetzt zum dritten Mal ganz offenkundig mich vernichten willst?«

»Du hast mir kein Unrecht getan, o Kyros.«

»Gibst du also zu, daß du mir gegenüber ein Verbrechen begangen hast?«

»Ja, ich muß es zugeben.«

Kyros legte nun eine kurze Pause im Verhör ein. Anscheinend fiel es ihm schwer, seine nächste Frage zu formulieren. Endlich sagte er:

»Würdest du noch jetzt meinem Bruder ein Feind und mir ein getreuer Freund werden?«

Auch Orontas zögerte mit der Antwort. Dann hob er die Augen, die er bisher immer zu Boden gesenkt hatte, zu Kyros auf und erwiderte:

»Auch wenn ich es würde, o Kyros - du könntest mir nie und nimmer mehr Vertrauen schenken.«

Wieder trat eine Pause ein. Die Richter saßen bewegungslos und schweigend auf ihren Stühlen. Nach einigen Minuten ergriff Kyros erneut das Wort und eröffnete das Verfahren der Urteilsfindung:

»Das hat der Mann getan, das sagt er dazu.«

Er ließ Orontas aufstehen, blickte Klearchos an und fuhr auf Griechisch fort:

»Mein Klearchos, lege du als erster dar, welches Urteil du für angemessen hältst.«

Klearchos, der von der besonnenen Art, mit der Kyros das Verhör geführt hatte, sehr beeindruckt war, zögerte keinen Augenblick mit seiner Antwort:

»Ich rate dir, den Mann so schnell wie möglich aus dem Weg zu schaffen! Dann brauchen wir auf ihn nicht mehr aufzupassen und können, dieser Sorge enthoben, denjenigen, die wirklich deine Freunde sein wollen, Gutes tun.«

Nachdem diese kurze Rede ins Persische übersetzt worden war, ertönte von den sieben Richtern ein zustimmendes Gemurmel; sie erhoben sich auf einen Wink des Prinzen, traten einzeln an Orontas heran, berührten mit der rechten Hand seinen Gürtel und sprachen auf diese Weise über ihn das Todesurteil aus.

Durch die Reihen der zahlreichen Zuschauer, die draußen auf das Ende der Verhandlung warteten, lief plötzlich eine heftige Bewegung, als sich in der vor der Eingangsseite des Zeltes aufgebauten Phalanx eine Gasse öffnete. Durch sie wurde hinter Artapates, der während der Verhandlung neben dem Eingang gestanden hatte, Orontas von zwei Wächtern herausgeleitet und hinüber zum Zelt des Artapates geführt. Mit Erstaunen beobachtete ich, daß viele Perser, an denen er vorbeikam, sich vor ihm huldigend zu Boden warfen. Was ist das für ein merkwürdiges Volk, dachte ich, sie huldigen sogar dem Todgeweihten, weil sie sich als seine Sklaven fühlen.

Was sich später im Zelt des Artapates abspielte, sahen nur wenige - aber es ist mir gelungen, einen von ihnen durch ein sehr großzügiges Geldgeschenk zum Reden zu bringen. Nachdem die Gruppe im Inneren verschwunden war, begannen auf den Befehl des Artapates hin einige Sklaven damit, an einer bestimmten Stelle die auf dem sandigen Boden ausgebreiteten Teppiche wegzuräumen und dort eine etwa 6 Fuß lange, 3 Fuß breite und 4 Fuß tiefe Grube auszuheben.

Als sich nach dem Abschluß der Arbeit ein Diener mit einem scharfen Rasiermesser in der Hand dem Gefangenen näherte, sagte Orontas, der genau wußte, was ihm bevorstand, zu Artapatas:

»Laß Gnade walten und schneide mir die Gurgel durch.«

Aber Artapates schüttelte schweigend den Kopf; daraufhin öffnete der Diener Orontas den Mund, schnitt ihm blitzschnell die Zunge ab und verstopfte die blutende Wunde mit einem Lappen. So wurde das Organ bestraft, mit dem Kyros belogen worden war. Jetzt legten die Sklaven den an seinem Blut fast schon erstickten, an Händen und Füßen gefesselten Mann auf dem Rükken in die Grube und begannen damit, sie von den Füßen her wieder aufzufüllen. Orontas hatte die Augen geschlossen und war vor Schmerzen kaum noch bei Bewußtsein. So bewegte sich der Sand auch nur für wenige Sekunden, als schließlich das Gesicht unter ihm verschwand.

Nach kurzer Zeit war der Boden wieder geebnet, fest getreten und mit Teppichen belegt. Niemand würde nach dem Abbau des Zeltes vermuten können, daß hier soeben eine grausame Hinrichtung stattgefunden hatte.

Unter großen Vorsichtsmaßnahmen zog die Armee danach auf der nahe am Euphrat entlang führenden Straße nach Babylonien hinein. Von der weit vorausgeschickten Vorhut wurde jedoch auch während der folgenden Tage kein Alarm ausgelöst. Nicht einmal Spuren von Truppen des Großkönigs waren zu sehen, und auch die befragten Anwohner bestätigten, daß kein großes königliches Heer in ihrer Gegend aufgetaucht sei.

»Ich begreife das nicht«, murmelte Proxenos, den ich zu Fuß begleitete, »sollte er uns wirklich kampflos hineinlassen? Er räumt doch nicht freiwillig seinen Thron!«

Am Mittag des dritten Tages, als wir den vorgesehenen Stathmos erreicht hatten und, wie gewohnt, unser Biwak einrichteten, verbreiteten sich plötzlich Gerüchte, die aus persischen Quellen stammen sollten, in unserem Lager. Zuerst hieß es, man habe inzwischen die unvorstellbar große Armee des Königs der Könige gesichtet.

Nein, nicht gesichtet, lautete eine spätere Version des Gerüchtes, aber Kyros rechne morgen mit der Schlacht.

Aus welchem Grund?

Das wisse man nicht genau, aber es sei von einem Graben oder Kanal die Rede, der als Verteidigungsstellung diene - oder jedenfalls dienen könne.

Als Klearchos, der sich inzwischen mit Kyros beraten hatte, am späten Nachmittag ins griechische Biwak zurückkehrte, ließ er die übrigen Strategoi in sein Zelt rufen und erläuterte ihnen die Lage:

»Es ist wahr, Kyros rechnet morgen mit der Schlacht! Und zwar wahrscheinlich vor oder an einem ziemlich breiten und tiefen Kanal, der in etwa ein bis anderthalb Stunden Entfernung von unserem Stathmos in den Euphrat mündet. Er liegt zur Zeit trocken und ist an der Mündung zugeschüttet. Da müssen wir drüber! Der Aufbau der Phalanx in acht Gliedern, wie üblich, beginnt um Mitternacht nach dem Trompetensignal. Wir werden dann in Phalanxformation bis zum Kanal marschieren. Auf Bitten des Kyros übernehme ich den rechten Flügel und du, Menon, den linken. Dazwischen von rechts nach links Proxenos, Sophainetos, Agias, Sokrates, Cheirisophos; Episthenes soll sich mit den Leichtbewaffneten vorläufig hinter den Hopliten meiner Abteilung aufstellen. Wer einverstanden ist, gebe das Handzeichen!«

Nachdem alle, Menon mit versteinerter Miene, zugestimmt hatten, fügte Klearchos noch hinzu:

»Sprecht die Sache mit den Lochagen durch, damit die Aufstellung heute nacht reibungslos klappt. Kyros wird selbst seine einheimischen Truppen links neben uns ordnen und dafür vermutlich Stunden brauchen. Im übrigen soll bei dieser Gelegenheit auch eine Zählung durchgeführt werden. Das wird bei uns nicht lange dauern, kann aber bei den Persern zu weiteren Verzögerungen führen. Werdet also morgen früh nicht ungeduldig. Das ist alles.«

An der Versammlung seiner 15 Lochagen, die Proxenos sofort nach der Rückkehr von Klearchos einberief, nahm ich als stummer Zuhörer teil. Die meisten von ihnen kannte ich inzwischen recht gut und wußte, daß sie ebensowenig wie ihr Strategos etwas dagegen haben würden. Proxenos wiederholte, was Klearchos berichtet hatte, und schloß daran seine Anordnungen an:

»Nach dem Abendessen werden die Zelte abgebrochen und verladen. Spätestens eine Viertelstunde vor Mitternacht haben sich alle Wagen, Lasttiere und Gepäckträger beim Troß zu befinden. Ich will hier dann nur noch meine Soldaten sehen, und zwar in voller Rüstung und Bewaffnung. Die Leichtbewaffneten sind für dieses Unternehmen Episthenes aus Amphipolis unterstellt. Sie sammeln sich am rechten Flügel hinter der Phalanx. Wir Hopliten marschieren in unsere Position links neben der Abteilung Klearchs und rükken dort in die Phalanx ein.«

»Acht Mann?« fragte der Lochage Agasias.

»Ja. Sonst noch Fragen?«

Da keine weiteren Fragen gestellt wurden, begaben sich die Lochagen wieder zu ihren Lochoi und begannen mit den Vorbereitungen für den nächtlichen Aufmarsch.

Während des schweigsam verbrachten Abendessens eilten unsere Gedanken in die Zukunft voraus. Was würde der morgige Tag bringen?

»Es ist schon ein seltsames Gefühl«, sagte schließlich Proxenos, den mit Wein gefüllten Becher aufhebend, in die Stille hinein, »wenn man plötzlich am Ziel ist. Nach monatelangen Märschen und Strapazen am Ziel - vielleicht sogar am Ziel des Lebens. Was würde wohl dein alter Sokrates sagen, wenn er dich jetzt hier sitzen sähe?«

»Ja, was würde er wohl sagen?« nahm ich den Faden auf und fuhr nach kurzem Zögern fort, indem ich die etwas krächzende und hohe Stimme des Lehrers nachahmte: »Vielleicht: O Xenophon, mein Daimonion gibt mir zu verstehen, daß du auf dem Holzweg bist. Da du nun aber einmal darauf bist, sieh zu, wie du wieder herunterkommst.«

Wir lachten beide herzhaft auf und vertrieben dann unsere melancholische Stimmung endgültig mit dem nächsten Becher Wein, dessen letzte Tropfen wir Zeus Soter, *dem Retter*, darbrachten.

Der Abbau des Biwaks ging zügig vonstatten, geisterhaft beleuchtet von einem strahlenden Vollmond. Diener und Sklaven eilten, manche mit Fackeln in den Händen, geschäftig hin und her, Lastochsen und Esel wurden beladen und nach hinten geführt, die Karren mit den zusammengelegten Zelten rumpelten vorbei.

Nach und nach trafen auch die voll gerüsteten Hopliten am Waffenplatz ein und ließen sich ihre aus den Futteralen ausgepackten großen und reich verzierten Schilde von den Schildträgern, die nach dieser letzten Dienstleistung zum Troß verschwanden, aushändigen. Viele hatten schon die Helme aufgesetzt, andere trugen sie noch unter dem Arm. Die zahlreichen Metallteile ihrer Rüstungen blinkten und blitzten bei jeder Bewegung im Mondlicht.

Gruppenweise standen sie im Gespräch beieinander und warteten auf das Signal - etwa 10400 (diese Zahl erbrachte die später durchgeführte Zählung) schwerbewaffnete, selbstbewußte Männer, deren Geschäft der Nahkampf war und die nach den langen Monaten des Anmarsches nichts sehnlicher wünschten, als endlich das Weiße in den Augen der Feinde zu sehen. Seitwärts, unmittelbar am Ufer entlang, zogen inzwischen bereits die Leichtbewaffneten der verschiedenen Abteilungen nach vorne, um den Sammelplatz bei Episthenes zu erreichen.

Um Mitternacht ertönte das angekündigte Trompetensignal und brachte alles in Bewegung. Ich hatte mich auf meinen Rotfuchs gesetzt und erlebte, neben der Abteilung des Proxenos herreitend, den Aufmarsch mit. Zunächst hörte ich an den typischen Geräuschen der gegeneinanderstoßenden (allerdings nur noch von wenigen Hopliten getragenen) Beinschienen, der an die Weichen klatschenden Schwertscheiden, der manchmal den Schildrand berührenden Speere, die jeder Hoplit in der rechten Hand trug, und nicht zuletzt auch an den unterdrückten Flüchen, wenn einer in der Dunkelheit ins Stolpern kam - ich hörte also, wie sich die große Abteilung des Klearchos vom Fluß aus, an dem der rechte Flügel stehenblieb, in das vom Ufer aus etwas ansteigende Gelände hinein zur Phalanx formierte.

Dann marschierten auch die bereits in acht Reihen aufgestellten Abteilungen des Proxenos und der anderen Strategoi in der vereinbarten Reihenfolge an und bauten hinter den letzten Männern Klearchs durch jeweiliges Abbrechen und Einrücken der acht Mann tiefen Rotten kontinuierlich die Phalanx auf. Auf dieses Verfahren, von dem man sich die geringste Verwirrung während des nächtlichen Manövers versprach - und das außerdem die Garantie dafür bot, daß alle Offiziere sofort auf den rechten Flügeln ihrer Einheiten, wo sie hingehörten, standen - hatten sich zuvor die Strategoi verständigt.

Nach etwa einer halben Stunde war der Aufmarsch beendet. In einer Länge von ungefähr sechs Stadien erstreckte sich unsere Phalanx landeinwärts - und mußte lange warten, bis es weiterging. Denn der Aufmarsch der einheimischen Perser verlief nicht so diszipliniert und zügig. Nur die 600 Elitereiter des Kyros nahmen sehr schnell ihre Position neben dem linken griechischen Flügel ein.

Ich war im Rücken der griechischen Phalanx zu ihnen hinübergeritten und sah sie jetzt zum ersten Mal in ihrer vollen Rüstung: Sie saßen auf rassigen, angriffslustig schnaubenden, an Stirn und Brust gepanzerten Pferden und trugen selbst schwere Metallpanzer, Beinschienen, welche die Oberschenkel bedeckten, und auffälligerweise sogar Helme aus Metall - im Unterschied zu den meisten anderen persischen Soldaten, die ihre Köpfe, wie ich schon oft mit Verwunderung festgestellt hatte, nur mit einer Art von Mützen bedeckten, die wir als *weiche Tiaren* bezeichneten.

Hinter dem eindrucksvollen, zehn Pferde tief gestaffelten Block der Elitereiterei war das düstere Gelände von Staub und Geschrei erfüllt, als die einzelnen Abteilungen der Fußsoldaten in vollen Karrees auf ihre Plätze geführt wurden. Ich schätzte, daß diese Karrees, soweit ich sie überhaupt erkennen konnte, mindestens etwa 20 Mann tief standen. Als es heller wurde, sah ich schemenhaft auch riesige, von Staub umhüllte Reitermassen in der Dämmerung verschwinden, und vermutete, daß sie den linken Flügel bilden würden.

Die Hopliten hatten unterdessen die Schilde vor sich abgestellt, stützten sich auf ihre Speere und versuchten eine möglichst entspannte Haltung einzunehmen. In den hinteren Reihen setzten sich manche sogar auf den Boden - unter stillschweigender Duldung der Offiziere: Keiner der Männer hatte ja in dieser Nacht ein Auge zugetan. So vergingen die Stunden, und schon zeigten sich im Osten die ersten Sonnenstrahlen, als sich die Nachricht verbreitete, bei Kyros seien Überläufer vom Heer des Großkönigs eingetroffen.

»Dann muß er ja ziemlich in der Nähe sein«, meinte Proxenos, »mögen uns die Götter in der Schlacht beistehen.«

Aber noch immer erfolgte nicht der Befehl zum Vormarsch. Stattdessen ritt plötzlich Kyros selbst, nur begleitet von Pigres, seinem vertrautesten Dolmetscher, und einem Pferdeknecht vor unserer Phalanx entlang zu Klearchos, saß ab und sprach kurz mit ihm, während der Diener die Pferde ein Stück weit abseits führte. Kurz danach erfolgte durch Tolmides, unseren prominentesten Herold, die Einberufung einer Offiziersversammlung an den Standort Klearchs.

Nachdem alle Strategoi und Lochagen, etwa 120 Personen, an Ort und Stelle waren und einen Kreis gebildet hatten, eröffnete Klearchos die Versammlung mit folgenden Worten:

»Kyros hat durch Überläufer soeben erfahren, daß große Truppenmassen seines Bruders hinter dem Kanal aufgezogen sind. Er möchte mit uns beraten, wie wir die Schlacht anlegen wollen. Ich habe ihm gesagt, das sei sehr einfach: Wir werden den Gegner mit unserer Phalanx in die Flucht jagen. Hat sonst noch jemand etwas vorzuschlagen?«

Als alle schwiegen, wandte sich Kyros selbst in griechischer Sprache an die Versammlung:

»Griechische Soldaten, ich habe euch auf diesen Feldzug mitgenommen - nicht weil ich über zu wenig einheimische Soldaten verfüge, sondern weil ich davon überzeugt bin, daß ihr die besseren Soldaten seid, ja daß ihr meinen Landsleuten haushoch überlegen seid! Ihr habt seinerzeit im Kampf mit unseren Vorfahren eure Freiheit verteidigt. Erweist euch heute dieser wunderbaren Freiheit, um die ich euch aus ehrlichem Herzen beneide, würdig. Laßt euch nicht durch die große Masse unserer Feinde aus der Ruhe bringen und auch nicht durch das laute Geschrei, das sie beim Angriff erheben werden. Das müßt ihr nur aushalten, dann werdet ihr schnell sehen, wie es in Wahrheit mit der Kampfmoral meiner Landsleute steht - es ist zum Schämen! Wenn mir mein Vorhaben, dank eurer Tapferkeit, gelingt, werde ich dafür sorgen, daß jeder von euch, der das will, reich beschenkt nach Hause reisen kann; ich hoffe jedoch sehr, daß viele hier bei mir bleiben und in meinem Reich zu Ansehen und Reichtum kommen wollen.«

Die Offiziere klatschten nach dieser aufmunternden Ansprache höflich Beifall, aber noch bevor die Versammlung aufgelöst werden konnte, meldete sich ein gewisser Gaulites aus Samos zu Wort. Dieser schon ältere Mann war vor Jahren aus seiner Heimat verbannt worden, hatte sich daraufhin zu Kyros begeben und um eine Stelle als Söldneroffizier beworben. Seitdem führte er einen Lochos der in Sardeis selbst fest stationierten griechischen Söldnereinheit, die unter dem Oberkommando des Xennias mitgezogen war, und galt allgemein als ein besonders treuer Gefolgsmann des Satrapen.

Was er sagte, verschlug den anderen förmlich die Sprache:

»Es gibt Leute unter uns, die meinen, daß du, o Kyros, jetzt, im Angesicht schwerer Gefahr, große Versprechungen machst, dich später aber nach dem Sieg nicht mehr daran erinnern wirst. Und andere, die meinen, daß du deine großen Versprechungen, auch wenn du es wolltest, gar nicht einlösen könntest.«

»Mein Gott, was ist bloß in ihn gefahren«, raunte Proxenos dem neben ihm stehenden Agasias zu, »daß er ausgerechnet in diesem Augenblick solches Zeug redet? Will er ihn provozieren?«

»Vielleicht«, flüsterte Agasias zurück, »oder sollte das ein zwischen ihnen abgekartetes Spiel sein? Wir kennen ja unseren Gaulites. Bei ihm könnte ich mir das vorstellen!«

Dem Prinzen merkte man in der Tat keinerlei Empörung oder auch nur Überraschung an, als er in völliger Ruhe antwortete:

»Bedenkt, ihr Männer, die unermeßliche Größe unseres Reiches. Es erstreckt sich von der Kälte des Nordens bis in die Hitze des Südens. Und dieses riesige Reich, das uns nach dem Sieg zufallen wird, steht jetzt unter der Herrschaft der Freunde meines Bruders. Sie alle müssen durch meine Freunde ersetzt werden! Ich fürchte nicht, daß ich zu wenig zu verschenken habe, sondern vielmehr, daß ich zu wenig Freunde habe, die ich beschenken kann.«

Nach einer kurzen Pause fügte er hinzu:

»Und außerdem werde ich jedem - *jedem!* - von euch Griechen zusätzlich einen goldenen Kranz geben.«

Damit war die Versammlung beendet. Während die Offiziere sich noch in kleinen Gruppen besprachen oder sich langsam auf den Rückweg zu ihren Einheiten machten, sah man, wie Menon zu Kyros zurückkehrte und auf ihn einredete.

»Das paßt zu ihm«, meinte Proxenos, der sich gerade mit Cheirisophos über das Gehörte unterhielt, »jetzt will er noch etwas Besonderes für sich herausschlagen.«

»Nicht nur er«, antwortete Cheirisophos, »da haben sich noch mehr für eine Audienz angestellt.«

Sogar einige Lochagen versuchten an den Satrapen, der geduldig alle Fragen beantwortete, heranzukommen. Schließlich begab sich auch Klearchos noch einmal zu ihm, allerdings nicht mit der Absicht, über persönliche Vorteile zu verhandeln.

»Ich habe«, eröffnete er das kurze Gespräch, »zwei Fragen an dich, o Kyros, und eine Bitte. Meine erste Frage: Welches Ergebnis hat die Zählung deiner Truppen ergeben?«

»Ich weiß es nicht. Die Zählung ist noch immer im Gang. Meine Leute können leider nicht so gut rechnen wie ihr Griechen, so daß auch der Zahl, die sie mir schließlich melden werden, nicht recht zu trauen ist. Ich schätze 40000 bis 50000 Mann, davon vielleicht 3000 Reiter, und dazu, ich glaube, 20 Sichelwagen.«

»Du hast Sichelwagen?«

»Ja, sie fahren hinten im Troß mit - aber ich bin mir nicht sicher, ob ich sie einsetzen werde. Ich halte nicht viel von diesen Dingern. Doch jetzt deine zweite Frage!«

»Glaubst du wirklich, daß dein Bruder mit dir kämpfen wird?«

»Aber ganz sicher! Wenn er denn der Sohn des Dareios und der Parysatis und also mein Bruder ist, werde ich mein Ziel nicht ohne Kampf erreichen.«

»Gut«, erwiderte Klearchos, »dann meine Bitte: Falls es wirklich zum Kampf kommt, bleib auf jeden Fall hinter unserer Phalanx und...«

Bevor er weitersprechen konnte, fiel Kyros ihm ins Wort:
»Das haben mir auch schon einige andere griechische Offiziere ans Herz gelegt - aber es ist völlig ausgeschlossen! Mein Platz ist an der Spitze meiner Armee, und der Platz meines Bruders wird an der Spitze seiner Armee sein. Wir haben beide unsere Leibgarden - und von meinen Männern weiß ich, daß sie ihr Leben bedingungslos für mich aufs Spiel setzen werden. Ihr braucht euch also um mich keine Sorgen zu machen. Ich werde an meinem Platz kämpfen und siegen.«
»Oder sterben«, ergänzte Klearchos mit rauher Stimme.
»Oder sterben«, wiederholte Kyros, ließ sich sein Pferd bringen und ritt mit seinen Begleitern davon.

Bald nach diesem Gespräch war es endlich soweit. Persische Ordonnanzen galoppierten vom Zentrum aus, wo sich Kyros, umgeben von der kleinen Schar seiner *Tischgenossen*, an die Spitze der Elitereiterei gesetzt hatte, nach beiden Seiten, um den Marschbefehl zu überbringen.
Nachdem Klearchos das entsprechende Trompetensignal hatte blasen lassen, begann die gesamte Phalanx der Griechen völlig gleichmäßig zu marschieren und bewegte sich fortan wie ein zum Leben erwachtes Richtscheit in gerader Linie vorwärts. Die Perser kamen dagegen erst nach und nach unter den lauten Kommandos ihrer Offiziere in Gang, so daß anfangs manche Karrees sich vorwölbten, andere zurückhingen. Weit draußen, am fernen linken Flügel, sah man gleichzeitig dunklen Staub in die Höhe steigen, als einige tausend Reiter ihren ungeduldig tänzelnden Pferden die Zügel freigaben und im Schritt anritten.
Ich befand mich auf meinem Rotfuchs im Rücken unserer Phalanx, unmittelbar hinter Proxenos, verfolgte von dort aus aufmerksam den Verlauf des eindrucksvollen Manövers und wartete voller Spannung darauf, wie sich die Dinge entwickeln würden. Weit, vielleicht eine ganze Stunde, hinter mir konnte ich die gewohnte Staubwolke des Trosses erkennen, der auf der Uferstraße langsam mit einem großen Sicherheitsabstand der vorrückenden Armee folgte.
Bald wurde voraus ein Wall sichtbar, der sich in gleichmäßiger Höhe vom Ufer des Euphrat aus nach links in ein breites, flaches Tal hineinzog und schließlich hinter den das Tal begrenzenden niedrigen Erhebungen verschwand.
»Das ist unser Kanal«, sagte Proxenos zu Agias, dem Lochagen seines ersten Lochos, »machen wir uns bereit.«
»Aber das ist doch ein Wall, kein Kanal«, rief ich ihm zu.
Proxenos drehte sich zu mir um und erwiderte:
»Der Kanal liegt hinter dem Wall und hat auf der anderen Seite wieder einen solchen Wall. Das kommt dadurch, daß sie ihre Kanäle von Zeit zu Zeit

von den Ablagerungen reinigen müssen, sonst wird die Sohle zu hoch. Deshalb schütten sie die Mündung am Euphrat zu, lassen den Kanal leer laufen und graben, wie mir Xennias erzählt hat, zu Tausenden den Dreck heraus. Und der ergibt diese Wälle. Kannst du«, wandte er sich nun wieder an Agias, »vor oder auf dem Wall schon irgendetwas erkennen?«

»Nein, da ist niemand.«

»Ich habe auch diesen Eindruck. Sie werden hinter dem zweiten Wall stehen. Vermutlich muß Klearchos am Ufer durchbrechen und ihre Front von der Seite aus aufrollen. Aber es dauert sicher noch eine Viertelstunde, bis wir da sind.«

Langsam, Schritt für Schritt, näherte sich die Phalanx dem Erdwall. Inzwischen konnte man deutlich erkennen, daß die Straße unmittelbar am Ufer des Flusses über eine nur etwa 20 Fuß breite Landbrücke führte, hinter der der Wall begann.

»Das ist die zugeschüttete Mündung«, sagte Proxenos, »sonst ist hier wohl eine hölzerne Brücke. Na ja, der Raum reicht knapp aus, um zu acht anzugreifen und drüben erst mal Fuß zu fassen. Das ist die Aufgabe Klearchs - nicht ungefährlich, aber er hat ja gute Leute!«

Ich konnte sehen, wie der rechte Flügel der Abteilung Klearchs mit aller Vorsicht diese Landbrücke überquerte, ohne auf Widerstand zu stoßen. Schnell stellte sich heraus, daß auch die Ebene hinter dem Kanal menschenleer war. Allerdings konnte man aus den Spuren im Sand erkennen, daß noch vor kurzem größere Truppenmassen und zahlreiche Reiter an Ort und Stelle gewesen waren - aber sie hatten das Weite gesucht.

»Warum sind sie geflohen?« wandte ich mich an Proxenos. »Das ist doch die ideale Verteidigungsstellung. Der Kanal dürfte schätzungsweise gute 30 Fuß breit und halb so tief sein, mit steilen Rändern und diesen Wällen, hinter denen man die beste Deckung findet. Was kann man sich Besseres wünschen, wenn man einen Angreifer abwehren will?«

»Vielleicht will er uns nur über den Kanal locken, um uns den Rückzug abzuschneiden. Auf jeden Fall müssen wir kampfbereit bleiben und auf alles gefaßt sein.«

Unterdessen hatten die Soldaten damit begonnen, den Graben jeweils da, wo sie auf ihn gestoßen waren, zu durchklettern und auf der anderen Seite wieder die Phalanx zu bilden. In die sandigen Seitenwände ließen sich leicht schräglaufende Rampen treten, die durch häufige Benutzung immer breiter und bequemer wurden. Auf diese Weise kamen auch die Reiter am linken Flügel erstaunlich schnell über das Hindernis.

In breiter Front rückte die Armee noch eine Stunde weiter vorwärts, ohne den Feind zu Gesicht zu bekommen. Am frühen Nachmittag wurde das provisorische Biwak für die Nacht in Phalanxformation bezogen. Es dauerte noch stundenlang, bis die ersten Kolonnen des Trosses sich hinter ihren Einheiten einfanden, so daß endlich mit der Bereitung des Abendessens, der ersten Mahlzeit an diesem Tag, begonnen werden konnte.

Gegen Abend hörte man, daß Kyros dem Seher Silanos seine Prämie überreicht habe, weil seit der Prophezeiung zehn Tage ohne Kampf vorübergegangen waren, und daß er die Überzeugung geäußert habe, Artaxerxes werde wohl keinen Widerstand mehr leisten. Vom Optimismus des Prinzen ließen sich auch viele von uns Griechen anstecken. Immer häufiger war die Meinung zu hören, daß man in wenigen Tagen triumphal in Babylon einmarschieren und dort den Dank des neuen Königs der Könige in klingender Münze entgegennehmen werde.

Am nächsten Tag wurde wieder in der Marschformation marschiert, allerdings noch unter voller Kampfbereitschaft. Am dritten Tag aber nahmen die Truppen bereits die Erleichterungen des normalen Reisemarsches in Anspruch, ließen Teile ihrer Bewaffnung auf Wagen und durch Lasttiere transportieren und zogen in aufgelöster Ordnung unter lebhaftem Geschwätz auf der breiten Piste neben dem Fluß dahin. Auch Kyros selbst hatte sein Streitroß mit einem bequemen Reisewagen vertauscht.

»Diese Sorglosigkeit«, bemerkte ich zu Proxenos, »ist mir unheimlich. Gut - die Prophezeiung des Silanos ist eingetroffen. Aber das bedeutet doch in Wahrheit, daß wir jetzt, *nach* dem Verstreichen der Zehn-Tage-Frist, wieder mit der Schlacht rechnen müssen! Kyros hat uns seinerzeit ja auch versichert, daß sein Bruder unter allen Umständen kämpfen werde - wieso kommt er auf einmal zu der entgegengesetzten Meinung?«

»Natürlich hast du recht«, stimmte mir Proxenos zu, »was die Prophezeiung betrifft. Aber vielleicht - *hoffentlich!* - hat ja auch Kyros mit seiner Vermutung recht. Wir stehen jetzt, soweit ich weiß, vier Tagemärsche vor Babylon. Da kann gewiß noch einiges passieren - aber mit jedem Tag, den wir ohne Schlacht hinter uns bringen, vermindert sich unser Risiko.«

Die Schlacht

Inzwischen war der spätere Vormittag, *die Zeit des vollen Marktes*, wie wir sagen, angebrochen. In Kürze sollte die Spitze der Vorhut den neuen Stathmos bei einem Dorf, dessen Name mit Kunaxa angegeben wurde, erreichen. Eine kleine Gruppe persischer Reiter war bereits zur Erkundung vorausgeritten. Plötzlich trat vorne eine Stockung ein; die Vorhut war zum Stehen gekommen. Dann sah ich, wie Pategyas, ein vornehmer Perser aus dem engeren Gefolge des Kyros, auf schweißnassem Pferd herangaloppierte, und hörte seine im Vorbeireiten mehrfach auf Persisch und Griechisch herausgeschrieene Meldung: »Der König der Könige rückt mit einer großen Armee in Schlachtordnung auf uns zu!«

Im ersten Augenblick trat daraufhin sogar bei den Söldnern eine gewisse Verwirrung ein. Allzu unvermittelt war der Traum vom friedlichen Einzug in Babylon zerstoben. Aber die Offiziere hatten ihre Mannschaften schnell wieder unter Kontrolle. Zuerst wurde der Befehl ausgegeben, sofort die vollständigen Rüstungen für die Hopliten herbeizuschaffen und anzulegen. Nachdem die Schildträger im Laufschritt ihren Herren alles Nötige gebracht hatten, zogen sie sich zum Troß zurück, während die Soldaten eine geordnete Kolonne bildeten und auf weitere Befehle warteten.

Eilig begab sich Klearchos zu Kyros, der bereits auf sein Streitroß umgestiegen war, um in aller Kürze den Aufbau der Schlachtreihe abzustimmen. Man kam überein, dasselbe Schema wie ein paar Tage zuvor am Kanal anzuwenden: die Griechen rechts, die einheimischen Truppen links, in der Mitte Kyros mit seiner Elitereiterei. Ganz am linken Flügel sollte Ariaios mit den übrigen Reitern stehen. Nach kurzem Überlegen, so erzählte uns Klearchos, änderte der Prinz jedoch den alten Plan in einem Detail und sagte.

»Rechts neben euch, direkt an den Fluß, schicke ich meine paphlagonischen Reiter, tausend Mann. So entspricht unsere Schlachtreihe der persischen Tradition: Reiter auf den Flügeln und im Zentrum, dazwischen die Fußtruppen. Laßt beim Einschwenken zur Phalanx entsprechenden Raum. Im übrigen schlage ich vor, daß wir die Front gleich hier an Ort und Stelle aufbauen und dann stehen bleiben. Aus der Meldung des Pategyas ist zu entnehmen, daß noch mindestens zwei Stunden vergehen werden, ehe mein Bruder auf uns trifft. Bis dahin haben wir auf jeden Fall den Aufmarsch abgeschlossen - und seine Leute werden schon ermüdet sein, bevor der Kampf beginnt.«

Nach etwa einer halben Stunde stand die griechische Phalanx mit acht Mann Tiefe, allerdings noch nicht in ihrer vollen Stärke. Viele Nachzügler, die sich während des Marsches allzu weit von ihren Einheiten entfernt hatten, trafen erst alllmählich im Laufschritt ein. An die Abteilung Klearchs schlossen sich auf dem äußersten rechten Flügel die etwa 2000 Leichtbewaffneten unter der Führung des Episthenes an; in den Raum zwischen ihnen und dem Fluß ritten etwas später die Paphlagonier ein. Neben dem linken griechischen Flügel, den Menon kommandierte, nahm die persische Elitereiterei und die kleine Gruppe der engsten Vertrauten des Kyros Aufstellung - und dahinter bauten nach und nach die Fußsoldaten die Schlachtreihe in vollen Karrees auf, während weit draußen in der Wüste die Reiter des Ariaios noch auf den Abschluß des Aufmarsches warten mußten, ehe sie ihre Position einnehmen konnten.

Ich war ständig in Bewegung und beobachtete das Ganze von meinem Rotfuchs aus. Inzwischen war es Mittag geworden und vom Gegner nach wie vor nichts zu sehen - glücklicherweise, denn noch immer hatten nicht alle Karrees der Perser die Schlachtreihe erreicht. Diejenigen Abteilungen, die im hinteren Teil der an diesem Tag weit auseinandergezogenen Kolonne marschiert waren, versuchten zwar, so schnell wie möglich nach vorne zu kommen, einige erreichten ihre Positionen jedoch erst, als die Schlacht bereits begonnen hatte.

Am frühen Nachmittag wurde in der Ferne eine niedrige, lang hingestreckte weiße Staubwolke sichtbar, die im Laufe der Zeit zusehends höher stieg und eine dunklere Färbung annahm. Dann sah man manchmal hier und da im Sonnenlicht Metall aufblitzen. Zunehmend wurde es möglich, in der aus unzähligen Menschen und Pferden bestehenden, gleichmäßig näherrückenden Schlachtreihe Einzelheiten zu unterscheiden. An ihrem linken Flügel ritt eine große Abteilung von Reitern mit weißen Panzerhemden, daneben marschierten Soldaten mit Schilden aus Flechtwerk, dann Schwerbewaffnete mit bis auf die Füße reichenden hölzernen Schilden - die Ägypter, sagte einer der Hoplitenlochagen, benutzen solche Schilde -, dann wieder eine Reitereinheit, dann anscheinend (aber da war ich mir nicht mehr sicher) Bogenschützen. Denn je tiefer sich die Schlachtreihe in der Wüste verlor, desto weniger konnte ich im aufgewirbelten Staub erkennen.

Eines aber war unübersehbar: vor der ganzen langen Front fuhren in ununterbrochener Linie die berüchtigten Sichelwagen. Gezogen von zwei starken, vorne gepanzerten Pferden, ruhten sie auf zwei etwa 7 Fuß hohen Rädern, aus deren stabiler Holzachse nach den Seiten und nach unten scharf geschliffene Sicheln von etwa 3 Fuß Länge herausragten. Über den Achsen erhoben sich turmartige Kästen aus schweren Bohlen, in denen die Lenker standen. Ich spürte deutlich, wie dieser Anblick in der festgefügten griechischen Phalanx eine gewisse Unruhe hervorrief. Wohin können wir ausweichen, schienen sich viele der Phalangiten zu fragen, wenn die verfluchten Wagen mit hoher Geschwindigkeit in unsere Reihen einbrechen? Wir dürfen sie, das war die allgemeine Auffassung, nicht zum Einsatz kommen lassen, wir müssen sie vorher schon in die Flucht schlagen.

Aber noch war die Entfernung von etwa fünf Stadien für einen Angriff viel zu weit. Da verließ plötzlich Kyros seinen Platz an der Spitze der Elitereiterei und ritt mit einer kleinen Eskorte vor der griechischen Phalanx entlang zum rechten Flügel. Ich hörte, wie er laut zu Klearchos hinüberrief:

»Führe deine Abteilung gegen das Zentrum der Feinde. Dort befindet sich der Großkönig. Und wenn wir dort siegen, ist alles geschafft.«

Klearchos betrachtete eine Zeitlang die auffällig große Reitertruppe, die Kyros gemeint hatte, und fragte:

»Stehen sie noch innerhalb unseres griechischen linken Flügels?«

»Nein, außerhalb.«

»Dann kann ich sie nicht angreifen! Ich darf meinen rechten Flügel nicht vom Fluß abziehen. Aber verlaß dich auf uns - wir sorgen schon dafür, daß alles gut ausgeht.«

Erst später wurde mir wirklich klar, was sich in diesem Augenblick abspielte: Kyros hatte erkannt, daß die Aufstellung seiner Armee grundsätzlich verkehrt war; er hätte seine besten Truppen, die Griechen und insbesondere die Abteilung Klearchs, im Zentrum einsetzen müssen, an der einzigen Stelle, auf die es in dieser Schlacht ankam. Dort würde die Entscheidung fallen, nicht auf dem rechten Flügel. Andererseits: Konnte man von einem griechischen Strategos wie Klearchos, dem im Lauf der Jahre die Taktik der Phalanxschlachten in Fleisch und Blut übergegangen war, ernstlich erwarten, daß er unter Aufgabe der Deckung seines rechten Flügels einen langen Angriffsmarsch vor der Front eines zahlenmäßig weit überlegenen Gegners durchführen würde? Und sich dabei der Gefahr aussetzte, rechts und links umfaßt und eingekesselt zu werden? Und überdies bei dem riskanten Manöver auch noch die rechte, vom Schild ungedeckte Seite seiner Soldaten den Pfeilschüssen und Speerwürfen des Gegners preisgeben müßte?

Über dieses Problem gab es nach der Schlacht im Kreis der Offiziere heftige und kontroverse Diskussionen. Von einigen, vor allem von Menon, wurde die Auffassung vertreten, daß Klearchos den Schrägangriff hätte riskieren müssen. Die meisten, auch ich, waren jedoch der Ansicht, daß er die aus militärischer Sicht einzig richtige Entscheidung getroffen habe. Man dürfe, so forderten wir, doch nachträglich nicht so tun, als ob Klearchos damals schon habe wissen können, wie das Ganze dann wirklich ausging.

Als Kyros nach dem vergeblichen Gespräch mit Klearchos wieder zu seinem Platz zurückkehrte und gerade die Abteilung des Proxenos passierte, ritt ich aus einem plötzlichen Impuls heraus, über den ich mich eigentlich selbst wundern muß, zu ihm hinüber und fragte:

»Hast du etwas zu verkünden?«

Kyros zügelte sein Pferd und erwiderte:

»Du kannst es allen weitersagen: Die Opfer sind günstig und auch die Eingeweideschau ist positiv ausgefallen.«

In diesem Augenblick hörte man ein lautes Geräusch von einander ablösenden Stimmen in den Reihen der griechischen Phalanx. Als Kyros sich nach dem Sinn des Vorganges erkundigte, erklärte ich ihm, daß gerade zum zweiten Mal die Parole von Mann zu Mann weitergegeben werde.

»Die Parole? Wer hat das angeordnet? Wie lautet sie?«

»Zeus der Retter und Sieg.«

»Gut, akzeptiert. So soll sie lauten.«

Das waren wohl die letzten Worte, die ein Grieche aus dem Mund des Prinzen hörte. Denn nun begannen die Ereignisse sich zu überstürzen.

Die beiden Schlachtreihen hatten sich bis auf einen Abstand von nur noch 3 oder 4 Stadien genähert. In unserer Phalanx kam zusehends Unruhe auf. Sie begann wie ein lebendiges Wesen, das allmählich die Geduld verliert, gleichsam mit den Füßen zu scharren. Dann setzte sie sich plötzlich ganz langsam von selbst in Bewegung, während aus tausenden Kehlen immer lauter der Ruf »Ares Enyalios, steh uns bei!« ertönte. Sie war jetzt nicht mehr anzuhalten, obwohl einige Offiziere, vor allem Klearchos, dies zunächst noch mit lauten Befehlen versuchten.

Als sich während des Vormarsches in der Mitte die Front nach vorne vorwölbte, fielen zunächst die Phalangiten der zurückhängenden Teile in jenen für die Hopliten charakteristischen, langsam stampfenden Laufschritt; bald aber liefen sie alle und bildeten jetzt gemeinsam eine gleichmäßig vorwärts rollende, waffenstarrende Kampfmaschine. In das Kriegsgeschrei mischte sich zusätzlich der Lärm, den viele durch ihre gegen die Schilde geschlagenen Speere erzeugten, um die Pferde der Sichelwagen scheu zu machen.

Und wirklich konnte ich sehen, wie beim Gegner Verwirrung ausbrach. Schon bei einer Entfernung von etwa eineinhalb Stadien begannen die vorderen Reihen der Karrees zurückzudrängen und leiteten so die allgemeine Flucht ein. Auch die Lenker der Wagen sprangen aus ihren Kästen und ließen ihre Pferde führerlos über das Gelände jagen. Die meisten Gespanne wendeten in panischer Angst vor dem näherkommenden Getöse und zogen eine blutige Spur durch die eigenen Truppen. Einige brachen auch blindlings in die griechische Phalanx ein - ohne Schaden anzurichten. Denn deren Reihen hatten sich während des Angriffslaufes so sehr gelockert, daß für die heranstürmenden Sichelwagen jeweils ausreichend breite Gassen freigemacht werden konnten.

Die Lockerung war durch ein unerwartet eintretendes Phänomen zustande gekommen, das ich, als ich in kurzem Abstand hinter der Phalanx herritt, mit großer Verwunderung bemerkte: Weder die tausend paphlagonischen Reiter auf unserem rechten Flügel noch die Elitereiterei des Kyros neben unserem linken Flügel noch gar die Masse der eineimischen Truppen weit hinten in der Wüste schlossen sich unserem Angriff an! Alle blieben wie gelähmt stehen, als die Griechen aus der gemeinsamen Schlachtreihe ausbrachen und vorrückten.

Um den Anschluß an den Fluß nicht zu verlieren, schwärmten daraufhin die unter dem Kommando des Episthenes zusammengefaßten Leichtbewaffneten gruppenweise nach rechts aus und zogen dadurch auch die Hoplitenphalanx weiter als üblich auseinander.

Das erwies sich als günstig. Denn jetzt setzten sich die Reiter, die auf dem linken Flügel des königlichen Heeres standen, in Bewegung. Ihr Anführer (es war Tissaphernes) hatte erkannt, daß die griechische Phalanx in Flußnähe große Lücken aufwies und daß die ihm ursprünglich gegenüberstehende paphlagonische Reitereinheit ihren Platz verließ und Anschluß an Kyros selbst suchte. So konnte er ohne Risiko den Angriff wagen - und tatsächlich traten beim eiligen Ritt durch die auseinandergezogene griechische Linie auf keiner der beiden Seiten Verluste ein.

Obwohl sich Tissaphernes nun in unserem Rücken befand, rollte unsere Phalanx unbeirrt weiter vorwärts, hinter den flüchtenden Gegnern her, von denen viele ihre schweren Schilde von sich warfen, um schneller laufen zu können. Erst nach etwa einer vollen Stunde wurde diese über 30 Stadien führende, am Schluß allerdings nur noch im Schritt durchgeführte Verfolgung abgebrochen, als sich die von einem berittenen Boten überbrachte Nachricht verbreitete, der Großkönig befinde sich mit seinen Truppen im griechischen Troß.

»Die Perser«, sagte Klearchos zu Proxenos, den er nach dem Halt der Phalanx hatte rufen lassen, weil er ihm von allen Strategoi am nächsten stand, »so höre ich, sollen in unseren Troß eingedrungen sein! Wie ist das möglich? Wir haben sie doch wie die Hasen vor uns hergejagt.«

»Gewiß«, erwiderte Proxenos, »aber nur diejenigen, die uns direkt gegenüber standen. Du siehst selbst: Neben unserem linken Flügel ist niemand - und neben ihrem rechten ist auch niemand. Wir sind allein auf weiter Flur und wissen nicht, was sich sonst noch auf dem Schlachtfeld abgespielt hat. Wenn die Meldung stimmt, wovon man wohl ausgehen darf, gibt es hinten Probleme. Wir müssen sofort zurück, Klearchos!«

»Zurück? - Meinst du nicht, daß es genügt, wenn wir nur eine Abteilung schicken? Wenn wir alle im Eilmarsch zurückgehen, sieht das wie Flucht aus, und dann haben wir diesen Haufen da drüben im Rücken und den Großkönig vor uns - eine unsympathische Perspektive! Ich denke also....«

Klearchos brach seine Überlegungen ab und starrte über die Phalanx hinweg nach hinten. Auch viele Soldaten hatten es schon gesehen: Dort rückte, erkennbar an der sich weit in die Wüste hinein erstreckenden Staubwolke, die Armee des Großkönigs erneut heran.

»Was jetzt?« fragte Proxenos. »Wenn sie uns von vorne und von hinten angreifen, sitzen wir in der Falle.«

Klearchos ließ sich auch durch die bedrohliche neue Lage nicht aus der Ruhe bringen und traf sofort seine Anweisungen:

»Wir müssen die Phalanx umorientieren! Unser Hauptgegner ist der Großkönig. Die beiden letzten Glieder sollen den Haufen da drüben im Auge behalten - aber ich bin mir ziemlich sicher, daß wir von denen nichts zu befürchten haben.«

»Also Kontremarsch?«

»Ja, Kontremarsch.«

Klearchos ließ den Trompeter, der sich immer in seiner Nähe befand, sogleich das entsprechende Signal blasen. Daraufhin machten alle Rottenführer eine Kehrtwendung und gingen an ihren Rotten entlang nach hinten, während ihnen ihre sieben Hintermänner folgten. Nach wenigen Minuten war das Manöver beendet: Die Phalanx stand jetzt mit umgekehrter Front, und alle Offiziere und Rottenführer befanden sich wieder im ersten Glied. Dann wurde von Mann zu Mann der Befehl durchgegeben, daß die beiden letzten Glieder zusätzlich den Rücken sichern sollten.

Noch war der Gegner weit entfernt. Gespannt beobachteten Offiziere und Mannschaften seine Bewegungen und schätzten ab, daß noch mindestens eine halbe Stunde bis zum Zusammenstoß vergehen werde. Ich begleitete Proxenos, als er sich abermals zu Klearchos begab. Dort trafen wir bereits Sophainetos an, der die Nachbarabteilung kommandierte.

»Wenn sie diese Richtung beibehalten«, sagte Sophainetos nach einiger Zeit verwundert, »werden sie an uns vorbeimarschieren.«

»Wahrhaftig, du hast recht«, stimmte ihm Proxenos zu, »sie marschieren auf ihrer alten Anmarschroute zurück. Was haben sie vor?«

»Ja - was haben sie vor?« nahm Klearchos den Gedanken auf. »Was es auch immer ist, auf jeden Fall gerät Menon mit seinen Männern in die größte Gefahr. Ihm kommen sie sehr nahe. Wenn sie seine Abteilung von beiden Seiten aus umfassen und niedermachen, haben wir anderen kaum noch eine Chance. Wir können so nicht stehenbleiben! Wir müssen versuchen, den Fluß mittels Abrollung in den Rücken zu bekommen.«

»Abrollung«, fragte ich Sophainetos, »was ist das?«

»Er will die Phalanx um einen Viertelkreis nach hinten schwenken und dazu, am rechten Flügel anfangend, Rotte für Rotte unter Beibehaltung der Kampfbereitschaft bis ans Ufer zurückziehen, eben abrollen.«

»Ich sehe keine andere Möglichkeit als die Abrollung«, fuhr Klearchos fort, »aber das ist, wie wir alle ja nur zu gut wissen, ein außerordentlich schwieriges Manöver. Ich habe große Bedenken, daß unsere Leute das nicht zustande bringen, wir haben es nie im Verband geübt. Trotzdem - was bleibt uns sonst noch übrig?«

»Sie sind fast schon auf gleicher Höhe mit uns«, rief Proxenos, »wenn sie tatsächlich Menon angreifen, was ich nicht glaube, werden wir irgendwie ausschwärmen und ihm nach Kräften zu Hilfe kommen, wenn sie aber einfach vorbeiziehen, sollten wir jede Andeutung einer Rückwärtsbewegung, wie sie die Abrollung nun einmal unvermeidlich mit sich bringt, vermeiden. Durch unbeirrtes Stehenbleiben demonstrieren wir dem Gegner unsere durch nichts zu erschütternde Kampfbereitschaft.«

»Und ersparen unseren Leuten«, setzte Klearchos die Überlegung fort, »das Risiko eines ungeübten Manövers, das leicht in Flucht übergehen kann. Du hast recht, mein lieber Proxenos: keine Abrollung! In wenigen Augenblikken wissen wir, was hier vor sich geht.«

In der Tat lief alles gut ab. Die Perser zogen zwar relativ nahe, aber ohne Feindseligkeiten an der Abteilung Menons vorbei. Für einen kurzen Augenblick trat die paradoxe Situation ein, daß beide Heere in einer langen, durch eine kleine Lücke unterbrochenen Linie, aber mit jeweils entgegengesetzter Angriffsrichtung, nebeneinanderstanden. Dann rückte die Schlachtreihe des Großkönigs immer weiter auf dem Weg voran, auf dem sie ursprünglich gekommen war, und machte erst in einer Entfernung von etwa vier Stadien halt - auf der Höhe ihres ursprünglichen linken Flügels, den wir bis dorthin vor uns hergejagt hatten.

Die griechische Phalanx hatte inzwischen durch umgekehrten Kontremarsch wieder ihre alte Formation eingenommen und wartete mit aufgestellten Schilden die weitere Entwicklung ab. Da sah man drüben beim Gegner Bewegung. Offenkundig wurde auch dort die Schlachtreihe umorientiert und anschließend mit dem abgerissenen linken Flügel vereinigt. Und dann setzte sich die ganze riesige Armee langsam auf uns zu in Marsch.

»Diese Hunde greifen uns noch einmal an«, rief daraufhin Klearchos mit dröhnender Stimme den Söldnern zu, »aber dem werden wir zuvorkommen. Blas das Angriffssignal, Trompeter! Und jetzt vorwärts, Leute, jagt sie in die Wüste zurück und haut sie zusammen, wo ihr sie findet!«

Sogleich begann die Phalanx nach einem donnernden Anruf des Ares Enyalios unter lautem Kampfgeschrei wieder mit dem Angriffslauf - und brachte die unermeßlich lange Linie des Gegners zum Wanken, bevor noch Pfeile oder Schleudersteine sie erreichen konnten. Die Karrees der persischen Fußsoldaten lösten sich während der wilden Flucht immer mehr auf und verschwanden schließlich hinter einem schmalen Sattel, der sich von einem niedrigen Hügel aus bis an das Ufer des Euphrat erstreckte. Dort, in der Nähe eines kleinen Dorfes, ließen unsere Offiziere ihre keuchenden, ausgepumpten Männer anhalten und brachen die weitere Verfolgung ab.

Aber noch war die Gefahr nicht vorüber: auf dem Hügel drängten sich Tausende Reiter zusammen. Also wurde die Phalanx nach kurzer Erholungspause erneut in Bewegung gesetzt. Als sie den Fuß des Hügels erreichte, entfernten sich die berittenen Einheiten, denen Hopliten nichts anhaben konnten, ohne Hast in verschiedenen Richtungen. Zwischen den Reitern, so wurde berichtet, habe man auch das Feldzeichen des Großkönigs gesehen, einen goldenen, auf einer hohen Stange befestigten Adler.

Nachdem zwei Beobachter zum Gipfel des Hügels hinaufgeritten waren und gemeldet hatten, die feindlichen Truppen seien nach wie vor in voller Flucht, durften die Söldner ihre schweren Schilde ablegen und sich selbst niedersetzen. Zu diesem Zeitpunkt stand die Sonne schon tief am Horizont. Nach und nach sammelten sich die Strategoi und auch einige Lochagen bei Klearchos, um über das weitere Vorgehen zu beraten. Allgemein herrschte eine merkwürdig diffuse Stimmung, die sich aus stolzem Siegesbewußtsein und Ratlosigkeit zusammensetzte.

»Zweifellos haben wir«, faßte Sophainetos die Lage zusammen, »einen großen Sieg errungen, sogar ohne Verluste, soweit ich weiß...«

»Bei mir gab es einen Verwundeten«, warf Menon ein.

»Nun ja«, fuhr Sophainetos fort, »wir haben also den Sieg errungen - aber was ist mit Kyros? Keiner von uns hat ihn während der Schlacht zu Gesicht bekommen, und auch jetzt hören wir nichts von ihm. Wie ist das zu erklären?«

»Vielleicht«, erwog Proxenos, »hat er sich bei der Verfolgung des Gegners weit in die Wüste hinein entfernt, vielleicht ist er auch schon vorausgeritten, um irgendeinen bestimmten Platz in die Hand zu bekommen.«

»Das wird sich aufklären«, griff Klearchos ungeduldig in die Diskussion ein, »wir müssen im Augenblick an uns selbst denken! Die Alternative lautet: bleiben wir hier und lassen den Troß zu uns kommen, oder marschieren wir zum Troß zurück und verbringen dort die Nacht? Was wollen wir machen?«

Als sich die überwiegende Mehrheit für die Rückkehr aussprach, wurde zum Aufbruch geblasen und der Marsch durch die inzwischen eingefallene Dunkelheit angetreten. Am Rand des Lagers, das wir nach etwa eineinhalb Stunden erreichten, kamen uns fackelschwingend Soldaten der Wachmannschaft, die zum Schutz unseres Biwaks zurückgelassen worden war, entgegen. Sie erzählten, daß sie zwar im Kampf mit den Persern mehrere Männer verloren, aber alle im Biwak versammelten Menschen sowie einen beträchtlichen Teil der Tragtiere und auch den gesamten dort gelagerten Privatbesitz gerettet hätten - allerdings leider keinerlei Lebensmittelvorräte, die sich außerhalb des Verteidigungsringes befunden hatten.

»Und wir haben auch«, berichteten sie stolz, »die jüngere Milesierin aus dem Harem des Kyros gerettet. Die Perser hatten sie schon gepackt, da riß sie sich los und rannte so gut wie nackt zu uns herüber - der Hofstaat des Kyros lagerte ja, wie immer, unmittelbar neben unserem Biwak.«

»Und die Phokäerin?«

»Seine Lieblingsdirne? Die hat es nicht geschafft. Die Perser haben sie weggeschleppt.«

»Und wo ist Kyros?«

»Wir wissen es nicht. Nachdem ihr den Angriff eingeleitet hattet, blieben alle anderen auf beiden Seiten stehen. Das dauerte vielleicht eine Viertelstunde. Keiner rührte sich vom Fleck, es herrschte eine gespentische Ruhe. Dann, als ihr euch schon ein gutes Stück weit entfernt hattet, kamen plötzlich diese Reiter mit den weißen Harnischen angaloppiert und jagten ein bißchen im Troß der Barbaren herum. An unser Biwak trauten sie sich nicht heran. Schließlich begann der Großkönig mit Tausenden von Reitern vorzurücken - und im selben Augenblick setzte sich auch Kyros mit seiner Elitereiterei in Bewegung. Wir sahen nur noch ein großes, in Staubwolken gehülltes Gewühl von Kämpfenden und später auch von Reitern, die in allen Richtungen verschwanden - aber was da im einzelnen passiert ist, wissen wir nicht. Denn nun überrollten uns auf einmal die einheimischen Truppen unseres linken Flügels in panischer Flucht. Es gab kein Halten mehr. Zehntausende liefen so schnell sie konnten zurück - und ihnen knapp auf den Fersen stürmten die Plünderer heran, auch Zehntausende, man kann wohl sagen: sämtliche Fußsoldaten des Großkönigs, die alles, was sie tragen konnten, an sich rissen. Nur mit Mühe wurden sie schließlich von ihren Offizieren aus dem verwüsteten Lager unseres einheimischen Trosses herausgetrieben und neu aufgestellt. Dann rückten sie ab, hinter euch her - und wir hatten schon die Befürchtung, daß wir euch nicht mehr wiedersehen würden.«

»Das hört sich, bei den Göttern, nicht gut an«, meinte Sophainetos zu diesem Bericht, »und ich frage mich, was unser Sieg wert ist. Kyros spurlos verschwunden, vielleicht sogar tot, seine einheimischen Truppen auf der Flucht und wir mutterseelenallein auf dem Schlachtfeld, fast vor den Toren von Babylon! Wie soll es weitergehen?«

»Wir haben«, erwiderte Klearchos, »noch unser Leben und unsere Waffen - was brauchen wir mehr? Und wir haben die ganze verdammte Armee des Großkönigs in die Flucht geschlagen! Wir sollten nicht jammern, sondern unseren Sieg feiern - aber, und das ist jetzt unser eigentliches Problem, wir haben hier nichts zu essen und nichts zu trinken. Wir sind ohne Frühstück in die Schlacht gezogen und wir müssen diese Nacht auch ohne Abendessen, mit knurrendem Magen, verbringen. Morgen, bei Helligkeit, werden wir etwas zu essen finden - und wenn wir unsere eigenen Tragtiere schlachten. Bis dahin ist nur eines wichtig: Wachen aufstellen und, so gut es irgend geht, schlafen!«

Bereits in der frühen Morgendämmerung traten die Strategoi wieder zu einer Beratung zusammen, über die mir Proxenos ausführlich Bericht erstattete. Von Kyros war bisher noch immer keine Nachricht eingetroffen.

»Das Wichtigste ist jetzt«, eröffnete Klearchos die Debatte, »Kyros zu finden. Er kann ja nicht spurlos verschwunden sein.«

»Ist es vorstellbar«, gab als erster Sophainetos zu erwägen, »daß er zusammen mit seinen einheimischen Truppen geflüchtet ist? Dann müßten wir zurückmarschieren.«

»Das halte ich für ausgeschlossen!« warf daraufhin Cheirisophos ein. »Entweder ist er im Kampf gefallen oder er befindet sich bereits vor uns auf der Straße nach Babylon. Eine andere Möglichkeit sehe ich nicht.«

»Trotzdem ist es merkwürdig«, meinte Proxenos, »daß bisher keiner seiner engeren Vertrauten den Weg zu uns gefunden hat. Sie wissen doch, wo wir sind. Und sie können doch nicht alle gefallen sein.«

»Uns nützen jetzt keine Mutmaßungen«, nahm Klearchos wieder das Wort, »sondern wir brauchen konkrete Vorschläge. Bleiben wir hier oder gehen wir zurück oder rücken wir vor? Das ist die Frage, die wir so schnell wie möglich entscheiden müssen.«

Als die anderen schwiegen, meldete sich schließlich Menon und sagte:

»Ich bin für Vorrücken, wie ja wohl auch Cheirisophos. Nachdem wir in der Schlacht gesiegt haben, sollten wir dem fliehenden Gegner auf den Fersen bleiben und Kyros, der vielleicht schon wieder in Kämpfe verwickelt ist, nicht im Stich lassen. Diesen Vorschlag stelle ich hiermit zur Abstimmung.«

Die Strategoi waren eben, bei Sonnenaufgang, im Begriff, zu ihren Einheiten aufzubrechen, um den einstimmig akzeptierten Vorschlag Menons in die Tat umzusetzen, als zwei Reiter sich dem Lager näherten. Auch viele Soldaten hatten sie schon bemerkt, so daß sich die Nachricht von ihrer Ankunft wie ein Lauffeuer verbreitete.

»Endlich kommen sie!«, murmelte Klearchos. »Wie ich sehe, sind es unsere Freunde Glus und Prokles! Gleich werden wir erfahren, was wirklich passiert ist.«

Zusammen mit den anderen Strategoi, um die sich eine große Menschenmenge versammelte, blickte er den im Schritt heranreitenden Abgesandten ungeduldig entgegen.

Nachdem die beiden abgesessen waren, ergriff sofort Prokles (er war ein Nachkomme des aus seiner Heimat vertriebenen spartanischen Königs Damaratos und Herr über ein kleines Fürstentum in der Nähe von Pergamon) das Wort:

»Unser geliebter Kyros ist tot, gefallen im Kampf mit seinem Bruder. Auch fast sein ganzes Gefolge ist tot. Sie haben bis zum letzten Atemzug für ihn gekämpft! Als der Prinz durch einen wuchtigen Lanzenstich unter dem Auge schwer verletzt wurde und vom Pferd stürzte, warf sich Artapates über ihn, um ihn mit seinem Leib zu schützen. Vergeblich! Am Schluß lagen die Leichen der vornehmsten Kämpfer beider Seiten übereinander! Wir haben aus der Ferne noch gesehen, wie man den Leichnam des Kyros aus dem Haufen herauszog und den Kopf und die rechte Hand abhackte. Und dann spießten sie beides auf lange Lanzen und schwenkten es hohnvoll zu uns herüber. Ein schrecklicher Anblick!«

Prokles brach in Tränen aus und konnte nicht weitersprechen. Auch viele, die seinen Bericht mit angehört hatten, wischten sich verstohlen ihre Augen. Kyros tot - das bedeutet, so dachte ich, daß trotz unseres Sieges das ganze Unternehmen gescheitert ist; was wird jetzt aus uns werden?

Als erster hatte sich Klearchos wieder in der Gewalt, blickte Glus an und fragte ihn:

»Wo ist Ariaios mit den einheimischen Truppen? Wir haben von ihrer Flucht durch das Lager gehört.«

»Sie befinden sich in unserem letzten Stathmos, von dem wir gestern morgen aufgebrochen sind.«

»Verluste?«

»Kaum. Ein paar, die nicht schnell genug wegkamen, wurden von Reitern niedergehauen. Allerdings gab es eine ganze Menge von leichteren Schußverletzungen - auch Ariaios wurde von einem Pfeil erwischt. Er läßt euch ausrichten, daß er heute den Tag über noch auf euch wartet und morgen zum Heimmarsch nach Jonien aufbricht. Wir sollen ihm möglichst schnell eure Entscheidung melden.«

Nach dieser Mitteilung herrschte einen Augenblick lang Stille. Dann begannen schlagartig lebhafte Gespräche in den vielen Gruppen von Offizieren und Soldaten, die hier zusammengeströmt waren. Sie drehten sich nur noch bei den wenigsten um den Tod des Kyros. Da konnte man überwiegend kritische Stimmen hören, die nachträglich den spontanen Angriffslauf der Phalanx verurteilten (»Wären wir doch in seiner Nähe geblieben und nicht wie Verrückte durch die Wüste gerannt!«) und auch die Weigerung Klearchs, schräg anzugreifen, zur Sprache brachten (»Natürlich war das riskant, aber wir hätten Kyros daran hindern können, sich tollkühn ins Getümmel zu stürzen.«).

In den meisten Gesprächen ging es jedoch nur noch um den Vorschlag des Ariaios, nach Jonien zurückzumarschieren. Das heißt doch, sagten die einen, daß wir, die Sieger in der Schlacht, vor den Verlierern die Flucht ergreifen -

eine unerträgliche Schande! Wer in der Schlacht siegt, hat das Recht zu herrschen!

Richtig, stimmten die anderen zu, aber der Thronanwärter, für den wir den Sieg errungen haben, ist tot - wer also soll die Herrschaft antreten? Einige brachten sogar zaghaft den Gedanken an die eigene Rettung, die durch den Anschluß an Ariaios vielleicht erleichtert werden könnte, ins Spiel.

Endlich ergriff Klearchos die Initiative und sagte so laut, daß es auch die Umstehenden hören konnten:

»Wir wünschten alle nichts lieber, als daß Kyros noch am Leben wäre! Da er aber gefallen ist, überbringt dem Ariaios folgende Meldung: Wir Griechen haben den Großkönig besiegt, und es ist, wie ihr selber seht, kein Feind mehr da, der gegen uns kämpft. Und wenn ihr jetzt nicht gekommen wäret, wären wir schon wieder auf dem Marsch gegen den Großkönig. Falls aber Ariaios nicht, wie er offenbar vorhat, den Heimmarsch antritt, sondern hierher zurückkommt, machen wir uns anheischig, ihn an der Stelle des Kyros auf den Königsthron zu erheben. Denn wir sind nun einmal davon überzeugt, daß die Herrschaft denen gebührt, die in der Schlacht siegen. Cheirisophos, begleite du bitte Glus und Prokles und erläutere Ariaios unseren Vorschlag.«

Nach kurzem Zögern ergriff Menon das Wort und äußerte die Absicht, sich Cheirisophos anzuschließen. Er kenne Ariaios gut und habe inzwischen mit ihm Gastfreundschaft geschlossen. Wenn einer ihn überreden könne, dann sei er es.

Nachdem die kleine Gruppe das Lager verlassen hatte, zerstreuten sich die Soldaten in der Nähe auf dem Kampffeld, fingen dort umherirrende Tragtiere ein und sammelten Holz zum Entzünden von Feuern. Viele noch in ihren Köchern steckende Pfeile, welche die hinter unsere Phalanx geratenen persischen Bogenschützen hatten wegwerfen müssen, die auf der Flucht verlorenen hölzernen und geflochtenen Schilde, einige leer herumstehende Troßwagen - alles wurde zusammengetragen und in handliche Stücke gehackt. Gleichzeitig begann die Schlachtung von zahlreichen Ochsen und Eseln, deren Fleisch gebraten und ohne weitere Beigaben verzehrt wurde. Diese einseitige Kost schmeckte zwar vielen nicht, vertrieb aber für den Augenblick das Hungergefühl.

Während noch überall die Feuer brannten und die Bratspieße gedreht wurden, zur *Zeit des vollen Marktes*, kam wieder eine Gruppe von Reitern ins Blickfeld - diesmal waren es Abgesandte des Großkönigs. Sie blieben außerhalb des durch Wachen abgesicherten Lagerbereichs stehen und forderten ein Treffen mit den Anführern der Griechen.

Daraufhin versammelten sich die Strategoi und auch zahlreiche Lochagen ihnen gegenüber und gaben zu verstehen, daß sie ihre Botschaft anhören wollten. Nun trat aus der Gruppe der Perser ein bärtiger, etwa vierzigjähriger Mann in griechischer Kleidung nach vorne und sagte:

»Ich bin Phalinos aus Zakynthos und fungiere im Heer des Tissaphernes als Ausbilder in Taktik und im Hoplitenkampf. Tissaphernes hat mich beauftragt, euch den folgenden Befehl des Großkönigs zu übermitteln: Ich, Artaxerxes, König der Könige, der ich den Sieg errungen und Kyros getötet habe, befehle den Griechen, mir ihre Waffen abzuliefern und an meine Türen zu treten, um sich dort, soweit sie es vermögen, etwas Gutes zu verschaffen.«

Allgemeines Erstaunen war die Reaktion, und bald erhob sich im Kreis der Offiziere und auch der vielen Zuhörer, die sich hinter ihnen versammelt hatten, ein empörtes, immer lauter werdendes Stimmengewirr: »Er fordert tatsächlich die Ablieferung unserer Waffen! Es ist kaum zu glauben - wir, die wirklichen Sieger, sollen kapitulieren!«

Als im selben Augenblick ein Diener erschien und Klearchos etwas zuflüsterte, rief dieser laut zu Phalinos hinüber: »Es ist doch wohl nicht die Sache der Sieger, ihre Waffen abzuliefern!« und fügte leise hinzu: »Ich werde soeben zu einer Eingeweideschau gerufen, bin aber bald zurück. Gebt ihr ihnen inzwischen die gebührende Antwort.«

Als erster ergriff Kleanor das Wort, ein schon über fünfzig Jahre alter, im Kriegshandwerk ergrauter Mann, der in der Abteilung des Agias als Stellvertreter des Strategos eine wichtige Rolle spielte. Er rief mit dröhnender Stimme nur einen Satz:

»Wir würden eher in den Tod gehen als unsere Waffen abliefern!«

Nach dieser deutlichen Antwort schwieg Phalinos, ohne irgendwelche Emotionen zu zeigen, blieb aber stehen und blickte weiterhin aufmerksam zu der Gruppe der Offiziere hinüber. Ich merkte, wie Proxenos allmählich unruhig wurde und sich offenbar einen Redebeitrag ausdachte. Er ist zu weich für so etwas, fuhr es mir durch den Kopf, hoffentlich verheddert er sich nicht in rhetorischen Fallstricken! Da richtete er sich auch schon straff auf und sagte in ruhigem, leicht ironisch gefärbtem Tonfall:

»Ich gerate, mein lieber Phalinos, richtig ins Staunen über das, was du da sagst! Fordert denn nun der Großkönig unsere Waffen, weil er uns in seiner Gewalt hat - oder will er sie als Freundschaftsgeschenk haben? Wenn das erste der Fall ist, warum muß er sie dann fordern? Warum kommt er nicht einfach her und nimmt sie sich? Wenn er uns aber dazu überreden will, sie ihm zu schenken - dann soll er uns sagen, was für die Soldaten herausspringt, wenn sie ihm diese Freude machen.«

Einige der Offiziere nickten Proxenos beifällig zu. Nicht schlecht gemacht, dachte auch ich, er kann argumentieren; zu befürchten ist nur, daß dieser sophistisch gebildete Wanderlehrer die schöne Ironie ins Leere laufen läßt. Tatsächlich antwortete Phalinos fast übertrieben sachlich ohne jeden ironischen Unterton:

»Der Großkönig glaubt, den Sieg errungen zu haben, da er Kyros getötet hat. Denn wen gibt es noch, der ihm die Herrschaft streitig machen könnte? Er meint aber auch, daß ihr in seiner Hand seid. Er hat euch mitten in seinem Land zwischen unüberschreitbaren Flüssen - und er kann so viele Soldaten gegen euch führen, daß ihr selbst dann, wenn er sie euch preisgeben würde, nicht imstande wäret, sie alle zu töten.«

Im Grunde hat der raffinierte Kerl nicht nur die Ironie zunichte gemacht, mußte ich mir eingestehen, sondern auch die Lage richtig beschrieben; Kyros ist tot, wir sind von unzähligen Feinden umstellt; obwohl wir gesiegt haben, sind wir die Verlierer - aber wir können mit unseren Waffen um unser Leben und um unsere Freiheit kämpfen. Gerade wollte ich diese Überlegungen in die Debatte werfen, als ein junger Lochage namens Theopompos einen Schritt vortrat und mit trotziger Stimme sagte:

»Wie du selbst siehst, Phalinos, haben wir keine anderen Güter mehr als unsere Waffen und unseren Mut. Und wir glauben, daß wir unseren Mut nur ausnutzen können, wenn wir unsere Waffen haben, daß wir aber unser Leben verlieren, wenn wir sie abliefern. Gib dich also nicht dem Glauben hin, daß wir die einzigen Güter, die wir haben, euch übergeben werden. Im Gegenteil: Wir werden mit unseren Waffen sogar um eure Güter kämpfen.«

»Junger Mann«, erwiderte Phalinos lächelnd, »du denkst ja wie ein richtiger Philosoph und hast deine Rede wirklich nett formuliert. Aber was du da sagst, ist Unsinn! Glaubst du denn im Ernst, daß euer Mut die Macht des Großkönigs überwinden könnte?«

Eine Zeitlang schwiegen wir ratlos, dann versuchte Sophainetos dem Gespräch eine neue, pragmatische Wendung zu geben:

»Du weißt, Phalinos, daß wir treu zu Kyros gestanden haben. Ebenso wertvolle Dienste könnten wir auch dem Großkönig leisten - *mit* unseren Waffen. Wenn er unser Soldherr werden will, würden wir für ihn jeden Feldzug unternehmen und jedes gewünschte Land erobern - zum Beispiel auch Ägypten, das ihm im Augenblick, wie wir wissen, große Sorgen bereitet. Wir könnten ihn von diesen Sorgen befreien, aber nur, wenn wir unsere Waffen behalten.«

Als Phalinos gerade zu dieser Erwägung Stellung nehmen wollte, kehrte Klearchos zurück und fragte die Offiziere, ob sie schon geantwortet hätten. Da fiel ihm Phalinos ins Wort und rief:

»Von denen, mein lieber Klearchos, sagt jeder etwas anderes. Wie lautet, bitte, deine eigene Meinung?«

Klearchos räusperte sich und trug eine Rede vor, die er sich während seiner Abwesenheit offenbar genau überlegt hatte:

»Ich persönlich, mein lieber Phalinos, war hoch erfreut, als ich dich sah, und das gilt auch für die anderen hier: Denn du bist ein Grieche, und wir alle, die du hier siehst, sind Griechen! Und wir bitten dich nun in unserer wahrhaftig schwierigen Situation um einen ehrlichen Rat, wie wir uns gegenüber dem Ansinnen des Großkönigs, die Waffen abzuliefern, verhalten sollen. Rate uns, bei den Göttern, was dir am ehrenhaftesten und besten zu sein scheint! Und was dir selbst für alle Zeit Ruhm einbringen wird, wenn es einmal heißt: Phalinos, der einst vom Großkönig geschickt worden war, um den Griechen zu befehlen, ihre Waffen abzugeben, hat ihnen auf ihre Bitte hin das folgende geraten. Du weißt doch, daß man in Griechenland mit Sicherheit darüber sprechen wird, was du uns geraten hast.«

»Damit bringt er ihn ganz schön aus dem Gleichgewicht«, flüsterte ich Proxenos zu, neben den ich getreten war, »jetzt kann er, als Grieche zu Griechen, doch eigentlich nur noch sagen: Behaltet eure Waffen.«

Einen Augenblick lang wirkte Phalinos verunsichert; schließlich antwortete er:

»Mein ehrlicher Rat lautet: Wenn es unter unendlich vielen Hoffnungen auch nur eine einzige gibt, daß ihr euch im Kampf gegen den Großkönig retten könnt, liefert die Waffen nicht ab! Wenn es aber gegen den Willen des Großkönigs überhaupt keine Hoffnung auf Rettung gibt, dann rettet euch auf jede Weise, die irgend möglich ist.«

Der Mann ist wirklich geschickt, dachte ich mit widerstrebender Bewunderung, er schafft es, beiden Seiten gerecht zu werden. Er hat es sogar fertiggebracht, direkt zu uns zu sagen: Liefert die Waffen nicht ab!, aber zugleich unüberhörbar das Gegenteil auszudrücken. Ein raffinierter, ausgekochter Sophist, dieser Phalinos!

Wieder räusperte sich Klearchos und ergriff das Wort:

»Das ist also dein Rat an uns. Von uns kannst du melden, daß wir folgender Auffassung sind: Wenn es nötig sein sollte, Freunde - oder sagen wir lieber Helfer - des Großkönigs zu werden, wären wir bei weitem wertvollere Helfer mit unseren Waffen als ohne sie. Wenn es aber nötig sein sollte, gegen ihn Krieg zu führen, könnten wir auch das mit unseren Waffen erfolgreicher als ohne sie.«

»Gut«, erwiderte Phalinos, »das werden wir melden. Nun unser zweiter Auftrag! Nach dem Befehl des Großkönigs soll Waffenstillstand herrschen, solange ihr hier bleibt, Kriegszustand, wenn ihr vorrückt oder abzieht. Äußert euch auch dazu: Soll ich melden, daß ihr bleiben werdet und Waffenstillstand herrschen soll oder daß ihr von eurer Seite aus den Krieg wollt?«

»Melde, daß wir in diesem Punkt derselben Meinung sind wie der Großkönig.«

»Und wie lautet eure Meinung?«

»Wenn wir bleiben, Waffenstillstand, wenn wir abziehen oder vorrücken, Krieg.«

Jetzt wurde Phalinos doch etwas ungeduldig und fragte noch einmal:

»Was soll ich denn nun melden: Waffenstillstand oder Krieg?«

Ohne eine Miene zu verziehen, wiederholte Klearchos seine vorige Antwort: »Waffenstillstand, wenn wir bleiben, wenn wir abziehen oder vorrücken, Krieg.«

Nicht lange, nachdem die persische Delegation uns wieder verlassen hatte, am späten Nachmittag, kamen Cheirisophos und Prokles zurück und wiederholten wörtlich, was Ariaios ihnen für Klearchos aufgetragen hatte: »Für euer Angebot danke ich euch, aber ich kann es nicht annehmen, da es viele vornehmere Perser als mich gibt, die es nicht zulassen würden, wenn ich den Thron des Königs der Könige besteigen wollte. Wenn ihr jedoch zusammen mit mir abziehen wollt, müßt ihr noch in dieser Nacht kommen. Morgen früh werde ich aufbrechen.«

»Wo ist Menon?« fragte Klearchos.

»Bei Ariaios geblieben«, erwiderte Cheirisophos.

»Also gut«, wandte sich Klearchos an Prokles, »reite zurück und melde Ariaios: Wenn wir heute nacht kommen, ziehen wir mit euch ab. Wenn wir nicht kommen, tut, was ihr für das beste haltet.«

Dann ließ er durch seine Diener für die Zeit des Sonnenuntergangs eine Offiziersversammlung einberufen. Als alle Strategoi und Lochagen eingetroffen waren, ergriff er sogleich das Wort und sagte (mein Informant ist Proxenos):

»Als ich vorhin den Göttern die Frage vorlegte, ob es besser sei, jetzt den Großkönig anzugreifen oder zu den Freunden des Kyros aufzubrechen, war nach der Eingeweideschau die Antwort der Opferpriester völlig eindeutig: keinesfalls angreifen! Mir ist inzwischen auch klar, warum: Zwischen uns und dem Großkönig fließt, wie ich gerade gehört habe, der Tigris, ein großer Strom, der nur zu Schiff überquert werden kann - und Schiffe haben wir nicht! Hier bleiben können wir aber auch nicht: Denn hier besteht nicht die geringste Möglichkeit, Lebensmittel zu beschaffen. Andererseits empfehlen uns die Götter nach der Auskunft der Opferpriester deutlich den Anschluß an Ariaios. Wenn alle einverstanden sind, marschieren wir zu unserem letzten Stathmos zurück.«

»Wir entscheiden uns also«, gab Sophainetos zu bedenken, »gegen den Waffenstillstand und für den Krieg mit dem Großkönig.«

»Ja, jedenfalls nach dem Wortlaut unserer Abmachung mit Phalinos. Wir werden sehen, wie sich die Dinge in Zukunft entwickeln. Jetzt geht es darum, das Lager des Ariaios so sicher wie möglich zu erreichen. Mein Vorschlag lautet: Zunächst geben wir den Männern eine Stunde Zeit, das Fleisch, das sie noch haben, zuzubereiten und aufzuessen. Dann lasse ich dreimal das Signal *Anhalten zur Rast!* blasen. Das bedeutet beim ersten Mal: *Zusammenpacken!*, beim zweiten Mal: *Lasttiere beladen!*, beim dritten Mal: *Der Spitze folgen!* Die Hopliten marschieren in Kolonne zu acht Mann in voller Kampfbereitschaft und nehmen den Troß zwischen sich und den Fluß. Die Leichten sichern vorne und hinten. Miltokythes, du bleibst mit deinen 40 thrakischen Reitern am Schluß der Kolonne und meldest mir an der Spitze gegebenenfalls die Annäherung feindlicher Truppen von hinten, so schnell wie möglich. Noch Fragen? Wenn nicht, geht zu euren Einheiten und bereitet das Nötige vor.«

Ohne weitere Diskussion löste sich die Versammlung auf. Welches Glück, dachte ich, daß ein so erfahrener Offizier wie Klearchos jetzt die Planung in die Hand nimmt - und daß die anderen seine Überlegenheit anerkennen und ihm ohne Widerspruch folgen.

In der Dämmerung flammten hier und da noch einmal die Lagerfeuer auf, aber nur die wenigsten Söldner konnten sich noch ein Abendessen bereiten. Als dann durch die in kurzem Abstand aufeinander folgenden beiden ersten Hornsignale Unruhe aufkam und sich mit viel Hin und Her allmählich der Troß neben der Hoplitenkolonne sammelte, hieß es plötzlich, Miltokythes sei mit seinen Reitern und noch weiteren 300 thrakischen Fußsoldaten in der Dunkelheit verschwunden - auf der Straße, die nach Babylon führte: Offenkundig wollte er zum Großkönig überlaufen.

Klearchos, zu dessen Abteilung die Thraker gehörten, ließ einen gräßlichen Fluch hören, als ihm die Nachricht von ihrer Flucht überbracht wurde, konnte aber natürlich keine Maßnahmen mehr zu ihrer Wiederergreifung einleiten. Er befand sich bereits an der Spitze des Zuges und gab sofort, da die Zeit drängte, das Zeichen zum Aufbruch. Nach etwa vier Stunden Marsch durch die Dunkelheit wurde gegen Mitternacht der letzte Stathmos erreicht und dort unter Beibehaltung der Marschformation in voller Alarmbereitschaft gelagert.

Etwa eine Viertelstunde später erschien Ariaios mit seinen höheren Offizieren bei Klearchos und bat ihn, eine Versammlung der griechischen Strategoi und Lochagen einzuberufen, um die Bedingungen des gemeinsamen Rückmarsches abzusprechen. Da beide Seiten großen Wert darauf legten, die Unverbrüchlichkeit des abzuschließenden Vertrages den Göttern anzuvertrauen, wurde eine gemeinsame Opferzeremonie vereinbart: Man legte neben einem Feuer, das die ganze, von vielen Zuschauern (auch von mir) beobachtete Szene in flackerndes Licht tauchte, einen großen Hoplitenschild mit der hohlen Innenseite nach oben auf den Boden. Nacheinander wurde einem Stier, einem Eber und einem Widder von je einem persischen und einem griechischen Opferpriester die Kehle durchgeschnitten und der Hals so gebogen, daß ihr Blut in den Schild floß. Nachdem Klearchos sein Schwert, Ariaios einen Speer in das Blut getaucht hatte, rief Klearchos mit lauter Stimme:

»Ich schwöre bei diesem Schwert, daß wir Griechen euch Perser nicht verraten, sondern treue Bundesgenossen sein werden.«

»Ich schwöre bei diesem Speer«, ergänzte Ariaios, »daß wir Perser euch Griechen nicht verraten, sondern treue Bundesgenossen sein und euch ohne Hinterlist zurückführen werden.«

Danach nahmen Mann für Mann die griechischen Offiziere das blutige Schwert, die persischen den blutigen Speer in die Hand, wiederholten jeweils die Worte ihres Oberkommandierenden und verpflichteten sich durch dieses feierliche Gelöbnis vor Göttern und Menschen, den Schwur bis zum Tod einzuhalten.

Nach dem Abschluß der Opferzeremonie wurde über die Organisation des Rückmarsches diskutiert. Unsere Offiziere meinten zunächst, man könne denselben Weg, auf dem wir gekommen waren, wieder benutzen, mußten sich aber von Ariaios belehren lassen, daß dies sie alle dem Hungertod preisgeben würde: Es gab ja auf der alten Strecke so gut wie überhaupt keine Lebensmittel mehr.

»Deshalb beabsichtigen wir«, fuhr Ariaios fort, »jetzt einen Weg einzuschlagen, der zwar länger als der andere ist, auf dem wir aber keine Probleme mit der Verpflegung bekommen werden. Während der ersten Tage müssen wir so große Märsche machen, wie wir irgend können, um einen möglichst weiten Vorsprung vor den Truppen des Großkönigs zu gewinnen. Bei zwei oder drei Tagen Vorsprung wird er uns nicht mehr einholen, jedenfalls nicht mit einem großen Heer, dessen Verproviantierung auch ihm Schwierigkeiten machen dürfte. Dies ist mein Vorschlag.«

»Gut«, erwiderte Klearchos, »wir akzeptieren deinen Vorschlag - obwohl er im Grunde nichts anderes bedeutet, als daß wir, die Sieger in der Schlacht, vor den Verlierern die Flucht ergreifen. Aber uns bleibt wohl keine andere Wahl.«

»Wir werden heute«, fügte Ariaios noch hinzu, »von Sonnenaufgang bis Sonnenuntergang marschieren. Dann sind wir abends in babylonischen Dörfern, die schon nahe an der Grenze nach Medien liegen. Dort können wir uns mit Lebensmitteln für einen mehrtägigen Wüstenmarsch zum Tigris eindekken. Wenn wir den Fluß erst einmal erreicht haben, ist das Schwierigste überstanden.«

Da auch die Perser in Marschformation gelagert hatten, setzte sich die ganze riesige Kolonne bei Sonnenaufgang ungefähr gleichzeitig in Bewegung. Dabei zogen wir Griechen in einem gewissen Abstand und mit eigener Vor- und Nachhut hinter den Persern her, deren Spitze sogleich von der Uferstraße in nördlicher Richtung abbog und auf eine flache unbesiedelte Anhöhe hinaufmarschierte. Nach ihrer Überwindung wurde ein breites, nach Osten gerichtetes Tal erreicht, dem wir weiter folgten. Offenbar handelte es sich um ein altes Bett des Euphrat, der inzwischen (vielleicht schon seit Jahrhunderten) viel weiter westlich floß. Hier traf die Kolonne jedoch wieder auf jenen trocken gelegten Kanal, den sie ein paar Tage vorher überquert hatte, und zog an ihm entlang durch die nur spärlich bewachsene Ebene.

Am späten Nachmittag, als man in der Ferne bereits die merkwürdigerweise rauchumhüllten Dörfer, in denen biwakiert werden sollte, sehen konnte, stockte plötzlich der Marsch. Es hieß, feindliche Reiter seien gesichtet worden. Noch während sich die Truppen in aller Eile kampfbereit machten, traf die neue Nachricht ein, es handele sich nicht um Reiter, sondern um weidende Lasttiere.

»Das bedeutet«, meinte Klearchos zu Proxenos, der sich nach dem letzten kurzen Zwischenhalt zu ihm an die Spitze begeben hatte, »daß die Truppen des Großkönigs in der Nähe ihr Lager haben.«

»So sieht es aus«, stimmte ihm Proxenos zu, »was werden wir jetzt machen? Angreifen?«

»Ich glaube, wir sollten das nicht riskieren. Unsere Leute sind nach dem langen Marsch völlig erschöpft und haben den ganzen Tag über nichts gegessen. Außerdem wird es schon dunkel, und wir kennen uns hier nicht aus. Angriff ist mir zu gefährlich!«

»Ausbiegen und umgehen?«

»Das wäre nach meinem Urteil auch nicht gut, weil es als Flucht ausgelegt werden könnte. Ich schlage vor, daß wir weiter planmäßig vorrücken und unsere Dörfer besetzen. Über Nacht wird der Großkönig sicher nicht angreifen - und morgen früh sehen wir weiter.«

Bei Sonnenuntergang erreichten die ersten Männer der Vorhut die vordersten Dörfer und stellten fest, daß alle Häuser nicht nur menschenleer, sondern auch völlig ausgeraubt und weitgehend niedergebrannt waren. Es war nicht einmal mehr soviel Holz zu finden, daß man den Biwakraum durch ein paar Feuer notdürftig beleuchten konnte. So kam es zu chaotischen Verhältnissen, als nach und nach in tiefer Dunkelheit die ermatteten Truppen eintrafen und sich nur noch durch laute Zurufe über ihre jeweiligen Standorte orientieren konnten. Unter diesen Umständen war ein ordentlicher Aufbau des Lagers, insbesondere die für den Alarmfall unverzichtbare Anlage des zentralen Waffenplatzes, nicht möglich. Die einzelnen Lochoi richteten sich, soweit sie noch beisammen waren, für die Nacht ein, wo sie gerade haltgemacht hatten. Viele Männer irrten aber mit lautem Geschrei auch einzeln auf der Suche nach ihren Einheiten durch die Nacht.

Über den in der Dunkelheit versunkenen Lagerbereich, aus dem das ununterbrochene Geräusch menschlicher Stimmen und tierischer Laute zum Himmel aufstieg, legte sich zunehmend wie ein alles überdeckender Nebel die Angst vor den unsichtbaren Feinden. Und dann, bald nach Mitternacht, bahnte sich eine Panik an.

Ich hatte mit meiner kleinen Dienerschar in der Nähe des vordersten Dorfes einen niedrigen Hügel besetzt und spürte es geradezu körperlich, wie sich der Schrecken rundum verdichtete und auf einen Ausbruch hindrängte. Auch meine Pferde begannen unruhig die Nüstern zu blähen und die Köpfe hochzuwerfen. Wenn jetzt, dachte ich, nur ein einziger Soldat die Nerven verliert und durchdreht, kann das für uns alle die Katastrophe bedeuten.

In diesem Augenblick erscholl die jedermann bekannte Stentorstimme des Herolds Tolmides, eines Eliers, der den Ruhm genoß, extrem laut und dennoch völlig deutlich schreien zu können:

»Ruhe! Haltet Ruhe, Soldaten, ich habe etwas zu verkünden! Ruhe!«

Als der Lärm allmählich abflaute und schließlich sogar völlige Stille eintrat, verbreitete Tolmides die folgende Meldung:

»Die Offiziere setzen ein Talent für denjenigen aus, der am Waffenplatz den Mann anzeigt, der den Esel losgelassen hat.«

Schlagartig entspannte sich die Lage. Ein weggelaufener Esel hatte also die ganze Aufregung verursacht, wie lächerlich! Welches Glück, so konnte man rundum hören, daß unsere Offiziere sich von dem Chaos nicht anstekken ließen und den Überblick behalten haben.

Die Offiziere selbst, die - über die ganze Ebene verteilt und ohne Kontakt miteinander - die Meldung des Tolmides mit Erstaunen und mit Bewunderung gehört hatten, lobten später einhellig Klearchos für seinen genialen Einfall mit dem imaginären Esel und dem ebenso imaginären Waffenplatz, durch den er die Gefahr einer Panik abgewendet hatte.

Der Marsch nach Armenien

In der Morgendämmerung ließ Klearchos dann diejenige Maßnahme, die unter normalen Umständen als erste nach Erreichen des neuen Stathmos durchgeführt wurde, nachholen: die tatsächliche Einrichtung des Waffenplatzes. Auf sein Kommando hin nahmen die Hopliten wieder die Phalanxaufstellung wie in der Schlacht ein, legten vor sich griffbereit in Reihen ihre schweren Schilde ab und versuchten, so gut es ging, sich von der Unruhe der Nacht zu erholen. So konnte notfalls in Minutenschnelle die Kampfbereitschaft hergestellt werden.

Bei Sonnenaufgang, als Klearchos gerade unterwegs war, um die einzelnen Abteilungen zu inspizieren, wurde ihm von den weit vor dem Biwakraum aufgestellten Vorposten gemeldet, daß persische Herolde erschienen seien und nach den Offizieren gefragt hätten. Nachdem er zurückgemeldet hatte, er habe jetzt keine Zeit, sie sollten warten, erteilte er dem Trompeter den Befehl, das Signal *Dichte Phalanx* zu blasen. Bei dieser 16 Mann tiefen und durch keine Zwischenräume zwischen den einzelnen Abteilungen unterbrochenen Aufstellung bot die völlig homogen erscheinende Schlachtreihe ein besonders eindrucksvolles Bild. Vor allem aber konnte von ihr auch der ganze buntscheckige Troß verdeckt werden.

Schließlich trat er, umgeben von fünf besonders stattlichen und kostbar gerüsteten Soldaten, vor diese waffenstarrende Front, ließ, nachdem sich auch die anderen Strategoi mit ihren Begleitmannschaften bei ihm eingefunden hatten, die Herolde zum Näherkommen auffordern und setzte sich gleichzeitig selbst in Bewegung. Als beide Gruppen voreinander standen, sagte er:

»Was wollt ihr?«

»Wir sollen euch auffordern«, erwiderte der Dolmetscher der Herolde, »Männer zum Abschluß eines Waffenstillstandes zu entsenden, welche autorisiert sind, die Vorschläge des Großkönigs den Griechen und diejenigen der Griechen dem Großkönig zu überbringen.«

Nach kurzem Nachdenken antwortete Klearchos:

»Meldet dem Großkönig, daß zuerst ein Kampf nötig ist! Denn wir haben nichts zum Frühstück - und es soll niemand riskieren, mit Griechen über einen Waffenstillstand zu verhandeln, ohne ihnen ein Frühstück verschafft zu haben.«

Daraufhin schwangen sich die Herolde auf ihre Pferde und ritten davon, kehrten aber nach etwa einer halben Stunde wieder zurück und meldeten:

»Der Großkönig ist einverstanden. Wir haben jetzt Führer mitgebracht, die euch unter der Bedingung, daß tatsächlich ein Waffenstillstand abgeschlossen wird, an eine Stelle führen werden, wo es Lebensmittel gibt.«

»Soll dieser Vertrag nur freies Geleit für die Unterhändler garantieren oder auch für die anderen gelten?«

»Für alle, bis dem Großkönig eure Vorschläge überbracht sind.«

»Gut. Geht zu den Vorposten zurück und wartet dort. Wir werden euch unsere Entscheidung mitteilen.«

Obwohl sich die griechischen Offiziere sofort darüber einig waren, den Waffenstillstand abzuschließen, zögerte Klearchos, so erzählte mir Proxenos, die Antwort noch eine Weile hinaus, um, wie er sagte, die Herolde zu verunsichern. Dann ließ er ihnen endlich die Entscheidung übermitteln und folgte den persischen Führern mit dem Heer in gefechtsbereitem Marsch, wobei er selbst die Nachhut kommandierte. Stundenlang marschierten wir in dem alten Flußbett nach Osten, bis wir in ein fruchtbares Gebiet gelangten, das allerdings von wasserführenden Kanälen, die wir auf selbstgebauten Notbrücken überqueren mußten, durchzogen wurde.

Erst am Nachmittag waren wir am Ziel. In den von ausgedehnten Äckern und Plantagen umgebenen Dörfern fanden wir große Vorräte an Getreide, dazu wunderbare frisch geerntete oder auch getrocknete honigsüße Datteln und zahlreiche Krüge, die mit starkem Dattelwein und durch Kochen hergestelltem Dattelessig angefüllt waren. Die ausgehungerten und durstigen Soldaten stürzten sich hemmungslos auf diese ungewohnten Genüsse - und mußten ihre Gier am nächsten Tag mit unerträglichen Kopfschmerzen bezahlen. Aber sie kamen bald wieder auf die Beine und lernten in den folgenden Tagen (wir blieben hier einen ganzen Monat) den richtigen Umgang mit den fremdartigen Getränken.

Manche von ihnen stiegen später sogar auf die Dattelpalmen hinauf und holten sich oben die Endknospe der Gipfeltriebe (das Hirn der Palme, wie sie sagten), um sich daraus den sogenannten *Palmkohl* zu bereiten. Auch dieses Gericht führte bei vielen zu starken Kopfschmerzen. Alle ihrer Endknospe beraubten Palmen, so brachte ich in Erfahrung und konnte mir nun die Erbitterung der Anwohner über das Verhalten der Soldaten erklären, starben nach kurzer Zeit völlig ab.

Am Morgen des dritten Tages, den wir in diesem Stathmos verbrachten, näherte sich den Vorposten eine Reitergruppe. In der vorderen Reihe ritten fünf vornehm gekleidete persische Würdenträger, dahinter eine Schar von etwa dreißig Bediensteten. Im Abstand von zwei Plethren zügelten sie ihre Pferde und hielten an. Dann löste sich der Dolmetscher aus der Gruppe, ritt zu den Vorposten hinüber und rief ihnen zu:

»Wir kommen, um den Waffenstillstand vertraglich zu regeln. Sagt euren Strategoi, daß wir sie erwarten.«

Etwa eine Viertelstunde später standen sich die fünf Perser mit ihrem Dolmetscher und die sieben griechischen Strategoi außerhalb der Vorpostenkette gegenüber. Einige Lochagen und zahlreiche andere Zuschauer hatten sich nach vorne begeben, um die Vorgänge mitzuerleben. Man konnte sehen, wie ein großgewachsener Mann mit scharf geschnittenen Gesichtszügen aus der persischen Delegation einen Schritt vortrat und zu sprechen begann. »Das ist Tissaphernes«, war rundum zu hören.

Jeden einzelnen Satz übersetzte der Dolmetscher ins Griechische, aber wegen der Entfernung konnte keiner von uns etwas verstehen. Nach etwa zehn Minuten zogen sich die griechischen Strategoi ein Stück weit zurück und berieten miteinander. Dann traten sie wieder zu den Persern, und Klearchos ergriff das Wort zu einer längeren, Satz für Satz ins Persische übersetzten Rede, auf die Tissaphernes nur kurz antwortete und anschließend mit seiner Delegation davonritt.

Proxenos berichtete mir, wie das Gespräch im einzelnen verlaufen war. Tissaphernes habe den erstaunlichen Vorschlag gemacht, die Griechen mit der Genehmigung des Großkönigs heil nach Griechenland zurückzubringen. Er lebe ja, habe er gesagt, in der Nachbarschaft Griechenlands und hoffe durch seine Tat dort und natürlich vor allem auch bei den geretteten Söldnern großen Dank zu gewinnen.

»Tissaphernes will uns zurückbringen? Mit der Genehmigung des Großkönigs, der vor wenigen Tagen noch unsere bedingungslose Unterwerfung gefordert hat? Das ist schwer zu glauben, mein lieber Proxenos!«

»Und doch ist es wahr! Er habe, so sagte uns Tissaphernes, die Genehmigung für dieses Vorhaben vom Großkönig als Dank für seinen Einsatz im Kampf gegen Kyros erbeten. Vor seiner Entscheidung wolle Artaxerxes allerdings von uns noch wissen, warum wir ihn angegriffen hätten. Wir sollten diese Frage sehr besonnen beantworten, empfahl uns Tissaphernes, damit er beim Großkönig möglichst viel Sympathie für uns erreichen könne.«

»Und was habt ihr geantwortet?«

»Ja, das war schwierig. Nach ausführlicher Beratung miteinander und längerem Hin und Her haben wir uns auf folgende Argumentation, die Klearchos vortrug, geeinigt: Wir hätten uns keineswegs von Anfang an zusammengeschlossen, um den Großkönig anzugreifen, sondern seien von Kyros gegen unseren Willen unter verschiedenen Vorwänden in diesen Feldzug hineingezogen worden. Als es kritisch geworden sei, hätten wir allerdings unseren Soldherrn, dem wir viel Gutes verdankten, nicht im Stich lassen wollen. Nach seinem Tod wollten wir aber selbstverständlich dem Großkönig weder seine Herrschaft streitig machen noch seinem Land Schaden zufügen noch gar ihm nach dem Leben trachten, sondern nur noch friedlich nach Hause ziehen. Wir würden uns dabei selbstverständlich gegen etwaige Angriffe zur Wehr setzen, seien aber auch bereit, freundliche Behandlung mit guten Diensten zu vergelten. So etwa lautete unsere Antwort.«

»Nicht ungeschickt. Hat Tissaphernes sie akzeptiert?«

»Ja. Er versprach, sie dem Großkönig zu übermitteln und uns bald dessen Entscheidung mitzuteilen. In der Zwischenzeit solle der Waffenstillstand weiter gelten. Außerdem wollen sie uns hier einen Markt einrichten.«

Voller Ungeduld warteten wir auf die Rückkehr der persischen Delegation. Vielen erschien das Angebot des Tissaphernes wie ein Wunder, und sie dankten schon jetzt den Göttern für ihre Rettung. Allerdings gab es auch skeptische Stimmen. So meinte Sophainetos, es passe nicht in das Bild des persischen Staates, daß der Großkönig die in sein Land eingedrungenen Feinde einfach straflos abziehen lasse. Und auch die plötzlichen Sympathieerklärungen des Tissaphernes seien ihm unheimlich.

»Na ja«, sagte dazu Proxenos, »das Verhalten des Tissaphernes kann ich schon irgendwie verstehen. Er will als wieder eingesetzer Satrap der sardischen Satrapie die benachbarten Griechen nicht dadurch vor den Kopf stoßen, daß er hier einen Vernichtungskampf gegen Griechen führt.«

»Und hofft natürlich auch«, nahm Klearchos den Faden auf, »daß wir oder wenigstens einige von uns später in seine Dienste treten werden. Ich muß gestehen, daß ich Vertrauen zu ihm habe. Wenn sein Einfluß bei Artaxerxes wirklich groß genug ist, um uns die Erlaubnis zum Heimmarsch zu erwirken, können wir froh sein, diesen mächtigen Mann auf unserer Seite zu haben.«

»Gewiß«, warf Sophainetos ein, »vorausgesetzt, er treibt ein ehrliches Spiel mit uns. Wenn er uns aber nur in Sicherheit wiegen will, kann seine Macht uns sehr gefährlich werden.«

Schließlich drückte Cheirisophos die allgemeine Stimmung mit folgenden Worten aus:

»Wir wünschen uns alle, mein lieber Klearchos, daß dein Vertrauen nicht enttäuscht wird. Aber wir dürfen in unserer Wachsamkeit nicht nachlassen. Vergessen wir also niemals, daß wir tief in Feindesland stehen!«

Endlich, zwei Tage später, erschien Tissaphernes mit seinen Begleitern wieder und bat um die Einberufung einer Offiziersversammlung. Dort gab er bekannt, daß sich der Großkönig auf sein Drängen hin trotz erheblicher Bedenken, die von verschiedenen Mitgliedern des Hofstaates vorgebracht worden seien, mit der Rückführung der Griechen einverstanden erklärt habe.

»Und nun», beendete er seine Rede, »können wir den Vertrag abschließen. Wir Perser verpflichten uns feierlich, euch unser Land als Freundesland darzubieten und euch ohne Hinterlist nach Griechenland zu geleiten. Wir werden euch unterwegs Märkte eröffnen oder aber da, wo es nichts zu kaufen gibt, die benötigten Lebensmittel aus dem Land nehmen lassen. Ihr Griechen verpflichtet euch uns gegenüber feierlich, ohne Plünderungen wie durch Freundesland zu marschieren und Lebensmittel und Getränke nur aus dem Land zu nehmen, wenn wir keinen Markt eröffnen können, sie aber durch Kauf zu erwerben, wenn wir einen Markt eröffnen. Das ist unser Vorschlag. Ich hoffe in eurem Interesse, daß ihr ihn akzeptieren werdet.«

Nachdem sich die Perser zurückgezogen hatten, traten die Offiziere in eine kurze Beratung ein. Fast alle Redner sprachen sich ohne Vorbehalte für die Annahme des Vertrages aus. Er sei sachgerecht und völlig eindeutig formuliert und lasse den Persern keine Hintertürchen offen. Mit einem so günstigen und fairen Angebot habe man nach dem Vorgefallenen nicht rechnen können. Nur Sophainetos vermochte seine Skepsis noch immer nicht ganz zu unterdrücken und sagte zum Schluß der Beratung:

»Natürlich werden wir den Vertrag annehmen - was bleibt uns anderes übrig? Aber wir müssen uns darüber im klaren sein, daß wir fortan keine eigenen Entscheidungen mehr treffen können, sondern uns bedingungslos in die Hand unserer ehemaligen Feinde begeben - im Vertrauen auf ihre ehrlichen Absichten. Mögen die Götter auf unserer Seite sein!«

Die beiden Verhandlungsdelegationen vollzogen dann die feierliche Ratifizierung des Vertrages. Für die persische Seite leisteten Tissaphernes und der Bruder der Stateira, der Gemahlin des Großkönigs, unter lauter Anrufung der Eidgötter den Schwur, für die griechische in entsprechender Weise alle versammelten Offiziere. Von jedem einzelnen wurde dabei die Unverbrüchlichkeit der gegenseitigen Verpflichtung durch Handschlag besiegelt.

Nach dem Abschluß der vor vielen Zuschauern vollzogenen Zeremonie bekräftigte Tissaphernes, dem man die Freude über das Erreichte deutlich ansah, zum Abschied:

»Ich begebe mich jetzt sogleich zum Großkönig nach Babylon. Sobald ich seine endgültige Zustimmung zu meinem Vorhaben erreicht habe, werde ich mit meinen Truppen wieder hierher kommen, um euch nach Griechenland zu geleiten und selbst in meine Satrapie zurückzukehren.«

Als er nach vier oder fünf Tagen noch nicht wieder eingetroffen war, schlug die zunächst hoffnungsfrohe Stimmung bei uns allmählich um. Immer häufiger wurde die Befürchtung geäußert, die Perser wollten uns mit Hilfe des Vertrages nur an Ort und Stelle festhalten, um inzwischen in aller Ruhe ihre eigenen Truppen für einen Großangriff sammeln zu können. Auch sei man sich, so war vielerorts zu hören, der Bundesgenossenschaft mit Ariaios und seiner Armee nicht mehr sicher. Jedenfalls habe sich das freundschaftliche Verhältnis sehr abgekühlt, seit man beobachten könne, wie im benachbarten Lager des Ariaios zahllose vornehme Würdenträger ein- und ausgingen und ihren Verwandten und Freunden guten Mut zusprächen.

Auf allen Ebenen kam es zu erregten Diskussionen über die Frage, ob man unter diesen Umständen weiter auf Tissaphernes warten oder lieber unter Bruch des Vertrages abrücken und sich nach Hause durchschlagen solle. Je länger sich die Wartezeit hinzog, desto zahlreicher wurden die Befürworter des eigenmächtigen Abmarsches.

Schließlich, nachdem schon über zwei Wochen verstrichen waren, erschien eine große, aus Soldaten und Lochagen bestehende Abordnung des Heeres bei Klearchos, der gerade die anderen Strategoi zu einer Beratung bei sich versammelt hatte. Man wolle jetzt endlich wissen, verkündeten die Wortführer, wie es weitergehe. es könne doch nicht mehr ernstlich an der Absicht des Großkönigs gezweifelt werden, uns hier vernichten und dadurch andere Griechen von Angriffen auf das Perserreich abschrecken zu wollen. Außerdem sei es wirklich nicht vorstellbar, daß er uns aus freien Stücken nach Griechenland marschieren und dort überall herumerzählen lasse, wir hätten den König der Könige mit unserer kleinen Truppe beinahe vor den Toren seiner Residenz besiegt und seien ihm zum Hohn auch noch unbehelligt heimgezogen.

Kurzum, nach ihrer Auffassung sollten sich wir uns so schnell wie möglich auf den Weg machen, bevor die Armee des Großkönigs einsatzbereit und bevor der Heimweg etwa durch frisch errichtete Mauern oder Gräben unpassierbar gemacht worden sei.

Nach längerem Schweigen ergriff Klearchos das Wort und sagte:

»Alle diese Überlegungen habe ich auch schon angestellt. Aber ich erwäge zusätzlich noch das Folgende: Wenn wir jetzt, vor der Rückkehr des Tissaphernes, abziehen, sieht das so aus, als ob wir den Krieg wollen und gegen den Vertrag handeln.«

»Es sieht nicht nur so aus«, gab Proxenos zu bedenken, »wir handeln wirklich gegen den Vertrag - und das heißt, daß wir fortan um unser Leben kämpfen müssen. Wir wählen dann bewußt den Krieg: Wollen wir das?«

»Du hast völlig recht«, stimmte ihm Klearchos zu, »wir werden gezwungen sein, die durchzogenen Gebiete auszuplündern, weil uns niemand mehr einen Markt eröffnen wird. Und überdies werden wir uns den Weg ohne Führer selbst suchen müssen - denn glaubt nur ja nicht, daß Ariaios an unserer Seite bleiben wird, wenn wir uns so verhalten, wie ihr vorschlagt. Unsere früheren Verbündeten werden spätestens dann ganz sicher zum Großkönig übergehen, um ihre eigene Haut zu retten.«

Bei diesen Worten kam rundum murrende Unruhe auf. Viele Griechen hatten ohnehin gegen Ariaios, der seinen Oberbefehlshaber, wie sie sagten, im entscheidenden Augenblick schmählich verraten hatte, erhebliche Vorbehalte. Aber schon war wieder die laute Stimme Klearchs zu hören:

»Und dann die Flüsse! Ob wir noch andere Flüsse überschreiten müssen, weiß ich nicht - aber daß es völlig unmöglich ist, den Euphrat zu überschreiten, wenn uns die Feinde daran hindern wollen, das wissen wir alle.«

»Dieser Meinung bin ich nicht«, rief der für seinen ungestümen Mut bekannte Lochage Kleanor, einer der Wortführer der Heeresabordnung, dazwischen, »es ist doch alles eine Sache der Kampfmoral! Wenn wir das wollen, können wir auch den Übergang über den Euphrat und jeden anderen Fluß erkämpfen. Vergeßt doch nicht das herrliche Bild, wie die Perser in der Schlacht vor uns davon gelaufen sind, wenn wir nur auftauchten!«

Als daraufhin Klatschen und zustimmendes Geschrei ertönte, hob Klearchos beschwichtigend die Hände, wartete, bis wieder Ruhe eingetreten war, und fuhr fort:

»Niemand von uns, mein lieber Kleanor, denkt hier nicht voller Stolz an unseren großartigen Sieg zurück. Und niemand von uns bezweifelt, daß wir es in der offenen Feldschlacht mit jedem Gegner aufnehmen können. Aber - und das ist unser Verhängnis - wir haben keine Reiter! Wenn wir unsere Gegner auch noch so eindrucksvoll in die Flucht schlagen - wir können sie nicht verfolgen und niedermachen. Die Perser aber verfügen über Tausende von vorzüglichen Reitern, und das heißt doch: Wenn wir im Kampf auch nur ein einziges Mal unterliegen würden, käme keiner von uns mit dem Leben davon. Doch laßt mich noch ein Letztes sagen! Wenn der Großkönig wirklich, wie ihr glaubt, die Absicht hat, uns zu vernichten - was soll dann zuvor der Vertrag mit Eidschwüren und Händeschütteln? Will er vor den Göttern zu einem Meineidigen werden? Will er bei Griechen und Barbaren die Einsicht verbreiten, daß sein feierlich gegebenes Wort nicht das geringste wert ist? Natürlich müssen wir unsere Kampfbereitschaft immer aufrechterhalten und auf alles gefaßt sein - aber ein paar Tage sollten wir doch noch auf Tissaphernes warten und, wenn er tatsächlich nicht kommt, erneut beraten. Ich jedenfalls bin davon überzeugt, daß er den abgeschlossenen Vertrag einhalten und uns nach Hause führen wird.«

Zwei Tage später trafen endlich Boten von Tissaphernes ein und meldeten, daß der Abmarsch in Kürze beginnen könne. Die Versammlung der königlichen Truppen, die sich außer Sichtweite der Griechen befanden und nur an den von ihnen aufgewirbelten Staubwolken erkennbar waren, sei abgeschlossen. Tissaphernes werde die Spitze übernehmen, dann folge Orontas, der Satrap von Ostarmenien, dahinter Ariaios und am Schluß die griechische Marschkolonne. Da Klearchos einen weiten Sicherheitsabstand einhalten wollte, stellten die Perser ihm auf sein Verlangen hin eigene landeskundige Führer zur Verfügung.

Am Abend des ersten Marschtages wurde das Lager an der großen Fernstraße angelegt, die von Babylon herkommend nach Norden zum Tigris führt und an seinem Westufer entlang stromaufwärts zieht. Zur Überraschung der Griechen wählte Tissaphernes hier jedoch am nächsten Morgen nicht die Nord-, sondern die Südrichtung. Er wolle, so hieß es, die sogenannte *Königsstraße* erreichen und müsse deshalb ein paar Tagemärsche weiter südöstlich den Euphrat auf der einzigen Brücke weit und breit überschreiten. Der Umweg sei nötig, weil sich nur an dieser Straße in regelmäßigen Abständen Lebensmitteldepots befänden, aus denen die Verpflegung für die großen Menschen- und Tiermassen sichergestellt werden könne.

Als sich am Abend des zweiten Tages die griechischen Offiziere zu einer Lagebesprechung trafen, sagte Proxenos:

»Mir gefällt das ganz und gar nicht! Wir marschieren nicht nach Hause, sondern immer tiefer in das persische Kernland hinein - im blinden Vertrauen auf das Wort des Tissaphernes. Und diese berühmte Königsstraße, die wir offenbar erreichen wollen, kommt direkt aus Susa, der Hauptstadt des Großkönigs. Da sind wir den Persern doch voll und ganz ausgeliefert!«

Daraufhin äußerten auch einige der anderen Offiziere, vor allem Sophainetos und Cheirisophos, ihre Bedenken und wiesen zusätzlich darauf hin, daß die Spannungen zwischen ihren Truppen und den vor ihnen marschierenden Persern des Ariaios in letzter Zeit deutlich zugenommen hätten; wenn sich die Soldaten beim Futterholen oder Holzmachen einmal begegnet seien, habe es schon regelrechte Schlägereien gegeben - vielleicht die Vorboten größerer Auseinandersetzungen.

Klearchos hielt jedoch trotz dieser Bedenken unbeirrt an seiner Meinung fest, daß man Tissaphernes vertrauen dürfe, sorgte allerdings gleichzeitig für eine nicht nachlassende Gefechtsbereitschaft der griechischen Marschkolonne, die mit regelrechter Vor- und Nachhut in mindestens einer Stunde Entfernung hinter den Persern herzog und nachmittags in etwa demselben Abstand ihr stark abgesichertes Biwak errichtete.

Gegen Mittag des dritten Tages wurde in der Ferne eine Mauer sichtbar, die sich quer durch das Gelände hinzog, soweit man sehen konnte. Sie werde, so war zu hören, von den Einheimischen als *Die medische Mauer* bezeichnet, habe einst dem Schutz der nicht mehr weit entfernten Stadt Babylon gedient und reiche vom Euphrat bis zum Tigris. Beim Näherkommen stellte sich heraus, daß große Teile des Oberbaus bereits eingestürzt waren und in der Gestalt unzähliger, mit Asphaltschichten verklebter Lehmziegel vor allem im Innenbereich herumlagen. Auch die offene Toranlage, durch welche die Straße führte, war stark beschädigt, erreichte aber noch immer eine imposante Höhe.

Nicht weit hinter der Mauer kreuzte die Babylon-Straße eine west-östlich gerichtete Querstraße, auf der nach zwei Tagemärschen der Tigrisübergang erreicht werden sollte. Während des ersten Tages wurde ein recht breiter Bewässerungskanal auf einer festen Holzbrücke, gegen Mittag des zweiten Tages ein noch größerer, offenbar vom Tigris direkt abgeleiteter Hauptkanal auf einer aus sieben Schiffen bestehenden Schiffsbrücke überschritten. Von beiden Kanälen zweigten in gewissen Abständen Gräben ab, aus welchen sich das kostbare Wasser schließlich auf schmale Rinnen verteilte und so in die fruchtbaren Felder und Dattelplantagen der Bauern gelangte. Der Hauptkanal, berichteten die einheimischen Führer, münde ein ganzes Stück weiter südlich wieder in den Tigris ein, so daß wir uns im Augenblick gewissermaßen auf einer Insel befänden.

Am Nachmittag dieses Tages bezog die griechische Marschkolonne ihr Biwak nahe bei einem parkartig angelegten Wäldchen neben der bedeutenden Stadt Opis, die etwa 15 Stadien vor dem Tigris lag. Von den persischen Truppen war weit und breit nichts zu sehen: Sie hatten den Fluß offenbar schon überschritten.

Nach dem Abendessen machte ich zusammen mit Proxenos, wie häufig während der erholsamen Abendstunden, einen kleinen Rundgang. Wir befanden uns gerade bei den Posten, welche den Waffenplatz bewachten, als plötzlich aus der Dunkelheit heraus ein Mann ins Licht der Wachfeuer trat und fragte, ob er Proxenos oder Klearchos sprechen könne. Als Proxenos ihm zurief, er sei es, den er suche, sagte der geheimnisvolle Besucher:

»Mich haben Ariaios und Artaozos hergeschickt, treue Gefolgsleute des Kyros und euch wohlgesonnene Freunde. Sie wollen euch dringend vor einem in dieser Nacht bevorstehenden Angriff der Perser warnen. In dem nahen Park liegt nämlich eine große persische Heeresabteilung zum Überfall bereit. Außerdem raten sie euch, auf jeden Fall eine Wachmannschaft an die Schiffsbrücke über den Tigris zu schicken! Denn Tissaphernes plant, die Brücke, wenn irgend möglich, während der Nacht zu lösen, damit ihr sie nicht überschreiten könnt, sondern in der Falle zwischen dem Fluß und dem Kanal sitzt.«

Eilends führten wir den Mann zu Klearchos, den wir im Gespräch mit einigen Lochagen vor seinem Zelt antrafen. Er geriet über die Meldung in helle Aufregung und äußerte spontan den Gedanken, daß es jetzt wohl nur noch darauf ankomme, das Leben so teuer wie möglich zu verkaufen. Als auch die übrigen Offiziere noch ratlos herumstanden, ergriff plötzlich der jüngste von ihnen, ein aus Achaia stammender Hoplitenlochage, das Wort:

»Das paßt nicht zusammen!«

Als wir alle ihn fragend anblickten, fuhr er fort:

»Der Angriff auf uns und die Lösung der Brücke schließen sich gegenseitig aus. Überlegt doch mal! Falls *sie* siegen, hätten wir ohnehin keine Stelle, wohin wir fliehen könnten - und wenn es hier noch so viele Brücken gäbe. Falls aber *wir* siegen, könnten auch sie selbst ohne Brücke nicht die Flucht ergreifen und wären überdies für Hilfstruppen von der anderen Seite aus unerreichbar.«

»Er hat recht«, mischte ich mich ein, »hier stimmt etwas nicht.«

Da wandte sich Klearchos, der inzwischen seine gewohnte Ruhe wieder gefunden hatte, an den Fremden und fragte ihn:

»Wie groß ist denn das Land zwischen dem Tigris und dem Kanal?«

»Sehr groß, mit vielen Dörfern und Städten darin.«

Nach dieser Antwort schickte Klearchos ihn fort und faßte seine Meinung zusammen:

»Das Ganze scheint mir ein Täuschungsmanöver zu sein! Sie befürchten, daß wir die Brücke zerstören und uns hier auf dieser Insel einnisten könnten. Sie ist ja offensichtlich recht groß, fruchtbar und reich besiedelt, so daß wir keine Verpflegungsprobleme hätten. Und wir könnten von hier aus den Großkönig angreifen und uns nach jedem Angriff wieder in unseren vom Wasser geschützten Stützpunkt zurückziehen. Sie haben Angst vor uns!«

»...und hoffen«, fügte Proxenos hinzu, »daß wir heute nacht schön auf ihre Brücke aufpassen. Das sollten wir trotz allem meiner Meinung nach auch tun. Ich schlage vor, für alle Fälle mindestens einen Lochos als Wachmannschaft dorthin zu entsenden und auch die Posten hier zu verdoppeln. Dann können wir anderen umso ruhiger schlafen.«

Die Nacht verlief sowohl im Biwak als auch an der Brücke ohne Zwischenfälle. Allerdings wurde von den Brückenwachen gemeldet, daß lange vor Sonnenaufgang griechische Söldner aus dem Heer des Tissaphernes kurz erschienen seien und angekündigt hätten, daß während des Übergangs ein Angriff erfolgen solle. Deshalb marschierte die Kolonne im Morgengrauen die etwa eine halbe Stunde weite Strecke bis an das Ufer des gewaltigen Flusses, der sich stürmisch in einer Breite von gut zwei Stadien zwischen den niedrigen Sandufern dahinwälzte und im Verlauf der Straße von einer auf siebenunddreißig Kähnen ruhenden Schiffsbrücke überquert wurde, mit gefechtsbereiter Vorhut.

Nachdem die Vorhut jedoch ungehindert das andere Ufer erreicht und auch dort keinen Feind gesichtet hatte, zogen über Stunden hin die Abteilungen der Söldner und des Trosses in langer Schlange auf dem schwankenden Weg hinüber. Nur einmal tauchte in der Ferne eine kleine Reitergruppe auf (manche wollten Glus erkannt haben), beobachtete das Manöver eine Zeitlang und ritt wieder davon.

Am Nachmittag des vierten Tagemarsches, als die Straße sich der Hauptstadt des ganzen Gebietes, Sittake, näherte, stockte plötzlich die Spitze. Es hieß, ein großes persisches Heer sei im Anmarsch. Bald darauf meldeten vorausgesandte Beobachter, die feindliche Kolonne habe die Straße verlassen und sich abseits in die Felder zurückgezogen. Offenbar wollten sie uns nicht angreifen, sondern vorüberziehen lassen.

Klearchos, der die Vorhut anführte, berief in aller Eile zur Beratung der Lage eine Versammlung der erreichbaren Offiziere ein (ich schloß mich einfach Proxenos an, ohne daß jemand Einspruch erhob) und ergriff als erster selbst das Wort:

»Allem Anschein nach wollen sie uns den Weg freigeben - aber was bedeutet das? Bisher sind wir als letzte marschiert und konnten den Abstand zu Tissaphernes und den anderen Persern nach unseren Vorstellungen festlegen. Wenn wir jedoch an dieser großen Armee vorbeigezogen sind, befindet sie sich in unserem Rücken - und so können sie uns, wenn sie wollen, von vorne und von hinten in die Zange nehmen. Was sollen wir machen? Angreifen?«

Da rief Sophainetos sofort:

»Nein, nicht angreifen! Dann haben wir auf jeden Fall Tissaphernes, dem du doch immer so großes Vertrauen geschenkt hast, auf dem Hals. Angriff bringt uns nicht weiter. Hier können wir aber auch nicht stehenbleiben. Wir müssen vorbeimarschieren. Es gibt keine andere Möglichkeit.«

»Sophainetos hat recht«, bekräftigte Proxenos, »aber müssen wir wirklich das Risiko eingehen, auf der Königsstraße womöglich niedergemacht zu werden? Wenn sie uns von zwei Seiten aus gleichzeitig angreifen, sind wir ihrer Übermacht, fürchte ich, nicht mehr gewachsen.«

Als jetzt eine erregte Debatte einzusetzen begann, brach Klearchos sie mit den Worten ab:

»Das ist also eure Meinung: Vorbeimarsch ja, Königsstraße nein! Und wie soll es weitergehen?«

»Es gibt noch einen anderen Weg«, ließ sich plötzlich zur allgemeinen Überraschung einer der älteren Lochagen, der früher schon einmal als Söldner des Tissaphernes in dieser Gegend gewesen war, vernehmen:

»Wenn wir den hinter der Stadt vorbeifließenden Fluß überschreiten, können wir in sechs Tagemärschen wieder den Tigris erreichen. Allerdings führt der Weg, zumindest am Anfang, durch sehr dünn besiedeltes Wüstengebiet. Wir müßten uns hier gut verproviantieren. Am Tigris selbst gibt es keine Proviantprobleme mehr.«

»Und wohin führt dieser Weg?«

»Immer flußaufwärts bis an die Stelle, wo die Fähren für die Benutzer der Königsstraße bereitliegen.«

»Und wie lange dauert der Marsch bis an diese Stelle?«

»Einen Monat oder etwas länger.«

Nach kurzem Nachdenken sagte Klearchos:

»Also gut! Wir werden diesen Weg einschlagen. Ich hoffe, daß sie sich nicht an unsere Fersen heften. Wir marschieren langsam an ihnen vorbei - in

Zweierkolonne, um sie durch die Länge unseres Zuges zu beeindrucken. Sorgt dafür, daß dieses Kommando bis zur Nachhut durchkommt. In einer Viertelstunde lasse ich den Trompeter das Marschsignal blasen.«

Als es soweit war, setzte sich Klearchos mit dem landeskundigen Lochagen an seiner Seite in Bewegung. Hinter ihm rückten die Lochoi, die bisher in Viererreihen gestanden hatten, unter Verdoppelung ihrer Länge langsam nach. Da die Perser in einem Abstand von gut drei Stadien neben der Straße aufmarschiert waren, konnten sie, so hofften wir jedenfalls, das Täuschungsmanöver nicht durchschauen. Zusätzlich ließ Klearchos die Spitze gelegentlich anhalten und führte so Stockungen herbei, die den Marsch weiter verlangsamten und die Länge der Kolonne noch größer erscheinen ließen, als sie tatsächlich war.

Es ging alles gut. Die Perser rührten sich nicht von der Stelle, während die Kolonne der Söldner und unseres Trosses etwa vier Stunden lang an ihnen vorbeizog. Kurz hinter der Stadt, in der die Proviantvorräte noch einmal aufgefüllt wurden, erreichte die Spitze das schmale Bett eines reißenden Flusses namens Physkos. Die Straße überquerte ihn auf einer stabilen hölzernen Brücke und zog dann in nordöstlicher Richtung auf einen lang hingestreckten Bergzug zu, den der Fluß und die Straße in einem tiefen Einschnitt durchquerten. Einen halben Tagemarsch hinter dieser Engstelle, wurde gesagt, kreuze sich die Ekbatanastraße, auf der wir uns befanden, mit der von Susa her kommenden Königsstraße.

Aber schon bald hinter der Physkosbrücke bog die Vorhut ungeachtet der von den einheimischen Führern vorgebrachten Proteste von der Straße ab und folgte jenem Weg, den der alte Lochage beschrieben hatte. Der Marsch führte durch eine wüstenartige, einsame Gegend, in der nur selten einmal kleine, ärmliche Siedlungen oder Zelte wandernder Nomaden beobachtet wurden. Am dritten Tag mußte ein breites, kiesbedecktes Flußbett, das jedoch weitgehend trocken lag und nur in einer schmalen Rinne niedriges Wasser führte, überschritten werden. Am sechsten Tag wurde endlich an einer Stelle, wo sich mehrere von Feldern und Schafweiden umgebene Dörfer ausbreiteten, das Ufer des Tigris erreicht.

Als wir in das Hauptdorf einzogen, befand sich dort ganz überraschend Tissaphernes mit einer Reiterabteilung. Bei einer Besprechung mit den Strategoi, die auf seine Bitte hin stattfand, wirkte er nach dem Bericht des Proxenos zwar verstimmt und gab auch seine Verwunderung darüber zu erkennen, daß wir ihm nicht bis zur Königsstraße gefolgt seien, enthielt sich aber weiterer Beschuldigungen. Auf die Bitte um die Eröffnung eines Marktes reagierte er mit einem unerwarteten Vorschlag: er bot die umliegenden Dörfer zur völligen Ausplünderung an - unter der einen Bedingung, daß keine Sklaven gemacht würden.

»Wie ist das zu verstehen?« fragte Sophainetos nach seinem Weggang. »Warum geht er mit diesen Leuten wie mit Feinden um?«

»Soweit ich weiß«, erwiderte Klearchos, »handelt es sich hier um Dörfer, die der Königinmutter Parysatis *zum Gürtel gegeben* sind, wie die Perser sagen. Er will die Königinmutter demütigen!«

»...und Kyros, ihren Sohn, verhöhnen - mit unserer Hilfe!«, ergänzte Proxenos. »Da könnt ihr sehen, welchen Einfluß dieser Mann inzwischen beim Großkönig erlangt hat. Hoffentlich treibt er ein ehrliches Spiel mit uns.«

Schließlich sagte Klearchos:

»Das hoffen wir alle. Natürlich müssen wir unsere ständige Kampfbereitschaft aufrechterhalten. In unserer Lage bleibt uns freilich nichts anderes übrig als weiter flußaufwärts zu marschieren, bis wir eine Übergangsstelle finden. Wehe dem, der sich uns dabei in den Weg stellt - und wenn es Tissaphernes ist!«

Im Verlauf des Nachmittags schwärmten die Soldaten zum Plündern aus und nahmen den Bewohnern alles ab, was sie gebrauchen konnten, vor allem ihre Getreidevorräte und viele Schafe, die zum Teil sofort geschlachtet und verzehrt wurden, zum Teil aber auch mitgetrieben werden sollten.

Während der nächsten vier Tage führte der Marsch am Tigris entlang wieder durch weitgehend unbewohntes Land, während das andere Ufer, soweit man erkennen konnte, dichter besiedelt war. Dem ersten Stathmos gegenüber lag sogar eine größere Stadt namens Kainai, deren Bewohner von sich aus auf Flößen Brot, Käse und Wein über den Fluß schafften und einen kleinen Markt eröffneten. Hier hatten die steil abfallenden, vor allem auf der Westseite hoch aufragenden Uferböschungen des in die Ebene eingeschnittenen Flußbettes einen weiten Abstand von etwa 25 Stadien.

Am dritten Tag trat ein Höhenrücken, der langgestreckt von Südosten her durch die Ebene heranzog, immer näher an das von zahlreichen Inseln in mehrere Kanäle unterteilte Flußbett heran und setzte sich auf der anderen Seite in nordwestlicher Richtung fort. Der Fluß selbst hatte sich hier in alten Zeiten einen von hochragenden Steilhängen begleiteten Durchbruch geschaffen, nach dessen Durchquerung wir unser Nachtlager anlegten.

Der vierte Stathmos wurde angelegt nach fünfstündigem Marsch in der Mündungsebene des ersten bedeutenden Tigrisnebenflusses, auf den wir stießen. Er hieß Zapatas und wurde meistens mit dem Zusatz *der kleine* versehen, denn nach weiteren vier Tagemärschen mußte abermals ein Fluß namens Zapatas (den man dann *den großen* nannte) überschritten werden.

Die Durchfurtung des *kleinen* Zapatas ging ohne ernstliche Schwierigkeiten vonstatten, obwohl der Wasserstand bereits, wie zum Ausgang jeden Winters, langsam zu steigen begonnen hatte. Während der folgenden Tage zog unsere Marschkolonne durch offenes, flaches Steppenland am östlichen Ufer des Tigris stetig dahin. Am dritten Tag wurde der *große* Zapatas erreicht, am vierten noch ein Fünfstundenmarsch flußaufwärts durchgeführt, um an die übliche Übergangsstelle zu gelangen, und dort eine mehrtägige Rast eingelegt.

Am ersten Tag, den wir am Ufer des sehr breiten, mit Steinen und Sandhügeln übersäten, aber zur Zeit noch wenig Wasser führenden Flußbettes verbrachten, wurden ein Stück weiter flußaufwärts, wo Tissaphernes biwakierte (auch an dieser Stelle gab es einen viel benutzten Übergang über den Zapatas) größere Truppenbewegungen beobachtet. Offenkundig sammelten sich persische Verbände, anscheinend vor allem Reiter und Leichtbewaffnete, die von der Königsstraße herübergeführt worden waren.

Im Kreis der griechischen Offiziere mehrten sich daraufhin die Stimmen, welche von bevorstehendem Verrat sprachen und Klearchos aufforderten, das Heer auf den Ausbruch offener Feindseligkeiten vorzubereiten. Es kam sogar das Gerücht auf, daß Menon mit dem Feind gemeinsame Sache mache und üble Verleumdungen ausstreue, um Klearchos aus seiner führenden Rolle zu verdrängen. Schließlich entwickelte sich eine so vergiftete Atmosphäre des Mißtrauens, daß Klearchos eine Offiziersversammlung, an der ich in Begleitung des Proxenos teilnahm, einberief und uns mitteilte:

»So kann es nicht weitergehen! Es ist ja ganz offenkundig, daß Tissaphernes uns inzwischen als Feinde betrachtet und seine Truppen sammelt - doch wohl nicht, um uns anzugreifen, wie hier manche verbreiten, sondern um sich umgekehrt vor unserem Angriff schützen zu können. Denn wie ich höre, sollen verantwortungslose Männer aus unseren eigenen Reihen ihm eingeredet haben, wir wollten ihn überfallen und sogar töten. Was für ein Wahnsinn! Mit diesem Mann haben wir doch einen Freundschaftsvertrag abgeschlossen und feierlich bei den Göttern beschworen - bei den *Göttern*, deren Strafe kein Eidbrüchiger je entkommen kann! Und dieser Mann ist im Augenblick einer der mächtigsten Perser überhaupt - mächtiger als es Kyros je war. Nur wenn wir ihn auf unserer Seite haben, ist unsere Rettung sicher. Vielleicht sollten wir sogar versuchen, ihn als unseren Soldherren zu gewinnen. Aber die Hauptsache ist jetzt, daß wir den gegenseitigen Argwohn wieder abbauen - und das heißt vor allem, daß wir die Verleumder auf beiden Seiten, die uns in den Kampf treiben wollen, ausfindig machen und bestrafen. Es wäre nicht das erste Mal, daß zwei Partner aus unbegründetem Mißtrauen heraus plötzlich aufeinander losschlagen und sich gegenseitig nicht wieder gut zu machendes Leid zufügen. Kurzum: Ich habe Tissaphernes um eine persönliche Unterredung unter vier Augen gebeten, und er hat mich sofort für heute nachmittag eingeladen. Wenn ich zurückkomme, werden hoffentlich alle Mißverständnisse ausgeräumt sein.«

Nach dieser Ansprache machte sich Klearchos, begleitet von nur einem Diener, auf den Weg zu Tissaphernes. Als er am Abend nicht mehr zurückkehrte, wurde schon die Befürchtung geäußert, ihm sei etwas Schlimmes zugestoßen. Aber am nächsten Morgen erschien er frohgemut wieder und berichtete, daß er lange mit Tissaphernes bei Speise und Trank zusammengewesen sei und schließlich auch in seinem Zelt übernachtet habe.

In der vorhergehenden ausführlichen Unterredung habe er Tissaphernes ungefähr dieselben Erwägungen, die er auch den Offizieren vorgetragen hatte, zur Kenntnis gebracht. Durch seine Antwort habe Tissaphernes alle Befürchtungen vor einem persischen Angriff restlos zerstreut. Wenn sie die Griechen vernichten wollten, so etwa habe er gesagt, hätten sie das doch schon längst tun können, indem sie die Vorteile des Landes zu ihren Gunsten ausnutzten. Ihre Reitermassen beherrschten unangefochten die endlosen Ebenen; ferner sei es für sie ein Leichtes, Gebirgspässe zu sperren und Flußübergänge zu verhindern; notfalls könnten sie sogar alle Lebensmittel verbrennen und durch den Hunger auch die tapfersten Soldaten in die Knie zwingen. Aber es sei doch im Grunde völlig absurd anzunehmen, daß sie durch den willentlichen Bruch der Eide vor Göttern und Menschen Schuld auf sich laden wollten. Er selbst, Tissaphernes, sei vielmehr fest entschlossen, den Griechen ein zuverlässiger Vertragspartner zu sein und ihre loyale Freundschaft nicht, wie Kyros, durch die Zahlung des Soldes, sondern durch Wohltaten zu gewinnen.

»Offen haben wir auch«, fuhr Klearchos in seinem Bericht fort, »über diese gegenseitigen Verleumdungen gesprochen. Und da hat Tissaphernes angeboten, ich solle mit allen griechischen Offizieren zu ihm kommen. Er werde uns ehrlich diejenigen nennen, die ihm hinterbracht hätten, daß wir etwas gegen ihn im Schilde führten. Ich habe zugesagt und versprochen, daß ich auch diejenigen, die mich über seine Angriffspläne informiert hätten, preisgeben würde. Ich schlage also vor, daß alle Strategoi und alle Lochagen sich um die Mittagszeit bei mir einfinden und daß wir gemeinsam den etwa einstündigen Marsch hinüber zum Lager des Tissaphernes antreten. Dort werden wir endlich erfahren, wer von uns hier ein falsches Spiel spielt.«

Inzwischen hatte sich eine große Menschenmenge, darunter fast alle Offiziere und Hunderte von Soldaten, um Klearchos versammelt. Aus dem erregten Stimmengewirr, das sich rundum erhob, hörte ich plötzlich laut und deutlich die Stimme des Sophainetos heraus:

»Ich werde nicht mitgehen und ich werde auch meinen Lochagen empfehlen, nicht mitzugehen.«

Schlagartig trat Ruhe ein. Klearchos wirkte einen Augenblick lang wie betäubt, dann erwiderte er in schneidendem Tonfall:

»Aber Tissaphernes legt großen Wert darauf, daß wir *alle* kommen und seine Enthüllungen, die doch wohl jeden von uns interessieren sollten, zur Kenntnis nehmen.«

»Natürlich legt er Wert darauf - weil er uns so alle auf einen Schlag in die Hand bekommt und anschließend unsere führerlosen Soldaten vernichten kann. Klearchos, merkst du denn nicht, daß das eine Falle ist?«

Nach diesem Wortwechsel entwickelte sich ein heftiger Streit, der die Offiziere und auch die zuhörenden Soldaten schnell in zwei Lager spaltete. Die einen stellten sich auf die Seite Klearchs, der immer wieder die Glaubwürdigkeit des Tissaphernes beteuerte und die Offiziere beschwor, ihn nicht im Stich zu lassen und dadurch bei den Persern neuen Argwohn zu erzeugen. Er schien von dem Gedanken besessen zu sein, endlich in breiter Öffentlichkeit die Demaskierung Menons (nur er konnte in seinen Augen der Verräter sein) durch Tissaphernes miterleben zu können.

Die anderen witterten hinter der Einladung des Tissaphernes ein gemeines Täuschungsmanöver und hörten nicht auf, ihre Verwunderung über die Leichtgläubigkeit mancher Kameraden zum Ausdruck zu bringen. Warum, fragten sie, kommt dieser Mann nicht zu uns und gibt uns hier seine Geheimnisse preis? Schließlich sprach Klearchos die übrigen Strategoi (nur Cheirisophos fehlte, weil er gerade mit einem Requisitionskommando unterwegs war) vor aller Augen einzeln an und forderte sie zum Mitgehen auf, während Sophainetos ständig dazwischenrief:

»Tut es nicht! Ihr werdet nicht lebend zurückkommen!«

Während alle durcheinanderredeten, fragte mich Proxenos:

»Wie soll ich mich entscheiden? Gib mir, bei den Göttern, einen ehrlichen Rat, mein lieber Freund.«

»Bleib hier!« antwortete ich. »Auch wenn das Ganze kein Täuschungsmanöver ist, geht es doch wirklich nicht an, daß *alle* Offiziere ihre Truppen im Stich lassen. Die Hartnäckigkeit, mit der Klearchos diesen Plan verfolgt, ist mir unverständlich und unheimlich.«

»Aber er hat doch so viel für uns getan! Wir müssen ihm helfen, so gut wir können! Und wir müssen endlich erfahren, wer die Perser hinter unserem Rücken gegen uns aufhetzt.«

In diesem Augenblick hörte man die Stimme Menons:

»Ich gehe mit dir, Klearchos, obwohl ich weiß, was du von mir denkst. Doch ich bin ganz sicher, daß Tissaphernes dich eines Besseren belehren wird.«

»Gut«, meldete sich nun Proxenos zu Wort, »dann gehe ich auch mit. Aber ich empfehle dringend, daß ein Teil von uns hier bleibt - für alle Fälle.«

Als Klearchos gegen Mittag den Weg zu Tissaphernes antrat, begleiteten ihn außer Menon und Proxenos noch die Strategoi Agias aus Arkadien und Sokrates aus Achaia, beide 35 Jahre alte, unauffällige, pflichtbewußte Männer, sowie etwa 20 Lochagen und ungefähr 200 unbewaffnete Soldaten, welche auf dem persischen Markt einkaufen wollten.

Viele blickten der kleinen Gruppe, als sie am Ufer des Flusses dahinzog, mit bangen Vorahnungen nach. Nach etwa anderthalb Stunden sah man in der Ferne vor dem Lager des Tissaphernes Bewegung. Reiter sprengten hin und her über die Ebene. Niemand konnte erkennen, was sie taten - aber bei den meisten von uns verbreitete sich die Angst, daß etwas Schreckliches passiert sei. Voller Unruhe warteten wir auf die Rückkehr der Delegation oder doch wenigstens auf das Eintreffen einzelner Boten, die Genaueres berichten konnten.

Fast eine weitere Stunde später sahen die griechischen Vorposten, wie Nikarchos, ein aus Arkadien stammender Hoplitenlochage, mit letzter Kraft auf sie zutaumelte. Mühsam bedeckte er mit seinen blutigen Händen eine klaffende Bauchwunde, aus der die Eingeweide herauszuquellen drohten. Nach der notdürftigen Versorgung der Wunde durch die Ärzte erteilte er einen durch viele Erschöpfungspausen unterbrochenen Bericht über das, was sich bei den Persern abgespielt hatte:

Zunächst ging alles gut. Die Offiziere begaben sich sofort zum Zelt des Tissaphenes, während die Soldaten zu dem nicht weit entfernten Markt geführt wurden. Als die Strategoi auf höfliche Einladung hin im Inneren des Zeltes verschwanden, blieben die Lochagen draußen am Eingang stehen: Dort sollten sie warten, bis sie gleichfalls hineingerufen würden.

Wenige Minuten später wurde plötzlich aus dem Zelt heraus ein hoher Mast mit einer roten Fahne daran aufgerichtet - und im selben Augenblick stürzten sich von allen Seiten Bewaffnete auf die Gruppe der Lochagen und töteten schon im ersten Ansturm die meisten von ihnen. Nur wenige, darunter auch er selbst, konnten aus dem Lager entkommen und liefen draußen um ihr Leben, aber dann tauchten Reiter auf, die einen nach dem anderen niederstreckten. Erst nachdem er eine Zeitlang wie tot dagelegen und den Abzug der Reiter beobachtet hatte, setzte er in der Deckung des Flußufers unter großen Schmerzen als einziger Überlebender die Flucht fort.

»Und was ist aus den Strategoi geworden?«

»Ich weiß es nicht. Es ist keiner mehr aus dem Zelt herausgekommen.«

»Und die Soldaten?«

»Dürften alle tot oder jedenfalls gefangen sein.«

Die Schreckensnachricht lief in Windeseile durch das Lager. Spontan, noch bevor Sophainetos den Befehl dazu ausgegeben hatte, sammelten sich viele Hopliten in voller Rüstung an der Stelle, wo sie den Angriff erwarteten: Sie wollten den Kampf bis zum bitteren Ende führen.

Aber die Perser griffen nicht an. Vielmehr näherte sich nun der aufmarschierten Phalanx im Schritt eine Kolonne von etwa 300 Panzerreitern. An ihrer Spitze ritten vier hohe Würdenträger, von denen drei uns nur zu gut bekannt waren: unsere früheren Kampfgenossen Ariaios, Artaozos und Mithradates, die zu den engsten Vertrauten des Kyros gehört hatten.

»Den vierten kenne ich auch«, sagte der für uns arbeitende Dolmetscher, »er ist ein Bruder des Tissaphernes.«

Die Reiter zügelten ihre Pferde, als sie bis auf Hörweite herangekommen waren. Dann rief ihr Dolmetscher zu uns hinüber:

»Wenn ein Strategos oder Lochage da ist, möge er nach vorne kommen, um die Befehle des Großkönigs entgegenzunehmen.«

Daraufhin traten Sophainetos und Kleanor, der Stellvertreter des Agias, ein paar Schritte vor die Front der Hopliten. Ihnen schloß ich mich an, weil ich vor allem Näheres über das Schicksal meines Freundes Proxenos zu erfahren hoffte. Die vier Perser und wir drei Griechen gingen mit den Dolmetschern langsam im Niemandsland aufeinander zu und blieben schweigend stehen, als der Abstand nur noch zwanzig Schritte betrug.

Als erster ergriff Ariaios das Wort:

»Ihr Griechen, es hat sich unwiderleglich herausgestellt, daß Klearchos meineidig geworden ist und den feierlich beschworenen Vertrag gebrochen hat. Dafür ist ihm die gebührende Strafe, der Tod, zuteil geworden. Dagegen stehen Proxenos und Menon, die seinen Verrat ans Licht gebracht haben, bei uns in hohem Ansehen. Von euch fordert der Großkönig jetzt die Herausgabe der Waffen. Er habe auf diese Waffen, so sagt er, Anspruch, da sie Kyros, seinem Sklaven, gehört hätten.«

Während Sophainetos zunächst kein Wort herausbrachte, konnte sich Kleanor, ein kleingewachsener älterer Mann mit schütterem grauem Haar, der dafür bekannt war, daß er niemals ein Blatt vor den Mund nahm, nicht mehr beherrschen und leitete mit zornblitzenden Augen den Gegenangriff ein:

»Du Abschaum der Menschheit, Ariaios, und ihr anderen, die ihr einmal unter die Freunde des Kyros gezählt wurdet - schämt ihr euch nicht vor Göttern und Menschen in Grund und Boden? Ihr hattet doch geschworen, die gleichen wie wir als Freunde und als Feinde anzusehen - und nun habt ihr euch mit Tissaphernes, diesem gottlosesten aller Schurken, zusammengetan, habt uns, eure Vertragspartner, verraten, habt genau die Männer, denen ihr damals den Eid geleistet hattet, umgebracht und begnügt euch jetzt nicht einmal mehr nur mit dem Verrat, sondern zieht sogar an der Seite der Feinde zum Kampf gegen uns. Was seid ihr doch für Lumpen!«

Kleanor spuckte in hohem Bogen aus und schüttelte, am ganzen Leib vor Wut zitternd, die Faust gegen die Perser. Die verstanden wohl alle die Geste und begriffen auch ohne Übersetzung, was sich soeben abgespielt hatte.

Endlich brachte Ariaios eine Erwiderung vor:

»Klearchos hat ja offenkundig schon früher dem Tissaphernes und Orontas und mit diesen beiden uns allen nach dem Leben getrachtet.«

Bevor Kleanor erneut explodieren konnte, schaltete ich mich ein. Ich wollte versuchen, die Situation etwas zu beruhigen und zugleich die Perser auf elegante Weise in ein auswegloses Dilemma zu stoßen. In ruhigem Ton brachte ich eine Erwägung vor, die ich mir genau überlegt hatte:

»Wenn Klearchos wirklich den Vertrag entgegen dem Eid gebrochen hat, ist seine Bestrafung gerecht: Meineidige verdienen den Tod! Nachdem aber Proxenos und Menon sowohl *eure* Wohltäter als auch *unsere* Strategoi sind, schickt sie zu uns! Denn da sie nun Freunde von uns beiden sind, werden sie natürlich versuchen, euch und uns die besten Ratschläge zu geben.«

Während der Dolmetscher die kurze Rede ins Persische übersetzte, flüsterte mir Sophainetos zu:

»Das hast du sehr geschickt gemacht. Jetzt müssen sie Farbe bekennen.«

Offensichtlich verwirrt zogen sich die vier persischen Unterhändler ein paar Schritte zurück und traten in eine lange Diskussion miteinander ein. Man konnte sehen, wie der Bruder des Tissaphernes auf die drei anderen, die einen niedergeschlagenen Eindruck machten, lebhaft einredete. Schließlich bestiegen sie wortlos ihre Pferde und ritten davon.

Da rief Kleanor mit lauter Stimme hinter ihnen her:

»Ihr verfluchten Mörder! Ihr habt sie alle umgebracht!«

Während des Rückweges zur Phalanx meinte Sophainetos:

»Nie und nimmer hat Klearchos die Eide gebrochen. Es ist doch genau umgekehrt: *Sie* waren es, die uns auf dieser Königsstraße in die Zange nehmen wollten. Und Proxenos soll Klearchos verleumdet haben - das ist doch völlig ausgeschlossen. Menon: ja, aber Proxenos: nein!«

»Unser lieber Freund Proxenos«, pflichtete ich ihm bei, »ist vielleicht in mancher Hinsicht naiv und sicherlich auch allzu gutgläubig, aber er ist ganz gewiß kein Intrigant. Warum lügen sie? Ich fürchte, du hast recht, Kleanor: Sie haben unsere Leute, die voller Vertrauen zu ihnen kamen, kaltblütig abgeschlachtet - und sie wollten euch Offiziere allesamt umbringen. Wir können noch von Glück sprechen, daß ihnen wenigstens dieser Plan nicht geglückt ist. Hoffentlich wird auch Cheirisophos bald heil zurückkehren.«

Die Dämmerung hatte sich bereits auf das wie betäubt daliegende Biwak niedergesenkt. Zwar zog routinemäßig der für die Nacht eingeteilte Wachdienst auf, aber die übliche Unruhe des Abends, wenn überall die Lagerfeuer aufflammten, wenn Korn gemahlen wurde und Schüsseln und Pfannen klapperten, wollte sich nicht einstellen. Viele Söldner saßen einfach nur mutlos und deprimiert in Gruppen beisammen und dachten nicht an Essen und Trinken. Sie rafften sich noch nicht einmal dazu auf, zu den ihnen zugewiesenen Quartieren rund um den Waffenplatz zu gehen, sondern legten sich da, wo sie gerade waren, auf den Boden und gaben sich wehmütigen Gedanken an die unendlich weit entfernte Heimat hin.

Auch ich fand keine Ruhe. Die Sklaven (inzwischen waren es vier zusätzlich zu meinem Leibdiener, der jedoch seit längerem kränkelte und keine Hilfe mehr bedeutete) hatten mir ein Abendessen hergerichtet, aber ich rührte es nicht an, ebensowenig den bereitgestellten Wein. Meine Gedanken kreisten ununterbrochen um das ungewisse Schicksal des Freundes. War er wirklich schon tot? Hatten sie ihn vielleicht gefoltert und verstümmelt, um eine Aussage gegen Klearchos herauszupressen - eine schreckliche Vorstellung! Und wie, dachte ich weiter, sieht unsere Zukunft aus? Werden wir den nächsten Tag überleben? Haben wir denn überhaupt noch eine Chance, hier heil herauszukommen? Nein, beantwortete ich meine eigene Frage, wenn wir den Tod nicht im letzten Entscheidungskampf finden, werden sie uns in der Gefangenschaft wie Vieh abschlachten.

Erschöpft streckte ich mich auf meinem Feldbett nieder, freilich ohne die Hoffnung, schlafen zu können: Allzusehr war ich im Innersten aufgewühlt. Plötzlich schreckte ich hoch: Was war das für ein gleißendes Licht? Allmählich wurde mir klar, daß ich offenbar doch kurz eingenickt und durch einen Traum aufgeweckt worden war. Ganz deutlich hatte ich das große Landhaus meines Vaters gesehen. Aus heiterem Himmel ertönte ein gewaltiger Donnerschlag und fuhr ein Blitz auf das Elternhaus herunter - und danach war alles von diesem grellen Licht erfüllt.

Der blitzeschleudernde Zeus selbst sendet mir ein Zeichen, war mein erster Gedanke: Licht in der Dunkelheit unserer Not - das kann doch nur bedeuten, daß wir mit der Hilfe des allmächtigen Gottes gerettet werden! Aber je klarer mein Verstand wieder zu arbeiten begann, um so weniger vertraute ich meiner ersten Deutung. Da gab es doch in dem Traumbild auch Feuer: Nicht das Haus hatte gebrannt, aber rund um das Haus herum schien ein geschlossener, undurchdringlicher Feuerkreis zu lodern. Sollte das vielleicht heißen, daß wir aus dem Land des Großkönigs nicht mehr herauskommen werden?

Resigniert lehnte ich mich noch einmal auf meinem Lager zurück, unvermittelt ließ mich ein neuer Gedanke aufspringen: der Traum enthielt *zwei* Botschaften! Natürlich, das mußte die Lösung sein! Zeus will uns retten - aber er verlangt von uns, daß wir der Angst vor der rundum lauernden Gefahr nicht nachgeben. Wir sollen, so lautet sein Auftrag, diesen Feuerkreis durchbrechen, wir sollen um unsere Freiheit kämpfen in der Gewißheit, daß er an unserer Seite sein wird.

Jetzt war ich hellwach. Was ist denn bloß mit uns los? dachte ich: Wir liegen hier untätig herum und lassen die Nacht verstreichen - und wissen doch, daß uns mit Tagesanbruch die Feinde angreifen werden. Und dabei geht es auch um mein eigenes, noch allzu kurzes Leben, das ich, bei den Göttern, nicht durch pures Nichtstun verlieren will. Da aber keiner der überlebenden Strategoi etwas von sich hören läßt, und da Zeus *mir* diesen Traum geschickt hat, muß *ich* jetzt handeln!

Erfüllt von neuer Energie jagte ich meine Sklaven hoch, die draußen bei den Pferden lagen, und schickte sie los, um die Lochagen des Proxenos zusammenzurufen. Nach kurzer Zeit standen etwa zehn Offiziere im flackernden Schein des Lagerfeuers, das vor meinem Zelt brannte, um mich herum. Sie kannten mich alle als den besten Freund ihres verschwundenen Strategos und waren offensichtlich gespannt, was ich ihnen mitteilen wollte.

»Lochagen«, sagte ich, »ich kann nicht schlafen, wie vermutlich auch ihr nicht schlafen könnt. Aber ich kann hier auch nicht einfach länger herumliegen, wenn ich mir unsere Lage vor Augen führe. Die Feinde haben allem Anschein nach planmäßig ihre Vorbereitungen für den Endkampf abgeschlossen und mit dem Massaker an unseren Offizieren und Soldaten den offenen Krieg eingeleitet. Und was machen wir? Nichts! Nicht das geringste, um den Kampf aufnehmen und der Gefangenschaft entgehen zu können! Und was es heißt, in die Hand des Großkönigs zu geraten, das wißt ihr so gut wie ich: Folter, Marter, Tod. Denkt nur an das schreckliche Ende des Kyros: der abgeschlagene Kopf auf einer Stange zur Schau gestellt! Wenn wir nicht durch pure Untätigkeit selbst das würdelose Ende unseres Lebens herbeiführen wollen, müssen wir jetzt kämpfen - und im Kampf werden wir siegen! Denn *wir* haben uns immer an die heiligen Eide gehalten, die Perser aber haben sie ruchlos gebrochen. Und das heißt, daß die Götter als gerechte Kampfrichter auf unserer Seite stehen werden. Lochagen des Proxenos, ergreift ihr jetzt die Initiative. Bewährt euch als die tapfersten und die besonnensten aller Lochagen! Erweist euch als Offiziere, die sogar unseren Strategoi an Führungskraft überlegen sind!«

Nachdem ich diese aufrüttelnde Rede eine Zeitlang hatte wirken lassen, fügte ich noch jene Worte hinzu, die mein Leben völlig verändern sollten:

»Wenn ihr euch dazu entschließt, will ich euch Gefolgschaft leisten. Wenn ihr mich aber zu eurem Anführer machen wollt, werde ich das nicht unter dem Vorwand meiner Jugend ablehnen. Vielmehr glaube ich, das richtige Alter erreicht zu haben, um wenigstens von mir selbst Unheil abwehren zu können.«

Erstaunt starrten die Offiziere mich, den athenischen Zivilisten, an. Ich spürte jedoch sofort, daß meine Ansprache sie in diesem Augenblick größter Not wie ein Peitschenhieb getroffen und zum energischen Handeln aufgerüttelt hatte. Allerdings hatte niemand damit gerechnet, daß ich ihnen meine Dienste als Strategos anbot. Ich war ja selbst über meinen spontan entstandenen Vorschlag überrascht und überlegte sogar, ob ich ihn nicht besser zurückziehen sollte. Eine Zeitlang herrschte Totenstille, dann entlud sich die ungeheure Anspannung der letzten Stunden in zunächst zögerndem, am Schluß stürmischem Beifall.

Da hörte man plötzlich die Stimme des Apollonides, eines immer mürrisch wirkenden Einzelgängers unter den Lochagen, der in breitem böotischen Dialekt sagte:

»Wer hier meint, wir könnten unser Leben auf andere Weise als durch Verhandlungen mit dem Großkönig retten, der ist ein Schwätzer! Denn den Persern sind wir doch nicht gewachsen. Sie haben Tausende von Reitern, wir keinen einzigen, sie können verhindern, daß wir die breiten Flüsse überschreiten, sie können uns dem Hungertod ausliefern...«

In diesem Augenblick fuhr ich dazwischen und schrie ihn an:

»Was bist du für ein merkwürdiger Mensch! Du hast doch miterlebt, was damals nach dem Tod des Kyros passierte - als der Großkönig uns befahl, die Waffen abzuliefern, und wir uns weigerten: Was hat er da nicht alles getan, um einen Vertrag mit uns abzuschließen. Und heute sind, im Vertrauen auf diesen Vertrag, unsere Strategoi und Lochagen zu Unterhandlungen hingegangen. Sie haben das gemacht, was du jetzt wieder vorschlägst. Und du kennst doch wie wir alle den schrecklichen Ausgang dieses Unternehmens und wagst es trotzdem, hier diejenigen, die zum Widerstand aufrufen, als Schwätzer zu diffamieren! Ihr Männer, dieser Mensch gehört nicht in unsere Mitte! Wir sollten ihn des Kommandos entheben und zum Lastträger degradieren. Er ist eine Schande für seine Vaterstadt, für ganz Griechenland - ein Grieche mit dieser Einstellung!«

»Ein Grieche?« mischte sich Agasias ein: »Dieser Mann ist weder ein Böoter noch ein Grieche! Ich habe selbst gesehen, daß seine Ohrläppchen durchbohrt sind - wie bei den Lydern.«

Sofort drängten sich alle um Apollonides, zogen an seinen Ohrläppchen, um besser sehen zu können, und bestätigten die Beobachtung des Agasias. Dann jagten sie ihn mit Fußtritten in die Nacht hinaus. Was aus ihm geworden ist, weiß ich nicht: Ich habe ihn nicht mehr wiedergesehen.

Nach diesem Zwischenfall machten sich auf meinen Vorschlag hin die übrigen Lochagen auf den Weg, um möglichst alle noch lebenden griechischen Offiziere zu einer Beratung am Waffenplatz einzuladen. Schließlich waren es fast hundert Männer, die dort nach und nach eintrafen und sich im Schein der Feuer niedersetzten, darunter auch Chirisophos, der gerade zurückgekommen war. Etwa gegen Mitternacht eröffnete Hieronymos aus Elis, der älteste unter den Lochagen des Proxenos, die Versammlung:

»Strategoi und Lochagen, wir haben uns angesichts unserer Lage dazu entschlossen, selbst zusammenzutreten und euch herzubitten, damit wir gemeinsam, wenn irgend möglich, zu einem vernünftigen Entschluß kommen. Sage du, Xenophon, nun zu ihnen, was du auch zu uns gesagt hast.«

Ich trug daraufhin in diesem Kreis noch einmal in ausführlicher Rede meine Erwägungen vor: daß alles getan werden müsse, um nicht in die Gefangenschaft des Großkönigs zu fallen; daß sie als Offiziere jetzt dazu verpflichtet seien, zum Vorbild ihrer Soldaten zu werden und die Führung wieder fest in die Hand zu nehmen; daß es dringend notwendig sei, die durch das persische Massaker verwaisten Offiziersposten mit neuen Männern zu besetzen und in gemeinsamer Anstrengung auf einer Heeresversammlung die Soldaten aus ihrer Mutlosigkeit herauszureißen und wieder zum entschlossenen Kampf gegen den Feind zu motivieren.

An den Schluß stellte ich einen Gedanken, von dem ich mir eine besonders nachhaltige Wirkung erhoffte:

»Ich bin auch davon überzeugt, ihr Männer, daß im Krieg diejenigen, die auf jede nur mögliche Weise ihr Leben retten wollen, nicht selten einen schimpflichen Tod finden. Und daß auf der anderen Seite diejenigen, die im Bewußtsein, daß der Tod das unentrinnbare Schicksal *aller* Menschen ist, um einen ruhmvollen Tod kämpfen, häufig ein glückliches Leben bis ins hohe Alter hinein erreichen. Das solltet ihr euch in dieser Stunde der Entscheidung klarmachen, daraus selber Mut schöpfen und dann auch den anderen wieder Mut machen.«

Kaum hatte ich geendet, erhob sich Cheirisophos und ergriff das Wort:

»Bisher, mein lieber Xenophon, hatte ich über dich eigentlich nur gehört, daß du ein Athener bist. Jetzt aber möchte ich dir ausdrücklich ein Lob für das, was du hier sagst und schon in die Wege geleitet hast, aussprechen. Es wäre ein Glück für uns alle, wenn wir möglichst viele Männer wie dich in unseren Reihen hätten! Aber laßt uns jetzt keine Zeit mehr vertrödeln. Geht zu euren Einheiten und wählt für die ausgefallenen Offiziere neue Männer. Nach der Wahl kommt mit den Gewählten auf den freien Platz in der Mitte unseres Lagers. Dorthin werden wir eine Heeresversammlung einberufen. Sagt auch dem Herold Tolmides Bescheid, damit er nachher zur Stelle ist.«

Ich muß gestehen, daß mich das Lob aus dem Mund des spartanischen Strategos, der nun die führende Position, die zuvor Klearchos innegehabt hatte, zu übernehmen begann, mit einigem Stolz erfüllte. Und auch die Lochagen des Proxenos, in deren Begleitung ich zu unserem Biwak zurückkehrte, schienen sehr beeindruckt zu sein. Jedenfalls schritten sie ohne weitere Beratungen sofort zur Abstimmung und wählten mich einstimmig zu ihrem Strategos.

Bevor wir uns auf den Weg zum Versammlungsplatz machten, legte ich die schönste Rüstung an, die sich im Gepäck des Proxenos finden ließ. Der Brustpanzer aus starkem Leder war mit kunstvollen, blank geputzten Metallbeschlägen verstärkt, die bei jeder Bewegung im Schein der Feuer aufblinkten; dazu setzte ich einen herrlich verzierten attischen Helm mit drei Büschen auf, gürtete mich mit dem üblichen kurzen Schwert, warf den purpurroten Mantel über und ließ mir sogar einen Schild auspacken, um meine Kampfbereitschaft so deutlich wie möglich zu demonstrieren. Ich war davon überzeugt, daß man mir in dieser eindrucksvollen Ausstattung den Zivilisten nicht mehr ansehen würde.

Nach und nach trafen auch die übrigen Offiziere zusammen mit den neugewählten Strategoi, die alle zuvor Lochagen gewesen waren, auf dem Versammlungsplatz ein. Besonders freute ich mich darüber, daß der temperamentvolle Kleanor an die Stelle des Agasias gerückt war. Xanthikles und Philesios, wie Kleanor schon ältere Männer, die für Sokrates und Menon nachrückten, kannte ich noch nicht persönlich. Klearchos schließlich wurde durch einen ehrgeizigen jungen Mann etwa meines Alters namens Timasion ersetzt, von dem bekannt war, daß er unter dem Kommando des Klearchos bereits eine Reihe von Kämpfen mitgemacht und dessen besonderes Vertrauen besessen hatte.

Als die Morgendämmerung anbrach, ließ Cheirisophos durch Tolmides den Befehl verkünden: »Die Wachmannschaften bleiben auf ihren Posten. Alle übrigen Soldaten werden zu einer Heeresversammlung einberufen.«

Nachdem der Herold seine unbeschreiblich laute Stimme mehrfach in alle Himmelsrichtungen hatte ertönen lassen, strömten die Männer, viele Tausende, in Scharen herbei und bildeten einen dicht gedrängten, riesigen Kreis um die Gruppe der Offiziere. Als erster von uns trat dann Cheirisophos nach vorne und äußerte sich mit der bei ihm gewohnten lakonischen Kürze ohne jede Beschönigung zu unserer Situation: Die Lage sei nach dem persischen Massaker und dem Verrat des Ariaios außerordentlich schwierig. Jetzt gelte es, keine Schwäche zu zeigen, sondern in tapferem Kampf entweder den Sieg und die Rettung oder den ehrenhaften Tod zu finden - auf gar keinen Fall aber den Gang in die persische Gefangenschaft anzutreten.

Nach ihm ergriff Kleanor das Wort und prangerte die unglaubliche Meineidigkeit und Hinterhältigkeit der persischen Seite an - angefangen vom Großkönig selbst über Tissaphernes, der sich nicht einmal gescheut habe, sogar seinen unter dem Schutz des *Zeus Xenios* stehenden Gast Klearchos heimtückisch in seine Gewalt zu bringen, bis hin zu Ariaios, dem seine ganz besondere Verachtung galt.

»Diesen Mann«, rief er erbittert aus, »wollten wir auf den Thron des Großkönigs erheben! Mit ihm hatten wir einen feierlichen Vertrag geschlossen, uns nicht gegenseitig zu verraten! Ihn hatte Kyros mit hohen Ehren überhäuft - und nun ist dieser Mann ohne die geringste Scheu vor den Göttern und ohne jede Scham vor seinem toten Wohltäter zu dessen schlimmsten Feinden abgefallen und versucht uns, die Freunde des Kyros, ins Verderben zu stürzen.«

Nachdem er einen Augenblick lang verstummt war, riß er plötzlich mit einer wilden Geste die Arme hoch und schrie so laut er konnte:

»Für deren Bestrafung mögen die Götter zuständig sein. Wir aber, die wir das alles miterlebt haben, dürfen uns niemals, *niemals* mehr von diesen Leuten betrügen lassen! Mit Lügnern kann man keine Verträge schließen, sondern nur noch kämpfen! Wir müssen, ihr Männer, mit letztem Einsatz kämpfen - und dann das Schicksal hinnehmen, das uns die Götter zugedacht haben.«

Erschöpft trat er einen Schritt zurück. Aber man konnte an einem durch die Massen laufenden Raunen, an bestimmten hier und da erkennbaren Bewegungen, an zahlreichen heftig aufgereckten Fäusten spüren, daß es Cheirisophos und vor allem Kleanor durch seinen leidenschaftlichen Appell gelungen war, die apathische Resignation der Soldaten, die zu Beginn der Versammlung geherrscht hatte, zu brechen. Jetzt kam es darauf an, den wiedererwachten Kampfesmut zu festigen und die notwendigen Vorbereitungen für den Kampf zu treffen.

Da stieß mich Cheirisophos an und flüsterte mir zu:

»Jetzt bist du dran, Xenophon! Du kannst gewandt und überzeugend reden und, wie du in dieser Nacht schon gezeigt hast, auch vernünftige Vorschläge machen. Also los, wir wollen hören, was du zu sagen hast.«

Ich hatte mit einer solchen Aufforderung schon gerechnet und eine ganze Reihe von Überlegungen angestellt, die ich vortragen konnte. Aber obwohl ich mich selbst durchaus als redegewandt bezeichnen würde, trat ich damals mit einigem Herzklopfen vor die riesige Zuhörerschar. Ich konnte mir nicht vorstellen, daß diese Tausende von kampferprobten Söldnern einem plötzlich vom Zivilisten zum Strategos aufgestiegenen jungen Mann wie mir militärische Ratschläge abnehmen würden.

Aber nun gab es kein Zögern mehr. Beherzt begann ich meine Rede damit, daß ich an die von Kleanor geäußerten Gedanken anknüpfte und noch einmal die unbedingte Notwendigkeit zum entschlossenen Kampf bekräftigte.

»Denn nur im Kampf«, sagte ich gerade, »haben wir mit der Hilfe der Götter die besten Aussichten auf unsere Rettung...« Hier brach ich mitten im Satz ab, weil in diesem Augenblick einer der Soldaten laut und weithin vernehmlich nieste.

Ein Zeichen! Das war *Zeus der Retter*, fuhr es mir durch den Kopf, Zeus der Retter kündigt uns seine Hilfe an! In dankbarer Ergriffenheit hob ich die Hände zum Himmel. Als auch bei den Soldaten spontaner Jubel ausbrach, rief ich ihnen zu:

»Laßt uns, ihr Männer, hier und jetzt geloben, daß wir Zeus dem Retter und auch den anderen Göttern ein großes Dankopfer darbringen werden, sobald wir befreundetes Land erreicht haben. Wer zustimmt, gebe das Handzeichen!«

Da streckten sich zehntausend Hände in die Höhe. Danach sprachen wir gemeinsam unser Gelöbnis und stimmten zur Bekräftigung den Paian an. Jetzt wußte ich, daß die Soldaten Vertrauen zu mir gefaßt hatten, und nahm meine Rede wieder auf mit der Versicherung, daß wir nach diesem göttlichen Zeichen um so zuversichtlicher an unsere Rettung glauben dürften. Dann brachte ich die großartigen Siege in Erinnerung, welche seinerzeit unsere Vorfahren und erst vor wenigen Tagen wir selbst über die Perser errungen hatten - unserer kleinen Phalanx hatte ja die riesige Schlachtreihe des Großkönigs trotz ihrer haushohen Überlegenheit nicht standgehalten. Warum sollten wir uns vor solchen Feiglingen fürchten? Etwa wegen der ihnen zugelaufenen Truppen des Ariaios, die in der Schlacht selbst geflüchtet waren? Gewiß nicht, führte ich unter dem Beifall der Zuhörer aus, »denn Soldaten, die dazu neigen, als erste die Flucht zu ergreifen, sieht man doch bei weitem lieber in den Reihen der Feinde als in den eigenen.«

Nach dieser langen, aber offensichtlich wirkungsvollen Einleitung kam ich auf die Punkte zu sprechen, die unter den Soldaten, wie ich wußte, den größten Schrecken verbreiteten. Das war in erster Linie ihre panische Angst vor den feindlichen Reitern - eine berechtigte Angst, die wir Offiziere im Grunde teilten und die ich auch mit ernsthaften Argumenten nicht ernstlich aus der Welt schaffen konnte. So entschloß ich mich dazu, ein in der Rhetorik nicht selten angewandtes Verfahren einzusetzen: einer in Wahrheit ernsten Angelegenheit durch scherzhafte Formulierung ihre Bedrohlichkeit zu nehmen.

»Tausend Reiter«, sagte ich, »sind doch nichts anderes als tausend Männer - oder hat im Kampf schon mal jemand sein Leben verloren, weil ihn ein Pferd gebissen oder getreten hat? Nein, der Kampf ist ausschließlich eine Sache der Männer, und da haben wir Fußsoldaten gegenüber den Reitern den festeren Stand und können kraftvoller zuschlagen. Sie aber müssen nicht nur vor uns, sondern auch noch vor dem Sturz vom Pferd Angst haben! Einen einzigen Vorteil haben sie: Sie können mit größerer Sicherheit als wir die Flucht ergreifen.«

Mit den weiteren Problemen wurde ich leichter fertig:

»Als Führer für den Marsch durch unbekanntes Land können wir Einheimische verpflichten und unter Druck setzen. Wenn uns keine Märkte eröffnet werden, auf denen wir Lebensmittel kaufen können: um so besser, dann requirieren wir sie kostenlos. Wenn wir auf unüberschreitbare Flüsse stoßen, marschieren wir so weit flußaufwärts, bis wir eine Furt finden. Und wenn wir tatsächlich gar nicht weiterkommen sollten - tun wir einfach so, als ob wir uns hier im Lande ansiedeln wollten, wie die Myser, die Pisider, die Lykaonier, und dann würdet ihr sehen, daß der Großkönig uns so viele Führer wie wir wollen und dazu noch Geiseln als Unterpfand für sicheres Geleit stellen und notfalls sogar die Straßen für unseren Heimmarsch anlegen würde.«

Als ich merkte, daß meine Worte auf fruchtbaren Boden fielen, trug ich die Überlegungen vor, die ich mir zur Reorganisation des Heeres für den Marsch ausgedacht hatte. Mein erster Vorschlag, alle Wagen, alle Zelte und alle nicht notwendigen Gepäckstücke zu verbrennen und den Rest nur noch durch Tragtiere und Lastträger zu transportieren, zielte darauf ab, unserer

Kolonne im ganzen eine größere Marschgeschwindigkeit und das Vorwärtskommen auch außerhalb von Fahrwegen zu ermöglichen.

Als zweites schlug ich die Einrichtung von Standgerichten vor, die jeden Ungehorsam eines Soldaten gegenüber seinem Offizier sofort an Ort und Stelle bestrafen sollten. Und zwar sollte der betroffene Offizier zusammen mit einem beliebigen, gerade in der Nähe befindlichen Soldaten das Urteil sprechen und, zum Beispiel, eine verhängte Prügelstrafe unmittelbar danach selbst vollstrecken.

»Die Feinde«, erläuterte ich meinen Vorschlag, »erwarteten nämlich, daß wir nach dem Verlust unserer Offiziere in Anarchie und Unordnung versinken würden. Jetzt werden sie eine große Überraschung erleben - wenn sie sehen, daß von diesem Tag an unendlich viele *Klearche* an Stelle des einen, den sie in ihre Gewalt gebracht haben, keinem einzigen Mann mehr gestatten werden, feige zu sein.«

Erst nachdem diese beiden Vorschläge ohne weitere Diskussion nach kurzer positiver Stellungnahme des Cheirisophos durch Handaufheben in Kraft gesetzt worden waren, fühlte ich mich sicher genug, auch meinen dritten, den *wichtigsten* Vorschlag zur Abstimmung zu stellen. Da er die militärische Taktik im engeren Sinn betraf, hatte ich die wahrlich nicht unberechtigte Befürchtung, daß altgediente Offiziere mir diesen Vorstoß in ihr eigenes Spezialgebiet verübeln könnten. Es zeigte sich jedoch nicht der geringste Widerstand, als ich anregte, künftig nicht mehr in der üblichen Kolonne, sondern im *offenen Karree* zu marschieren, so daß die vier das Karree bildenden Hoplitenphalangen dem Troß und dem *großen Haufen*, deren Platz bisher am Schluß der Kolonne war, rundum Schutz gewähren würden. Denn wir müßten doch wohl, sagte ich, beim Abzug mit der Verfolgung durch die Feinde rechnen und dafür Abwehrmöglichkeiten schaffen - wie bekanntlich auch die ihrer Natur nach feigen Hunde die Vorübergehenden zwar verfolgten und zu beißen versuchten, vor denen aber, die ihnen nachsetzten, davonliefen.

Und ich fügte noch eine letzte Empfehlung an, die (darüber war ich mir im klaren) einen erheblichen Eingriff in die demokratische Organisation der Heeresleitung bedeutete: Während deren sämtliche Entscheidungen bisher in der Regel durch Beratung und Abstimmung im Kreis aller Strategoi herbeigeführt wurden, schlug ich vor, jetzt sofort, noch auf dieser Versammlung, ein für alle Mal verantwortliche Kommandanten für die vier Phalangen zu bestimmen und ihnen selbständiges Handeln je nach den Erfordernissen der Lage zu gestatten.

Als sich zu meiner großen Erleichterung sogar gegen diese Empfehlung kein Protest erhob, ging ich noch einen Schritt weiter und nannte die folgenden Personen: den Spartaner Cheirisophos als Kommandanten der vorderen Phalanx, die beiden ältesten Strategoi, Sophainetos und Kleanor, für die

Flanken, Timasion und mich selbst, die beiden jüngsten, gemeinsam für die hintere Phalanx, die vermutlich am ehesten mit feindlichen Angriffen rechnen mußte.

Auch dieser Personalvorschlag wurde ohne weitere Diskussion angenommen, wohl nicht zuletzt wegen der Benennung des Timasion: Sie entzog dem immerhin denkbaren Vorwurf, ich drängte mich hier in überheblicher Verkennung meiner Fähigkeiten in eine hohe Führungsposition hinein, den Boden und ließ mich als einen Mann erscheinen, der durchaus bereit war, sich zur Eingewöhnung in die alltäglichen militärischen Anforderungen dem Rat eines erfahrenen Offiziers zu unterwerfen.

Mit der Aufforderung, sogleich an die Ausführung der Beschlüsse zu gehen, und mit einigen plakativen Floskeln (Wer heimkehren will, muß tapfer sein! Wer leben will, muß zu siegen versuchen! Es ist Sache der Sieger, zu töten, Sache der Besiegten, zu sterben! Und so weiter) beendigte ich meine erste große Rede als Strategos - in dem, wie ich zugebe, stolzen Bewußtsein, einen offenkundig nicht nur von den Soldaten, sondern auch von den übrigen Offizieren anerkannten großen Erfolg errungen zu haben. Es wurde noch bekanntgegeben, daß wir unmittelbar nach dem Frühstück das Biwak verlassen und den Weitermarsch in der neuartigen Formation antreten wollten.

Nach der Auflösung der Versammlung begann an vielen Stellen des Lagerbereichs die Verbrennungsaktion, die sich über den frühen Vormittag hinzog. Unsere Wagen, unsere Zelte und Massen sonstiger Gepäckstücke, die weder für den Kampf noch für die Bereitung der Mahlzeiten nötig waren - alles ging in Flammen auf! Während in den niederbrennenden Feuern das Frühstück bereitet wurde, erschien plötzlich, begleitet von 30 Berittenen, noch einmal Mithradates, ließ uns Strategoi auf Hörweite hinausrufen und sagte folgendes:

»Ihr Griechen, daß ich Kyros treu ergeben war, wißt ihr - und nun habe ich um euch, denen ich aus vollem Herzen wohlgesonnen bin, und um mich selbst große Angst! Sagt mir als eurem Freund, was ihr vorhabt. Wenn ich sehen könnte, daß ihr in irgendeiner Form die Rettung plant, dann würde ich mit meiner gesamten Dienerschaft zu euch kommen und mich eurem Zug anschließen.«

Nach diesem überraschenden Angebot zogen wir uns zu einer Beratung zurück und beschlossen trotz gewisser Zweifel an der Glaubwürdigkeit des Mannes mehrheitlich, ihn von unseren Abmarschplänen zu unterrichten und seine Reaktion abzuwarten. Cheirisophos formulierte in unser aller Auftrag die Antwort:

»Wenn man uns nach Hause abziehen läßt, werden wir dem Land beim Durchzug möglichst wenig Schaden zufügen. Wenn man uns jedoch am

Marsch hindert, werden wir uns unter dem Einsatz aller Mittel durchkämpfen.«

Als uns daraufhin Mithradates wortreich klarzumachen versuchte, daß wir gegen den Willen des Großkönigs überhaupt keine Chance zur Rettung hätten, und als Sophainetos auch noch einen der engsten Vertrauten des Tissaphernes in seiner Begleitung erkannte, brachen wir in der Überzeugung, daß Mithradates in persischem Auftrag gekommen war, das Gespräch ab. Bevor wir ihn zurückschickten, erklärten wir den Persern mit den dafür vorgesehenen formelhaften Wendungen den *unversöhnlichen Kriegszustand*. Diese schärfste aller möglichen Kriegserklärungen bedeutete, daß wir fortan keine Unterhändler mehr empfangen, sondern alle Personen der gegnerischen Seite, die sich uns näherten, unterschiedslos als Feinde behandeln würden.

In der vorhergehenden Zeit war es durchaus gelegentlich zu gewissen Kontakten zwischen den Soldaten beider Seiten gekommen, die auch nach dem Überfall auf Klearchos und seine Begleiter nicht völlig abgebrochen waren. Jedenfalls hatten noch am Abend des verhängnisvollen Tages einige griechische Söldner des Tissaphernes unser Lager besucht und, wie man hörte, unsere Leute zur Fahnenflucht aufgefordert. Aufgrund ihrer Versprechungen waren während der Nacht tatsächlich etwa zwanzig Männer zu den Persern übergelaufen, darunter zu unserem Erstaunen auch jener Lochage Nikarchos, der als einziger das Massaker überlebt hatte. Vermutlich war ihm eingeredet worden, die persischen Ärzte würden ihn gesund pflegen.

Nach dem Frühstück machten sich die Soldaten marschfertig. Für die bevorstehende Überschreitung des sehr breiten Zapatastales war im Kreis der Strategoi eine besondere Taktik festgelegt worden: Als Vorhut sollte die vordere Phalanx das andere Ufer erreichen und sich dort sofort in der Breite entfalten, dann sollten die beiden Flankenphalangen folgen und gleichfalls ihre Positionen einnehmen, so daß der gesamte Troß in das zum Flußbett hin noch offene Karree einrücken konnte. Im unmittelbaren Anschluß an den Troß sollten Timasion und ich mit der Nachhut hinübergehen und die Lücke schließen.

Das Manöver nahm mehrere Stunden in Anspruch und verlief glücklicherweise ohne Belästigung durch den Feind. Allerdings erwies sich die Durchfurtung der immerhin vier Plethren breiten wasserführenden Hauptrinne des zum größten Teil von trockenem Sand und Steinen bedeckten Flußbettes als recht schwierig, weil die Furt tiefer als erwartet war. Die starke Strömung riß einige der bis zur Brust von sehr kaltem Wasser umspülten Männer von den Beinen. Wir erlitten jedoch glücklicherweise weder an Menschen noch an Tieren Verluste.

Unterdessen hatte offenkundig auch Tissaphernes von seinem stromaufwärts gelegenen Lagerplatz aus den Zapatas überschritten. Denn kaum hatte sich unser Karree in Bewegung gesetzt, da erschien er mit etwa 200 bogenbewehrten Reitern und 400 leichtfüßigen Bogenschützen und Schleuderern und griff uns von hinten an. Wir hatten schon in den ersten Minuten mehrere Verwundete, weil sich keine Möglichkeit zu einer wirkungsvollen Verteidigung ergab: Weder unsere Speerwerfer noch die kretischen Bogenschützen (die wir, da sie nicht mit Schilden ausgerüstet waren, im Schutz unserer Phalanx aufgestellt hatten) konnten die nach jedem Vorstoß blitzartig zurückweichenden Angreifer mit ihren Geschossen erreichen.

So entschloß ich mich, vor allem auf Drängen meiner Lochagen, zu einem Gegenangriff mit der von mir kommandierten Abteilung der Nachhut - und verschlimmerte dadurch, wie ich bald erkennen mußte, sogar noch unsere Lage. Denn wir konnten nicht nur keinen der vor uns zurückweichenden Gegner einholen, sondern erlitten im Gegenteil Verluste durch die Pfeilschüsse der Reiter und hatten schließlich große Mühe, wieder den Anschluß an das weitermarschierende Karree zu gewinnen.

Es kam hinzu, daß das Karree wegen der Unebenheiten und dem Bewuchs des Geländes nur stockend vorankam. Aus diesen Gründen erreichten wir erst gegen Abend eine Gruppe von kleinen Dörfern, in denen wir unseren Stathmos anlegten - nach einem Marsch über kaum 25 Stadien, für den wir im Normalfall nicht mehr als eine gute Stunde benötigten.

Im Quartier mußte ich mir heftige Vorwürfe der anderen Strategoi wegen meiner mißglückten ersten militärischen Aktion anhören. Vor allem Cheirisophos ging hart mit mir ins Gericht: Ich hätte das ganze Karree durch die Verfolgung der Gegner in Gefahr gebracht, ohne ihnen auch nur den geringsten Schaden zufügen zu können. Es kam zu einer lebhaften Diskussion, in deren Verlauf ich mein Fehlverhalten zwar einräumte und mich dafür entschuldigte, aber zugleich auch die verzweifelte Situation der Nachhut in krassen Farben schilderte: Sie sei ununterbrochen verlustreich angegriffen worden, ohne sich energisch zur Wehr setzen zu können - es sei denn durch einen Gegenangriff.

»Wir haben«, sagte ich, »bedauerlicherweise keine Fernschützen, die uns den Feind auf eine gehörige Distanz vom Leib halten, und keine Reiter, die flüchtende Fußsoldaten einholen und niedermachen können. Wenn wir da nicht Abhilfe schaffen, werden wir in große Schwierigkeiten kommen. Was wir unbedingt brauchen, sind Schleuderer, die weiter als die persischen Schleuderer werfen können.«

»Die Rhodier!« warf da Cheirisophos ein. »Wir haben doch eine ganze Menge Rhodier im Heer - und jedermann weiß, daß aus Rhodos die besten Schleuderer stammen.«

»Du hast völlig recht!« erwiderte ich. »Ich schlage vor, daß wir sofort unter den Söldnern eine Umfrage veranstalten, erstens: Wer eine Schleuder besitzt und bereit ist, sie an uns zu verkaufen, zweitens: Wer neue Schleudern gegen gute Bezahlung herstellen will, und drittens: Wer bereit ist, künftig in unserer speziellen Schleudererabteilung Dienst zu tun. Wir müssen den Freiwilligen gewisse Vergünstigungen, Prämien, Entlastung vom Wachdienst und ähnliches versprechen, dann werden sich hoffentlich genügend Männer melden.«

Während sich einige Lochagen auf den Weg machten, um noch während der Nacht die neue Einheit aufzustellen (Bis zum Morgengrauen brachten sie 200 Mann und eine ausreichende Zahl von Schleudern zusammen), setzte ich meine Rede fort:

»Nun mein zweiter Punkt: Wir brauchen Reiter! Wir haben ja Pferde: Ich selbst kann einige abgeben, außerdem sind Klearchs Pferde noch da. Und im Troß gibt es eine ganze Menge Beutepferde, die jetzt als Lasttiere eingesetzt sind. Mein Vorschlag: Wir holen morgen früh alle unsere Pferde zusammen und veranstalten eine Musterung. Den Besitzern von Lastpferden, die zum Reiten geeignet sind, stellen wir Lastochsen zur Verfügung. Dann überprüfen wir die Reitkünste der Männer, die sich sicher in großer Zahl melden werden, wählen die besten aus und versorgen sie mit Lederharnischen. Das Kommando über die Berittenen könnten wir meinem Landsmann Lykios, dem Sohn des Polystratos, übergeben. Ich kenne ihn als einen vorzüglichen Reiter aus unserer gemeinsamen Dienstzeit in der athenischen Reiterei.«

Am nächsten Morgen verwandelte sich ein großer freier Platz am Rand unseres Biwaks in eine Art Pferdemarkt. Etwa 80 Pferde trafen nach und nach mit ihren Führern ein und wurden von uns Offizieren, soweit wir über entsprechende Erfahrungen verfügten, inspiziert. Da ich daheim von frühester Jugend an die Aufzucht und Ausbildung von Pferden betrieben hatte und, wie ich wohl ohne Übertreibung sagen darf, die Reitkunst bis in alle Einzelheiten hinein beherrsche, gab mein Urteil in der Regel den Ausschlag.

Etwa 30 Pferde mußten wir als unbrauchbar ausscheiden, weil sie lahmten oder unter offenen Wunden (vor allem unter aufgeriebenen Druckstellen, die durch die unsachgemäße Auflage von Lasten entstanden waren) litten oder auch einfach zu schwach und unterernährt waren.

Nach dem Frühstück führten wir unter den Augen zahlreicher Zuschauer die Reitprüfungen durch, um aus den etwa 200 Freiwilligen (meistens Leichtbewaffneten, aber auch einigen Lastenträgern und Viehtreibern aus dem Troß) die besten ausfindig zu machen. Jeder von ihnen mußte ohne Hilfe aufsitzen und vom blanken Pferderücken aus mit einem Speer in der rechten Hand die drei Gangarten Schritt, Trab und Galopp vorführen. Dabei trennte sich sehr schnell die Spreu vom Weizen. Von den fünfzig Männern, die am Schluß übrigblieben, konnte man sagen, daß sie gute Voraussetzungen für die Bewältigung ihrer neuen Aufgabe mitbrachten. Am Nachmittag übten sie unter dem Kommando des Lykios bereits fleißig die Handhabung der Hieb- und Stichwaffen während des Reitens.

Da wir beabsichtigten, am nächsten Morgen den Marsch fortzusetzen, und wieder mit Angriffen der Perser rechnen mußten, berieten wir noch am Abend im Kreis der Strategoi über die anzuwendende Taktik. Unsere erste Aufgabe bestand in der Überwindung eines recht tief eingeschnittenen Flußtales, das unmittelbar hinter unserem Stathmos verlief und nach wenigen Stadien in das Tal des Zapatas einmündete. Glücklicherweise führte die Hauptrinne nur sehr niedriges Wasser, so daß wir den Übergang mit relativ breiter Front in möglichst kurzer Zeit zu schaffen hofften. Um den erwarteten Störversuchen zuvorzukommen, beschlossen wir, die Aktion zur Überraschung des Gegners noch vor Sonnenaufgang durchzuführen.

Jenseits des Tales führe die Straße, lautete die Auskunft der Landeskenner, in westlicher Richtung durch hügeliges Gelände wieder an den Tigris. Die Strecke, die bei einer großen, verlassenen Stadt namens Larisa ende, könne in einem normalen Tagemarsch zurückgelegt werden. Für den wahrscheinlichen Fall, daß wir unterwegs angegriffen würden, gaben wir Lykios den Auftrag, auf ein entsprechendes Trompetensignal hin den Gegenangriff einzuleiten, und legten fest, daß im selben Augenblick mehrere Peltastenlochoi (vor allem die kretischen Bogenschützen, die für ihre Ausdauer im Laufen berühmt waren) sowie die hintersten vier Glieder der rückwärtigen Hoplitenphalanx den Reitern folgen, den fliehenden Gegner einholen und niedermachen sollten.

Unsere Taktik bewährte sich in vollem Umfang. Ich selbst war einer der letzten, die bei beginnendem Morgengrauen unbehelligt das andere Ufer des Tales erreichten. Dort hatte sich inzwischen das Karree formiert und trat den Weitermarsch an. Als wir etwa acht Stadien zurückgelegt hatten, sahen wir hinter uns größere persische Truppenmassen auf unserer Spur herannahen; ich schätzte sie auf etwa 1000 Reiter und 4000 Bogenschützen und Schleuderer. Sie holten uns bald ein. Als ihre Schleudersteine und Pfeile uns erreichten, ließ Cheirisophos, der sich in Erwartung des Angriffs bei der Nachhut aufhielt, das verabredete Trompetensignal blasen. Daraufhin trabte unsere kleine Reitereinheit, die bisher im Inneren des Karrees verborgen gewesen war, durch eine Gasse der Phalanx nach außen, entwickelte sich in die Breite und eröffnete den Gegenangriff, während gleichzeitig die dafür eingeteilten Fußtruppen loszulaufen begannen.

Der Erfolg war durchschlagend: Der Gegner wandte sich trotz seiner riesigen Überlegenheit sofort zur Flucht. Es brach geradezu eine Panik aus. Die persischen Reiter machten kehrt und galoppierten rücksichtslos durch ihre eigenen Fußtruppen zum Tal zurück. Viele stürzten beim eiligen Abwärtsritt über den Steilhang. Bald wälzten sich verletzte Pferde im Sand, schlugen um sich und versuchten wieder auf die Beine zu kommen; andere, die ihre Reiter abgeworfen hatten, jagten wie von Sinnen hin und her und trampelten alles nieder, was ihnen im Weg war. Verzweifelt bemühten sich die Männer, welche die Katastrophe überlebt hatten, dem Chaos zu entkommen und im Lauf das andere Ufer zu erreichen, aber schon trafen in Scharen auch die fliehenden Fußsoldaten ein und ihnen direkt auf den Fersen unsere Leichtbewaffneten.

Sie machten nur wenige Gefangene (18 Reiter wurden lebend aus dem Tal abgeführt), sondern schlugen die meisten nieder, die sie auf ihrem Verfolgungslauf einholten. Liegengebliebene Verwundete töteten die nachfolgenden Hopliten mit dem Schwert. Wir verloren während des ganzen Gefechtes keinen einzigen Mann. Beim Rückmarsch zum Karree verstümmelten unsere Leute aus eigenem Antrieb, um den Gegner von weiteren Angriffen abzuschrecken, die Toten noch zusätzlich. Manchen spalteten sie die Schädel mit Schwerthieben, anderen rammten sie Speere in den Bauch, schnitten ihnen die Nasen und Ohren ab oder bohrten ihnen Pfeile in die Augen.

Die Perser waren völlig aus unserer Sichtweite verschwunden und ließen sich auch während des ganzen Tages nicht mehr blicken. Wir zogen unbehindert weiter, erreichten am frühen Nachmittag den Tigris und legten den Stathmos am Rand der Stadt Larisa.

Die aus gebrannten Lehmziegeln errichtete, 25 Fuß breite Stadtmauer war stellenweise noch recht gut erhalten, während die Häuser der Unterstadt im Inneren, wie ich bei einem Erkundungsritt feststellte, nur noch ein Trümmerfeld darstellten. Etwas besser stand es mit der Bebauung der Akropolis, die sich in der Südwestecke des Mauerrings auf einem hohen Plateau erhob. Ihre Westmauer fiel steil ab in das Tigristal; unten war ein breiter, sorgfältig gemauerter Kai zu sehen, an dem früher, vor der Zerstörung der Stadt, sicher reger Schiffsverkehr herrschte. Neben der Akropolis stand eine Art steinerne Pyramide mit einer Höhe von etwa zwei Plethren, auf der sich viele Menschen befanden, wohl die Bewohner der umliegenden Dörfer, die aus Angst vor uns dorthin geflohen waren.

Am nächsten Tag zogen wir auf der Uferstraße am Tigris entlang nach Norden und kamen nach sechsstündigem Marsch wieder an eine große verlassene Stadt, deren Name mit Mespila angegeben wurde. Gut erkennbar war der riesige Mauerring. Über einem Fundament, das aus Muschelkalkblöcken bestand, erhob sich eine breite und sehr hohe Lehmziegelmauer mit zahlreichen Toröffnungen. Um sie zu umwandern, würde man nach meiner Schätzung mehrere Stunden benötigen. Man erzählt, daß in diese Stadt Medeia, eine aus dem Land der Meder stammende Frau des persischen Großkönigs, geflüchtet sei, als den Medern durch die Perser die Herrschaft entrissen wurde. Nachdem dann der persische Großkönig die Stadt, obwohl er sie lange Zeit belagerte und mit Gewalt angriff, nicht hatte erobern können, erschreckte Zeus die Einwohner durch einen Donnerschlag, und so wurde sie eingenommen.

Hinter Mespila wandte sich die Straße vom Tigris ab und führte fortan durch allmählich hügeliger werdendes Gelände in nordwestlicher Richtung auf das im Osten aufragende Gebirge zu, dessen Ausläufer immer näher an die sich verengende Uferebene des Flusses heranrücken. Nach etwa einer Woche, dies war unsere mit den Landeskennern abgesprochene Planung, wollten wir den letzten Bergzug, der bis ans Ufer selbst reicht, auf einem Paß überwinden und unter Benutzung der Königsstraße wenige Tage später wieder am Tigris stehen - an der Stelle, an der Fährschiffe zum Übersetzen bereitliegen.

Schon am ersten Marschtag begannen die Schwierigkeiten. Als wir etwa zwei Stunden unterwegs waren, tauchten in unserem Rücken erst die Reiter des Tissaphernes, dann nach und nach alle jene persischen Truppen auf, die seinerzeit mit uns zusammen den Rückmarsch angetreten hatten. Die riesige Armee schien sich durch zusätzlich hinzugekommene Einheiten sogar noch vergrößert zu haben. Jedenfalls wimmelte die Uferebene nach kurzer Zeit von feindlichen Reitern und Fußsoldaten.

Wir brachten unser Karree zum Stehen und sahen, wie sich die feindlichen Massen zum Angriff ordneten und entfalteten. Da der Angriff offenkundig der hinteren Phalanx gelten sollte, massierten wir dort im Schutz der Hopliten unsere Fernschützen, vor allem die neu aufgestellte rhodische Schleudererabteilung und die kretischen Bogenschützen. Ich empfand es als große Hilfe, als Cheirisophos erschien und gemeinsam mit Timasion und mir die Abwehr organisierte.

»Jetzt hängt alles von der absoluten Disziplin der Hopliten ab!, sagte er. »Sie dürfen sich auf keinen Fall zum Gegenangriff provozieren lassen, sondern müssen, was auch immer geschieht, auf ihrem Posten stehenbleiben. Die Ruhe bewahren! Das gilt auch für unsere Leichten: Sie sollen sich zunächst im Schutz der Hopliten verbergen und erst, wenn der Gegner nahe herangekommen ist, schlagartig, alle auf einmal, vortreten und ihre Geschosse entsenden. Stellt die Phalanx entsprechend locker auf. Und nun müssen wir abwarten, was die Perser wirklich vorhaben.«

Auch Tissaphernes hatte seine Vorbereitungen abgeschlossen und ließ als erstes eine große Truppenabteilung im langsamen Schritt auf unsere hintere Phalanx zumarschieren, aber außerhalb der Schußweite wieder anhalten. Dann rückten rechts und links zwei weitere Einheiten parallel zu unseren Flankenphalangen vor und blieben ebenfalls außerhalb der Schußweite stehen.

»Die Zange«, murmelte Cheirisophos. »Er will uns von drei Seiten aus in die Zange nehmen.«

»Was können wir dagegen unternehmen?« fragte ich.

»Eisern stehenbleiben, das ist jetzt die Hauptsache. Am geschlossenen Widerstand unserer Hopliten wird der Angriff scheitern - wenn nicht schon vorher unsere Fernschützen den Gegner zum Wanken bringen.«

Die drei Bestandteile der Zange setzten sich langsam und zögerlich und ohne Kampfgeschrei in Bewegung. Vor den schweren Truppen waren die Bogenschützen und Schleuderer ausgeschwärmt. Bald prallten die ersten Schleudersteine, dann auch die Pfeile auf die Schilde unserer Hopliten und erzeugten jenes knatternde Geräusch, das für die von den Leichten bestrittene Anfangsphase einer Schlacht charakteristisch ist.

Bei uns herrschte immer noch völlige Regungslosigkeit. Die Hopliten standen geduckt hinter ihren Schilden, die Fernschützen warteten in ihrer Dekkung auf den Einsatzbefehl. Keiner rührte sich von der Stelle. Endlich (sehr spät, wie ich fand) ließ Cheirisophos das verabredete Signal blasen, und sofort stürmten unsere Leichten nach vorne und eröffneten einen so wuchtigen Gegenangriff, daß die Perser sich unter erheblichen Verlusten so schnell wie möglich aus dem Schußbereich zurückzogen.

Der kaltblütige Cheirisophos hatte die Gegner so nahe herankommen lassen, daß nun wirklich jedes Geschoß seinen Mann traf. Vor allem die Rhodier, die kleinere Steine als die Perser und zum Teil sogar gegossene Bleikugeln auf ihre Schleudern legten, brachten den schildlosen persischen Leichten schreckliche, nicht selten tödliche Wunden bei. Demgegenüber waren die kretischen Bogenschützen wegen ihrer kleineren Bögen und Pfeile den Persern bei Fernschüssen unterlegen - in dem Gefecht auf kurze Distanz streckten sie freilich zahlreiche Gegner nieder. Wir veranlaßten aufgrund dieser Erfahrung, daß sie später die langen persischen Pfeile, die uns erreicht hatten, einsammelten und damit Hochweitschüsse übten.

Nach dem Ende der Kampfhandlungen setzten wir unseren Marsch fort, in relativ weiter Distanz verfolgt von den Truppen des Tissaphernes, die sich nicht mehr in den Schußbereich unserer Schleuderer trauten. Etwa zwei Stunden später zogen wir in die für den Stathmos vorgesehenen Dörfer ein und stellten fest, daß die Perser nun ganz aus unserem Sichtbereich verschwanden.

Hier blieben wir den folgenden Tag über im Quartier und füllten unsere Lebensmittelvorräte auf. Darüber hinaus fanden wir in einigen der von den Bewohnern verlassenen Häuser Bündel von Sehnen, die unsere Bogenschützen gut gebrauchen konnten, und sogar mehrere Bleiklumpen, aus denen die Schleuderer Kugeln gossen, die sich vor den Steinen durch weit höhere Durchschlagskraft und Wucht auszeichnen.

Am nächsten Morgen rückten wir im Marschkarree ab und hatten bald wieder die Reiter und Leichtbewaffneten des Tissaphernes im Nacken. Zwar konnten unsere Fernschützen sie meistens schnell zurücktreiben, aber während des Marsches durch das inzwischen nicht mehr völlig ebene, sondern manchmal von welligen Höhenzügen und Tälern kleiner Nebenflüsse des Tigris durchzogene Gelände stellte sich ein großer Nachteil unserer Marschordnung heraus: Wenn sich der Weg zwischen den Anhöhen verengte oder wenn Brücken zu überschreiten waren, trat ein großes Durcheinander ein, weil unsere Flankenphalangen notwendigerweise aus ihren Positionen nach innen gedrängt und förmlich zusammengekeilt wurden. Nach der Überwindung der Engstellen kam es bei der neuerlichen Entfaltung des Karrees häufig zu besonders gefährlichen Situationen, weil zwischen den wieder auf ihre Positionen auseinander eilenden Hopliten große Lücken entstanden, die einem energisch nachsetzenden Gegner wohl den Einbruch hätten ermöglichen können.

Glücklicherweise beließen es die Perser auch angesichts solcher Chancen nur bei Geplänkel, aber die Offiziere kamen doch übereinstimmend zu der Überzeugung, daß diese offenkundige Schwachstelle unseres Karrees sofort beseitigt werden müßte. Unmittelbar nach der Ankunft im Stathmos traten wir Strategoi zu einer Beratung über die zu ergreifenden Maßnahmen zusammen. Zunächst wurde über die Möglichkeit diskutiert, das Karree im ganzen schmaler und dafür länger zu machen. Aber dagegen wurden durchschlagende Einwände vorgebracht. Vor allem hatten wir viel zu wenig Fernschützen, um die beiden Flankenphalangen noch wirkungsvoll vor Angriffen absichern zu können. Und wie sollte, so wurde gefragt, die Nachhut organisiert werden, wenn die Kolonne auf beispielsweise ein Viertel oder ein Fünftel ihrer bisherigen Breite reduziert würde?

»Was wir brauchen«, sagte ich schließlich, »ist eine Spezialeinheit im Zentrum unserer Nachhut, die bei der Überwindung von Engpässen in kampfbereiter Ordnung solange zurückbleibt, bis alle drüben sind, und von hinten her in die entstehende Lücke einrückt und sie nach und nach wieder auffüllt.«

»Das ist die Lösung!« rief da Cheirisophos. »Gehen wir an die Arbeit! Wir stellen sechs Lochoi zu je 100 Mann auf, das sind 12 Züge mit 24 Gruppen. So können sie die Lücke entsprechend ihrer Breite mal in Lochos-, mal in Zug-, mal in Gruppenformation, das heißt je nach den Erfordernissen in Dreier-, Sechser- oder Zwölferreihen verstopfen und sich anschließend in aller Ruhe wieder zur vollen Phalanx entfalten, ohne daß die Kampfbereitschaft auch nur einen Augenblick lang eingeschränkt wird. Unsere besten Hoplitenlochagen sollen sich ihre Zug- und Gruppenführer aussuchen und noch heute abend die Einheit zusammenstellen. Morgen früh werden Xenophon und ich ihnen vor dem Abmarsch das taktische Konzept im einzelnen erläutern.«

Als wir am nächsten Tag aufbrachen, sah die Nachhut wie gewohnt aus, aber jeder Mann der Spezialeinheit, die jetzt ihr Zentrum bildete, kannte seine Aufgabe. Die neue Marschordnung bewährte sich während der folgenden Märsche, die allmählich aus der Ebene in die Ausläufer des Randgebirges hineinführten, vorzüglich. Am Nachmittag des vierten Tages erreichten wir die Königsstraße, die zuerst noch auf relativ ebener Strecke, während des fünften Tages aber über ziemlich hohe, kahle Ausläufer des Gebirges hinweg auf den Paß zuführte. Als die Soldaten die Hügel sahen, verbreitete sich allgemeine Freude darüber, daß wir kaum noch mit Angriffen der Reiter, die sich hier nicht entfalten konnten, rechnen mußten. Von dem ersten Höhenzug aus konnten wir in der Ferne bereits ein von zahlreichen Gehöften umgebenes größeres Dorf erkennen, das vor dem Eingang des Paßweges lag und uns als Stathmos dienen sollte.

Das Karree hatte unterdessen damit begonnen, über einen steilen Abhang in ein schmales Tal abzusteigen, hinter dem noch einmal ein ähnlicher Höhenrücken wie der erste zu überqueren war. Von hier oben bot sich mir zum ersten Mal ein guter Überblick über den Troß, der im Schutz unserer vier Phalangen dahinzog. Ganze Herden von Ochsen, Eseln, Maultieren und Pferden schleppten sich, beladen mit schweren Lasten, mühsam voran, immer wieder von ihren Treibern durch Zurufe und Schläge angespornt. Zwischen ihnen waren Kolonnen hochbepackter menschlicher Träger zu sehen, ferner kleine Schaf- oder Ziegenherden und auch armselige Haufen von Frauen und Kindern, die aus den durchzogenen Dörfern mitgenommen worden waren und in die Sklaverei verkauft werden sollten. An anderen Stellen zogen kleine Gruppen vornehmerer, auf Maultieren oder Pferden reitender Männer, vielleicht Priester oder Ärzte oder Kaufleute, mit ihren Dienern dahin. In der Nähe der hinteren Phalanx war die geschlossene Formation unserer kleinen Reiterabteilung zu erkennen. Das bunte Bild wurde durch zahlreiche Dirnen in farbigen Gewändern vervollständigt; sie ließen sich in der Mehrzahl von Eseln tragen, um ihre Kräfte für die nächtliche Arbeit zu sparen.

Kaum waren wir, die Letzten des Karrees, etwa bis zur Mitte des Abhangs abgestiegen, da erschienen oben am Rand persische Bogenschützen und Schleuderer in Massen und deckten uns mit einem furchtbaren Geschoßhagel ein. Unsere Leichten versuchten zwar den Angriff abzuwehren, hatten aber keine Chance. Ihre bergaufwärts gerichteten Geschosse fielen schon auf halber Strecke wirkungslos zu Boden. Viele von ihnen wurden verwundet, da sie keine Schilde trugen. Mit Mühe schafften ihre Kameraden sie ins Innere des Karrees zurück, wo sie hinter den Schilden der Hopliten einigermaßen Schutz fanden.

Schließlich zogen wir alle Leichten aus der Front und machten mit einigen Hoplitenlochoi einen Gegenangriff, der jedoch auf dem Steilhang nur langsam vorankam, während die Gegner leichtfüßig vor uns zurückwichen. Als wir wieder zu unserer Phalanx zurückliefen, folgten sie uns in kurzer Entfernung und begannen das böse Spiel von neuem. Wir sahen, daß ihre Offiziere diejenigen, die zauderten, sogar mit Peitschenhieben vorwärts trieben. Während des Aufstiegs auf den zweiten Bergzug blieben sie außerhalb unserer Schußweite, aber beim Abstieg waren sie wieder da und brachten uns Verluste bei.

Da der Weg zum Stathmos noch über mehrere derartige Bergzungen führte, hielten wir auf dem Kamm des dritten das Karree an und traten in eine Beratung über wirkungsvolle Gegenmaßnahmen ein. So wie bisher konnte es jedenfalls nicht weitergehen. Da machte Cheirisophos, der sich hinten bei uns aufhielt, einen guten Vorschlag: Eine Peltasteneinheit solle neben unserer rechten Flanke ins Gebirge aufsteigen und von der überhöhten Position aus die dann unter ihm befindlichen Verfolger bedrohen. Der Vorschlag wurde sofort in die Tat umgesetzt - und wirklich riskierten die Perser von diesem Augenblick an keinen Angriff mehr, so daß wir am Nachmittag ohne weitere Verluste in unseren Stathmos ankamen.

Das glücklich erreichte Dorf war eine der vielen festen Stationen, die an der Königsstraße in bestimmten Abständen als Unterkünfte für durchziehende privilegierte Reisende und als Lebensmittel- und Futterdepots für die Truppen des Großkönigs oder seiner Satrapen angelegt sind. Das Zentrum bildete ein repräsentatives, festes Gebäude; ringsherum lagen Stallungen und Lagerhäuser, in denen wir große Vorräte, vor allem Mehl und Wein, aber auch aufgeschüttete Haufen von Gerste für die Pferde fanden.

Hier blieben wir drei Tage und erholten uns von den Strapazen der letzten Märsche. In dieser Zeit hatten unsere Ärzte alle Hände voll zu tun, um die vielen Verwundeten wieder marschfähig zu machen. Glücklicherweise litten die meisten nur an einfachen Fleischwunden und leichteren Schußverletzungen, aber einige Bogenschützen mit tiefen Brust- und Bauchschüssen wurden vom Wundfieber dahingerafft, andere waren so schwach, daß sie während der nächsten Märsche getragen werden mußten.

Am vierten Tag machten wir uns wieder auf den Weg und überwanden den Paß ohne Schwierigkeiten. Auf der anderen Seite des Bergzuges kamen wir in eine schmale, fruchtbare und reich besiedelte Flußebene, die sich nach Westen, auf den Tigris zu, immer mehr erweiterte. Sie war uns gegenüber, soweit wir sehen konnten, von einem hoch aufragenden Gebirge, dessen schneebedeckte Spitzen hintereinander in der Ferne verschwanden, begrenzt. Ein überwältigender Anblick von wilder Schönheit, der freilich nicht nur mich zugleich mit großer Sorge erfüllte. Dieses Hochgebirge, das war die herrschende Meinung, werden wir niemals überwinden können. Wenn es keinen anderen Weg nach Hause gibt, geht unser Marsch hier zu Ende. Wir müssen, das ist unsere einzige Hoffnung, wieder den Tigris erreichen und versuchen, irgendwie auf die andere Seite zu kommen - sonst sind wir verloren!

Nachdem wir den die Ebene in vielen Windungen durcheilenden Fluß gefurtet hatten, legten wir unseren Stathmos in einem Dorf am anderen Ufer an. Von dort aus machten wir einen Ausfall gegen die inzwischen nachgerückten leichten Truppen des Tissaphernes und hielten sie so lange auf Distanz, bis sie sich am späteren Nachmittag auf den Rückweg in ihr etwa 60 Stadien entferntes Lager machen wollten. Sie hielten diesen großen Abstand, der einen zweistündigen Marsch bedeutete, immer ein aus Angst vor nächtlichen Überfällen. Als wir die entsprechenden Befehle hörten, ließ Cheirisophos bei uns durch die Herolde mit lauten Rufen den Befehl *Fertigmachen zum Abmarsch* verbreiten. Daraufhin trat drüben die beabsichtigte Verwirrung ein.

Sie konnten sich nicht erklären, was wir vorhatten, und blieben ratlos noch eine ganze Weile stehen, während wir uns gleichfalls nicht von der Stelle rührten. Schließlich, bei Einbruch der Dämmerung, zogen sie ab. Nachdem sie verschwunden waren, brachen auch wir auf und verlegten unseren Stathmos um etwa 60 Stadien nach Westen. Es war ein gespenstischer Marsch durch die Dunkelheit, auf dem mehrmals glücklicherweise nicht sehr tiefe Bäche durchfurtet werden mußten. Gegen Mitternacht zog das Karree in sein neues Biwak ein und verließ es am nächsten Morgen schon wieder in aller Frühe. Dank unseres Vorsprunges von gut vier Stunden bekamen wir während dieses und des folgenden Tages den Gegner nicht zu Gesicht, erreichten unangefochten das Ufer des Tigris und errichteten den Stathmos an der Mündung eines kleinen Nebenflusses.

Am nächsten Tag hofften wir an die Stelle zu gelangen, wo die Benutzer der Königsstraße den Fluß auf Fährbooten zu überschreiten pflegen. Nachdem wir morgens eine kurze Strecke direkt am Ufer entlang marschiert waren, stießen wir auf einen etwa 400 Fuß hohen und gut eine Stunde breiten Ausläufer des Gebirges, der sich bis unmittelbar an den Fluß erstreckte. Wir erstiegen, der Straße folgend, den felsigen Steilhang und marschierten auf eine schroff aufragende, die Umgebung beherrschende Anhöhe zu, unter welcher der wieder ins Tal hinunter führende Weg entlangzog.

Plötzlich ließ Cheirisophos das Karree anhalten. Ich beobachtete vom Rükken meines Pferdes aus die Situation, konnte aber zunächst keinen Grund für den Aufenthalt erkennen. Da rief mir einer meiner Lochagen zu:

»Wirf mal einen Blick nach hinten!«

Als ich mich umdrehte, sah ich in der Ferne die ganze Armee des Tissaphernes anrücken. Ausgerechnet jetzt, wo wir am Tigris stehen, müssen sie uns wieder einholen, war mein erster Gedanke. In diesem Augenblick erschien ein Bote des Cheirisophos und richtete mir aus, ich solle möglichst schnell mit den Leichtbewaffneten der Nachhut nach vorne kommen. Das war unter den gegebenen Umständen nicht möglich, aber ich selbst ritt zu Cheirisophos und fragte ihn:

»Warum läßt du mich rufen?«

Er antwortete ein wenig ungehalten:

»Das kann man doch sehen! Die Anhöhe über dem Abstieg in die Flußebene ist vom Feind besetzt, und da gibt es kein Vorbeikommen, wenn wir diese

Leute nicht herunterhauen. Aber warum hast du deine Leichten nicht mitgebracht?«

»Weil hinten mit einem Angriff zu rechnen ist! Deshalb konnte ich meine Leute nicht abziehen!«

Jetzt sah ich sie auch: Da oben in den Felsen hatte sich eine große Abteilung von Bogenschützen und Schleuderern so geschickt eingenistet, daß sie den Weg durch einen Geschoßhagel unpassierbar machen konnten. Offenbar waren sie im Lauf der Nacht durch die unwegsamen Hänge unbemerkt an unserem Lager vorbei dorthin geschlichen - keine schlechte Leistung.

»Laß uns nun überlegen«, fuhr Cheirisophos fort, »wie wir diese Leute von der Anhöhe vertreiben können.«

Ich blickte mir die Gegend noch einmal genauer an. Auch über der Stelle, wo im Augenblick unser Karree hielt, erhob sich aus dem Hang heraus ein nicht ganz so steiler Gipfel, und von diesem aus lief ein sanft geschwungener Sattel hinüber zu der von unten her völlig uneinnehmbaren Stellung des Gegners. Das ist die einzige Möglichkeit, die wir haben, dachte ich und entwickelte meinen Vorschlag:

»Mir scheint es am besten, Cheirisophos, wenn wir so schnell wie möglich eine Mannschaft auf diesen Gipfel da über uns entsenden. Sobald wir den in der Hand haben, werden sich die über dem Weg nicht halten können.«

Als Cheirisophos schweigend nickte, fuhr ich fort:

»Wenn du hier beim Heer bleiben willst, übernehme ich die Führung der Abteilung, wenn du aber die Besetzung des Berges lieber selbst leiten willst, bleibe ich hier.«

Als er antwortete, er überlasse mir die Wahl, sagte ich:

»Gut, ich bin der Jüngere, ich führe die Aktion durch. Aber gib mir Männer aus deiner Phalanx mit, es würde zu lange dauern, sie von der Nachhut herzuholen.«

Daraufhin betraute mich Cheirisophos mit dem Kommando über die Leichtbewaffneten der vorderen Phalanx (er ließ an ihrer Stelle die stets im Inneren des Karrees einsatzbereit marschierenden Reservelochoi einrücken) sowie über dreihundert Hopliten, ausgesuchte Elitesoldaten, die ihm als eine Art Leibgarde dienten. Nachdem ich mich hoch zu Roß an die Spitze der Kolonne gesetzt hatte, stiegen wir möglichst schnell den Abhang hinauf.

Bald aber ging unser Eilmarsch in einen regelrechten Wettlauf über, denn von den Persern, welche die andere Anhöhe besetzt hielten, begann eine größere Abteilung über den Sattel zu unserem Gipfel herüberzulaufen, um uns zuvorzukommen. Da spornten uns unsere Leute aus dem Karree mit lautem Geschrei (wie die Zuschauer in einem Sportstadion) zur Eile an. Gleichzeitig erhoben die Reiter und Leichten des Tissaphernes, die inzwischen nahe herangekommen waren, ein ebenso lautes Geschrei für ihre 'Mannschaft'.

Ich ritt immer wieder an meiner keuchenden Kolonne entlang und versuchte, die letzten Kräfte der Männer zu mobilisieren.

»Stellt euch vor«, rief ich ihnen zu, »ihr befändet euch im Wettlauf nach Griechenland, heim zu den Kindern und Frauen. Jetzt gilt es nur noch eine kurze Anstrengung - und dann können wir die restlichen Märsche ohne weitere Kämpfe zurücklegen!«

Da blickte Soteridas aus Sikyon, einer der Elitesoldaten des Cheirisophos, mit schweißüberströmtem Gesicht zu mir auf und preßte durch die Zähne:

»Unsere Bedingungen sind verschieden, Xenophon: Dich trägt dein Pferd, ich schleppe mich dagegen an meinem Schild halb tot.«

Ärgerlich sprang ich vom Pferd, übergab ihm die Zügel, ergriff seinen Schild und reihte mich an seiner Stelle in die Kolonne ein. Nun trug ich an diesem Tag nicht das normale Lederkoller der Hopliten, sondern einen schweren Reiterharnisch, den ich seinerzeit unter den Rüstungen Klearchs gefunden hatte. So kam es, daß ich nach kurzer Zeit völlig am Ende meiner Kräfte war und stehenbleiben mußte, um den Rest der Kolonne an mir vorbeizulassen. Da gingen zu meiner großen Erleichterung einige der anderen Söldner mit Beschimpfungen und Schlägen auf Soteridas los, drückten ihm seinen Schild wieder in die Hand und gaben mir mein Pferd zurück. Allerdings mußte ich das letzte, steile Stück des Gipfels doch noch zu Fuß erklettern, aber inzwischen waren die meisten Männer schon längst oben und saßen erschöpft und ausgepumpt ringsum auf den Steinen. Voller Genugtuung sahen wir, wie die persischen Leichten enttäuscht über den Sattel in ihre alte Stellung zurückkehrten. Schließlich löste sich der ganze Haufe dort in kleine Grüppchen auf, die auf verschiedenen Wegen tiefer ins Gebirge hineinkletterten; sie wollten uns offenkundig möglichst weiträumig umgehen und wieder Anschluß an die Hauptmacht des Tissaphernes finden.

Wir hatten unseren Auftrag erfüllt: Der Weg zum Tigris war frei! Tief unter uns sahen wir, wie sich das Karree in Marsch setzte und ins Tal hinunterzog. Auch die Truppen des Tissaphernes verschwanden bald aus unserem Blickfeld, als sie auf einem anderen, weiter südlich verlaufenden Weg, der wohl gleichfalls zum Tigris führte, abrückten. Wir blieben noch etwa zwei Stunden auf unserem Posten, bis wir sicher waren, daß aus den Bergen keine Gefahr mehr drohte. Am frühen Nachmittag begannen auch wir mit dem Abstieg.

An verschiedenen Stellen flußabwärts sahen wir aus der Talebene schwärzliche Rauchwolken aufsteigen: Offensichtlich brannte Tissaphernes dort ganze Dörfer nieder - mitsamt den Vorräten, die wir dringend benötigten. Als wir endlich wieder die Straße erreicht hatten und ins Flußtal hinuntermarschierten, trafen wir kurz vor dem Dorf, in dem der Stathmos eingerichtet worden war, auf eine größere Söldnerabteilung unter der Führung des Cheirisophos. Sie kamen aus der Uferebene zurück, wo es zwischen einigen unserer Leute, die zum Plündern ausgeschwärmt waren, und Soldaten des Tissaphernes blutige Zusammenstöße gegeben hatte. Dank der schnell geleisteten Hilfe konnten aber noch einige größere Viehherden, welche die Perser aufs andere Ufer schaffen wollten, erbeutet und in unser Lager getrieben werden.

Als manche Soldaten wegen der von Tissaphernes gelegten Brände mutlos wurden (sie befürchteten, sich nicht mehr ausreichend mit Lebensmitteln versorgen zu können - erst später stellten wir fest, daß im Stathmos große Vorräte lagerten), ritt ich an den Reihen entlang und rief den Männern zu:

»Seht ihr, daß sie uns dieses Land schon als *unser Land* zugestehen? Denn beim Abschluß des Vertrages bestanden sie doch auf der Klausel, daß wir das *Land des Großkönigs* nicht brandschatzen dürften - und nun brandschatzen sie es selber wie *fremdes Land*. Falls sie aber irgendwo für sich selbst Lebensmittel übriglassen, werden sie sehen, daß auch wir dorthin ziehen.«

Mit einem gewissen Stolz auf meine sophistische Beweisführung wandte ich mich Cheirisophos zu, der neben mir ritt, und sagte:

»Ich meine, Cheirisophos, wir sollten gegen diese Brandstifter anrücken, um *unser Land* zu schützen.«

Er blickte mich kurz von der Seite an und antwortete dann mit dem ihm eigenen nüchternen Realitätssinn:

»Da bin ich entgegengesetzter Meinung. Wir sollten auch selbst Brände legen - um so schneller werden sie aufhören.«

Das Dorf, in dem wir den Stathmos eingerichtet hatten, lag direkt am Fluß. Während die Mannschaften sich über die unerwartet reichlich vorhandenen Lebensmittelvorräte hermachten, beriefen wir eine Offiziersversammlung an der Stelle ein, wo üblicherweise die Fährschiffe ablegten - aber nicht ein einziges war dort zu sehen. Es war klar, daß sie auf die andere Seite des Flusses gebracht worden waren.

Nun war guter Rat teuer. Einige Lochagen wateten ein kleines Stück weit in die heftige Strömung hinein, stocherten mit ihren Speeren nach dem Grund und stellten fest, daß die Tiefe sehr schnell zunahm. Die von manchen insgeheim gehegte Hoffnung, man könne hier vielleicht zu Fuß durchkommen - wie seinerzeit bei Thapsakos durch den Euphrat - erwies sich als unerfüllbar.

»Es bleibt uns wohl nichts anderes übrig, als über Land weiterzumarschieren«, meinte Cheirisophos.

»Aber das wird am Fluß entlang nicht möglich sein«, wandte ich ein. »Wir sehen ja alle, wie das Gebirge flußaufwärts von beiden Seiten immer näher an die Schlucht heranrückt. Das sieht da oben wie ein richtiger Felsenkessel aus! Wenn wir unseren Marsch zu Fuß fortsetzen wollen, müssen wir über das steil aufragende Gebirge auf unserer Seite ziehen - ist das überhaupt zu schaffen?«

»Es wird gewiß sehr schwierig«, erwiderte Cheirisophos, »aber haben wir denn eine andere Wahl?«

In diesem Augenblick trat ein uns unbekannter Mann, kein Söldner, sondern wohl ein Kaufmann oder Handwerker aus dem Troß, in unseren ratlosen Kreis und sagte:

»Ich kann euch über den Fluß schaffen.«

»Du kannst uns über den Fluß schaffen?« fragte Cheirisophos überrascht. »Wer bist du?«

»Ich bin Agatharchides aus Rhodos, Zimmermann.«

»Wie sieht dein Plan aus?«

»Ich werde je 4000 Hopliten auf einmal hinüberschaffen, wenn ihr mir alles, was ich benötige, zur Verfügung stellt - und mir ein Talent als Lohn auszahlt.«

»Was benötigst du?«

»2000 Schläuche. Ich sehe hier viele Schafe, Ziegen, Rinder und Esel. Deren Felle müßten abgezogen und aufgeblasen werden. Dann wäre der Übergang leicht zu bewerkstelligen.«

»Weiter!«

»Ich brauche ferner noch die Riemen, die ihr zur Befestigung der Lasten auf den Tragtieren verwendet. Mit denen binde ich die Schläuche aneinander, stabilisiere sie mit Steinen, die ich unten anbinde und wie Anker ins Wasser hängen lasse, ziehe sie quer über den Fluß und binde sie auf beiden Seiten fest. Schließlich lege ich Buschwerk auf die Schläuche und schütte Erde darüber, so daß niemand ausrutschen kann. Ihr werdet sofort erkennen, daß ihr nicht untergeht, denn jeder Schlauch hat so viel Auftrieb, daß er zwei Männer trägt.«

Obwohl wir alle von dem wirklich raffiniert ausgedachten Vorschlag sehr beeindruckt waren, konnten wir ihn doch nicht in die Tat umsetzen, weil sich inzwischen am anderen Ufer zahlreiche persische Reiter aufgestellt hatten. Da wäre wohl keiner der Schwimmer, welche das schwankende, schmale Bauwerk quer durch die heftige Strömung hätten hinüberziehen müssen, lebend aus dem Wasser gekommen.

Nachdem wir deshalb den Plan einer Tigris-Überquerung endgültig aufgegeben hatten, schlug Cheirisophos vor, am nächsten Morgen das Dorf am Fluß niederzubrennen und zu unserem letzten, unversehrt gebliebenen Stathmos zurückzukehren.

»Hier kommen wir nicht weiter«, sagte er, »aber in dem Dorf, in dem wir gestern gelagert haben, gibt es eine Kreuzung, an der auch ein Weg auf das Gebirge zu abzweigt. Vielleicht geht ja alles viel einfacher, als wir jetzt glauben. Ich werde morgen die Einheimischen über diesen Weg ausfragen.«

Während des Rückmarsches verhielten sich die Reiter des Tissaphernes, die ständig in unserer Nähe umherschweiften und normalerweise unsere

Leichten durch plötzliche Angriffe immer wieder in Atem hielten, merkwürdig ruhig: Sie folgten uns nur voller Mißtrauen, weil sie sich auf unser Manöver wohl keinen Reim machen konnten.

Im Stathmos begaben wir Strategoi uns zu dem Wegekreuz, von dem Cheirisophos gesprochen hatte, und ließen dorthin auch einige ältere Männer bringen, die man im Dorf aufgegriffen hatte. Cheirisophos begann das Verhör über einen unserer Dolmetscher mit der Bemerkung:

»Wir wollen von euch nur wissen, in welche Länder diese Wege führen. Zunächst einmal dieser hier, der nach Süden läuft.«

Verwundert antwortete einer der Alten: »Er führt nach Babylon und nach Medien - wo ihr ja herkommt.«

»Gut. Und dieser hier?«

»Das ist die Königsstraße. Sie führt im Osten bis nach Susa und nach Ekbatana, der Sommerresidenz des Königs der Könige. In der entgegengesetzten Richtung, nach Westen, führt sie zum Tigris und jenseits des Flusses weiter nach Lydien und nach Jonien.«

Das alles wußten wir bereits, aber Cheirisophos wollte, um sein eigentliches Anliegen zu tarnen, absichtlich ein bißchen Verwirrung stiften. So stellte er jetzt scheinbar nur noch der Vollständigkeit halber seine letzte Frage:

»Dann gibt es hier noch diesen Weg nach Norden, auf das Gebirge zu. Wo führt der hin?«

»Der führt in das Gebiet der Karduchen. Sie wohnen oben in den Bergen.«

»Die Karduchen - was sind das für Leute?«

»Ein kriegerisches, wildes Volk. Sie erkennen den König der Könige nicht als ihren Herrn an. Vor geraumer Zeit ist einmal ein riesiges königliches Heer von 120000 Mann in ihr Gebiet eingerückt, um sie zu unterwerfen - und von ihnen ist kein einziger zurückgekommen: Sie sind alle in dem unzugänglichen Gebirge verschollen.«

»Haben sie überhaupt keinen Kontakt mit den persischen Behörden?«

»Doch! Wenn sie mit unserem Satrapen Verträge abschließen, halten sie sich daran und verkehren dann auch friedlich mit den Persern und diese mit ihnen.«

»Und wo gelangt man hin, wenn man ihr Gebiet durchquert hat?«

»Nach Armenien, in die Satrapie des Orontas. Das soll ein großes und reiches Land sein, von dem aus, wie uns durchziehende Kaufleute berichten, Wege in alle Richtungen führen.«

»Gut«, beendete nun Cheirisophos die Befragung, »ihr habt mir offen und ehrlich geantwortet. Geht nach Hause zu euren Familien.«

Als wir wieder unter uns waren, eröffnete Cheirisophos die Diskussion über unsere weiteren Planungen. Nach kurzer Debatte kamen wir unter dem

Zwang der Verhältnisse zu dem Entschluß, so schnell wie möglich nach Armenien zu marschieren.

»Und die Karduchen«, fragte Sophainetos, »wie werden wir mit ihnen fertig?«

»Notfalls werden wir uns durchkämpfen«, erwiderte Cheirisophos, »vielleicht gelingt es uns aber auch, mit ihnen einen Passiervertrag abzuschließen. Wir haben schließlich bewiesen, daß wir uns ebensowenig wie sie dem Großkönig unterwerfen wollen.«

»Es wäre schön, wenn das gelänge«, meinte ich bedenklich, »aber trotzdem sollten wir über unsere künftige Marschordnung reden. Das Karree kommt ja wohl im Gebirge nicht mehr in Betracht.«

»Natürlich nicht!« nahm Cheirisophos meine Anregung auf. »Wir werden wieder in Kolonne marschieren. Ich übernehme mit der Hälfte der Hopliten die Vorhut, du, Xenophon, mit der anderen Hälfte die Nachhut. Dazwischen marschiert der Troß.«

»Und die Leichten?«

»Die Leichten sollten wir allesamt mit in die Spitze nehmen, damit sie das uns unbekannte und schwierige Gelände weit voraus erkunden können. Von hinten sind doch wohl während des Aufstiegs in die Berge keine Angriffe zu erwarten.«

Als niemand etwas sagte, fuhr er fort:

»Ich schlage vor, daß wir jetzt die Opfer darbringen und, wenn sie günstig ausfallen, morgen früh noch in der Dunkelheit das Karree bis an den Fuß der Berge marschieren lassen. Das dürfte etwa eine Stunde in Anspruch nehmen. In der Dämmerung beginne ich mit dem Einmarsch. Es kommt alles darauf an, die Bewohner völlig zu überraschen, damit sie die Engstellen, mit denen wir rechnen müssen, nicht vor uns besetzen können.«

Nachdem schon die Eingeweideschau des ersten Opfertiers zu einem positiven Ergebnis geführt hatte, wurde von Mann zu Mann (ohne Trompetensignal und laute Heroldsrufe) der Befehl verbreitet, die Truppen sollten zu Abend essen, sich marschfertig machen und so lange ruhen, bis auf dieselbe Weise das Zeichen zum Aufbruch durchgegeben werde.

Nach dem Abendessen und der Aufstellung der fertig bepackten Tragtiere breitete sich zwar eine gewisse Ruhe im nächtlichen Lager aus, aber an Schlafen dachte wohl kaum jemand. Überall saßen kleine Gruppen zusammen und unterhielten sich leise über das gefährliche Unternehmen. Auch bei mir hatten sich einige meiner Lochagen eingefunden, um die Lage zu besprechen. Wir waren uns einig, daß mit dem für die Morgendämmerung geplanten überfallartigen Aufstieg in das Gebirge eine neue Etappe unseres Marsches begann.

Bisher waren wir auf recht bequemen Wegen durch vorwiegend ebenes Gelände gezogen, hatten in vielen Dörfern immer wieder unsere Vorräte an

Lebensmitteln auffüllen können und waren von den persischen Verfolgern zwar häufig belästigt, aber eigentlich niemals in ernstliche Gefahr gebracht worden. In den letzten Wochen war mir sogar gelegentlich der Gedanke durch den Kopf gegangen, daß Tissaphernes uns vielleicht gar nicht vernichten, sondern nur aus dem Land heraustreiben wollte, hinein in das unwegsame Gebirge - und in die Hände der Karduchen, die es fertiggebracht hatten, 120000 persische Soldaten im Nichts verschwinden zu lassen! Unvorstellbar!

»Unsere ganze Hoffnung«, so sagte ich zu meinen Kameraden, »beruht jetzt auf *Zeus dem Retter* und *Herakles dem Führer*. Da sie auf unserer Seite sind - sonst hätten sie uns beim Opfer doch eine Warnung zukommen lassen - werden wir die Heimkehr schaffen, wenn auch wir selbst mit ungebrochenem Mut und voller Gottvertrauen unser Ziel verfolgen.«

Die Invasion verlief zunächst völlig planmäßig. Gegen Mitte der letzten Nachtwache, noch bei völliger Dunkelheit, rückte das Karree ab und erreichte vor Sonnenaufgang den Paßweg. Dort trat die erwartete Stauung ein, als wir uns in die Marschformation *nach Lochoi* umformierten. Der Weg war an manchen Stellen so schmal, daß kaum drei Mann nebeneinandergehen konnten, ganz zu schweigen von den Tragtieren, die fast immer in langer Schlange Tier hinter Tier geführt werden mußten. Es dauerte viele Stunden, bis zunächst die Vorhut, dann vor allem der Troß in dem schmalen Tal, dem der Weg zunächst folgte, verschwunden waren und ich mit der Nachhut aufbrechen konnte.

Cheirisophos hatte inzwischen die Paßhöhe schon überwunden und befand sich im Abstieg über einen stark zerklüfteten, felsigen Hang, in dessen Schluchten und Winkeln hier und da die Nester kleiner, versteckter Dörfer zu sehen waren. Da sich sonst keine Möglichkeit zum Lagern bot, wurde die Kolonne auf mehrere dieser Dörfer aufgeteilt, mit dem ausdrücklichen Befehl an die Söldner, sich aus den Häusern nur die notwendigen Lebensmittel zu nehmen und sonst keine Beute zu machen und auch die Bewohner, die erst im letzten Augenblick völlig überrascht die Flucht ergriffen, nicht zu verfolgen. Dies hatten wir im Kreis der Strategoi beschlossen, um den Karduchen keinen Vorwand für Feindseligkeiten zu geben. Vielmehr versuchten Cheirisophos und seine Lochagen umgekehrt, sie durch freundliche Zurufe von unseren friedlichen Absichten zu überzeugen und zum Abschluß eines Passiervertrages zu bewegen - leider ohne Erfolg.

Die letzten Männer der Nachhut, bei denen ich mich aufhielt, befanden sich zu diesem Zeitpunkt noch immer am Eingang in den Paßweg - das Unternehmen nahm wegen der schwierigen Geländeverhältnisse den ganzen Tag in Anspruch, so daß wir uns erst bei Einbruch der Nacht dem Stathmos näherten. Als wir schon fast das erste Dorf erreicht hatten, erhoben unsere Schlußmänner plötzlich ein lautes Geschrei: Aus der Dunkelheit heraus waren sie völlig unerwartet von hinten mit Pfeilschüssen und Steinwürfen überfallen worden. Nur mit Mühe konnten wir mehrere Tote und Verwundete bergen und ins Dorf hinuntertragen. Dort sahen wir, daß die gefallenen Hopliten durch über drei Fuß lange Pfeile durchbohrt worden waren.

Von diesen Bogenschützen, das wurde uns klar, drohte äußerste Gefahr: Sie vermochten ihren Geschossen offensichtlich eine solche Wucht zu verleihen, daß wir uns sogar im Schutz unserer Schilde kaum noch sicher fühlen durften.

Als alle Offiziere sich noch vor Tagesanbruch zu einer Lagebesprechung bei Cheirisophos versammelten, berichtete ich über den Vorfall und sagte zum Schluß:

»Wir haben großes Glück gehabt, weil nur wenige Kämpfer diesen Überfall durchgeführt haben. Wären es viele gewesen, hätten wohl, bei den Göttern, die meisten von uns den Tod gefunden. Gestern haben wir sie noch überrascht, aber von heute an werden sie ihren Widerstand besser organisieren. Uns stehen schwere Zeiten bevor.«

»Ich sehe das genauso«, meinte daraufhin Cheirisophos, »sie haben unsere Friedensangebote nicht angenommen, sondern sammeln sich in den Bergen. Ringsum brennen ihre Feuer. Wir werden den Durchzug durch ihr Land erkämpfen müssen - aber unsere Kolonne ist für einen Gebirgskrieg bei weitem zu schwerfällig. Unser Troß muß verkleinert werden. Wir schleppen noch immer viel zu viel überflüssiges Gepäck mit.«

»Und nicht wenige unserer Tragtiere«, fügte Sophainetos hinzu, »sind krank, verbraucht, am Ende ihrer Kräfte. Ich habe ja gestern die Geleitmannschaften für den Troß befehligt. Manche der Tiere fielen unterwegs einfach um, andere konnten wir nur mit der Peitsche bis zum Paß hochprügeln. Sie nützen uns nichts mehr und halten unseren Marsch nur noch auf.«

»Also weg mit ihnen«, erwiderte Cheirisophos, »laßt sie laufen oder schlachtet sie. Wir werden nur noch die kräftigsten Tiere mitnehmen und alles Gepäck hier zurücklassen, das nicht unbedingt nötig ist.«

»Und was wird aus unseren Beutestücken«, fragte da Timasion? »Wir wollen doch nicht mit leeren Händen heimkehren?«

»Sehen wir erst mal zu, daß wir mit Hilfe der Götter überhaupt heimkehren«, antwortete Cheirisophos in gereiztem Tonfall. »Wenn ihr euch von euren Sachen nicht trennen wollt, verschafft euch gesunde und kräftige Träger - aber verzögert mir das Marschtempo nicht, sonst, das schwöre ich, werfen wir die Beute mitsamt den Trägern in die Schluchten.«

Er schnaufte erbost auf und fragte dann: »Hat sonst noch jemand etwas zu sagen?«

»Ja, ich!« meldete ich mich. »Wir haben, wie wir alle wissen, in der letzten Zeit viele Leute aus den Dörfern mitgenommen, um sie später als Sklaven zu verkaufen, zum größten Teil Frauen, halbwüchsige Kinder und ältere Männer. Der elende Zug dieser Hunderte von armseligen Menschen, die sich zum Teil kaum noch auf den Beinen halten können, kommt noch langsamer voran als die Kolonne der Tragtiere. Aber wir müssen unser Marschtempo nach ihnen richten, wir müssen sie ernähren, und wir müssen Soldaten abordnen, die sie bewachen - und die uns bei den bevorstehenden Kämpfen fehlen werden. Und außerdem: Daß wir in absehbarer Zeit einen gewinnbringenden Sklavenmarkt abhalten können, halte ich angesichts dieser schrecklichen Gebirgslandschaft für ausgeschlossen. Ich schlage also vor, sie hier zurückzulassen: Mögen sie sehen, wie sie weiterkommen.«

»Einverstanden!« stimmte Cheirisophos zu. »Laßt uns folgenden Beschluß fassen und durch die Herolde bekanntgeben: erstens: Das Gepäck wird auf das unbedingt Notwendige reduziert, alles Übrige bleibt hier; zweitens: Die Anzahl der Lasttiere wird stark verkleinert; wir beschränken uns auf die kräftigsten; drittens: Alle nach der Schlacht mitgenommenen Gefangenen werden hier zurückgelassen. Ich bitte um das Handzeichen.«

Nachdem der Beschluß einstimmig gefaßt worden war, fuhr Cheirisophos fort: »Die Durchführung dieser Maßnahmen obliegt den Lochagen. Sorgt dafür, daß noch vor dem Frühstück der Troß gründlich durchkämmt wird. Jagt die Gefangenen aus dem Lager und bringt die Neuverteilung der Lasten auf die ausgewählten Tiere in Gang. Bei der ersten Gelegenheit nach dem Abmarsch werden wir überprüfen, ob unser Befehl korrekt ausgeführt worden ist. Nun an die Arbeit!«

Die Söldner erkannten selbst die Schwierigkeit unserer Situation und leisteten weniger Widerstand, als wir befürchtet hatten. Immerhin mußten sie ihre Traglasten erheblich verkleinern und vor allem *ihre* Sklaven, die sie bisher in der Hoffnung auf einen späteren Verkauf mehr schlecht als recht am Leben erhalten hatten, aufgeben. Manche, die inzwischen mit einheimischen jungen Frauen oder Jünglingen Verhältnisse begonnen hatten, versteckten ihre Lieblinge unter der ursprünglichen Dienerschaft, die von dem Befehl nicht betroffen war - und wenn die Lochagen bei der Kontrolle, die wir an der ersten Engstelle dieses Marschtages durchführten, solche Gefangenen entdeckten, drückten sie schon einmal beide Augen zu. Insgesamt wurde die Aktion ein voller Erfolg. Unsere Kolonne war deutlich kürzer geworden und kam trotz der ständigen Attacken durch die Karduchen auch erheblich schneller voran.

Am nächsten Tag verschlechterte sich das Wetter dramatisch, jedoch fanden wir in den verlassenen Dörfern, in denen wir am Nachmittag unseren Stathmos einrichteten, so wenig Lebensmittel, daß wir keinen Ruhetag einlegen konnten und am frühen Morgen trotz eines pfeifenden Regenschneesturms wieder aufbrachen.

Der Weg führte jetzt durch eine besonders unübersichtliche Gebirgslandschaft mit gefährlichen Schluchten und vielen Engstellen, an denen die Karduchen immer aufs neue von hinten plötzlich heranstürmten, aus nächster

Nähe ihre Geschosse entsandten und sich dann blitzschnell zurückzogen. Mehrfach war ich gezwungen, nach vorne die Bitte *Anhalten!* durchrufen zu lassen; daraufhin trat nach wenigen Minuten eine Stockung ein, die wir zu einem kurzen Entlastungsangriff ausnutzen konnten. Wichtig war vor allem, daß wir vor dem Weitermarsch unsere alte Position wieder einnahmen. Einmal ist es uns bei einer solchen Gelegenheit sogar gelungen, einige Karduchen zu töten und zwei lebend in die Hand zu bekommen; wir hofften, sie als landeskundige Führer einsetzen zu können.

Als wir gegen Mittag wieder einmal unter heftigem Druck standen, wollte ich uns durch den üblichen Entlastungsangriff Luft verschaffen und bat um einen Halt, aber da kam von vorne die Aufforderung *Folgen!* zurück. Mit Entsetzen sah ich, daß unsere Vorderleute eilends weiterzogen und daß infolgedessen die Lücke zwischen ihnen und meinen Hopliten, die sich mit kurzen Vorstößen und schnellen Rückzügen verzweifelt gegen die geschickt ausweichenden Angreifer wehrten, immer größer wurde. Da die Karduchen es niemals zum Handgemenge kommen ließen, trieben sie uns mit ihren Steinwürfen und Pfeilschüssen wie die Hasen vor sich her, so daß unser Rückzug schließlich in eine wilde Flucht überging.

Dabei hatten wir mehrere Leichtverwundete, mußten aber auch zwei tödlich getroffene Männer auf dem Weg zurücklassen: den Lakedämonier Leonymos, dem ein Pfeil durch den Schild und durch den Lederkoller hindurch in die Weichen gefahren war, und den Arkader Basias, dem ein Pfeil den ganzen Kopf durchschlagen hatte.

Endlich erreichten wir wieder offeneres Gelände. Hier begann der Weg über einen sanften Hang in den Kessel eines kleinen Tales hinunterzuführen, jenseits dessen man ihn in zahlreichen Windungen auf einen querlaufenden hohen Bergkamm aufsteigen und am Ende in einer Schlucht verschwinden sah. Die gesamte Marschkolonne hatte auf dem Hang rechts und links des Weges ihr Biwak aufgeschlagen.

Während sich auch meine Leute einen Platz für die Nacht im Freien suchten, eilte ich voller Empörung zu Cheirisophos, der zusammen mit mehreren Lochagen am oberen Rand des Abhanges stand und angestrengt den gegenüberliegenden Bergzug beobachtete.

»Bei allen Göttern«, rief ich ihm schon aus der Ferne zu, »warum hast du nicht auf uns gewartet? Wir sind nur knapp an einer Katastrophe vorbeigekommen! Wir mußten fliehen und zugleich nach hinten kämpfen. Und nun sind zwei meiner besten Männer tot - und wir konnten sie nicht einmal mitnehmen und begraben!«

Ohne eine Miene zu verziehen, zeigte Cheirisophos auf das Gebirge uns gegenüber:

»Sieh dir diese Felsen da drüben an. Es gibt nur einen einzigen Weg hinüber - das ist der, auf dem wir uns befinden. Und der ist, wie du jetzt wohl auch selbst sehen kannst, da oben, wo er durch diese steile Schlucht die Paßhöhe erreicht, von den Feinden besetzt. Ich hatte gehofft, vor ihnen oben zu sein - deshalb konnte ich nicht auf dich warten - aber wir haben es nicht geschafft. Und nun sitzen wir hier fest! Unsere Führer versichern, daß sie keinen anderen Weg kennen.«

»Zurück«, überlegte ich laut, »können wir natürlich auch nicht, dann würden wir verhungern. Wir haben ja unterwegs alles Eßbare aufgebraucht. Sollte es wirklich nur diesen einen Weg geben?«

Ich erzählte ihm nun von meinen beiden Gefangenen und ließ sie sofort nach vorne bringen. Der eine von ihnen war ein älterer Mann, der uns aus blitzenden Augen verächtlich anblickte und auf die Fragen des Dolmetschers, ob es einen anderen Weg gebe, entweder nur mit »nein« antwortete oder haßerfüllte Flüche ausstieß. Als man ihm Foltern und schließlich den Tod androhte und mit Knüppeln auf ihn einschlug, machte er den Mund überhaupt nicht mehr auf.

Da sagte Cheirisophos: »Tötet ihn!«

Wenige Augenblicke später lag er blutüberströmt am Boden. Danach begann das Verhör des zweiten, jüngeren Mannes, den das grausame Schicksal seines Kameraden sichtlich mitgenommen hatte. Er erklärte uns, daß der Alte vorgegeben habe, keinen anderen Weg zu kennen, weil auf der Hochebene hinter dem Paß seine verheiratete Tochter wohne. In Wahrheit führe noch ein schmaler, aber auch für die Tragtiere gangbarer Saumpfad über das Gebirge. Er sei bereit, ihn uns zu zeigen.

»Gut«, sagte Cheirisophos, »gibt es schwer passierbare Stellen auf diesem Pfad?«

»Ja, eine sehr steile, felsige Anhöhe. Die müßt ihr vor unseren Leuten besetzen, sonst kommt ihr an ihr nicht vorbei. Unter ihr zweigt dann noch ein schmaler Seitenpfad ab, der ganz in der Nähe der Stelle endet, an welcher der Hohlweg auf die Ebene hinausführt.«

Cheirisophos ließ den Mann mit dem Auftrag, ihn gut zu bewachen, zur Seite führen und berief die Offiziersversammlung ein, um das weitere Vorgehen festzulegen. Nachdem er über das Verhör Bericht erstattet hatte, wandte er sich ausdrücklich an die Lochagen und sagte:

»Lochagen, ob wir mit dieser Schwierigkeit fertig werden, hängt weitgehend von euch ab! Wir müssen im Laufe der Nacht die steile Anhöhe, von der ich berichtet habe, besetzen, damit wir morgen in der Frühe den Paß von zwei Seiten aus angreifen können. Mein Plan sieht folgendermaßen aus: Heute abend führen wir bis zum Einbruch der Dunkelheit Scheinangriffe auf dem Paßweg durch, damit die Karduchen ihre ganze Aufmerksamkeit auf diese Stelle richten. Dann kann sich in der Dämmerung unbemerkt eine Kommandoeinheit, die wir jetzt gleich aufstellen werden, mit dem Gefangenen als Führer auf dem Saumpfad an die Anhöhe heranpirschen und dort über Nacht

Stellung beziehen. Mit dem ersten Licht bricht sie auf dem erwähnten Nebenweg in Richtung auf den Paßausgang auf und leitet, wenn sie an Ort und Stelle ist, mit einem Trompetensignal den Angriff auf die Besatzung ein. Im selben Augenblick greifen wir auch von unten aus an. Auf diese Weise werden wir, da bin ich sicher, den Durchbruch schaffen. Allerdings brauchen wir für das riskante nächtliche Kommandounternehmen Freiwillige, welche...«

Bevor er weitersprechen konnte, meldeten Aristonymos aus Methydrion und Agasias aus Stymphalos, zwei Hoplitenlochagen aus der von mir befehligten Nachhut, durch Handzeichen ihre Bereitschaft zur Übernahme des Kommandos an und versicherten, daß ihre Lochoi ihnen bedingungslos folgen würden. Beide waren Mitglieder eines lockeren Freundeskreises, in dem sich die arkadischen Offiziere zusammengeschlossen hatten (ähnliche landsmannschaftlich orientierte Freundeskreise gab es auch unter den anderen Offizieren). Zwischen diesen Männern herrschte eine zwar in der Regel freundschaftliche, aber doch ganz ernst gemeinte Rivalität um den Ruhm der größeren Tapferkeit, die sie noch öfter bei gefährlichen Einsätzen waghalsige Aktionen unternehmen ließ.

»Ihr bringt«, ließ sich da Kallimachos aus Parrhasia, einer der besonders schneidigen und ehrgeizigen arkadischen Lochagen, vernehmen, »etwa zweihundert Hopliten zusammen - viel zu wenig für diesen Einsatz! Ich mache mich anheischig, die zehnfache Menge an Freiwilligen aus dem ganzen Heer herbeizuschaffen - vor allem die jungen Männer, das weiß ich, werden mitziehen, wenn *ich* die Führung übernehme.«

Bevor es wieder einmal zum offenen Streit zwischen den Rivalen kommen konnte, forderte Cheirisophos sie auf, die Mannschaften möglichst schnell zusammenzustellen und auf das nächtliche Unternehmen vorzubereiten. Schließlich konnte er auch noch Aristeas aus Chios als Kommandanten einer leichten Abteilung, welche die Hopliten begleiten sollte, gewinnen.

Nachdem dies geregelt war (vor allem dank der Popularität des Kallimachos meldeten sich etwa 2000 Freiwillige), warf Sophainetos noch eine Frage auf, welche den Troß betraf:

»Was machen wir mit den Lasttieren? Bis wir die über diesen steilen Paß geschafft haben, werden Stunden vergehen. Wäre es nicht sinnvoll, sie gleich in der Frühe über den Saumpfad losziehen zu lassen, unabhängig von den Kampftruppen? Da kann doch eigentlich nichts passieren - und wir verlieren keine Zeit.«

»Du hast recht«, erwiderte Cheirisophos und wandte sich mir zu:

»Das ist eine Aufgabe für dich, Xenophon! Du hast mit deinen Männern heute den Tag über viel leisten müssen. Da könnt ihr (oder wenigstens diejenigen von euch, die nicht an dem Kommandounternehmen teilnehmen) morgen ein bißchen Erholung gebrauchen. Nur um eines möchte ich dich bitten: Führt vor dem Abendessen noch die Scheinangriffe an der Schlucht durch.«

Allmählich verbreitete sich die Abenddämmerung. Außerdem zogen düstere Wolken auf, aus denen es heftig zu regnen begann, so daß die Sicht zunehmend schlechter wurde. Nach einem eilig eingenommenen Abendessen brach die Kommandoeinheit in völliger Stille auf, geführt von dem Gefangenen, dem man die Hände auf dem Rücken zusammengebunden und einen Strick um den Hals gelegt hatte.

Gleichzeitig lief ich mit meinen Leuten unter lautem Geschrei über den Abhang und quer durch den Talkessel auf die Schlucht zu, durch welche der Paßweg steil aufwärts stieg. Als wir uns dem Eingang näherten, prasselten von oben mit ohrenbetäubende Getöse regelrechte Steinlawinen herunter, die jedes Weiterkommen unmöglich machten. Eilig zogen wir uns, glücklicherweise ohne Verletzungen, aus der Gefahrenzone zurück. Um jedoch die Karduchen zu verunsichern, begannen einige meiner Lochagen in den Felswänden rechts und links des Hohlweges hochzuklettern. Auch sie mußten zwar immer wieder vor den Steinen, die mit großer Wucht, krachend und splitternd, über die Steilwand niederstürzten, zurückweichen, setzten aber trotzdem ihre Versuche unverdrossen bis zum Einbruch der Dunkelheit fort, als ob sie die besten Aufstiegsmöglichkeiten für einen bevorstehenden Angriff auskundschaften wollten.

Dann kehrten wir lautlos in unser Lager zurück und bereiteten uns das Abendessen - die erste Mahlzeit an diesem Tag! Mit Genugtuung hörten wir dem Gepolter der Steinlawinen zu, welche die Karduchen die ganze Nacht hindurch aus Angst vor einem plötzlichen Überfall zu Tal rollen ließen.

Als gegen Morgen der Regen nachließ, bildeten sich Nebelschwaden. Im Stathmos herrschte zu dieser Zeit bereits lebhafter Betrieb. Die Kampftruppen machten sich für den Angriff bereit und rückten langsam in den Talkessel hinunter. Ich unterteilte meine Truppe in eine Vorhut und eine Nachhut, welche später die Tragtierkolonne in die Mitte nehmen sollten. Wir alle blickten immer wieder zu dem nebelverhangenen, kaum erkennbaren Gebirgszug hinauf und warteten voller Spannung auf das verabredete Trompetensignal.

Da - endlich war es hell und deutlich zu hören: das Signal *Angreifen!* Jetzt trennten sich unsere Wege. Während von unten aus dem Kessel das Kampfgeschrei der vorwärts stürmenden Kameraden heraufklang, zog ich an der Spitze meiner Vorhut auf dem schmalen, aber gut gangbaren Saumpfad in eine stille Berglandschaft hinein. Der Pfad lief in Bögen mit mäßiger Steigung an kahlen Hängen entlang, die auf der rechten Seite zu mehreren, teilweise ziemlich hohen Kuppen aufstiegen, während sie auf der linken Seite in ein schroffes, schluchtartiges Tal abfielen.

Wir kamen ohne Schwierigkeiten voran. Nach einer Viertelstunde war vom Kampflärm am Paß nichts mehr zu hören. Da sahen wir plötzlich, daß eine der vor uns aufragenden, den Weg beherrschenden Kuppen vom Feind besetzt war. Nach kurzer Beratung mit den Lochagen der Vorhut war mir klar, daß wir diese Stellung trotz des für einen Hoplitenkampf ungünstigen Geländes unbedingt in unsere Hand bringen mußten: nicht nur konnte von dort oben unsere ganze Kolonne während des Vorbeizuges unter heftigen Beschuß genommen, sondern auch - das war meine Hauptsorge - vom Rest des Heeres abgeschnitten werden.

Da hier die Phalanxaufstellung nicht in Frage kam, entschlossen wir uns dazu, den Angriff in Steilkolonnen durchzuführen. Das bedeutete, daß die einzelnen Lochoi in der schmalen Marschformation als selbständige taktische Einheiten jeweils an den für sie günstigsten Stellen aufsteigen und sich von drei Seiten aus an den Feind heranarbeiten sollten; die Rückseite der Kuppe wollten wir absichtlich freilassen, um den Verteidigern eine Möglichkeit zur Flucht zu geben.

Unser Konzept bewährte sich. Zwar erwies sich der Aufstieg über die steilen Felsen als mühsam, weil wir wegen des starken Beschusses ununterbrochen die Schilde über uns halten mußten, aber wir kamen dem Gipfel doch stetig näher und stellten uns schon auf den Nahkampf ein, als die Karduchen im letzten Augenblick fluchtartig die Stellung räumten und im unzugänglichen Hinterland verschwanden. Das entsprach im Grunde ihrer bisherigen Taktik, denn sie hatten sich ja auch sonst nie auf ein Handgemenge eingelassen.

Wir kehrten wieder zum Saumpfad zurück, standen aber nach kurzem Marsch erneut vor einer vom Feind besetzten hohen Kuppe. Offenbar streiften Karduchen in der ganzen Gegend umher und nutzten jede Möglichkeit aus, um meine Kolonne anzugreifen. Da wurde mir bewußt, daß uns die Eroberung der ersten Kuppe nur wenig nützen würde, wenn wir sie nicht durch eine eigene Besatzung sicherten, bis unsere Nachhut sie passiert hatte.

Zwei meiner athenischen Landsleute, die Lochagen Kephisodoros und Amphikrates, sowie der aus mir nicht bekannten Gründen aus Argos verbannte Archagoras erklärten sich bereit, mit ihren Lochoi die Aufgabe zu übernehmen und sich später der Nachhut anzuschließen.

Wir übrigen erstürmten nach derselben Methode die zweite Kuppe und standen kurz darauf vor jener besonders steilen Anhöhe, welche der Gefangene erwähnt hatte. Auch sie war besetzt, aber zu unserer Überraschung räumten die Karduchen sie kampflos, als wir uns näherten. Daraufhin löste ich den Rest der Vorhut in zwei nach dem Alter getrennte Gruppen auf und befahl den Älteren, mit der Tragtierkolonne langsam weiterzuziehen und nach dem Austritt aus dem Gebirge auf der Hochebene in Gefechtsbereitschaft haltzumachen.

Ich selbst kletterte mit den Jüngeren mühsam auf die wirklich sehr steile Anhöhe hinauf und konnte von oben unseren Saumpfad auf eine weite Strecke hin überblicken. Und da sah ich, daß die Männer der Nachhut sich immer noch weit hinten, in der Nähe der ersten Kuppe, befanden und nur langsam vorankamen, weil sie die überfallartigen Angriffe zahlreicher Karduchen abwehren mußten.

Während ich noch überlegte, wie wir zu Hilfe kommen könnten, erschien keuchend und nach Luft schnappend Archagoras bei mir und berichtete:

»Zunächst herrschte Ruhe auf der Kuppe, um deren Gipfel unsere Hopliten einen Verteidigungsring gelegt hatten. Plötzlich aber erschienen die Karduchen wie aus dem Nichts zu Hunderten und überschütteten uns aus nächster Nähe mit einem Geschoß- und Steinhagel, gegen den unsere Schilde keinen Schutz mehr boten. In kurzer Zeit lagen mehrere von uns von Pfeilen durchbohrt oder mit zertrümmerten Schädeln tot am Boden. Die Überlebenden versuchten mit wilden Sprüngen über die Felsen nach unten zur Nachhut zu entkommen - aber viele schafften es nicht: Sie stürzten sich zu Tode oder wurden von oben niedergeschossen. Auch Kephisodoros und Amphikrates sind tot. Die Nachhut selbst hatte bisher glücklicherweise keine Verluste, und auch die Tragtierkolonne, an der ich eben vorbeigelaufen bin, scheint mir noch ziemlich in Ordnung zu sein.«

Während dieses Gespräches sammelten sich zahlreiche Karduchen auf einem niedrigeren Hügel gegenüber von unserer steilen Anhöhe. Angesichts der allgemeinen Lage schien es mir am besten, vor dem Beginn neuer Feindseligkeiten mit ihnen in Verhandlungen einzutreten. Über unseren griechisch-persischen Dolmetscher bot ich ihnen einen Waffenstillstand an unter der Bedingung, daß sie uns die Leichen der gefallenen Kameraden auslieferten. Nach kurzer Beratung erklärten sie sich damit einverstanden, wenn wir uns dazu verpflichteten, ihre Häuser nicht niederzubrennen. Auf dieser Basis setzten wir durch laute gegenseitige Zurufe die Vereinbarung in Kraft.

Unterdessen waren die Tragtierkolonne und die Nachhut ohne Beeinträchtigungen auf dem Saumpfad weitergezogen und hatten, wie ich von meinem erhöhten Standpunkt aus sehen konnte, die Hochebene glücklich erreicht. Auf ihr befanden sich bereits auch die über den Paßweg aufgestiegenen Truppen, so daß zu diesem Zeitpunkt nur noch ich selbst mit meinen wenigen jungen Hopliten den Karduchen, die sich von allen Seiten in großen Scharen unterhalb unserer Stellung einfanden, gegenüberstand.

Glücklicherweise fiel der Berg auf der Rückseite in einem relativ sanften Hang zur Hochebene ab, so daß wir uns der Hoffnung hingaben, der bedrohlich rumorenden Masse der Feinde durch schnelle Flucht entkommen zu können - denn daß der mit einigen Kämpfern mündlich abgeschlossene Vertrag uns nicht viel helfen würde, war jedermann klar.

Auf mein Kommando hin rannten wir alle, etwa 50 Männer, auf einen Schlag los und rasten über Stock und Stein nach unten. Im selben Augenblick stürmten die Karduchen mit lautem Kriegsgeschrei von der anderen Seite auf den Gipfel hinauf und ließen von oben Felsbrocken und Steine in Massen hinter uns herrollen. Einer der Hopliten wurde so unglücklich getroffen, daß er ein Bein brach und von zwei Kameraden mitgeschleift werden mußte.

Als auch noch ein Pfeilhagel auf uns niederging, geriet mein Schildträger, der mich beim Hochklettern auf die steile Anhöhe begleitet hatte, in eine solche Panik, daß er mit dem Schild davonstürzte. Da hielt geistesgegenwärtig Eurylochos aus Lusoi, ein durch nichts aus der Ruhe zu bringender Hoplitenlochage etwa meines Alters, seinen Schild über uns beide. Nachdem wir auf diese Weise endlich ohne weitere Verluste die Ebene erreicht hatten, wurden wir dort freudig von unseren Leuten in Empfang genommen.

Den Stathmos bezogen wir bereits am späteren Vormittag, da wir alle durch die Kampfhandlungen sehr mitgenommen waren und eine Verschnaufpause benötigten. Wir verteilten uns in größeren oder kleineren Gruppen auf die umliegenden ansehnlichen Gehöfte und konnten dort endlich wieder einmal aus dem Vollen schöpfen. Lebensmittel gab es im Überfluß und auch Wein in solchen Mengen, daß er nicht in Amphoren, sondern in verputzten Zisternen aufbewahrt wurde - was bei uns daheim in Griechenland allenfalls einmal in größeren Gasthäusern der Fall ist.

Über Mittag fand eine Zusammenkunft zwischen Cheirisophos und mir sowie zwei Abgesandten der Karduchen statt, auf welcher die von mir mündlich abgeschlossene Vereinbarung noch einmal offiziell bekräftigt wurde. Vertragsgemäß verzichteten wir auf das Niederbrennen der Häuser, behielten aber unseren Führer als Geisel in Haft, bis uns die zwölf Gefallenen ausgeliefert wurden. Nachdem diese Bedingung erfüllt war, ließen wir ihn laufen und beerdigten unsere Toten in einem gemeinsamen Grab, über dem wir einen hohen Steinhügel errichteten. Nach der üblichen Weinspende würdigte ich in einer kurzen Grabrede ihren Mut und ihre vorbildliche Einsatzbereitschaft - mehr konnten wir unter den gegebenen Umständen leider nicht für sie tun.

Abends, als ich mit meinen Lochagen noch Wein trank, hörten wir uns den ausführlichen Bericht der drei arkadischen Offiziere über den Verlauf des nächtlichen Kommandounternehmens an. Zunächst war die Einheit trotz der Dunkelheit auf dem Saumpfad gut vorangekommen. Nach etwa einer halben Stunde trat eine Stockung ein, als voraus der flackernde Schein eines Wachfeuers sichtbar wurde - etwa an der Stelle, wo der Seitenweg von dem Saumpfad abzweigte.

Obwohl sich die vordersten Männer so leise wie möglich anpirschten, bemerkten es die karduchischen Posten etwas zu früh. So konnten einige entkommen, während die Mehrzahl in einem kurzen Handgemenge niedergemacht wurde. Die Einheit verbrachte an dieser Stelle den Rest der Nacht und zog im Morgengrauen auf dem Nebenweg, der nicht sehr weit vor dem Paßweg auf die Ebene hinausführte, dem Kampfplatz entgegen. Da dichter Nebel herrschte, war es möglich, dort unbemerkt die Angriffsformation zu bilden und noch ein Stück weit vorzurücken, bevor der Gegner in Sicht kam. In diesem Augenblick blies der Trompeter das Angriffssignal, das auch wir gehört hatten. Durch den Rückenangriff völlig überrascht räumten die Karduchen sofort ihre Stellung und zogen sich in die Wildnis zurück, so daß die durch den Paßweg selbst oder in den Felsen rechts und links daneben mühsam aufsteigenden Truppen überhaupt keine Feindberührung mehr hatten. Wir, die Geleitmannschaft der Tragtierkolonne, waren offenbar die einzige Abteilung, die Verluste hatte hinnehmen müssen.

Während der nächsten drei Tage zogen wir auf dem Handelsweg weiter dem Kentrites entgegen, dem Grenzfluß, hinter dem das ersehnte Land Armenien beginnt. Zwar hatten wir während der ganzen Zeit immer wieder heftige Angriffe der Karduchen abzuwehren, kamen aber trotzdem gut voran, weil wir ein neues taktisches Konzept anwandten: Wenn vorne der Weg an Engstellen und Pässen von den Feinden abgeriegelt wurde, stiegen Mannschaften der Nachhut rechts und links des Weges in die Felsen auf, arbeiteten sich nach vorne und vertrieben von ihrer erhöhten Position aus den Gegner aus seiner Stellung; wurden wir jedoch von hinten angegriffen, kamen uns auf dieselbe Weise Männer der Vorhut zu Hilfe.

Trotz dieses Marsches in ständiger Gefechtsbereitschaft, der die Hopliten dazu zwang, ihre schweren Schilde mitzuschleppen, hatten wir nicht wenige Verwundete zu beklagen. Denn die karduchischen Bogenschützen verliehen ihren über zwei Ellen langen Pfeilen eine solche Wucht, daß sie durch unsere Schilde und Lederpanzer glatt hindurchfuhren. Das erreichten sie nicht zuletzt durch ihre besondere Art des Spannens: Zum Schuß spreizten sie nämlich in leicht gebückter Haltung die Beine, stellten das untere Ende ihres fast drei Ellen großen Bogens auf dem Boden auf, fixierten es mit dem linken Fuß und zogen dann kraftvoll die Sehne an, während unsere griechischen Schützen in ziemlich aufrechter Stellung mit einem frei gehaltenen und viel kleineren Bogen zu schießen pflegen.

Dennoch waren die kretischen Bogenschützen unter der Führung ihres Lochagen Stratokles damals die einzigen, die uns Hopliten immer wieder einmal etwas Luft verschafften. Da die großen Pfeile der Karduchen für sie nicht verwendbar waren, sammelten die Speerwerfer sie auf, brachten in der Mitte Schlaufen an, mit deren Hilfe sie die Geschosse beim Wurf in Drehung versetzen konnten, und benutzten sie fortan als willkommene zusätzliche Munition.

Am dritten Tag senkte sich der Weg allmählich abwärts, und wir merkten mit großer Erleichterung, daß wir dem Rand des Gebirges näher kamen. Schließlich öffnete sich der Blick hinunter ins Tal. Über niedrige, locker bewachsene Hügel fiel das Gelände jetzt ziemlich gleichmäßig bis zu der steinigen Uferebene des ungefähr zwei Plethren breiten Flusses ab.

Die Entfernung zum Kentrites betrug von dieser Stelle aus, an der wir in einigen von ihren Bewohnern offenbar überstürzt verlassenen Dörfern den Stathmos einrichteten, etwa 6 - 7 Stadien. Am Abend war aus allen Unterkünften das fröhliche Lachen der Männer zu hören, die bei reichlichem Essen und Trinken (in allen Häusern fanden sich große Lebensmittelvorräte) und mit ausgeschmückten Erinnerungen an die überstandenen Strapazen ihre Rettung feierten.

Wir beabsichtigten, am nächsten Morgen sehr früh aufzubrechen und sofort bei Tagesanbruch den Fluß auf der Furt, welche der Handelsweg benutzte, zu überqueren. Als jedoch die Vorhut noch in der Dämmerung das Ufer erreichte, war jenseits auf einer trocken liegenden Niederung, die bei Hochwasser wohl überflutet wurde, bereits eine große Abteilung schwer bewaffneter feindlicher Reiter aufgezogen. Die recht hohe und steile eigentliche Uferböschung, die etwa drei oder vier Plethren weiter hinten lag, überwand der Handelsweg auf einer anscheinend künstlich angelegten Rampe; weitere Aufstiegsmöglichkeiten schien es nicht zu geben.

Am oberen Rand der Böschung hatten sich mehrere starke Abteilungen von Fußsoldaten aufgestellt. Eine fiel wegen der extrem großen Flechtwerkschilde besonders ins Auge: Das waren, wie wir später hörten, chaldische Söldner unter dem Kommando eines gewissen Artouchas - ihnen ging der Ruf hervorragender Tapferkeit voraus. Sie gehörten offenbar ebenso wie die anderen Truppen zum Aufgebot des Orontas und sollten unseren Einmarsch in seine Satrapie verhindern.

Nach kurzer Beratung beschlossen wir, die Durchquerung trotz der zu erwartenden Schwierigkeiten zu riskieren. Als jedoch die Hopliten des ersten Lochos der Vorhut in den Fluß hineinzuwaten begannen, gerieten sie schnell in immer tieferes Wasser, so daß die Schilde, die sie zum Schutz gegen den starken Beschuß vom anderen Ufer aus vor sich hielten, mit dem unteren Ende eintauchten und schließlich die Männer in der starken Strömung mitzureißen drohten. Über dem Kopf konnte man sie aber auch nicht tragen, da dann die ungeschützten Körperteile ein gutes Ziel für die vorzüglichen gegnerischen Bogenschützen darstellten. Außerdem war das Flußbett mit großen glitschigen Steinen übersät, durch die immer wieder einzelne Männer zu Fall kamen und so Unordnung in der Kolonne verursachten. Nach wenigen Minuten brach deshalb Cheirisophos das Unternehmen ab und ordnete den Rückzug an.

Daraufhin richteten wir, obwohl es noch früh am Morgen war, am Ufer des Flusses unser Biwak ein, da wir weder vor noch zurück konnten: In den Dörfern, die uns als Nachtquartier gedient hatten, waren inzwischen unzählige Karduchen eingetroffen, die nur darauf warteten, uns während der Überquerung des Kentrites von hinten anzugreifen. Und ein Rückmarsch wieder in das Gebirge hinein war ohnehin ausgeschlossen: Dort wären wir aus Mangel an Lebensmitteln in kurzer Zeit verhungert.

Wir Strategoi trafen uns am Abend, als überall die Feuer brannten und das Essen bereitet wurde (glücklicherweise hatten wir uns im letzten Stathmos reichlich mit Lebensmitteln versorgt), und erörterten die Lage. Es herrschte Einvernehmen darüber, daß unsere einzige Überlebenschance in der Überschreitung des Flusses bestand, aber wir fanden dafür kein taktisches Konzept. Die Durchquerung einer tiefen Furt, die von *beiden* Ufern aus mit Waffengewalt gesperrt wird, ist nach menschlichem Ermessen zum Scheitern verurteilt.

»Wir können uns hier«, beendete Cheirisophos die Diskussion, »noch zwei oder drei Tage halten, dann wird es kritisch. In dieser Zeit müssen wir den Einmarsch nach Armenien erzwingen. Vielleicht hat ja schon morgen einer von uns den rettenden Einfall.«

Erst in tiefer Nacht streckte ich mich auf dem Lager aus, das meine Diener mir aus Decken notdürftig bereitet hatten. Glücklicherweise waren die Regenwolken davongezogen, dafür strich jedoch von Zeit zu Zeit ein kalter Wind mit heftigen Böen durch das Tal. Stundenlang, wie mir schien, lag ich wach und grübelte über unser Schicksal nach. Während ich zum Himmel mit seinen blinkenden Sternen aufblickte, flehte ich im stummen Gebet den Allvater Zeus um Hilfe an.

Schließlich war ich doch eingeschlafen. Da sah ich mich auf einmal von oben selbst am Ufer liegen und spürte, daß meine Beine durch starke Fußfesseln an jeder Bewegung gehindert wurden. In panischer Angst versuchte ich, die Fesseln zu lösen - vergeblich. Nach kurzer Zeit fielen sie urplötzlich ganz von selbst ab: Ich war frei und konnte gehen, soweit ich wollte.

Schlaftrunken fuhr ich aus dem Traum hoch, voller Hoffnung, nein: mit der Gewißheit, daß dieses leicht deutbare Zeichen des Zeus unsere Rettung ankündigte. Bei der ersten Morgendämmerung eilte ich zu Cheirisophos und setzte ihn durch meine Erzählung in freudige Erregung. Sofort schickte er seine Diener aus, um alle Strategoi zusammenzurufen und einen Opferpriester herbeizuholen. Nachdem dieser erschienen war, begleitet von einem Diener, der zwei Schafe an Bändern mit sich führte, wurde das Opfer im Beisein der Offiziere vollzogen.

Der Priester hob die Hände zum Himmel, rief laut die Götter an und bat sie um ein Zeichen, ob wir heute die Durchquerung des Kentrites erfolgreich durchführen würden. Danach ergriff er das erste Tier an seinem Band und führte es langsam zu der kleinen Steinsetzung, die als Opferaltar diente. Als das Schaf seinen letzten Gang ohne den geringsten Widerstand antrat, atmeten wir auf: Schon das war ein gutes Zeichen. Nun bog der Priester ihm den Hals nach oben, durchtrennte ihn mit einem einzigen schnellen Schnitt und ließ das Blut auf die Steine fließen.

Nachdem der Tod eingetreten war, öffnete er den Bauch, entnahm die Eingeweide und untersuchte sie sorgfältig auf Abnormitäten. Herz, Lunge, Leber, Milz - alles war in Ordnung: wieder ein gutes Zeichen! Inzwischen war das Opferfeuer zu heller Glut angefacht worden und verzehrte jetzt nach und nach den Kadaver - ohne irgendwelche Auffälligkeiten; zu keinem Zeitpunkt bestand die Gefahr, daß das Feuer erlöschen könnte. Nachdem der Priester genau beobachtet hatte, in welcher Richtung die aufplatzenden Organe ihren Inhalt versprühten, richtete er sich wieder auf und verkündete seine Weissagung: daß die Götter mit dem Opfer zufrieden seien und ihre Zustimmung zu unserem Vorhaben angezeigt hätten. Danach vergrub er die Aschereste in der Erde und führte das vorsorglich mitgebrachte zweite Schaf zu seiner kleinen Herde an Opfertieren zurück.

Guten Mutes suchten wir unsere Einheiten wieder auf und ließen den Befehl durchgeben, das Frühstück zu bereiten. Normalerweise brachen wir ja morgens ohne Frühstück vom Stathmos auf und legten erst nach einigen Marschstunden eine Pause ein. An diesem Tag wollten wir jedoch nach der Überquerung des Flusses noch eine möglichst weite Strecke in Armenien zurücklegen und wichen deshalb von der Regel ab.

Als sich der Befehl verbreitete, machten sich sogleich zahlreiche Soldaten auf die Suche nach Feuerungsmaterial. Da in der näheren Umgebung alles Gebüsch schon am vorhergehenden Abend verbrannt worden war, mußten manche ziemlich weite Strecken zurücklegen. Aber allmählich begann an immer mehr Stellen der Rauch aufzusteigen; bald war von überall her das übliche Klappern der Eßgeschirre, in denen der Mehlbrei angerührt wurde, zu hören.

Als ich noch mit dem Auslöffeln meines Napfes beschäftigt war, erschienen zwei sehr junge Hopliten bei meinen Dienern und verlangten, mich zu sprechen. Da allgemein bekannt war, daß ich in Angelegenheiten, welche den militärischen Bereich betrafen, jederzeit, bei Tag und Nacht, angesprochen werden durfte, hatte ich öfter solche Besuche. So ließ ich die beiden sofort zu mir kommen und fragte sie:

»Junge Männer, was habt ihr mir zu sagen?«

Einer von ihnen, der einen Beutel mit Kleidern in der Hand trug, antwortete:

»Xenophon, den Beutel hier haben wir vom anderen Ufer des Flusses herübergeholt.«

Im ersten Augenblick begriff ich die Tragweite dieser Mitteilung noch nicht, dann sprang ich hoch:

»Vom anderen Ufer des Flusses? Ihr wart drüben?«

»Ja! Wir hatten uns auf der Suche nach Feuerholz flußaufwärts auf den Weg gemacht, etwa vier Stadien weit. Da sahen wir drüben an einer Stelle, wo die Felsen direkt ins Flußbett abfallen, einen alten Mann, eine Frau und ein paar Mädchen, welche diesen Beutel hier mit ihrer Habe in einer Höhlung versteckten und in der Wildnis verschwanden.«

»Und wir hatten den Eindruck«, fiel der andere ein, »daß sie dort durch den Fluß gegangen waren, und meinten, daß dann eigentlich auch unser Heer dort durchgehen könnte.«

»Zumal«, ergänzte der erste, »die feindlichen Reiter diese Stelle wegen der schroffen Uferfelsen nicht erreichen können. Wir legten also unsere Kleidung ab, nahmen für alle Fälle die Dolche in die Hand und wateten hinein - und kamen drüben an, ohne daß uns das Wasser auch nur einmal die Scham benetzte.«

Die Götter, dachte ich mit einem dankbaren Blick nach oben, sind auf unserer Seite, sie zeigen uns den Weg zur Rettung: Erst schickten sie mir den Traum, und nun ermöglichten sie diese wunderbare Entdeckung der jungen Männer. Ich ergriff einen Becher Wein und brachte unter lauten Gebeten ein Trankopfer dar. Auch den beiden Soldaten, die als Werkzeuge des göttlichen Willens gedient hatten, ließ ich Wein einschenken und forderte sie auf, mit dem Spendenopfer für das weitere gute Gelingen unseres Vorhabens zu beten.

Nach dieser kurzen Zeremonie eilten wir gemeinsam zu Cheirisophos, der unseren Bericht mit wachsender Erregung anhörte, gleichfalls sofort ein feierliches Trankopfer darbrachte und zu mir sagte:

»Xenophon, wir werden heute den Übergang über den Fluß mit Hilfe der Götter erfolgreich durchführen, aber wir sollten ihn dennoch nach unseren eigenen Vorstellungen gut vorbereiten, um unsere Verluste so niedrig wie möglich zu halten. Immerhin müssen wir mit Kämpfen nach vorne und nach hinten rechnen. Ich schlage vor, daß wir jetzt das Signal *Fertigmachen zum Abmarsch* blasen lassen und gleichzeitig die Strategoi zu einer Beratung über die anzuwendende Taktik einberufen.«

Der Vorschlag wurde sofort in die Tat umgesetzt. Während das Lager abgebrochen und die Lasttiere beladen wurden, entwickelten wir gemeinsam unseren Plan:

1. Alle Hopliten und Leichten werden in zwei ungefähr gleich große Kampfgruppen aufgeteilt. Der Kampfgruppe I wird zusätzlich die Reiterabteilung (50 Pferde) zugewiesen.
2. Das Kommando über Kampfgruppe I übernimmt Cheirisophos, über Kampfgruppe II Xenophon.
3. Wir marschieren in der Reihenfolge Kampfgruppe I, Troß, Kampfgruppe II zur Übergangsstelle.
4. Die Kampfgruppe I überschreitet dort als erste den Fluß und bildet auf der anderen Seite einen Brückenkopf.

5. Zu Beginn dieser Aktion führen die Leichten der Kampfgruppe II einen schnellen Scheinangriff in Richtung auf die eigentliche Furt durch, um die armenischen Reiter auf der Flußniederung zu verunsichern

6. Während im Anschluß an Kampfgruppe I der Troß hinübergeleitet wird, sichert die Kampfgruppe II die Übergangsstelle gegen die Karduchen im Rücken ab.

7. Als letzte überquert auch die Kampfgruppe II den Fluß an der Übergangsstelle, notfalls unterstützt von leichten Truppen der Kampfgruppe I, die im Brückenkopf nicht mehr benötigt werden.

Zum Schluß der Beratung sagte Cheirisophos:

»Unser Plan ist gut, aber der Erfolg hängt davon ab, daß alle beschlossenen Maßnahmen exakt durchgeführt werden. Vor allem deine Leute, Xenophon, die als letzte auf der karduchischen Seite stehen, dürfen sich nicht aus der Ruhe bringen lassen. Wir anderen werden jedenfalls alles tun, um auch euch die Überquerung ohne Verluste zu ermöglichen. Informiert jetzt eure Lochagen über ihre Aufgaben und sorgt dafür, daß wir in einer Viertelstunde marschfertig sind. Die beiden Hopliten, welche die Übergangsstelle gefunden haben, kommen zu mir an die Spitze.«

Als wir zur festgesetzten Zeit mit dem Abmarsch begannen, wurden die Armenier auf der anderen Seite unruhig: Sie konnten sich nicht vorstellen, was wir planten. Ihre Reiter begleiteten uns auf gleicher Höhe bis zum Ende der Niederung und blieben dort stehen. Auch Abteilungen der Fußtruppen verließen eilig ihre Stellungen am Handelsweg und drangen oberhalb des Flusses in den Felshängen vorwärts. Ihr auf die Furt gerichtetes Verteidigungskonzept war völlig durcheinandergeraten.

Am Ufer der für den Übergang vorgesehenen Stelle ließ Cheirisophos seine Hopliten in drei auf den Fluß gerichteten Marschkolonnen nebeneinander aufmarschieren und haltmachen, während ich mit meiner langen Marschkolonne einen Schutzgürtel um den Troß legte. Cheirisophos bereitete hier den Angriff mit einer typisch spartanischen, bei uns Athenern unüblichen, feierlichen Opferzeremonie vor. Sie soll von Lykurgos eingeführt worden sein und wurde vor Schlachten im Angesicht des Feindes vom spartanischen König vollzogen.

Cheirisophos (der hier gleichsam in die Rolle des Königs schlüpfte) zog seinen Mantel aus, nahm den Helm ab, übergab beides dem Schildträger, bückte sich, rupfte einige Büschel des dürren Grases ab, flocht daraus einen primitiven Kranz und bekränzte damit sein Haupt. Nachdem alle Hopliten seinem Beispiel gefolgt waren, traten drei Seher mit je einer kleinen Ziege unmittelbar an das Ufer des Flusses, opferten die Tiere unter Anrufung der Artemis Agrotera und ließen das Blut ins Wasser spritzen. Schließlich erklärten sie nach der genauen Überprüfung der entnommenen Organe, daß alle Ge-

genkräfte, welche die Durchquerung behindern könnten, milde gestimmt seien. Daraufhin setzte Cheirisophos seinen Helm wieder auf, übernahm den Schild und ließ, nachdem auch seine Hopliten sich fertig gerüstet hatten, den spartanischen Marschpaian anstimmen. Die drei Kolonnen, die sich bisher noch außerhalb des Schußbereichs der armenischen Bogenschützen und Schleuderer befanden, marschierten völlig gleichmäßig nach dem Rhythmus des Liedes in das Wasser hinein.

Bald wurde der Gesang von dem üblichen Kampfgeschrei abgelöst, das die zahlreichen am Ufer stehenden Dirnen aus unserem Troß mit lautem Kreischen unterstützten. Links neben den Hopliten begaben sich im selben Augenblick die Leichten der Kampfgruppe I unter der Führung des Lochagen Aischines sowie die kleine Reiterabteilung des Lykios in den Fluß und arbeiteten sich recht schnell in Richtung auf das Ende der Niederung voran. Das war für mich das Signal, mit den mir unterstellten Leichtbewaffneten loszulaufen, zurück zur eigentlichen Furt; voller Freude konnte ich beobachten, wie sich unsere List bewährte: Aus Angst, von zwei Seiten aus angegriffen zu werden, zogen sich die armenischen Reiter eilends aus der Niederung zurück und flüchteten über die Rampe auf die Höhe hinauf.

Kurz danach, als unsere drei Hoplitenkolonnen den Fluß ohne die geringsten Schwierigkeiten durchquert hatten und in den gegenüberliegenden Felsen aufzusteigen begannen, schlossen sich den fliehenden Reitern auch die Fußtruppen an. Die Flucht ging so hastig vonstatten, daß Lykios, der mit einigen seiner Leute die Verfolgung aufnahm, im eilig geräumten Biwak massenhaft liegengebliebene Traglasten, schöne Kleider, Trinkgefäße und ähnliches vorfand. Das armenische Ufer war jedenfalls nach wenigen Augenblicken vom Feind gesäubert und fest in unserer Hand.

Als ich mit meinen Leichten zur Übergangsstelle zurückkam, hatte dort bereits der Troß mit der Durchfurtung begonnen. In langen Reihen zogen die Tragtiere, die Lastträger, die Dirnen, die Diener und Schildträger, kurzum der ganze *große Haufen*, durch das seichte Wasser hinüber zur Niederung, um sich dort zu sammeln und wieder die richtige Marschkolonne zu bilden.

Schließlich befand sich nur noch meine Kampfgruppe auf dem karduchischen Ufer, allerdings nicht mehr in voller Stärke, da einige Männer sich unter Mißachtung des klaren Befehls dem Troß angeschlossen hatten. Als sie später zur Rede gestellt wurden, brachten sie sehr fadenscheinige Gründe für ihr Verhalten vor: Sie hätten sich um die Tragtiere oder um das Gepäck oder gar um die Dirnen kümmern müssen.

Die Karduchen waren uns schon recht nahe gekommen; sie hatten offenkundig die Absicht, meine Kampfgruppe beim Überqueren des Flusses von hinten anzugreifen. Nach kurzer Beratung mit den Lochagen, die sich gerade in meiner Nähe befanden, erteilte ich den Befehl *Aufmarsch zur Phalanx mit Front nach rechts*. Die Umgruppierung aus der Marschkolonne in die Phalanx, die *Paragoge*, die zur Elementartaktik des Hoplitenkampfes gehört und während der Ausbildung immer wieder geübt wird, vollzog sich ohne irgendwelche Störungen.

Zunächst marschierten die vier Gruppen eines jeden Lochos nach links nebeneinander zur Phalanxformation auf und rückten so hintereinander bis auf den richtigen Abstand an den jeweils vorausziehenden Lochos heran. Dann blieben die Lochagen stehen und ließen ihre Lochoi einen Viertelkreis nach rechts schlagen und auf diese Weise in die ihnen zufallenden Abschnitte der geschlossenen Phalanx einrücken.

Nach etwa fünfzehn Minuten war das Manöver beendet. Gemessen an der ursprünglichen Marschkolonne betrug die Länge der Front jetzt nur noch etwa ein Drittel. Mit abgestellten Schilden erwarteten wir die Karduchen, die hinter der unübersehbaren Verkürzung offenbar eine Schwächung unserer Kampfkraft vermuteten und unter dem Gesang von abscheulich klingenden Liedern schneller gegen uns anrückten.

Als ich sah, wie drüben, wo man sich große Sorgen um unser Schicksal machte, alle Leichtbewaffneten der Kampfgruppe I dem Ufer zuströmten, schickte ich sofort einen Meldegänger mit genauen Anweisungen hinüber: »Bleibt vorerst an Ort und Stelle und bildet zwei Abteilungen, deren Abstand voneinander der Breite meiner Phalanx entspricht. Erst wenn wir die Durchfurtung einleiten, lauft rechts und links von uns mit schußbereiten Waffen in den Fluß hinein und erweckt den Eindruck, ihr wolltet ihn überqueren. In Wahrheit rückt jedoch nur ein kurzes Stück vor und macht, wenn wir auf eurer Höhe sind, wieder kehrt.«

An meine eigenen Leute gab ich den folgenden Befehl aus:

»Männer, sobald das Aufprallgeräusch der Schleudersteine auf euren Schilden hörbar ist, stimmt scheinbar spontan den Paian an und stürmt vorwärts. Dann werden die Karduchen sofort, wie bisher immer, die Flucht ergreifen. Nach kurzer Verfolgung lasse ich den Trompeter vom Flußufer aus das *Angriffssignal* blasen. Sie werden daraufhin noch schneller fliehen. Für euch aber bedeutet es diesmal: Halt! Rechtsum kehrt marsch! Dauerlauf zum Fluß und durch ihn hindurch! Wenn bei diesem Manöver jeder Mann seinen Platz genau einhält und seine Kameraden nicht behindert und wenn die Schlußmänner der Rotten so schnell laufen, wie sie nur irgend können, werden wir drüben sein, bevor die Karduchen unsere List durchschauen. Demjenigen, der zuerst das armenische Ufer erreicht, verspreche ich eine Belohnung. Und nun, ihr Männer, macht euch bereit! In wenigen Augenblicken werden wir alle in Sicherheit sein, denn die Götter stehen auf unserer Seite.«

Tatsächlich lief alles genau so ab, wie wir es geplant hatten. Nur wenige Karduchen merkten den Schwindel allzu schnell, machten kehrt und verwundeten durch Pfeilschüsse ein paar meiner Leute und auch einige der uns vom anderen Ufer entgegeneilenden Leichten, die in ihrer Kampfeslust weiter als nötig vorwärtsstürmten. Aber die große Masse der Feinde war noch immer auf der Flucht, als wir schon die Niederung erreicht hatten und zurückblickten.

In ausgelassener Freude beglückwünschten sich die Männer gegenseitig zu ihrer Rettung. Wie inbrünstig hatten wir alle während der letzten Woche den Tag herbeigesehnt, an dem wir armenischen Boden betreten würden. Endlich war es so weit! Alle Sperrtruppen waren verschwunden: Dem Einmarsch nach Armenien stand nichts mehr im Weg - und von diesem gelobten Land aus, so hofften wir damals, werde die Heimkehr keine großen Schwierigkeiten mehr machen.

Von Armenien zum Schwarzen Meer

Bis Mittag lagerten wir noch auf der Niederung, dann rückten wir in unserer alten Marschordnung ab und zogen auf einer bequemen Straße durch eine von sanften Hügeln geprägte Gegend, die sich wohltuend von dem schroffen karduchischen Gebirge unterschied, ins Landesinnere hinein. Nach fünfstündigem Marsch in einem breiten, nord-südlich verlaufenden, allmählich ansteigenden Flußtal erreichten wir endlich das erste armenische Dorf: Offenbar aus Angst vor den Überfällen der Karduchen war der untere Teil des Tales unbesiedelt geblieben. Das große, von seinen Bewohnern verlassene Dorf wurde von einem eindrucksvollen Gebäude überragt, welches dem Satrapen auf Reisen als Unterkunft diente. Die daneben liegenden Scheunen waren mit Lebensmittelvorräten für seine Truppen und Futter für die Pferde angefüllt. Es fiel mir auf, daß sich über den flachen Dächern der meisten Wohnhäuser kleine, nach einer Seite hin offene turmartige Aufbauten erhoben, in denen die Bewohner vermutlich die heißen Sommerabende verbrachten.

Während der folgenden Tagemärsche wurde das Tal zunehmend enger und steiler und ging schließlich in eine Schlucht über, durch welche der kleine Fluß mit Ungestüm dahinschoß. Der Weg führte nun in Windungen an den Felshängen entlang und wechselte je nach dem Gelände auf hölzernen Brükken von Ufer zu Ufer. In langgezogener Kolonne kamen wir hier zwar nur langsam, aber doch ohne ernstliche Schwierigkeiten voran. Unser fünftes Nachtlager bezogen wir in einem großen Dorf, hinter dem sich das Tal wieder weitete und schließlich in eine steinige, öde, mit Steppengras bedeckte Hochebene überging. Rechter Hand wurden in einiger Entfernung ein isoliert aufragender, oben abgebrochener Vulkankegel, dahinter ein noch weit höheres Gebirge sichtbar.

Als wir schließlich an den Rand der Hochebene gelangten, bot sich uns ein eindrucksvoller Anblick. Vor uns senkte sich das Gelände in einem Steilhang etwa 1000 Fuß in die Tiefe, und dort unten sahen wir den Anfang einer sich sanft verbreiternden Ebene, die sich, soweit das Auge blicken konnte, nach links erstreckte. Durch sie hindurch schlängelte sich in vielen Windungen ein schmaler Fluß, der Teleboas, an dessen Ufern zahlreiche, von Feldern, Plantagen und Weiden umgebene Dörfer lagen. Auf der gegenüberliegenden Seite wurde die Ebene durch eine ununterbrochene Kette hoher Berge begrenzt, die bei den Ausläufern des rechts jetzt in voller Größe sichtbaren Gebirges begann und sich nach links im Dunst verlor.

Nach etwa eineinhalb Stunden Abstieg erreichte die Vorhut den Fuß des Steilhanges und legte gleich bei dem ersten Dorf am Ufer des Flusses den Stathmos an. Überall herrschte große Freude, daß wir endlich das rauhe Gebirge überwunden und wieder eine reich besiedelte, fruchtbare Gegend erreicht hatten.

Am Nachmittag, als wir noch mit dem Einrichten des Lagers und den Vorbereitungen für das Abendessen beschäftigt waren, näherte sich eine Gruppe von etwa 50 Reitern unseren Vorposten und machte in einiger Entfernung halt. Dann ritt ein einzelner Reiter näher heran und rief in fließendem Griechisch herüber:

»Tiribazos, der Satrap von Westarmenien, will mit euren Anführern verhandeln.«

Wir beschlossen nach kurzer Beratung, ihn anzuhören, und gingen auf die Reitergruppe zu. Dort war Tiribazos, ein groß gewachsener Mann mit scharf geschnittenen Gesichtszügen, inzwischen vom Pferd gestiegen und kam uns, begleitet nur von seinem Dolmetscher, langsam entgegen. Als wir in Hörweite waren, blieben wir stehen.

Dann fragte Cheirisophos: »Tiribazos, was begehrst du?«

»Ich bin bereit«, übersetzte der Dolmetscher seine Worte, »mit euch einen Passiervertrag unter folgenden Bedingungen abzuschließen: Ich werde euch beim Marsch durch meine Satrapie keinen Schaden zufügen, ihr könnt euch die Lebensmittel, die ihr braucht, aus dem Land nehmen, verpflichtet euch aber, alle Brandschatzungen zu unterlassen. Das ist mein Angebot.«

Ohne zu zögern, schlossen wir den, wie ich fand, sehr günstigen Vertrag mit einem Spendenopfer und gegenseitigem Handschlag ab, blieben allerdings während der folgenden Tage unserem Vertragspartner gegenüber recht mißtrauisch, weil wir feststellten, daß uns eine große Truppeneinheit im Abstand von etwa 10 Stadien begleitete. So versorgten wir uns zwar aus den durchzogenen Dörfern mit Lebensmitteln, verbrachten die Nächte jedoch trotz des kalten und regnerischen Wetters im Biwak unter freiem Himmel, um im Notfall sofort kampfbereit zu sein.

Am dritten Nachmittag schlugen wir das Lager neben einem *königlichen Schloß* auf, offenbar einer der Residenzen des Satrapen, die auch dem Großkönig als Unterkunft diente, wenn er die Satrapie inspizierte. Es war von mehreren Dörfern umgeben und lag in der Nähe der Stelle, wo die Straße aus der Ebene auf das nördliche Randgebirge hinaufzusteigen begann.

In dieser Nacht trat der seit längerem befürchtete Schneefall ein. Während der letzten Tage war es zunehmend kälter geworden. Viele von uns betrachteten daher die schwarzen Wolken, aus denen bisher von Zeit zu Zeit heftige

Regenschauer niedergegangen waren, mit großer Besorgnis. Was dann jedoch passierte, übertraf unsere schlimmsten Befürchtungen. Die ganze Nacht hindurch rieselte ununterbrochen wäßriger Schnee in großen Flocken vom Himmel herab und deckte alles zu. Menschen und Tiere mußten sich morgens heftig schütteln, um wieder auf die Beine zu kommen. Da kaum einer von uns hatte schlafen können, beschlossen wir, einen Ruhetag einzulegen und die Truppen für die nächste Nacht auf die umliegenden Dörfer zu verteilen.

Jeder von uns Strategoi zog mit seinen Leuten in eines der Dörfer und verpflichtete sich, die Nacht dort zu verbringen, um für den Fall eines Angriffs die Verteidigung zu leiten. Allerdings rechneten wir in Anbetracht des Wetters nicht ernstlich mit Feindseligkeiten. Ich kam zusammen mit meinem ersten Lochos in einem großen Bauernhof unter. Hier standen zahlreiche Rinder und Schweine in den Ställen; in den Scheunen waren große Mengen an Getreide, Hülsenfrüchten und sogar Rosinen eingelagert. Außerdem fanden wir Fässer voll von herrlich duftendem, ausgereiftem Wein.

Nach einem üppigen Festmahl verbrachten wir (mit Ausnahme unserer Posten) im trockenen Stroh eine warme und ruhige Nacht. Aber schon am frühen Morgen erschien ein Bote des Cheirisophos, der mich zu einer dringenden Besprechung in seinem Quartier einlud. Nachdem alle Strategoi bei ihm eingetroffen waren, berichtete er:

»Soeben haben mir Männer, die sich während der Nacht aus dem Lager entfernt hatten, gemeldet, daß sie in den Berghängen zahlreiche Feuer wahrgenommen hätten. Es ist also anzunehmen, daß die Armenier dort lagern. Wie sollen wir uns verhalten? Dürfen wir unter diesen Umständen getrennt in unseren Dörfern bleiben?«

»Nein!« rief sofort Kleanor. »Dann sind wir einem plötzlichen Überfall nicht gewachsen. Unsere Sammlung würde zuviel Zeit in Anspruch nehmen. Wir müssen so schnell wie möglich wieder ein Biwak mit zentralem Waffenplatz beziehen.«

»Immerhin haben wir doch so etwas wie einen Nichtangriffspakt abgeschlossen«, gab Sophainetos zu bedenken.

»Mit solchen Verträgen haben wir unsere Erfahrungen gemacht!« erwiderte Cheirisophos. »Ich schließe mich der Meinung Kleanors an. Will noch jemand etwas sagen?«

»Was ist mit dem Wetter?« fragte ich. »Biwak in tiefem Schnee, ohne Zelte - wie soll das gehen?«

»Lieber will ich mir Frostbeulen holen als mich dem Feind gewissermaßen freiwillig ausliefern; außerdem scheint mir der Himmel heute morgen etwas aufzuklaren«, antwortete Cheirisophos und stellte sogleich den Vorschlag Kleanors zur Abstimmung; er wurde ohne Gegenstimmen angenommen.

Als der Befehl zum Verlassen der Dörfer bekannt gemacht wurde, gab es unter den Soldaten aus verständlichen Gründen große Unruhe. Nur widerwillig zogen sie wieder hinaus in die Kälte; einige reagierten ihre Wut sogar dadurch ab, daß sie die Häuser, in denen sie die Nacht verbracht hatten, niederbrannten.

Da den ganzen Tag über kein Neuschnee fiel und der Wasserschnee des Vortages zum größten Teil wieder geschmolzen war, konnten wir das Biwak ordnungsgemäß um den Waffenplatz herum anlegen. Im Abenddämmer saßen wir in Decken gehüllt an den Feuern und waren eigentlich recht zuversichtlich, daß wir die Nacht gut überstehen würden. Viele Männer, auch meine Diener, hatten aus den Ställen Stroh herbeigeschafft und zu weichen Lagern aufgeschüttet, um die Nässe von unten abzuhalten.

Aber noch vor Mitternacht, als die meisten von uns mit über den Kopf gezogenen Decken in tiefem Schlaf lagen, begann der schlimmste Schneefall, den ich je erlebt habe. Zunächst merkten wir nichts von der Gefahr - im Gegenteil: Wir fühlten uns angenehm warm unter der dichten Schneedecke, die allmählich alles unter sich begrub. Erst am frühen Morgen, als ich mich mühsam aufrichtete, konnte ich das Ausmaß der Katastrophe überschauen: Unser Biwak glich einer hügeligen Schneelandschaft, die gelegentlich hier und da aufbrach, wenn einzelne Männer oder Tiere sich schüttelten und zum Vorschein kamen. Der Waffenplatz war überhaupt nur noch daran zu erkennen, daß hier die Oberfläche keine Erhebungen aufwies.

Das Biwak wirkte wie leblos. Wir dürfen hier nicht länger liegenbleiben, fuhr es mir durch den Kopf, sonst erfrieren wir alle - und merken es nicht einmal! Aber auch ich mußte meine ganze Willenskraft aufwenden, um das scheinbar warme Ruhelager zu verlassen und meine Schläfrigkeit zu überwinden. Ohne den Mantel überzuziehen, ging ich zu dem Holzvorrat, den wir gestern für unser Feuer gesammelt hatten, schüttelte den Schnee ab, ergriff eine Axt und begann die Äste zu zerkleinern.

Daraufhin erwachte das Lager nach und nach zum Leben. Überall bemühte man sich, die Feuerstellen wieder in Gang zu bringen. Erfreulicherweise war in meiner näheren Umgebung niemand erfroren (dies traf sogar auf das ganze Biwak zu). Allerdings litten viele Leute an Unterkühlung, die sie jedoch durch kräftiges Einmassieren von irgendwelchen vorgefundenen Ölen und Fetten (manche benutzten dafür sogar Schweineschmalz) erfolgreich bekämpften.

Am frühen Vormittag beschlossen wir im Kreis der Strategoi, die Truppen wieder in die Dörfer zurückzuführen, da bei den gegenwärtigen Wetterverhältnissen mit einem Angriff der Armenier nicht zu rechnen war. Außerdem erschwerte, so wurde zutreffend argumentiert, ein im tiefen Schnee versunkener zentraler Waffenplatz die Verteidigung mehr als die Auflösung des Heeres in kleinere Kontingente, die ihre gesamte Ausrüstung in den Unterkünften stets zur Hand hatten. Der Befehl wurde mit großem Jubel aufgenommen - abgesehen von denjenigen, welche beim Abzug die Brände gelegt hatten und nun unter dem Spott der Kameraden mit den Ruinen vorliebnehmen mußten.

Da wir uns immer noch Sorgen wegen der Feuer machten, welche in der vorhergehenden Nacht gesichtet worden waren, wurde bei Einbruch der Dämmerung ein Spähtrupp unter dem Kommando des Lochagen Demokrates aus Temnos in das Gebirge losgeschickt. Dieser hagere und wortkarge Mann galt allgemein als ein besonders zuverlässiger Beobachter, auf dessen Auskünfte man sich ohne Wenn und Aber verlassen konnte: Er berichtet, so hieß es, das Wirkliche als wirklich und das Falsche als falsch.

Demokrates kehrte am frühen Morgen zurück und meldete, daß er im Laufe der Nacht keine Feuer gesehen habe. Er brachte jedoch einen Gefangenen mit, den er beim Umherstreifen im Gebirge aufgegriffen hatte. Cheirisophos rief daraufhin sofort eine Versammlung der Strategoi ein, um gemeinsam mit uns anderen das Verhör durchzuführen. Der etwa 30 Jahre alte, vollbärtige Mann habe, so hieß es, bei seiner Gefangennahme einen persischen Bogen und Köcher sowie eine Streitaxt von der Art, wie sie die Amazonen verwenden, getragen.

Auf die Frage unseres Dolmetschers nach seiner Herkunft erwiderte er, er sei Perser und habe bei ausgehender Nacht das Lager des Tiribazos verlassen, um auf die Suche nach Lebensmitteln zu gehen.

»Wie groß ist das Heer des Tiribazos?«

»Es besteht aus seinen eigenen Leuten und chalybischen und taochischen Söldnern.«

»Was beabsichtigt Tiribazos?«

»Er will euch auf dem Paßweg an einer Engstelle angreifen.«

Obwohl einige von uns, vor allem Sophainetos, diese Auskunft nicht für sehr glaubwürdig hielten, faßten wir doch einstimmig den Beschluß, der immerhin denkbaren Paßabriegelung durch einen Präventivschlag zuvorzukommen. Die Truppen und der Troß wurden in Eilmärschen sofort wieder aus den Dörfern in den alten verschneiten Stathmos zurückgeführt. Von dort aus rückten etwa eine Stunde später die Leichten sowie die meisten Hoplitenlochoi auf dem Weg ins Gebirge ab, während Sophainetos mit seinen Leuten zum Schutz des Stathmos zurückblieb.

Während Cheirisophos an der Spitze der Hopliten marschierte, übernahm ich gemeinsam mit Episthenes das Kommando über die Leichten. Unser taktisches Konzept sah vor, daß die Leichten so schnell wie möglich unter der Führung des Gefangenen das Lager des Tiribazos ausfindig machen und in sicherer Entfernung das Eintreffen der schweren Truppen, die wegen des tiefen Schnees nur langsam vorankommen würden, abwarten sollten. Nach etwa drei Stunden erreichte unsere Vorhut die Paßhöhe, ohne den Feind oder auch nur Fußspuren von ihm zu Gesicht bekommen zu haben.

Vorsichtig tasteten wir uns weiter voran, dann bemerkten wir den Geruch von Rauch und sahen plötzlich unter uns auf einer leicht abschüssigen Ebene einige Zelte, dazwischen auch das sehr große Prunkzelt des Satrapen. Offenkundig hatte die Masse der Truppen das unbewachte Lager bereits verlassen. Nur Tiribazos selbst, seine Elitereiterei und eine kleine Abteilung Fußsoldaten schienen noch anwesend zu sein.

»Das sieht nicht so aus«, sagte ich zu Episthenes, »als ob sie uns angreifen wollen.«

»Nein«, erwiderte er, »sie sind abgerückt - aber wohin? Vielleicht auf irgendeinem Seitenweg gegen unseren Stathmos? Ich schlage vor, daß wir Cheirisophos über die Situation informieren und hier die Sache selbst in die Hand nehmen. Diese paar Leute werden meine Leichten in alle Winde zerstreuen.«

Trotz erheblicher Bedenken stimmte ich dem Vorschlag zu. Unser Angriff bedeutete den klaren Bruch des Vertrages - aber auf ein Risiko durften wir uns nicht einlassen. So stürmten wir nach der Absendung des Melders zu Cheirisophos unter lautem Kriegsgeschrei über den Hang hinunter und lösten bei der völlig überraschten Restmannschaft des Lagers eine Panik aus. Die meisten, auch der Satrap, konnten entkommen, aber einige blieben wie von der Angst gelähmt an Ort und Stelle und ließen sich widerstandslos niederhauen.

Etwa 20 Pferde konnten wir einfangen. Im sehr feudal eingerichteten Zelt des Tiribazos stießen wir auf einige Sklaven, die sich zitternd in einer Ecke zusammendrängten und mit jammervollen Gesten um Gnade flehten: Sie seien doch keine Soldaten, sondern hätten dem Satrapen als Bäcker und Mundschenken gedient.

Als wir noch damit beschäftigt waren, die Beute aus dem Zelt zu räumen (sie bestand vor allem aus kostbaren Metallgefäßen sowie zahlreichen von den Liegebetten abgeschlagenen silbernen Füßen) und den aneinander gebundenen Sklaven aufzuladen, hörten wir von der Paßhöhe herunter deutlich das Trompetensignal zum Rückzug. Cheirisophos ließ offenbar, als er unsere Meldung erhielt, die Hopliten sofort umkehren und forderte auch uns auf, ihm zu folgen. So machten wir uns nach der Verbrennung der Zelte auf den langen Heimweg und erreichten am späten Nachmittag wieder unser unversehrtes Lager.

Am nächsten Morgen erfolgte in aller Frühe trotz heftigem Schneegestöbers der Aufbruch, weil wir den Paß so schnell wie möglich überwinden wollten; der Weg (dessen ersten Teil die meisten von uns nun schon zum dritten Mal hinter sich brachten) führte hinter dem nach wie vor ungesperrten Paß durch eine völlig einsame Gegend wieder hinunter in eine ziemlich breite Ebene, in der wir den Stathmos für die zweite Nacht anlegten. Nach der Auskunft der zahlreichen einheimischen Führer, die wir zum Mitgehen gezwungen hatten, endete diese Ebene kaum 5 bis 6 Stadien nördlich von uns am Euphrat - aber da gebe es keine Möglichkeit zur Durchfurtung und vor allem auf der anderen Seite auch kein Weiterkommen wegen des dort bis ans Ufer herantretenden Gebirgsmassivs; erst zwei Tage später werde der Weg auf eine Furt stoßen, von der aus ein Weg ins Landesinnere, nach Norden, führe.

Da wir uns wegen des ununterbrochen niederrieselnden Schnees selbst nicht den geringsten Überblick über das Gelände verschaffen konnten, mußten wir auf solche Auskünfte vertrauen. Am dritten Tag überschritten wir noch einmal einen kleinen Höhenzug und standen am Vormittag des vierten Tages tatsächlich am Ufer des Euphrat.

Nachdem wir den hier nur etwa 3 - 4 Plethren breiten und kaum 3 Fuß tiefen Fluß ohne Schwierigkeiten gefurtet hatten, legten wir unser Lager in der Talebene auf der anderen Seite an, wo wir unter dem Schnee glücklicherweise genügend dürres Gestrüpp fanden, um uns an zahlreichen Feuern wieder aufwärmen und unsere nassen Sachen trocknen zu können.

Der Euphrat!

Wie unendlich weit lag jener Tag zurück, als wir den mächtigen, breiten Strom bei Thapsakos wunderbarerweise zu Fuß durchzogen und jenseits im Sold des Kyros den verhängnisvollen Marsch nach Babylonien antraten! Und wie viele von uns hatten das große Abenteuer, das damals begann, schon mit dem Leben bezahlen müssen! Während ich unter einem notdürftigen Zeltdach, das meine Diener aus Decken und Ästen errichtet hatten, am prasselnden Feuer saß und heißen, mit Honig gesüßten Wein schlürfte, eilten meine Gedanken zu dem guten Freund Proxenos zurück, mit dem zusammen ich früher so manchen Becher geleert hatte. Was mochte wohl aus ihm geworden sein? Ob er noch lebte oder ob die Perser ihn längst hingerichtet hatten?

Niemand von uns wußte damals etwas über das Schicksal der fünf Strategoi, die Tissaphernes seinerzeit auf so hinterlistige Weise in seine Hand gebracht hatte. Erst Jahre später habe ich aus dem bekannten Buch des Ktesias aus Knidos, der ja als Leibarzt Artaxerxes' II. an der Schlacht teilgenommen hatte und auch über die Ereignisse danach genau orientiert war, einige Einzelheiten erfahren.

Demnach wurden unsere fünf Strategoi im Zelt des Tissaphernes weder gefoltert noch getötet, sondern nur festgenommen und in Fesseln gelegt. Dann hat man sie auf einem Wagen nach Babylon transportiert und der Gerichtsbarkeit des Großkönigs ausgeliefert. Der hielt sie wochenlang in einem Kerker gefangen, zusammen mit einer Gruppe von Söldnern, die damals auf dem Markt der Perser, wo sie einkaufen wollten, nicht getötet worden waren.

Diese Männer, berichtet Ktesias, hätten im Gefängnis ihre Wut an Klearchos ausgelassen. Wenn Essen zu ihnen hinuntergeworfen wurde, hätten sie alles an sich gerafft und ihm nur so wenig abgegeben, daß er immer mehr von Kräften gekommen sei. Schließlich habe er, Ktesias, diese unwürdige Behandlung im Einvernehmen mit Parysatis, der Mutter des Großkönigs und des Kyros, abgestellt und dafür gesorgt, daß Klearchos ausreichend verpflegt wurde. Außerdem habe er aus eigener Tasche auch die Rationen der Soldaten aufgebessert, um sie friedlicher zu stimmen.

Während Ktesias von den anderen Strategoi nicht weiter spricht, brüstet er sich mit seinem guten Verhältnis zu Klearchos. Dieser habe ihm, teilt er voller Stolz mit, als Dank für die Besorgung eines Kammes seinen Siegelring, auf dem tanzende Karyatiden eingraviert waren, übergeben, damit er ihn als Unterpfand seiner Freundschaft seinen Verwandten und Vertrauten daheim in Sparta vorweisen könne. Einmal habe der Gefangene ihn sogar um die Beschaffung eines kleinen, in einem Fleischstück versteckten Messers gebeten, um sich den erwarteten Martern und Foltern durch Selbstmord entziehen zu können. Diesen Wunsch habe er ihm jedoch aus Angst um sein eigenes Leben nicht erfüllt.

Schließlich seien die Feldherren - mit Ausnahme Menons - auf Geheiß des von der Königin Stateira aufgehetzten Großkönigs enthauptet und ihre Leichen den Hunden und Vögeln zum Fraß vorgeworfen worden. In diesem Zusammenhang scheut sich der sensationslüsterne Schriftsteller nicht, eine seiner berüchtigten Wundergeschichten in das Geschehen einzufügen. Der Leichnam des Klearchos, so schreibt er, sei plötzlich durch vom Wind hochgewirbelten Sand völlig zugedeckt worden. Einige im Sand verstreute Palmkerne hätten in kurzer Zeit einen wunderschönen, das Grab beschattenden Hain aufwachsen lassen - und daraufhin habe der Großkönig die Tötung des offensichtlich gottgeliebten Mannes bitter bereut!

Was aus Menon, dem mutmaßlichen Verräter, geworden ist, weiß niemand. Gerüchtweise verlautete später, er sei nach dem Tod der anderen Feldherren von den Persern schwer gefoltert worden, habe aber noch ein Jahr lang gelebt und dann einen elenden Tod gefunden. Kein Grieche hat ihn je wiedergesehen.

Kehren wir nach dieser traurigen Erinnerung an meinen Freund Proxenos zu den Ereignissen in Armenien zurück! Im Verlauf der Nacht, die wir am Ufer des Euphrat verbrachten, starb mein alter Leibdiener, hingerafft von einer Lungenkrankheit, die ihm schon wochenlang zu schaffen gemacht hatte. Während der Märsche war er auf einem meiner Lastpferde in Decken gehüllt und von Sklaven gestützt, so gut es ging, mitgeführt worden. Aber die Ärzte, die ich auf den Stathmoi immer wieder zu ihm holte, konnten ihm nicht mehr helfen. Von röchelndem Husten gequält sprach er am Schluß noch im Fieberdelirium von unserem Gutshof in Erchia und schlief friedlich ein.

Während der nächsten zwei Tage marschierten wir über ein tief verschneites welliges Hochplateau ziemlich genau nach Norden, am dritten Tag folgten wir einem Flußtal in westlicher Richtung und legten unser Biwak an der Stelle an, wo sich das Tal zu einer von Gebirgszügen begleiteten Ebene auszuweiten begann. An diesem Tag ließ der Schneefall nach und hörte gegen Mittag schließlich ganz auf. Dafür kam nun jedoch bei gleißendem Sonnenschein, der sich in den weißen Flächen unerträglich grell widerspiegelte, ein eisiger Nordwind auf. Viele, die sich nicht sofort irgendwelche dunkle Lappen vor das Gesicht gehängt hatten, wurden in kurzer Zeit schneeblind und mußten von ihren Kameraden geführt werden.

Wir kamen in diesen Tagen nur langsam voran, weil die Lasttiere und ihre Treiber, die wir vor der Vorhut zum Treten der Spur einsetzten, immer wieder im bodenlosen Schnee einbrachen und sich, wenn überhaupt, nur mühsam wieder herausarbeiten konnten. Viele der völlig erschöpften und fast verhungerten Tiere und Sklaven fielen während der Tortur tot um und blieben mit weit aufgerissenen Augen und heraushängenden Zungen an den Rändern unseres tief eingeschnittenen, schmalen Weges liegen.

Zwar wurde auch am dritten, dem eisigen Nordwind ausgesetzten Lagerplatz genügend Holz gefunden, um die ganze Nacht hindurch einige große Feuer unterhalten zu können, aber nur die wenigsten Soldaten verfügten noch über Nahrungsmittel. So kam es zu unerfreulichen Szenen: Diejenigen Gruppen, die sich bereits an Feuern zusammendrängten, ließen die später Hinzukommenden (wie meine Männer der Nachhut) erst dann in die Nähe, wenn sie ihnen Weizen oder sonst etwas Eßbares ablieferten. Als an den Feuerstellen der Schnee allmählich bis zum Boden hinunter schmolz, wiesen die Gruben die fast unglaubliche Tiefe von etwa 6 Fuß auf.

Schon während des mühsamen und stockenden Marsches war es zu zahlreichen Erfrierungen gekommen. Vor allem die Füße erstarrten in der Kälte sofort zu gefühllosen Klumpen, wenn man sie nicht ununterbrochen bewegte. Die größte Gefahr ergab sich jedoch erst während der Nachtruhe. Da weigerten sich viele aus Angst vor dem Frost, ihre notdürftig hergerichteten Schuhe (sie bestanden bei den meisten inzwischen nur noch aus einem viereckigen Stück roher Rindshaut, das an den Unterschenkeln hochgezogen und mit Riemen festgebunden wurde) abzulegen oder wenigstens die Riemen zu lokkern. Das führte dazu, daß die sich versteifenden Riemen in den anschwellenden Unterschenkeln Wunden hinterließen, die Frostbeulen und Brandbildung und schlimmstenfalls das Absterben des Gewebes nach sich zogen.

Jedenfalls hatten unsere Ärzte nach dieser Nacht alle Hände voll zu tun, um unter den primitivsten Bedingungen Zehen zu amputieren, Geschwüre aufzuschneiden und Verbände anzulegen. Zahlreiche ihrer nicht mehr gehfähigen Patienten, für die wir dann Träger und Lasttiere einsetzen mußten, überlebten ihr Unglück kaum einen oder zwei Tage.

Der Abmarsch verzögerte sich nicht nur wegen der Erfrierungsfälle, sondern auch wegen der allgemeinen Ermattung und Schlaffheit, die sich unter dem Einfluß des schneidenden Windes und des Hungers verbreitet hatten. »Warum sollen wir uns weiter quälen«, sagten die Soldaten zu den Offizieren, die sie vorwärts treiben wollten, »wir sind ohnehin verloren: Laßt uns hier in Ruhe einschlafen!«

Schließlich machte einer der Seher den Vorschlag, den Wind durch ein Opfer zu besänftigen. Sogleich wurde einem der wenigen Opferschafe, welche die Strapazen der letzten Märsche überlebt hatten, unter lauter Anrufung des Windgottes Boreas die Kehle durchgeschnitten. Im Bogen spritzte das Blut in die Höhe und wurde vom Sturm einige Fuß weit mitgerissen, bevor es den Schnee rot färbte. Im selben Augenblick - wir spürten es alle - ließ die Gewalt des Windes nach: Boreas nahm unser Opfer an und gab zu erkennen, daß er den Weitermarsch nicht mehr behindern werde.

Trotzdem wurde dies einer der schlimmsten Tagesmärsche, an die ich mich erinnere. Die Nachhut mußte lange warten, bis sich die letzten Gruppen unwillig auf den Weg machten. Schon nach kurzer Zeit stießen wir dann auf Leute von uns, die wie betäubt im Schnee lagen. Als wir sie zum Weitergehen drängten und darauf hinwiesen, daß uns beutegierige Horden der Landesbewohner in knappem Abstand folgten, blickten sie uns zwar mit großen Augen an, rührten sich aber nicht von der Stelle und gaben keinen Laut von sich.

Ratlos wandte ich mich an meinen athenischen Landsmann Polykrates, von dem ich wußte, daß er gewisse medizinische Kenntnisse besaß, und fragte ihn, ob er sich dieses Verhalten erklären könne.

»Ich fürchte«, antwortete er, »daß sie an *Boulimie* leiden. Sie sind ja völlig ausgehungert und zusätzlich auch noch von der Kälte zermürbt. Vielleicht können wir sie retten, wenn wir ihnen sofort etwas zu essen beschaffen.«

Aufgrund dieser Auskunft lief ich mit einigen Männern schnellstens nach vorne bis zu einer kleinen Kolonne von Tragtieren, in deren Lasten wir nach Lebensmitteln suchten. Einige Brotfladen und Fleischstücke sowie mehrere Säckchen mit ungemahlenem Korn und rohen Erbsen nahmen wir an uns und ließen sie zurück zu den Hungerkranken bringen, die alles, was man ihnen gab, so wie es war, gierig herunterschlangen. Danach erwachten sie tatsächlich aus ihrer Lethargie und kamen wieder auf die Beine.

Manche waren allerdings so schwach, daß sie geführt und gestützt werden mußten. Zu diesem Dienst kommandierte ich Lastenträger oder Viehtreiber, die gerade in der Nähe waren, ab und schickte sie mit den Entkräfteten voraus, damit sie nicht den Anschluß an die große Masse verloren. Dabei kam es zu einem scheußlichen Vorfall, der mir noch in allen Einzelheiten vor Augen steht.

Ich hatte einen Lastenträger herbeigerufen, seine Gepäckstücke mit dem Befehl, sie mir später wieder abzuliefern, auf andere Träger verteilt und ihm einen Mann anvertraut, der sich kaum aufrecht halten konnte. Während ich mit der Nachhut knapp vor den nachdrängenden Plünderern nur langsam vorankam, weil ich die noch gehfähigen Männer immer wieder hochtreiben mußte, verschwanden die beiden bald weiter vorne in der weit auseinandergezogenen Kolonne.

Etwa eine halbe Stunde später sah ich sie wieder: Der Kranke lag bewegungslos im Schnee, während der Träger damit beschäftigt war, neben dem Weg eine Grube auszuheben. Ich hielt an und sagte:

»Träger, ich möchte dir ausdrücklich ein Lob dafür aussprechen, daß du den toten Kameraden so fürsorglich zur letzten Ruhe bettest.«

In diesem Augenblick bog der scheinbar Tote ein Bein - und alle Umstehenden schrien entsetzt auf: »Der Mann lebt ja!«

Da rief der Lastträger voller Trotz:

»Meinetwegen! Ich werde ihn jedenfalls nicht weiterführen!«

Er wollte ihn, bei den Göttern, tatsächlich lebend einscharren! Mit einem heftigen Faustschlag ins Gesicht beantwortete ich diese unglaubliche Rohheit und zwang ihn, den Kranken wieder aufzunehmen und weiterzuschleppen, bis wir in tiefer Dunkelheit unseren Rastplatz einrichteten. Nachdem er dort den armen Kerl, der allerdings unterwegs gestorben war, abgelegt hatte, ließ ich ihm wieder seine Lasten aushändigen und jagte ihn mit Fußtritten davon.

Bei Einbruch der Dämmerung waren wir noch unterwegs, hatten aber inzwischen jeden Kontakt zu der vor uns marschierenden Kolonne verloren. Mit einem Mal sahen wir abseits unseres an einem Hang entlangführenden Weges eine größere Gruppe von Söldnern, die sich an einer schneefreien Stelle um eine in einem Talgrund dampfende heiße Quelle gelagert hatten. Die meisten von ihnen waren schneeblind oder hatten schwere Erfrierungen an den Füßen. Als wir sie unter Hinweis auf die verfolgenden Plünderer zum Weitermarschieren aufforderten, weigerten sie sich aufzustehen.

Schließlich geriet ich wegen ihrer stumpfsinnigen Sturheit in eine solche Wut, daß ich Schläge auszuteilen begann, um sie aufzurütteln. Da sagte einer von ihnen mit tonloser Stimme:

»Schlag uns ruhig tot! Wir können nicht weiter.«

Beschämt wurde ich mir bewußt, daß ich im Begriff war, unter der Last der auf mich einstürmenden Anforderungen die Selbstbeherrschung zu verlieren, und zwang mich zu einer Ruhe ausstrahlenden Antwort:

»Gut, Leute, ich sehe selbst, daß euch im Augenblick die Kräfte zum Weitermarsch fehlen. Ich habe folgenden Plan: Wir von der Nachhut werden jetzt die Verfolger verjagen, damit sie euch nicht bei Nacht überfallen. Ihr unterstützt uns dabei dadurch, daß ihr so laut wie möglich schreit und mit den Speeren gegen die Schilde schlagt. Morgen früh, das verspreche ich, kommen einige von uns und bringen euch wieder zum Heer.«

Als wir die Stimmen der Plünderer, die sich kreischend um die liegengebliebenen Tragtiere stritten, schon ganz nah hörten, stürmte ich mit etwa 50 Männern unter lautem Kriegsgeschrei auf dem Weg zurück und erzeugte bei den völlig überraschten Verfolgern einen solchen Schrecken, daß sie sich blindlings über die verschneiten steilen Hänge nach unten stürzten und rutschend aus unserem Blickfeld verschwanden.

Nach diesem Erfolg verließen wir die Gruppe der Kranken und rückten langsam auf der Spur der Marschkolonne weiter vorwärts. Inzwischen war die Nacht hereingebrochen, aber dank der Helligkeit des Schnees blieb der Weg gut erkennbar. Erst nach etwa 4 Stadien stießen wir wieder auf Soldaten, die in Decken und Mäntel gehüllt im Schnee lagen und schliefen, ohne eine einzige Wache aufgestellt zu haben. Als wir sie aufjagen wollten, sagten sie, daß auch ihre Vorderleute haltgemacht hätten. Es ginge nicht weiter.

Um zu ermitteln, durch welches Hindernis der Marsch aufgehalten werde, schickte ich einige Männer nach vorne. Aber sie kamen bald zurück und berichteten, daß das ganze Heer in dieser Weise am Weg entlang biwakiere. Da richteten auch wir uns notdürftige Ruhelager ein, stellten einige Wachen auf und verbrachten den Rest der Nacht wie die anderen: ohne Feuer und ohne Essen.

Schon in der ersten Morgendämmerung entsandte ich die jüngsten meiner Männer zum Lager der Kranken mit dem Auftrag, sie unter allen Umständen zum Weitermarsch zu zwingen. Es dauerte etwa eine Stunde, bis der mitleiderregende Zug der blinden, hinkenden, aufeinander gestützten Invaliden bei uns eintraf und Mann für Mann erschöpft zu Boden sank.

Nicht lange danach gerieten die Truppen vor uns allmählich in Bewegung. Und dann erschien zu unserer Überraschung und Freude ein ganzer Lochos aus der Abteilung des Cheirisophos, der die Situation bei der Nachhut erkunden sollte. Die Männer berichteten uns, daß die Spitze der Vorhut bei Einbruch der Dämmerung bis zu einem von einer Palisade umzogenen Dorf gekommen sei. Außerhalb seien an einer Quelle gerade einige Frauen und Mädchen damit beschäftigt gewesen, Wasser zu schöpfen. Auf ihre Frage, wer wir seien, habe ihnen Cheirisophos durch den Dolmetscher auf Persisch sagen lassen, wir kämen vom Großkönig und seien auf dem Weg zum Satrapen.

Der Satrap, hätten sie geantwortet, befinde sich nicht bei ihnen, sondern benutze immer seinen Palast im etwa eine Stunde entfernten Hauptdorf. Daraufhin habe Cheirisophos die Frauen auf die fortgeschrittene Zeit hingewiesen und sie gebeten, ihn mit seinen Leuten zu ihrem Dorfvorsteher zu führen. So seien sie ohne die geringsten Schwierigkeiten in das Innere der Palisade gelangt, hätten sich dort in den Häusern einquartiert und endlich wieder einmal gut gegessen und unter einem Dach geschlafen.

Noch bevor wir 20 Stadien zurückgelegt hatten (dabei wurden die Kranken von den ausgeruhten Männern des Cheirisophos geführt oder getragen), erreichten wir das Dorf, vor dem sich im verschneiten Feld die meisten Truppenteile und der Troß gelagert hatten. Cheirisophos erklärte uns, das Dorf sei zu klein zur Aufnahme aller; er halte jedoch angesichts des tiefen Schnees die Lage für so sicher, daß man sich auf die umliegenden, an den aufsteigenden Rauchfahnen erkennbaren Dörfern verteilen könne.

Da wir weder die Größe noch die Versorgungslage der Dörfer kannten, schlug einer von uns vor, sie den einzelnen Abteilungen mittels des Losverfahrens zuzuweisen. Dann bleibe es dem Zufall überlassen, ob man in ein gutes oder ein weniger gutes Quartier einziehe, und niemand könne sich wegen Benachteiligung beschweren.

Das meiner Abteilung zugeloste Dorf lag ziemlich weit entfernt. Um zu verhindern, daß man uns beim Anmarsch zu früh bemerkte, bildeten wir ein kleines Vorauskommando aus besonders behenden Leichtbewaffneten unter der Führung des Lochagen Polykrates. Ihnen gelang es, überraschend in das Dorf einzudringen und im Handstreich alle Bewohner einschließlich des Dorfvorstehers in Gewahrsam zu nehmen. Auch trieben sie 17 Fohlen zusammen, die hier, wie es hieß, zur späteren Ablieferung an den Großkönig aufgezogen wurden. Als ich mit der Hauptabteilung eintraf, verteilten wir uns im ganzen Dorf; ich selbst nahm im Haus des Dorfvorstehers Quartier.

Die Häuser in dieser Gegend waren sehr merkwürdig. Von außen konnte man sie kaum erkennen, denn sie waren weitgehend unterirdisch angelegt und bildeten an der Oberfläche nur niedrige, flach abgerundete Hügel, aus denen an der höchsten Stelle ein kleiner Schornstein herausragte. Unter dem tiefen Schnee wirkte das ganze Dorf wie eine hügelige Landschaft; hin und wieder sah man schräg in die Tiefe führende Rampen oder auch Schächte, in denen Leitern standen. Dazwischen dampften viele hoch aufgetürmte Misthaufen.

Nachdem ich hinter dem Dorfvorsteher her durch den Eingangsschacht nach unten in sein Haus geklettert war und mich an das schwache Dämmerlicht gewöhnt hatte, stellte ich fest, daß wir uns in einem großen Raum befanden, dessen niedrige, aus Zweigen und Geäst hergestellte Decke auf zahlreichen in Reihen aufgestellten Holzpfosten ruhte. Als eigentliches Dach diente offenbar eine dicke, von Wurzeln durchzogene Erdschicht, die man über den Zweigen verteilt und festgestampft hatte.

Der ganze Raum war vom Dunst und Geruch der Tiere erfüllt, die hier lebten: Zwischen einer langen Reihe von Rindern, die am Rand festgebunden waren, sah man Kälber sowie viele Ziegen und Schafe mit ihren Lämmern frei umherstreifen und an dem aufgeschütteten Heu zupfen. Etwa 50 Tiere mögen diesen unterirdischen Stall bevölkert haben - nicht mitgerechnet die Hühner, die scharenweise überall am Boden scharrten und nach Futter suchten.

Luft und ein wenig Licht drangen in das Innere dieses Raums nur durch die mit einem Lattenrost versperrte Öffnung zu der Rampe, über welche der Mist hinausgeschafft wurde und die Tiere in der guten Jahreszeit ins Freie gelangen konnten. Vom Stall aus waren noch einige kleinere Räume zugänglich, die teils Vorräte enthielten (außer großen Tongefäßen mit Gerstenwein - so nannten wir ein aus gerösteter Gerste hergestelltes, sehr berauschendes Getränk - Heu, Weizen, Gerste und Hülsenfrüchte), teils den Menschen als Unterkunft dienten.

Der Dorfvorsteher war etwa 40 Jahre alt, beherrschte gut die persische Sprache und machte überhaupt einen sehr gewandten Eindruck. Sein wettergegerbtes Gesicht wurde durch einen gewaltigen tiefschwarzen Schnurrbart geziert. Während die Ehefrau völlig verängstigt wirkte und unter ihrem Kopftuch kaum aufzublicken wagte, bewegten sich der ungefähr 16 Jahre alte Sohn und die etwas jüngere Tochter mit größerer Unbefangenheit unter uns Fremden.

Das Mädchen, erzählte mir der Vater, hatte erst acht Tage zuvor geheiratet - aber der Schwiegersohn befand sich zufällig gerade auf der Hasenjagd und war dadurch der Gefangennahme entgangen. Außer den Familienmitgliedern gehörten noch einige Knechte und Mägde, die sich in die hintersten Winkel des Stalles zurückgezogen hatten, zum Hausstand.

Ich verteilte meine Begleitmannschaft, etwa 40 Hopliten, auf die übrigen Räume und quartierte mich selbst zusammen mit Polykrates, meinem Dolmetscher, und der Familie des Dorfvorstehers im ursprünglichen Wohnraum ein. So konnten wir den Mann und seine Angehörigen stets im Auge behalten und mußten sie nicht fesseln und irgendwo anbinden.

Dann begann ein großes Festmahl zur Feier unserer Rettung - wie vermutlich in den Häusern aller Dörfer, auf welche sich unsere Truppen verteilt hatten. Die ausgehungerten Männer schlachteten zwei Schafe und ein Ferkel, kochten dicken Mehlbrei und Erbsensuppe und backten Brote aus Weizenmehl. Dazu kamen Ziegen- und Schafskäse auf den Tisch und vor allem der erwähnte Gerstenwein.

Er wurde in großen, bis zum Rand gefüllten Gefäßen, die unseren Mischkrügen ähnelten, aufgetragen; auf der Oberfläche schwammen noch viele Gerstenkörner herum. In der Flüssigkeit steckten mehrere längere oder kürzere knotenfreie Schilfrohre, durch welche man sie aufsaugen konnte - ein absonderliches Trinkverfahren, an das wir uns erst gewöhnen mußten. Das prickelnde Getränk schmeckte ganz anders als unser Wein und führte bei vielen Männern, die ihm im Übermaß zusprachen, zu heftigen Rauschzuständen. Als wir es später etwas mit Wasser verdünnten (wie daheim den Wein), erwies es sich jedoch als sehr bekömmlich und erfrischend.

Zum Essen lud ich den Dorfvorsteher ein und kam dank der Übersetzungskunst des Dolmetschers mit ihm in ein angeregtes Gespräch. Meine Frage, ob er sich in der weiteren Umgebung auskenne, beantwortete er zustimmend. Da machte ich ihm den Vorschlag, er möge uns bis an die Grenze des nächsten Volkes führen:

»Wenn du diese Aufgabe übernimmst, brauchst du dir um deine Familie keine Sorgen zu machen. Wir werden dir deine Kinder nicht wegnehmen und beim Abzug dein Haus mit so vielen Lebensmitteln anfüllen, daß es keine Not gibt, bis du zurückkommst.«

Nach kurzem Nachdenken erwiderte er:

»Gut, unter diesen Bedingungen bin ich einverstanden. Ich werde euch auf dem kürzesten Weg zu unseren Nachbarn, den Chalybern, führen.«

Als in diesem Augenblick ein Mann erschien und mit schwerer Zunge meldete, daß der wunderbare Gerstenwein bis auf den letzten Tropfen ausgetrunken sei, erhob sich der Dorfvorsteher mit den Worten, er werde uns jetzt seine Ehrlichkeit beweisen, und führte uns in einen abgetrennten Winkel des Stalles; dort befand sich das mit einer Steinplatte bedeckte Mundloch einer kleinen Zisterne, aus der noch erhebliche Mengen des Getränkes geschöpft werden konnten.

Am nächsten Morgen machte ich mich zusammen mit dem Dorfvorsteher und dem Dolmetscher auf den Weg zu Cheirisophos. In den beiden Dörfern, die wir durchqueren mußten, wurden wir von den dort einquartierten Truppen freudig begrüßt, an die mit Lebensmitteln überladenen Tische geführt und zum Zugreifen aufgefordert. Es war überall dasselbe Bild: Man hatte Schaf- und Ziegenlämmer, Ferkel, Kälbchen und Hühner geschlachtet und gebraten oder gekocht, Weizen- und Gerstenbrote gebacken und den Gerstenwein in großen Kesseln bereitgestellt. Viele Soldaten hatten ihre Bäuche bis zum Platzen gefüllt und lagen schlafend auf dem Boden herum. Nicht wenige litten auch unter starker Übelkeit, weil die ausgezehrten Körper dem plötzlichen Nahrungsüberfluß und vor allem dem Gerstenwein nicht gewachsen waren. Die unermüdlichen Säufer saugten dieses Getränk inzwischen nicht mehr durch die Trinkröhrchen, sondern beugten sich - wie die Ochsen zur Tränke - nach unten und schlürften es direkt aus den Kesseln auf.

Dem Dorfvorsteher wurde großzügig angeboten, mitzunehmen, was immer er wolle - aber dieser stolze Mann lehnte alles ab und bat nur um die Erlaubnis, auf dem Rückweg die Verwandten, die er gesehen hatte, in sein Haus führen zu dürfen. Als wir am frühen Nachmittag am Quartier des Cheirisophos ankamen, feierte dieser zusammen mit seinen Lochagen nach dem Essen bereits ein richtiges Symposion: Anstelle der sonst bei uns üblichen Efeu- oder Myrtenkränze hatten die Offiziere aus Heu geflochtene Kränze aufgesetzt und ließen sich von armenischen Knaben in ihrer Landestracht, denen sie wie Taubstummen durch Zeichen ihre Wünsche mitteilten, bedienen, das heißt vor allem immer wieder die Becher mit Gerstenwein füllen.

Nachdem ich Cheirisophos herzlich begrüßt und einen Becher mit ihm geleert hatte, zog ich ihn aus der laut singenden und anzügliche Gedichte rezitierenden Gruppe seiner angeheiterten Lochagen zur Seite und sagte:

»Cheirisophos, ich habe hier den Ortsvorsteher meines Dorfes mitgebracht, einen, wie ich glaube, zuverlässigen Mann, der außerdem gut Persisch spricht. Er ist bereit, uns von hier aus weiterzuführen. Wir sollten ihn durch unseren persischen Dolmetscher ausfragen.«

»Einverstanden«, erwiderte Cheirisophos und eröffnete sogleich die Befragung. »Was ist dies hier für ein Land?«

»Armenien.«

»Wir haben bei euch viele junge Pferde gesehen. Für wen werden sie aufgezogen?«

»Für den König der Könige, als Tribut.»

»Wer sind die Bewohner des euch benachbarten Landes?«

»Die Chalyber.«

»Wie kommen wir dorthin?«

Er machte ein Zeichen, daß wir ihm über die Leiter nach außen folgen sollten, und setzte draußen seine Erklärung fort:

»Der Weg führt hier in unserer Ebene noch etwa einen Tagesmarsch lang nach Westen, dann biegt er dort hinten nach Norden um und übersteigt das Randgebirge, das ihr da drüben aufragen seht. Es dauert etwa eine Woche, bis ihr das jenseitige breite Flußtal erreicht.«

Unsere Augen wanderten an den tief verschneiten, vielfach hintereinander gestaffelten Berggipfeln des Randgebirges entlang nach Westen, wo die Ebene an einem anderen ungeheueren Gebirgsmassiv, vor dem offenbar unser Weg abbog, ihr Ende fand. Das wird ein schwieriger Marsch, schoß es mir durch den Kopf, aber wenn wir hier noch ein paar Erholungstage einlegen, sollten wir es schaffen - wir haben ja auch keine andere Wahl.

Dann fragte ich:

»Ist der Weg, den du uns führen willst, gut gangbar? Gibt es in der Gegend, durch die wir ziehen müssen, Siedlungen, die als Lagerplätze geeignet sind?«

»Kaum, es handelt sich weitgehend um steiniges Ödland, jedenfalls bis hinauf zur Wasserscheide. Außerdem wird der Schnee den Marsch behindern - aber ich werde euch bis an die Grenze des Chalyberlandes führen, das verspreche ich.«

Nachdem ich mit Cheirisophos vereinbart hatte, daß wir noch etwa eine Woche in unseren Quartieren bleiben wollten, kehrte ich gegen Abend in mein Dorf zurück. Unterwegs sammelte der Dorfvorsteher einige seiner Verwandten, die uns schon am Weg erwarteten, auf und nahm sie mit in sein Haus. Er hatte wohl gemerkt, daß ich ihn und seine Familie mit menschlicher Freundlichkeit, nicht wie verachtenswerte Gefangene, behandelte, und glaubte deshalb, daß seine Verwandten unter meinem Schutz am sichersten sein würden.

Am nächsten Tag übergab ich ihm eines meiner Pferde mit der Bitte, es aufzufüttern und später dem Sonnengott Helios zu opfern. Es handelte sich um einen älteren Schimmel, den ich seinerzeit beim Überfall auf das Lager des Satrapen Tiribazos erbeutet hatte. Die schweren Etappen der letzten Wochen hatten ihm so schwer zugesetzt, daß ich mit seinem baldigen Tod rechnen mußte. Einer unserer Seher hatte mich jedoch unterwegs (ich weiß nicht, aufgrund welcher Beobachtungen) darauf aufmerksam gemacht, daß dieses Tier dem Sonnengott heilig sei und auf alle Fälle so lange am Leben erhalten werden müsse, bis eine korrekte Opferzeremonie durchgeführt werden könne.

Statt seiner nahm ich mir aus dem etwas abseits liegenden Gestüt, in dem die Bewohner meines Dorfes zahlreiche Fohlen für den Großkönig aufzogen, ein solches feuriges kleines Pferdchen und sorgte dafür, daß auch jedem der anderen Strategoi und Lochagen eines zugeführt wurde. Bei dieser Gelegenheit machte uns der Dorfvorsteher darauf aufmerksam, daß wir gut daran täten, bei der gegenwärtigen Witterung unseren Pferden und sonstigen Lasttieren nach der Landessitte kleine Säcke über die Hufe zu ziehen, um ihnen einen breiteren Auftritt zu geben. Tatsächlich waren die Tragtiere, die wir zum Spurtreten bisher an der Spitze der Kolonne eingesetzt hatten, jeweils bis zum Bauch im Schnee versunken und durch die Überanstrengung sehr schnell ermattet und nicht selten sogar einfach tot umgefallen.

Schließlich kam der Tag des Aufbruchs. In den frühen Morgenstunden sammelte sich die Marschkolonne von allen Seiten aus vor dem Dorf des Cheirisophos, der wieder die Vorhut anführen sollte. Nachdem ich ihm den Dorfvorsteher (in dessen Haus wir zuvor noch möglichst viele Vorräte geschafft hatten) übergeben hatte, rückte Cheirisophos ab. Ich mußte mit der Nachhut noch einige Stunden warten, bis alle Abteilungen einschließlich der Lasttier- und Trägerkolonnen in schmaler, langer Reihe auf dem Wege waren. Bei mir befand sich der junge Sohn des Dorfvorstehers. Ich hatte ihn mitgenommen, damit der Vater später den weiten Rückweg zu seiner Familie nicht allein zurücklegen mußte - und natürlich auch als eine Art Unterpfand für die Ehrlichkeit seiner Hilfeleistung. In der Zwischenzeit beaufsichtigte ihn der Lochage Pleisthenes aus Amphipolis, der mit dem hübschen Knaben schnell Freundschaft schloß und ihn nicht aus den Augen ließ.

Die erste Nacht verbrachten wir im Winkel zwischen den beiden Gebirgen, welche die Ebene im Norden und Westen begrenzten. Hier war weit und breit keine Siedlung zu entdecken. Immerhin fanden wir genügend Feuerholz, um uns aus den reichlich mitgeführten Vorräten ein ordentliches Abendessen bereiten zu können.

Am nächsten Tag zogen wir mühsam auf einem schmalen, gewundenen Pfad aufwärts in das Bergland hinein. Gelegentlich mußten wir tief eingeschnittene Bachbetten überqueren, deren eiskaltes Wasser sich stürmisch über den Steilhang nach unten wälzte. Nach stundenlangem Klettern öffnete sich vor uns eine unter einer unberührten Schneedecke versunkene, leicht ansteigende Hochebene ohne Baum und Strauch, über welche ein pfeifender Nordwind fegte. Wieder war Cheirisophos gezwungen, den Stathmos unter freiem Himmel anzulegen, weil nach der Auskunft des Führers in erreichbarer Nähe keine Siedlungen existierten.

Gegen Mittag des folgenden Tages überschritten wir den Paß, der die Wasserscheide zum Tal des Araxes darstellte. Von hier an gesellten sich zu der Kälte und dem Schnee noch wabernde Nebelschwaden, durch welche die Strahlen der Sonne, die uns bisher tagsüber etwas Wärme gespendet hatten, völlig verschluckt wurden. Alles triefte von gefrierender Nässe. Aber die Hoffnung, wenigstens diese Nacht unter Dach verbringen zu können, zerschlug sich: Nach der Auskunft des Führers gab es auch in dieser Gegend keine Häuser.

Als der Dorfvorsteher am Nachmittag bei mir erschien (er hatte, weil er sich im Lager frei bewegen konnte, in den beiden vorhergehenden Nächten seine Schlafstelle in meiner Nähe eingerichtet), wirkte er verstört und wütend. Schließlich brachte ich die Ursache seiner Verstimmung in Erfahrung: Cheirisophos hatte ihn verprügeln lassen, weil er die Kolonne wieder nicht zu Dörfern geführt hatte.

Am nächsten Morgen war der in seinem Stolz tief gekränkte Mann verschwunden. Niemand von uns hatte etwas bemerkt. Wir waren alle davon überzeugt gewesen, daß er auf keinen Fall seinen Sohn im Stich lassen würde. Der aber hatte die Nacht friedlich in der Obhut des Pleisthenes verbracht, war, als sich die Nachricht von der Flucht seines Vaters verbreitete, zutiefst enttäuscht und schloß sich nun um so enger an den freundlichen Lochagen an. An seiner Seite machte er alle weiteren Märsche mit und begleitete ihn schließlich bis in seine Heimatstadt Amphipolis. Dort habe ich die beiden viele Jahre später, als ich im Gefolge des spartanischen Königs Agesilaos nach Griechenland zog, wiedergesehen: Der junge Armenier war zum treuesten Diener und Freund seines Herrn geworden.

Am Morgen dieses Tages kam es zu einem heftigen Streit zwischen Cheirisophos und mir, weil er nach meiner Auffassung den Mann zu Unrecht bestraft, ich ihn nach seiner Auffassung nicht streng genug bewacht hatte. Aber wir legten unsere Auseinandersetzung schnell bei, als wir uns klarmachten, daß über den weiteren Marschweg keine Zweifel mehr bestanden: wir brauchten nur dem Tal eines kleinen, nach Norden fließenden Flusses, auf den wir gestoßen waren (er trug den Namen Phasis), zu folgen, um die Ebene des Araxes zu erreichen.

Der Weg führte meistens auf den Anhöhen entlang, welche auf der Ostseite das steil eingeschnittene und manchmal völlig unpassierbare Tal des reißenden Flusses begleiteten. Je weiter wir während der nächsten Tage herabstiegen, um so mehr löste sich glücklicherweise der Nebel auf. Schließlich öffnete sich die bergige Landschaft und gab zu unserer großen Freude den Blick auf die tief unter uns ausgebreitete, schneefreie Ebene des Araxes frei.

Sie erstreckte sich, soweit das Auge reichte, nach rechts und links und wurde auf der in weitem Abstand gegenüberliegenden Seite von einem ähnlich hohen Randgebirge wie demjenigen, das wir gerade überwunden hatten, begleitet. Durch diese Senke lief, das wußten einige von uns, die berühmte ostwestliche Handelsstraße, welche tief in den Ostprovinzen des persischen Reiches begann und bis nach Trapezus am Pontos Euxeinos führte. Trapezus aber war die erste wirklich *griechische* Stadt, in die wir überhaupt gelangen konnten. Als sich diese Kunde wie ein Lauffeuer verbreitete, war plötzlich der Name Trapezus in aller Munde. In wenigen Wochen, so konnte man allenthalben hören, werden wir - freundlich von unseren Landsleuten begrüßt - endlich wieder am Ufer des Meeres stehen und hoffentlich sogar die Heimreise bequem zu Schiff antreten.

Wir marschierten auf dem Handelsweg nach Westen und bezogen jeweils gute Quartiere in den von ihren Bewohnern kurz vor unserem Eintreffen fluchtartig verlassenen Dörfern. Allerdings kam es, wenn die ganze Kolonne vorübergezogen war, immer wieder einmal zu überfallartigen, wenig Schaden anrichtenden Angriffen auf die Schlußmänner der Nachhut. Bei einer solchen Gelegenheit gelang es meinen Leichtbewaffneten, in einem Hinterhalt einige der Angreifer gefangenzunehmen: Ich wollte sie bei Bedarf als landeskundige Führer zur Hand haben.

Während der ersten Tage war der Verlauf des Weges klar erkennbar, dann änderte sich das Bild der Landschaft. Die Randgebirge rückten allmählich aufeinander zu und überraschend tauchte vor uns ein querlaufender Bergzug auf, der wie ein gewaltiger Damm die Senke in ihrer vollen Breite von schätzungsweise über 60 Stadien abriegelte.

Als die Spitze der Vorhut noch ungefähr 30 Stadien von dem Hindernis entfernt war, ließ Cheirisophos die Kolonne anhalten. Dann ertönte von vorne her das bekannte Paragoge-Signal zum Aufbau der Phalanx. Ohne Hast entwickelten sich daraufhin die Lochoi nach rechts in die Ebene hinein aus der Marschformation zur Schlachtreihe. Meine Männer der Nachhut hatten natürlich den weitesten Weg zurückzulegen, da vor uns noch der Troß stand. Aber schließlich marschierten wir weit draußen zum rechten Flügel der Phalanx auf, nachdem Cheirisophos den linken Flügel direkt an der Straße, die hier nahe an den Ausläufern des südlichen Randgebirges entlangführte, gebildet hatte.

Er berief eine Offiziersversammlung an seinem Standort ein und eröffnete sie mit dem Hinweis, daß feindliche Truppen, wie man sehen könne, den Paßweg besetzt hätten. Tatsächlich war dort in den Hängen das Hin und Her von zahlreichen Einheiten, die ihre Stellungen bezogen, zu beobachten.

»Wir müssen jetzt«, fuhr Cheirisophos fort, »überlegen, wie wir den bevorstehenden Kampf am günstigsten anlegen. Mein Vorschlag: Wir lassen die Truppen in Phalaxformation stehen und schieben jetzt die Frühstückspause ein. Unterdessen legen wir die Taktik für den Angriff fest.«

Da sich kein Widerspruch erhob, wurde sogleich das entsprechende Signal geblasen. Daraufhin eilten die Schildträger zu ihren Herren und brachten ihnen Brot und kaltes gebratenes Fleisch, das vom gestrigen Abendessen übrig war; nur an wenigen günstigen Stellen konnten auch Feuer entzündet und warme Mahlzeiten bereitet werden.

Cheirisophos warf in der Versammlung als erstes die Frage auf, ob die Erkämpfung des Passes noch heute oder erst morgen ins Werk gesetzt werden solle.

»Heute!« rief da sofort der Draufgänger Kleanor. »Sobald wir gefrühstückt haben, sollten wir mit voller Wucht angreifen! Denn wenn wir den heutigen Tag kampflos verstreichen lassen, werden die Feinde sehen, daß wir zögern, und dadurch um so mutiger werden - und dann werden sich ihnen morgen noch viele andere anschließen.«

Als sich zu diesem Vorschlag ein allgemeines zustimmendes Gemurmel erhob, blickte mich Cheirisophos fragend an. In seinen Augen galt ich inzwischen als derjenige Strategos, der im Zusammenhang mit taktischen Erwägungen auf jeden Fall gehört werden sollte. So trat ich einen Schritt nach vorne und entwickelte einen anderen Vorschlag, den ich mir nach einem genauen Verhör meiner Gefangenen schon während des Aufmarsches zur Phalanx zurechtgelegt hatte:

»Ich bin nicht dieser Meinung. Wenn wir kämpfen müssen, sollten wir alles tun, um so erfolgreich wie möglich zu kämpfen - und das heißt mit den geringsten eigenen Verlusten an Gefallenen und Verwundeten. Wir sehen hier diesen breit hingestreckten Bergzug von etwa 60 Stadien Ausdehnung vor uns, aber nur an einer einzigen Stelle sind Verteidigungstruppen zu erkennen: am Paßweg selbst. Also sollten wir versuchen, eine Stelle des nicht besetzten Berges unbemerkt in die Hand zu bekommen und, wenn irgend möglich, vor den Gegnern zu besetzen. Das ist doch allemal besser, als stark gesicherte Plätze und kampfbereite Männer anzugreifen.«

Bei diesen Worten blickte ich in die Runde und konnte feststellen, daß meine Argumentation bei den meisten Offizieren auf fruchtbaren Boden fiel. Und dann ging, ich muß es eingestehen, mein durch die rhetorische Ausbildung entwickeltes Gefühl für kunstvoll arrangiertes Reden mit mir durch.

»Denn es ist doch leichter«, rief ich mit erhobener Stimme aus, »bergauf zu gehen, ohne zu kämpfen, als über eine Ebene, die voll von Feinden ist! Und bei Nacht sieht einer doch wohl, wenn er nicht kämpfen muß, besser, was sich vor seinen Füßen befindet, als am Tag einer, der in Kämpfe verwickelt ist. Und ein steiniger Weg ist für die Füße, wenn sie kampflos marschieren können, angenehmer als ein ebener, wenn einem die Geschosse um den Kopf fliegen.«

Kaum hatte ich geendet, hörte ich ein lautes, bedrohlich klingendes Knurren neben mir: Es stammte aus dem Mund des Cheirisophos, dem solche überflüssigen rhetorischen Schnörkel bei Einsatzbesprechungen ein Greuel waren. So fuhr ich schnell mit meiner sachlichen Erörterung fort:

»Es scheint mir nicht unmöglich, eine solche Stelle unbemerkt in die Hand zu bekommen: Wir können bei Nacht losmarschieren, so daß man es nicht sieht, und wir können so weiten Abstand vom Paßweg halten, daß man uns gar nicht wahrnimmt. Und ich glaube, daß wir den Berg eher menschenleer vorfinden werden, wenn wir den Anschein erwecken, daß wir hier, am Paßweg, zum Angriff vorrücken wollen. Denn dann werden die Gegner um so stärker hier versammelt bleiben.«

Als sich im Kreis der Offiziere eine Debatte über meinen Vorschlag, den Bergzug kampflos abseits des üblichen Weges unter Umgehung der Sperrtruppen zu überqueren, zu entwickeln begann, blickte ich den immer noch mürrisch wirkenden Cheirisophos an und ließ mich zu der zusätzlichen Bemerkung hinreißen:

»Aber wie komme gerade ich dazu, Vermutungen über ein *Betrugsmanöver* anzustellen? Denn ich höre ja, mein lieber Cheirisophos, daß ihr Lakedämonier, soweit ihr echte Spartiaten seid, euch von Kindesbeinen an darin übt *zu stehlen* und daß es nicht schändlich, sondern ehrenvoll ist, alles *zu stehlen*, was das Gesetz nicht ausdrücklich verbietet. Damit ihr aber eure *Diebstähle* möglichst erfolgreich durchführt und alles versucht, dies unbemerkt zu tun, besteht bei euch die Sitte, daß ihr verprügelt werdet, wenn ihr euch beim *Stehlen* erwischen laßt. Genau jetzt ist der Augenblick gekommen, diese deine Erziehung unter Beweis zu stellen und zu verhüten, daß wir bei dem *Diebstahl* des Berges erwischt werden - damit wir keine Prügel beziehen.«

Meine Hoffnung, Cheirisophos durch die witzig gemeinte Anspielung auf die merkwürdige spartanische Sitte, die in Kasernen untergebrachten Jungen während ihrer vormilitärischen Ausbildung auch zu Verstellung und Diebstahl zu ermuntern, erfüllte sich nicht. Im Gegenteil: Ohne die Miene zu verziehen, gab er mir mit kalter Stimme eine Antwort, die an Deutlichkeit nichts zu wünschen übrigließ:

»Ich dagegen höre, daß ihr Athener furchtbar geschickt darin seid, öffentliche Gelder zu *stehlen* (obwohl das für den *Dieb* mit großer Gefahr verbunden ist), und zwar ganz besonders die Tüchtigsten - falls bei euch die Tüchtigsten überhaupt der leitenden Ämter für würdig gehalten werden.«

Als ich ihn sprachlos wegen dieses unerwartet harten und offensichtlich ganz ernst gemeinten Gegenschlags anstarrte, fuhr er in scheinbar liebenswürdigem Tonfall fort:

»Also ist jetzt auch für dich der Zeitpunkt gekommen, deine Erziehung unter Beweis zu stellen.«

Natürlich wußte ich, daß in meiner Heimatstadt nicht alles zum besten stand. Als nach dem bitteren Ende des langen Krieges wieder eine demokratische Regierung eingerichtet wurde, kam es gewiß zu mancherlei Fehlentwicklungen, die auch ich nicht gutheißen wollte - aber es ging denn doch entschieden zu weit, daß ein Spartaner die Unterschlagung öffentlicher Gelder gewissermaßen als das hauptsächliche Ziel des athenischen Erziehungswesens hinstellte und damit unsere ganze Oberschicht verunglimpfte. Nachdem ich mit einiger Mühe meinen Zorn heruntergeschluckt hatte, sagte ich so ruhig und sachlich, wie ich konnte:

»Gut, ich bin bereit, nach dem Abendessen mit Männern der Nachhut aufzubrechen, um den Berg zu besetzen. Ich habe auch einheimische Führer, von denen ich weiß, daß der Berg nicht unzugänglich ist, sondern Ziegen und Rindern als Weide dient. Wenn wir erst einmal einen Abschnitt des Berges in der Hand haben, wird er auch für unsere Lasttiere besteigbar sein. Ich rechne allerdings damit, daß uns die Feinde nicht an Ort und Stelle standhalten werden, wenn sie uns oben auf gleicher Höhe sehen: Sie wollen ja auch jetzt nicht hier unten mit uns kämpfen.«

Das war, dachte ich, die richtige Antwort an diesen Spartaner: Einer der angeblich so selbstsüchtigen Athener übernimmt ohne Zögern das Kommando über ein schwieriges nächtliches Unternehmen, um Gefahren von seinen Kameraden - auch den spartanischen - abzuwenden. Sogar Cheirisophos schien mir ein wenig beeindruckt zu sein, als er nun in seiner gewohnten sachlichen Art mit der Einsatzbesprechung fortfuhr:

»Warum mußt du selbst gehen? Du kannst doch unsere Nachhut, deren Kommandant du bist, nicht einfach im Stich lassen! Übergib die Führung an andere - falls sich nicht Freiwillige melden.«

Nach diesem Wink erklärten sich sofort drei Lochagen der Nachhut bereit, die Aufgabe mit ihren Lochoi zu übernehmen. Zwei von ihnen, der Hoplitenlochage Aristonymos und Aristeas, der eine Schleudererabteilung anführte, hatten damals auch den Nachteinsatz am Karduchen-Paß mitgemacht. Ihnen schloß sich Aristeas aus Chios mit seinen Leichten an. Es wurde vereinbart, daß sie bei Dunkelheit aufbrechen und durch Feuer signalisieren sollten, sobald sie den ausgewählten Abschnitt des Bergrückens in der Hand hatten.

Nach etwa zwei Stunden, am frühen Nachmittag, wurde die Frühstückspause beendet. Die Soldaten nahmen wieder ihre Plätze ein und rückten, als der Trompeter das Marschsignal blies, in breiter Front langsam vorwärts, während der Troß in Kolonne auf dem Handelsweg folgte. Nach etwa 10 Stadien ließ Cheirisophos anhalten. Wir hofften alle, daß unsere bedrohliche Demonstration die Gegner (nach der Auskunft meiner Gefangenen handelte es sich um Chalyber, Taochen und Phasianen, durch deren Gebiete unser Marsch nach der Überwindung dieses Hindernisses führen würde) davon überzeugte, daß wir den Paß selbst angreifen wollten.

Wir konnten nun genauer sehen, wie der Weg zwischen niedrigeren Vorhöhen hindurch in langen Schleifen nach oben führte und in einer Einsenkung des Gebirgswalles, dem eigentlichen Paß, verschwand. Überall wimmelte es in den Hängen und oberhalb des Weges von Kämpfern, die uns - daran zweifelte niemand - aus ihren günstigen Stellungen beim Vormarsch schwere Verluste beibringen würden. Nicht nur ich, sondern auch viele andere Offiziere waren aufgrund dieser Beobachtungen davon überzeugt, daß wir auf jeden Fall den von mir vorgeschlagenen Umgehungsmarsch versuchen mußten, um stärkere Ausfälle zu vermeiden.

Wie schon öfter legten wir für die Nacht ein Notlager unter Beibehaltung der Phalanxformation an. Hinter einer starken vorgeschobenen Postenkette, für welche die einzelnen Lochoi abschnittsweise verantwortlich waren, wurden zahlreiche Feuer entzündet, an denen die Männer sich ihr Abendessen bereiteten. Die Hopliten hatten ihre Schilde entsprechend ihrem Standort in der Phalanx reihenweise abgelegt und konnten so notfalls in Minutenschnelle die Kampfbereitschaft herstellen.

Nachdem die Nacht hereingebrochen war, rückten die drei für das Kommandounternehmen abkommandierten Lochoi mit den einheimischen Führern an der Spitze ab und begannen ein gutes Stück nördlich des Paßweges mit dem Aufstieg. Nach etwa drei Stunden sahen wir in der Höhe ihre Signalfeuer aufflammen und wußten, daß sie einen gangbaren Weg bis zum Kamm des Bergzuges gefunden hatten.

Wir merkten jedoch sehr schnell, daß unsere List den Gegnern nicht verborgen geblieben war; denn bei ihnen konnte man plötzlich an vielen Stellen des Bergzuges den Lichtschein frisch entzündeter Wachtfeuer erkennen: Sie richteten sich offensichtlich auf einen Überraschungsangriff unserer Leute über den Kamm ein und blieben vermutlich während der ganzen Nacht in Alarmbereitschaft.

Als der Morgen dämmerte, kamen wir Strategoi noch einmal zu einer kurzen Einsatzbesprechung zusammen. Da die Möglichkeit zur heimlichen Überquerung des Berges auf Hirtenwegen nicht mehr bestand, entschlossen wir uns zu einem Zweifrontenangriff: Die große Masse des Heeres sollte doch über den Handelsweg vorrücken, aber an der entscheidenden Stelle von unseren Leuten, die sich auf dem Kamm in eine Position oberhalb des Passes vorarbeiten konnten, unterstützt werden. Wir hofften, daß die drei erfahrenen Lochagen, wenn sie von unten das Marschsignal hörten und unser Vorrücken (das sich für etwa eine Stunde noch in der Ebene abspielen und erst dann die vom Gegner besetzten Vorhöhen erreichen würde) beobachteten, die richtigen Schlüsse ziehen würden.

Bei Sonnenaufgang wurde ein Opfer dargebracht. Nachdem die Vorzeichen von den Priestern als günstig bewertet worden waren, setzte sich die Truppe in Bewegung. Während des Marsches entwickelten die von Cheirisophos angeführten Hopliten aus der Phalanx allmählich wieder die Marschkolonne, um sich der Breite des Paßweges anzupassen. Vor den Schwerbewaffneten waren unsere sämtlichen Peltasten angeordnet, die wegen ihrer leichten Ausrüstung auch abseits des Weges in den Hängen aufsteigen konnten.

Beim Heranrücken an die Vorhöhen sahen wir, daß auf dem Kamm oberhalb des Passes unsere Kommandoeinheit eine Abteilung der Feinde, die sie aufhalten wollte, in die Flucht schlug und verfolgte. Daraufhin stürmten unsere Peltasten mit lautem Kriegsgeschrei in die Berghänge hinein und verbreiteten einen solchen Schrecken, daß die weiter unten stehenden Gegner ihre Schilde fortwarfen und zum Paß hinaufliefen. Als auch die in schnellem Schritt marschierende lange Kolonne der Hopliten sichtbar wurde und unaufhaltsam auf dem gewundenen Weg nach oben stieg, war der Widerstand gebrochen. Die feindlichen Truppen räumten alle ihre Stellungen und verschwanden. Sie hinterließen nur wenige Tote auf dem Schlachtfeld, während wir keinen einzigen Mann verloren und nur einige Leichtverwundete zu beklagen hatten.

Nachdem wir die Paßhöhe so über Erwarten glücklich genommen hatten, legten wir eine kurze Pause ein und brachten ein feierliches Dankopfer dar.

Unterdessen trugen die Soldaten auf dem Kamm oberhalb des Passes viele Steine zusammen und errichteten als Siegesmal einen hohen Hügel, auf dem die aufgelesenen und durch Schwerthiebe unbrauchbar gemachten Schilde und sonstigen Beutestücke der geflüchteten Feinde niedergelegt wurden. Gegen Mittag stiegen wir ohne die geringsten Schwierigkeiten in die jenseitige Ebene hinunter und bezogen unseren Stathmos in einigen Dörfern am Fuß des Bergzuges. Hier fanden wir in den Häusern eine verschwenderische Fülle von Lebensmitteln und feierten ausgiebig unseren Sieg.

Am späten Nachmittag berief Cheirisophos eine Versammlung der Strategoi in seinem Quartier ein, um die weitere Planung des Marsches vorzubereiten. Er selbst hatte zuvor schon einige der Dorfbewohner eindringlich verhört und teilte uns das Ergebnis seiner Nachforschungen mit:

»Ich habe in Erfahrung gebracht«, sagte er, »daß dieser Handelsweg nach Trapezus noch eine Strecke weit im Tal des Euphrat, dessen Quellen hier ganz in der Nähe sein müssen, in westlicher Richtung verläuft und dann nach rechts in das riesige Gebirge hineinsteigt, das wir vor uns sehen. Die zur Zeit sicher tief verschneite Bergstrecke soll sehr schlecht sein. Und der Paß selbst läßt sich nur durch eine enge Schlucht erreichen. Wenn Feinde diese Schlucht sperren (und damit müssen wir doch wohl rechnen), hängen wir fest oder kommen allenfalls unter Inkaufnahme großer Verluste durch. Kurzum, ich bin der Meinung, daß dieser Weg für uns nicht in Betracht kommt.«

Als wir ihn und uns gegenseitig ratlos anblickten, überzog ein Anflug von Lächeln sein Gesicht. Nachdem er sich offensichtlich einen Augenblick lang an unserer Betroffenheit geweidet hatte, fuhr er fort:

»Es gibt noch einen anderen, allerdings etwas längeren Weg, auf dem wir das Gebirge umgehen können. Von unserem Stathmos aus erreichen wir in drei Tagemärschen über einen ziemlich niedrigen und ungefährlichen Paß das Tal eines Flusses, der direkt nach Norden fließt und in den Harpasos mündet. Wenn wir dem Harpasos flußaufwärts folgen, treffen wir bei einer größeren Stadt namens Gymnias wieder auf den Weg nach Trapezus. Das ist, meine ich, unsere Route.«

Nachdem wir uns in den angenehmen Quartieren erholt und mit Lebensmitteln eingedeckt hatten, zogen wir auf der von Cheirisophos vorgeschlagenen Strecke drei Tage lang, unbehelligt von den Phasianen, nordwärts bis zur Wasserscheide, hinter der das Gebiet der Taochen begann. Der Weg führte von da an meistens auf den westlichen Hängen des Flußtales, dem wir folgten, entlang. Wir kamen hier nur langsam voran, weil wir häufig tief eingeschnittene Seitentäler mühsam, manchmal auf wackeligen Holzbrücken, überschreiten mußten. Überdies litten wir zunehmend unter Proviantmangel. Deshalb schwärmten die Männer unterwegs immer wieder in diese Seitentäler aus - in der vergeblichen Hoffnung, dort auf offene Dörfer zum Ausplündern zu stoßen - und verzögerten so unser Marschtempo.

Die Taochen hatten aber alle Lebensmittelvorräte in ihre abseits des Weges angelegten, burgartigen Siedlungen geschafft, die sich auf uneinnehmbaren Felsvorsprüngen erhoben und zusätzlich durch hohe Mauern befestigt waren. Mehrfache Versuche, in eine solche Siedlung einzudringen, waren gescheitert - und tage- oder gar wochenlange Belagerungen konnten wir uns natürlich nicht leisten.

Am zweiten Tag des Marsches durch das Land der Taochen, als das Heer bereits über so gut wie keine Lebensmittel mehr verfügte, kam es zu einem Vorfall, der mir noch in allen Einzelheiten bewußt ist. Gegen Mittag merkten wir in der Nachhut, daß vorne wieder einmal eine Stockung eintrat, die sich nur langsam auflöste. Etwa zwei Stunden später kamen wir an die Stelle, wo der Halt entstanden war, und trafen dort auf Cheirisophos und Männer der Vorhut, von denen mehrere mit zertrümmerten Beinen und Hüften stöhnend am Boden lagen. Andere Söldner saßen erschöpft am Wegesrand und betrachteten apathisch die Szene. Der größere Teil des Heeres und der Troß waren inzwischen ein Stück weitergezogen und lagerten etwas weiter unten auf einer flachen Wiese.

Noch bevor ich die Situation richtig erfaßt hatte, trat Cheirisophos, der einen sehr niedergeschlagenen Eindruck machte, auf mich zu und sagte:

»Ihr kommt im richtigen Augenblick! Wir müssen diesen Platz da drüben unter allen Umständen erobern. Wenn uns das nicht gelingt, hat das Heer nichts mehr zu essen.«

Jetzt sah ich auch, worum es ging. Ein kurzes Stück vom Weg entfernt stiegen die Hänge des Gebirges stufenweise in die Höhe und bildeten kleine, schräg abfallende, aber für Viehherden, die an das Leben in den Bergen gewöhnt waren, noch brauchbare, zur Zeit allerdings völlig leere Weideflächen. Dazwischen erhob sich wie ein Bollwerk ein großer Felsvorsprung mit senkrecht in die Tiefe stürzenden Wänden, auf dessen anscheinend abgeflachter Oberfläche keine Häuser standen, sich aber eine große Menge von Rindern, Eseln und Schafen drängelte: Offenbar hatte man hier alle Tiere von den umliegenden Weiden zusammengetrieben, um sie vor unserem Zugriff zu retten. Als Schutzmannschaft konnten wir nur wenige bewaffnete Hirten und mehrere ältere Männer, Frauen und Kinder erkennen, deren Köpfe gelegentlich an den Rändern des natürlichen Bollwerks sichtbar wurden.

Der einzige Zugang hinauf war eine Art holperige, schmale, mit Steinen übersäte Rampe, über die ein großer Felsblock etwas nach vorne herüberragte. Vor dem Beginn der Rampe bot das ziemlich steil ansteigende Gelände für ein halbes Plethron keinerlei Deckungsmöglichkeiten, davor war ein etwa ein Plethron breiter Streifen des Hanges locker mit hohen Tannen bestanden. Überall, auch zwischen den Bäumen, lag eine große Menge von Steinen herum.

Nachdem ich mir ein genaues Bild von der Lage gemacht hatte, fragte ich Cheirisophos:

»Was hindert uns daran,da hinaufzusteigen?«

»Als wir den Platz hier entdeckten«, antwortete er, »und sahen, daß er nur diesen einen Zugang hat, bildete ich sofort einen Stoßtrupp aus besonders guten Männern und ließ sie angreifen. Aber schon in dem Augenblick, als sie in das Wäldchen hineinliefen, begannen die da oben von diesem überragenden Felsen aus Steine herunterzuwälzen - ganze Wagenladungen! Da war kein Durchkommen. Mit Mühe konnten wir unsere Verwundeten in Sicherheit bringen. Nach einiger Zeit versuchte es ein neuer Stoßtrupp - mit demselben Ergebnis wie beim ersten Mal. Aber wir dürfen hier auf keinen Fall aufgeben! Wir müssen diese Tiere in die Hand bekommen, sonst verhungern wir.«

Nach kurzem Überlegen war mir klar, daß es nur eine einzige erfolgversprechende Möglichkeit gab. So machte ich den Vorschlag:

»Wir müssen sie dazu bringen, immer wieder möglichst viele Steine herunterzuwälzen. Schließlich werden sie ihren Vorrat aufgebraucht haben - und dann greifen wir an. Laß uns also mit so vielen Männern, wie hinter den Bäumen Schutz finden können, das Wäldchen besetzen und dort abwarten, bis der Steinhagel nachläßt.«

»Aber wenn wir uns nur anschicken, zu den Bäumen hinzugehen, fallen die Steine schon massenweise.«

»Genau das, was wir brauchen. Um so schneller werden sie mit ihren Vorräten am Ende sein.«

Anführer unseres Stoßtrupps, der aus etwa 70 Männern bestand, war der Lochage Kallimachos, der an diesem Tag als leitender Offizier das unter den Lochagen wechselnde Kommando über die Nachhut innehatte. Er lief als erster bis zu der vordersten Tanne und ließ dann seine Männer einzeln hinter den übrigen Bäumen Stellung beziehen. Ich schloß mich am Schluß zusammen mit Cheirisophos dem Unternehmen an. Während dieses Vorganges prasselten bereits ganze Steinladungen nieder, ohne irgendwelchen Schaden anzurichten.

Da griff Kallimachos zu einer List, die ganz im Sinne meines Vorschlages war: Er lief unvermutet hinter seinem Baum ein paar Schritte nach vorne, als ob er den Angriff einleiten wollte, provozierte dadurch die Taochen zum Abwurf großer Mengen von Steinen und zog sich, bevor die Lawine ihn erreichte, blitzschnell wieder in seine Deckung zurück. Nachdem er dieses Kunststück mehrmals mit stets dem gleichen Erfolg vorgeführt hatte, kam Bewegung in die Gruppe der übrigen Lochagen (alle miteinander um den größten Ruhm rivalisierende Arkader: Agasias, Aristonymos, Eurylochos und Aineias), die aus sicherer Entfernung den Verlauf der Operation beobachteten.

Ohne den anderen ein Wort zu sagen, stürmte plötzlich Agasias alleine los, rannte mit großen Sprüngen zwischen den Steinen durch das Wäldchen und an Kallimachos, der ihn noch am Schildrand festzuhalten versuchte, vorbei auf die Rampe. Ihm dicht auf den Fersen waren Aristonymos und Eurylochos. Diesen drei Männern gelang es tatsächlich, in wildem Lauf unverletzt den Eingang in den Viehkral zu erreichen. Im selben Augenblick hörte schlagartig der Steinhagel auf. Gleichzeitig lief Kallimachos, dem sich Aineias anschloß, mit seinem Stoßtrupp los. Wir beiden Strategoi blieben unten stehen und beglückwünschten uns gegenseitig zu dem Erfolg, der dem Heer eine Überlebenschance eröffnete. Von oben war kein Kampflärm, wohl aber lautes Kreischen und Schreien von Frauen und Kindern zu hören.

Und dann geschah das Entsetzliche!

Oben erschien am Rand der steilen Wand eine Frau - und schleuderte ihr weinendes Kind in den Abgrund! Danach sprang sie selbst hinterher. Dieses furchtbare Schauspiel wiederholte sich in dichter Folge: Frauen mit ihren Kindern, aber auch alte Männer stürzten sich wie von Sinnen in den Tod, um nicht in unsere Hände zu fallen. Schließlich waren wir sogar gezwungen, den Tod unseres Lochagen Aineias mitanzusehen: Er hatte einen vornehm gekleideten Mann, der gerade abspringen wollte, an seinem Gewand gepackt, um ihn zurückzuhalten, und wurde von ihm mitgerissen.

Die wenigen überlebenden Taochen mußten ihre Viehherden zum Weg hinuntertreiben, wo unsere ausgehungerten Männer von allen Seiten zusammenströmten, um sich mit Fleisch zu versorgen. Viele Schafe wurden sofort geschlachtet, während vor allem die Rinder und Esel als lebender Proviant für die kommenden Tage mitgetrieben werden sollten und, wie sich herausstellte, wirklich für eine ganze Woche unsere einzige Nahrungsquelle waren.

Denn als wir am nächsten Morgen die Grenze zum Gebiet der Chalyber überschritten, hatten sich diese ebenso wie die Taochen mit allen Lebensmitteln in ihre uneinnehmbaren Bergstädte zurückgezogen und beobachteten aus sicherer Höhe unseren Vorbeizug. Sobald wir jedoch vorbei waren, griffen sie - im Unterschied zu den Taochen - energisch unsere Nachhut an und erwiesen sich dabei als todesmutige Kämpfer.

Diese Angriffe wurden durch gleichmäßig uniformierte und bewaffnete reguläre Truppenabteilungen durchgeführt. Die auch vor dem Nahkampf nicht zurückschreckenden Männer schützten sich mit bis über den Unterleib reichenden Leinenpanzern, die von der Hüfte abwärts an der Stelle, wo an unseren griechischen Panzern die Pteryges angebracht sind, mit einem Kranz von dicht nebeneinanderliegenden Seilen versehen waren. Außerdem trugen sie Helme, Beinschienen und kurze sichelartig gekrümmte Schwerter (die nicht, wie die Schwerter unserer Hopliten, an einem Schulterriemen, sondern an einem Gürtel hingen) sowie lange Stoßlanzen, allerdings ohne die bei unseren Lanzen üblichen angespitzten Metallhülsen am Fuß. Jedesmal wenn wir sie zu Gesicht bekamen, leiteten sie den Angriff mit rauhen Kampfgesängen ein, zu denen sie eine Art Tanz aufführten. Ferner weiß ich vom Hörensagen (selbst habe ich es nicht gesehen), daß sie überwundenen Feinden mit ihren messerscharfen Sichelschwertern die Köpfe abzuschneiden, diese auf ihre Lanzenspitzen zu stecken und auf den Märschen als Trophäen zur Schau zu stellen pflegen. Jedenfalls trafen wir unterwegs auf kein wehrhafteres Volk als diese kampfeslustigen Chalyber.

Wegen der ständigen Kämpfe kamen wir auch in ihrem Gebiet nur langsam voran, trafen aber schließlich doch nach einer Woche endlich im Tal des Harpasos ein, das unter der Herrschaft der friedlich gesonnenen Skythenen stand. Nach vier bequemen Tagemärschen von jeweils fünf Stunden flußaufwärts legten wir an einer Stelle, wo sich das stark besiedelte Tal erweiterte, eine Pause von drei Tagen ein und ergänzten unsere Proviantvorräte. Nach weiteren vier Tagen erreichten wir Gymnias, eine große, wohlhabende Stadt, vor deren Mauern wir unseren Stathmos errichteten. Schon am ersten Abend nahm der Herrscher der Skythenen, der hier seinen Palast hatte, Kontakt mit uns auf und erklärte seine Bereitschaft, uns einen Führer für den Weg nach Trapezus zur Verfügung zu stellen.

Dieses Angebot nahmen wir gerne an, zumal es hieß, daß das mächtige Gebirge, das uns jetzt noch vom Pontos Euxeinos trennte, von feindlichen Stämmen bewohnt werde. Nachdem wir uns ein paar Tage lang erholt und uns neuen Proviant verschafft hatten, setzten wir den Termin des Abmarsches fest.

Als wir uns noch in tiefer Dunkelheit marschfertig machten, erschien der einheimische Führer, ein drahtiger, etwa dreißigjähriger Mann, der die griechische Sprache so weit beherrschte, daß wir uns ohne Dolmetscher mit ihm verständigen konnten. Auf die Frage des Cheirisophos, wie der Marsch vonstatten gehen solle, antwortete er:

»Zunächst führt der Weg durch ein Gebiet, das uns untertan ist - da gibt es keine Schwierigkeiten. Dann müssen wir auf schmalen und felsigen Pfaden ins Gebirge aufsteigen und werden dabei sicher auf den Widerstand der Bergbewohner stoßen. Sie sind unsere Feinde und ihr solltet sie nach dem Wunsch unseres Königs auch als eure Feinde betrachten und ihr Land nach Kräften verwüsten. Aber was auch immer passiert, jedenfalls werde ich euch innerhalb von fünf Tagen zu einer Stelle bringen, von der aus ihr das Meer sehen könnt.«

»Bei den Göttern, in fünf Tagen können wir das Meer sehen? Bist du deiner Sache wirklich sicher?«

»Ja, völlig sicher! Wenn mein Versprechen nicht zutrifft, bin ich bereit zu sterben.«

Die wunderbare Nachricht verbreitete sich in Windeseile im ganzen Heer, und so brachen wir mit neu erwachter Energie auf dem Handelsweg in nordwestlicher Richtung auf. Am zweiten Tag mußten wir einen relativ niedrigen, öden Paß überschreiten und gelangten dann in stundenlangem Abstieg erst durch kahle Felsenschluchten, schließlich durch ein liebliches Wiesental an das Ufer eines Flusses, den wir von oben aus schon tief unten hatten dahinziehen sehen. Bald verengte sich das Tal ein wenig und wurde von steilen Felswänden begleitet, war aber immer noch breit genug, um vielen blühenden Dörfern und von Bäumen überschatteten Gehöften Platz zu bieten.

Den vierten Stathmos legten wir am Ufer des Flusses in einem großen Dorf an, hinter dem in einem der zahlreichen Seitentäler, durch welche reißende Bäche aus dem Gebirge herabstürzten, der Aufstieg beginnen sollte. Zwar waren wir Strategoi sehr skeptisch, ob unser Führer in der Lage sein würde, sein Versprechen einzuhalten, er selbst aber strahlte ungebrochene Zuversicht aus. Morgen nachmittag, versicherte er jedem, der ihn fragte, werdet ihr das Meer sehen. Außerdem regte er an, wir sollten den Soldaten befehlen, sich Stöcke zum Abstützen während der gefährlichen Kletterstrecken zu schneiden. Zwar sei der Weg durch die Handelskarawanen an manchen Stellen verbreitert und festgetrampelt worden, aber häufig winde er sich auch als schmaler Saumpfad an steilen Felswänden entlang.

Beim ersten Tageslicht brach die Vorhut auf. Erst Stunden später war die ganze Kolonne in langer Schlange unterwegs, so daß ich auch die Nachhut in Marsch setzen konnte. Der Weg erwies sich, je höher wir kamen, als immer schwieriger. An manchen Stellen verdiente er kaum noch die Bezeichnung Saumpfad. Häufig gab es Aufenthalte, wenn einzelne Lasttiere vor den tiefen Abgründen zurückschreckten, an denen wir dahinzogen, und über die gefährlichsten Stellen gezerrt und geschoben werden mußten. Manche gerieten in regelrechte Panik und stürzten sich durch verzweifelte Fehltritte selbst in den Tod.

Als wir uns allmählich dem Kamm des Gebirgsmassivs näherten und einer Einsenkung zwischen hoch aufragenden Gipfeln folgten, weitete sich die Landschaft wieder. Der Weg führte nun über windgepeitschte, mit rauhem Gras bestandene Hochflächen, welche den einheimischen Hirten als Viehweiden dienten. Hier tauchten dann auch kleinere Gehöfte und primitive Hütten auf, die jedoch alle, soweit sie nicht sehr weit vom Weg entfernt waren, in rauchenden Trümmern lagen. Das hatten die vorne marschierenden Truppen auf Wunsch des Führers gleichsam nebenbei erledigt - als Zeichen der Dankbarkeit gegenüber dem König der Skythenen für seine freundliche Hilfeleistung.

Für die Nachhut bedeutete es, daß die Bewohner der verwüsteten Gebiete ihre wütenden Angriffe auf unsere Schlußmänner verstärkten. Ständig waren sie uns auf den Fersen, schleuderten Steine und notdürftig zurechtgemachte Speere und versuchten sogar ein paarmal, mit uns ins Handgemenge zu kommen. Das kostete einigen dieser rohen Hirten das Leben, obwohl sie hinter gerade erst aus frisch abgezogenen, dichtbehaarten Rinderhäuten hergestellten Schilden (etwa zwanzig Stück fielen uns in die Hand) Deckung suchten. Andere lockten wir in einen Hinterhalt und trieben sie gefesselt mit.

Der Weg lief jetzt an den östlichen Hängen eines noch höher aufragenden Berggipfels entlang auf eine wellige Hochfläche zu, die sich nach Norden hin allmählich zu senken schien. Offenbar hatten wir den schwierigsten Teil des Gebirgsmarsches, den Aufstieg von Süden her, glücklich hinter uns gebracht und waren unserem Ziel,Trapezus, bereits bis auf einige Tagemärsche nahe gekommen. Da trat vorne, wo das Gelände noch einmal anstieg, eine Stauung ein, dann war lautes Geschrei zu hören, und plötzlich begannen die vor uns Marschierenden im Dauerlauf nach vorne zu rennen.

Zunächst glaubte ich, daß nun auch unsere Vorhut in Kämpfe mit den Feinden verwickelt worden sei. Als das Geschrei immer stärker wurde, entschloß ich mich, nach vorne zu reiten (eines meiner Pferde wurde, wenn ich zu Fuß ging, stets hinter mir hergeführt), um notfalls Hilfe zu leisten. Zusammen mit Lykios und seiner Reiterabteilung (die mir Cheirisophos zur Unterstützung der Nachhut zugeteilt hatte, nachdem wir wieder in freieres Gelände gelangt waren) galoppierte ich an der Kolonne entlang und konnte auch bald verstehen, was die Soldaten riefen und von Gruppe zu Gruppe nach hinten weitergaben:

»Das Meer, das Meer!«

Als ich zurückblickte, sah ich, daß auch die Männer der Nachhut in Laufschritt verfielen und die Lastochsen und Pferde des vor ihnen herziehenden Trosses zum schnellen Traben anstachelten. Schließlich kam die riesige Masse der Menschen und Tiere auf der Höhe zum Stehen. Und es ereigneten sich Szenen der überschäumenden Freude. Unter Tränen umarmten sich die Söldner, ja sogar die Offiziere, ohne ihre Gefühle zu unterdrücken. Unvermittelt begannen die Männer von sich aus, Steine zu sammeln und daraus dicht nebeneinander mehrere große Hügel aufzuschichten, die für immer ein unvergängliches Denkmal ihres Feldzuges darstellen sollten. Oben darauf legten sie die mit Schwerthieben zerstörten erbeuteten Schilde der Feinde, ihre Stöcke und rohe Rinderhäute, die man zahlreichen von den Weiden zusammengetriebenen und spontan geschlachteten Tieren abgezogen hatte. Überall bildeten sich Gruppen, die ihre Hände zu den Göttern erhoben und ihnen für ihre Rettung dankten - wir alle ahnten damals nicht, was uns noch bevorstand.

Ich ritt nun ganz nach vorne und gesellte mich zu der Gruppe, die sich um Cheirisophos und den Führer gebildet hatte. Dieser zeigte immer wieder mit ausgestrecktem Finger nach Norden und wiederholte:

»Das Meer, da hinten ist das Meer.«

Aber wie sehr ich mich anstrengte, ich konnte dort nichts anderes als einen dunstig-bläulichen Strich, einen ganz schmalen, milchig verschwommenen Streifen erkennen. Dennoch war ich, wie alle anderen auch, von der Richtigkeit dieser Angabe überzeugt und beglückwünschte den Mann zu seiner Leistung. Nachdem er uns den Weg zum nächsten Dorf und von dort aus zum Gebiet der Makronen gezeigt hatte, beschenkten wir ihn aus der Heeresbeute mit einem Pferd, einer silbernen Schale, einem kostbaren persischen Gewand und zehn Dareiken. Zusätzlich erbettelte er sich noch viele Fingerringe von den Soldaten. Dann trat er bei einbrechender Dunkelheit den Heimweg an.

Am nächsten Morgen folgten wir dem sanft abwärts führenden Weg, den uns der Führer gewiesen hatte, und gelangten schließlich an ein auf beiden Seiten mit dicht stehenden, schlanken Pappeln und Weiden bewachsenes Tal, durch welches der Grenzfluß zum Gebiet eines neuen Volkes floß. Er konnte nur an dieser einen Stelle durchfurtet werden, weil sich rechter Hand, flußaufwärts, ein unzugängliches Felsmassiv auftürmte, linker Hand dagegen das Wasser in heftiger Strömung steil abwärts stürzte und in einen größeren Fluß einmündete, den wir tief unten in einer Entfernung von etwa 25 bis 30 Stadien entlangfließen sahen.

Jenseits der ziemlich breiten, aber anscheinend nicht sehr tiefen Furt, standen Hunderte von Einheimischen. Sie waren mit unförmigen, aus Filzmatten hergestellten Überwürfen bekleidet und trugen als Waffen kurze Lanzen und geflochtene Schilde. Wir hörten ihre gegenseitigen Zurufe und sahen, daß sie uns mit geschleuderten Steinen (die allerdings zum größten Teil ins Wasser fielen und keinen Schaden anrichteten) von der Überquerung abzuschrecken versuchten. Unter den gegebenen Umständen entschloß sich Cheirisophos dazu, zunächst den Zugang zur Furt durch das Niederlegen zahlreicher Bäume zu verbreitern, um später den Angriff mit größerer Mannschaft und Wucht durchführen zu können.

Während die Fällarbeiten noch im Gang waren, trat einer meiner Peltasten auf mich zu und sagte:

»Ich verstehe die Sprache dieser Menschen.«

Ich blickte ihn erstaunt an und fragte: »Du verstehst die Sprache dieser Menschen? Wie ist das möglich?«

»Ich bin«, erwiderte er, »vor langer Zeit als Sklave nach Athen gekommen - und dies hier ist, so glaube ich, meine Heimat. Und wenn es dagegen keinen Einwand gibt, will ich gerne mit ihnen sprechen.«

»Natürlich gibt es dagegen keinen Einwand! Sprich sie an und frage sie zuerst, wer sie sind.«

Inzwischen hatten sich mehrere Offiziere bei mir eingefunden und verfolgten unsere laut über den Fluß hin geführte Diskussion mit lebhaftem Interesse.

»Sie sind Makronen«, sagte nun unser Dolmetscher.

»Gut! Frage sie jetzt, warum sie gegen uns aufmarschiert sind und unsere Feinde sein wollen.«

»Ihre Antwort lautet: weil auch ihr gegen unser Land zieht.«

Nach Rücksprache mit den übrigen anwesenden Strategoi formulierte ich diese Erwiderung und bat den Peltasten, sie seinen Landsleuten zu übersetzen:

»Wir ziehen nicht gegen euer Land, um euch Schaden zuzufügen. Vielmehr sind wir nach einem Krieg gegen den persischen Großkönig auf dem Heimweg nach Griechenland und wollen das Meer erreichen.«

Nach kurzer Beratung kam von drüben die Gegenfrage:

»Seid ihr bereit, dafür Bürgschaft zu leisten?«

»Ja, wir sind bereit, dafür Bürgschaft zu leisten und zu empfangen.«

»Gut! Unsere und eure Anführer treffen sich in der Mitte der Furt, tauschen je eine Lanze aus und rufen die Eidgötter an. Dadurch wird der Vertrag besiegelt.«

»Einverstanden! Wir kommen zu zweit mit unserem Dolmetscher.«

Gemäß der Vereinbarung stiegen Cheirisophos, der eine Lanze deutlich sichtbar in die Höhe hielt, ich und der Peltast in den Fluß, schritten bis zur Mitte der Furt - das Wasser reichte uns hier bis an die Oberschenkel - und trafen dort mit unseren Vertragspartnern zusammen. Nach dem feierlichen Tausch der Lanzen und der Anrufung der Götter (von dem Gebet der Makronen verstanden wir natürlich kein Wort, aber unser Dolmetscher versicherte, daß es sich um Art Selbstverfluchung für den Fall des Vertragsbruches gehandelt habe) schüttelten wir uns die Hände und kehrten jeweils zu unseren Leuten zurück.

Bald danach kamen zahlreiche Makronen zu uns herüber, halfen uns beim Fällen der Bäume und bemühten sich gemeinsam mit unseren Leuten, den Weg für unsere große Kolonne so gangbar wie möglich zu machen. Sie richteten uns sogar einen freilich nicht sehr abwechslungsreichen Markt ein, auf dem wir die notwendigsten Lebensmittel eintauschen oder kaufen konnten. Außerdem stellten sie uns Führer, die uns innerhalb von drei Tagen bis an die Grenze zu den Kolchern geleiten sollten.

Der Weg führte von der Furt aus hinauf auf eine langgestreckte Bergzunge und auf dem breitem Kamm entlang in nordöstlicher Richtung. Wegen der guten Marschbedingungen kamen wir hier zügig voran. Am Vormittag des dritten Tages machten uns die Führer, bevor sie den Rückweg antraten, noch darauf aufmerksam, daß wir gegen Mittag das Gebiet der Kolcher erreichen würden und dort aller Wahrscheinlichkeit nach mit Kämpfen rechnen müßten.

Der Kamm begann sich insgesamt allmählich abzusenken, wies aber natürlich zwischendurch immer wieder Erhebungen auf, welche unser Weg, wie das für solche Kammwege üblich ist, niemals umging, sondern stets auf der Linie der Wasserscheide überschritt.

Als wir uns gegen Mittag einer solchen Erhebung näherten, die ziemlich hoch aufragte und sich quer über den ganzen Kamm erstreckte, sahen wir schon aus der Ferne, daß sie in voller Breite von kolchischen Truppen besetzt war. Cheirisophos ließ sofort anhalten und die Phalanx in der üblichen Tiefe von acht Mann aufmarschieren, um in dieser Formation die Bergstellung anzugreifen, bekam jedoch angesichts des ungünstigen Geländes Bedenken und berief die übrigen Strategoi zu einer Lagebesprechung an seinem Standort auf dem rechten Flügel zusammen.

»Ich bin mir nicht sicher«, eröffnete er die Beratung, »ob wir hier das Risiko eines Phalanxangriffs eingehen dürfen. Der Angriff müßte durch sehr unebene Hänge bergauf geführt werden - das widerspricht ganz und gar der traditionellen Phalanxtaktik. Laßt uns also zunächst noch einmal über andere Möglichkeiten nachdenken.«

Als sich niemand zu dem Problem äußerte, ergriff ich das Wort und sagte:

»Ich bin der Meinung, daß wir die Phalanx wieder auflösen und aus den Lochoi Steilkolonnen bilden sollten. Denn die Phalanx wird mit Sicherheit sofort auseinandergerissen werden, weil wir den Berg an der einen Stelle als gut, an der anderen aber als schlecht gangbar finden werden. Und wenn die Phalanx zerreißt, verbreitet sich bei den Soldaten - das wissen wir doch nur zu genau - sofort und zu Recht Mutlosigkeit.«

»Vielleicht«, schlug da Sophainetos vor, »sollten wir die tiefe Aufstellung von 16 Mann wählen. Dann wird die Phalanx kürzer und kann auch in schwierigem Gelände besser zusammenhalten.«

»Das bedeutet aber zugleich«, gab ich zu bedenken, »daß die Flügel der feindlichen Schlachtreihe unsere Flügel weit überragen und gefahrlos in unseren Rücken gelangen können. Das könnten wir theoretisch nur vermeiden, wenn wir umgekehrt unsere Phalanx verlängern, indem wir sie zum Beispiel auf vier Glieder verdünnen. Aber dann ist doch damit zu rechnen, daß sie an der einen oder anderen Stelle unter dem Hagel der Geschosse einbricht und von den Feinden, die dem Augenschein nach wohl zu Tausenden bereitstehen, durchstoßen wird - und das bedeutet ihr Ende.«

»Also gut«, schaltete sich nun Cheirisophos wieder in die Beratung ein, »wie stellst du dir, mein lieber Xenophon, die Sache mit den Steilkolonnen vor?«

»Unsere etwa 80 Hoplitenlochoi sind jetzt durchschnittlich 100 Mann stark. Das ergibt 80 Steilkolonnen mit - so mein Vorschlag - fünf Mann in der Front und 20 Mann in der Tiefe. Diese 80 Kolonnen lassen wir mit solchen Zwischenräumen nebeneinander aufmarschieren, daß unsere äußersten Lochoi noch außerhalb der feindlichen Flügel zu stehen kommen.«

»Einverstanden! Was geschieht mit unseren Leichten?«

»Wir haben etwa 1800 Leichte. Die sollten wir in drei Blöcke von je 600 Mann aufteilen und auf den Flügeln sowie im Zentrum, dort unmittelbar vor der Phalanx, einsetzen. Falls der mittlere Block in Schwierigkeiten geraten sollte, könnten sich die Männer durch die Zwischenräume zwischen den Steilkolonnen leicht in Sicherheit bringen.«

»Können durch diese Zwischenräume«, wandte daraufhin Sophainetos ein, »nicht auch die Feinde leicht durchstoßen?«

»Das glaube ich nicht! Wenn der eine oder andere Lochos tatsächlich in Bedrängnis geraten sollte, können die Nachbarlochoi ihm zu Hilfe eilen. Die Lochagen sollen ihre Kolonnen in eigener Verantwortung führen, sich selbst den besten Weg zum Aufstieg suchen und auf die jeweiligen Anforderungen des Kampfes flexibel reagieren. Ich habe volles Vertrauen zu diesen großartigen Offizieren, die sich schon in so vielen Kämpfen ausgezeichnet haben. Wenn auch nur ein einziger mit seinen Leuten die Höhe erreicht, halten die Kolcher nicht mehr stand - da bin ich sicher.«

»Das klingt alles sehr einleuchtend«, beendete Cheirisophos die Beratung, »und wir werden es so machen. Das Kommando über die Leichten auf dem rechten Flügel übernehme ich selbst, das über die auf dem linken Flügel, denke ich, Xenophon. Den mittleren Block soll unser bewährter Peltastenlochage Aischines anführen. Nun an die Arbeit! Jeder Strategos soll unsere Taktik mit seinen Lochagen genau durchsprechen und die Standorte für die Steilkolonnen festlegen. In einer Stunde beginnen wir mit dem Angriff.«

Wir alle rechneten angesichts des starken kolchischen Aufgebots mit einer schweren Schlacht. Während ich vom rechten zu meinem linken Flügel zurückkehrte, sah ich bei vielen Söldnern besorgte Gesichter: Der Gedanke, möglicherweise so kurz vor dem Ziel noch den Tod zu finden, machte ihnen zu schaffen. Um sie aufzumuntern und noch einmal zum energischen Kampf anzustacheln, rief ich ihnen mit lauter Stimme zu:

»Ihr Männer, diese Leute, die ihr da vor euch seht, sind die einzigen, die verhindern, daß wir nicht schon längst angekommen sind, wo wir hinwollen. Diese Kerle müssen wir, wenn irgend möglich, wie es bei Homer heißt, sogar *roh verschlingen.*«

Vermutlich haben die Kolcher die Umgestaltung unserer Phalanx mit großem Erstaunen beobachtet. Deutliche Unruhe breitete sich bei ihnen aus, als die Blöcke der Leichten ihre Positionen einnahmen. Vor allem der Marsch der beiden großen Abteilungen auf die Flügel, die sich zwar bereits in den rechts und links abfallenden Hängen des Kammes befanden, dort aber ihre eigenen Flügel deutlich überragten, schien sie zu irritieren.

Als Cheirisophos nach dem Gebet zu den Göttern und dem gemeinsam gesungenen Paian das Angriffssignal blasen und unsere ganze Schlachtreihe im Schritt anmarschieren ließ, brach das Verteidigungskonzept der Gegner überraschend zusammen: In der Mitte ihrer Front entstand ein immer größer werdendes Loch, weil viele der dort aufgestellten Kämpfer meinten, ihren gefährdeten Flügeln zu Hilfe eilen zu müssen.

Daraufhin stürmte Aischines mit seinen Leichten im Glauben, die Feinde seien bereits auf der Flucht, unter lautem Kampfgeschrei auf dem Weg vorwärts und erreichte ohne Kampf den Gipfel der Erhebung. Ihm folgten im Dauerlauf die im Zentrum hinter Aischines aufgestellten zahlreichen Steilkolonnen der arkadischen Hopliten, an ihrer Spitze der Draufgänger Kleanor, und vollendeten den Sieg: In alle Himmelsrichtungen sah man die Kolcher davonrennen und das Weite suchen.

Wir setzten nach kurzer Pause unseren Marsch unbehindert fort und bezogen am Nachmittag in mehreren Dörfern Quartier, in denen wir viele Vorräte vorfanden. Hier ereignete sich ein merkwürdiger Vorgang, der uns länger als eigentlich geplant aufhielt. In der Nähe der Dörfer standen unzählige Bienenstöcke mit voll gefüllten Waben. Etwa eine Stunde, nachdem viele unserer Leute von dem herrlich duftenden Honig gekostet hatten, fielen die ersten, dann nach und nach alle, die davon probiert hatten, unter Krämpfen zu Boden, mußten sich schrecklich erbrechen und bekamen Durchfall. Manche, die nur wenig gegessen hatten, wälzten sich wie ohnmächtig gewordene Betrunkene herum, andere, die viel gegessen hatten, gerieten förmlich in Raserei und zuckten mit allen Gliedern wie Sterbende im Delirium.

Wir Gesunden waren tief betroffen über diese, auch den Ärzten unerklärliche Vergiftung, die einen großen Teil unserer Mannschaften dahinzuraffen schien - aber im Verlauf der Nacht starb zur allgemeinen Überraschung kein einziger von ihnen. Vielmehr erwachten sie alle gegen Mittag, fast zur selben Stunde, nach und nach aus ihrer Betäubung, waren aber so geschwächt, daß sie noch einen, manche sogar zwei Tage benötigten, ehe sie selbständig weitermarschieren konnten.

Zwei Tage später trafen wir auf einem schwierigen, am Schluß steil zur Küste abfallenden Weg an unserem Ziel, Trapezus, ein und errichteten unser Lager auf einem oben tafelartig abgeflachten breiten Hügel unmittelbar neben der Stadt mit freiem Blick auf das seit Monaten so heiß ersehnte Meer.

Noch am Abend erschienen mehrere Würdenträger der Stadt im Lager, begrüßten uns freundlich und luden die Offiziere in ihre Häuser ein. Außerdem versprachen sie die sofortige Einrichtung eines Marktes außerhalb der Tore -

die für uns jedoch ständig offen stehen würden - und vereinbarten mit uns, daß wir in Kürze das offene Biwak verlassen und Quartier in kolchischen Dörfern, die etwa 10 Stadien östlich der Stadt in der Uferebene lagen, nehmen könnten. Tatsächlich schlossen wir dank ihrer Vermittlung schon am nächsten Tag mit den Anführern dieser Kolcher, friedlichen Bauern und Hirten, einen Vertrag ab, in dem wir uns zu gegenseitiger Schonung verpflichteten.

An demselben Tag traf im Lager eine lange Reihe von Rindern ein, die Mehlsäcke und Weinamphoren schleppten: Gastgeschenke der Trapezuntier. Auch die Kolcher trieben einige Rinder zu uns hinauf und übergaben sie uns, um ihre freundliche Einstellung zu unterstreichen. Es war wie ein Wunder! Die Strapazen der endlos langen und gefährlichen Märsche durch glühende Wüsten und über schneebedeckte Gebirge, die aufreibenden Kämpfe mit den zahllosen feindlichen Stämmen, deren Gebiete wir durchqueren mußten, Hunger und Not - das alles lag nun hinter uns wie ein schrecklicher Alptraum. Viele konnten es noch gar nicht richtig fassen und saßen, manche mit Tränen in den Augen, stundenlang am steil zum Ufer abfallenden Rand unseres Lagerhügels, um einfach nur das herrliche Spiel der Wellen zu beobachten.

Auf allgemeinen Wunsch beschlossen wir nach ein paar Tagen in einer abendlichen Offiziersversammlung, das große Dankopfer an Zeus *den Retter* und Herakles *den Führer* darzubringen, das wir seinerzeit nach der Gefangennahme unserer Offiziere durch die Perser gelobt hatten. Jetzt standen uns genügend Opfertiere zur Verfügung, um die feierliche Zeremonie mit einem allgemeinen Festmahl zur Feier unserer Rettung verbinden zu können.

Außerdem wurde vorgeschlagen, im Anschluß an das Opfer Sportwettkämpfe zu veranstalten und dadurch diesem Freudentag ein ganz besonderes Gepräge zu geben. Zum Leiter der Wettkämpfe wählten wir den Lochagen Drakontios, einen gebürtigen Spartiaten, der schon als Knabe aus seiner Heimat verbannt worden war, nachdem er beim Hantieren mit einem Schabmesser unabsichtlich einen anderen Knaben getötet hatte.

Bereits am frühen Morgen begannen die Vorbereitungen für das Opferfest. Aus zusammengetragenen Steinen wurde eine herdartige Schüttung als Altar errichtet und darauf das Feuer entzündet. Dann wurden in feierlicher Prozession die mit Bändern geschmückten Rinder herbeigeführt und von den Priestern geschlachtet, enthäutet und ausgeweidet. Nachdem mit lauten Gebeten die Götter zum Schmaus herbeigerufen worden waren, wurden die ihnen zugedachten Fleischstücke, das gesamte Fett und die Knochen unter gleichzeitiger Ausschüttung von Weinspenden den Flammen übergeben.

Als der schwärzliche Opferrauch aus dem knisternden Feuer zum Himmel aufstieg, gab es unter den Tausenden von Männern, die sich in einem großen Kreis rundum aufgestellt hatten, wohl keinen, der nicht in stillem Gebet den Göttern für seine Rettung dankte. Bald aber wandten die meisten ihre

Aufmerksamkeit den Fleischhaufen zu, welche die Priester bei der Herrichtung des Göttermahls jeweils auf den abgezogenen Häuten der Rinder niedergelegt hatten - es waren die besten Stücke, auf welche nach unserem gemeinsamen Glauben die vorwiegend am Fettdunst interessierten Götter keinen Wert legen.

Kaum war die heilige Zeremonie für beendet erklärt worden, begann das große Festmahl der Menschen. Jetzt diente das von Knochenresten gereinigte und wieder entflammte Feuer auf dem Altar zum Braten des Fleisches, das man möglichst gerecht den einzelnen Lochoi zugeteilt hatte. Bald wurden weitere Feuer entzündet, um mit dem Ansturm der Hungrigen schneller fertig werden zu können. Erst nach Stunden, um die Mittagszeit, fand auch dieses Mahl sein Ende.

Am Nachmittag sollten die Sportwettkämpfe in den Disziplinen Stadionlauf, Langlauf, Ringen, Boxen, Allkampf und Reiten stattfinden. Wir freuten uns alle auf das große Schauspiel, sammelten uns auf der obersten, einigermaßen ebenen Fläche unseres Lagerhügels - und blickten uns dort ratlos um, weil wir an keiner Stelle gekennzeichnete oder wenigstens von den Grasbüscheln und den überall herumliegenden Steinen gesäuberte Laufbahnen erkennen konnten. Einige Männer hatten die Rinderfelle, die an Drakontios übergeben werden sollten, heraufgeschleppt - aber auch von Drakontios war nichts zu sehen.

Als er schließlich erschien, trat Cheirisophos auf ihn zu und sprach ihn an:

»Führe uns bitte, mein lieber Drakontios, an die Stelle, wo du die Laufbahn angelegt hast.«

Seine überraschende Antwort lautete: »Hier, wo wir stehen.«

»Hier, wo wir stehen?«

»Ja! Dieser Hügel ist doch vorzüglich zum Laufen geeignet: Jeder kann da laufen, wo er will.«

»Und wo sollen die Kampfsportler gegeneinander antreten?«

»Auch hier.«

»Auch hier? Aber wie soll man denn auf diesem harten und dicht bewachsenen Boden einen Ringkampf durchführen?«

»Umso deutlicher wird der, der zu Boden geht, seine Niederlage spüren.«

»Also gut! Und wie stellst du dir den Reiterwettkampf vor?«

»Wir lassen sie am Altar starten, bis zum Meer hinunterreiten und....«

»Zum Meer herunterreiten über diesen felsigen Steilhang?«

»Natürlich! Am Ufer wenden sie - und wer als erster wieder am Altar eintrifft, ist der Sieger.«

»Du bist wahrhaftig ein Spartiate von altem Schrot und Korn und machst es unseren Sportlern nicht leicht«, fuhr Cheirisophos fort, »aber nachdem du den den Ablauf der Kämpfe so geregelt hast, sollen die Herolde alle, die dies wollen, zur Teilnahme aufrufen. Als erste werden die Läufer an den Start gehen, dann sind die Kampfsportler dran, am Schluß die Reiter.«

Am Stadionlauf nahmen vor allem Knaben teil, darunter zahlreiche Gefangene, die wir in den letzten Monaten wieder verstärkt mitgenommen hatten, um sie in Trapezus als Sklaven verkaufen zu können. Den Langlauf bestritten mehr als 60 kretische Bogenschützen, deren Ausdauer im Lauf allgemein bekannt ist. Alle Läufer, die in mehreren Gruppen auf die Strecke gingen, wurden von ihren zuschauenden Freunden mit lautem Geschrei angefeuert und kämpften verbissen um den Sieg in ihrer Gruppe. Als im Endlauf die Gruppensieger um die Wette liefen, erreichte die Aufregung ihren Siedepunkt.

Heiß her ging es auch bei den Kampfsportlern; hier kämpften die Sieger der ausgelosten Paarungen so lange miteinander, bis nur noch die beiden besten übrig waren und in dramatischen Schlußkämpfen die drei Gesamtsieger ermittelten. Je weiter die Ausscheidungen voranschritten, um so klarer stellte sich übrigens heraus, daß wir einige wirklich professionelle Boxer, Ringer und Allkämpfer, deren kunstgerechte Kämpfe das sachverständige Publikum zu Beifallsstürmen hinrissen, in unseren Reihen hatten.

Nachdem die Wettkämpfe, die viel Zeit in Anspruch nahmen, abgeschlossen worden waren, verlagerte sich die Masse der Zuschauer an den Steilhang, mit dem unser Hügel zum Meer abfiel. Hier kam es beim Pferderennen zu spektakulären Unfällen. Die meisten der etwa 30 beteiligten Reiter überschlugen sich mit ihren Pferden bei dem Versuch, möglichst schnell zur Küste hinunterzugelangen. Viele mußten aufgeben, weil sie selbst oder ihre Tiere sich bei diesem Unternehmen zu stark verletzten. Nur fünf oder sechs machten sich wieder auf den Rückweg, erkletterten rutschend und keuchend den Steilhang und schleppten sich mit letzter Kraft bis zum Altar.

Nachdem Drakontios jedem Sieger eine der abgezogenen Häute als Preis überreicht hatte (man konnte sie in Trapezus mit gutem Gewinn verkaufen), erklärte er die Wettkämpfe für beendet. Auf dem Rückweg zu den Lagerstellen hörte man viele lobende Worte für unser ganztägiges großes Fest, durch welches wir den Schlußpunkt unter unsere Leidenszeit setzen wollten.

Von Trapezus nach Herakleia

Wenige Tage nach dem großen Fest verlegten wir unseren Stathmos in die kolchischen Dörfer in der Uferebene östlich der Stadt. Als wir einrückten, verließen die meisten Bewohner ihre Häuser und zogen sich zu weiter abseits wohnenden Verwandten, manche auch zu den tiefer im Gebirge hausenden Hirten zurück. Jedenfalls schlug nun, als sie erkannten, daß wir ihre Vorräte verzehrten, ihre zunächst freundliche Haltung uns gegenüber zunehmend in Feindseligkeit um. Leider waren die Trapezuntier nicht in der Lage, uns einen ausreichend großen Markt anzubieten - ganz abgesehen davon, daß viele Söldner kaum noch über Geld verfügten, um dort einkaufen zu können.

So zogen immer wieder einzelne Lochagen mit ihren Männern los, um sich durch Überfälle auf entfernter liegende Dörfer die nötigen Lebensmittel zu beschaffen. Manche kamen mit reicher Beute zurück, andere wurden in heftige Kämpfe verwickelt und mußten anstelle von Vorräten ihre Verwundeten und Toten nach Hause tragen.

Nachdem wir etwa eine Woche in dieser Weise verbracht hatten, rief Cheirisophos auf Beschluß des Strategoirates eine Heeresversammlung ein, um über den Weitermarsch zu beraten. Dieses Thema war natürlich in aller Munde, aber noch gab es keinen verbindlichen Beschluß.

»Wir sind zusammengekommen«, eröffnete er die Versammlung, »weil es Zeit wird, an die Heimkehr zu denken. Wir haben, wenn ich das recht sehe, zwei Möglichkeiten. Entweder können wir an der Küste entlang nach Westen marschieren, oder wir können versuchen, Schiffe zu bekommen und über das Meer....«

In diesem Augenblick war die laute Stimme Leons, eines älteren Unterlochagen aus Thurioi, der schon häufiger als Sprecher der Soldaten hervorgetreten war, zu hören. Er hatte sich in der vordersten Reihe der großen Menschenmasse aufgestellt, wandte sich nun halb nach hinten um und rief:

»Ich, ihr Männer, habe es satt, immer wieder das Gepäck aufzunehmen, in Reih und Glied zu marschieren, meine Waffen zu schleppen, Wache zu schieben und zu kämpfen! Ich möchte diese Plackerei beenden und, da wir wir das Meer vor Augen haben, den Rest zu Schiff fahren und - ausgestreckt wie Odysseus auf dem Phäakenschiff - in Griechenland ankommen.«

Sofort erhob sich lärmender Beifall. Alle Soldaten und auch einige Lochagen, die sich noch zu Wort meldeten, unterstützten Leons Vorschlag. Schließlich wurde die Frage aufgeworfen, wie viele Schiffe wir wohl für den

Transport aller unserer Truppen und des Trosses benötigen würden. Nach längerem Hin und Her einigten wir uns auf die grob geschätzte Zahl von etwa hundert Fahrzeugen - unter der Annahme, daß wir mit einer Flotte rechnen müßten, die sich aus größeren Handelsschiffen mit relativ viel Platz, kleineren Segelfrachtern, Fischerbooten und vielleicht auch Kriegsschiffen, die wegen der Rudermannschaften nur sehr wenige Passagiere aufnehmen konnten, zusammensetzte.

Daß freilich so viele Schiffe im Hafen von Trapezus nicht aufzutreiben waren, machte der Augenschein deutlich. Dort lagen zwar einige ältere Kriegsschiffe und auch einige Frachtschiffe vor Anker, aber die konnten wir uns natürlich mit Rücksicht auf die Trapezuntier nicht einfach aneignen.

In die allgemeine Ratlosigkeit hinein überraschte Cheirisophos die meisten von uns (mich hatte er zuvor bereits in seinen Plan eingeweiht) mit diesem Vorschlag:

»Ich bin persönlich«, sagte er, »gut befreundet mit Anaxibios, unserem derzeitigen spartanischen Nauarchen in Byzantion. Falls ihr mich zu ihm schickt, werde ich - davon bin ich überzeugt - ausreichend viele Trieren und Frachtschiffe herbeischaffen. Wenn ihr also zu Schiff heimfahren wollt, wartet hier, bis ich wieder da bin. Ich werde so schnell wie möglich zurückkommen.«

Als daraufhin freudige Zustimmung hörbar wurde, führte ich sofort einen Beschluß über den Vorschlag herbei und ergriff die Gelegenheit, um noch einige grundsätzliche Überlegungen zur Organisation unseres Aufenthaltes im Gebiet der Trapezuntier während der Abwesenheit des Cheirisophos anzustellen. Denn daß die Führung des Heeres zwar nominell in der Hand des gesamten Strategenrates lag, tatsächlich aber auf mich zukommen würde, war nach den Erfahrungen der letzten Monate nicht zu bezweifeln.

Unser Hauptproblem war die Versorgung mit Lebensmitteln. Weder in der Stadt selbst noch in ihrer unmittelbaren Umgebung gab es genügend Vorräte. Sie konnten nur aus den Dörfern der feindseligen Kolcher, welche die bisher planlos unternommenen Versuche einzelner Lochoi freilich nicht selten blutig abgewehrt hatten, requiriert werden. Deshalb schlug ich vor, die Versorgung des Heeres nicht mehr der privaten Initiative zu überlassen, sondern von der Heeresleitung aus durch starke, kampffähige Requisitionskommandos zentral sicherzustellen.

Nachdem mein Vorschlag ohne große Diskussion zum Beschluß erhoben worden war, wandte ich mich dem nächsten Thema zu: der Beutegewinnung. Denn natürlich gibt es in der ganzen Welt keinen Söldnerhaufen, für den die Gewinnung von Beute nicht die Hauptsache darstellt. In dieser Hinsicht hatte unser bisheriger Feldzug die Erwartungen maßlos enttäuscht. Nur wenige Offiziere, die noch über einige Tragtiere verfügten, hatten nennenswerte Beutestücke bis nach Trapezus retten können. Den meisten Soldaten war nichts geblieben. Was ihnen unterwegs gelegentlich in die Hände gefallen war, hatten sie längst gegen Lebensmittel eintauschen müssen.

In den vergangenen Tagen hatten sich zwar häufiger größere oder kleinere Gruppen spontanzusammengetan, um auf eigenes Risiko Beute zu machen, aber fast regelmäßig kam es auch dabei zu manchmal recht verlustreichen Kämpfen - von einigen Gruppen war kein einziger Mann ins Lager zurückgekehrt. Deshalb machte ich den Vorschlag, daß künftig alle Beutezüge unter Angabe des Zielpunktes und der Mannschaftsstärke bei der Heeresleitung angemeldet werden sollten. Dann konnten unerfahrene Gruppen über die richtige Organisation solcher Züge aufgeklärt und notfalls durch nachgesandte Hilfsmannschaften vor dem Schlimmsten bewahrt werden. Auch dieser Vorschlag wurde von der Versammlung gebilligt, aber im nachhinein muß ich sagen, daß trotz des Beschlusses noch viele auf eigene Faust loszogen und meistens tödliches Lehrgeld zahlten.

Nachdem wir noch einen ständigen, vorgeschobenen Wachdienst für unseren Lagerbereich beschlossen hatten, um Gegenangriffe der ausgeplünderten Landesbewohner rechtzeitig bemerken und zurückschlagen zu können, fuhr ich in meiner Rede fort:

»Wenn wir genau wüßten, daß Cheirisophos mit einer ausreichenden Anzahl von Schiffen zurückkehren wird, bedürfte es dessen, was ich noch sagen will, nicht. Da wir dies aber nicht wissen, schlage ich vor, daß wir versuchen sollten, auch hier Schiffe in die Hand zu bekommen. Bringt er genügend mit, haben wir für die Heimreise um so mehr Schiffsraum zur Verfügung. Bringt er zu wenig oder gar keine mit, werden wir die hiesigen Schiffe benutzen.«

Als meine Erwägung sogleich von mehreren Rednern unterstützt wurde, machte ich darauf aufmerksam, daß häufig Schiffe auf hoher See zu erkennen waren, welche den Hafen von Trapezus nicht anliefen:

»Wenn wir die Trapezuntier um ein paar Kriegsschiffe bitten, könnten wir diese Handelsschiffe aufbringen, im Hafen festlegen und durch Entfernung der Steuerruder bewegungsunfähig machen, bis wir genügend Schiffe für unseren Transport beisammenhaben.«

Während der Vorschlag mit großer Mehrheit zum Beschluß erhoben wurde, flüsterte Sophainetos mir empört zu:

»Das ist schlimmste Seeräuberei! Da mache ich nicht mit! Das werde ich verhindern.«

Ich flüsterte zurück: »Hör dir erst noch an, was ich weiter zu sagen habe« und fuhr dann mit lauter Stimme fort:

»Überlegt aber auch, ob es nicht billig ist, die Mannschaften der aufgebrachten Schiffe für den Zeitraum, den sie unseretwegen hierbleiben müssen, aus der Heereskasse zu verpflegen und für den Heimtransport ein Fahrgeld zu vereinbaren.«

Da erklärte mir leise auch Sophainetos sein Einverständnis, während sich aus der Heeresversammlung zustimmendes Gemurmel erhob. Dieses schlug freilich in Protest um, als ich zum Schluß vorschlug, auch die Möglichkeit eines Landmarsches in Erwägung zu ziehen und deshalb von den am Wege liegenden Städten die Ausbesserung der Küstenstraße, die sich in einem sehr schlechten Zustand befinden sollte, zu fordern.

Ein Fußmarsch kommt für uns überhaupt nicht in Betracht, hieß es übereinstimmend von allen Seiten, so daß ich die Abstimmung über diesen Punkt fallenließ. Allerdings habe ich später von mir aus vorsorglich Verhandlungen mit den nächstgelegenen Gemeinden geführt und sie mit dem Argument, sie würden uns um so schneller loswerden, je besser wir marschieren könnten, dazu gebracht, die Straße nach Kräften gangbar zu machen.

Insgesamt waren wir Offiziere mit dem Ergebnis der Heeresversammlung recht zufrieden. Noch am späteren Nachmittag machte sich eine kleine Gesandtschaft auf den Weg in die Stadt, um wegen der von uns benötigten Kriegsschiffe zu verhandeln. Am nächsten Morgen begleiteten die meisten Offiziere Cheirisophos zum Hafen, wo er einen der kleinen, wendigen Schnellsegler bestieg und seine Reise nach Byzantion, von vielen guten Wünschen begleitet, antrat.

Danach führte uns der Hafenmeister an eine Stelle, wo zwei ältere, anscheinend ausgemusterte Kriegsschiffe, ein *Fünfzigruderer* und ein *Dreißigruderer*, an Land gezogen waren, und erklärte, daß die Stadt bereit sei, uns die beiden Fahrzeuge leihweise zur Verfügung zu stellen. Natürlich nahmen wir das Angebot gerne an, obwohl kein Zweifel daran bestand, daß mit diesen inzwischen veralteten Schiffstypen, die auf jeder Bordseite nur je 25 oder sogar nur 15 Ruderplätze aufwiesen, größere Geschwindigkeiten nicht erreicht werden konnten. Aber da wir ja keine Seeschlachten schlagen, sondern nur schwerfällige Lastschiffe aufbringen wollten, kam es weniger auf die Geschwindigkeit als auf die schreckeinflößende Wirkung der auf den Kampfdecks zu postierenden bewaffneten Soldaten an.

Noch an Ort und Stelle wurde auch die Kommandantenfrage aufgeworfen und sofort gelöst. Freiwillig stellte sich der lakedämonische Periöke Dexippos zur Verfügung, der als einer der Lochagen Klearchs in die Armee des Kyros eingetreten war, aber, wie es hieß, zuvor als Söldnerführer schon mehrfach höhere Funktionen bekleidet hatte. Unter der Hand munkelten manche, die ihn etwas näher kannten, von gewissen dunklen Punkten in seiner Vergangenheit, aber schließlich wurde er doch von allen anwesenden Offizieren zum Kommandanten des *Fünfzigruderers* bestimmt. Daraufhin schlug ich meinen athenischen Landsmann Polykrates als Kommandanten des *Dreißigruderers* vor. Polykrates, der sich schon früher als sehr zuverlässiger Lochage bewährt hatte, genoß mein volles Vertrauen und schien mir der richtige Mann für diesen Posten zu sein. Beide Männer erhielten den Auftrag, sich ihre Decks- und Rudermannschaften zusammenzustellen und möglichst schnell die Überwachung des Schiffsverkehrs im Umkreis von Trapezus in die Wege zu leiten.

Schon am nächsten Morgen stachen unsere beiden Schiffe in See und legten sich weit draußen, in gegenseitiger Sichtweite, auf die Lauer - ohne Erfolg. So wurde für den folgenden Tag eine neue Taktik vereinbart: Beide sollten selbständig operieren, Dexippos in westlicher, Polykrates in östlicher Richtung. Als der *Dreißigruderer* bei Einbruch der Dunkelheit wieder in den Hafen einlief, hatte er zu unserer Freude einen kleinen Frachtsegler im Schlepptau. Auf Dexippos warteten wir dagegen vergeblich. Zunächst hielten wir einen Unfall oder ein unglückliches Zusammentreffen mit Seeräubern für möglich, bald aber mußten wir uns eingestehen, daß dieser feige Verräter offenbar zusammen mit seinem ganzen Lochos, der ihm als Besatzung diente, das Weite gesucht hatte.

So lag in den folgenden Wochen die Verantwortung für das Aufbringen von Schiffsraum ausschließlich auf den Schultern des Polykrates; er konnte jedoch trotz eifriger Bemühungen nur wenige Fahrzeuge nach Trapezus lotsen, deren Ladung in Lagerhallen des Hafens deponiert und bewacht wurde. Mit den Schiffen selbst unternahmen einzelne Gruppen dann Fahrten an der Küste entlang, um nach Lebensmitteln Ausschau zu halten.

Aber weder die Unternehmungen zu Wasser noch die zu Land (die nur selten erfolgreich verliefen) brachten genügend Nachschub ein, um die bedrohlich angewachsene Verpflegungskrise zu entschärfen. Häufig kam es auf dem Markt zu Streitereien mit den trapezuntischen Kaufleuten, die ihre dürftigen Angebote an die wenigen Söldner, die noch über Geldmittel verfügten, zu überhöhten Preisen loszuschlagen versuchten. Immer wieder mußten die Marktaufseher einschreiten, um Auswüchse zu verhüten. Aber auch im Heer selbst führte der Hunger, unter dem die meisten Soldaten zunehmend litten, zu einer gefährlichen Unzufriedenheit, die sich nach meiner Einschätzung über kurz oder lang in offener Meuterei oder sogar brutaler Plünderung der Stadt entladen würde.

So regte ich in einem unserer regelmäßigen Strategoitreffen an, durch eine größere, zentral organisierte Militäraktion unsere Proviantvorräte außerhalb des Gebietes um Trapezus, dessen Bewohner wir uns durch die täglichen kleineren Raubzüge zu erbitterten Feinden gemacht hatten, auf einen Schlag aufzufüllen.

Als geeignetes Ziel wurde uns von den einheimischen Beratern das Land der Drilen bezeichnet, deren Siedlungen in den ziemlich unzugänglichen Bergen westlich der Stadt lagen. Sie lebten dort vor allem als Viehbauern und galten als sehr unangenehme Nachbarn, da sie schon öfter Überfälle auf trapezuntisches Gebiet unternommen hatten. Es war uns klar, daß die Trapezuntier uns zu ihnen schickten, weil sie unseren Requisitionszug zugleich als eine Art Strafmaßnahme verstanden wissen wollten - und wir waren dazu im Vertrauen auf unsere Kampfkraft auch durchaus bereit.

Auf einer Offiziersversammlung legten wir noch am selben Tag die näheren Einzelheiten des Unternehmens fest. Das Kommando wurde mir übertragen, da die anderen Strategoi weder willens waren, diese leitende Aufgabe zu übernehmen, noch überhaupt den Zug zu begleiten. Während die Hälfte der Kampftruppen zur Verteidigung unseres Stathmos gegen die zu erwartenden Angriffe der Kolcher, die wir aus ihren Dörfern vertrieben hatten, zurückbleiben sollte, erhielt ich den Auftrag, die Invasion in das Gebiet der Drilen mit der anderen Hälfte in Begleitung von Hunderten von Lastträgern und zahlreichen Tragtieren für den Heimtransport der Beute durchzuführen und die Requisitionen militärisch abzusichern.

In der Morgendämmerung des nächsten Tages, als sich die für den Zug eingeteilten Lochoi sammelten, wurde die vor schwierigen Unternehmungen übliche Opferzeremonie vollzogen: Nachdem mehrere Seher die Eingeweide des getöteten Opferlammes in allen Einzelheiten untersucht und den Verlauf des Verbrennungsvorganges genau beobachtet hatten, verkündigten sie als einstimmiges Ergebnis, daß es zwar zu Kämpfen mit den Drilen kommen, die Operation im ganzen aber erfolgreich verlaufen werde. Das entsprach auch meiner eigenen Bewertung der Vorzeichen.

Bei Sonnenaufgang rückten wir in langer Kolonne unter der Führung einheimischer Landeskenner ab. An der Spitze marschierten unsere sämtlichen Leichtbewaffneten, auf deren Teilnahme ich bestanden hatte, gefolgt von den Lastenträgern und Tragtieren; an sie schloß sich die große Abteilung der Hopliten an, die unter meinem direkten Kommando stand.

Je tiefer wir in das wilde Bergland eindrangen, desto schwieriger wurde der Marsch und um so größer der Abstand zwischen den Leichten und den schwer gerüsteten Hopliten, die natürlich viel langsamer vorankamen. Schließlich wurden die ersten Siedlungen der Drilen im Hochland sichtbar, einzelne Gehöfte und kleine Dörfer, welche die Bewohner, sobald sie unsere Vorhut bemerkten, in Brand steckten und kampflos räumten. So fielen uns jeweils nur wenige Tiere, die den Flammen entkamen, ein paar Schweine und Rinder und Hühner, in die Hand. Unsere Führer versicherten uns jedoch, daß wir nach etwa zwei weiteren Marschstunden zur Hauptstadt der Drilen gelangen und dort reiche Beute machen würden.

Als wir uns auf dem durch Wald und Gebüsch steil aufwärts führenden Weg allmählich unserem Ziel näherten, kam uns plötzlich in vollem Lauf ein Melder entgegen und überbrachte mir im Auftrag des Episthenes, der das

Kommando über die Leichtbewaffneten führte, in atemlosen, abgehackten Sätzen seine Botschaft:

»Der Platz ist voll von Beute! Wir können ihn aber nicht einnehmen. Denn er ist stark befestigt. Und es ist auch nicht leicht, wieder abzuziehen! Denn sie sind ausgefallen und kämpfen! Und der Rückweg ist schwierig.«

Die Leichten, deren Vorsprung auf etwa fünf oder sechs Stadien angewachsen war, hatten also versucht, die Hauptstadt der Drilen im Handstreich zu nehmen, waren aber kläglich gescheitert und erhofften sich Hilfe von den Hopliten. Auf meine Rückfrage hin beschrieb mir der Melder in groben Zügen die topographische Situation. Der Weg, auf dem wir uns befanden, führe bis an den Rand einer tiefen Schlucht, überwinde diese auf einem schmalen Serpentinenpfad und ziehe sich jenseits noch ein Stück weit über ein mäßig ansteigendes, rundum jedoch steil abfallendes Wiesengelände hin, das den Drilen als Viehweide diene.

Am hinteren Ende dieser von der Natur selbst geschützten Bergnase befinde sich die Stadt. Ihre mit vielen Holzhäusern besetzte Unterstadt werde von einem halbkreisförmig angelegten Verteidigungssystem umzogen, das aus einem breiten Graben und einem Wall mit aufgesetzter Palisadenmauer, zahlreichen hölzernen Türmen sowie einer Toranlage bestehe. An der Rückseite der Siedlung, wo das Gelände wieder steil ansteige, erhebe sich auf einem Felsplateau die nur durch ein schwer bewachtes Tor zugängliche Akropolis der Stadt.

Sofort nach ihrer Ankunft waren viele Leichte und Lastenträger, insgesamt über 2000 Mann, bis an die Palisade der Unterstadt vorgedrungen, ohne Widerstand zu finden. Dann aber wurden sie bei dem Versuch, das Tor aufzusprengen, durch einen plötzlichen Ausfall der Drilen zurückgeworfen. Eine geordnete Absetzbewegung war wegen der nur in Einerkolonne durchquerbaren Schlucht nicht möglich. So standen sie nun, mit dem Rücken zur Schlucht, im Abwehrkampf gegen die Angreifer, die glücklicherweise noch nicht in den Nahkampf eintraten, sondern vor allem durch Steinwürfe Verwirrung zu schaffen versuchten. Dadurch waren die Unsrigen zwar imstande, sich durch plötzliches Vorpreschen und langsames Zurückweichen immer wieder etwas Luft zu verschaffen - auf die Dauer jedoch würde diese Taktik sie nicht retten können.

Etwa eine halbe Stunde nach der Begegnung mit dem Melder erreichte ich an der Spitze der Hopliten den Rand der Schlucht und konnte die Vorgänge auf der anderen Seite überblicken. Während ich die Mannschaften an Ort und Stelle beließ, ging ich selbst zusammen mit den Lochagen hinüber, um dort die Lage zu analysieren. Nachdem sich auch Episthenes, der Anführer der Leichten, zu uns gesellt hatte, eröffnete ich die Beratung:

»Lochagen, wir haben nach meinem Eindruck zwei Möglichkeiten: Entweder ziehen wir unsere Leute, die schon hier drüben sind, wieder zurück und geben den Angriff auf, oder wir holen die schweren Truppen herüber und versuchen, mit ihrer Hilfe die Stadt zu nehmen. Ich bitte euch um Meinungsäußerungen! Meint ihr, daß wir diesen Platz in die Hand bekommen können?«

»Das schaffen wir auf jeden Fall!« rief spontan Agasias, einer meiner besten Hoplitenlochagen. »Die Palisadenwand ist nicht sehr hoch - da kommen wir drüber! Und außerdem besteht sie aus Holz: Wir können sie in Schutt und Asche legen. Kurzum: Ich bin für Angriff!«

Nachdem noch mehrere andere Lochagen den Vorschlag unterstützt hatten, ergänzte Episthenes:

»Es kommt hinzu, daß ein Rückzug nicht ohne große Verluste zu machen wäre. Die Hopliten könnten uns von der anderen Seite der Schlucht aus nicht die geringste Hilfe leisten! Wenn wir dagegen gemeinsam angreifen, werden wir den Sieg erringen und reiche Beute machen - und deshalb sind wir ja schließlich hier!«

Ich stimmte (vor allem auch in Erinnerung an die Vorzeichen, die unser Opfer am Morgen erbracht hatte) dem Plan zu, befahl meinen Lochagen, ihre Einheiten herüberzuführen, und gab Episthenes den Auftrag, alle Leichten, die teilweise schon wieder vorgerückt waren, zurückzubeordern und ihnen vorerst jeglichen Einsatz ihrer Fernwaffen zu verbieten.

So trat nun auf dem Schlachtfeld eine fast einstündige Ruhepause ein. Während dieser Zeit erschienen Mann für Mann die Hoplitenlochoi auf unserer Seite und bezogen in einem großen Halbkreis rechts und links des Weges ihre Ausgangsstellungen hinter den Leichten, die in lockeren Verbänden vor der ganzen Front Aufstellung nahmen. Der Aufmarsch vollzog sich in völliger Stille und wurde von den Drilen, die sich bis in die Nähe ihres Tores zurückgezogen hatten, sicher mit sehr gemischten Gefühlen beobachtet.

Dann rief ich noch einmal meine Lochagen zusammen und machte ihnen ein Angebot:

»Lochagen, angesichts der besonderen Situation bin ich damit einverstanden, wenn ihr die Phalanx nicht in der gewohnten Ordnung aufstellt, sondern so, wie sie nach eurer eigenen Einschätzung für den bevorstehenden Kampf am schlagkräftigsten ist.«

Da ich wußte, daß zwischen den Lochagen seit eh und je darüber gestritten wurde, wer von ihnen selbst am tapfersten sei und den tapfersten Lochos anführe, erhoffte ich mir (nicht zu Unrecht, wie sich herausstellte) von dieser Maßnahme einen besonders engagierten Einsatz von Offizieren und Soldaten. Nachdem noch festgelegt worden war, daß die Phalanx nach dem entsprechenden Trompetensignal sofort im Laufschritt angreifen sollte, kehrten die Männer zu ihren Einheiten zurück und formierten sie, wie ich sehen konnte, teilweise um.

Inzwischen wandte ich mich an Episthenes und erläuterte ihm und einigen meiner Männer, die ich zu seiner Unterstützung abgeordnet hatte, die Aufgabe der leichten Truppen bei dem bevorstehenden Angriff:

»Die Leichten sollen den Sturmlauf der Hopliten bis an die Palisade durch Schüsse und Würfe auf die Verteidiger absichern. Die gewünschte Wirkung können wir jedoch nur durch die koordinierte, gleichzeitige Entsendung möglichst vieler Geschosse erzielen. Gib also an deine Leute diesen Befehl heraus: Wenn das Angriffssignal ertönt und die Leichten als erste loslaufen, müssen die Speerwerfer bereits einen Speer in der Wurfschlinge halten und die Bogenschützen einen Pfeil auf der Sehne aufgelegt haben; die Schleuderer sollen zuvor ihre Beutel bis zum Rand mit Wurfmaterial aufgefüllt haben. Noch Fragen? Wenn nicht, verteilt euch jetzt und schärft den Truppen diese Befehle ein. In einer Viertelstunde beginnt der Angriff, vorher darf kein Schuß fallen!«

Alles verlief planmäßig. Zunächst ertönte aus Tausenden von Männerkehlen der Paian, dann begann auf das Trompetensignal hin unter lautem Kriegsgeschrei der Sturmlauf und führte in wenigen Minuten bis an die Palisadenmauer heran. Die Drilen flohen sogleich in das Innere der Unterstadt und räumten unter dem Geschoßhagel der Leichten sehr schnell auch ihre Stellungen hinter den Brustwehren der hölzernen Mauer und der Türme. Als keinerlei Widerstand mehr erfolgte, legten Agasias und einer seiner Unterführer, Philoxenos aus Pellene, ihre schweren Schilde und die Lederpanzer ab und kletterten, von anderen hochgeschoben, ohne große Schwierigkeiten über die Palisaden. Nachdem auch andere Hopliten auf dieselbe Weise ins Innere gelangt waren und das Tor geöffnet hatten, strömten die Leichten und die Lastenträger in großer Menge hinein und begannen mit dem Ausplündern der Unterstadt.

Ich selbst blieb vor dem Tor stehen und hielt möglichst viele Hopliten draußen zurück, weil ich gesehen hatte, daß sich bewaffnete Drilen auch auf den Höhen außerhalb der Stadt sammelten. Falls sie uns angreifen sollten, würden wir durch die Notwendigkeit, eine zweite Front aufbauen zu müssen, in eine sehr schwierige, wenn nicht aussichtslose Lage geraten.

Kaum hatte ich mir diese Gefahr klargemacht, da erhob sich lauter Lärm aus dem Stadtgebiet, und dann drängten sich plötzlich eine Menge Lastenträger und Leichte mit ihrer Beute fluchtartig durch das Tor nach draußen. Zwischen ihnen tauchte auch der eine oder andere Verwundete auf und versuchte, sich in dem Gewühl auf den Beinen zu halten. Den ersten, den ich zu fassen bekam, schrie ich an:

»Was ist denn los da drinnen?«

Keuchend antwortete er: »Da ist hinten die Akropolis. Aus der sind sie mit einem Mal zu Hunderten ausgefallen und schlagen jetzt wie wild auf unsere Leute ein. Alles ist auf der Flucht!«

Panische Flucht! Das bedeutet, dachte ich, unser Ende - wenn es mir nicht gelingt, die Massen zum Stehen zu bringen. Aber wie kann ich das bewerkstelligen? Da hatte ich, den Göttern sei Dank, den rettenden Einfall und beauftragte Tolmides, unseren lautstärksten Herold, der sich ebenso wie ein Trompeter stets in meiner Nähe befand, mit der Bekanntgabe. Sekunden später übertönte seine klare Stimme sämtliche anderen Geräusche:

»Ruhe, Leute! Bleibt stehen und hört alle, was ich zu verkünden habe: Jeder, der Beute machen will, darf in die Stadt hineingehen!«

Daraufhin gab es ein heftiges Gedränge am Tor, als sich die Männer, darunter auch viele Hopliten, von außen gegen die Flüchtenden stemmten und sie zur Seite stießen. Während die Drilen wieder in ihrer Akropolis Zuflucht suchten, wurde die ganze Unterstadt von Plünderern überschwemmt, .

Um das Unternehmen nicht noch einmal durch einen Ausfall der Feinde zu gefährden, ließ ich die Hälfte meiner Hopliten an dem zur Akropolis führenden Weg, die andere Hälfte in der Nähe der Palisaden Stellung beziehen. Während von den Lastenträgern ungestört requiriert wurde, hielt ich zur Vorbereitung unseres Abzuges mit den im Stadtinneren befindlichen Lochagen eine Lagebesprechung ab. Da die Eroberung der Akropolis nach unserem übereinstimmenden Urteil nicht möglich war, andererseits aber auch eine allgemeine Flucht unserer Leute wegen der zu erwartenden hohen Verluste nicht in Betracht kam, entwickelten wir gemeinsam den folgenden taktischen Plan: Alle Lastenträger und Verwundeten sollen sich so schnell wie möglich (jedenfalls noch vor Einbruch der bald bevorstehenden Dämmerung) auf die andere Seite der Schlucht zurückziehen. Die Lochagen der Hoplitenlochoi sollen aus ihren zuverlässigsten Männern kleine Kampfgruppen bilden und die Masse ihrer Männer ebenfalls zurücksenden. Die Palisaden sollen an einigen Stellen niedergelegt werden, damit zusätzlich zu dem Tor Fluchtwege entstehen.

Als wir diesen Plan faßten, waren wir uns darüber im klaren, daß so zwar der größte Teil des Heeres und die eingebrachte Beute gerettet werden könnten, daß andererseits aber die kleinen Kampfgruppen, die als Nachhut den Abzug der anderen decken mußten und vermutlich in schwere Abwehrkämpfe verwickelt werden würden, nur geringe Chancen hatten, lebend aus dem Stadtgebiet herauszukommen. Nachdem ich den Lochagen für ihre todesmutige Einsatzbereitschaft gedankt hatte, wünschten wir uns gegenseitig alles Gute und verabschiedeten uns per Handschlag voneinander.

Schließlich waren alle Vorbereitungen abgeschlossen, und so gab ich das Zeichen zur Einleitung der Aktion. Während viele Lastenträger, mit Beute beladene Leichte und Verwundete schon vorher damit begonnen hatten, in langer Reihe die Schlucht zu durchqueren und sich drüben zu sammeln, verließen jetzt auch die nicht für die Nachhut eingeteilten Hopliten das Stadtgebiet. Als die Drilen dies bemerkten, machten sie in großer Zahl den von uns erwarteten Ausfall. Dabei sah ich sie zum ersten Mal aus der Nähe. Sie trugen aus Lederriemen geflochtene Helme wie die Paphlagonier sowie lederne Beinschienen und hielten in der linken Hand Flechtwerkschilde, in der rechten Stoßlanzen.

Immer wieder, wenn sie mit lautem Geschrei auf uns losstürmten, machten wir uns zum Nahkampf bereit, aber sie blieben jedesmal kurz vor unserer kleinen Phalanx stehen und ließen es nicht zum Handgemenge kommen. Traten wir zum Gegenangriff an, wichen sie einfach bis in die Nähe des Akropolistores zurück. So kam die überlegene Kampfkraft der Hopliten überhaupt nicht zur Wirkung - im Gegenteil: Durch das ständige kräftezehrende Vor und Zurück gewannen wir auch keine Handbreit Boden im Sinn unserer eigentlichen Absicht, dem Rückzug über die Schlucht.

Plötzlich trat eine dramatische Verschärfung unserer Lage ein! Unbemerkt hatten sich in der beginnenden Dämmerung etliche Drilen auf die Flachdächer der Häuser rechts und links des Weges geschlichen und warfen nun von oben Holzbalken herunter, während uns die Angreifer auf dem Weg mit einem Steinhagel überschütteten. Wir wehrten uns, so gut es ging, gleichfalls mit Steinwürfen, aber wir wußten alle, daß wir aus dieser Falle kaum noch entkommen konnten.

Da ging eines der Häuser auf der rechten Straßenseite in Flammen auf und brach nach kurzer Zeit funkensprühend zusammen. Dann brannten auch die Nachbarhäuser, und nach und nach wurde die ganze Häuserzeile von den Flammen verzehrt - und damit hatten die Drilen auf dieser Seite ihre erhöhten Angriffsstellungen verloren!

Ein Wink des Schicksals! Dank sei den Göttern, die uns den Weg zur Rettung zeigten! Sofort ließ ich auch die Häuser auf der linken Straßenseite in Brand stecken und zusätzlich noch einen großen Scheiterhaufen auf dem Weg selbst errichten, in dessen Schutz wir bis an die Palisaden zurückliefen. Auch dort legten wir an alles, was aus Holz bestand, Feuer, so daß schließlich die ganze Unterstadt mitsamt den Palisaden und den Türmen prasselnd niederbrannte. Durch die undurchdringliche Feuerwand von den Verfolgern getrennt erreichten wir in schnellem Lauf die Schlucht und kamen hinüber zu den anderen, ohne einen einzigen Mann verloren zu haben.

Nachdem starke Wachmannschaften am Rand der Schlucht aufgezogen waren, verbrachten wir eine ungemütliche, aber ruhige Nacht unter freiem Himmel. Am nächsten Morgen beriet ich mich mit den Lochagen über die Organisation unseres Abzuges. Denn wir zweifelten nicht daran, daß die Drilen uns verfolgen und auf dem engen, steil abwärts führenden Pfad, den wir während der ersten Stunden benutzen mußten, im Rücken angreifen würden.

Von irgend jemand wurde der Vorschlag gemacht, die Verfolger durch einen *vorgetäuschten* Hinterhalt zu verunsichern und so lange aufzuhalten, bis die Marschkolonne die schwierigste Strecke hinter sich hatte. Ein aus Mysien stammender Mann, der als Unterlochage die zweite Pentekostys in einem Lochos der Bogenschützen befehligte, erklärte sich bereit, zusammen mit zehn Kretern das Ablenkungsmanöver durchzuführen.

Sie sollten, so lautete ihr Auftrag, so tun, als ob sie an einer mit Gebüsch bedeckten Stelle am Weg heimlich einen Hinterhalt vorbereiteten, sich dabei aber immer wieder beim Hin- und Herhuschen sehen lassen. Um das Theater zu vervollständigen, wurden sie eigens mit leichten Schilden, die einen Überzug aus dünnem Bronzeblech hatten, ausgerüstet: Die würden, so hofften wir, im Sonnenlicht hier und da aufblitzen und den scheinbaren Hinterhalt um so gefährlicher erscheinen lassen. Sobald die Marschkolonne einen genügend großen Vorsprung gewonnen haben würde, sollten sie auf ein Trompetensignal hin ihre Aktion abbrechen und so schnell wie möglich wieder den Anschluß an das Heer gewinnen.

Im ganzen bewährte sich die Kriegslist gut. Die Verfolger, die uns zunächst hart auf den Fersen waren und nur von unseren Bogenschützen in einer gewissen Distanz gehalten wurden, blieben wunschgemäß zurück, als sie die Anlage unseres (vorgetäuschten!) Hinterhalts beobachteten. Nach etwa zehn Minuten, in denen die Marschkolonne gut vorankam, ließ ich den Trompeter das vereinbarte Signal blasen. Als nun unsere elf Männer aufsprangen und die Flucht ergriffen, merkten die Drilen, daß wir sie übertölpelt hatten, und verfolgten wutentbrannt die kleine Schar.

Während sich die Kreter daraufhin seitlich in den Wald stürzten und über die Steilhänge einfach nach unten rutschen und kugeln ließen, blieb der Myser auf dem Weg und schrie, als er von einem Stein getroffen wurde, laut um Hilfe. Sofort setzte sich ein kleiner Stoßtrupp kretischer Bogenschützen bergaufwärts in Bewegung, befreite ihn aus seiner prekären Lage und sicherte nach hinten ab, bis die Drilen die Verfolgung aufgaben und aus unserem Blickfeld verschwanden. Um die Mittagszeit trafen wir wieder in unserem Stathmos bei Trapezus ein und brachten viele Beutestücke und Lebensmittel mit. Zwar hatten wir einige Verwundete zu beklagen, aber erfreulicherweise nicht einen einzigen Toten.

Da der so mühsam beschaffte Lebensmittelvorrat bereits nach wenigen Tagen aufgebraucht war und aus dem umliegenden Land nicht mehr ersetzt werden konnte, da außerdem weder Cheirisophos mit Transportschiffen zurückkehrte noch Polykrates mit seinem alten Dreißigruderer mehr als drei oder vier Prisen aufbrachte (die Kapitäne größerer Segelfrachter machten inzwischen einen Bogen um Trapezus), wurde im Strategenrat der Beschluß gefaßt, in Kürze den Marsch nach Westen über Land anzutreten.

Vor dem Abmarsch sollte in der Stadt jedoch noch ein großer Sklavenmarkt abgehalten werden, dessen Einnahmen in die allgemeine Heereskasse fließen und bei nächster Gelegenheit anteilig an die Söldner ausgezahlt werden sollten. Durch diese Maßnahme hofften wir zwei Ziele zu erreichen: Erstens konnten wir damit den zunehmenden Unmut der Leute, die seit Monaten keinen Sold mehr erhalten hatten, wenigstens für den Augenblick besänftigen, zweitens enthoben wir uns der Notwendigkeit, auch künftig für Hunderte von militärisch nutzlosen Menschen Nahrungsmittel besorgen zu müssen.

Tatsächlich gelang es uns, den größten Teil unserer männlichen Gefangenen gewinnbringend abzusetzen, während einige ältere Frauen mit Kindern keine Käufer fanden und viele jüngere Frauen bei ihren Liebhabern untertauchten und sich so dem Verkauf entzogen.

Am nächsten Morgen legten wir auf einer Offiziersversammlung die Einzelheiten für den am folgenden Tag geplanten Abzug aus Trapezus fest. Da uns nur wenig Schiffsraum zur Verfügung stand, wurde er für alle Kranken, Frauen und Kinder sowie die (nicht sehr zahlreichen) über vierzigjährigen Söldner reserviert; außerdem sollte der Teil des Gepäcks, der während des Landmarsches nicht unbedingt benötigt wurde, auf den Schiffen untergebracht werden. Das Oberkommando über die Flotte wurde Sophainetos, unserem ältesten Strategos, übertragen. Ihm zur Seite sollte Philesios, der Nachfolger Menons, gleichfalls schon ein älterer Mann, vor allem das Gepäck beaufsichtigen und dafür sorgen, daß nichts davon verlorenging.

Den Lochagen oblag die Aufgabe, im Lauf des Tages die Kolonne in die einzelnen Gruppen aufzuteilen und das auszusondernde Gepäck bereits auf den Schiffen verstauen zu lassen. Bald entwickelte sich ein lebhafter Verkehr zwischen den Dörfern unseres Stathmos und dem Hafen. Tragtierabteilungen schleppten bis in den Abend hinein ununterbrochen Lasten hinüber zu Trägern an den Schiffen, die sie unter den wachsamen Augen des Philesios und seiner Lochagen an Bord verstauten. Auf dem Vorderdeck des größten Schiffes wurde für die Kranken eine Strohschüttung vorbereitet und noch während des Tages nach und nach belegt. Zwei Ärzte sollten die medizinische Versorgung während der Fahrt sicherstellen. Auch die meisten Frauen und Kinder richteten sich schon zwischen dem Gepäck für die Fahrt ein: Sie wollten die Nacht lieber an Bord verbringen als womöglich am nächsten Morgen keinen Platz mehr zu finden.

Noch bei Dunkelheit begann die Auflösung des Stathmos, in dem wir fast einen Monat verbracht hatten. Zwar sahen viele Söldner den leidvoll bekannten Anstrengungen der bevorstehenden Märsche mit gemischten Gefühlen entgegen, aber es gab wohl keinen, der an der Notwendigkeit des Abzuges zweifelte. Wir wußten alle, daß unsere Lebensmittelversorgung nicht mehr sichergestellt werden konnte, und auch, daß die Trapezuntier nichts sehnlicher wünschten als unser Verschwinden.

Zudem hatte sich in den letzten Tagen bei vielen Söldnern ein richtiger Haß auf Cheirisophos entwickelt. Er hat uns schnöde im Stich gelassen und seine eigene Haut gerettet, murrten die Soldaten - und sogar manche Offiziere äußerten in sarkastischem Tonfall bedenkliche Vermutungen über sein langes Ausbleiben. Das waren deutliche Anzeichen für die labile Stimmung in der Truppe, die nach meinem Eindruck bei weiterem untätigen Warten leicht in Meuterei umschlagen konnte. Deshalb hatte ich mich mit allem Nachdruck für den Abmarsch eingesetzt: Wir mußten endlich aktiv werden und eine Aufgabe in Angriff nehmen, welche Disziplin und Einsatzbereitschaft erforderte und durch die gemeinsame Anstrengung wieder jene militärischen Tugenden, denen wir bisher unser Leben verdankten, zum Vorschein bringen würde.

Bei Sonnenaufgang setzte sich die Vorhut der großen Marschkolonne unter meiner Führung in Bewegung. Nachdem wir den Mauerring von Trapezus durchquert hatten, zogen wir auf dem einigermaßen instand gesetzten Uferweg in Sichtweite unserer kleinen Flotte durch einsames Gebiet nach Westen. Immer wenn wir am frühen Nachmittag unsere Stathmoi errichteten, wurden auch die Schiffe auf das Ufer gezogen.

Am dritten Tag erreichten wir die kleine Hafenstadt Kerasus, eine Kolonie der Sinopier auf kolchischem Gebiet. Daß wir dort noch einmal eine Pause von zehn Tagen einlegten, hatte zwei Gründe. Einmal rechneten wir immer noch mit der Rückkehr des Cheirisophos und hofften auf das Eintreffen der von ihm versprochenen Transportschiffe. Zum anderen forderten die Söldner immer wieder die Auszahlung ihrer Anteile aus dem Sklavenverkauf. Um die brodelnde Unruhe im Keim zu ersticken, entschlossen wir Offiziere uns, dieser Forderung nachzukommen, stellten eine genaue Abrechnung der recht hohen Summe auf und führten zur Vorbereitung der Auszahlung eine Musterung und Zählung der Söldner durch, die 8600 Mann ergab.

Vor der Verteilung des Geldes wurde aufgrund eines Beschlusses des Strategoirates ein Zehntel der Gesamtsumme abgezweigt; es sollte den Heilgottheiten, denen wir Überlebende vor allem unsere Rettung zu verdanken glaubten, Apollon und Artemis von Ephesos, als Dankgeschenk gespendet werden. Über diese Angelegenheit hatte es zuvor eine kurze Diskussion gegeben, weil wir zwar alle derselben Meinung waren, daß nach dem glücklichen Abschluß unseres Feldzuges (an den wir damals glaubten!) ein Zehntel der Beute den Göttern zustehe, aber nicht wußten, wie wir diesen Vorsatz in die Tat umsetzen sollten.

In dem kleinen Hafenstädtchen Kerasus gab es jedenfalls kein Heiligtum von größerer Bedeutung, dem wir die heiligen Gelder hätten überantworten können. Es wurde uns schnell klar, daß wir sie als unantastbaren Schatz so lange weiter mitführen mußten, bis die Voraussetzungen für eine formgerechte Weihung gegeben waren. Wer aber sollte die Verantwortung für die Sicherheit der heiligen Gelder übernehmen? Als sich niemand freiwillig zur Übernahme dieser heiklen Aufgabe bereit erklärte, machte ich den Vorschlag, die Summe aufzuteilen und jedem Strategos einen entsprechenden Anteil zu treuen Händen anzuvertrauen - mit der Verpflichtung, die Weihung bei erster sich bietender Gelegenheit persönlich zu vollziehen. Dieser Vorschlag wurde einstimmig angenommen und brachte es mit sich, daß ich ebenso wie die anderen Strategoi fortan im Gepäck einen recht hohen Geldbetrag, den ich aber nicht anrühren durfte, verwahren mußte. Der auf den abwesenden Cheirisophos entfallende Betrag wurde seinem Stellvertreter, dem Unterstrategos Neon aus Asine, ausgehändigt.

Während der zehntägigen Ruhepause kam es zu häufigeren Kontakten mit den kolchischen Umwohnern von Kerasus, die zu den griechischen Kolonisten in einem guten Verhältnis standen. Öfter zogen Bauern aus ihren befestigten Bergdörfern in unser Lager herunter und boten uns Schlachtvieh und sonstige Lebensmittel zum Verkauf an. Auch von unseren Leuten machten sich einige auf den Weg ins nächstgelegene kleine Dorf und kehrten von dort unbehelligt mit ihren eingehandelten Waren zurück.

Da von Cheirisophos keine Nachricht eintraf, beschlossen wir schließlich den Weitermarsch. In der Morgenfrühe des elften Tages brach ich an der Spitze der Landtruppen auf - und erfuhr deshalb erst auf dem nächsten Stathmos, daß sich an diesem selben Tag in Kerasus noch ein schreckliches Ereignis, das unser ganzes Heer mit einer schweren Blutschuld belastete, abspielte: die Ermordung von drei Gesandten!

Das Unheil begann bereits in der vorhergehenden Nacht. Ein mir nicht näher bekannter Lochage namens Klearatos hatte gehört, daß jenes kleine Dorf nicht bewacht werde, weil die Bewohner uns für Freunde hielten, und daraufhin den Plan gefaßt, es während der Nachtruhe zu überfallen, auszurauben und mit der Beute nicht zum Heer zurückzukehren, sondern auf einem Schiff das Weite zu suchen. Ein Teil seiner Kumpane wartete bereits auf dem Schiff, während er mit den anderen losmarschierte - aber zu spät: So erreichte er das Dorf erst bei Anbruch des Tages, als die Bewohner schon ihrer Arbeit nachgingen. Es kam zu einem erbitterten Kampf, der Klearatos selbst und den meisten seiner Gefährten das Leben kostete; nur wenige entkamen nach Kerasus, wo noch einige kleinere Schiffe vor Anker lagen, und erzählten dort von den Ereignissen.

Nicht lange danach kamen drei ältere Männer aus dem Dorf in der Stadt und äußerten den Wunsch nach einem Zusammentreffen mit der Führungsspitze unseres Heeres. Da wir zu dieser Zeit jedoch längst unterwegs waren, wandten sie sich an die Behörden von Kerasus und brachten dort ihr Erstaunen darüber zum Ausdruck, daß wir Griechen uns zu einem Angriff gegen ihr Dorf entschlossen hätten. Darauf versicherten die Kerasuntier ihnen, daß es sich bei diesem Angriff nicht um eine Aktion des Heeres, sondern um den privaten Beutezug eines Lochagen gehandelt habe.

Über diese Auskunft erfreut äußerten die drei Männer die Absicht, uns im nächsten Stathmos aufzusuchen, über den Vorfall Bericht zu erstatten und uns anzubieten, daß wir unsere Toten selbst bergen und bestatten sollten. Einige der entkommenen Kumpane des Klearatos, die offenbar von dieser Absicht erfuhren und in Panik gerieten, begannen daraufhin, die Männer - Gesandte, die seit eh und je und überall unter dem besonderen Schutz der Götter stehen! - mit Steinen zu bewerfen, und forderten auch die Umstehenden zum Mitmachen auf. Schließlich lagen die drei blutüberströmt im Sand - eine scheußliches Verbrechen.

Wir erfuhren davon erst am nächsten Morgen, als eine große kerasuntische Delegation mit mehreren Schiffen in unserem Stathmos auftauchte und mit dem Strategoirat zu verhandeln verlangte. Nachdem wir Strategoi uns versammelt hatten, berichteten die Sprecher der Delegation in allen Einzelheiten über das skandalöse Geschehen. Ihr Bericht erschütterte uns zutiefst. Nicht nur waren wir empört über das fortan mit unserem Namen verbundene unaussprechliche Verbrechen gegenüber Göttern und Menschen, sondern auch entsetzt über die Gewissenlosigkeit, die hier zwar nur bei einzelnen Söldnern zum Vorschein gekommen war, aber doch wohl als ein ernstes Symptom für den allgemeinen moralischen Niedergang unseres Heeres betrachtet werden durfte. Mußte man unter diesen Voraussetzungen nicht sogar damit rechnen, daß bald auch die soldatische Disziplin zusammenbrechen würde?

Und was sollte aus den toten Griechen werden, die nach dem mißglückten Überfall noch immer bei jenem Dorf lagen, den Hunden und Vögeln ausgeliefert? Gerade waren wir auf diese Angelegenheit zu sprechen gekommen und verhandelten mit den Kerasuntiern darüber, ob sie nicht trotz allem um der Götter willen für eine ordentliche Bestattung unserer Leute sorgen wollten, als sich plötzlich außerhalb des Waffenplatzes Lärm erhob. Militärische Kommandos wie *Schlag zu, schlag zu!* und *Wirf, wirf!* waren zu hören. Bald sahen wir eine Menge Söldner herbeilaufen, die bereits Steine in den Händen hielten, und andere, die Steine aufsammelten.

Unsere kerasuntischen Gesprächspartner, welche die Steinigung der Gesandten am vorhergehenden Tag in ihrer Stadt miterlebt hatten, liefen voller Angst zu ihren Schiffen. Auch einige meiner Mitstrategoi waren nahe daran, angesichts der bedrohlichen Situation ihre Fassung zu verlieren. Da sprang ich auf und eilte zu dem Haufen der vorwärtsstürmenden Männer hinüber, griff mir den ersten besten, der Steine in den Händen hielt, heraus und schrie ihn an:

»Was ist denn hier los?«
»Ich weiß es nicht«, antwortete er keuchend.
Dieselbe Antwort erhielt ich auch von anderen Söldnern: Sie wußten wirklich nicht, worum es ging, waren aber spontan bereit, Menschen zu steinigen, wenn ihre Rädelsführer sie dazu aufforderten. Auf welchen Tiefpunkt waren Moral, Rechtsbewußtsein und Disziplin in unserem Heer gesunken!
Schließlich traf ich einen Soldaten, der mir Auskunft über die Ursache des Aufruhrs geben konnte: Der Haß der Männer richtete sich gegen die kerasuntischen Marktaufseher; sie hätten die Soldaten beim Einkaufen auf das Schamloseste übervorteilt. Und nun sei einer von ihnen, ein gewisser Zelarchos, hier gesehen worden, und an dem wolle man seine Wut auslassen.
In diesem Augenblick ertönte ein lauter Schrei: »Da ist er!«
Zelarchos rannte eilig zum Meer hinunter, wo sich in der Nähe ihrer Schiffe inzwischen die meisten Kerasuntier gesammelt hatten. Aber nun brach der Sturm des steineschwingenden Mobs los (als ob jemand gerufen hätte: »Da ist ein Wildschwein!« oder »Da ist ein Hirsch!») und versetzte *alle* Kerasuntier, die ja eigentlich nicht das Ziel des Angriffs waren, in eine solche panische Angst, daß diejenigen, die in der Eile kein Schiff mehr erreichen konnten, sich blindlings ins Wasser stürzten und zum Teil ertranken. Das traf sogar auch auf einige unserer eigenen Leute zu, die zufällig am Meeresufer gestanden hatten und auf den unerklärlichen Angriff gleichfalls mit überstürzter Flucht reagierten. Übrigens: Zelarchos konnte noch auf ein ablegendes Schiff springen und entging so der Steinigung.

Die geschilderten Ereignisse spielten sich am Vormittag dieses Tages ab und versetzten uns Strategoi in große Sorge, weil wir befürchteten, daß die Truppen den noch auf uns zukommenden Schwierigkeiten in diesem Zustand nicht mehr gewachsen waren. Wir standen jetzt nämlich an der Grenze zu dem Volk der Mossynoiken und hatten schon in der Frühe Timesitheos, der als Proxenos ihre Interessen in Trapezus vertrat, zu ihnen geschickt, um nach Möglichkeit einen Passiervertrag abzuschließen. Timesitheos, der als einer der wenigen Trapezuntier die Sprache der Mossynoiken beherrschte und uns deshalb bis hierher begleitet hatte, brachte bei seiner Rückkehr die Auskunft mit, daß sie uns den Durchmarsch durch ihr Land verweigerten.
»Sie vertrauen«, sagte er, »auf ihre Burgen, von denen aus sie den Weg sperren können.«
»Dann werden wir uns eben mit Waffengewalt durchschlagen«, meinte Timasion, »hier können wir nicht bleiben, und Schiffe haben wir nicht.«
»Also wieder Kämpfe und Tote und Verwundete«, gab ich voller Sorge wegen der desolaten Verfassung unserer Leute zu bedenken. »Gibt es denn wirklich keine andere Möglichkeit, hier durchzukommen? Wie breit ist denn der Landstreifen, den die Mossynoiken kontrollieren?«

»Etwa acht Tagemärsche«, antwortete Timositheos, »aber dieses Volk besteht aus zwei Stämmen, die miteinander verfeindet sind. Der östliche Stamm, der euch jetzt den Durchmarsch verweigert, beherrscht ein Gebiet von drei Tagemärschen. Vielleicht solltet ihr mit dem westlichen Stamm Kontakt aufnehmen und ihn möglicherweise sogar zum Bundesgenossen gewinnen. Mit vereinten Kräften müßte der Durchmarsch doch eigentlich zu schaffen sein. Ich bin jedenfalls zur Vermittlung bereit.«

Der Vorschlag fand einstimmig im Strategoirat Billigung, und daraufhin machte sich Timesitheos zu Schiff wieder auf den Weg. Am Nachmittag kehrte er in Begleitung der Stammeshäuptlinge der Westmossynoiken, drei recht fetten Männern mit auffallend bleicher Gesichtsfarbe, zurück. Im erneut zusammengetretenen Strategoirat sollte ich, so waren wir übereingekommen, die Verhandlungen führen und Timesitheos als Dolmetscher fungieren.

»Ihr Mossynoiken«, begann ich meine Rede, »wir beabsichtigen, uns nach Griechenland durchzuschlagen, und zwar zu Fuß, da wir keine Schiffe haben. Nun hindern uns daran aber diese Leute, von denen wir hören, daß sie mit euch verfeindet sind. Falls ihr wollt, könnt ihr uns als Bundesgenossen haben und euch an ihnen rächen, wenn sie euch jemals Unrecht getan haben, und sie in Zukunft als eure Untertanen behandeln. Weist ihr uns allerdings zurück, dann seht zu, woher ihr jemals wieder eine so große Streitmacht als Verbündete bekommen könnt.«

Nach kurzer Beratung ergriff der Anführer der Gesandten das Wort: »Wir akzeptieren den Vorschlag und nehmen die Bundesgenossenschaft an.«

»In Ordnung«, erwiderte ich. »Was wollt ihr also, wenn wir eure Bundesgenossen sind, mit unserer Unterstützung erreichen? Und wie könnt ihr uns im Hinblick auf den Durchmarsch behilflich sein?«

Die Antwort lautete:

»Wir sind imstande, von der anderen Seite aus in das Gebiet unserer gemeinsamen Feinde einzufallen und auch hierher Schiffe zu schicken und Männer, die mit euch zusammen kämpfen und euch den Weg zeigen sollen.«

Auf diese Bedingungen einigten wir uns und setzten den Vertrag durch gegenseitige Verpflichtungserklärungen feierlich in Kraft. In unserem Kreis entwickelte sich nach dem Abzug der Gesandten noch eine kurze Diskussion über ihre Ankündigung, sie würden uns Schiffe schicken. Was waren das für Schiffe? Konnten wir mit ihrer Hilfe vielleicht einen Teil der Marschkolonne an der Gefahrenzone vorbeischleusen? Aber auch Timesitheos konnte uns zu diesem Punkt keine nähere Auskunft geben; von einer nennenswerten Flotte der Westmossynoiken war ihm jedenfalls nichts bekannt.

Am folgenden Vormittag trafen unsere neuen Hilfstruppen über See ein - in kleinen Einbäumen! Das also waren die angekündigten Schiffe. Jeder dieser etwa 300 Einbäume war mit zwei Kämpfern und einem Ruderer besetzt. Sobald die plumpen Fahrzeuge auf dem Sand aufgelaufen und die Kämpfer ausgestiegen waren, traten die Ruderer die Rückfahrt an, während die Kämpfer in einer sehr merkwürdigen Weise Aufstellung nahmen. Sie formierten sechs Hundertschaften, die jeweils (wie beim paarweisen Gruppentanz) zwei einander gegenüberstehende Reihen von 50 Mann bildeten. Später, beim Abmarsch, schwenkten sie nach vorne um und zogen in Doppelreihen ab.

Alle Kämpfer waren einheitlich uniformiert und bewaffnet. Ihre Waffenrökke, die bis oberhalb der Knie reichten, bestanden aus starkem Leinenstoff. Auf dem Kopf trugen sie Helme, die wie die Helme der Paphlagonier aus Lederriemen geflochten waren, aber oben in einer Art Knauf ausliefen, so daß sie fast wie Tiaren aussahen. Ihre aus Flechtwerk hergestellten und mit weißen Rinderhäuten überzogenen Schilde waren weder rund noch oval, sondern verjüngten sich von einem breiten Oberteil aus bogenförmig nach unten und erinnerten mich ein wenig an Efeublätter. Die Speere, die sie in der rechten Hand trugen, waren etwa 6 Ellen lang und hatten am unteren Ende anstelle der bei uns üblichen Metallhülse einen kugelförmigen Abschluß. Neben dem Speer führte jeder Kämpfer noch eine eiserne Streitaxt mit.

Staunend beobachteten wir am Ufer den Aufmarsch der seltsamen Truppe, der sich in völliger Stille abspielte, und erwarteten, daß die Anführer mit uns das gemeinsame weitere Vorgehen absprechen würden. Aber dazu kam es nicht. Denn überraschend stimmte ein Vorsänger einen rhythmischen Marschgesang an, in den nach und nach alle Kämpfer einfielen. Und dann setzten sich die Kolonnen im Gleichschritt in Bewegung, marschierten zu unserer Verblüffung laut singend auf dem Weg, der zwischen unserem Waffenplatz und den Biwaks der Lochoi freigeblieben war, durch das Lager und entfernten sich in Richtung auf das erste, in Sichtweite liegende feindliche Kastell.

Dieses Kastell, das von unserem Standort aus den Eindruck machte, daß man es leicht einnehmen könne, kontrollierte den Zugang zur Hauptstadt der Mossynoiken (sie selbst nannten sie die *Mutterstadt*), und um deren Besitz, so erläuterte uns Timesitheos die Lage, ging der Kampf der beiden Stämme. Denn es gebe, so sagte er, eine Art Vereinbarung zwischen den Stammesfürsten, daß die auf einem sehr hohen Berggipfel angelegte Stadt als *Gemeinbesitz aller Mossynoiken* gelten und aus den üblichen Stammeskämpfen herausgehalten werden solle. Nun aber hätten die Ostmossynoiken sie widerrechtlich in Besitz genommen und beanspruchten die Herrschaft über das ganze Land.

Bald sahen wir, wie sich zahlreiche Leute aus unserem Troß und auch Leichtbewaffnete den Mossynoiken anschlossen - ohne entsprechenden Befehl, weil sie plündern wollten. Während des Anmarsches blieb alles ruhig. Als der Platz schließlich erreicht war, machten die überraschend starken Gegner einen plötzlichen Ausfall und trieben die Angreifer in die Flucht. Nicht wenige Mossynoiken, aber auch einige Griechen verloren dabei ihr Leben. Als wir die Katastrophe erkannten, alarmierten wir sofort einige Lochoi, die den Flüchtenden entgegeneilten und die Verfolger zurücktrieben. Diese aber schlugen während des Rückzuges unseren Gefallenen die Köpfe ab und schwenkten sie, während sie einen rauhen Siegesgesang anstimmten und dazu tanzten, triumphierend hin und her.

Nach diesem spektakulären Mißerfolg unserer Verbündeten, der gewiß das Selbstvertrauen der Gegner steigerte, verbreitete sich Niedergeschlagenheit bei allen im Lager. Wir Strategoi empfanden zusätzlich das Verhalten der Griechen, die sich an dem Angriff beteiligt hatten, als unerträgliche Schande: Sie waren an der Seite von Barbaren ohne jeden Widerstand geflüchtet - so etwas war bisher während unseres ganzen Feldzuges noch nie passiert.

Auf Beschluß des Strategenrates wurde sofort eine Heeresversammlung einberufen, auf der ich durch einige wenige Worte die Moral der Truppen wiederaufzurichten versuchte:

»Soldaten«, rief ich ihnen zu, »verliert wegen dieses Vorfalls nicht den Mut! Denn hier ist doch auch Gutes - und zwar nicht weniger als Schlimmes - geschehen. Erstens wißt ihr jetzt, daß diese Leute, die uns führen sollen, tatsächlich mit denen in Feindschaft leben, die notgedrungen auch unsere Feinde sind. Zweitens haben diejenigen Griechen, die sich um ihre Zugehörigkeit zu uns nicht kümmerten und glaubten, sie könnten in der Gemeinschaft mit Barbaren dieselben Erfolge erzielen wie in der Gemeinschaft mit uns, einen Denkzettel erhalten. Um so weniger werden sie künftig unseren Truppenverband verlassen. Soldaten, ihr müßt jetzt dafür sorgen, daß ihr in den Augen der mit uns verbündeten Barbaren stärker erscheint als sie selbst, unseren Feinden aber deutlich machen, daß die Männer, mit denen sie jetzt kämpfen werden, nicht vergleichbar sind mit jenem disziplinlosen Haufen, mit dem sie gerade gekämpft haben.«

An der allgemeinen Reaktion merkte ich, daß die Rede, die ich ganz bewußt auf die grundsätzliche militärische Überlegenheit der Griechen über die Barbaren abgestellt hatte, ihre aufrüttelnde Wirkung nicht verfehlte. Dieses Argument bewährte sich erfahrungsgemäß immer in derartigen Situationen.

Den Tag über blieben wir noch in unserem Stathmos. Abends legten wir im Kreis der Strategoi das taktische Konzept für den Angriff am nächsten Morgen fest. Weil das Gelände für einen normalen Phalanxangriff nicht eben genug war, schlug ich vor, die Hopliten in Steilkolonnen anrücken zu lassen.

»Und was machen wir mit unseren Bundesgenossen?«, fragte Sophainetos.

»Die sollen sich gleichfalls in Steilkolonnen am linken Flügel aufstellen.«

»Und unsere Leichten?.«

»Die Leichten verteilen wir nach erprobter Taktik auf die Zwischenräume zwischen den Steilkolonnen, so daß sie zwar in gewohnter Weise vor den Hopliten operieren, aber sich notfalls auch ohne Schwierigkeiten in deren Schutz zurückziehen können. Sind alle einverstanden?«

Als sich kein Widerspruch erhob, legten wir uns schlafen und verbrachten eine ruhige Nacht. Unser am nächsten Morgen noch in der Dämmerung durchgeführtes Brandopfer führte schon beim ersten Versuch zu einem positiven Ergebnis. Daraufhin ließen wir die Truppen noch im Stathmos das Frühstück bereiten und rückten etwa eine Stunde später in der besprochenen Aufstellung ab.

Das Kastell, dem wir uns langsam näherten, bestand aus mehrstöckigen, einzeln stehenden hölzernen Türmen und verfügte merkwürdigerweise nicht über eine umlaufende Palisade. An ihrer Stelle hatte sich jedoch eine richtige Schlachtreihe aufgebaut, vor der viele leichtfüßige Schleuderer hin- und hereilten und uns durch Steinwürfe aufzuhalten versuchten. Während es unseren Bogenschützen mit Leichtigkeit gelang, diese Schleuderer auf Distanz zu halten, lief sich der Angriff der Leichten insgesamt vor der Schlachtreihe fest. Erst als ich mit den im Schritt vorrückenden Hoplitenkolonnen nahe herangekommen war, gaben die Feinde ihren Widerstand auf und flüchteten hinauf zu ihrer *Mutterstadt*, dicht verfolgt von den Leichten. Und auch die Hopliten begannen sofort unter strikter Beibehaltung ihrer Formation mit dem etwa einstündigen Aufstieg.

Ebenso wie das untere Kastell war die Stadt unbefestigt. Sie stellte eine Ansammlung von zum Teil sehr hohen Holztürmen (ich zählte bis zu sieben Stockwerke!) dar, die sich den Hang hinaufzogen, und wurde von ihren Bewohnern und den Flüchtlingen verbissen verteidigt. Anfangs schleuderten sie uns ihre Wurfspieße entgegen, als dann die Hoplitenkolonnen unaufhaltsam bis auf Nahkampfnähe herankamen, versuchten sie sich mit überlangen, schweren Lanzen, die ein Mann kaum halten konnte, zu wehren - vergeblich! Wir drängten sie immer weiter zurück, bis sie allesamt die Flucht ergriffen.

In den Türmen, aus denen die verängstigten Frauen und Kinder davonliefen, fanden wir beim Plündern reiche Vorräte: Stapel von Broten, die (wie die Mossynoiken erklärten) aus Mehl der vorjährigen Ernte gebacken waren; hoch aufgeschüttete Haufen des noch ungedroschenen Getreides (meistens Dinkel) der Ernte dieses Jahres; ferner in großen Amphoren eingepökeltes, in Stücke geschnittenes Delphinfleisch, in anderen Gefäßen den ausgeschmolzenen Tran dieser für uns so liebenswürdigen Tiere, den sie zu denselben Zwecken benutzen wie wir das Olivenöl; weiterhin war in hochgelegenen, trockenen Vorratsräumen ihr Hauptnahrungsmittel gelagert: Eßkastanien, die sie in weichgekochtem Zustand zu verzehren oder auch zu einer Art Brot zu verarbeiten pflegen; schließlich fanden wir auch noch Gefäße voller Wein, der allerdings ungemischt außerordentlich sauer war, mit Wasser gemischt jedoch sehr gut schmeckte.

Für die Nacht richteten wir uns in und zwischen den Türmen ein. Nur ein einziger auf der höchsten Anhöhe des Stadtgebietes stehender Turm hatte allen Versuchen, ihn in die Hand zu bekommen, getrotzt. Es war, wie uns Timesitheos erklärte, der Turm des Königs. Und aus diesem Turm, den der König nach der Sitte der Mossynoiken während seiner ganzen Regierungszeit niemals verlassen dürfe - er lebe dort wie ein Häftling und sei auf die ihm von der Gemeinschaft zur Verfügung gestellten Lebensmittel angewiesen - werde er ganz gewiß auch jetzt nicht lebend herausgehen. Daraufhin brannten wir den Turm mitsamt seinen Bewohnern nieder. Als wir am nächsten Morgen nach dem Frühstück wieder aufbrachen, übergaben wir die ansonsten unversehrte Stadt unseren Verbündeten, die dort eine starke Besatzungsmannschaft zurückließen, und marschierten zu dem fast menschenleeren Kastell herunter, um es gleichfalls auszuplündern. Da auch hier der in seinem Turm verbliebene Kommandant die Kapitulation verweigerte, fand er wie der König mit seinen Leuten den Flammentod.

Während der nächsten Tage marschierten wir ohne weitere Kämpfe nach Westen. Der schwierige Weg führte in einem ständigen Auf und Ab über die bis ans Meeresufer reichenden Ausläufer des Randgebirges und die zwischen ihnen eingetieften Bachtäler. Mehrfach gelangten wir dabei in kleine Städte, die in einem durchschnittlichen Abstand von 80 Stadien, also etwa vier Marschstunden, in gegenseitiger Sichtweite auf den Höhenzügen angelegt waren. Man konnte sich sogar, wie ich selbst gehört habe, durch lautes Rufen von Stadt zu Stadt verständigen. Soweit es sich noch um Siedlungen der Ostmossynoiken handelte, flüchteten die Einwohner bei unserer Ankunft ohne Widerstand oder ergaben sich freiwillig.

Am dritten Tag erreichten wir befreundetes Gebiet und wurden von den Verwandten unserer Bundesgenossen überall in ihre Türme eingeladen. Dadurch lernten wir dieses merkwürdige Volk der Mossynoiken genauer kennen. Sie alle, Männer, Frauen und Kinder, weisen eine auffallend helle Hautfarbe auf. Auf ihre Kinder sind sie besonders stolz, und vor allem in den wohlhabenden Familien wurden sie uns wie kleine Kunstwerke regelrecht vorgeführt - aber an ihren Anblick mußten wir uns sehr gewöhnen: Man hatte sie durch die Mast mit Eßkastanien so aufgeschwemmt, daß sie nahezu ebenso dick wie hoch waren! Überdies waren sie auf der Vorderseite und auf dem Rükken vollständig mit bunten, eintätowierten Blumenmustern überzogen, durch welche ihre hohe Abkunft angezeigt wurde.

Auch das Verhalten der Erwachsenen wirkte auf uns so fremdartig, daß wir übereinstimmend zu der Auffassung kamen, dies sei von allen Völkern, denen wir während unseres ganzen Marsches begegnet waren, das am weitesten von unseren griechischen Sitten abweichende. So näherten sich die mossynoikischen Männer zum Beispiel ohne die geringste Scham den Dirnen, die in unserem Troß mitzogen, und versuchten ihnen vor aller Augen beizuwohnen - und so hielten sie es wahrhaftig auch mit ihren eigenen Frauen! In der Öffentlichkeit taten sie, was andere Menschen nur in der Einsamkeit tun. Andererseits aber verhielten sie sich als einzelne auch wieder so, als ob sie in Gesellschaft wären: Sie führten Gespräche mit sich selbst, lachten für sich und blieben manchmal plötzlich stehen und führten Tänze auf, als ob sie Zuschauer hätten. Ein sehr merkwürdiges Volk!

Eine Woche dauerte der Marsch durch das Land der Mossynoiken, danach zogen wir zwei Tage lang durch ein von Chalybern (die den Mossynoiken untertan waren und vor allem Eisenbergbau betrieben) bewohntes Gebiet und rückten dann in den Herrschaftsbereich der Tibarener ein. Hier weitete sich die Landschaft wieder, das Randgebirge trat zurück und machte einer breiteren Uferebene Platz, in welcher die offensichtlich nur unzureichend befestigten Siedlungen der Tibarener lagen.

Während der Frühstückspause am Tag des Einmarsches tauchte im Kreis der Strategoi der Gedanke auf, daß wir diese leicht einzunehmenden Dörfer unseren Soldaten zur Plünderung freigeben sollten. Die Umstände hatten es mit sich gebracht, daß die meisten bisher nur wenig oder überhaupt keine Beute ihr eigen nannten. Der von Timasion gemachte Vorschlag wurde schließlich angenommen, allerdings unter dem Vorbehalt, daß die Seher die Zustimmung der Götter zu unserem Vorhaben durch entsprechende Opferzeremonien ermitteln sollten.

Da erschien noch während der Vorbereitung des Opfers eine tibarenische Delegation, die uns durch die Überreichung von Gastgeschenken zu einem friedlichen Marsch durch ihr Land zu bewegen versuchte. Zum Entsetzen der Gesandten verweigerten wir die Annahme der Gastgeschenke und forderten die Männer auf, solange zu warten, bis wir unsere Beratungen abgeschlossen hätten. Dann begannen die Seher mit der Zeremonie. Das erste Opfertier erbrachte kein positives Ergebnis; so etwas kam öfter vor, aber in diesem Fall führte auch die mehrfache Wiederholung des Opfers immer wieder zu derselben, von allen Sehern übereinstimmend verkündeten Weissagung: daß nämlich die Götter einen Krieg gegen die Tibarener keinesfalls unterstützen würden.

So nahmen wir die Gastgeschenke entgegen, marschierten ohne Plünderungen (*wie durch Freundesland* heißt es in der militärischen Sprache) durch das tibarenische Land und erreichten nach zwei Tagen die griechische Stadt Kotyora, eine Kolonie von Sinope im Land der Tibarener. Dort kam es - entgegen unserer Planung - zu einem Aufenthalt von 45 Tagen, in denen sich die dramatischen Ereignisse geradezu überschlugen.

Die Schwierigkeiten begannen bereits unmittelbar nach dem Eintreffen unserer Spitze vor den Toren der Stadt. Als wir mit ihren Repräsentanten über die Eröffnung eines Marktes und die Ermöglichung eines freien Verkehrs zwischen dem Feldlager, das wir außerhalb der Mauern aufschlagen wollten, und der Stadt verhandelten, wurde dieser Wunsch ebenso abgeschlagen wie die Bitte, wenigstens unsere Kranken gegen Bezahlung der Kosten in den Häusern unterzubringen. Als ich mit den Offizieren, die mich begleitet hatten, voller Empörung über die entwürdigende Behandlung durch unsere griechischen Landsleute die Stadt verließ, wurden hinter uns ostentativ die Tore geschlossen.

Die Nachricht von unserem Mißerfolg verbreitete sich schnell im Lager - und daraufhin hatten wir Mühe, unsere Leute vom gewaltsamen Sturm auf die Stadt zurückzuhalten. Zwar wollten wir unseren Ruf nicht mit der blutigen Eroberung und Ausplünderung einer griechischen Kolonie belasten, kamen aber nach einigem Hin und Her im Strategenrat zu der Überzeugung, daß wir uns dieses Verhalten nicht einfach gefallen lassen dürften und jedenfalls Quartiere für die Kranken beschaffen müßten - wenn nicht im guten Einvernehmen, dann unter Anwendung von Zwang. Daß dies auch die Besetzung der Tore bedeutete, war uns klar: Nur durch den freien Zugang zu den Quartieren konnten wir verhindern, daß unsere Leute von den Stadtbewohnern in Geiselhaft genommen wurden.

Die Aktion wurde von einigen wenigen Lochoi handstreichartig durchgeführt und gelang wider Erwarten leicht, weil die Stadtmauer an mehreren Stellen teilweise eingestürzt war und dort ohne Schwierigkeiten (übrigens auch ohne nennenswerte Gegenwehr der Wachmannschaften) überstiegen werden konnte. Ebensowenig leisteten die überraschten Torwächter Widerstand, als die im Stadtinneren auftauchenden Söldner sich der Tore bemächtigten und sie öffneten. Damit hatten wir die Stadt in der Hand, hielten uns aber strikt an unsere Vorgabe und verzichteten auf Plünderungen und Requisitionen. Stattdessen rückten bei Bedarf Kommandos aus, die in der weiteren Umgebung von Kotyora bis hinüber in das Nachbarland Kappadokien ausschwärmten und Nahrungsmittel herbeischafften.

Schon wenige Tage nach unserer Ankunft feierten wir ein großes Fest, *unsere olympischen Spiele*, wie einige sagten. Das Fest begann mit einer gemeinsamen Opferzeremonie, danach stellten sich die Männer gruppenweise entsprechend ihrer Zugehörigkeit zu den griechischen Stämmen auf und zogen in Prozessionen zu einem ebenen Platz. Da fanden die Sportwettkämpfe statt - ähnlich denen, die wir seinerzeit in Trapezus veranstaltet hatten. So demonstrierten wir unsere Verbundenheit mit der Tradition Griechenlands, wo etwa zur gleichen Zeit wieder einmal die berühmten olympischen Spiele, an denen einige von uns sicher teilgenommen hätten, abgehalten wurden.

Nicht lange nach dem Fest trafen Gesandte aus Sinope, der Mutterstadt von Kotyora, bei uns im Lager ein und baten darum, vor der Heeresversammlung sprechen zu dürfen. Nachdem sich Hunderte Soldaten eingefunden hatten, trat ein gewisser Hekatonymos als Sprecher der Gesandtschaft nach vorne, ein schon etwas älterer, beleibter Mann, der mit den Kniffen der Redekunst, wie sich schnell herausstellte, gut vertraut war.

»Soldaten«, sagte er mit schmeichelnder Stimme, »die Stadt Sinope hat uns hergesandt, um euch Beifall zu spenden dafür, daß ihr als Griechen die Barbaren besiegt habt; und auch, um mit euch gemeinsam Freude darüber zu empfinden, daß ihr jetzt hier seid, nachdem ihr, wie wir gehört haben, viele schlimme Gefahren heil überstanden habt.«

Hekatonymos legte nach diesem langen Satz eine Pause ein, schneuzte sich und ließ seine Augen voller Mitgefühl über die stumme Zuhörerschaft schweifen. Ein raffinierter Kerl, dachte ich: Kunstgerecht versucht er am Anfang seiner Rede, durch solche Lobhudelei unsere Sympathie zu gewinnen. Wann wird er wohl zur Sache kommen?

»Wir, selber Griechen«, fuhr er nun fort, »erwarten von euch, gleichfalls Griechen, nur Gutes, nichts Schlechtes zu erfahren. Denn wir haben euch niemals auch nur den geringsten Schaden zuerst zugefügt. Diese Kotyoriten aber sind unsere Kolonisten, und wir haben dieses Land den Barbaren abgenommen und ihnen übergeben. Deshalb entrichten sie uns einen festgesetzten Tribut - ebenso wie auch die Bewohner von Kerasus und Trapezus. Die Konsequenz daraus ist, daß die Stadt Sinope einen Schaden, den ihr ihnen zufügt, als ihren eigenen Schaden betrachtet.«

Hekatonymos hatte den letzten Satz in schärferem Tonfall gesprochen und mußte warten, bis die aufkeimende Unruhe der Zuhörer wieder abflaute. Das war, mußte ich mir wieder eingestehen, keine schlechte Vorbereitung für den eigentlichen Angriff, der jetzt kommen wird.

Und schon reckte Hekatonymos sein Kinn vor, stampfte theatralisch mit einem Fuß auf und nahm eine gleichsam zu allem entschlossene Haltung ein. Dann erhob er plötzlich seine Arme zum Himmel und rief uns mit durchdringender Stimme im Tonfall eines Anklägers zu:

»Nun hören wir, daß einige von euch gewaltsam in die Stadt gekommen sind und sich in den Häusern einquartiert haben! Und daß ihr euch aus unseren Kastellen alles, was ihr benötigt, gewaltsam nehmt, nicht auf gütlichem Weg! Das können wir nicht billigen! Wenn ihr so weitermacht, sind wir gezwungen, mit Korylas und den Paphlagoniern und jedem anderen, den wir gewinnen können, Freundschaft zu schließen.«

Das war ein starkes Stück! Dieser Sinopier drohte uns unverhohlen mit Krieg! Und kündigte ohne jedes Schamgefühl an, daß seine Stadt sich sogar mit Barbaren (Korylas war der regierende Fürst von Paphlagonien) gegen uns verbünden würde! Während rundum heftig über die Rede des Hekatonymos diskutiert wurde, legte ich mir in Gedanken meine Gegenrede zurecht: Sie sollte im Ton zwar moderat, in der Sache aber unmißverständlich werden.

Nachdem ich mein Konzept im Kopf hatte, stellte ich durch abwiegelnde Handbewegungen wieder Ruhe her und sagte:

»Ich, Xenophon aus Athen, spreche hier für die Soldaten. Wir, ihr Männer aus Sinope, sind hierher gekommen, zufrieden damit, daß wir unser Leben gerettet haben und unsere Waffen. Zufrieden deshalb, weil es ja nicht möglich war, beides zugleich zu machen: Beute einzutreiben und mit den Feinden zu kämpfen.«

Im folgenden erläuterte ich ausführlich die Alternative, die im Hinblick auf die Proviantbeschaffung für unsere große Marschkolonne überhaupt nur bestand. Entweder wurden für uns Märkte eingerichtet, auf denen wir das Nötige für gutes Geld kaufen konnten. So habe es, hob ich anerkennend hervor, die erste griechische Stadt, die wir erreichten, Trapezus, gemacht - und dementsprechend hätten wir ihr nicht nur keinen Schaden zugefügt, sondern im Gegenteil beim Kampf gegen ihre Feinde geholfen.

»Wo man uns unterwegs jedoch keinen Markt anbietet«, fuhr ich mit erhobener Stimme fort, »und zwar sowohl in barbarischem als auch in griechischem Land, da requirieren wir unseren Proviant - nicht aus Überheblichkeit, sondern aus purer Not! Und so haben wir uns notgedrungen wehrhafte, dem Großkönig nicht unterworfene Barbarenvölker wie die Karduchen, die Taochen und die Chaldäer zu Feinden machen müssen, weil sie uns keine Märkte eröffneten. Die Makronen aber, auch Barbaren, die uns einen wenn auch bescheidenen Markt bereitstellten, haben wir wie Freunde behandelt und nicht ausgeplündert.«

Als ich merkte, daß die sinopischen Gesandten nach diesen Informationen unruhig wurden und miteinander tuschelten, kam ich auf das eigentliche Thema zu sprechen:

»Und nun zu den Kotyoriten, die ja, wie ihr sagt, zu euch gehören: Wenn wir ihnen etwas abgenommen haben, so sind sie daran selbst schuld. Denn sie haben uns nicht wie Freunde behandelt, sondern die Tore geschlossen und uns weder zum Kaufen eingelassen noch draußen für einen Markt gesorgt. Für dieses Verhalten, sagen sie, sei der von euch eingesetzte Harmost verantwortlich.«

Das fuhr ihnen sichtlich in die Knochen, und ich schürte ihr Unbehagen noch dadurch, daß ich im einzelnen schilderte, was sich in Kotyora abgespielt hatte. Mit Genugtuung sah ich die vorwurfsvollen Blicke, welche die anderen Gesandten jetzt ihrem Sprecher zuwarfen. Diese Stimmung ausnutzend holte ich zum letzten Schlag aus.

»Was aber deine Drohung betrifft«, wandte ich mich direkt an Hekatonymos, »ihr würdet, falls ihr das für richtig haltet, mit Korylas und seinen Paphlagoniern ein Bündnis gegen uns bilden - gut, dann werden wir, wenn nötig, eben gegen euch beide kämpfen! Wir haben schon mit anderen, die viel stärker waren als ihr, Krieg geführt! Falls aber *wir* es für richtig halten sollten, uns mit dem Paphlagonier anzufreunden - wir hören, daß er eure Stadt und eure Küstenkastelle zu besitzen wünscht - werden wir seine Freundschaft dadurch zu gewinnen versuchen, daß wir ihn bei der Erfüllung seines Wunsches unterstützen.«

Das war, bei den Göttern, auf einen groben Klotz ein noch gröberer Keil! Er brachte die verunsicherten Gesandten ganz aus der Fassung. Nicht ohne Absicht hatte ich von Anfang an unser Waffenpotential und unsere Kampfkraft ins Spiel gebracht. Diese Krämerseelen sollten wissen, mit wem sie sich hier anlegten.

Schließlich trat einer von ihnen - nicht Hekatonymos, der unter den wütenden Blicken seiner Gefährten sehr kleinlaut geworden war - vor und sagte:

»Wir sind doch nicht hier, um einen Krieg anzuzetteln, sondern um euch unserer Freundschaft zu versichern! Und falls ihr nach Sinope kommen solltet, werden wir euch mit Gastgeschenken empfangen. Jetzt aber werden wir unseren Kolonisten hier befehlen, euch alles zu geben, was sie können. Denn wir sehen, daß alles wahr ist, was ihr sagt.«

Damit war die Krise glücklicherweise beigelegt. Die Gesandtschaft, die wir zum Abendessen im Kreis der Strategoi einluden, kehrte vorerst nach Kotyora zurück und setzte dort das Nötige in Kraft. Bald erschien auch eine Abordnung der Stadtgemeinde bei uns, besiegelte unsere Versöhnung durch die Überreichung von Gastgeschenken und versprach die Einrichtung eines Marktes in den nächsten Tagen.

Den Abend verbrachten wir mit unseren Gästen in freundschaftlichen Gesprächen über verschiedene Themen, vor allem aber über die Frage, wie unsere Weiterreise vonstatten gehen könnte. Wir kamen überein, am nächsten Morgen eine Heeresversammlung einzuberufen und einen Beschluß herbeizuführen, daß die Beratung dieses Problems in Anwesenheit der Sinopier erfolgen solle.

Der Beschluß kam ohne Schwierigkeiten zustande, weil jedermann einsah, daß wir sowohl für den Landmarsch als auch besonders für die Schiffsreise auf die Hilfe der Sinopier angewiesen waren. Nachdem die Gesandten herbeigerufen worden waren, begrüßte ich sie und äußerte den Wunsch, sie als Griechen möchten uns als Griechen wohlgesonnen den besten Rat erteilen.

Daraufhin erhob sich Hekatonymos und sagte, er müsse zunächst ein bedauerliches Mißverständnis aufklären. Wenn er gestern geäußert habe, sie wollten mit dem Paphlagonier Freundschaft schließen, so habe er damit nicht sagen wollen, daß sie die Absicht hätten, mit uns Krieg zu führen, sondern daß sie auch dann, wenn sie mit den Barbaren Freundschaft schließen könnten, dennoch uns, die Griechen, vorziehen würden. - Was ist das für eine akrobatische Verrenkung, dachte ich, mit der er sich jetzt aus der Schlinge ziehen will! Knapp forderte ich ihn auf:

»Nun gut, gib uns jetzt deine Ratschläge.«

Nach einer langen Einleitung, in der er die Nöte, denen ein ehrlicher Ratgeber ausgesetzt sei, geschwätzig beschwor, kam er endlich zur Sache und beschrieb uns zunächst den Landweg durch Paphlagonien, der wegen der Heeresmassen, die Korylas gegen uns einsetzen könnte, und mehrerer schwieriger Flußübergänge unmöglich erfolgreich zu Ende geführt werden könne. Es komme also praktisch nur der Seeweg (für den Sinope allerdings den benötigten Schiffsraum zur Verfügung stellen müßte) von Kotyora nach Sinope und vor dort weiter bis nach Herakleia in Betracht. Von Herakleia aus könne man dann die Weiterreise sowohl zu Wasser als auch zu Land fortsetzen.

Nach kurzer Beratung entschied sich die Heeresversammlung erwartungsgemäß für den Seeweg. Daraufhin ergriff ich noch einmal das Wort und stellte klar, daß wir nur, wenn der Schiffsraum für uns *alle* ausreiche, den Seeweg einschlagen würden. Auf Vorschlag der Gesandten bildeten wir eine kleine Delegation (sie bestand aus den Lochagen Kallimachos aus Arkadien, Ariston aus Athen und Samolas aus Achaia) und ließen sie zusammen mit den Gesandten nach Sinope reisen: Sie sollte dort unsere Bedingungen vortragen und über den Preis für die Passage verhandeln.

Kaum war der Konflikt mit Sinope zufriedenstellend geregelt, geriet unser Lager in eine neue schwere Krise, die letzten Endes (leider muß ich das unumwunden eingestehen) unbeabsichtigt von mir selbst ausgelöst wurde. Mir war schon öfter der Gedanke durch den Kopf gegangen, daß unsere große und kampferprobte Söldnertruppe, in der alle Waffengattungen von den Hopliten bis zu den Leichten und den Reitern vertreten waren, im Gebiet des Pontos ein einmaliges Machtpotential darstellte. Wäre es, so erwog ich bei mir, unter diesen Voraussetzungen nicht der Überlegung wert, mit unseren Männern, die aus den verschiedensten griechischen Staaten stammten, irgendwo hier am Schwarzen Meer eine starke Kolonie zu gründen und dadurch Land und Einfluß für *Griechenland* und nicht nur für eine bestimmte Mutterstadt zu gewinnen?

Bei diesen Erwägungen dachte ich an die berühmte Kolonie Thurioi, welche Athen eine Generation zuvor in Unteritalien gegründet, aber von Anfang an für *alle* Griechen geöffnet hatte (auch der von mir so verehrte Schriftsteller Herodot lebte dort eine Zeitlang). Als Gründer eines ähnlichen panhellenischen Machtzentrums am Rand des persischen Weltreiches in die Geschichte einzugehen - das war ein Traum, der mich zunehmend faszinierte.

Vorerst sprach ich jedoch mit keinem Offizier darüber, sondern zog nur den Seher Silanos (der seinerzeit von Kyros für seine Weissagung vor der Schlacht so fürstlich belohnt worden war) ins Vertrauen. Er führte in meinem

Beisein eine Opferzeremonie durch, um die Frage zu klären, ob die Götter die Gründung einer solchen Kolonie befürworten oder ablehnen würden. Seine Antwort lautete, in der Hauptsache erbringe das Opfer eine eindeutig positive Antwort (das stimmte mit meiner eigenen Beurteilung überein) - aber es seien auch Hinweise auf gewisse Intrigen gegen mich zu erkennen.

Nachträglich bin ich mir ziemlich sicher, daß Silanos mit der letzten Bemerkung eigentlich nur auf sich selbst angespielt haben kann. Denn schon wenige Stunden nach unserem Opfer verbreitete sich im Lager das Gerücht, ich wolle das Heer nicht nach Griechenland weiterführen, sondern hier eine Kolonie gründen und mir so Ruhm und Macht verschaffen. Das Geheimnis war also gelüftet worden und löste allenthalben zu heftige Diskussionen aus. Manche hielten im Gespräch mit mir die Idee für durchaus erwägenswert, die meisten lehnten sie jedoch entschieden ab.

Das Schlimmste aber war, daß die Gegner des noch unausgereiften Vorhabens sofort die Initiative ergriffen und über zufällig anwesende Kaufleute aus Sinope und Herakleia mit diesen Städten Kontakt aufnahmen. Wortführer der Opposition waren Timasion, mit dem ich seit unserer gemeinsamen Führung der Nachhut während des Rückmarsches eigentlich in einem guten Verhältnis stand, und ein aus Böotien stammender Lochage namens Thorax, der in der Einheit des Proxenos gedient hatte und mich seit meiner Übernahme des Strategenamtes, auf das er selbst spekuliert hatte, mißgünstig verfolgte.

Sie forderten von den Städten die Auszahlung eines Monatssoldes an die Soldaten mit der Begründung, nur damit könnten diese sich für eine Seereise mit Lebensmitteln eindecken. Andernfalls, so verbreiteten sie, würde ich nach der Ankunft der Schiffe unerwartet verkünden, die Heimreise könne aus Proviantmangel nicht angetreten, wohl aber mit Hilfe der Schiffe irgendein bewohnter Platz am Pontos erreicht werden - und dort solle jeder entscheiden, ob er bleiben oder heimreisen wolle.

So raffiniert dieser Plan, an Geld zu kommen, auch ausgedacht war, so gewiß konnte er nicht funktionieren: Denn welche Stadt würde wohl eine große Armee besolden - nicht um sich ihrer Kampfkraft zu bedienen, sondern um ihre Abreise zu finanzieren? Besonders schwerwiegend war aber der allgemeine negative Effekt der Intrige: Es war zu befürchten, daß alle Städte am Schwarzen Meer uns künftig Schwierigkeiten machen würden - aus verständlicher Angst, wir wollten uns bei ihnen auf Dauer einnisten.

Als die Lochagen Eurymachos und Thorax, welche die Kaufleute auf ihrer Rückfahrt begleitet hatten, um deren Bericht zu bestätigen, wieder bei uns eintrafen, brachten sie keinen Sold mit, für Timasion persönlich jedoch das Angebot einer beträchtlichen Summe, wenn es ihm gelinge, die Ausfahrt des Heeres aus dem Pontos zu bewerkstelligen.

Über dieses Angebot informierte Timasion die anderen Strategoi nicht ohne einen gewissen Stolz, schlug jedoch selbst vor, wir sollten auf einer Heeresversammlung in aller Offenheit über unsere Lage beraten. Daraufhin veranstaltete ich in aller Eile zusammen mit einem unserer Seher (nicht mit Silanos!) ein Opfer, um eine Antwort auf die Frage zu erhalten, ob es besser sei, jetzt sogleich den Soldaten meine Überlegungen wegen der Koloniegründung zur Beratung vorzutragen oder die ganze Sache völlig fallen zu lassen. Die Antwort war eindeutig: fallen lassen!

Inzwischen war auf die Nachricht hin, daß Eurymachos und Thorax im Lager gesehen worden seien, bereits eine große Masse von Soldaten aus eigenem Antrieb zusammengeströmt und verlangte Aufklärung über die neueste Entwicklung. Obwohl es sich nicht um eine regulär einberufene Versammlung handelte, entschlossen wir Strategoi uns doch zur Teilnahme, weil solche spontanen Zusammenrottungen leicht in Meuterei und Aufruhr übergehen konnten.

Als erster ergriff Timasion das Wort:

»Wir dürfen ein Verbleiben an Ort und Stelle überhaupt nicht in Erwägung ziehen und nichts, aber auch gar nichts höher schätzen als Griechenland! Ich höre allerdings, daß es unter uns Leute gibt, die über diese Frage bereits Opfer veranstalten - ohne euch zu informieren!«

Als sich daraufhin viele Augen auf mich richteten und sogar unter Schmähungen Fäuste in meine Richtung geschüttelt wurden, fuhr er fort:

»Nun gut, ich verpflichte mich, jedem von euch, wenn ihr aus dem Pontos heraussegelt, vom Monatsersten an einen Kyzikener als Monatssold auszuzahlen.«

Da brandete brausender Beifall auf! Bei allen Göttern, so fragte ich mich, wie will er dieses tollkühne Versprechen einlösen? Aber er versprach noch mehr: Er werde sie in die Troas führen, aus der er stamme, und weiter nach Äolien und Phrygien und in die ganze Satrapie des Pharnabazos, wo überall große Schätze zu gewinnen seien. Er kenne sich in diesen Ländern gut aus, weil er dort schon an Feldzügen unter dem Kommando von Klearchos und Derkylidas teilgenommen habe.

Nach Timasion unterbreitete Thorax einen ähnlichen Vorschlag, um das Heer hinter sich zu bringen. Auch er versprach unter Beifall die Auszahlung von Sold bis zum Eintreffen der Truppen in einem Gebiet außerhalb des Pontos, und zwar in der Cherrones, die er geradezu als einen Teil Griechenlands bezeichnete. Entweder könne man sich dann in dieser reichen und fruchtbaren Gegend auf Dauer ansiedeln oder von dort aus die Heimreise antreten. Es sei doch lächerlich, im Land der Barbaren eine Kolonie gründen zu wollen, wenn es in Griechenland selbst so gute Möglichkeiten gebe.

Mit der letzten Bemerkung zielte er wieder auf mich, und so war es nur noch eine Frage der Zeit, bis der offene Angriff eingeleitet werden würde. Dies übernahm Philesios, ein schon älterer Mann, der seinerzeit für den in persische Gefangenschaft geratenen Menon das Strategenamt übernommen hatte und während unseres Rückmarsches so gut wie nie in Erscheinung getreten war. Es sei eine schlimme Sache, so meinte er jetzt, wenn der Strategos Xenophon hier unter der Hand die Leute zum Bleiben zu überreden versuche und sogar darüber Opfer veranstalte, in der Öffentlichkeit aber kein Wort darüber verliere. Daraufhin forderte mich Lykon, einer der Lochagen des Philesios, unterstützt von drohenden Zurufen vieler Söldner, kategorisch zu einer Stellungnahme auf.

Mit so etwas hatte ich gerechnet und mir einige Gegenargumente zurechtgelegt. Als erstes verwies ich auf meine jedermann bekannte Gewohnheit, immer in Angelegenheiten, die mich selbst oder die Allgemeinheit betrafen, die Götter um Rat zu fragen, und begründete mit dem Ergebnis des gerade durchgeführten Opfers mein bisheriges Schweigen. Dann berichtete ich über das vorangegangene Opfer und seine Deutung durch Silanos und entlarvte den Seher als denjenigen, der das falsche Gerücht über mich in die Welt gesetzt hatte.

»Wenn ich sähe, daß ihr in Schwierigkeiten seid«, fuhr ich fort, »würde ich meinen, ihr solltet eine Stadt einnehmen und danach jeweils entscheiden, ob ihr von dort aus sofort oder erst, wenn ihr hinreichend Gewinne erzielt habt, um eure Angehörigen daheim beschenken zu können, nach Hause fahren wollt. Aber ihr seid nicht in Schwierigkeiten! Die Städte Herakleia und Sinope werden euch Schiffe für die Heimfahrt stellen - und hier gibt es sogar Männer, die euch vom Monatsersten an Sold bezahlen wollen. Was kann uns Besseres passieren als heimgefahren zu werden und dafür auch noch Sold zu kassieren!«

Nach diesen Worten, deren ironischen Unterton wohl nicht alle Zuhörer erkannten, legte ich eine kurze Pause ein und erklärte, daß die Angelegenheit für mich und auch für diejenigen, die mir ihr Interesse für meine Überlegungen bekundet hatten, erledigt sei. Es sei jedenfalls besser, jetzt zusammenzubleiben und auf die militärische Überlegenheit zu vertrauen, als sich zu zerstreuen und die Macht zu zersplittern: Nur der Überlegene könne sich auch den Besitz der Schwächeren aneignen.

»Kurzum«, so schloß ich meine Rede, »ich bin der gleichen Meinung wie ihr: Ausfahrt aus dem Pontos und Heimkehr nach Griechenland! Wenn aber einer dabei ertappt wird, wie er sich aus dem Staub machen will, bevor das *gesamte* Heer in Sicherheit ist, der soll für sein Unrecht bestraft werden. Wer zustimmt, gebe das Handzeichen.«

Der Vorschlag wurde mit großer Mehrheit in Kraft gesetzt, da hörte man plötzlich die Stimme des Sehers Silanos:

»Nein! So geht das nicht! Jedem, der dies will, muß doch das Recht zur Abreise zustehen. Schließlich sind wir freie Männer, die....«

Noch bevor er seinen Satz beenden konnte, erhob sich ein Sturm der Entrüstung. Von allen Seiten wurde ihm die sofortige Bestrafung angedroht, falls er bei dem Versuch, das Heer heimlich zu verlassen, gefaßt werden sollte.

So war glücklicherweise auch diese Krise beigelegt. Die Nachricht von unserer Absicht, den Pontos zu verlassen, gelangte schnell bis nach Herakleia, und bald trafen die Schiffe für unsere Abreise ein und sammelten sich in dem nordwestlich der Stadt gelegenen Hafen. Aber wieder trat ein Ereignis ein, das nicht nur die Abreise verzögerte und das ganze Lager in eine neue Krise stürzte, sondern auch mich persönlich in eine höchst unangenehme Lage brachte.

Als ich mit meiner Dienerschaft schon in den Vorbereitungen für die Einschiffung steckte, erschienen Timasion und Thorax in Begleitung aller Strategoi außer Neon, der vertretungsweise die Einheit des Cheirisophos führte, bei mir und gestanden, daß die von den Städten in Aussicht gestellten Gelder für die Auszahlung des Soldes nicht eingetroffen seien. Sie entschuldigten sich für ihr unkameradschaftliches Verhalten und machten den erstaunlichen Vorschlag, an das östliche Ende des Pontos, zum Phasis, zu fahren und das Gebiet der Phasianen in Besitz zu nehmen. Diesen neuen Plan solle ich dem Heer vorlegen und begründen.

»Nein«, erwiderte ich, »*ich* werde darüber nicht zu den Soldaten sprechen! Wenn ihr das wollt, ruft *ihr* sie zusammen und sprecht *ihr* mit ihnen.«

Timasion, der sein vollmundiges Soldversprechen offensichtlich sehr bereute und richtige Angst davor hatte, den Soldaten gegenüberzutreten, empfahl kleinlaut den anderen Strategoi, sie möchten vor der Einberufung einer Heeresversammlung zunächst ihre Lochagen zu überzeugen versuchen. Ich hielt mich, in der Hoffnung, diesmal ungeschoren davonzukommen, aus der ganzen Sache völlig heraus - vergeblich!

Denn die Soldaten erfuhren sofort von ihren Lochagen, worüber in meinem Quartier gesprochen worden war. Und schon bald danach kursierte im Lager das (wie es hieß, von Neon ausgestreute) Gerücht, Xenophon will, nachdem er die anderen Strategoi überredet hat, die Soldaten auf hinterhältige Weise täuschen und zum Phasis anstatt nach Hause führen. Spürbar verbreitete sich Unruhe. Überall rotteten sich ständig größer werdende Gruppen zusammen. Als die Lage immer explosiver wurde und die Gefahr wuchs, daß es zum Ausbruch offener Meuterei mit Mord und Totschlag kommen könnte, entschloß ich mich zu einem ungewöhnlichen Schritt: Ich ließ von mir aus durch den Herold eine offizielle Heeresversammlung einberufen. So hoffte ich eine Katastrophe verhüten zu können.

In der Versammlung hielt ich eine lange Rede, die ich hier nur kurz zusammenfassen will. Sie diente der Verteidigung gegen den schwerwiegenden Vorwurf der *Täuschung* der Soldaten. Ich legte sie ähnlich an wie jemand, der in der athenischen Volksversammlung der *Täuschung* des Volkes angeklagt wird und dort bei einer Verurteilung mit einer hohen Geldbuße oder sogar der Todesstrafe rechnen muß.

Im Proömium meiner Rede versuchte ich nach bewährtem rhetorischem Muster die Sympathie der Versammlung, d.h. meiner Richter, dadurch zu gewinnen, daß ich mich ihrem Urteil ohne Wenn und Aber unterwarf und zugleich den ungenannten Ankläger als Verleumder disqualifizierte. Die Verteidigung im engeren Sinn baute ich danach auf der Überlegung auf, daß es doch wohl völlig undenkbar sei, daß eine große Menschenmasse durch einen einzelnen entgegen dem offenkundigen Augenschein zu einer Schiffsreise nach *Osten* anstatt nach *Westen* manipuliert werden könne.

Angenommen aber, so fuhr ich fort, die Menschenmasse lasse sich täuschen, so könnte der Betrüger niemals hoffen, der Bestrafung zu entgehen: Denn alle zehntausend Betrogenen würden mit Sicherheit erkennen, daß die Gegend am Phasis nicht mit Griechenland identisch sei, und ihre Wut an dem *einen* Betrüger auslassen.

Als ich so mit allgemein bekannten Wetterphänomenen wie Windrichtungen oder Sonnenauf- und untergängen argumentierte, löste sich die Erregung der Zuhörer spürbar. Das war für mich das Signal, den Gegenangriff einzuleiten:

»So lauten die Reden meiner Verleumder, einfältiger Männer, die neidisch auf mich sind, weil ich Ansehen bei euch genieße. Aber dieser Neid ist grundlos! Ich hindere keinen daran, vor euch zu sprechen, für euch und sich selbst zu kämpfen, über eure Sicherheit zu wachen! Und was ist, wenn ihr neue Anführer wählt: Stehe ich da irgendwem im Weg? Nein - ich trete sofort zurück, soll er die Führung übernehmen. Eines muß er allerdings beweisen: daß er Gutes für euch tut! Mehr brauche ich zu dieser Sache nicht zu sagen. Wenn aber einer von euch glauben sollte, er sei in diesem Sinn selbst getäuscht worden oder habe einen anderen getäuscht - soll er reden und uns das dartun.«

Zwar erhob sich jetzt ein dumpfes Gemurmel, aber niemand trat nach vorne und ergriff das Wort. Vielmehr glaubten anscheinend die meisten Zuhörer, die Versammlung sei beendet, und machten Anstalten zu gehen. Aber ich hatte mir vorgenommen, bei dieser Gelegenheit den Soldaten einmal grundsätzlich ins Gewissen zu reden, um den gefährlichen Niedergang der Disziplin vielleicht doch noch aufzuhalten. Deshalb bat ich sie, dazubleiben und sich meinen Lagebericht anzuhören:

»Wenn der Niedergang des Heeres«, sagte ich, »so fortschreitet, wie er sich ankündigt, ist jetzt die Stunde da, *über uns selbst* eine Beratung abzuhalten, damit wir uns nicht als die schlechtesten und schimpflichsten Männer vor Göttern und Menschen, Freunden und Feinden erweisen.«

Nach diesen absichtlich grob formulierten Worten verstummte ich. Erschrocken starrte mich die ganze Versammlung an, schließlich rief man mir zu, ich solle endlich enthüllen, was das bedeute. Daraufhin berichtete ich vor dem ganzen Heer (damals hatten nicht alle die Ereignisse mitbekommen) über die Katastrophe des Klearatos, die Steinigung der Gesandten in Kerasus und die Vorgänge, die sich auf dem nächsten Stathmos bei der Verfolgung des Zelarchos abgespielt hatten.

Als betroffenes Schweigen eingetreten war, zählte ich Punkt für Punkt die Konsequenzen auf, die sich aus der Auflösung der Disziplin ergeben würden oder bereits ergeben hätten: Das Heer werde nicht mehr zu gemeinsamen Operationen fähig sein, sondern sich in einzelne Haufen auflösen, deren Führer nach eigenem Gutdünken Feldzüge unternähmen. Eintreffende Gesandte würden womöglich getötet werden, bevor sie ihr Anliegen vortragen könnten. Wenn selbsternannte Anführer die gewählten Offiziere entmachteten, werde eine völlige Rechtsunsicherheit mit willkürlichem Mord und Totschlag im Heer um sich greifen. Und schließlich das Allerschlimmste: Nach der Steinigung der Gesandten seien wir die einzigen Griechen, die Kerasus nicht mehr gefahrlos, sondern nur noch unter Anwendung von Gewalt betreten und nicht einmal mehr im Schutz des Heroldstabes den eigenen Toten die letzte Ehre erweisen könnten.

»Wir sind doch keine Tiere«, rief ich zum Schluß aus, »sondern Menschen! Wir müssen dieser Entwicklung ein Ende bereiten! Wie können wir den Göttern freudig Opfer darbringen, wenn wir gottlos handeln? Wie können wir mit den Feinden kämpfen, wenn wir uns gegenseitig umbringen? Welche Stadt wird uns freundlich aufnehmen, wenn sie sieht, daß wir in Anarchie versinken? Oder riskieren, uns einen Markt zu eröffnen, wenn wir offensichtlich mit den höchsten Gütern, etwa der Unverletzlichkeit der Gesandten, Schindluder treiben? Und wer wird uns dort, wo wir allgemeine Anerkennung zu gewinnen hofften, in Griechenland, Lob spenden, wenn wir unser jetziges Verhalten nicht abstellen? Denn auch wir, das weiß ich, könnten Leute, die sich so wie wir verhalten, nur als Verbrecher bezeichnen.«

Erschöpft und ausgelaugt trat ich nach dieser langen Rede, in die ich mich immer mehr hineingesteigert hatte, zurück und beobachtete die Wirkung. Ich war mir nicht sicher, ob die Söldner diese schonungslose Abrechnung und schließlich sogar ihre unverblümte Gleichsetzung mit *Verbrechern* so einfach hinnehmen würden. Sie waren inzwischen alle aufgesprungen und diskutierten heftig miteinander. Bald drangen aus dem Stimmengewirr laute Rufe zu mir herüber: Die Kerle, die mit diesen Dingen angefangen haben, müssen bestraft werden! Zustimmendes Geschrei der Massen. Wer noch einmal zur Anarchie aufruft - Todesstrafe! Begeisterter Jubel und Händeklatschen. Den Göttern sei Dank, dachte ich, sie haben begriffen, worum es geht.

Als wieder einigermaßen Ruhe eingekehrt war, erhob sich ein mir nicht näher bekannter Lochage aus der Abteilung Neons und rief:

»Alle Strategoi gehören vor Gericht.«

Als wir Strategoi uns erstaunt ansahen, fuhr er fort:
»Und auch jeder andere, falls er nach dem Tod des Kyros ein Verbrechen begangen hat.«
Offenkundig sollte durch diesen Antrag den leitenden Offizieren die Schuld an dem Niedergang des Heeres zugeschoben werden - und aufs neue klatschten die Söldner Beifall und erhoben dadurch den Vorschlag zum Beschluß. Eine Zeitlang wurde noch darüber beraten, wie das Gericht zusammengesetzt sein solle, dann stand das Ergebnis fest: Alle Lochagen, etwa hundert Männer, wurden durch Akklamation zu Geschworenen berufen.
Bevor das chaotische Verfahren weiterlief, ergriff ich noch einmal das Wort:
»Soldaten, wir werden uns natürlich, da ihr das beschlossen habt, vor Gericht verantworten. Als Termin schlage ich morgen früh vor. Vorher müssen wir aber noch etwas sehr Wichtiges erledigen. Wie ihr gehört habt, ist unser ganzes Heer durch eine furchtbare Blutschuld befleckt. In Übereinstimmung mit unseren Sehern meine ich, daß wir jetzt sofort das *Reinigungsopfer* durchführen und uns von dieser Schuld befreien sollten. Stellt euch also in Marschkolonne auf und ruft auch alle Kameraden, die nicht an der Versammlung teilgenommen haben, herbei.«

Als die Vorbereitungen abgeschlossen waren, erschienen zwei Seher und führten einen Hund mit sich. Kaum waren die entsprechenden Gebete gesprochen, ergriff einer von ihnen ein Schwert und schlug mit einem gewaltigen Hieb das lebende Tier in zwei Stücke. Die blutenden Stücke trugen sie zur Spitze der Kolonne und legten sie rechts und links ab, so daß die Truppen zwischen ihnen hindurchziehen konnten und ihre Blutschuld auf das Opfertier übertrugen.
Am nächsten Morgen trat in aller Frühe der Gerichtshof unter dem Vorsitz des ältesten Lochagen zusammen. Wir, die rechenschaftspflichtigen Strategoi, bildeten abseits eine kleine Gruppe und warteten auf unseren Aufruf. Unterdessen versammelten sich rundum so gut wie alle Söldner, viele Mitglieder des Trosses und sogar die Besatzungen der inzwischen eingetroffenen Schiffe, um das Schauspiel zu verfolgen.
Nach der Eröffnung des Verfahrens mußten zunächst Philesios und Xanthikles, die beiden älteren Strategoi, denen wir in Trapezus die Beaufsichtigung der Schiffsladungen anvertraut hatten, Rechenschaft über ihre Tätigkeit ablegen. Dabei stellte sich zu ihrem Unglück heraus, daß unterwegs Teile der Ladung abhanden gekommen waren - und sie hatten von den durch Zeugen nachgewiesenen Diebstählen nichts gemerkt! Zum Ausgleich für den durch ihre Unaufmerksamkeit eingetretenen Schwund wurde jeder von ihnen zur Zahlung von 1000 Drachmen verurteilt - etwa dem Jahressold eines Strategos. Dieselbe Summe mußte auch Sophainetos zahlen, allerdings wegen *Pflichtwidrigkeit*: Er war in Trapezus zum Leitenden Offizier der Flotte gewählt

worden und hatte es nach der Auffassung des Gerichtes versäumt, die ihm untergebenen Offiziere scharf genug zu kontrollieren.

»Kommen wir zu den anderen Strategoi«, setzte der vorsitzende Lochage die Verhandlung fort. »Wenn einer von euch gegen einen von ihnen Anklage erheben will, soll er das jetzt tun.«

Daraufhin erhob sich weiter hinten ein Mann und rief:

»Ich klage Xenophon an. Er hat mich geschlagen und zwar aus Hybris.«

Dieser Anschuldigung schlossen sich noch mehrere andere Männer an.

Der Vorsitzende fragte ausdrücklich nach:

»Ihr redet wirklich von vorsätzlichen Schlägen, die *aus Hybris* erteilt wurden? Ihr wißt, was das bedeutet?«

Da sie unbeirrt bei ihrer Anklage blieben, wurde ich zur Stellungnahme aufgefordert. Auch ich wußte freilich nur zu gut, daß Schläge durch den Zusatz *aus Hybris* eine gefährliche strafrechtliche Dimension erlangten. Bei uns in Athen werden sie von den Thesmotheten mit öffentlicher Klage verfolgt und führen im Fall der Verurteilung zu Geldstrafen und gelegentlich sogar zur Todesstrafe. Ein Schlag erfolgt nach unserer Rechtsauffassung *aus Hybris*, wenn der Schlagende zum Beispiel mit der Absicht handelt, einen anderen herabzusetzen oder sich selbst ein Vergnügen zu verschaffen. Die hinter solchen Motiven stehende Gesinnung empfindet der Staat (im Gegensatz zu den im Affekt vollzogenen Mißhandlungen, die als Privatangelegenheit gelten) als eine ernste Gefährdung der staatlichen Ordnung, die er mit allen Mitteln bekämpfen zu müssen glaubt. So etwas wollten mir meine Ankläger anhängen!

Gelegentlich hatte ich, wie jedermann wußte, unterwegs in schwierigen Situationen Schläge ausgeteilt - aber, bei den Göttern, niemals *aus Hybris*! Was steckte hinter dieser unglaublichen Anklage?

Ich wandte mich an den ersten Ankläger und fragte ihn:

»Wo bist du denn von mir geschlagen worden?«

»Dort, wo wir vor Frost fast zugrundegingen und wo der tiefe Schnee lag.«

»Wenn aber doch der Winter so schlimm war, wie du sagst, und die Nahrung fehlte und man Wein nicht einmal mehr riechen konnte und viele von den Anstrengungen halbtot waren, die Feinde uns jedoch verfolgten - wenn ich dich also in dieser Situation *aus Hybris* schlug, dann gebe ich zu, daß ich noch mehr Hybris besaß als die geilen Esel, von denen man sagt, daß sie aus lauter Hybris keine Erschöpfung spüren! Doch sag mir: Warum wurdest du geschlagen? Habe ich dich um etwas gebeten und, als du es nicht hergabst, zugeschlagen?«

»Nein.«

»Habe ich etwas von dir zurückgefordert?«

»Nein.«

»Haben wir uns vielleicht um einen Geliebten gestritten?«
»Nein.«
»Also habe ich dich wohl in betrunkenem Zustand mißhandelt?«
»Nein.«
»Ja, was denn? Bist du Hoplit?«
»Nein.«
»Peltast?«
»Nein. Meine Kameraden haben mich als Maultiertreiber eingesetzt, obwohl ich ein Freier bin.«

Jetzt erkannte ich den Burschen wieder und vergewisserte mich:
»Bist du derjenige, der damals den Kranken fortgeschafft hat?«
»Bei Gott, der bin ich! Du hast mich ja dazu gezwungen! Und das Gepäck meiner Kameraden hast du fortgeworfen.«
»Fortgeworfen? Ich habe es auf andere Träger verteilt und angeordnet, es mir zurückzugeben. Und als ich alles unversehrt zurückbekommen hatte, habe ich es dir, nachdem du mir den Kranken gezeigt hattest, wieder übergeben.«

Nach diesem Wortwechsel berichtete ich der Versammlung über jenen gräßlichen Vorfall, der sich auf einem der schrecklichen Schneemärsche abgespielt hatte, und erzeugte damit einen Sturm der Entrüstung: Der Kerl, so schrie es von allen Seiten, hat viel zu wenig Prügel bezogen. Als ich anschließend die anderen Ankläger aufforderte, sie sollten dem Gericht darlegen, warum ich sie geschlagen hätte, machte keiner mehr den Mund auf.

Obwohl die Anklage damit eigentlich erledigt war, ergriff ich noch einmal das Wort und erläuterte den Richtern und Zuhörern die Gründe, warum ich manchmal Männer geschlagen hatte - das leugnete ich ja nicht! So bestrafte ich zum Beispiel Soldaten, die sich eigenmächtig während des Marsches oder gar des Kampfes aus dem Glied entfernten, um etwa vor allen anderen Beute machen zu können, wegen dieser groben Disziplinlosigkeit mit Fausthieben. Wenn wir alle wie sie gehandelt hätten, argumentierte ich, wären wir jetzt wohl alle tot.

Während der Schneemärsche hatte ich auch Erschlaffte und Zusammengebrochene, die sich aus lauter Schwäche dem Feind in die Hand geben wollten, mit Schlägen weitergetrieben - und so gerettet. Aus eigener Erfahrung wußte ich, daß man sich bei diesem Wetter gewaltsam zusammenreißen und bewegen mußte, um den Körper einigermaßen warm und geschmeidig zu halten und nicht durch die Kälte erstarren zu lassen. Vielen Kameraden, die sich nicht genug bewegten, waren damals, das rief ich noch einmal in Erinnerung, die Zehen abgefroren.

Auch Männer, die von sich aus einfach Erholungspausen einlegten und dadurch den Marsch der Kolonne an der Spitze und am Schluß behinderten, hatte ich, wie ich eingestehen mußte, mit der Faust vorwärtsgeprügelt, damit sie, fügte ich allerdings hinzu, nicht von den Feinden mit der Lanze geprügelt würden. Während ich mir diese Beispiele meines Einsatzes für das Wohl der Gesamtheit vergegenwärtigte, geriet ich zunehmend in Zorn über die ungerechte Anklage von Männern, die ihr Leben mir verdankten! Wie konnten sie es wagen, mir im Zusammenhang mit Schlägen, die ihrem besten dienten, Hybris vorwerfen?

In dem Bemühen, meine Motive auch dem Einfältigsten verständlich zu machen, verglich ich mein Verhalten mit dem von Eltern und Lehrern, die auch zum besten der Kinder Schläge austeilen, und mit Ärzten, die schmerzhafte Operationen zum Heil der Patienten durchführen. Hybris, so zeigte ich auf, sei wahrhaftig nicht in meinem Charakter angelegt, aber in schwierigen Situationen dürften die verantwortlichen Führer einer Truppe - vergleichbar mit den Steuerleuten der in Sturm geratenen Schiffe - keine Fehler ihrer Mannschaft durchgehen lassen.

Als ich während des Sprechens meine Blicke über die merklich beeindruckte Versammlung schweifen ließ, erkannte ich das brutale Gesicht des Hopliten Boiskos in der Masse der Zuhörer. Mit diesem widerlichen Kerl, einem aus Thessalien stammenden Faustkämpfer, war ich schon öfter zusammengestoßen und hatte stets den kürzeren gezogen: Dem unglaublich primitiven, stets gewaltbereiten Kraftprotz war ich einfach nicht gewachsen. Jetzt aber sah ich die Gelegenheit, ihn in der Öffentlichkeit zu demütigen.

»Ihr alle«, rief ich den Soldaten zu, »habt meine Schläge als rechtmäßig gebilligt! Ihr standet damals bewaffnet dabei und hättet euren Kameraden zu Hilfe kommen können. Aber ihr seid weder ihnen beigesprungen, noch habt ihr mich bei der Bestrafung von disziplinlosen Lumpen unterstützt. Die Folge davon ist, daß ihr es diesen Leuten ermöglicht habt, wirklich Hybris zu entwikkeln! Und wenn ihr es genau betrachten würdet, könntet ihr erkennen, daß diejenigen, die damals die schlimmsten Schurken waren, auch heute am schamlosesten ihre Hybris austoben. Ein Musterbeispiel ist Boiskos, der Boxer: Damals stritt er mit mir herum, er könne wegen Erschöpfung seinen Schild nicht tragen, heute aber hat er, wie ich höre, schon viele Bürger von Kotyora ihrer letzten Habe beraubt. Wenn ihr vernünftig seid, dann legt ihr diesen Mann in Zukunft wie einen bösartigen Hund an die Kette und laßt ihn nur tagsüber frei - dies im Unterschied zu den Hunden, die man ja tagsüber anzubinden und nachts loszulassen pflegt.«

Nach dieser kaum noch überbietbaren Schmähung (der Vergleich mit einem bösartigen Hund ist ungefähr das Schlimmste, was man einem Menschen antun kann!) fühlte ich mich zwar wohler, war aber immer noch so erregt, daß ich zum Schluß meine persönliche Enttäuschung und Empörung über die Anklage, derer ich mich hatte erwehren müssen, ohne Abstriche zum Ausdruck brachte.

»Es ist sehr merkwürdig«, sagte ich und hatte dabei Mühe, gelassen zu bleiben, »daß ihr, wenn ich einen von euch gegen mich aufgebracht habe, so etwas im Gedächtnis behaltet und öffentlich verkündet. Wenn ich aber einem im Schneesturm beigestanden oder von ihm einen Feind abgewehrt oder ihm, wenn er krank war oder Mangel litt, Hilfe besorgt habe, daran erinnert sich keiner von euch! Und wenn ich einen Soldaten wegen einer guten Leistung belobigt oder einen mutigen Kämpfer, so gut ich es vermochte, ausgezeichnet habe - auch daran denkt ihr nicht zurück. Und doch wäre es schön und gerecht und gottgefällig und auch mit mehr Freude verbunden, eher das Gute als das Schlechte im Gedächtnis zu behalten.«

Nach diesen vielleicht ein wenig melodramatisch geratenen Schlußworten erhoben sich wirklich zahlreiche Zuhörer und berichteten über die vielen guten Erfahrungen, die sie mit mir gemacht hatten. So endete das unselige Gerichtsverfahren glücklicherweise nicht nur mit einem bedingungslosen Freispruch, sondern sogar mit einem Vertrauensbeweis für mich.

Wir blieben noch eine Weile in Kotyora, um das Eintreffen weiterer Schiffe abzuwarten. Während die meisten Soldaten sich in dieser Zeit auf dem inzwischen eingerichteten Markt gegen Bezahlung mit Lebensmitteln versorgten, zogen einzelne Abteilungen immer wieder hinüber ins paphlagonische Grenzgebiet und plünderten dort die Dörfer aus, um ihr Geld zu sparen. Aber sie kamen nicht ungeschoren davon: Ihre jeweils weit außerhalb des Stathmos liegenden Lagerplätze wurden nachts von den Einheimischen überfallen und ihrerseits ausgeraubt. Es dauerte nicht lange, bis sich fast eine Art Kriegszustand zwischen den Kontrahenten entwickelte, der zu einem größeren militärischen Konflikt auszuarten drohte.

An einem der nächsten Tage erschien nicht ganz unerwartet bei unseren Posten eine paphlagonische Gesandtschaft und ersuchte um ein Gespräch mit den Strategoi. Nach der Begrüßung übergaben uns die Gesandten einige herrliche Pferde und kostbare Gewänder als Gastgeschenke und erklärten, sie seien im Auftrag von Korylas, dem regierenden Fürsten von Paphlagonien, gekommen.

»Und wie lautet«, fragte ich, »seine Botschaft?«

Daraufhin gab der Leiter der Gesandtschaft in gutem Griechisch die formelhafte Auskunft:

»Korylas ist bereit, euch keinen Schaden zuzufügen und von euch keinen Schaden zu erleiden.«

Mit anderen Worten: Korylas verlangte von uns die sofortige Einstellung der Beutezüge - andernfalls drohte er mit Krieg! Zur Vorbereitung der Antwort beriet ich mich kurz mit den übrigen Strategoi. Dabei setzte sich - in Erinnerung an die unwürdige Behandlung, die wir kurz zuvor hatten über uns ergehen lassen müssen - der Vorschlag durch, wir sollten die Entscheidung über diese Angelegenheit den Lochagen und Soldaten selbst überlassen. Falls später etwas schief lief, konnten sie uns jedenfalls nicht wieder zu Sündenböcken machen. Außerdem regte Sophainetos unter unser aller Beifall an, die Gesandten und auch diejenigen Kotyoriten und anwesenden Sinopier, die sich für uns eingesetzt hatten, zu einem großen Fest einzuladen und dadurch unserer Freundschaft zu versichern.

Ich trat jetzt wieder nach vorne und sagte:

»Über die Botschaft des Korylas könnt ihr morgen mit dem Heer direkt beraten. Wir aber laden euch heute zum gemeinsamen Gastmahl ein.«

Erfreut über diese Einladung und unter Dankbarkeitsbekundungen zogen sich die Gesandten zurück, während bei uns die Vorbereitungen für das Fest begannen. In der Nähe des Opferaltars, der in jedem Stathmos in der Form einer Steinschüttung angelegt wurde, richteten unsere Diener unter freiem Himmel mit Hilfe von leichten Feldbetten und Krankentragen, welche die sonst bei Symposien üblichen Klinen ersetzen mußten, ein improvisiertes Speisezimmer her. Der offene Raum zwischen den in einem großen Viereck aufgestellten Sitzgelegenheiten sollte als Tanzplatz für die Auftritte mehrerer Tanzgruppen dienen, die uns schon bei verschiedenen Gelegenheiten ihre Kunststücke vorgeführt hatten. Rings um unser Speisezimmer lagerten sich nach und nach zahlreiche Söldner, welche die Tänze beobachten wollten und auch hofften, ihren Anteil am Mahl zu erhalten.

Am Nachmittag, als alle unsere Gäste eingetroffen waren, zog die feierliche Prozession der Opferpriester, deren Diener mehrere Rinder, Lämmer und Schafe zur Schlachtung mit sich führten, zum Altar. Nach dem Abschluß der Opferzeremonie wurde das in Stücke zerschnittene Fleisch auf dem Opferfeuer selbst und auf weiteren Feuerstellen gebraten und ergab später ein reichliches Festmahl für alle. Dazu tranken wir Wein, der nach der Landessitte in abgesägten und ausgehöhlten Ochsenhörnern gereicht wurde.

Nach dem Essen begann das eigentliche Fest wie daheim ein Symposion mit einer Weinspende für Zeus den Retter. Dazu sangen wir aus voller Kehle, begleitet von einem Flötenspieler, den entsprechenden Paian, der freilich nur aus der dreimaligen Wiederholung des Götternamens bestand. Als bei einbrechender Dunkelheit die von unseren Dienern aus großen Amphoren stets nachgefüllten Trinkhörner ohne Unterbrechung im Kreis herumgingen, wurde der Ruf nach den Tänzern immer lauter.

Da sprangen acht Thraker in voller Bewaffnung auf den Tanzplatz, führten zur Flötenbegleitung hohe Sprünge vor und traten danach paarweise in den Schwertkampf ein, der schließlich ganz realistisch jeweils mit dem Tod des einen Kämpfers zu enden schien. In Wahrheit hatte sich der scheinbar Tote nur kunstvoll zu Boden sinken lassen - aber unsere paphlagonischen Zuschauer schrien auf und beobachteten mit Entsetzen, wie nun der Sieger dem Besiegten seine Waffen abnahm, ein Siegeslied auf den thrakischen

König Sitalkes anstimmte und in der Dunkelheit verschwand. Gleichzeitig liefen vier andere Thraker herbei und trugen den Unterlegenen wie einen Leichnam davon.

Als der Beifall abgeflaut war, zog eine Schar von zwölf Ainianen und Magneten ein, die seinerzeit Menon aus Thessalien mitgebracht hatte. Und zwar bildeten je drei Männer eine Gruppe: Zwei Unbewaffnete gingen in vorgebeugter Haltung nebeneinander her und stellten ein Ochsengespann dar, das der dritte, bewaffnete, Mann vorwärts trieb. Als die vier Gruppen in einer Reihe nebeneinander ihren Platz erreicht hatten, setzte die Flöte ein. Daraufhin legten die Gespannführer ihre Waffen ab und tanzten pantomimisch auf der Stelle den Vorgang des Säens und des Vorwärtstreibens ihrer Tiere, wobei sie sich immer wieder nach hinten umdrehten, als ob sie vor etwas Angst hätten.

Plötzlich stürmten vier Räuber herein. Da hoben die Gespannführer ihre Waffen auf und kämpften mit ihnen streng im Takt der Flöte um ihre Gespanne. Und am Schluß fesselte mal der Räuber den Gespannführer und trieb ihn mit dem erbeuteten Gespann fort, mal band umgekehrt der Gespannführer den Räuber neben seinen Tieren fest und zog als Sieger von dannen. Uns alle beeindruckte dieser sogenannte *Fruchttanz* (Karpaia) außerordentlich, und das Klatschen und anerkennende Geschrei wollte kein Ende nehmen.

Aber schon ging die Vorstellung weiter. Jetzt betrat ein einzelner Myser den Tanzplatz. Er hielt in *beiden* Händen je einen Rundschild und stellte, als die Flöte einsetzte, mit tollen Sprüngen zunächst zwei miteinander kämpfende Gegner dar; danach erweckte er sehr realistisch den Anschein, mit Hilfe seiner beiden Schilde einen Angreifer von sich abzuwehren. Dabei vollführte er mit unglaublicher Gewandheit blitzschnelle Körperdrehungen und sogar zum allgemeinen Staunen regelrechte Salti. Zum Abschluß seines Auftrittes tanzte er noch den sogenannten *Persertanz*, indem er die Schilde im Takt der Flöte gegeneinanderschlug und sich in ständigem Wechsel niederkauerte und hochschnellte.

Inzwischen herrschte tiefe Nacht, und es trat eine kurze Pause ein, die wir Zuschauer für einen kräftigen Schluck nutzten, während sich außerhalb des Tanzplatzes bereits zahlreiche Mantineer und andere Arkader in ihren schönsten Rüstungen zu einer Kolonne formierten. Als dann die Flöte den getragenen Rhythmus der Prozessionslieder erklingen ließ, zog die Kolonne in feierlichem Tanzschritt ein und sang dabei einen kultischen Paian, der von der Zuhörerschaft mit andächtigem Schweigen aufgenommen wurde. Ebenso ernst und würdevoll vollzog sich auch der Ausmarsch, so daß man fast den Eindruck hatte, an einer religiösen Zeremonie teilgenommen zu haben.

Unsere paphlagonischen Gäste hatten die verschiedenen Auftritte mit größtem Interesse verfolgt, äußerten aber doch ihre Verwunderung darüber, daß alle diese Tänze *in Waffen* stattfanden. Sie wußten nicht, daß bei uns der

Waffentanz, die Pyrrhiche, als Hilfsmittel des militärischen Trainings dient. Dabei lernt man, oft schon im Kindesalter, auf spielerische Weise, wie man Schläge und Treffer durch Ausbiegen, Niederducken oder Hochspringen vermeiden kann, und auch umgekehrt, welche Bewegungen man einüben muß, um etwa Pfeile abzuschießen oder Speere zu schleudern oder Schwerter zu handhaben.

Der gelenkige Myser bemerkte die Verwunderung der Paphlagonier und steigerte sie sogar noch durch folgenden Einfall: In aller Eile überredete er einen Arkader, ihm eine Tänzerin aus seinem Besitz auszuleihen, staffierte sie so schön wie möglich aus, gab ihr einen leichten Schild in die Hand und ließ sie schwungvoll die Pyrrhiche tanzen - allerdings in jener eher lasziven Form, wie sie inzwischen auf unseren Symposien daheim in vorgerückter Stunde zu den besonders beliebten Auftritten der Tänzerinnen zählt.

Als daraufhin die Zuschauer in wahre Beifallsstürme ausbrachen, fragten die Paphlagonier irritiert, ob sich denn bei uns auch Frauen am Kampf beteiligten. Da antwortete ihnen ein stark angeheiterter Lochage mit scheinbar ernster Miene:

»Ja! Diese Frauen haben damals den Großkönig aus unserem Lager herausgejagt.«

Das war, bei den Göttern, eine schamlose Lüge - aber wir Griechen lachten nur schallend darüber und verabredeten uns mit unseren Gästen für den nächsten Morgen, ohne auch nur den Versuch zu machen, sie ernsthaft aufzuklären. Dann senkte sich für den kurzen Rest der Nacht noch einmal der Schlaf über unser Lager.

Auf der nach Tagesanbruch einberufenen Heeresversammlung trugen die paphlagonischen Gesandten noch einmal das Friedensangebot des Korylas vor, das erwartungsgemäß nach kurzer Beratung gebilligt wurde, und machten sich auf den Heimweg, während wir unser Lager zum etwa drei Stunden entfernten Hafenplatz verlegten und dort mit der Einschiffung begannen. Die aus vielen größeren und kleineren Schiffen bestehende Flotte hatte inzwischen einen solchen Umfang angenommen, daß sie für die ganze Marschkolonne einschließlich des Trosses, der Pferde und der stärksten Tragtiere ausreichte. Die Schiffe traten nach der Beladung jeweils in einzelnen Gruppen die Fahrt nach Sinope an; sie sollte bei dem zur Zeit herrschenden günstigen Wind unter der Voraussetzung, daß nachts keine Pause eingelegt wurde, etwa zwei Tage in Anspruch nehmen.

Ich war mit meiner Dienerschaft und meinen Pferden auf einem großen, vor allem mit Hopliten belegten Segelfrachter untergekommen, der erst am nächsten Morgen in See stach und, nachdem er das eindrucksvolle Kap des Zeus Genetaios umrundet hatte, gut vorankam.

Wir blieben unterwegs stets in Sichtweite der Küste und waren heilfroh, nicht an ihr entlangmarschieren zu müssen. Die Nacht, in der wir die große Bucht von Amisos durchquerten, verlief dank des guten Wetters ruhig und ermöglichte uns ein paar Stunden Schlaf. In der Morgendämmerung sahen wir in der Ferne die Mündung des berühmten Halys und segelten nun den Tag über stetig nach Nordwesten, in weitem Abstand von einer abweisenden Steilküste, hinter der sich gewaltige Gebirge auftürmten.

Am späten Nachmittag erreichten wir unser Ziel, die bedeutende Handelsstadt Sinope, umrundeten jedoch die etwa 40 Stadien nach Osten ins Meer vorragende Halbinsel, auf deren schmalen Hals sie angelegt ist, und landeten erst etwa 50 Stadien weiter westlich in Harmene, einer kleinen sinopischen Kolonie, von deren Hafen aus sich ein langer Sandstrand mit niedrigen, von rauhem Gras überzogenen Hügeln fast bis zur Mutterstadt erstreckt. Dieses günstige Gelände war von den Sinopiern für unseren Stathmos vorgesehen.

Dort hatten inzwischen viele Gruppen, die vor uns angekommen waren, ihre Biwaks aufgeschlagen. Überall wurden schon die Feuer zur Bereitung des Abendessens entzündet. So suchte auch ich mir mit meinen Leuten eine geeignete Stelle zum Lagern, ließ die Pferde zum Weiden anpflocken und sank dann bald, nach einem kleinen Abendessen und einigen Bechern Wein, in einen erholsamen Schlaf.

Am folgenden Morgen näherte sich uns von der Stadt her eine Wagenkolonne, die etwa 3000 Scheffel Mehl und 1500 große Amphoren mit einem Inhalt von jeweils etwa 10 Kannen Wein transportierten. Das war ein wirklich großzügiges Gastgeschenk der Sinopier: Als wir die Menge des Mehls überschlägig zusammenrechneten, kamen wir auf fast 150000 Tagesrationen, welche die Ernährung der ganzen Marschkolonne für mindestens eine Woche sicherstellten.

Nachmittags lief eine Triere im Hafen ein - und ihr entstieg Cheirisophos. Die Nachricht von seiner Rückkehr verbreitete sich in Windeseile, und sogleich strömten die Soldaten in Massen zusammen, um Genaueres über seine Verhandlungen mit dem Nauarchen Anaxibios in Byzantion zu erfahren.

Er informierte uns Strategoi in aller Kürze und trat anschließend gemeinsam mit uns vor die immer größer werdende Versammlung.

»Soldaten«, rief Cheirisophos, »Anaxibios, der Nauarch, und die übrigen spartanischen Würdenträger in Byzantion sprechen euch ihre Anerkennung aus.«

Daraufhin setzte ein allgemeines Murren ein und waren Stimmen zu hören: »Was heißt hier Anerkennung? Bringst du Schiffe für die Heimfahrt mit oder nicht?«

»Nein, aber Anaxibios hat mir das Versprechen gegeben, euch Sold auszuzahlen, wenn wir außerhalb des Pontos sind.«

»Wenn wir außerhalb des Pontos sind?« fragte empört ein in der ersten Reihe stehender Hoplit. »Das ist noch ein weiter Weg - und da wollen uns die Spartaner nicht helfen?«

»Das sei unsere Sache, sagen sie. Hauptsache, wir ziehen uns möglichst schnell aus dem Pontos zurück. Wenn wir erst einmal draußen sind, kann weiterverhandelt werden.«

Es ist nicht erstaunlich, daß diese Auskunft bei den Soldaten Unruhe verursachte und auch die Sympathie für Cheirisophos, der so lange fortgeblieben war und buchstäblich mit leeren Händen zurückkehrte, nicht wieder anwachsen ließ. Hat er sich wirklich bei seinen Landsleuten mit voller Kraft für uns eingesetzt? Wie schon oft in letzter Zeit, begann es im Lager zu brodeln; einzelne Lochoi hielten spontan Versammlungen ab, auf denen erregt diskutiert wurde; an anderen Stellen waren Gruppen von Lochagen zu sehen, die miteinander über irgendetwas, das vor uns Strategoi geheimgehalten wurde, berieten.

Ich hegte schon schlimme Befürchtungen, da erschien bei mir am nächsten Morgen (wir blieben in diesem Stathmos insgesamt fünf Tage) eine Delegation der Lochagen und wünschte mich zu sprechen. Ihr Anführer war Agasias aus Stymphalos, den ich persönlich sehr schätzte, weil er sich als Offizier der von mir befehligten Nachhut während des schwierigen Rückmarsches außerordentlich bewährt hatte.

Er räusperte sich und sagte:

»Xenophon, wir wollen dir gerne einen Vorschlag unterbreiten.«

»Welchen Vorschlag, mein lieber Agasias?«

»Laß mich zunächst ein wenig weiter ausholen. Unsere Soldaten meinen, daß wir nun immer näher an Griechenland herankommen....«

»Na ja, das ist noch eine ziemliche Strecke! Aber sprich weiter.«

»...näher an Griechenland herankommen, und so haben sie jetzt mehr als früher den Wunsch, mit irgendwelchem Besitz zu Hause einzutreffen.«

»Sie wollen Beute machen?«

»Ja, sie wollen Beute machen und sie meinen, daß das erfolgreicher durchzuführen sei, wenn nur ein einziger Strategos und nicht ein Gremium von mehreren Strategoi die Führung des Heeres übernimmt. Wir Lochagen halten diesen Vorschlag für gut und unterstützen ihn.«

Sie wollten tatsächlich einen einzigen, nur sich selbst verantwortlichen Oberbefehlshaber einsetzen - eine geradezu unvorstellbare Veränderung der Führungsstruktur unseres Heeres! Denn bisher hatten wir Strategoi alle wichtigen Entscheidungen stets gemeinsam beraten, darüber abgestimmt und schließlich den Beschluß der Mehrheit ausgeführt. Das umständliche Verfahren hatte zwar gelegentlich zu Verzögerungen geführt, war aber in den letzten Monaten doch meistens darauf hinausgelaufen, daß Cheirisophos und ich (beziehungsweise, nach seiner Abreise, ich allein) die Beschlüsse vorbereiteten und den anderen - die froh waren, daß wir die Arbeit machten - mehr pro forma zur Abstimmung vorlegten.

Vorsichtig fragte ich:

»Und was versprecht ihr euch von der neuen Führungsspitze?«

»Ein einziger Oberbefehlshaber kann, das ist unsere feste Meinung, das Heer auf jeden Fall besser als ein Führungsgremium einsetzen, bei Tag und bei Nacht! Und wenn etwas heimlich durchzuführen ist, kommt es nicht so leicht an die Öffentlichkeit! Und wenn schnell gehandelt werden muß, besteht weniger die Gefahr, daß wir zu spät kommen: Denn es bedarf keiner zeitaufwendigen Beratung mehr, sondern der Entschluß des *einen* Mannes wird ohne Verzögerung durchgeführt! Was hältst du von der Sache?«

»Also gut, das sind einleuchtende Argumente. Aber wie wollt ihr den Vorschlag in die Tat umsetzen? Soll die Heeresversammlung einen neuen Oberbefehlshaber wählen?«

»Ja - und zwar dich, Xenophon! Das ist der Wunsch der Soldaten, und auch wir Lochagen versichern dir Mann für Mann, daß wir uneingeschränkt hinter dir stehen werden. Wir hoffen alle, daß du dich für dieses Amt zur Verfügung stellst.«

Nach diesem deutlichen Vertrauensbeweis beendete ich das Gespräch mit der Bitte, mir eine Frist für die Antwort einzuräumen. Das Angebot hatte mich völlig aus der Fassung gebracht. So begann ich schon bald von dem wunderbaren Ruhm zu träumen, den ich durch dieses Amt bei meinen Freunden und vor allem in meiner Heimatstadt Athen gewinnen würde, und malte mir bereits aus, daß ich als Oberbefehlshaber des Heeres gewiß auch Gelegenheiten fände, den Soldaten zu einigen Vorteilen zu verhelfen. Also, sagte ich zu mir selbst, stelle dich zur Verfügung!

Aber schnell wurde ich wieder unsicher. Kein Mensch weiß, was die Zukunft bringen wird. Wenn das Schicksal es schlecht mit uns meint und Fehlschläge eintreten läßt, die ganz allein mir zur Last gelegt werden, könnte es passieren, daß ich sogar den bisher schon erworbenen Ruhm wieder verliere. Was also soll ich tun?

In dieser Situation konnte mir nur eine göttliche Weissagung die Entscheidung abnehmen. Sogleich ließ ich einen Opferpriester zu unserem provisorischen Altar rufen; er brachte, wie es üblich war, *zwei* Schafe mit für den Fall, daß sich das erste Tier als ungeeignet erweisen sollte. Dann rief er in meinem Auftrag *Zeus Basileus* an (den mir seinerzeit das Orakel in Delphi genannt hatte und dem ich auch schon mehrere Weissagungen verdankte) und legte ihm die Frage vor: Soll Xenophon den Oberbefehl über das Heer anstreben oder nicht? Und soll er, im Falle seiner Wahl, das Amt annehmen oder nicht?

Schon bei der Schlachtung des ersten Opfertiers gab es keinerlei Schwierigkeiten, so daß an der Gültigkeit des Opfers nicht zu zweifeln war. Nachdem wir alle Organe genau untersucht, ihr Verhalten unter dem Einfluß des Feuers bis in die kleinsten Einzelheiten hinein beobachtet und sogar das Kräuseln des Rauches in unsere Erwägungen einbezogen hatten, kamen wir (zu meinem Bedauern, wie ich eingestehen muß) übereinstimmend zu dem Ergebnis, daß Zeus auf beide Fragen deutlich mit *Nein* antwortete. Das bedeutete für mich persönlich die unumstößliche Entscheidung.

Inzwischen war auf Betreiben der Lochagen die Heeresversammlung zusammengetreten und hatte mit der Diskussion über die Frage, ob die Führung des Heeres einem nur sich selbst verantwortlichen Oberbefehlshaber anvertraut werden solle, begonnen. Als sich so gut wie alle Redner für diesen Vorschlag aussprachen und auch von Seiten der Strategoi kein Einspruch zu hören war, wurde der entsprechende Beschluß durch Handaufheben in Kraft gesetzt. In der anschließenden Personaldebatte fiel immer wieder mein Name, während sich nur einige wenige Stimmen für Cheirisophos einsetzten.

Als abzusehen war, daß ich im Fall einer Abstimmung gewählt werden würde, erhob ich mich und versuchte die Versammlung von diesem Vorhaben (in das ich ja nach göttlichem Ratschluß nicht einwilligen durfte) abzubringen. Zwar bedankte ich mich ausdrücklich für die Ehre, die man mir erwiesen habe, machte aber darauf aufmerksam, daß es in unserer Situation weit vernünftiger sei, einen Lakedämonier, der mit seinen Landsleuten erfolgreicher verhandeln könne, als einen Athener an die Spitze des Heeres zu stellen: Immerhin habe Athen vor wenigen Jahren eine vernichtende Niederlage durch die Lakedämonier, die seitdem die Macht in Griechenland innehätten, erlitten. Dann versicherte ich noch, daß bei der Wahl eines anderen zum Oberbefehlshaber von mir keine Opposition zu erwarten sei, und schloß:

»Denn ich bin überzeugt, daß einer, der im Krieg gegen den Anführer Widerstand leistet, damit auch seine eigene Rettung hintertreibt. Wenn ihr mich dennoch wählen solltet, würde ich mich nicht wundern, wenn sich schnell jemand findet, der dies sowohl euch als auch mir verübelt.«

Ich dachte bei diesen Worten an den unterschwelligen Neid, mit dem einige der aus Sparta und anderen Ländern der Peloponnes stammenden Offiziere meinen Aufstieg - den Aufstieg eines ehemaligen athenischen Zivilisten zum Strategos (den jetzt das Heer sogar zum Oberbefehlshaber erheben wollte!) - betrachteten. In der letzten Zeit war mir aufgefallen, daß der alte Gegensatz zwischen Sparta und Athen, der seinerzeit zur Aufspaltung Griechenlands in zwei Lager und zu dem unseligen Bruderkrieg geführt hatte, sich hier und da wieder regte und manche Landsmannschaften zu gegenseitigen Beschimpfungen und sogar zu Schlägereien provozierte. Das war kein gutes Zeichen für die Zukunft - und schon gar nicht für meine Zukunft als Oberbefehlshaber!

Der Erfolg meiner Rede bestand darin, daß noch viel mehr Soldaten forderten, ich müsse das Kommando übernehmen. Vor allem Agasias fand tosenden Beifall mit seinem Einwurf, daß man nur darüber lachen könne, wenn es wirklich so wäre, wie ich gesagt hatte:

»Oder werden die Lakedämonier«, rief er aus, »auch in Zorn geraten, falls Zechgenossen, die ein Symposion feiern wollen, nicht einen Lakedämonier zum Vorsitzenden wählen? Wenn es sich tatsächlich so verhält, dürften offensichtlich auch ich und meine Freunde keine Lochoi führen, weil wir Arkader sind! Das ist doch lächerlich!«

Jetzt trat ich wieder nach vorne, berichtete ohne Umschweife über die Weissagung, die mir die Annahme einer eventuellen Wahl untersagte, und schlug als besten Kandidaten für das Amt des Oberkommandierenden Cheirisophos vor. Er, der gebürtige Spartaner, wurde schließlich trotz der Vorbehalte, die manche Soldaten gegen ihn hegten, mehrheitlich gewählt und wandte sich nach der Abstimmung noch mit ein paar Worten an die Versammlung:

»Männer«, sagte er, »ihr sollt wissen, daß auch ich keinen Widerstand geleistet hätte, wenn eure Wahl auf einen anderen gefallen wäre. Unserem Xenophon aber habt ihr dadurch, daß ihr ihn nicht gewählt habt, geradezu einen Gefallen erwiesen.«

Nach diesen Worten kam Unruhe auf. Auch ich war sehr überrascht über die Aussage und konnte mir keinen Reim darauf machen. Endlich lüftete Cheirisophos das Geheimnis:

»Dexippos hat ihn nämlich bei dem Nauarchen Anaxibios nach Kräften verleumdet, obwohl ich ihn auf jede Weise zum Schweigen bringen wollte. Er hat ihm gesagt, daß nach seiner Meinung Xenophon die Hand im Spiel gehabt habe, als der Dardaner Timasion und nicht er, ein Lakedämonier, zum Nachfolger Klearchs gewählt wurde - weil Xenophon lieber zusammen mit Timasion Strategos sein wollte.«

Daher wehte der Wind! Dieser widerliche Dexippos, der in Trapezus desertiert war, hatte also Byzantion erreicht, sich in das Vertrauen seines einflußreichen Landsmannes Anaxibios eingeschlichen und gleichzeitig die Gelegenheit benutzt, an mir für einen alten Konflikt, den er nicht vergessen konnte, Rache zu nehmen. In der Tat hatte ich mich damals am großen Zapatos, als wir die von den Persern gefangenen Strategoi durch Lochagen ersetzen mußten, für Timasion, einen sehr sympathischen und zuverlässigen Mann, als Nachfolger Klearchs eingesetzt und ihn auch durchbekommen. Und das hatte mir der unterlegene Dexippos vom ersten Tag an ganz offen übelgenommen!

Cheirisophos versicherte noch, er werde alles, was in seinen Kräften stehe, zugunsten des Heeres tun, und kündigte an, daß am nächsten Morgen die Weiterfahrt nach Herakleia Pontike angetreten werden solle. Wenn dort alle an Land seien, werde man über das weitere Vorgehen beraten.

Ich bezog wieder meinen Platz auf dem großen Frachtsegler, und zwar in Begleitung von Cheirisophos, der auf mich trotz seiner Wahl zum Oberbefehlshaber einen ziemlich niedergeschlagenen und geradezu kränklichen Eindruck machte. Er war unglücklich darüber, daß es ihm nicht gelungen war, die spartanischen Behörden in Byzantion zur Herausgabe einer größeren Flotte für unsere Heimfahrt zu bewegen. Außerdem hatte er deutlich die Ablehnung gespürt, die ihm nach seiner Rückkehr von vielen Soldaten, darunter auch Lakedämoniern, entgegengebracht wurde. Unterwegs sprachen wir stundenlang über dieses Verhalten und andere Symptome, an denen die Abwärtsentwicklung unseres einst so stolzen und machtvollen Heeres ablesbar war, und kamen übereinstimmend zu der Meinung, daß seine Auflösung wohl in Kürze unvermeidlich eintreten würde. Bei diesen Gesprächen machte ich keinen Hehl daraus, daß ich angesichts der auch mir gegenüber ständig erhobenen Vorwürfe ernsthaft mit dem Gedanken spielte, so schnell wie möglich aus meinem militärischen Kommando auszuscheiden und die Heimreise als Privatmann anzutreten.

Während der Fahrt nach Herakleia war auf der linken Seite stets eine schroffe Steilküste, hinter der gewaltige Gebirge aufragten, zu sehen. Sie hieß *die Küste Jasons*, weil die Argonauten hier an Land gegangen gegangen sein sollen. Am Abend des zweiten Tages fuhren wir für kurze Zeit auf Südkurs, umrundeten ein Vorgebirge, den sogenannten *Acherusischen Felsen* - und plötzlich lag in östlicher Richtung vor uns die Stadt auf einem bis zur Akropolis ansteigenden Gelände. Die durch das Vorgebirge geschützte Bucht bildete einen herrlichen Naturhafen, in dem kaum noch Seegang herrschte. In langsamer Fahrt näherten wir uns dem als Anlegeplatz dienenden Sandstrand, der sich links an das Stadtgebiet anschließt, und ließen dort die Schiffe auflaufen.

Herakleia Pontike war von megarischen und böotischen Kolonisten im Land der Mariandynen, einem thrakischen Volksstamm, angelegt worden und genoß dadurch einen besonderen Ruf, daß hier Herakles in den Hades hinuntergestiegen sein soll, um den Höllenhund Kerberos zu holen. Später wurde uns von den Einheimischen die unheimliche Schlucht des Unterweltstromes Acheron, an die unser Stathmos im Norden direkt angrenzte, und der höhlenartige Eingang in die Tiefe gezeigt.

Schon am Tag nach unserer Ankunft überbrachten uns die Herakleoten ihre Gastgeschenke: 3000 Medimnen Gerstenmehl, 2000 Amphoren Wein, 20 Rinder und 100 Schafe. Außerdem richteten sie vor den Mauern der Stadt einen Markt ein, auf dem wir alles Notwendige kaufen konnten. Die Hilfsbereitschaft dieser Stadt, die uns wie Freunde in ihrem Gebiet aufnahm und versorgte, übertraf alles, was wir bisher erlebt hatten.

Sehr bald trat ohne formelle Einberufung durch uns Strategoi die Heeresversammlung zusammen, um zu beraten, ob man von Herakleia aus den Pontos zu Wasser oder zu Land verlassen solle. Dabei führten überwiegend Lochagen das Wort, während wir Strategoi ganz an den Rand gedrängt wurden und schweigend die tumultuarischen Szenen, die sich dort abspielten, beobachteten.

Als erster Redner trat Lykon aus Achaia auf und sagte:

»Kameraden, ich wundere mich doch sehr über unsere Strategoi, die keinen Versuch machen, uns ein Verpflegungsgeld zu verschaffen! Denn diese Gastgeschenke reichen ja noch nicht für drei Tage! Ich sehe keine Möglichkeit, wie wir uns für den Marsch verproviantieren können.«

Dieser Lügner, dachte ich: Nur um uns Strategoi in ein schlechtes Licht zu stellen, verkleinert er die großzügige Spende der Herakleoten, die unsere Ernährung für mindestens eine Woche, wenn nicht länger, sicherstellen würde, auf eine Drei-Tage-Ration! Worauf will er wohl hinaus?

»Ich stelle den Antrag«, fuhr nun Lykon mit erhobener Stimme fort, »von den Herakleoten die Auszahlung von nicht weniger als 3000 Kyzikenern verlangen....«

»3000? Mindestens 10000!« schrie ein anderer dazwischen.

»Nun gut«, nahm Lykon den unterbrochenen Satz wieder auf, »...und Gesandte zu wählen und sofort, während wir hier noch tagen, in die Stadt zu schicken, um zu erfahren, was sie antworten, und darüber dann weiter zu beraten.«

Als sich zustimmendes Geschrei zu diesem nach meinem Eindruck unzumutbaren, ja unmoralischen Vorschlag erhob, wurde als Führer der Gesandtschaft der neue Oberbefehlshaber genannt.

Cheirisophos trat vor und sagte mit versteinertem Gesicht:

»Nein! Auf gar keinen Fall beteilige ich mich an diesem Unternehmen. Nach meiner unumstößlichen Meinung darf man eine griechische Stadt, die uns freundlich aufgenommen hat, nicht zur Herausgabe von etwas zwingen, was sie nicht freiwillig geben will.«

Daraufhin wurde mein Name vorgebracht. Auch ich lehnte das Ansinnen mit derselben Begründung wie Cheirisophos ab und versuchte noch, den Soldaten die ganze Gesandtschaft auszureden - vergeblich. Die Delegation, bestehend aus den Lochagen Lykon sowie Kallimachos und Agasias, zwei Arkadern, zu denen ich seit unserer gemeinsamen Zeit in der Nachhut der Marschkolonne ein gutes Verhältnis hatte, wurde unverzüglich auf den Weg geschickt.

Nach etwa einer Stunde kehrten die drei Männer zurück, und Lykon berichtete, daß die Herakleoten sich ihre Forderung angehört hätten und darüber beraten wollten. Zusätzlich erfuhr ich von Agasias, daß Lykon ihnen (das verschwieg er in seinem öffentlichen Bericht) für den Fall der Ablehnung schlimme Konsequenzen angedroht habe. Wie die Herakleoten diesen widerlichen Erpressungsversuch in Wahrheit einschätzten, merkten wir sehr schnell: Sie trieben ihr Vieh aus dem Umland zusammen, verlegten den Markt ins Stadtinnere, schlossen die Tore und besetzten die Mauern mit Bewaffneten. Sie bereiteten sich darauf vor, notfalls in den Kampf mit uns einzutreten - Griechen gegen Griechen!

Lykon erhob jetzt öffentlich gegen uns Strategoi den Vorwurf, wir blockierten die Durchsetzung ihres Anliegens, und rief schließlich mehr oder weniger offen zur Meuterei auf. Daraufhin rotteten sich die Arkader und die Achäer, die mehr als die Hälfte des Heeres ausmachten, unter den anfeuernden Zurufen des Kallimachos und des Lykon in großen Haufen zusammen und nahmen uns Strategoi gegenüber eine drohende Haltung ein. Die Lage wurde noch gefährlicher, als Lykon abermals das Wort ergriff und böse Verleumdungen verbreitete:

»Soldaten«, rief er aus, »es ist doch eine Schande, daß ein Athener Peloponnesier und Lakedämonier kommandiert - ein Mann, der dem Heer nicht einen einzigen Soldaten zugeführt hat! Und daß ihr die Strapazen habt, andere aber den Gewinn. Und das, obwohl wir nur euch, den Arkadern und Achäern, unsere Rettung verdanken. Der Rest des Heeres zählt nicht! Also, wenn ihr klug seid, schließt ihr euch jetzt zusammen, wählt eure eigenen Strategoi, marschiert für euch allein weiter und versucht das Beste für euch herauszuholen.«

Das war ein ungeheuerlicher Vorgang! Nicht nur wurde hier plötzlich der alte Gegensatz zwischen Athen und der Peloponnes absichtlich vertieft, um mich zu verunglimpfen, nicht nur mußten wir Strategoi den ehrenrührigen Vorwurf über uns ergehen lassen, wir hätten während des Feldzuges nicht an den Strapazen teilgehabt, sondern nur Gewinn eingestrichen - viel schlimmer war der mutwillig herbeigeführte Zerfall des Heeres!

Denn nach der kurzen Rede Lykons entstand ein großes Durcheinander, dann schlossen sich auch die Achäer und Arkader, die bisher unter dem Kommando des Cheirisophos und meinem Kommando gestanden hatten, den Meuterern an. Wir mußten miterleben, wie die Meuterer aus ihren Reihen zehn neue Strategoi wählten und durch Beschluß festlegten, daß diese nach dem Mehrheitsprinzip handeln sollten. So wurde der Oberbefehl etwa eine Woche, nachdem er an Cheirisophos übertragen worden war, wieder aufgehoben.

Am Abend dieses verhängnisvollen Tages sprach ich noch lange mit Cheirisophos. Wir waren beide deprimiert und maßlos enttäuscht vom Verhalten unserer Soldaten. Wie sollte es weitergehen, nachdem die besten Kampftruppen unseres Heeres, die 4000 achäischen und arkadischen Hopliten, sich abgespalten hatten? Mein Vorschlag, daß wenigstens wir zwei mit dem Rest des Heeres, immerhin noch über 3000 Hopliten und etwa 1000 Leichten, zusammenbleiben und gemeinsam den Heimmarsch in Angriff nehmen sollten, fand zwar den Beifall des Cheirisophos, wurde aber durch Neon, der ihn während seiner Abwesenheit vertreten hatte, zunichte gemacht.

Dieser skrupellose Mann hatte im Gespräch mit Cheirisophos erfahren, daß der in Byzantion amtierende Harmost Kleandros die Absicht geäußert habe, mit Trieren zum Hafen von Kalpe zu kommen. Damit nur sie beide mit ihren Truppen in den Genuß der Schiffsreise kämen, schlug Neon vor, Cheirisophos solle sich nicht mit mir verbünden, sondern alleine mit seiner Kolonne zum Hafen von Kalpe marschieren. Daraufhin soll Cheirisophos zu ihm gesagt haben, »er könne machen, was er wolle.«

Cheirisophos, der harte spartanische Offizier, den bisher nichts hatte aus der Bahn werfen können, gab also auf - resigniert, mutlos, voller Haß auf die Soldaten, vor allem aber todkrank! Er litt unter Fieberschüben, welche die Ärzte nicht unterdrücken konnten. Am Tag, bevor seine Kolonne dann in Kalpe eintraf, starb er. Wir haben seinen Leichnam, den die Soldaten auf einem Maultier mitschleppten, dort in einer feierlichen Zeremonie ins Grab gebettet.

Auch ich war nahe daran aufzugeben. Die Vorgänge, die ich in der letzten Zeit erleben mußte, hatten mich zunehmend zermürbt. Da im Hafen von Herakleia reger Schiffsverkehr herrschte, war es nicht schwierig, über kurz oder lang eine Passage nach Byzantion und weiter nach Piräus zu finden. Andererseits fühlte ich mich noch immer verantwortlich für diejenigen Truppen, die im engeren Sinn unter meinem Kommando gestanden und sich mir gegenüber bisher auch weitgehend loyal verhalten hatten. Durfte ich sie einfach ihrem Schicksal überlassen?

Um Hilfe für meine Entscheidung zu finden, ließ ich einen Opferpriester kommen und an *Herakles den Führer* die Alternativanfrage richten: Ist es für Xenophon zweckdienlicher und besser, mit dem Rest der Soldaten weiter mitzumarschieren oder sich zu entfernen? Das Opfer gelang schon beim ersten Versuch und erbrachte eine völlig klare Antwort: *Weiter mitmarschieren!*

Damit war unser Heer in drei getrennt operierende Abteilungen zerfallen: die 4000 arkadischen und achäischen Hopliten, die von dem Kollegium der neugewählten Strategoi geführt wurden; dann 1400 Hopliten und etwa 700 Leichte (die Überlebenden der ursprünglich 800 Mann starken thrakischen Peltasteneinheit, die Klearchos mitgebracht hatte) unter dem Kommando des Cheirisophos (vielleicht sollte ich richtiger sagen: unter dem Kommando Neons); schließlich etwa 1700 Hopliten, 300 Leichte und 40 Reiter, die mich als ihren Strategos anerkannten. Die Truppen bezogen nun auch getrennte Lagerplätze und warteten auf die Befehle zum Aufbruch.

Von Herakleia nach Byzantion

Als erste rückten die Arkadier und Achäer am frühen Morgen des folgenden Tages über See ab, nachdem sie sich von den Herakleoten ausreichenden Schiffsraum besorgt hatten. Wie es hieß, sollte die Fahrt im Hafen von Kalpe enden; von dort aus waren überfallartige Streifzüge ins Landesinnere geplant, um möglichst viel Beute zu machen.

Unmittelbar danach marschierte auch die Kolonne des Cheirisophos los, um gleichfalls den Hafen von Kalpe auf der Küstenstraße so schnell wie möglich (in etwa vier Tagen) zu erreichen - in der Hoffnung, dort in die Schiffe des Kleandros einsteigen zu können. Als ich mich von Cheirisophos verabschiedete, war ich mir ziemlich sicher, daß ich ihn nicht mehr lebend wiedersehen würde: Die Krankheit hatte ihn so geschwächt, daß er sich kaum noch auf seinem Pferd halten konnte.

Ich selbst beriet mich mit den Landeskennern über die Möglichkeiten, nach Chrysopolis, der Byzantion gegenüberliegenden Hafenstadt am Bosporos, zu gelangen. Dabei stellte sich heraus, daß es außer dem Weg über Kalpe noch einen zweiten Weg gibt, der bei einem kleinen Hafen an der Mündung des Sangarios, dem Grenzfluß zwischen dem herakleotischen und dem thrakischen Gebiet, beginnt, in etwa südlicher Richtung durch das Binnenland führt und nach drei Tagesmärschen auf die große Handelsstraße stößt, die aus dem fernen Osten kommend bei Chrysopolis, unserem Ziel, die Propontis erreicht. Im Einvernehmen mit meinen Lochagen entschied ich mich für diese Route, zumal die Herakleoten sich bereit erklärten, uns bis zu dem Hafen mit Schiffen zu transportieren.

So brach auch meine Kolonne am Mittag desselben Tages auf. Gegen Abend gingen wir in dem winzigen Hafen an Land und bezogen unser Nachtlager, am nächsten Morgen marschierten wir unter den üblichen Sicherungsmaßnahmen auf dem ziemlich schlechten Weg in das verlassen wirkende Land hinein. Während des ganzen Tages sahen wir keinen Menschen - wie es ja häufig der Fall ist in Grenzregionen, die von beiden Seiten aus als unsicher betrachtet werden.

Am Vormittag des folgenden Tages brachten die Reiter, die als Vorhut dienten und den Weg erkundeten, mehrere alte Männer zu mir, auf die sie gestoßen waren. Auf meine Frage, ob sie Griechisch verstünden, antwortete einer von ihnen mit »Ja«.

»Gut! Ich habe eine Frage: Habt ihr etwas bemerkt von einem anderen griechischen Heer?«

»Ja.«

»Ja? Was wißt ihr von dem anderen Heer?«

»Diese Männer werden im Augenblick auf einem Hügel von thrakischen Truppen belagert. Viele von ihnen sind schon tot.«

»Sie werden belagert? Wie ist es dazu gekommen?«

»Sie waren während der vergangenen Nacht von der Küste aus in einzelnen Abteilungen über mehrere Dörfer hergefallen und hatten sie ausgeplündert. Aber da sie sich nicht mehr schnell genug vereinigen konnten, wurden manche Abteilungen noch in der Nacht von den einheimischen Kämpfern aufgerieben, die anderen haben sich auf diesen Hügel zurückgezogen und stehen seit dem Morgengrauen im Abwehrkampf gegen eine erdrückende Mehrheit von Angreifern. Wir glauben nicht, daß sie mit dem Leben davonkommen werden.«

»Kennt ihr den Weg zu dem Hügel?«

»Ja, aber wir....«

»Bewacht sie gut«, wandte ich mich an meine Leibwache, »damit sie uns nicht davonlaufen. Wir brauchen sie vielleicht noch als Führer. Ich will aber zunächst zu den Soldaten sprechen.«

Nachdem wir unseren Halteplatz durch Vorposten rundum abgesichert hatten, ließ ich die Heeresversammlung zusammentreten. Es war mir klar, daß dann, wenn die größte und stärkste unserer drei Abteilungen wirklich völlig aufgerieben würde, die beiden anderen keine Überlebenschance mehr hätten. Wir mußten uns möglichst schnell wieder vereinigen - und zwar im Hafen von Kalpe, wohin ja auch Cheirisophos unterwegs war. Vorher aber galt es, den Belagerten zu Hilfe kommen - und es war jetzt meine Aufgabe, dafür das Einverständnis meiner Männer, die in wenigen Tagen gesund und munter in Chrysopolis einzutreffen hofften, zu gewinnen.

»Soldaten«, sagte ich, »soeben ist mir zu Ohren gekommen, daß von der Abteilung der Arkader und Achäer die einen bereits tot sind, die übrigen auf einem Hügel belagert werden.«

Schlagartig stieg ein brausender Lärm aus der durch diese Nachricht offenbar sehr überraschten Versammlung auf. Bald hörte man Stimmen heraus, die »Weitermarschieren« forderten, und andere, die zur »sofortigen Hilfeleistung« drängten.

»Ich persönlich«, fuhr ich fort, »bin der festen Überzeugung, daß es für *uns* keine Rettung gibt, wenn *sie* zugrundegehen: So zahlreich und angriffslustig sind die Feinde. Es liegt also in unserem eigenen Interesse, den Eingeschlossenen zu Hilfe zu eilen, die Überlebenden herauszuhauen und die weiteren Kämpfe dann mit ihnen gemeinsam durchzustehen. Wir haben gar keine andere Wahl: Es ist doch völlig ausgeschlossen, daß wir - nur auf uns gestellt - den weiten Weg zurück nach Herakleia oder den noch viel weiteren nach Chrysopolis lebend überstehen könnten, wenn so viele Feinde in der Nähe sind. Nein, unser nächstes Ziel kann nur der nahe gelegene Hafen von Kalpe sein, wo es allerdings weder Schiffe noch Lebensmittel auch nur für einen Tag geben soll. Aber dort müßten wir mit Cheirisophos zusammentreffen, falls seine Abteilung heil durchgekommen ist. Und auf dem Weg dorthin werden wir die Arkader und Achäer freikämpfen. Wenn wir wieder alle beieinander sind, werden wir mit vereinten Kräften, davon bin ich überzeugt, unsere Rettung schaffen.«

Dem Schweigen der Masse war zwar keine heftige Ablehnung, aber auch keine freudige Zustimmung zu entnehmen, und so versuchte ich die Einsatzbereitschaft noch durch einen religiösen Impuls zu heben:

»Wir müssen unseren Marsch in dem Bewußtsein antreten, daß es jetzt darum geht, entweder ruhmvoll zu sterben oder mit der Rettung so vieler Griechen eine herrliche Heldentat zu vollbringen. Und vielleicht lenkt der Gott die Dinge so, weil er diejenigen, die mit ihrer höheren Einsicht prahlen, demütigen, uns aber, die wir bescheiden und gottesfürchtig sind, höher als sie ehren will.«

Jedermann verstand, worauf ich anspielte: Jene unbeschreiblich hochmütige Bemerkung aus dem Mund Lykons, die bei der Aufspaltung des Heeres in Herakleia gefallen war: daß nämlich der Rest des Heeres gemessen an den Arkadern und Achäern nicht zähle!

Die Erinnerung an diese Kränkung stachelte wirklich, wie ich schnell merkte, die Soldaten zu trotziger Kampfbereitschaft an, und so formulierte ich sofort den Einsatzbefehl:

»Es kommt darauf an, daß ihr diszipliniert der Führung folgt und genau auf den Wortlaut der Befehle achtet, damit ihr sie exakt umsetzen könnt. Wir werden jetzt ohne Pause so lange vorrücken, bis es Zeit zum Abendessen ist, und dann unser Lager aufschlagen. Während des Marsches soll Timasion mit den Reitern in ständigem Sichtkontakt mit uns vorausreiten und nach vorne aufklären, damit wir keine Überraschung erleben. Auf den Flanken sollen Leichtbewaffnete bis auf die Anhöhen ausschwärmen und uns alle Beobachtungen melden. Und noch ein Befehl, der für Reiter und Leichte gilt: Wenn ihr auf etwas Brennbares stoßt, steckt es in Brand! Das ist alles. Fertigmachen zum Abrücken.«

Zuerst ritten die Reiter, begleitet von den einheimischen Führern, im Schritt an, gleichzeitig stiegen die zur Flankensicherung eingeteilten Leichten auf die den Weg begleitenden Höhen hinauf, dann setzte ich mich an der Spitze der Hauptkolonne in Marsch. Bald sahen wir Hopliten vor und neben uns Rauch und Flammen aufsteigen und vermehrten das Chaos noch durch eigenhändig gelegte Brände direkt am Weg. So schien also das ganze Land weithin sichtbar in Flammen zu stehen und, das war die Absicht dieser Maßnahme, dem Feind die Annäherung eines sehr großen Heeres zu signalisieren.

In dieser Weise marschierten wir ohne besondere Vorkommnisse den ganzen Tag über bis zum Beginn der Dämmerung und bezogen dann auf einem Hügel neben dem Weg unser Lager. Von dort aus sahen wir in einer Entfernung von schätzungsweise 40 Stadien, also nicht ganz zwei Marschstunden, die Lagerfeuer der Feinde. Am nächsten Morgen war also mit dem Zusammenstoß zu rechnen. Ich gab den Befehl aus, in unserem Lager möglichst viele Feuer zu entzünden (deutlich mehr, als für die Bereitung des Abendesses nötig waren), weil ich so eine eindrucksvolle Größe unseres Heeres vortäuschen konnte. Um den Gegner weiter zu verunsichern, ließ ich nach dem Abendessen alle diese Feuer wieder schlagartig löschen - als ob wir das Lager in der Dunkelheit verlassen hätten. Wie sich später zeigte, funktionierten meine Kriegslisten vorzüglich.

Die Nacht verlief ohne jede Störung. Am frühen Morgen stellten wir uns nach einem gemeinsamen Gebet in kampfbereiter Formation, die Hopliten in voller Rüstung und mit ihren Schilden, auf und rückten auf die Feinde zu. Für meine schweren Truppen rechnete ich mit etwa eineinhalb Stunden anstrengendem Gefechtsmarsch. Bald sahen wir, wie sich weit voraus die Reiter Timasions unter der Führung der Einheimischen vorsichtig der Stelle, an der wir am Abend zuvor die Lagerfeuer gesehen hatten, näherten.

Und dann galoppierte von vorne einer der Reiter zurück und überbrachte uns die Meldung Timasions: »Wir haben, ohne es zunächst selbst zu merken, den Hügel erreicht, auf dem die Arkader und Achäer belagert wurden - aber hier ist weit und breit kein Heer zu sehen, weder ein griechisches noch ein feindliches.«

Eine halbe Stunde später traf ich mit den Hopliten auf dem Hügel ein und ließ dort zur Frühstückspause anhalten. Auf diese überraschende Wendung der Dinge konnten wir uns keinen Reim machen, trieben jedoch ein paar alte Frauen und Männer auf, die in der Nähe mit einigen Schafen und Rindern umherstreiften. Von ihnen erfuhren wir, was sich abgespielt hatte. Die thrakischen Belagerer, so erzählten sie, seien bereits gestern abend, bald nach Einbruch der Dunkelheit, ganz plötzlich abgezogen, die Griechen erst in der Morgendämmerung. Wohin, wüßten sie nicht.

Wir waren uns freilich sicher, daß sie sich nur auf dem Weg zum Hafen von Kalpe befinden konnten, und beschlossen, ihnen zu folgen und ihren mehrstündigen Vorsprung nach Kräften aufzuholen. Unterwegs sahen wir vielerorts deutliche Spuren ihres Durchzuges, trafen aber erst im Hafengebiet am Strand mit ihnen zusammen. Hier kam es zu Szenen stürmischer Verbrüderung zwischen den Soldaten - so groß war auf beiden Seiten die Freude über die Wiedervereinigung.

Den überlebenden Achäern und Arkadern stand noch der Schrecken der letzten Tage und Nächte ins Gesicht geschrieben, und es dauerte einige Zeit, bis sie uns Genaueres über ihre Erlebnisse berichten konnten. Eine Frage stellten sie jedoch sofort an uns:

»Warum habt ihr die Feuer gelöscht?«

Als wir es ihnen erklärten und unsere Freude über das gute Gelingen unserer Kriegslist zum Ausdruck brachten, meinte einer ihrer Anführer:

»Wir glaubten zuerst, als wir die Feuer nicht mehr sahen, daß ihr bei Nacht angreifen würdet. Dasselbe nahmen offenkundig auch die Feinde an und zogen sich zurück - etwa zu der Zeit, als die Feuer verschwanden. Wir warteten auf euer Eintreffen, aber als ihr nach zwei Stunden noch nicht da wart, glaubten wir, ihr hättet von unserem Schicksal gehört und daraufhin voller Furcht die Flucht zum Meer angetreten. Um nicht hinter euch zurückzubleiben, sind wir heute morgen auch hierher marschiert.«

Der Hochmut dieser Hopliten war schon bemerkenswert: Sie hielten sich nach wie vor, trotz ihrer starken Verluste und ihres völlig fehlgeschlagenen Unternehmens, für die eigentlichen Elitesoldaten! *Wir* hatten unsere eigenen Pläne aufgegeben und sie aus ihrer mißlichen Lage befreit - und *sie* glaubten uns, als nicht alles nach ihren Vorstellungen ablief, sogleich auf der Flucht!

Ein solches Mißverständnis konnte aber unsere freudige Stimmung nicht ernstlich trüben. Wir legten direkt am Strand ein gemeinsames Biwak an, stellten rundum Wachen auf und saßen in vielen Gruppen an den Lagerfeuern zusammen, um die gegenseitigen Erlebnisse auszutauschen. Dabei kam allmählich zutage, wie es den Achäern und Arkadern nach ihrer Ankunft im Hafen von Kalpe ergangen war.

Sie waren nachts an Land gegangen und sofort ohne Aufenthalt ins Landesinnere vorgerückt, um den Überraschungseffekt auszunutzen. Im Morgengrauen stießen sie, etwa 30 Stadien vom Meer entfernt, auf die ersten Dörfer und verteilten sich so, daß die neu eingesetzten zehn Strategoi mit ihren je 400 Mann starken Abteilungen entweder alleine vor einem kleineren Dorf oder zu zweit vor einem größeren Dorf unbemerkt Stellung bezogen. Als Sammelpunkt nach dem Einsatz wurde ein zentral gelegener Hügel vereinbart.

Beim ersten Tageslicht begannen dann schlagartig die Angriffe und erbrachten große Beute: Zahlreiche Menschen und Schafe wurden ohne Schwierigkeiten zusammengetrieben und in Richtung auf den Sammelplatz abgeführt.

Aber nicht wenige Thraker waren dem Zugriff entkommen und bildeten nun überall kampfbereite Stoßtrupps. Diese wurden zusätzlich laufend von den zunächst gefangengenommenen, bald aber wieder entkommenen Kameraden verstärkt: Denn die durch ihre schweren Rüstungen behinderten Hopliten waren nicht in der Lage, ihren unversehens davonrennenden Gefangenen nachzusetzen oder sie gar wieder einzuholen. So bildeten sich allmählich größere feindliche Verbände, die nun die aus verschiedenen Richtungen zum Sammelplatz zurückmarschierenden Kolonnen getrennt angriffen - mit großem Erfolg: Die für den Nahkampf trainierten Schwerbewaffneten hatten gegen die schnellfüßig vorstürmenden und zurückweichenden Leichtbewaffneten keine Chancen.

Der erste massive Angriff richtete sich gegen die Abteilung des Strategos Smikres, die dabei ihre ganze Beute einbüßte und schließlich bei der Durchquerung einer Schlucht völlig aufgerieben wurde: Kein einziger Mann kam mit dem Leben davon. Von der Abteilung des Strategos Hegesandros konnten sich immerhin acht Mann, darunter der Strategos selbst, retten. Die übrigen acht Abteilungen erreichten unter mehr oder weniger großen Verlusten den vereinbarten Hügel und verbrachten dort den Rest des Tages und eine unheimliche Nacht, die von den Geräuschen der pausenlos in großen Massen zusammenströmenden Feinde, darunter offensichtlich vielen Reitern, erfüllt war.

Im Morgengrauen wurde deutlich, daß der ganze Hügel eingeschlossen war. Denn nun stürmten von allen Seiten die leichtbewaffneten Fußkämpfer und Reiter gegen den Verteidigungsring der Hopliten an, schleuderten ihre Pfeile oder Speere gegen sie und zogen sich gefahrlos wieder zurück. Viele Männer trugen (glücklicherweise meist leichtere) Schußverletzungen davon. Gelegentliche kurze Entlastungsangriffe blieben wirkungslos, weil die Thraker es nie zum Nahkampf kommen ließen. Ein kleiner Bachlauf, den unsere Leute zunächst zur Wasserversorgung in ihre Stellung einbezogen hatten, mußte bald aufgegeben werden. So wurde die Lage im Laufe des Tages hoffnungslos.

Am Nachmittag nahm die griechische Seite notgedrungen Verhandlungen wegen eines Waffenstillstandes auf, die zunächst auch gut vorankamen, dann aber an der Geiselfrage scheiterten: Die Arkader verlangten von den Thrakern vergeblich die Stellung von Geiseln als Garantie für die Einhaltung der ausgemachten Bedingungen. So gingen die Unterhändler abends ohne Erfolg auseinander - und es begann jene Nacht, die dank unserer Lagerfeuer zum Abbruch der Kampfhandlungen führte.

Nachdem wir den Hafen von Kalpe erreicht hatten, traf am Abend dort nach einem Viertagemarsch auch die Abteilung des Cheirisophos ein; meine Befürchtung, daß ich ihn nicht lebend wiedersehen würde, bestätigte sich: Er war am Vortag seinem Leiden erlegen. Es soll passiert sein, als er während eines heftigen Fieberschubes eine Arznei trank. Das Kommando über seine Abteilung führte jetzt als neu berufener Strategos offiziell Neon aus Asine, sein früherer Stellvertreter.

Am Morgen des nächsten Tages hielt ich mit den übrigen Strategoi eine Besprechung über unser weiteres Vorgehen ab. Wir stellten nach der Vereinigung der drei Abteilungen zwar wieder ein ernstzunehmendes Machtpotential dar, befanden uns aber in einer schwierigen Lage, da unsere Lebensmittelvorräte ausgingen und dringend ergänzt werden mußten. Außerdem waren wir verpflichtet, die Hunderte von Toten, welche die Arkader und Achäer hatten zurücklassen müssen, zu bestatten.

Da wir nach den bisher gemachten Erfahrungen den Ausmarsch für ein sehr riskantes Unternehmen hielten, holten wir durch ein - schon im ersten Versuch erfolgreiches - Opfer die Zustimmung der Götter ein. Dann zogen wir unter Zurücklassung einer kleinen Wachmannschaft mit unseren vereingten Truppen auf den Spuren der Arkader und Achäer los und brauchten den ganzen Tag, die Gefallenen, bei denen zum Teil bereits der Verwesungsprozeß eingesetzt hatte, an Ort und Stelle so ehrenvoll wie möglich zu begraben. Viele, die auf den Wegen lagen, zogen wir zur Seite und betteten sie in Gemeinschaftsgräbern zur Ruhe. Für diejenigen, die wir nicht finden konnten, legten wir als symbolische Heimstatt einen großen Kenotaph an, indem wir eine Grube aushoben, diese nach der Deponierung einiger Beigaben wieder zuschütteten und mit einem Hügel überdeckten, auf dem aus Zweigen hergestellte Kränze abgelegt wurden.

Während vor allem die Hopliten mit dieser traurigen Arbeit beschäftigt waren, durchsuchten die Leichten zusammen mit den Lastträgern die am Wege liegenden, von ihren Bewohnern verlassenen Dörfer nach Lebensmitteln - leider mit nur geringem Erfolg, da die Leute das meiste in Sicherheit gebracht hatten. Am Abend kehrten wir alle völlig erschöpft in unser Lager am Strand zurück und verbrachten dort eine ruhige Nacht.

Am nächsten Morgen versammelte sich auf Betreiben mehrerer Lochagen, vor allem des Agasias und des Hieronymos, mit denen ich mich immer gut verstanden hatte, sowie der ältesten Arkader-Lochagen, das gesamte Heer und faßte ohne lange Diskussion drei Beschlüsse:

Wer künftig den Gedanken an eine Teilung des Heeres aufbringt, verfällt der Todesstrafe,

das Heer soll in derselben Ordnung wie früher auf dem Landweg weitermarschieren,

die früheren Strategoi sollen wieder die Führung übernehmen.

Damit war endlich (auf Kosten von fast tausend Toten!) der alte Zustand wiederhergestellt, und das hieß auch, daß man, wie bisher, von mir die entscheidenden Impulse erwartete. Als sich aller Augen auf mich richteten, erhob ich mich und sagte:

»Soldaten, offensichtlich können wir nur zu Fuß weiterziehen: Es sind keine Schiffe da. Und zwar müssen wir *bald*, am besten noch heute, aufbrechen, denn wir können uns, wenn wir hier bleiben, nicht ausreichend mit Lebensmitteln versorgen. Ich schlage also vor: wir Strategoi werden jetzt durch ein Opfer ermitteln, ob der Abmarsch von den Göttern unterstützt wird, ihr aber stellt euch darauf ein, heftiger als je zuvor mit den Feinden, die inzwischen wieder Mut gefaßt haben, zu kämpfen.«

Wir ließen unseren offiziell berufenen Seher Arexion aus Arkadien, der an die Stelle des in Herakleia unbemerkt geflüchteten Silanos getreten war, kommen und führten in seinem Beisein das Opfer durch. Da es ungünstig ausfiel, blieben wir an diesem Tag noch in unserem Lager. Plötzlich drang jedoch von verschiedenen Seiten aus das Gerücht an meine Ohren, ich hätte den Seher dazu überredet, die ungünstige Deutung abzugeben - weil ich an dieser Stelle bleiben und eine Kolonie gründen wolle! Der alte Vorwurf lebte wieder auf!

Daraufhin ließ ich sofort durch den Herold einen Aufruf verkünden: »Das Opfer wird morgen früh erneut durchgeführt. Jeder, der will, kann dabei anwesend sein. Wenn es unter uns noch weitere Seher geben sollte, sind sie aufgefordert, als Beobachter an der Zeremonie teilzunehmen.« Tatsächlich kamen am nächsten Morgen viele Zuschauer und umlagerten uns in einem engen Kreis. Die Frage, die wir durch das Opfer klären wollten, lautete: Ist es für das Heer günstiger, abzumarschieren oder an Ort und Stelle zu bleiben? Die Antwort war eindeutig: Aus der genauen Eingeweideschau aller drei Tiere, welche die Opferpriester auf meine Bitte hin vorsorglich mitgebracht und nacheinander geschlachtet hatten, ließ sich nicht ein einziges positives Zeichen für den Abmarsch gewinnen.

Trotz des von vielen Beobachtern bestätigten Ergebnisses kam es zu Unmutsäußerungen der Soldaten, die praktisch über keine Vorräte mehr verfügten. Als sie sich zusammenrotteten und ungehalten Abhilfe forderten, ergriff ich abermals das Wort:

»Männer, für den Weitermarsch ist, wie ihr selbst seht, das Opfer noch nicht günstig. Da ihr aber offensichtlich nichts mehr zu essen habt, scheint es mir notwendig zu sein, daß wir nun durch ein Opfer die spezielle Frage klären, ob wir auf Lebensmittel ausziehen sollen oder nicht.«

In diesem Augenblick rief einer der Hopliten mit lauter Stimme dazwischen:

»Natürlich können die Opfer nicht gelingen!«

Überrascht wandte ich mich ihm zu:

»Was sagst du da? Wieso können die Opfer nicht gelingen?«

»Weil ich gestern zufällig von der Besatzung eines eingelaufenen Schiffes gehört habe, daß Kleandros, der Harmost von Byzantion, in Kürze mit Lastschiffen und Trieren hierherkommen will.«

»Kleandros will kommen? Das ist wahrlich eine glückliche Nachricht! Jedenfalls ist jetzt klar, warum die Götter uns so hartnäckig empfehlen, hierzubleiben: Wir sollen auf ihn warten! Trotzdem aber müssen wir *jetzt* unser Verpflegungsproblem lösen. Laßt uns also das vorgesehene Opfer vollziehen.«

Wieder erschienen die Opferpriester, wieder brachten sie vorsorglich drei Schafe (die letzten, wie sie sagten) mit - und wieder mißlangen die Opfer eines nach dem anderen. Die Götter verwehrten uns den Auszug! Es war zum Verzweifeln. In ihrer Not bedrängten mich die Soldaten sogar, sie dem Göttersspruch zum Trotz hinauszuführen - aber das konnte ich natürlich nicht machen.

Am Morgen des nächsten Tages versammelte sich fast das ganze Heer, um der erneuten Opferzeremonie beizuwohnen. Aber wir hatten keine Opferschafe mehr, und so verkündigte ich im Auftrag der anderen Strategoi der Versammlung, daß wir uns angesichts der vielen mißlungenen Opferversuche weiterhin weigerten, Requisitionszüge anzuführen, bevor positive Opfer erzielt werden könnten. Als daraufhin wildes Geschrei ausbrach, hielten wir es für das beste, offiziell die Heeresversammlung einzuberufen (die meisten Soldaten waren ohnehin schon da) und noch einmal über die Angelegenheit zu sprechen.

»Soldaten«, sagte ich nach der Eröffnung der Versammlung, »vielleicht haben sich die Feinde inzwischen zusammengerottet und wir müssen kämpfen. Wenn wir zum Kampf gerüstet ausrücken und unser Gepäck auf diesem sicheren Platz hier oberhalb des Hafens zurücklassen würden - möglicherweise würden dann die Opfer günstig für uns ausfallen.«

Bei diesen Worten zeigte ich auf das schroffe Vorgebirge, das den Strand des Hafens mit steil abstürzenden Klippen im Norden begrenzte und fast wie eine uneinnehmbare Festung aussah. Aber aus der Versammlung wurden Rufe laut: »Wozu Gepäck wegschaffen? Opfert endlich so schnell wie möglich!«

»Aber wir haben keine Opfertiere mehr!«

»Besorgt euch doch Ochsen im Troß!«

Während unsere Diener losrannten, um drei Zugochsen von den Wagen weg für teures Geld zu kaufen, wandte ich mich an die übrigen Strategoi und warf die Frage auf, ob es womöglich an mir persönlich liege, daß die Opfer so unnatürlich häufig mißlangen. Ich hatte sie ja bisher immer geleitet. Um dieses Risiko auszuschließen, bat ich darum, daß diesmal Kleanor an meine Stelle treten sollte.

Kleanor übernahm ohne Zögern die Aufgabe und ließ das Opfer sogleich mit größter Sorgfalt vollziehen - wieder ohne Erfolg! Wollten die Götter wirklich, daß wir hier verhungerten? Während wir Strategoi noch ratlos beieinander standen, bemerkte Neon, ein eigenbrötlerischer Mann, der als Nachfolger des Cheirisophos erst seit kurzem unserem Kreis angehörte, er könne die Not der Soldaten nicht länger mitansehen und werde etwas unternehmen: Er habe einen Bürger aus Herakleia gefunden, der ihn zu Dörfern in der Nähe, aus denen man Lebensmittel holen könne, führen werde.

Mir gefror bei diesen Worten gleichsam das Blut in den Adern: Neon wollte sich tatsächlich über die göttlichen Zeichen hinwegsetzen! Das würde, davon war ich überzeugt, nicht gutgehen! Aber noch bevor ich gegen das blasphemische Unternehmen einschreiten konnte, verkündete schon die Stimme des Herolds: »Strategos Neon gibt bekannt, daß jeder, der dies will, unter seiner Führung auf Lebensmittel ausziehen kann.«

Daraufhin sammelten sich in kurzer Zeit etwa 2000 Mann um Neon, neben wenigen Hopliten und Leichtbewaffneten vor allem Lastenträger und Sklaven aus dem Troß, die sich mit Tragestangen, Schläuchen, Säcken und Gefäßen ausgerüstet hatten. Ich beobachtete ihren Abzug, der sich nicht mehr aufhalten ließ, mit schlimmen Vorahnungen - und diese wurden wenige Stunden später auf schreckliche Weise bestätigt.

Denn plötzlich erschien einer der Leichten, die den Zug begleitet hatten, und schrie mit keuchender Stimme:

»Hilfe! Kommt uns zu Hilfe!«

»Was ist, bei den Göttern, passiert?«

»Reiter sind über uns hergefallen! Hunderte Tote! Die Überlebenden sitzen auf einem Berg fest. Andere versuchen sich querfeldein durchzuschlagen. Wenn ihr nicht schnell kommt, werden sie alle abgeschlachtet.«

Was tun? Beim morgendlichen Opfer hatten die Götter uns den Ausmarsch nicht gestattet. In Windeseile wurde noch ein Ochse vom Wagen weg gekauft und geschlachtet - und nach einigem Hin und Her entschlossen wir uns, dieses Opfer als positiv zu beurteilen. Sofort ließ ich durch den Herold alle Unter-Dreißigjährigen zum Sammelplatz rufen und rückte mit ihnen im schnellen Schritt aus. Unterwegs sahen wir viele Leichen herumliegen, kümmerten uns aber vorerst nur um die Überlebenden, nahmen sie, wo immer wir sie fanden, in unsere Obhut und geleiteten sie schließlich wohlbehalten zum Lager zurück.

Von Neon und seinen Lochagen erfuhren wir, daß es sich bei den Reitern nicht um Bithynier aus dem Umland gehandelt habe, sondern offenbar um reguläre Truppen des Satrapen Pharnabazos. Bithynien liegt ja am östlichen Rand der von Pharnabazos regierten Daskylitischen Satrapie. Das bedeutete, daß uns von der persischen Regierung selbst mit allen militärischen Mitteln der Landweg nach Westen versperrt werden sollte. Da könnten also neue, schwere Kämpfe auf uns zukommen.

Am Nachmittag dieses Tages lief zu unserer Erleichterung ein ziemlich großes Frachtschiff aus Herakleia im Hafen ein, voll beladen mit Gerstenmehl, Wein und Opfertieren. So konnten die Soldaten wenigstens für den Augenblick den größten Hunger stillen und wieder Mut fassen.

Als wir zur Zeit des Sonnenuntergangs dennoch in ziemlich gedrückter Stimmung unser Abendessen einnahmen, ertönte lautes Geschrei aus dem

Waldgürtel, der den Strand zum Binnenland hin begrenzte. Unsere dort aufgestellten Vorposten waren von Bithyniern angegriffen und zum Teil getötet, zum Teil in die Flucht gejagt worden. Wir eilten daraufhin alle zu den Waffen, brauchten sie aber nicht einzusetzen, da die Angreifer ebenso schnell, wie sie gekommen waren, wieder in der Dunkelheit verschwanden.

Diese unangenehme Zwischenfall bestärkte uns jedoch in der Absicht, unser Lager auf das leichter zu schützende, wie eine Halbinsel ins Meer ragende Vorgebirge zu verlegen. Einige vertraten sogar die Ansicht, man solle die Aktion noch während der Nacht durchführen. Aber da nicht auszuschließen war, daß sich in dem unübersichtlichen Gelände ringsum bereits größere Mengen der Feinde versteckt hatten, wurde die Verlegung erst für den nächsten Morgen angesetzt.

Ich muß gestehen, daß mir damals der Gedanke an die Gründung einer Kolonie, trotz meiner schlechten Erfahrungen, noch immer im Kopf herumging - und so unterzog ich (rein theoretisch, für mich allein!) die mir geeignet erscheinenden Örtlichkeiten immer wieder gerne einer Überprüfung der Kriterien, die bei der Anlage einer neuen Stadt zu berücksichtigen waren. Und dabei schnitt diese Halbinsel außergewöhnlich gut ab.

Sie liegt an einer für die Seefahrt günstigen Stelle ungefähr in der Mitte zwischen Byzantion und Herakleia und besteht aus einer hügeligen Hochfläche, die zum Meer hin in steilen Felsen abbricht. Der Zugang zur Halbinsel führt über einen nur etwa 4 Plethren breiten *Hals*, den letzten Ausläufer eines Bergzuges, der sich von der Küste aus noch etwa 20 Stadien weit ins Landesinnere erstreckt. Der Raum auf der Halbinsel bis hin zu dieser Engstelle reicht nach meiner Einschätzung für die Ansiedlung von 10000 Menschen aus. Der Hafen ist direkt unterhalb der Felsen am westwärts gerichteten Strand. Dort befindet sich auch eine ergiebige Süßwasserquelle, die in die Befestigung des Platzes einbezogen werden kann. Bestes Bauholz, auch für den Schiffsbau, läßt sich aus den Wäldern gewinnen, welche die Berghänge zur Küste hin bedecken. Der oben erwähnte Bergzug enthält eine Decke von vorzüglicher, steinloser, für die landwirtschaftliche Nutzung geeigneter Erde. Auch das weitere, von zahlreichen Dörfern besiedelte Hinterland zeichnet sich, wie ich von Einheimischen hörte, durch guten Boden aus: Hier wachsen Gerste, Weizen, alle Arten von Hülsenfrüchten, Hirse, Sesam, Feigen, viele Rebstöcke, die süßen Wein erbringen, überhaupt alles außer Ölbäumen. Einen besseren Platz für die Gründung einer Kolonie kann man sich kaum vorstellen - aber natürlich ließ ich kein Wort über meine geheimen Träume verlauten!

Am frühen Morgen suchte ich unter Verwendung von Opferschafen, die aus Herakleia eingetroffen waren, abermals eine göttliche Antwort auf die Frage, ob wir heute ausziehen dürften oder nicht. Und diesmal erbrachte zu unserer unbeschreiblichen Freude bereits das erste Tier eine eindeutig positive Antwort. Als wir eben mit der Zeremonie fertig waren, zeigte Arexion, unser Seher, nach oben, wo ein majestätischer Adler seine Kreise drehte, und verkündete feierlich:

»Xenophon, Zeus fordert dich auf, noch heute mit den Truppen auszuziehen.«

Natürlich war ich dazu bereit, mußte aber erst die Verlegung des Lagers auf die Halbinsel abwarten. Die Strategoi führten bereits ihre Truppen und die zugehörigen Abteilungen des Trosses über die Steilhänge vom Strand hinauf zu der Engstelle. Dort hatte bei Tagesanbruch ein Kommando damit begonnen, einen tiefen querlaufenden Graben zu ziehen und dahinter Palisaden zu errichten, die nur an drei Stellen durch Tore unterbrochen waren. Nach Fertigstellung der Verteidigungsanlage wurden die einzelnen Kolonnen eingelassen, verteilten sich im Inneren und richteten ihre Lagerplätze ein. Der ganze Umzug war schon am frühen Vormittag abgeschlossen.

Nun ließ ich durch den Herold verkünden: »Frühstück bereiten! Nach dem Früstück rücken alle Kampftruppen mit Waffen aus, der Troß und die Sklaven bleiben hier oben. Neon übernimmt mit seiner Abteilung die Lagerwache.« Als daraufhin zahlreiche Lochagen und Soldaten Neons bei mir erschienen und es als eine Schande bezeichneten, wenn sie nicht mit den anderen ausrücken dürften, korrigierte ich meine Anordnung und stellte alle Söldner, die fünfundvierzig Jahre und älter waren, als Wachmannschaften unter das Kommando Neons.

Wir übrigen zogen in gefechtsbereiter Kolonne los und stießen schon nach 15 Stadien auf die ersten Toten. Um die Bestattungen möglichst schnell durchführen zu können, hatte ich ein besonderes Verfahren vorgeschlagen: Die Spitze der etwa 5 bis 6 Stadien langen Kolonne sollte vorrücken, bis die Schlußmänner bei den ersten Toten eintrafen und die Aufforderung zum Halten durch Zuruf durchgaben. Wenn alle Gefallenen, die im Bereich der gesamten Kolonne lagen, jeweils an Ort und Stelle beerdigt worden waren, setzten wir uns wieder in Bewegung und nahmen nach demselben Vorgehen den nächsten Abschnitt in Angriff.

Je näher wir den Dörfern kamen, die Neon überfallen hatte, desto mehr Leichen waren zu bestatten. Geradezu haufenweise lagen sie nebeneinander an der Stelle, wo die von den Dörfern herkommenden Wege auf unsere Straße, die vom Hafen aus ins Landesinnere führte, stießen. Hier trugen wir die vielen Toten zusammen und legten für sie ein Massengrab an. Im ganzen mögen wir bis in den frühen Nachmittag hinein etwa 500 Männer zur letzten Ruhe gebettet haben.

Wir hatten inzwischen den Höhenrücken, auf dem bisher die Straße verlaufen war, überwunden und ziemlich ebenes Kulturland erreicht. Hier ließ ich in Erwartung der Feinde die Kolonne zur Phalanx aufmarschieren und langsam in breiter Front entlang der Straße durch die Felder und Pflanzungen vorrükken. Dabei stillten die Soldaten mit allem Eßbaren, auf das sie unterwegs trafen, vor allem mit Obst und Weintrauben, ihren Hunger.

Plötzlich sahen wir in der Ferne die feindliche Phalanx vor uns. Sie setzte sich aus sehr vielen Reitern und Fußsoldaten zusammen, die gerade über einige Hügel, Ausläufer eines hinter ihnen aufragenden höheren Berges, herabstiegen. Beide Phalangen blieben im Abstand von etwa 15 Stadien stehen. Ich ließ sofort die Strategoi zusammenrufen, um angesichts der numerischen Überlegenheit des Gegners und vor allem seiner Reiterei über den Schlachtplan zu beraten. Daß es hier um Leben und Tod gehen würde, war jedem Offizier und jedem Soldaten klar.

Als erstes forderten wir unseren Seher Arexion, der den Zug mit einigen Opferschafen begleitete, zur Durchführung des Opfers auf. Wir mußten die Frage klären, ob uns die Götter im bevorstehenden Kampf zur Seite stehen würden oder nicht. Schon die Eingeweideschau des ersten Tieres erbrachte eindeutig günstige Vorzeichen.

Nachdem diese wichtige Voraussetzung für die Aufnahme des Kampfes geklärt war, eröffnete ich die Beratung mit einem ungewöhnlichen Vorschlag:

»Strategoi«, sagte ich, »angesichts unserer besonders schwierigen Lage halte ich es für zweckmäßig, daß wir diesmal hinter unserer Phalanx mehrere selbständig operierende Eingreifreserven aufstellen, die überall da, wo die Frontlinie ins Wanken gerät oder gar eingedrückt wird, dem Gegner mit frischer Kraft entgegentritt. Das wird für ihn eine große Überraschung werden.«

»An wieviele Abteilungen denkst du«, fragte Sophainetos, »und wie groß sollen sie sein?«

»Ich denke an drei Abteilungen von je 200 Hopliten. Wenn ihr einverstanden seid, erheben wir das zum Beschluß.«

Als alle dem Plan zugestimmt hatten, fuhr ich fort:

»Laßt uns jetzt folgendermaßen vorgehen. Ihr setzt euch wieder in Marsch auf den Gegner zu, damit unsere Leute, nachdem wir uns gegenseitig gesehen haben, hier nicht stehenbleiben - als ob wir uns nicht weitertrauten! Versucht dabei, soweit das Gelände es erlaubt, die Phalanxformation beizubehalten. Timasion soll davor mit den Reitern aufklären. Ich komme nach, sobald ich die drei Eingreifreserven gebildet habe.«

Während das Gros langsam und ruhig weitermarschierte, hielt ich die hintersten Lochoi zurück, formierte aus ihnen drei je 200 Mann starke Abteilungen und erläuterte ihnen ihren Auftrag: Sie sollten im Abstand von einem Plethron hinter dem rechten Flügel, dem Zentrum und dem linken Flügel der Phalanx folgen und da, wo es nötig war, selbständig eingreifen. Als Kommandanten setzte ich die Lochagen Samolas aus Achaia, Pyrrhias aus Arkadien und Phrasias aus Athen ein.

Das ansteigende Gelände, durch welches die Straße führte, verengte sich immer mehr, so daß sich (inzwischen ohne Sichtkontakt mit dem Gegner) nur noch an der Spitze mühsam eine schmale Phalanx vorarbeitete. Dahinter bildete sich wieder eine normale Marschkolonne, deren Ende ich mit meinen drei Abteilungen bildete. Mit einem Mal stockte alles. Dann kam die von Mann zu Mann weitergegebene Meldung durch: »Strategoi und Lochagen bitte nach vorne!«

Ich ritt sofort an der Kolonne entlang zur Spitze, wo sich nach und nach fast alle Offiziere sammelten. Die Straße überquerte hier auf einer hölzernen Brücke eine ziemlich tiefe und unwegsame Schlucht, die sich weithin quer über den Hang erstreckte. Timasion hatte vor der Brücke mit seiner kleinen Reiterabteilung gewartet, bis Kleanor mit der Vorhut der Fußtruppen eintraf und die Offiziersversammlung einberief. Sie waren sich beide nicht sicher, ob der Marsch über dieses Hindernis hinweg fortgesetzt werden sollte.

»Ich habe euch hierhergerufen«, eröffnete Kleanor die Diskussion, »um einen Beschluß darüber herbeizuführen, wie es weitergehen soll. Ihr seht die Schlucht vor euch - ein nur mühsam zu überwindendes Hindernis, hinter dem in nicht sehr weiter Entfernung die feindliche Phalanx auf uns wartet. Wenn es uns also gelingt, sie zu durchqueren, werden wir nach spätestens einer Stunde in eine sehr schwere, über unser Schicksal entscheidende Schlacht mit einem überlegenen Feind eintreten. Unsere Leute sind schon den ganzen Tag auf den Beinen. Ich frage mich, ob wir ihnen heute diese zusätzliche Belastung noch zutrauen können oder ob wir den Zusammenstoß nicht besser auf morgen oder sogar auf noch später verschieben sollten. Kurzum: Wir müssen jetzt entscheiden, was wir wollen: entweder sofortige Überschreitung der Schlucht und Eintritt in den Kampf oder Biwak auf dieser Seite der Schlucht und Angriff morgen früh oder Rückmarsch zum Hafen von Kalpe und dort erneute Beratung.«

Man konnte schnell erkennen, daß wohl die meisten Offiziere der dritten Möglichkeit zuneigten. In der Tat waren die Truppen ziemlich erschöpft und vor allem durch den Anblick der feindlichen Reitermassen deprimiert - aus einsichtigen Gründen: Falls die Feldschlacht ungünstig für uns verlaufen sollte, waren nach den bisherigen Erfahrungen so gut wie alle flüchtenden Fußsoldaten dem Tod preisgegeben. In diesem Sinn äußerte schließlich auch unser ältester Strategos Sophainetos seine Meinung.

»Es bedarf«, sagte er, »keiner Beratung, ob man eine derartige Schlucht durchqueren soll oder nicht.«

Weil wir ihn fragend anblickten, ergänzte er seine Aussage:

»Es liegt doch auf der Hand, daß wir hier nicht ungeschoren durchkommen, und auch, daß wir heute keine Schlacht gewinnen können. Wir müssen zurück und die Lage neu überdenken! Das ist meine Meinung.«

Als ich merkte, daß die allgemeine Stimmung in diese Richtung tendierte, ergriff ich schnell das Wort, um weiteren Rednern zuvorzukommen. Denn ich persönlich hielt den Rückmarsch für die gefährlichste aller Möglichkeiten und wollte versuchen, diese Lagebeurteilung auch den anderen Offizieren mit der gebotenen Vorsicht verständlich zu machen.

»Ihr kennt mich«, begann ich meine Rede, »als einen Mann, der euch noch niemals empfohlen hat, aus freien Stücken die Gefahr zu suchen. Es geht im Augenblick auch nicht darum, Ruhm zu gewinnen, sondern das Leben zu retten. Wie sieht denn unsere Lage aus? Ohne Kampf kommen wir auf keinen Fall von hier weg. Wenn *wir* die Feinde nicht angreifen, werden *sie* uns beim Abzug folgen und angreifen. Und da ist es doch wohl besser, mit vorgehaltenem Schild selbst vorwärtszustürmen, als mit dem Schild auf dem Rücken miterleben zu müssen, wie der Feind uns von hinten angreift! Ihr wißt doch, daß der Rückzug vor dem Feind keinem tapferen Soldaten gut ansteht, daß aber umgekehrt die Verfolgung des fliehenden Gegners sogar den Feiglingen Mut einflößt. Ich selbst würde jedenfalls lieber mit der halben Mannschaft angreifen als mit der doppelten zurückweichen. Und daß sie unserem Angriff nicht standhalten werden - damit rechnet ihr doch ebenso wie ich. Aber zugleich wissen wir auch allesamt, daß sie ganz gewiß nicht zögern werden, uns beim Abzug nachzusetzen. Soviel zu diesem Punkt!

Nun zu der Schlucht! Sollten wir nicht gerade im Hinblick auf den bevorstehenden Kampf die Chance ergreifen, diese schwierige Schlucht zu durchschreiten und so *in unseren Rücken* zu bringen? Dem Feind würde ich wünschen, daß ihm im Rücken nur gut gangbares Gelände zur Verfügung steht - damit er leicht zurückweichen kann! Wir aber müssen aus der gegebenen Situation lernen, daß nur ein Sieg unsere Rettung garantiert. Und außerdem: Warum sollte uns diese Schlucht größere Angst einflößen als die anderen schwierigen Gebiete, die wir schon durchzogen haben?

Also: Wir müssen die Feinde besiegen, anders kommen wir nicht von hier weg! Denn wie sollten wir wohl auf dem Rückweg zum Hafen von Kalpe das flache Land durchqueren, wenn wir nicht vorher die Reiter besiegen? Und wie die Berge, durch die wir jetzt hierhergekommen sind, wenn uns so viele Leichtbewaffnete angreifen? Falls wir uns aber glücklich bis ans Meer retten können - was für eine große Schlucht ist doch der Pontos!«

Hier unterbrach ich mich selbst, weil ich mit Schrecken merkte, daß mein rhetorisches Pathos mich auf Abwege führte: das gewaltige Schwarze Meer - verstanden als ein (wenn auch besonders eindrucksvolles!) Beispiel jener zahllosen Schluchten, die sich allenthalben durch Hänge und Berge hinziehen. Das war wirklich ein mißlungener Vergleich, dessen ich mich ein bißchen schämte - und so beeilte ich mich, mit ein paar Sachargumenten schnell zum Schluß zu kommen:

»Im Hafen von Kalpe«, sagte ich, »gibt es weder Schiffe, mit denen wir abreisen könnten, noch Getreide, von dem wir uns, wenn wir bleiben, ernähren können. Vielmehr müßten wir, je schneller wir hinkommen, um so schneller auch wieder Requisitionszüge unternehmen. Heute morgen aber haben wir noch gefrühstückt - und da ist es doch besser, heute zu kämpfen als, mit leerem Magen, morgen! Außerdem sind alle Vorzeichen ausgesprochen günstig. Also gehen wir auf die Feinde los! Lassen wir nicht zu, daß sie, nachdem sie uns nun einmal gesehen haben, gemütlich ihr Abendessen einnehmen und irgendwo ihr Lager aufschlagen!«

Ich hatte es, den Göttern sei Dank, geschafft! Alle Offiziere schlossen sich meiner Meinung an; die versammelten Lochagen übertrugen mir sogar ausdrücklich und ohne Gegenstimmen den Oberbefehl für das bevorstehende Unternehmen. Als erstes ließ ich die Fußsoldaten da, wo sie gerade standen, die Schlucht durchklettern und auf der anderen Seite wieder die Phalanx bilden, während die Reiter die Brücke benutzten. Dann ritt ich vor der Front entlang und versuchte die Truppen durch die Erinnerung an die vielen Siege, die sie mit Hilfe der Götter schon errungen hatten, und an das Schicksal, das ihnen im Fall der Flucht drohte, für den Kampf zu motivieren.

»Wir stehen doch,« rief ich ihnen zu, »schon vor den Toren Griechenlands! Ruft jetzt euren Freunden aufmunternde Worte zu - und sie werden später die Erinnerung an eure Einsatzbereitschaft und eure Heldentaten auf immer im Gedächtnis bewahren!«

Nachdem die Leichten auf beiden Flanken, Timasion mit den Reitern auf dem rechten Flügel und die drei Eingreifreserven an den vorgesehenen Plätzen hinter der Phalanx Aufstellung genommen hatten, gab ich das Zeichen zum Vorrücken. Ein besonderer Befehl erging noch an die Hopliten: »Lanzen zunächst auf der rechten Schulter tragen! Zum Angriff fällen erst nach dem Trompetensignal! Vormarsch nur im Schritt! Keine Verfolgung im Laufschritt!«

Während des Anmarschierens lief vom rechten Flügel aus die Parole durch: *Zeus der Retter, Herakles der Führer*.

Die Feinde erwarteten uns bewegungslos; offenbar waren sie der Meinung, daß das Gelände für sie günstig sei. Als wir auf Angriffsnähe heranwaren, brachen unsere Leichten in ein lautes Kampfgeschrei aus und stürmten los, ohne daß ein Befehl ergangen war. Daraufhin trat der Gegner einschließlich seiner Reiterei zum Gegenangriff an und warf die Leichten zurück. Aber unbeirrt rückte die Hoplitenphalanx, jetzt auf meinen Befehl hin *im schnellen Schritt*, vorwärts. Dann ertönte das Trompetensignal: Im gleichen Augenblick erhob sich aus tausenden Stimmen der Paian, der schnell in Kampfgeschrei überging, und wurden die Lanzen gefällt.

Diesem disziplinierten Manöver war der Gegner nicht gewachsen. Seine Phalanx löste sich auf, am schnellsten auf dem linken Flügel, wo unsere wenigen Reiter den Flüchtenden nachsetzten und soviele wie möglich niederhieben. Der rechte Flügel sammelte sich dagegen noch einmal auf einem Hügel, wurde aber schließlich durch einen energischen Angriff zersprengt, allerdings ohne größere Verluste zu erleiden, weil dort die Masse der gegnerischen Reiterei massiert war und unsere Leichten an der Verfolgung hinderte.

Dann sahen wir, wie sich die bithynischen Reiter bei der in voller Ordnung auf einem Hügel aufmarschierten Reiterei des Pharnabazos sammelten, und entschlossen uns dazu, trotz der allgemeinen Erschöpfung auch sie noch anzugreifen. Als wir langsam gegen sie anrückten, geschah etwas sehr Merkwürdiges: Die Reiter wendeten und verschwanden fluchtartig hinter dem Hügel, obwohl unsere Phalanx noch weit entfernt war und ihnen im freien Gelände ohnehin kaum Schaden zufügen konnte. Bei der Verfolgung fanden wir des Rätsels Lösung: Sie mußten diesen Hügel durch einen Hohlweg verlassen - und dort hätte ein Angriff durch unsere Fußtruppen vermutlich verheerende Wirkung gehabt. Da wir von diesem Hohlweg nichts wußten, kamen sie unbehelligt davon.

Unterdessen fiel die Dämmerung ein, und so kehrten wir bald zum ersten Kampfplatz zurück, errichteten dort als Siegeszeichen einen Steinhügel, auf dem unbrauchbar gemachte Beutewaffen abgelegt wurden, und brachen bei Sonnenuntergang zum Rückmarsch ans Meer auf. Bis zum Lagerplatz waren es etwa 60 Stadien, die wir in einem dreistündigen Nachtmarsch ohne weitere Feindberührung zurücklegten - glücklich darüber, diesen langen Tag lebend überstanden zu haben.

Auch in den folgenden Tagen blieb die Lage ruhig. Nachdem die Truppen des Pharnabazos sich, wie es schien, auf den Heimmarsch begeben hatten, verließen die umwohnenden Bithynier mit ihrer Habe die Gegend und suchten irgendwo in der Ferne Unterschlupf. So konnten jetzt täglich im Auftrag der Heeresleitung große Requisitionskolonnen (die manchmal fast aus dem ganzen Heer bestanden) mit Lasttieren und Trägern ungefährdet ausschwärmen und alles, was das Land bot, in Menge herbeischaffen: Vor allem Weizen, Gerste, Hülsenfrüchte, Hirse, Feigen und Wein. Bald mußten wir Vorratslager anlegen, weil die requirierten Lebensmittel den täglichen Bedarf bei weitem überstiegen.

Für die Organisation des Nachschubwesens hatten wir bestimmte Regeln festgelegt: An den Tagen, an denen offiziell requiriert wurde, galt alle eingebrachte Beute als *Allgemeingut* - auch diejenige, die einzelnen Soldaten außerhalb des eigentlichen Requisitionszuges in die Hände gefallen war. An Rasttagen durfte dagegen jeder nach Belieben ausziehen und alle Beute, die er sich aneignete, behalten.

In dieser friedlichen Zeit verwandelte sich unser ursprüngliches Feldlager, das sich inzwischen von der Halbinsel aus bis auf den ins Landesinnere ziehenden Bergrücken erstreckte, allmählich in eine Art Siedlung mit hölzernen

Hütten und Schuppen und Pferchen für die Tiere, so daß Außenstehende zu der Auffassung kommen konnten, wir würden uns hier auf Dauer einrichten. In unserem Hafen liefen häufig Schiffe mit Kaufleuten aus anderen griechischen Städten ein, die Märkte eröffneten und ihre Waren anboten. Auch die Kapitäne von Überseeschiffen gingen manchmal bei uns für die nächtlichen Fahrtpausen vor Anker, weil sie gehört hätten, daß wir eine Stadt gründeten und über einen Hafen verfügten. Schließlich erschien bei mir sogar eine Abordnung der umwohnenden Bithynier, unserer früheren Feinde.

»Wir hören«, sagte ihr Anführer, »daß du auf der Halbinsel hier eine Stadt anlegst. Was müssen wir tun, um eure Freunde zu sein?«

Offenkundig glaubte jedermann, daß ich hier eine Stadt zu gründen beabsichtigte, und wollte sich mit dem künftigen Stadtherrn und seinen Bürgern gutstellen. Aber obwohl ich selbst ja auch den Standort für besonders günstig hielt, war es doch nicht meine Absicht, mich noch einmal den Angriffen meiner persönlichen Gegner auszusetzen; außerdem war ich mittlerweile mehr denn je entschlossen, sobald wie möglich aus dem Söldnerheer auszuscheiden und mich daheim wieder meinen philosophischen Interessen zu widmen. So erwiderte ich der Delegation nur, sie sollten das mit den Soldaten besprechen, und ließ sie ihrer Wege gehen.

An einem der nächsten Tage landeten gegen Mittag, als der größte Teil des Heeres noch offiziell zum Requirieren unterwegs war, zwei Trieren in unserem Hafen. Ihnen entstiegen mehrere Mitglieder der in Byzantion eingesetzten spartanischen Regierung, an erster Stelle der Kommandant der dortigen Garnison und Chef der Verwaltung, der Harmost Kleandros - damals gewiß der einflußreichste Grieche im Pontosgebiet, auf dessen Unterstützung wir ohne Wenn und Aber angewiesen waren.

Was dann passierte, habe ich erst nachträglich rekonstruieren können, da ich mich zur Zeit des Vorfalls noch im oberen Bereich des Lagers befand. Von dort aus sah ich nur, wie unten am Strand, wo der Harmost mit seiner Begleitung stand, Unruhe aufkam. Der laute Ruf *Verräter* war zu hören. Zahlreiche Soldaten rotteten sich zusammen und drängten drohend gegen die Gruppe vor. Daraufhin begannen viele aus der Bemannung der Trieren in Richtung auf ihre draußen vor Anker liegenden Schiffe loszulaufen und stürzten sich ins Wasser. Und auch Kleandros ergriff die Flucht!

Einen schlimmeren Anfang hätte der Besuch des spartanischen Harmosten bei uns nicht nehmen können! Was war vorgefallen? Ein Söldnerhaufe hatte sich von dem offiziellen Requisitionszug abgesondert, auf eigene Faust das Berggelände durchstöbert, dabei eine ziemlich große Schafherde erbeutet und diese außerhalb unseres Lagerbereichs eingepfercht - mit der betrügerischen Absicht, sie nicht gemäß dem vereinbarten Beschluß als *Gemeingut* abzuliefern, sondern bis zum nächsten Ruhetag des Heeres zu verstecken und mit persönlichem Gewinn zu verkaufen.

Einige von diesen Lumpen erkannten im Gefolge des Harmosten ihren früheren Kameraden Dexippos, jenen verabscheuungswürdigen Deserteur, der damals in Trapezus mit dem Fünfzigruderer das Weite gesucht hatte. An ihn wandten sie sich mit der Bitte, er möge für sie die Schafe in Gewahrsam nehmen, einen Teil davon behalten und ihnen später den Rest zurückgeben. Da erhoben die umstehenden ehrlichen Soldaten, die diese Abmachung mitanhörten, Protest und erklärten, es handele sich hier um *Gemeingut*. Aber Dexippos wies sie ab, ging zu Kleandros und sagte ihm, diese aufrührerischen Soldaten versuchten, eine Schafherde zu rauben. Als Kleandros sofort die Verhaftung des Rädelsführers anordnete, griff sich Dexippos irgendeinen Soldaten aus der Gruppe der Protestierer heraus und führte ihn dem Harmosten zu.

In diesem Augenblick kam zufällig der Lochage Agasias vorbei, sah, wie ein Mann seines Lochos von Dexippos am Gewand festgehalten wurde, und riß ihn mit Gewalt los. Das war das Signal für die Umstehenden, Steine aufzusammeln, unter dem Ruf »Verräter« gegen Dexippos anzudrängen und so schließlich auch die Flucht des Kleandros auszulösen.

Inzwischen waren wir Strategoi alle bei Kleandros eingetroffen und versuchten zunächst, den Vorfall herunterzuspielen.

»Wir bedauern das natürlich sehr«, redete Sophainetos auf ihn ein, »aber die Sache ist doch ohne Bedeutung; Ursache des Streits ist einzig und allein unser Beschluß, daß die gesamte Beute, die an offiziellen Requisitionstagen eingebracht wird, als *Gemeingut* gilt.«

»Es besteht wirklich kein Anlaß zu ernstlicher Sorge«, fügte ich hinzu. »Wir werden das mit unseren Soldaten klären und die Schuldigen bestrafen.«

Aber der Harmost ließ sich nicht beruhigen. Vermutlich war er von Dexippos ohnehin schon in Byzantion zu unseren Ungunsten beeinflußt worden - und außerdem dürfte er es verständlicherweise als sehr peinlich empfunden haben, daß er, der ranghöchste Repräsentant Spartas, vor ein paar aufgebrachten Söldnern die Flucht ergriffen hatte.

Nachdem er seine Beherrschung einigermaßen wiedergefunden hatte, sagte er mit unbewegtem Gesicht:

»Ich werde jetzt nach Byzantion zurückfahren und dort diesen Beschluß herbeiführen und in unserem ganzen Herrschaftsbereich öffentlich verbreiten lassen: daß ihr allesamt zu Staatsfeinden erklärt werdet und von keiner Stadt mehr aufgenommen werden dürft.«

Wir blickten uns entsetzt an: Wenn er diesen Vorsatz verwirklichte und uns als Geächtete von den Griechenstädten am Pontos und sogar von allen griechischen Städten (auch von unseren Heimatgemeinden!) ausschließen ließ, bedeutete das für jeden einzelnen Mann eine persönliche Katastrophe. Und das Ganze war keine leere Drohung: Die totale Niederlage Athens am Ende des langen Krieges hatte dazu geführt, daß die Lakedämonier die unumschränkte Herrschaft über Griechenland ausübten und also auch durchsetzen konnten, was immer sie wollten. Wir mußten alles tun, um den erzürnten Harmosten milde zu stimmen und von seiner Absicht abzubringen.

»Verehrter Harmost Kleandros«, versuchte als erster Sophainetos sein Glück, »wir bitten dich, deinen Entschluß noch einmal...«

»Mein Entschluß steht fest«, lautete die kalte Antwort, »ich vertrete hier den spartanischen Staat und lasse mich doch nicht von irgendwelchen Meuterern mit Steinen bewerfen! Nein! Seht zu, daß ihr so schnell wie möglich von hier und aus der griechischen Welt verschwindet. Vielleicht könnt ihr ja bei den Einheimischen Unterschlupf finden und deren Freundschaft...«

Ich fiel ihm ins Wort:

»Natürlich verstehen wir deine Erregung, Kleandros, und bedauern zutiefst, was dir zugestoßen ist. Aber wir bitten dich dennoch, deinen Entschluß noch einmal zu überdenken: Hältst du es wirklich für gerecht, Tausende unschuldige Männer so grausam für ein Vergehen, dessen sich einige wenige schuldig gemacht haben, zu bestrafen?«

»Also gut«, erwiderte der Harmost nach einigem Zögern, »ich bin bereit, den Antrag auf Ächtung des ganzen Heeres fallenzulassen - unter einer Bedingung: daß mir als dem Gerichtsherrn derjenige, der mit dem Steinewerfen angefangen hat, und derjenige, der diesen Mann befreit hat, innerhalb der nächsten beiden Stunden ausgeliefert wird. Ich rate euch, diese Frist nicht ungenutzt verstreichen zu lassen!«

Kaum hatte sich Kleandros zurückgezogen, beriefen wir eine Heeresversammlung ein, um im großen Kreis über unser weiteres Vorgehen zu beraten. Die ersten Redner drückten nur ihre Verachtung für den Harmosten aus und empfahlen, sein ganzes Gerede einfach zu ignorieren: Man könne doch einen so hervorragenden Offizier wie Agasias, der nichts anderes getan habe, als einen seiner Männer aus den Händen des Betrügers und Deserteurs Dexippos zu befreien, nicht der Bestrafung, vielleicht gar der Todesstrafe, aussetzen.

Da rief einer dazwischen: »Ich habe gehört, wie Dexippos zu Kleandros sagte: Das hat Agasias auf Anweisung Xenophons getan.«

Was war Dexippos doch für ein widerlicher Mensch: Er versuchte auf jede nur mögliche Weise mich bei den Lakedämoniern zu verunglimpfen und uns allen nach Kräften zu schaden. Ich sehnte die Gelegenheit herbei, es ihm heimzahlen zu können - aber vorerst ging es darum, die eigene Haut und vor allem auch Agasias zu retten.

Denn die Tat, die mein Freund begangen hatte, war aus juristischer Sicht keineswegs unbedenklich: Dexippos hatte im Auftrag des Harmosten, also der für Recht und Ordnung zuständigen Behörde, einen auf frischer Tat ertappten, des Raubes beschuldigten Mann in Gewahrsam genommen und abgeführt, Agasias hatte diesen Mann unter Anwendung von Gewalt wieder befreit und durch sein Eingreifen einen spontanen Aufruhr der Soldaten provoziert: Nach allgemeinem Rechtsverständnis war das ein Staatsverbrechen, auf dem die Todesstrafe stand. Es gab keinen Ausweg: Agasias mußte sich dem Gerichtsverfahren des Harmosten unterwerfen und versuchen, mildernde Umstände für seine Tat geltend zu machen, um - vielleicht - sein Leben zu retten und uns anderen die Ächtung zu ersparen.

Jetzt ging es zunächst darum, die gefährlich murrenden Soldaten von unbedachten Handlungen abzuhalten. Darum rief ich ihnen in eindringlicher Rede noch einmal die politische Situation vor Augen und forderte sie auf, sich der nun einmal bestehenden Vormachtstellung der Lakedämonier zu beugen und ihre Forderungen zu erfüllen. Wir dürften nicht das Risiko eingehen, argumentierte ich, daß wegen eines oder zweier Männer alle übrigen von Griechenland und auch von ihren Heimatstädten ausgeschlossen würden. Dann kam ich auf die Verleumdung durch Dexippos zu sprechen.

»Ich spreche euch alle«, rief ich der Versammlung zu, »von jeder Schuld frei und auch Agasias - falls Agasias persönlich hier erklärt, daß ich irgendwie an diesen Vorgängen schuld bin. Wenn ich tatsächlich zum Steinewerfen oder zu sonst einer Gewalttat angestiftet habe, so verurteile ich mich selbst zur Todesstrafe und werde sie ohne Widerspruch auf mich nehmen. Aber ich denke, daß auch jeder andere, der eines Verbrechens beschuldigt wird, sich Kleandros zur Durchführung des Gerichtsverfahrens stellen muß.«

Daraufhin erhob sich Agasias und erklärte unter Anrufung der Götter, daß er weder durch mich noch durch sonst jemanden zu seiner Tat angestiftet worden sei. Er habe es einfach für unerträglich gehalten, daß einer seiner tapferen Männer ausgerechnet durch den Deserteur Dexippos verhaftet wurde. Er bestreite auch nicht, den Mann befreit zu haben, und sei bereit, das Urteil des Kleandros, wie immer es ausfalle, zu akzeptieren. Wir sollten es seinetwegen nicht zu einen bewaffneten Konflikt mit den Lakedämoniern kommen lassen, sondern uns je nach den Wünschen des einzelnen in Sicherheit bringen. Er bat noch darum, daß wir Strategoi ihn begleiten und notfalls bei der Verteidigung unterstützen möchten.

Nachdem wir in aller Kürze die Hauptpunkte der Verteidigungsstrategie abgesprochen hatten, gingen wir (das heißt alle Strategoi, Agasias und der von ihm befreite Mann) hinüber zum Harmosten, der - umgeben von seinem Gefolge - auf einem Feldstuhl Platz genommen hatte und uns bereits erwartete.

Gemäß unserer Vereinbarung ergriff Sophainetos das Wort:

»Das Heer hat uns, Kleandros, zu dir geschickt und stellt dir anheim, mit der Gesamtheit, wenn du sie beschuldigst, nach deinem Willen zu verfahren; wenn du aber nur einen oder zwei oder einige Männer beschuldigst, so werden sich diese nach der Vorstellung des Heeres von sich aus deinem Urteil unterwerfen. Wenn du also einen von uns beschuldigst, so stehen wir dir zur Verfügung. Wenn einen anderen, so nenne ihn: Keiner, der uns gehorchen will, wird sich entziehen.«

Als Kleandros keine Miene verzog und uns nur stumm anblickte, trat Agasias nach vorne und trug seine Verteidigungsrede, die er sich in aller Eile zurechtgelegt hatte, in erregtem Tonfall vor:

»Ich bin es, Kleandros, der diesen Mann hier den Händen des Dexippos entrissen hat, und ich habe auch dazu aufgefordert, den Dexippos zu verprügeln. Denn diesen Mann hier kenne ich als einen tapferen Soldaten. Von Dexippos aber weiß ich, daß er damals vom Heer zum Kommandanten des Fünfzigruderers gewählt wurde, den wir von den Trapezuntiern gefordert hatten unter der Bedingung, damit Schiffe aufzubringen, um uns zu retten, und daß Dexippos dann desertiert ist und die Soldaten verraten hat, mit deren Hilfe er sich gerettet hat.«

Was für ein umständlicher Satz, dachte ich, als Agasias eine kurze Pause einlegte: Von Rhetorik versteht er wirklich nicht viel, aber es ist ihm immerhin gelungen, den alten Vorgang einigermaßen verständlich darzustellen und so dem spartanischen Offizier die Augen über seinen offenbar geschätzten Gefährten zu öffnen - einen Deserteur, der seine Kameraden verraten hat!

»Und so haben wir«, fuhr Agasias fort, »den Trapezuntiern ihren Fünfzigruderer gestohlen und stehen wegen Dexippos in schlechtem Ruf, wären selbst jedoch, wenn es nach ihm gegangen wäre, allesamt umgekommen: Denn er hörte, wie wir auch, es sei unmöglich, auf einem Fußmarsch die Flüsse zu überqueren und heil nach Griechenland zu gelangen. Einem solchen Mann habe ich meinen Soldaten weggenommen. Wenn du ihn verhaftet hättest oder jemand aus deiner Umgebung und nicht ein Deserteur, der uns verraten hat, hätte ich sicher nicht so gehandelt. Sei aber überzeugt: falls du mich jetzt tötest, tötest du einen tapferen Mann wegen eines feigen Schurken.«

Der Harmost verharrte lange in Schweigen. Auch wir anderen waren von der Verteidigungsrede des Agasias beeindruckt: Er plädierte wirklich geschickt auf eine allein durch den Anblick des allgemein verachteten Mannes ausgelöste Unzurechnungsfähigkeit, die ihn die Beherrschung verlieren und handgreiflich werden ließ.

Schließlich erhob sich Kleandros und beendete die Untersuchung des Falles:

»Wenn Dexippos so gehandelt hat, wie du sagst, kann ich das nicht billigen. Aber auch wenn Dexippos der größte Schurke wäre, hätte man keine Gewalt gegen ihn anwenden dürfen! Erst nach einem korrekten Gerichtsverfahren, wie ihr das jetzt für euch fordert, hätte die Strafe festgesetzt werden können. Geht jetzt und laßt mir Agasias hier. Findet euch nachher auf meine Aufforderung hin wieder zur Urteilsverkündung ein. Ich erhebe im übrigen keinen Schuldvorwurf mehr gegen das ganze Heer oder gegen irgendeinen einzelnen Soldaten, da der Angeklagte selbst zugibt, seinen Mann befreit zu haben.«

Damit war, den Göttern sei Dank, die Androhung der allgemeinen Ächtung des Heeres aufgehoben. Und auch für Agasias schien mir die Sache nicht schlechtzustehen. Sein Hinweis auf die Desertion des Dexippos von der Truppe und sein unkameradschaftliches Verhalten mußte doch eigentlich die Sympathie des spartanischen Offiziers, der sich bisher als souveräner Gerichtsherr erwiesen hatte, für den Angeklagten geweckt haben.

Als wir schon im Begriff waren, uns zurückzuziehen, meldete sich zu unser aller Überraschung der Soldat, den Agasias befreit hatte, zu Wort:

»Kleandros, wenn du glaubst, ich sei verhaftet worden, als ich ein Unrecht beging: Ich habe niemanden geschlagen oder mit Steinen beworfen, sondern nur gesagt, daß die Schafe *Allgemeingut* seien. Denn es gab einen Beschluß der Soldaten: Wenn einer beim offiziellen Requisitionszug des Heeres auf Raub ausgeht, soll alles, was er erbeutet, *Allgemeingut* sein. Das habe ich gesagt. Daraufhin hat mich dieser Mann da gepackt und wollte mich abführen, damit keiner mehr den Mund aufmacht, er aber unbehelligt seinen Anteil bekommt und für die Räuberbande, entgegen dem Beschluß, ihre Beute aufbewahrt.«

»Da du so exakte Angaben machst«, erwiderte Kleandros, »bleibe hier, damit wir auch über dich beschließen.«

Als die Spartaner um die Mittagszeit abgesondert am Strand ihr Frühstück einnahmen, rief ich nwiederum das Heer zusammen und machte den Vorschlag, Männer zu Kleandros zu entsenden mit dem Auftrag, noch vor der Urteilsverkündung für die beiden Angeklagten Fürsprache einzulegen. Gemäß dem Beschluß der Soldaten sollten die Strategoi, die Lochagen, der Spartiate Drakontios und noch einige andere Männer, die geeignet erschienen, Kleandros in jeder nur möglichen Weise um die Freigabe der Angeklagten anzuflehen, diese Aufgabe übernehmen.

Zusätzlich kam der Gedanke auf, man könne dem Harmosten vielleicht den Freispruch von zwei Männern mit dem Angebot des Oberbefehls über das ganze Heer gewissermaßen vergelten - ein Gedanke, der mich faszinierte: Hier eröffnete sich nicht nur ein Weg für das Heer, endlich wieder einen Soldherren zu gewinnen, sondern auch für mich persönlich die ersehnte Möglichkeit, sogleich aus der Führerrolle, die ich nun einmal übernommen hatte, auszusteigen und ins Zivilleben zurückzukehren. So gab ich der Versammlung ohne Zögern das Versprechen, ich würde dem Harmosten diesen Gedanken vortragen und seine Realisierung befürworten - freilich (wie bei allen schwerwiegenden Entscheidungen) unter der Voraussetzung, daß uns die Götter durch den Ausgang der zu dieser Frage abzuhaltenden Opfer ihre Zustimmung signalisierten.

Während ich zusammen mit den Strategoi auf den Boten des Harmosten wartete, begaben sich die anderen Bittsteller (immerhin etwa hundert Männer) hinüber zu den Spartanern und begannen mit ihren lauten Fürbitten für die Angeklagten. Nachdem man uns dann gerufen und das Verfahren wieder eröffnet hatte, unterstrich ich noch einmal die unbeschränkte Gerichtshoheit des Harmosten, trug die von allen Soldaten einmütig unterstützte Bitte um Freilassung der Angeklagten, die sich in den vergangenen Kämpfen stets hervorragend bewährt hätten, vor und bot schließlich als Entgelt dafür den Oberbefehl über unser ganzes Heer an - ein Heer, so sagte ich, das sich durch Disziplin, Gehorsam gegenüber dem Oberbefehlshaber und bedingungslose Einsatzbereitschaft auszeichne und bereit sei, seine Qualitäten im Vergleich mit denen des Dexippos von ihm beurteilen zu lassen und ihm so ein objektives Urteil über den Wert der beiden Seiten zu ermöglichen.

»Bei den Dioskuren«, erwiderte Kleandros ohne Zögern, »ich werde euch sogleich antworten. Die beiden Männer gebe ich euch zurück - und will auch selbst bei euch sein. Und wenn es die Götter gewähren, werde ich euch nach Griechenland führen....«

Da brandete lauter Jubel auf! Er mußte seine Rede für einen Augenblick unterbrechen, fügte dann aber noch einen Satz an, den ich mit besonderer Genugtuung zur Kenntnis nahm:

»Diese Aussagen«, sagte er nämlich, »stehen in vollem Gegensatz zu den Aussagen, die ich über einige von euch gehört habe: daß ihr euer Heer den Lakedämoniern entfremden wollt.«

Wir waren alle des Lobes voll über die ruhige, Vertrauen weckende Verhandlungsführung des Harmosten und geleiteten dankbar unsere beiden Männer zum Heer zurück. Kleandros selbst ließ noch am selben Tag ein Opfer vollziehen, um die Frage zu klären, ob die Götter den Abmarsch des Heeres unter seiner Führung unterstützten oder nicht - leider mit einer eindeutig negativen Antwort. Daraufhin kündigte er einen erneuten Versuch für den nächsten Morgen an.

Am Abend saßen wir Strategoi mit ihm in seinem Zelt und feierten die glückliche Beendigung der Krise. Dabei versicherten wir uns gegenseitig unsere Hochachtung und boten uns schließlich als Zeichen des Vertrauens die *Gastfreundschaft* an.

Da die an den beiden folgenden Tagen wiederholten Opfer gleichfalls nur negative Zeichen ergaben, bestand kein Zweifel daran, daß von göttlicher Seite der Oberbefehl des Kleandros über unser Heer nicht gutgeheißen wurde. Daraufhin rief er die Strategoi zu sich und unterrichtete uns darüber, daß er nach dem Ausgang der Opfer die Führung nicht übernehmen könne, daß also der Weitermarsch unter unserem Kommando stattfinden müsse.

»Marschiert nun los«, sagte er zum Schluß, »wir werden euch in Byzantion, sobald ihr dort eintrefft, nach besten Kräften aufnehmen.«

Als er sich schon zur Einschiffung fertigmachte, wurde plötzlich am Strand jene Schafherde herbeigeführt, welche die Krise ausgelöst hatte: Die Soldaten hatten beschlossen, sie ihm zu schenken! Gerührt nahm Kleandros die Herde entgegen - und (was sollte er auch anderes machen?) schenkte sie sogleich dem Heer zurück. Danach stachen seine beiden Trieren unter den Augen vieler Zuschauer in See.

In den nächsten Tagen lösten wir den Stathmos, in dem wir mehrere Wochen verbracht hatten, auf und verkauften die überschüssigen Lebensmittel und alles, was wir sonst noch an uns gebracht hatten, an die vielen Händler, die sich bei uns eingefunden hatten, und auch an die inzwischen zurückgekehrten Bithynier - aus deren Häusern die meisten unserer Beutestücke stammten.

Dann schlug die Stunde des Abschieds. Unter der Führung von Einheimischen zogen wir auf demselbem Hauptweg, neben dem wir so viele Gräber hatten anlegen müssen, ins Binnenland hinein. Wir hatten uns vorgenommen, unterwegs möglichst viel verkäufliche Beute zu machen, um nicht mit leeren Händen im Freundesland einzurücken - aber wir sahen den ganzen Tag über weder Menschen noch Tiere; alle Dörfer, durch die wir kamen, waren völlig ausgeräumt. Offenbar hatte sich die Nachricht von den Vorbereitungen für unseren Abmarsch so schnell herumgesprochen, daß die Bewohner der an unserer Route liegenden Dörfer ihre gesamte Habe und sich selbst noch hatten in Sicherheit bringen können.

Als wir Strategoi am Abend des zweiten ebenso erfolglosen Marschtages im Biwak unter freiem Himmel über dieses Phänomen diskutierten und nach Möglichkeiten suchten, doch noch an Beute heranzukommen, schlug ich eine einfache Kriegslist vor:

»Laßt uns«, sagte ich, »morgen tagsüber und auch während der Nacht in Richtung Küste zurückmarschieren. Die Leute hier werden glauben, wir hätten den Landmarsch auf diesem Weg aufgegeben, und nichtsahnend aus ihren Verstecken hervorkommen. In Wahrheit rücken wir im Morgengrauen des folgenden Tages erneut in der alten Richtung voran - und dabei werden uns Menschen und Viehzeug massenhaft in die Falle gehen!«

Die List bewährte sich vorzüglich! Die überraschten Einwohner ganzer Dörfer wurden zusammengetrieben und zum Verkauf in die Sklaverei mitgeführt; auch fielen uns große Schafherden in die Hände. Im übrigen verlief der Marsch durch das bithynische Land ohne Zwischenfälle und endete am Nachmittag des sechsten Tages in Chrysopolis, einem kleinen Hafenplatz etwa 28 Stadien nördlich der größeren Stadt Kalchedon, von Byzantion nur noch durch den hier etwa 11 Stadien breiten Meeresstrom des Bosporus getrennt.

Am Rand des Ortes, der fast ausschließlich aus Hafenanlagen und Lagerschuppen sowie Unterkünften und Pferchen für die hier ankommenden oder abgehenden Karawanen bestand, errichteten wir unser Biwak und blickten dankbar hinüber zu der hochragenden Stadt Byzantion, deren wuchtige Mauern direkt aus dem Wasser aufzusteigen schienen.

Wir waren zu unserer großen Freude fast am Ziel und rechneten damit, bald nach Byzantion überzusetzen und von dort aus zu Schiff die Heimreise anzutreten. Aber zunächst ging es darum, die Beute, vor allem unsere bithynischen Gefangenen und Schafe, zu verkaufen. Dafür richteten wir einen Markt ein, der von Anfang an guten Zulauf hatte: Als Käufer fanden sich nicht nur zahlreiche Bürger aus Byzantion und Kalchedon ein, sondern auch durchreisende Kaufleute oder die Kapitäne von Schiffen, die in der Nähe vor Anker lagen. Chrysopolis war für derartige Geschäfte besonders geeignet, weil auf den Straßen und vor allem am Hafen ein ständiges Kommen und Gehen herrschte: Hier wurden ja die aus dem Landesinneren Asiens eintreffenden Waren auf Fähren umgeladen, die sie nach Byzantion transportierten, und umgekehrt die von der europäischen Seite herübergeschafften Ladungen zum Weitertransport ins Binnenland auf Wagen oder Tragtierkolonnen verteilt.

Schon am zweiten Tag erschien ein Abgesandter des spartanischen Nauarchen Anaxibios bei uns und forderte alle Offiziere auf, zu einer Besprechung nach Byzantion zu kommen. So überquerten wir auf seiner Triere den schmalen Sund, umrundeten nach kurzer Fahrt das markant vorspringende Kap Bosporios und erreichten durch eine relativ enge Einfahrt den großen Haupthafen der Stadt.

Diese Einfahrt wird durch zwei Molen gebildet, auf deren äußersten Enden die sehr starke Stadtmauer, die im Osten und Süden unmittelbar am Ufer entlang, im Westen quer durch den Hals der Halbinsel das ganze Stadtgebiet umschließt, ihre Ausgangspunkte hat. Aber auch die Rückseite des Hafens ist durch eine auf beiden Seiten in die Stadtmauer eingebundene Mauer abgesichert, so daß man von einem lückenlosen Verteidigungsring sprechen kann.

Wir verließen den Hafen, in dem viele Fracht- und Fährschiffe und auch eine Reihe von Trieren an Land gezogen waren, durch das einzige Tor der Hafenmauer und folgten der dort beginnenden Hauptstraße, die in der Nähe der Westmauer auf den am Schluß recht steilen Berg hinaufsteigt. Immer wieder zweigen Nebenwege ab, die mit Hilfe von manchmal abenteuerlich wirkenden Treppenanlagen durch die überall in den Hängen angelegten Wohnviertel führen. Schließlich erreichten wir den von Hallen umgebenen Marktplatz und begannen von dort aus mit dem Aufstieg auf die vor uns gewaltig aufragende, von einem eigenen Mauerring geschützte Akropolis.

Dort trafen wir mit dem Nauarchen Anaxibios zusammen, einem eindrucksvollen großen Mann, der uns in seinem Amtszimmer freundlich begrüßte und seine Anerkennung zur glücklichen Ankunft in Chrysopolis aussprach. Dann kam er zur Sache und stellte die Frage nach unserer Zukunft.

»Ich denke«, sagte er, »daß ihr nicht drüben bleiben, sondern auf unsere Seite herüberkommen und von hier aus nach Hause reisen wollt.«

»Das dürfte wohl der überwiegende Wunsch der Soldaten sein«, antwortete Sophainetos.

»Man könnte natürlich», bemerkte Timasion, «auch auf der anderen Seite bis in die Troas marschieren und vor der Heimfahrt noch ein bißchen Beute machen.«

»Der von dir ins Auge gefaßte Weg«, erwiderte der Nauarch offensichtlich verärgert, »führt quer durch die Satrapie des Pharnabazos, zu dem ich ein gutes Verhältnis habe - und auch behalten möchte! Ihr solltet diesen Plan also nicht weiterverfolgen, sondern nach Byzantion kommen. Sagt euren Soldaten, daß ihnen Sold ausgezahlt wird, wenn sie übersetzen. Das verspreche ich.«

Erfreut ergriff Sophainetos das Wort:

»Wir werden die Soldaten über deinen Vorschlag unterrichten - und ich bin sicher, sie werden um so lieber herüberkommen.«

»Also gut«, beendete Anaxibios das Gespräch, »ich erwarte in den nächsten Tagen eure Ankunft.«

Bevor sich die Versammlung auflöste, trat ich allein auf ihn zu und teilte ihm meine Absicht mit, aus dem Heer auszuscheiden.

»Da das künftige Schicksal der Truppen durch dich geregelt ist«, sagte ich zu ihm, »ist für mich der Zeitpunkt gekommen, mein militärisches Amt aufzugeben und nach Hause zurückzukehren. Ich möchte...«.

»Einverstanden«, unterbrach er mich, »aber ich bitte dich, die Überfahrt noch mitzumachen oder vielmehr zu organisieren. Ohne deine Autorität könnte vielleicht Unruhe aufkommen. Sobald ihr hier seid, steht deiner Abreise nichts mehr im Wege.«

Unter den gegebenen Umständen mußte ich mich dieser Bedingung natürlich fügen. Am Nachmittag fuhren wir nach Chrysopolis zurück und beriefen eine Heeresversammlung ein, auf der sich die Mehrheit der Redner für die Überfahrt aussprach. Sie sollte einige Tage später, nach dem erfolgreichen Abschluß unseres Marktes, stattfinden.

Am folgenden Morgen erhielt ich überraschenden Besuch von einem mir unbekannten, vornehm wirkenden älteren Mann offenbar thrakischer Herkunft, der mich in vorzüglichem Griechisch ansprach:

»Ich heiße Medosades«, sagte er, »und komme im Auftrag des Beherrschers der thrakischen Küste, Seuthes. Mein Herr fordert dich nachdrücklich auf, alles zu tun, damit euer Heer herüberkommt. Und er läßt dir ausrichten, daß du es nicht bereuen wirst, wenn du so handelst.«

Erstaunt blickte ich meinen Gesprächspartner an: Die Thraker, deren Einflußbereich nicht weit hinter dem unmittelbaren Umland von Byzantion begann, nahmen Kontakt mit uns auf - mit welchem Hintergedanken? Warum legten sie Wert darauf, daß wir uns auf *ihre* Seite der Propontis begaben? Und in welchem Verhältnis standen sie zu den Lakedämoniern, die dasselbe von uns forderten? Unlösbare Fragen, jedenfalls im Augenblick! Man konnte allenfalls vermuten, daß sie an unserer Kampfkraft interessiert waren, aber Medosades enthielt sich jedes genaueren Hinweises.

Offenkundig betrachtete dieser Seuthes mich als den Oberbefehlshaber unseres Heeres - und versuchte deshalb sogar, mich zu bestechen!

»Du kannst deinem Herrn melden«, antwortete ich schließlich, »daß das Heer auf jeden Fall übersetzen wird. Dafür soll er weder mir noch jemand anderem Geld bezahlen! Wenn wir drüben sind, werde ich selbst abreisen. Dann sollte er sich, mit der gebotenen Vorsicht, an die einflußreichsten unter den verbliebenen Strategoi wenden.«

Als ich mich nach diesem Gespräch von Medosades verabschiedete, ahnte ich nicht, daß ich den Mann bald wiedersehen und sogar zu seinem Herrn Seuthes in nähere Beziehungen treten würde.

Nach einigen Tagen verließen wir frühmorgens in zahlreichen Fährschiffen mit unserem gesamten Troß den Hafen von Chrysopolis und fuhren hinüber nach Byzantion. Dort marschierten wir in langer Kolonne hinauf zum Marktplatz und bezogen unser Lager auf einem unbebauten, relativ ebenen Platz, der sich zwischen dem Marktplatz und der hier von einem Tor durchbrochenen Stadtmauer erstreckt. Er trägt den Namen *Thrakion* und ist der Ausgangspunkt der großen Fernstraße, die durch dieses *thrakische Tor* (oder, wie es auch bezeichnet wird: das *Tor am Thrakion*) das Stadtgebiet verläßt und dann weiter zur thrakischen Cherrones führt.

Während die Soldaten noch mit der Einrichtung des Stathmos beschäftigt waren, erschienen Offiziere aus dem Stab des Nauarchen zusammen mit einem Herold, der die Anordnung verbreitete: »Waffen und Gepäck aufnehmen! Dann durch das thrakische Tor zum Weitermarsch ausrücken! Am Tor Musterung und Zählung!« Da erhob sich von allen Seiten ein lautes Geschrei, wo denn der versprochene Sold bleibe, und sie hätten kein Geld, um sich für einen längeren Marsch zu verproviantieren. Die Stimmung wurde zusehends gereizter, so daß der Abbruch des eben erst errichteten Lagers widerwillig und zögernd voranging.

Ich selbst griff in das Geschehen nicht ein, da ich mich dem Heer nicht mehr wirklich zugehörig fühlte und nur noch an meine Heimreise dachte. Von den mit mir befreundeten Offizieren hatte ich mich bereits verabschiedet und machte mich nun auf den Weg zu meinem *Gastfreund* Kleandros, dem Harmosten, um auch ihm Lebewohl zu sagen. Als ich ihm in seinem Amtszimmer auf der Akropolis gegenübertrat, sah er mich mit besorgtem Blick an. Er wußte offenbar, warum ich kam, und fiel mir gleich bei der Begrüßung ins Wort:

»Tu das nicht, reise nicht ab! Sonst wird man dir die Schuld für alles zuschieben. Schon jetzt machen dich einige Leute dafür verantwortlich, daß das Heer so langsam ausrückt.«

»Aber dafür bin ich doch ganz und gar nicht verantwortlich, sondern die Soldaten selbst! Ihnen fehlt der Proviant und deswegen zögern sie mit dem Ausmarsch.«

»Das glaube ich ja, aber dennoch rate ich dir dringend, mit ihnen auszuziehen, so als ob du den Marsch mitmachen wolltest. Sobald das Heer draußen ist, kannst du deiner Wege gehen.«

Verärgert darüber, daß man mich schon wieder zum Sündenbock machen wollte, forderte ich Kleandros auf, sofort mit mir den Nauarchen aufzusuchen und dort die Sache endgültig zu klären. Wenige Minuten später standen wir vor Anaxibios und trugen ihm die Angelegenheit vor. Es war ihm deutlich anzumerken, wie sehr er über das Verhalten unseres Heeres empört war, und so fiel auch seine Antwort ziemlich bissig aus:

»In Ordnung«, sagte er, »was dich betrifft, Xenophon: Du kannst nach dem Auszug abreisen. Zuvor aber sorge dafür, daß die Söldner so schnell wie möglich zusammenpacken und die Stadt verlassen. Und teile ihnen mit, daß jeder, der bei der Musterung und Zählung nicht anwesend ist, sich schuldig macht und persönlich die Konsequenzen zu tragen hat.«

Nach kurzem Abschied von Kleandros eilte ich zum Heer zurück, rief die Strategoi zusammen und informierte sie über die Situation. Dann ließ ich mit ihrem Einverständnis durch den Herold den Befehl und die Drohung des Nauarchen verkünden. Am Tor war inzwischen eine kleine spartanische Mannschaft unter dem Kommando des Eteonikos, eines schon älteren Berufsoffiziers, der sich in vielen Kommandos bewährt hatte, aufmarschiert, um die Musterung und Zählung durchzuführen. Nach einiger Zeit erschien sogar der Nauarch selbst, um den Verlauf der Aktion zu beobachten.

Da setzte ich mich mit meiner Dienerschaft, gefolgt von den übrigen Strategoi und ihren Leuten, ostentativ in Bewegung und durchschritt als erster das thrakische Tor. Damit war das Eis gebrochen. Wenn auch unwillig und murrend begannen die Söldner mit dem Auszug. Als die lange Kolonne schon fast vollständig draußen war (es ging nur langsam voran, weil die Männer beim Marsch durch das Tor gezählt und auf die Vollständigkeit ihren Waffen überprüft wurden), berief Anaxibios unmittelbar vor dem Tor eine Versammlung unserer Offiziere ein, um eine neue Weisung auszugeben:

»Die Lebensmittel nehmt euch aus den thrakischen Dörfern. Es gibt hier in der Nähe viel Gerste, Weizen und andere Lebensmittel. Wenn ihr euch damit versorgt habt, marschiert auf die Cherrones. Dort wird euch der zuständige Harmost Kyniskos den Sold auszahlen.«

»*Du* willst uns also keinen Sold auszahlen?« fragte Sophainetos. »Denn die Soldaten glauben, daß die Zählung dafür die Voraussetzung schaffen sollte - ohne Sold wird es schwierig sein, sie in Marsch zu setzen.«

»Sie brauchen keinen Sold«, erwiderte Anaxibios unwillig, »sie können sich die Verpflegung kostenlos von den Thrakern beschaffen. Die Lochagen sollen jetzt zu ihren Einheiten gehen und die Requisitionszüge schon vorbereiten, die Strategoi möchte ich noch hierbehalten, um mit ihnen Einzelheiten der Marschroute zu erörtern.«

Wir waren eben dabei, unsere ersten Fragen zu stellen (Ist Seuthes unser Freund oder Feind? Ist es besser, durch das *Heilige Gebirge* zu marschieren oder im Bogen durch das thrakische Binnenland?), als sich drüben bei den Söldnern Geschrei erhob. Wir sahen, wie ein Haufen Hopliten die Waffen ergriff und auf uns zustürmte. Im selben Augenblick lief der Nauarch durch das Tor in die Stadt zurück und ließ es sofort durch Eteonikos und seine Leute schließen. Wir standen direkt davor und hörten, wie der schwere Querbalken innen über beide Türflügel geschoben und mit dem eingesenkten Riegel (der nur mit dem in seine Vertiefungen passenden Schlüssel wieder angehoben werden kann) gesichert wurde. Jetzt war es nicht mehr möglich, das Tor von außen aufzudrücken oder unbefugt (ohne den Schlüssel) von innen zu öffnen - es sei denn durch Zersägen oder Zerhacken des Querbalkens.

Was war passiert? Offenbar hatten einige Leute die Anordnungen des Anaxibios mitgehört oder das Wesentliche durch einen Lochagen erfahren - und durch ihr Wutgeschrei waren die anderen so sehr aufgestachelt, daß sie sich zu dem spontanen Angriff hinreißen ließen.

Sie hieben mit ihren Schwertern auf das Tor ein und schrien, man füge ihnen das schlimmste Unrecht zu, wenn man sie so zu den Feinden hinaustreibe, und sie würden das Tor zerhauen, wenn es nicht freiwillig geöffnet werde. Einige rannten los und stürmten an der Mauer entlang den Berg hinunter zum Meer, arbeiteten sich auf der als Wellenbrecher vorgelagerten Steinschüttung der westlichen Mole bis zum Molenkopf vor, umgingen hier die Stadtmauer und erreichten durch das Hafentor jene Hauptstraße, die zum Marktplatz und zum Thrakion führt. Aber schon bevor sie wieder oben sein konnten, hörten wir drinnen heftige Axtschläge: Sie stammten von einigen unserer Leute, die noch gar nicht draußen gewesen waren, als das Tor plötzlich geschlossen wurde.

Nach kurzer Zeit hatten sie es geschafft. Knarrend öffneten sich die Torflügel - und sofort strömten die Massen der Söldner unter wütendem Gebrüll ins

Innere. Um womöglich Schlimmeres, vor allem die unkontrollierte Plünderung der Stadt, zu verhindern, drängte ich mich gleich am Anfang mit hinein und sah selbst, wie auf dem zu dieser Zeit stark besuchten Marktplatz jenseits des Thrakion eine regelrechte Panik ausbrach: Die Menschen flüchteten nach allen Richtungen, manche um ihre Häuser zu erreichen, andere um sich im Hafen auf Schiffe zu retten; wieder andere, die zu Hause gewesen waren, schlossen sich aus Angst vor Ausschreitungen den Flüchtenden an.

In der ganzen Stadt herrschte ein unbeschreibliches Chaos, dem sich auch die spartanische Führungsspitze nicht entziehen konnte. Eteonikos kehrte eilig mit seinen Soldaten in die Akropolis zurück und bereitete die Verteidigung vor, Anaxibios, so hörte ich später von ihm selbst, lief zum Meer hinunter und fuhr in einem Fischerboot außen herum zur Seeseite der Akropolis, wo es noch einen weiteren Eingang gab. Außerdem forderte er durch Boten dringend Soldaten aus Kalchedon zur Verstärkung seiner Festungstruppen an.

Unsere Leute verteilten sich glücklicherweise nicht alle in der Stadt, sondern machten zum größten Teil auf dem Thrakion halt. Als sie mich dort erkannten, stürzten viele auf mich zu und umringten mich. Ihr Wortführer rief mir zu:

»Xenophon, jetzt ist die Gelegenheit, dich als Mann zu erweisen! Du hast eine Stadt, du hast Trieren, du hast Geld, du hast so viele Männer. Jetzt könntest du uns, wenn du nur willst, Vorteile verschaffen, und wir könnten dich groß machen.«

Bei allen Göttern, sie wollten mir die Tyrannis über Byzantion erkämpfen! Ein wahnwitziger Gedanke, dessen (unter den gegebenen Umständen vielleicht sogar mögliche!) Verwirklichung unabsehbare politische Folgen haben würde. Um die gefährlich explosive Lage ein wenig zu entspannen, ging ich scheinbar auf den Vorschlag ein:

»Gut gesprochen, Männer, und ich werde es machen! Wenn ihr das aber wirklich wünscht, tretet hier sofort in Reih und Glied an. Und gebt diesen Befehl mündlich an alle weiter, auch an diejenigen, die schon auf dem Weg in die Stadt sind.«

Ich hörte, wie überall der Befehl: *Hier oben antreten!* verbreitet wurde; nach kurzer Zeit war das Heer auf dem Platz des Thrakion aufmarschiert - in Phalanxformation mit Angriffsrichtung Marktplatz und Akropolis. Auf die beiden Flügel hatten sich, ohne daß entsprechende Befehle ergangen waren, die Leichtbewaffneten begeben, im Zentrum stand die geschlossene Front der Hopliten in der üblichen Tiefe von acht Mann. Sie hatten alle ihre großen Schilde vor sich abgestellt und warteten auf meine Anordnungen.

Endlich beruhigten sich die Massen. So gab ich den Befehl: *Schilde ablegen und Heeresversammlung bilden!* Daraufhin legten alle Hopliten an Ort und Stelle ihre Schilde und Speere auf den Boden, traten nach vorne vor die erste Reihe und setzten sich dort in lockerer Ordnung zur Versammlung nieder. Nun konnte ich mit meiner Ansprache beginnen, deren Ziel es war, den rachelüsternen Siegestaumel der Söldner schnell zu brechen und eine erträgliche Lösung des von ihnen herbeigeführten Konflikts zu erreichen.

Ich bekundete zunächst mein volles Verständnis für ihren Zorn und ihre Empörung darüber, daß die Spartaner sie, wie sie es ausdrückten, betrogen hatten. Aber, so fragte ich, was würde uns wohl der Kampf gegen die Spartaner und die Ausplünderung der unschuldigen Stadt Byzantion einbringen? Zum ersten Punkt erinnerte ich die Zuhörer eindringlich an den gerade erst vergangenen großen Krieg zwischen den Lakedämoniern und den Athenern, in dem der hochgerüstete, mit reichen Geldmitteln ausgestattete und über ein großes Gebiet (in das sogar Byzantion und die asiatische Küste einbezogen waren) herrschende Attische Seebund bekanntlich vernichtend geschlagen worden war - von den Spartanern, auf deren Seite inzwischen auch noch die Perser einschließlich unseres Erzfeindes Tissaphernes und des Großkönigs selbst standen.

»Wäre es nicht ein Zeichen von Wahnsinn«, rief ich aus, »zu glauben, wir könnten über diese riesige vereinigte Macht je den Sieg erringen?«

Sicherlich waren sowohl der aberwitzige Vergleich zwischen dem Attischen Seebund und unserem Söldnerhaufen als auch der bloße Gedanke an die Möglichkeit eines Sieges über das Militär der ganzen Welt weit jenseits jeder vernünftigen Argumentation - aber ich wollte durch drastisch vor Augen gestellte Bilder die Söldner schlagartig wieder auf den Boden der Tatsachen zurückholen - und das gelang mir auch, wie ich an den Reaktionen merkte.

Daß uns die Zerstörung und Ausplünderung von Byzantion, der ersten ganz griechischen Stadt, in die wir gelangt waren, in unseren eigenen Vaterstädten nur Schande und Verachtung einbringen würde, brauchte ich nicht ausführlich zu begründen. So brutal waren wir, sagte ich, nicht einmal gegen barbarische Städte vorgegangen, auch wenn wir die Möglichkeit dazu hatten.

»Bevor ich zusehe«, schloß ich meine Rede ab, «wie eine solche Tat von euch begangen wird, möge mich lieber die Erde verschlingen! Euch aber, die ihr doch Griechen seid, rate ich dringend, den Spartanern, die nun einmal die führende Position in Griechenland innehaben, zu gehorchen und auf diesem Weg zu versuchen, Recht zu bekommen. Falls ihr das nicht erreicht, dürfen wir als diejenigen, die hier Unrecht erleiden, wenigstens nicht von Griechenland ausgeschlossen werden. Und jetzt scheint es mir am besten zu sein, wir schicken zu Anaxibios und teilen ihm mit: Wir sind keineswegs in die Stadt gekommen, um hier Gewalttaten zu verüben, sondern um von euch gute Behandlung zu erlangen, falls wir das zu erreichen vermögen; wenn nicht, wollen wir wenigstens verkünden können, daß wir nicht als Betrogene, sondern nach gütlicher Überredung aus der Stadt ausziehen.«

Mit dieser vielleicht ein wenig spitzfindigen Formulierung (auf die ich damals ziemlich stolz war) übernahmen wir Offiziere zwar gewissermaßen die Verantwortung für die Meuterei unserer Soldaten und kündigten am Schluß an, daß wir gemäß dem Befehl des Nauarchen die Stadt verlassen würden, stellten aber zugleich unser Motiv für den gewaltsamen Einbruch klar (wir wollten nur unsere Forderung nach gerechter Behandlung unterstreichen!) und verlangten eine vernünftige Erklärung für den Auszugsbefehl - um gegen die Spartaner nicht weiterhin den Vorwurf der arglistigen Täuschung erheben zu müssen. Mit dem Auftrag, diese Erwägungen dem Nauarchen mitzuteilen, bildeten wir eine kleine Delegation aus unseren drei redegewandtesten Offizieren (Hieronymos aus Elis, Eurylochos aus Arkadien und Philesios aus Achaia) und entsandten sie in die Akropolis.

Während wir noch alle voller Spannung auf die Rückkehr unserer Delegation warteten, näherte sich vom Marktplatz her gemessenen Schrittes ein hochgewachsener, hagerer Mann in der Uniform eines Hoplitenoffiziers. Er trat auf mich und die Offiziere zu, die sich um mich geschart hatten, begrüßte uns mit einem freundlichen Nicken und sagte:

»Ich bin Koiratades aus Theben und möchte...«

Da unterbrach ihn einer der älteren Lochagen aus der ursprünglichen Abteilung des Klearchos:

»Ich kenne dich, Koiratades, noch aus der Zeit, als Klearchos hier in Byzantion Harmost war. Das dürfte jetzt etwa acht Jahre her sein. Damals warst du, wenn ich mich recht erinnere, der Anführer einer bötischen Söldnereinheit. Und als die Stadt im Winter durch schäbigen Verrat dem Alkibiades in die Hände fiel, bist du hier, auf dem Thrakion, in die Gefangenschaft der Athener geraten und nach Athen abtransportiert worden.«

»Du erinnerst dich gut, lieber Freund«, nahm Koiratades den Faden auf. »Als unser Gefangenenschiff im Piräus anlegte und entladen wurde, entstand ein solches Menschengewühl, daß ich darin untertauchen und mich schließlich unbemerkt bis zu unserem ersten spartanischen Stützpunkt auf attischem Gebiet in Dekelea durchschlagen konnte.«

»Nun gut«, unterbrach ich jetzt das Gespräch der beiden, »uns interessiert im Augenblick mehr, was du von uns willst.«

»Selbstverständlich!«, erwiderte Koiratades. »Hier mein Angebot: Ich bin bereit, eure Soldaten in das thrakische Delta zu führen...«

»Das thrakische Delta? Was ist das?«

»So nennt man das Gebiet nördlich von Byzantion mit zahlreichen Städten und Dörfern, aus denen Beute in Hülle und Fülle zu holen ist.«

»Wann willst du aufbrechen?«

»Sobald wie möglich - wenn mir die Soldaten die Leitung übertragen.«

»Aber wir haben hier keine Verpflegung mehr, nicht einmal für wenige Tage. Kannst du...?«

»Kein Problem, meine Freunde! Ich werde euch morgen Speise und Trank im Überfluß herbeischaffen.«

»Also gut. Du kannst jetzt deinen Vorschlag der Heeresversammlung vortragen. Sag ihnen alles, was du auch uns gesagt hast - dann werden wir sehen, was sie beschließen.«

Fast im selben Augenblick, als Koiratades mit seiner Rede an die Soldaten begann, kehrte unsere Delegation aus der Akropolis zurück. Eurylochos referierte uns die Antwort des Nauarchen im Wortlaut: »Ihr werdet es nicht bereuen, daß ihr meinen Befehl ausführt. Aber natürlich muß ich den Behörden in Sparta über diese Vorfälle Bericht erstatten und auch selbst darüber einen Beschluß fassen - beides jedoch so günstig für euch, wie es mir nur irgend möglich ist.«

Nachdem diese mild und versöhnlich klingende Verlautbarung des Nauarchen den Soldaten zur Kenntnis gebracht worden war, führte die Abstimmung über das Angebot des Koiratades zu dem erwarteten Ergebnis: Das Heer wählte ihn zum leitenden Strategos und verließ unter seiner Führung friedlich und diszipliniert abermals das Stadtgebiet durch das thrakische Tor, das unmittelbar hinter den letzten Nachzüglern geschlossen wurde. Und dann erklang aus einem der Tortürme nur noch die laute Stimme des Herolds: »Anaxibios gibt bekannt, daß jeder Soldat, der jetzt noch in der Stadt angetroffen wird, in die Sklaverei verkauft wird.«

Am nächsten Morgen erschien Koiratades an der Spitze einer kleinen Kolonne, die aus einem Seher bestand, der mehrere Opferschafe mit sich führte, sowie zwanzig Männern, die Säcke mit Gerstenmehl trugen, weiteren zwanzig Männern mit Weinschläuchen auf den Schultern, drei Männern mit Säcken voll Oliven, einem Mann mit einer riesigen Last von Knoblauchzehen und einem weiteren Mann, der einen großen Sack voll Zwiebeln schleppte. Er ließ die Lasten absetzen und begann mit den Vorbereitungen für ein Opfer, durch das er offenbar klären wollte, ob er den Oberbefehl übernehmen und die Lebensmittel verteilen solle oder nicht.

Wir Offiziere sahen uns fragend an: War das alles? Hoffte er wirklich, mit dieser bescheidenen Menge mehrere tausend Söldner (gar nicht gerechnet die Schildträger der Hopliten, die Lastenträger, die Treiber der Lasttiere und die vielen sonstigen Mitglieder des Trosses, die ja auch von irgendetwas leben mußten) ernähren zu können? Angenommen, jeder der zwanzig Mehlträger trug einen *Medimnos*, also die Tagesrationen für etwa 50 Männer - dann bot die gesamte angelieferte Mehlmenge doch nur etwa 1000 Männern die Möglichkeit, sich für *einen* Tag mit Essen zu versorgen! Offensichtlich konnte

Koiratades sein großspuriges Versprechen, er werde Speise und Trank im Überfluß liefern, nicht einlösen.

Und anscheinend mißlang das Opfer beim ersten Versuch und mußte wiederholt werden. So verließ ich die Szene und begab mich zum thrakischen Tor, um Kleandros aufzusuchen und endlich meine Heimfahrt in die Wege zu leiten. Als die Wachen mir den Eintritt verweigerten, übersandte ich ihm durch einen Boten eine schriftliche Nachricht: »Xenophon grüßt seinen Gastfreund Kleandros. Erwirke mir bitte bei Anaxibios die Erlaubnis, in die Stadt kommen und aus Byzantion abreisen zu dürfen. Ich warte auf dich vor dem thrakischen Tor.«

Nach etwa einer Stunde erschien Kleandros und teilte mir das Ergebnis seiner Besprechung mit dem Nauarchen mit:

»Es war sehr mühsam«, sagte er, »aber ich habe dir die gewünschte Erlaubnis erwirkt! Mühsam deshalb, weil Anaxibios die Meinung vertrat, es sei höchst problematisch, wenn das Heer sich draußen vor den Mauern, Xenophon aber drinnen in der Stadt aufhalte. Das könne, meinte er, angesichts der Tatsache, daß die Bürger von Byzantion in mehrere miteinander verfeindete Parteien aufgespalten seien, Aufsehen erregen und zu Unruhen führen. Aber schließlich hat er doch zugestimmt und fordert dich auf, in die Stadt zu kommen, wenn du - jetzt wirst du staunen! - mit ihm zusammen heimfahren willst! Denn seine Amtszeit läuft jetzt ab. In einigen Tagen wird er Byzantion verlassen und ist wunderbarerweise bereit, dich mitzunehmen.«

Erleichtert über diese günstige Entwicklung eilten wir zusammen zu meinem Lagerplatz, um die Diener über ihre Aufgaben zu instruieren: Sie sollten sich mit meinen Pferden und dem Gepäck in die Stadt begeben, dort die Pferde mit Ausnahme der beiden besten (dazu gehörte immer noch mein Rotfuchs!) verkaufen und im Hafen warten, bis die Schiffe abgingen. Danach verabschiedete ich mich noch einmal von den mir näherstehenden Offizieren und richtete auch ein paar Worte an die zusammenströmenden Söldner. Anschließend durchquerte ich in Begleitung meines Gastfreundes das thrakische Tor und quartierte mich (nun endlich wieder als Zivilist, der freilich als kostbaren Besitz ein Tagebuch voller militärischer Erlebnisse verwahrte!) bis zur Abreise in seinem Haus ein.

Über die Vorgänge, die sich während der folgenden Tage im Lager abspielten, habe ich später einige Einzelheiten erfahren. Kurz nach mir schied auch Sophainetos aus dem Heer aus, so daß die Führungsspitze jetzt aus den folgenden sechs Strategoi bestand: Neon aus Asine, Philesios aus Achaia, Xanthikles aus Achaia, Timasion aus Dardanos, Kleanor aus Achaia und Phryniskos aus Achaia. Ihn, der früher in meiner Abteilung als Lochage tätig gewesen war, hatten die Soldaten zu meinem Nachfolger gewählt.

Das Opfer des Koiratades mißlang am ersten Tag auch bei der Wiederholung. Daraufhin verteilte er seine Lebensmittel nicht, sondern organisierte ihre Bewachung über Nacht und ging nach Hause. Als er am folgenden Morgen, feierlich bekränzt, mit seinen Opferschafen wieder am Altar erschien, traten Timasion, Neon und Kleanor auf ihn zu und teilten ihm mit, er brauche nicht zu opfern: Er werde den Oberbefehl über das Heer nicht übernehmen - wenn er nicht zuvor die Lebensmittel austeile! Koiratades war damit einverstanden, aber nun stellten die Offiziere beim Zumessen (wie erwartet!) fest, daß seine Vorräte nicht einmal eine einzige Tagesration für das ganze Heer ermöglichten. Da verzichtete Koiratades unter den amüsierten Blicken der Umstehenden auf den Oberbefehl und führte seine Opferschafe in die Stadt zurück, während die hinterlassenen Lebensmittel sofort von den Männern, die gerade in der Nähe waren, geplündert wurden.

Am nächsten Tag verließ das Heer seinen bisherigen Lagerplatz, marschierte in das thrakische Umland oberhalb von Byzantion hinein und bezog dort in mehreren Dörfern, in denen es reiche Vorräte gab, Quartier. Hier kam es bald im Rat der Strategoi zu einem folgenreichen Streit über die weitere Marschplanung. Während Neon sich dafür einsetzte, gemäß dem seinerzeit von Anaxibios erlassenen Befehl in die Cherrones zu ziehen (er hoffte wohl, man werde ihm, dem Spartaner, im Machtbereich der Lakedämonier den Oberbefehl über das ganze Heer übertragen), plädierte Timasion, wie auch schon früher, für den Übergang nach Asien und fand damit den Beifall der meisten Soldaten. Aber es gab noch einen dritten Vorschlag, der von Kleanor und Phryniskos vertreten wurde: Sie wollten das Heer zu Seuthes, dem thrakischen Herrscher der Küstenregion westlich von Byzantion, führen. Unter der Hand wurde gemunkelt, dieser verschlagene Thraker (der ja zuvor bereits mit mir Kontakt aufgenommen hatte) habe die beiden Strategoi bestochen, den schon etwas älteren Kleanor mit dem Geschenk eines edlen Pferdes, den lebenslustigen Phryniskos mit der Überlassung einer schönen Frau.

Während sich die Strategoi in heftigen Diskussionen über Tage hin gegenseitig blockierten und keinen einheitlichen Plan zu fassen vermochten, ergriffen zahlreiche Soldaten von sich aus die Initiative, verkauften ihre Waffen an die Dorfbewohner und machten sich aus dem Staub. Andere zerstreuten sich in die umliegenden Städte und suchten dort nach neuen Soldherren. So verkleinerte sich das Heer nach und nach um schätzungsweise 1500 Söldner, und es war abzusehen, daß es sich bald völlig auflösen würde.

Die Nachrichten vom allmählichen Zerfall des Heeres und von der Zerstrittenheit seiner Anführer gelangten natürlich auch nach Byzantion - und versetzten den Nauarchen, wie mir Kleandros erzählte, in helle Freude: Wenn das Heer gleichsam von selbst von der Bildfläche verschwinde, müsse ihm doch, so glaubte er, der Satrap Pharnabazos besonders dankbar sein - weil sich dadurch ja auch die befürchtete Möglichkeit eines Überganges in seine Satrapie immer mehr verflüchtige.

Endlich war es soweit. Ich schiffte mich, begleitet nur von einem Diener, auf der Triere des Nauarchen ein, während unser Gepäck und meine übrige Dienerschaft mit den Pferden auf einem Handelsschiff untergebracht wurde. Im Morgengrauen stachen wir in See und erreichten nach etwa zehnstündiger Fahrt (unser Begleitfahrzeug brauchte etwa zwei Stunden länger) den Osthafen von Kyzikos an der Südküste der Propontis. Diese bedeutende Handelsstadt liegt (ähnlich wie Sinope) auf einem schmalen Isthmus, durch den das Festland mit der weit ins Meer vorragenden, recht großen und sehr gebirgigen Halbinsel Arktonnesos (die, wie man sagt, früher eine Insel gewesen sein soll) verbunden ist.

Die Nachricht von der Ankunft des Nauarchen, des höchsten spartanischen Würdenträgers in diesem Gebiet, verbreitete sich in Windeseile. Unter den vielen Besuchern, die ihn begrüßen oder etwas mit ihm besprechen wollten, befand sich auch der Spartaner Aristarchos: Er war auf dem Weg nach Byzantion, um dort als Nachfolger meines Gastfreundes Kleandros das Amt des Harmosten anzutreten. Anaxibios gab ihm, wie ich selbst hörte, beim Abschied den Auftrag, er solle rigoros alle Söldner des Kyros, die sich noch in Byzantion befänden, in die Sklaverei verkaufen.

Aristarchos vollzog diesen Auftrag nach seiner Ankunft in der Stadt tatsächlich mit brutaler Härte - im Unterschied zu Kleandros, der sich über denselben Befehl des Nauarchen stillschweigend hinweggesetzt und aus Mitleid sogar dafür gesorgt hatte, daß unsere Kranken in den Häusern aufgenommen und gepflegt wurden. Diese armen Kerle wurden nun hervorgezerrt und mit allen anderen, derer man noch habhaft wurde, auf einem Sklavenmarkt verkauft - im ganzen sollen es 400 Männer gewesen sein!

Am Tag nach unserer Ankunft in Kyzikos wurden unsere Schiffe durch einen schmalen Kanal, den man quer über den Isthmus gegraben hatte, hinüber in den Westhafen der Stadt gezogen und traten von dort aus die Weiterreise an. Am frühen Nachmittag liefen wir nach ruhiger Fahrt in den großen Hafen der Stadt Parion ein. Von hier aus sandte Anaxibios einen Boten zum Satrapen Pharnabazos, der sich gerade in der Nähe aufhielt, um ihm die getroffenen Vereinbarungen noch einmal ins Gedächtnis zu rufen - vor allem in der Hoffnung, eine Belohnung dafür zu kassieren, daß unser Heer die Propontis nicht überschritten hatte.

Als der Bote nach kurzer Zeit zurückkehrte, wurde ich sofort zu Anaxibios gerufen und fand ihn in einem Zustand vor, den ich bisher bei diesem beherrschten Mann noch nicht erlebt hatte: Er bebte förmlich vor Zorn und stieß Verwünschungen nicht nur gegen den persischen Satrapen, sondern auch gegen seinen eigenen Landsmann Aristarchos aus. Erst allmählich beruhigte er sich und erklärte mir die Ursache seiner Empörung: Der Bote war von Pharnabazos mit dieser Meldung zurückgeschickt worden: da Anaxibios ja das Amt des Nauarchen nicht mehr ausübe, habe er, Pharnabazos, dieselbe Vereinbarung wie seinerzeit mit ihm nun mit dem neuen Harmosten Aristarchos getroffen.

»Nein, mein lieber Xenophon«, sagte schließlich Anaxibios, der inzwischen seine gewohnte Ruhe völlig wiedergefunden hatte, »so kann man nicht mit mir umspringen! Zwar höre ich, daß mein Nachfolger Polos bald eintreffen wird - aber noch bin ich der amtierende Nauarch. Und in dieser Eigenschaft erteile ich dir folgenden Auftrag: Du kehrst so schnell wie möglich zum Heer zurück, verhinderst weitere Abgänge und holst möglichst viele von denen, die sich zerstreut haben, wieder zurück. Und dann führst du die Truppen nach Perinthos und schaffst sie von dort aus unverzüglich hier herüber nach Asien.«

Überrascht starrte ich ihn an und stammelte: »Aber du hattest doch den Befehl erteilt, zur Cherrones zu...«

»Der Befehl ist aufgehoben! Der neue Befehl lautet: Übersetzen nach Asien!«

»Aber ich befinde mich auf der Heimfahrt - als Zivilist, ohne militärisches Amt.«

»Hiermit ernenne ich dich wieder zum Strategos und erteile dir den Oberbefehl über die Söldner des Kyros. Diese Ernennung und auch den Befehl zum Übersetzen gebe ich dir in schriftlicher Form mit. Außerdem wird dich auf der Fahrt nach Perinthos, für die ich einen Dreißigruderer zur Verfügung stelle, einer meiner Offiziere begleiten, um bei den Perinthiern Führer und Pferde zu besorgen und dein Geleit zum Heer zu regeln. Abfahrt in spätestens einer halben Stunde!«

»Aber unser Gepäckschiff ist noch nicht eingetroffen, auf die Triere hatte ich nur einen einzigen Diener mitgenommen...«

»Deine Leute sollen hier an Land gehen und auf dich warten. Du brauchst kein Gepäck - und *ein* Diener ist genug. Wir müssen möglichst schnell handeln, damit niemand meine Anordnungen durchkreuzen kann. Also keine weitere Verzögerung mehr! Einschiffen und Abfahren! Ich wünsche dir viel Erfolg.«

Nachdem mir Anaxibios sein Schreiben ausgehändigt hatte, ging ich wie betäubt zu dem Dreißigruderer hinüber und stieg mit meinem Diener über die Leiter hinauf. Sobald der Kapitän unmittelbar danach sein Schiff rückwärts aus dem Liegeplatz herausbugsiert und gewendet hatte, klatschten die Ruder mit hoher Schlagzahl ins Wasser und beschleunigten unser Fahrzeug so sehr, daß wir schon gegen Mitternacht im stillen Hafen von Perinthos einliefen.

Während der Fahrt durch die Dunkelheit sammelte ich mühsam meine Gedanken. Was mich selbst betraf, so mußte ich mir jedenfalls die Heimreise vorerst aus dem Kopf schlagen und meine ganze Planung wieder umstoßen. Was aber steckte hinter der überraschenden Kehrtwendung des Anaxibios? Offenbar nichts anderes als der Wunsch, dem persischen Satrapen für seinen Wortbruch wirklichen (von uns zu verursachenden!) Schaden zuzufügen oder wenigstens eine gewisse Angst einzuflößen - und zugleich dem überheblichen neuen Harmosten einen Dämpfer zu verpassen: Dieser vorwitzige Mann sollte nicht in den Genuß einer persischen Belohnung für Wohlverhalten kommen.

Noch während der Nacht organisierte der abgeordnete Offizier alles Nötige für den kommenden Tag. Als ich am frühen Morgen die Herberge verließ, in der ich ein paar Stunden Schlaf gefunden hatte, standen ein berittener Führer und zwei Pferde für mich und meinen Diener bereit. So konnten wir uns ohne Verzögerung auf den Weg machen.

Am Abend waren wir nach einem anstrengenden Ritt unserem Ziel schon ziemlich nahe gekommen, mußten aber mit Rücksicht auf die Pferde eine Ruhepause einlegen, die wir in einem kleinen thrakischen Dörfchen verbrachten. Am nächsten Vormittag erreichten wir das Lager. Offiziere und Mannschaften begrüßten mich freudig und drückten die Hoffnung aus, daß sich jetzt, da ich wieder bei ihnen sei, bald alles zum Guten wenden werde. Als ich auf einer sogleich einberufenen Heeresversammlung ankündigte, daß ich das Heer im Auftrag des Nauarchen nach Asien hinüberführen würde, kannte der Beifall keine Grenzen.

Eilig kehrten viele der Söldner, die sich in der Umgebung zerstreut hatten, ins Lager zurück, um den Abmarsch nicht zu versäumen. Schon am darauffolgenden Morgen brach die große Kolonne mitsamt dem Troß unter meiner Führung auf. Bis Perinthos war bei schnellem Schritt mit mindestens vier starken Tagesmärschen zu rechnen. Wir kamen gut voran und konnten uns auch aus den durchzogenen Dörfern ausreichend mit Proviant versorgen.

Als wir am dritten Tag in der Nähe der etwas größeren Ortschaft Selymbria eine längere Pause einlegten, stand mit einem Mal wieder Medosades, jener Unterhändler des thrakischen Fürsten Seuthes, vor mir und bat mich um ein Gespräch unter vier Augen:

»Seuthes«, sagte er, »der Herrscher über die thrakische Küste, bittet dich, das Heer zu *ihm* zu führen. Was immer du dafür verlangst - er verspricht, es dir zu geben! Er will dir einen ehrenvollen Platz in der Oberschicht der thrakischen Gesellschaft verschaffen, er will dir Städte am Meer schenken - wenn du nur mit den Soldaten zu ihm kommst.«

»Teile ihm mit«, erwiderte ich, »daß das völlig unmöglich ist! Ich führe dieses Heer im Auftrag des Nauarchen jetzt nach Perinthos und werde es von dort nach Asien übersetzen. Das ist beschlossene Sache!«

Mit Worten des Bedauerns verabschiedete sich daraufhin Medosades von mir, bestieg das kleine Schiff, mit dem er uns entgegengefahren war, und verschwand in westlicher Richtung. Am Abend des folgenden Tages erreichte die Kolonne endlich Perinthos. Während die Hauptmasse im Bogen um die eindrucksvolle Meeresbucht herumzog und direkt neben der Stadtmauer, in Hafennähe, das Lager aufschlug, blieb Neon mit seinen 800 Mann etwa 10 Stadien zurück und legte neben der Straße ein eigenes Lager an.

Die Absonderung Neons überraschte mich nicht, denn schon unterwegs war es mehrfach zu Zusammenstößen mit ihm gekommen. Er war entschlossen, seine Abteilung unter Berufung auf den ursprünglichen Befehl des Nauarchen auf die Cherrones zu führen und ließ sich auch durch die schriftliche Fassung des neuen Befehls, der die Unterschrift des Anaxibios trug, nicht umstimmen. Dieser Befehl, so argumentierte er, sei nicht verbindlich, da ihn Anaxibios nicht mehr als amtierender Nauarch, sondern bereits als Privatmann ausgestellt habe.

Am nächsten Morgen begab ich mich mit einigen Offizieren in die Stadt und nahm Kontakt mit den Schiffseignern auf, um möglichst schnell und möglichst billig ausreichenden Transportraum für die Überfahrt der ganzen Kolonne einschließlich des Trosses zu beschaffen. In zähen Verhandlungen mit den Kapitänen von größeren Lastschiffen, aber auch von kleinen Seglern und von Fischerbooten, gelang mir das schließlich mit Mühe und Not.

Nachdem ich erschöpft in unser Lager zurückgekehrt war, sahen wir alle, wie von Osten her zwei Trieren auf den Hafen zuhielten und dort einliefen. Kurze Zeit später tauchte Aristarchos, der neue Harmost, bei uns auf und verlangte die Einberufung einer Heeresversammlung.

Dort erklärte er mit schneidender Stimme:

»Soldaten, ihr werdet nicht nach Asien übersetzen, sondern zur Cherrones marschieren. Den Schiffseignern von Perinthos habe ich soeben verboten, den notwendigen Transportraum zur Verfügung zu stellen.«

Da fuhr ich auf: »Aber das ist ein Befehl des Nauarchen Anaxibios! Er hat mich hierher geschickt, um die Überfahrt ...«

»Anaxibios ist nicht mehr Nauarch«, unterbrach mich Aristarchos, »ich aber bin hier der Harmost! Hört gut zu: Wenn ich auch nur einen von euch auf See erwische, werde ich ihn unverzüglich versenken.«

Mit dieser unglaublichen Drohung verließ er die Versammlung und kehrte in die Stadt zurück - und niemand von uns zweifelte daran, daß er seine Drohung wahr machen würde. Damit war mein Auftrag, das Heer nach Asien überzusetzen, erledigt: Kein einziger Kapitän in Perinthos würde unter den gegebenen Umständen das Risiko eingehen, sein Schiff durch einen Rammangriff zu verlieren.

Am Tag darauf erschien ein Bote des Harmosten im Lager und forderte alle Offiziere, Strategoi und Lochagen, dazu auf, sich zu einer Besprechung in der Stadt einzufinden. Als wir uns schon dem Tor näherten, drängte sich unauffällig ein mir nicht näher bekannter Lochage an mich heran und flüsterte mir zu:

»Bleib draußen, Xenophon! Wenn du hineingehst, wirst du verhaftet werden. Und entweder will man dir an Ort und Stelle etwas antun oder dich an Pharnabazos ausliefern.«

»Dank für die Warnung!« flüsterte ich zurück und sagte dann laut. »Geht schon vor. Ich möchte noch ein Opfer darbringen und komme nach.«

Während ich ins Lager zurückging, überdachte ich unsere Lage. Jetzt standen uns bei realistischer Betrachtung nur noch zwei Möglichkeiten offen. Erstens der Marsch auf die Cherrones. Das bedeutete, daß wir uns in die Hände des dortigen Harmosten begaben, vielleicht von ihm in unserer Bewegungsfreiheit eingeschränkt wurden und für uns keinen ausreichenden Proviant mehr besorgen konnten: eine bedrückende Zukunftsperspektive! Die Alternative lautete: Anschluß an Seuthes. Dieser thrakische Fürst versprach uns das Blaue vom Himmel herunter, weil er offenbar unserer Kampfkraft bedurfte: Das aber war eine gute Ausgangsposition für Verhandlungen!

Ganz für mich allein opferte ich nun ein Schaf, um die Frage zu klären, ob die Götter mir den Versuch erlaubten, das Heer zu Seuthes zu führen. Obwohl ich die anschließende Eingeweideschau ohne die Hilfe eines Sehers durchführte, war ich mir doch ziemlich sicher, daß ich eine sowohl für mich selbst als auch für das Heer positive (jedenfalls keine eindeutig negative) Antwort erhalten hatte.

Die Offiziere kehrten schneller zurück als erwartet und berichteten, Aristarch habe die Versammlung auf den Nachmittag verschoben - offensichtlich deshalb, weil er auf meine Anwesenheit Wert legte. Da war ich endgültig davon überzeugt, daß hier mit mir ein übles Spiel gespielt werden sollte, und zog die anderen Strategoi (außer Neon, der sich wieder in sein Sonderlager begeben hatte) ins Vertrauen.

Nachdem ich sie über den Ausgang meines Opfers unterrichtet hatte, erbot ich mich, noch an diesem Abend mit einer kleinen Delegation zu Seuthes, der sich nach der Auskunft thrakischer Dorfbewohner ganz in der Nähe aufhalten sollte, zu reiten und die Übernahmeverhandlungen einzuleiten. Als Mitglieder der Delegation schlug ich (neben einem Dolmetscher) noch den neu gewählten Strategos Phryniskos und meinen Freund Polykrates vor. Zusätzlich regte ich an, daß mir jeder der anderen vier Strategoi einen seiner Lochagen als Vertrauensmann mitgeben sollte. Zum Schluß des Treffens vereinbarten wir über das ganze Unternehmen absolutes Stillschweigen.

Am Nachmittag fand dann (wiederum ohne meine Beteiligung) die verschobene Offiziersversammlung bei Aristarchos statt. Dabei erläuterte der Harmost noch einmal seinen von Neon heftig unterstützten Befehl, über das *heilige Gebirge* zur Cherrones zu marschieren, und stellte am Zielort eine gute Behandlung des Heeres, die Auszahlung des Soldes und die Verteilung ausreichender Verpflegung in Aussicht. Von meinem geheimen Plan drang glücklicherweise, da sich keiner der Eingeweihten verriet, nichts an die Öffentlichkeit.

Im Dienst des thrakischen Fürsten Seuthes

Bei Einbruch der Dunkelheit ritt ich mit meiner kleinen Delegation auf einem schmalen Weg in die südlichen Hänge des Randgebirges hinein. Nach der Auskunft unseres Dolmetschers befand sich das Lager des Seuthes zur Zeit in einer Entfernung von etwa 60 Stadien neben einem seiner Wehrtürme, einer sogenannten *Thyrsis*. Nach angemessener Zeit sahen wir auch den flakkernden Schein von Wachtfeuern, konnten aber keine Wachmannschaften erkennen. Sollte Seuthes inzwischen sein Lager verlegt haben?

Als wir unsere Pferde zügelten, hörten wir jedoch im Hintergrund Lärm und gegenseitige Zurufe und wußten, daß wir die richtige Stelle gefunden hatten. Die scheinbar verlassenen Wachtfeuer, das wurde mir schnell klar, stellten eine vorzügliche Kriegslist dar: Wer sich ihnen von vorne näherte, wurde vom Feuerschein hell beleuchtet und blieb auf keinen Fall verborgen; dagegen konnten die im Dunkel dahinter postierten Wächter weder nach ihrer Anzahl noch nach ihrem Standort identifiziert werden.

Während wir anderen im flackernden Licht reglos auf der Stelle verharrten, schickte ich den Dolmetscher voraus. Er sollte Seuthes melden, Xenophon sei hier und wolle sich mit ihm unterreden. Als der Dolmetscher auf die herübergerufene Frage der Wächter, ob das der Athener vom Heer sei, mit »Ja« antwortete, sprangen einige auf ihre Pferde und galoppierten davon. Kurz danach waren etwa 200 Leichtbewaffnete zur Stelle, nahmen uns in die Mitte und geleiteten uns zum Wehrturm des Seuthes.

Vor diesem dreistöckigen Turm waren starke Wachmannschaften aufgezogen. Außerdem sahen wir zu unserer Verwunderung ringsum *aufgezäumte* Pferde stehen. Später erfuhren wir von Seuthes selbst, daß er seine Pferde tagsüber weiden, nachts aber zum sofortigen Aufsitzen aufzäumen ließ - nach einer schlimmen Erfahrung, die der berühmte Odrysenfürst Teres vor vielen Jahrzehnten im Kampf mit dem besonders wilden thrakischen Volk der Thyner gemacht hatte: Diese furchtlosen Kämpfer waren häufig *nachts* über seine Soldaten hergefallen und hatten ihnen große Verluste beigebracht.

Als wir vor dem schmalen Eingang des Turmes standen, erschien ein Mann aus dem Inneren und teilte unserem Dolmetscher mit, ich solle mit zwei Begleitern meiner Wahl hereinkommen. Daraufhin trat ich zusammen mit Phryniskos und Polykrates über die Schwelle und befand mich in einem Raum, der das ganze Untergeschoß des Turmes einnahm. Auf der dem Eingang gegenüberliegenden Seite führte eine Holztreppe nach oben. An den nur durch schmale, schießschartenartige Fenster durchbrochenen Wänden steckten in eisernen Halterungen einige brennende Fackeln. Die Einrichtung bestand aus einem Tisch und mehreren Stühlen sowie auf dem Boden ausgebreiteten Fellen, die wohl als Nachtlager dienten.

Im Raum hielten sich außer Seuthes selbst noch mehrere Männer auf, darunter auch sein mir bekannter Mittelsmann Medosades. Seuthes trat auf uns zu, ließ sich und uns von Dienern mit Wein gefüllte Trinkhörner reichen und zelebrierte den Begrüßungstrunk. Er war ein relativ kleiner, kaum 25 Jahre alter Mann mit ausgesprochen lebhaften Bewegungen. Sein glattrasiertes Gesicht wurde von zwei listigen schwarzen Augen geprägt, die stets alles im Blick zu haben schienen. Eine gewisse Rohheit des Ausdrucks war unter dem breiten Lächeln, das er gelegentlich aufsetzte, nicht zu verkennen. Man konnte sich gut vorstellen, daß er zu der den Thrakern allgemein nachgesagten Grausamkeit gegenüber besiegten Feinden durchaus fähig war.

Als er mich erwartungsvoll anblickte, sprach ich ihn an und merkte bald, daß er meine griechischen Ausführungen wohl fast vollständig verstand (auch mit vielen anderen Thrakern konnten wir uns übrigens auf Griechisch verständigen).

»Du hast, verehrter Seuthes«, sagte ich, »hier diesen Medosades zuerst nach Kalchedon geschickt und mich durch ihn gebeten, in deinem Interesse das Heer von Asien aus auf die andere Seite hinüberzuführen. Und hast mir für den Fall, daß ich dies erreiche, nach den Worten dieses Medosades gewisse Wohltaten versprochen.«

»Entspricht das«, wandte ich mich direkt an Medosades, »der Wahrheit?«

Der erwiderte: »Ja.«

»Nun gut«, fuhr ich fort, »dann kam dieser Medosades noch einmal zu mir, als ich von Parion aus wieder zum Heer übersetzte, und versprach mir unter anderem, du würdest mich, wenn ich dir das Heer zuführte, als *Freund und Bruder* behandeln und mit den festen Plätzen am Meer, die in deinem Herrschaftsbereich liegen, beschenken. Hast du, Medosades, das damals gesagt?«

»Ja, das habe ich gesagt.«

»Und nun berichte deinem Herrn, was ich dir damals beim ersten Mal in Kalchedon geantwortet habe.«

»Du hast geantwortet, daß das Heer nach Byzantion übersetzen werde und daß dafür weder du noch ein anderer bezahlt werden müßte. Und daß du selbst nach dem Übersetzen abreisen würdest. Und so, wie du gesagt hast, ist es ja auch gekommen.«

»Und was habe ich gesagt, als du mich bei Selymbria aufgesucht hast?«

»Du hast gesagt, das sei nicht möglich, denn ihr würdet nach Perinthos marschieren und von dort aus nach Asien übersetzen.«

»Jetzt bin ich also da«, wandte ich mich nun wieder an Seuthes, »ich selbst und hier Phryniskos, einer unserer Strategoi, und Polykrates, einer unserer Lochagen. Draußen stehen noch Vertrauensmänner unserer übrigen Strategoi - außer von Neon, dem Lakedämonier. Wenn du willst, daß unsere Verhandlung besonders zuverlässig wird, laß auch sie daran teilnehmen.«

Als Seuthes nickte, schickte ich Polykrates hinaus, um die anderen zu holen.

»Sag ihnen«, fügte ich noch hinzu, »daß ich ihnen befehle, ihre Waffen draußen zu lassen, und lege auch du dein Schwert ab und komm dann wieder herein.«

Da sagte Seuthes, der meinen Befehl verstanden hatte, auf Griechisch:

»Das war nicht nötig! Ich mißtraue doch keinem Athener. Ich weiß ja, daß wir miteinander verwandt sind, und halte euch für wohlgesonnene Freunde.«

Nachdem die Lochagen eingetreten waren und wir alle auf Stühlen Platz genommen hatten, fragte ich Seuthes:

»Zu welchem Zweck brauchst du unser Heer?«

Diese Frage beantwortete Seuthes mit einer längeren, in thrakischer Sprache vorgetragenen Rede, die uns Medosades abschnittsweise übersetzte und bei Bedarf erläuterte. Dabei ergab sich etwa folgendes Bild: Der Vater unseres Verhandlungspartners Seuthes, Maisades, war von dem damals regierenden König der Odrysen (einem zeitweise besonders mächtigen Stamm der Thraker), der gleichfalls Seuthes hieß, als *Unterkönig* über das südöstliche, vom Pontos, der Propontis und dem Bosporos begrenzte Gebiet Thrakiens (unter Aussparung des *Thrakischen Deltas*, von dem Koiratades gesprochen hatte) eingesetzt worden. Als dann das Reich der Odrysen zerfiel, wurde Maisades von seinen Untertanen, zu denen auch die kämpferischen Tyner zählten, aus dem Land gejagt und starb bald danach an einer Krankheit.

Sein minderjähriger Sohn, unser Seuthes, fand Zuflucht am Hof des zur Zeit über das obere Thrakien herrschenden Königs Medokos und lebte dort mehrere Jahre, bis er als junger Prinz diesen Zustand der Abhängigkeit nicht mehr ertrug und den König anflehte, ihm möglichst viele Soldaten zur Verfügung zu stellen, »damit ich«, so drückte er sich aus, »an denen, die uns vertrieben haben, nach Kräften Rache nehmen kann und nicht wie ein Hund ständig zum Tisch des Königs aufblicken muß.«

Aufgewühlt durch die Erinnerung schwieg er einen Augenblick.

»Medokos», fuhr er schließlich fort, «gab mir die Männer und die Pferde: Ihr werdet sie sehen, sobald es hell wird. Mit ihnen lebe ich jetzt zusammen - und verwüste mein eigenes, mir vom Vater her zustehendes Land. Wenn ihr mich unterstützen würdet, könnte ich, davon bin ich überzeugt, meinen Herrschaftsbereich mit Leichtigkeit zurückgewinnen. Das ist es, wozu ich euch brauche.«

Nachdem wir uns diese verwickelte Geschichte angehört hatten, begann ich mit den eigentlichen Verhandlungen.

»Jetzt wissen wir«, sagte ich, »worum es geht. Aber bevor wir eine Vereinbarung treffen, sind noch einige Fragen zu klären. Vor allem anderen: Welchen Sold wirst du uns zahlen?«

»Dem einfachen Söldner einen Kyzikener, dem Lochagen das Doppelte, dem Strategos das Vierfache.«

»Einverstanden! Machst du noch weitere Angebote?«

»Jeder Strategos kann von mir soviel Land bekommen, wie er will, ferner Gespanne und einen befestigten Platz am Meer.«

»Gut! Nur noch eine Frage: Gesetzt den Fall, daß wir trotz aller Bemühungen unsere Leute nicht für dieses Vorhaben gewinnen können, weil die Angst vor den Lakedämoniern zu groß ist - würdest du dann die Offiziere, die aus dem Heer ausscheiden und zu dir kommen wollen, in deinem Land aufnehmen?«

»Mit dem größten Vergnügen! Und ich würde sie sogar zu Brüdern und Tischgenossen und Teilhabern an aller Beute machen, die wir aufzubringen vermögen.«

»Damit haben wir, denke ich, alles Wesentliche besprochen und werden zurückreiten, um unsere Soldaten zur Annahme deines Angebotes zu bewegen. Ich bin mir ziemlich sicher, daß sie...«

An dieser Stelle unterbrach mich Seuthes und ergriff noch einmal das Wort:

»Falls du aber selbst, verehrter Xenophon, in meinem Land bleiben willst, werde ich dir eine meiner Töchter zur Frau geben und dir deine eigene Tochter, wenn du eine hast, nach thrakischem Brauch abkaufen. Und außerdem werde ich dir Bisanthe zum Wohnsitz übereignen - den schönsten meiner befestigten Plätze am Meer.«

Nach diesem persönlichen Angebot einer regelrechten Verschwägerung, das mich doch ein wenig aus der Fassung brachte, besiegelten wir unsere Abmachungen durch gegenseitiges Händeschütteln. Dann machten wir Griechen uns noch in tiefer Dunkelheit auf den Heimweg. Unterwegs hatte ich mich des milden Spotts meiner Begleiter zu erwehren; vor allem Phryniskos und Polykrates malten sich genüßlich aus, welches Aufsehen ich wohl in Athen mit meiner Thrakerin erregen würde.

»Und sieh zu«, ermahnte mich augenzwinkernd Polykrates, »daß du irgendwie zu einer Tochter kommst - das bringt Geld!«

Vor der Morgendämmerung trafen wir wieder in unserem Lager ein. Während die vier abgeordneten Lochagen sogleich ihren Strategoi das Ergebnis der Verhandlungen erläuterten, begann ich mir bereits Gedanken darüber zu machen, mit welcher Argumentation ich auf der bevorstehenden Heeresversammlung wohl die Soldaten trotz ihrer Furcht vor den Lakedämoniern am ehesten von unseren Plan überzeugen könnte.

Nach Sonnenaufgang erschien ein Bote des Harmosten Aristarchos und berief die Strategoi zu einer Besprechung in die Stadt. Wir waren uns jedoch alle (mit Ausnahme Neons in seinem Sonderlager) einig, dieser Aufforderung nicht Folge zu leisten, sondern unsererseits eine Heeresversammlung einzuberufen und die Soldaten, wenn irgend möglich, für den Anschluß an Seuthes zu gewinnen. Nachdem sich so gut wie alle Männer des Hauptlagers auf dem Versammlungsplatz eingefunden hatten, versuchte ich in einer kurzen Rede, ihnen unsere Lage zu verdeutlichen und dabei unter der Hand schon ihre Sympathie für unseren Plan zu wecken.

Zunächst erläuterte ich (unter listiger Hervorhebung des Negativen) das Verhalten Aristarchs. Mit seinen Trieren verhindere er, so sagte ich etwa, unsere Überfahrt nach Asien und befehle uns stattdessen, über das *Heilige Gebirge* zur Chersonnes zu marschieren. Wenn wir dort angekommen seien, wolle er keinen Söldner (wie in Byzantion geschehen) in die Sklaverei verkaufen und uns auch nicht mehr hintergehen, sondern den versprochenen Sold auszahlen und für Lebensmittel sorgen. Das also sei das Angebot Aristarchs.

An der unwilligen Reaktion der Männer merkte ich sofort, daß mein rhetorisches Konzept aufgegangen war. Durch die Erinnerung an die von ihm veranlaßte Versklavung der Kameraden und die betrügerische Vorenthaltung des Soldes schürte ich eine solche Antipathie gegen den Harmosten, daß mit der Annahme seines Angebotes (oder vielmehr: Befehles) durch die Heeresversammlung nicht zu rechnen war. So stellte ich jetzt das Angebot des Seuthes vor - mit einem einzigen Satz:

»Seuthes aber verspricht euch Gutes zu tun, wenn ihr zu ihm geht«.

Anschließend an diese mit wohlwollendem Gemurmel aufgenommenen Worte schlug ich vor, den Stathmos bei Perinthos, wo die Versorgungslage sowohl durch das geringe Angebot von Lebensmitteln auf dem Markt, als auch durch den allgemeinen Geldmangel der Söldner schwierig wurde, aufzugeben und in Bauerndörfer auf den Hängen der Randberge zu verlagern, um dort das Nötige gewaltsam zu requirieren. Im neuen Stathmos sollte die Heeresversammlung wieder zusammentreten, sich die Vorstellungen des spartanischen Harmosten (dessen Abgesandte, wie ich wußte, sich unter die Menge gemischt hatten) und des Seuthes selbst anhören und dann die Entscheidung treffen. Nachdem mein Vorschlag durch Handaufheben angenommen war, wurde das Lager abgebrochen und der Abmarsch eingeleitet.

Als wir unter meiner Führung am Sonderlager Neons vorbeizogen, wollte dieser, unterstützt von Männern Aristarchs, durch laute Zurufe die Söldner zurückzuhalten - aber keiner ließ sich irre machen. Zügig marschierten wir auf der Straße, die ich von meinem nächtlichen Ritt her kannte, landeinwärts. Den ganzen Tag über wehte bereits ein eisig-kalter Nordwind, der einen heftigen Wintereinbruch ankündigte: Wir mußten unbedingt versuchen, möglichst bald Quartiere zu finden.

Nach etwa 30 Stadien trat vorne eine Stockung ein: Ein gutes Stück vor uns hielt Seuthes mit einer kleinen Reiterabteilung an unserer Straße und beobachtete das Geschehen. Sofort bat ich ihn durch den Dolmetscher, doch zu uns herunterzukommen: Ich wollte möglichst vielen Söldnern die Möglichkeit verschaffen, meine an ihn gerichteten Worte mitzuhören.

Als die Thraker bei uns eintrafen, staunten wir in unseren dünnen Mänteln und leichten Schuhen nicht schlecht über ihre vorzügliche Winterausrüstung. Sie trugen Leibröcke, die nicht nur (wie unsere Chlamydes) die Oberkörper, sondern auch noch die Schenkel bedeckten, und darüber dicke Mäntel, die beim Reiten bis zu den Füßen reichten. Die Füße steckten in langschäftigen, weichen Stiefeln, die aus den Häuten von Hirschkälbern hergestellt waren. Vor allem aber beneideten wir sie um ihre charakteristischen spitzen Fuchsfellmützen mit den bis auf die Schultern herabfallenden Ohrenklappen. Mit dieser Ausrüstung konnten sie der schlimmsten Kälte trotzen!

Ich begrüßte Seuthes und sagte mit möglichst lauter Stimme:

»Wir sind auf der Suche nach einer Stelle, wo sich die Truppe verproviantieren kann. Dort wollen wir dich und das Angebot des spartanischen Harmosten anhören und uns für das entscheiden, was wir für das beste halten. Wenn du uns dahin führst, wo es besonders viele Lebensmittel gibt, werden wir dich als unseren Gastgeber ansehen.«

»Ich kenne«, erwiderte daraufhin Seuthes, »eine Menge nahe beieinanderliegender Dörfer, in denen es Lebensmittel aller Art gibt; wir können sie bequem noch vor dem Frühstück erreichen.«

Mit den Worten »Also los! Übernimm die Führung!« setzte ich die Marschkolonne erneut in Bewegung. Gegen Mittag erreichten wir die Dörfer und richteten in ihnen unseren Stathmos ein. Als die Männer endlich wieder einmal ausreichend gefrühstückt hatten, berief ich für den frühen Nachmittag die angekündigte Heeresversammlung ein und erteilte dort Seuthes sogleich das Wort.

»Ich bitte euch, ihr Männer«, verkündete er durch seinen Dolmetscher, »mit mir einen Feldzug zu unternehmen. Jedem Soldaten verspreche ich einen Kyzikener als Monatssold, den Lochagen und Strategoi das Übliche. Darüber hinaus werde ich diejenigen, die sich besondere Verdienste erwerben, zusätzlich auszeichnen. Proviant und Getränke werdet ihr euch, wie jetzt auch, aus dem Land nehmen. Alles, was an Beute eingebracht wird, beanspruche ich für mich selbst, um durch den Verkauf für euch den Sold zu beschaffen. Die Verfolgung flüchtiger Gegner und das Aufspüren entlaufener Gefangener können wir Thraker selbst übernehmen. Wenn aber einer der Gegner organisierten Widerstand leistet, werden wir versuchen, ihn mit eurer Hilfe zu bezwingen.«

Das waren klare Sätze, die alles Wesentliche enthielten. Nur eine Frage stellte ich selbst noch an ihn:

»Wie weit soll dir das Heer von der Küste aus ins Landesinnere folgen?«

»Nirgends weiter als sieben Tagesmärsche, meistens weniger.«

Nachdem sich Seuthes zurückgezogen hatte, eröffnete ich die allgemeine Diskussion:

»Ihr kennt nun das Angebot des thrakischen Fürsten. Da offenbar kein Abgesandter des spartanischen Harmosten hier dessen Angebot erläutern möchte, rufe ich euch noch einmal meinen Bericht von heute morgen in Erinnerung. Und jetzt kann jeder, der das will, seine Meinung vortragen.«

Daraufhin meldeten sich viele Söldner und vor allem auch Lochagen zu Wort, die übereinstimmend den Anschluß an Seuthes befürworteten. Es sei, so meinten sie, Winter und zur Zeit eine Heimreise gar nicht durchführbar. Ebensowenig sei es möglich, den Winter in befreundetem Gebiet zu verbringen, wenn man seinen Proviant kaufen müsse. Also komme nur ein Aufenthalt in feindlichem Gebiet, aus dem man sich Lebensmittel gewaltsam beschaffen könne, in Frage - und der sei *mit* Seuthes jedenfalls sicherer als *ohne* ihn. Die Vorteile lägen doch auf der Hand. Schließlich rief einer sogar unter dem Beifall der Zuhörer:

»Wenn wir aber auch noch Sold empfangen, scheint mir das geradezu ein unverhoffter Gewinn zu sein.«

Die gute Stimmung ausnutzend beendete ich die Diskussion, eröffnete die Möglichkeit zur Gegenrede und ließ, als niemand das Wort ergriff, durch Handaufheben über die Angelegenheit abstimmen. Dann eilte ich selbst zu Seuthes und verkündete ihm, daß das Heer beschlossen habe, an seinem Feldzug teilzunehmen. Überglücklich schüttelte er mir die Hand und lud alle Offiziere für den Nachmittag zu einem Festessen ein, das er in einem unter seiner Herrschaft stehenden benachbarten Dorf veranstalten wolle.

Während die Soldaten abteilungsweise den Beginn des neuen Soldverhältnisses mit einem üppigen gemeinsamen Mahl feierten (sonst pflegte sich ja jeder seine bescheidene Mahlzeit selbst zuzubereiten), machten wir Offiziere uns bis auf wenige Lochagen, die zur Kontrolle des Wachdienstes im Stathmos zurückbleiben mußten, auf den etwa halbstündigen Weg hinüber zur Landstraße, an der das ansehnliche Dorf lag. Vor dem größten Haus, in dem das Bankett stattfinden sollte, war schon eine kleine Menschenmenge versammelt. Mehrere vornehme, kostbar gekleidete Thraker, warteten geduldig auf den Einlaß. Wir sahen auch eine Gruppe würdiger älterer Männer in griechischer Tracht, die sich mit einem Griechen, der aber offenbar zum

Hofstaat des Seuthes gehörte, unterhielten. Dem Gespräch entnahm ich, daß es sich um eine Gesandtschaft handelte, die aus Parion über die Propontis gekommen war und zu Medokos, dem König der Odrysen, reisen wollte, um ihn durch die Überreichung von Geschenken zu einem Freundschaftsvertrag zu bewegen.

»Medokos«, sagte gerade der andere Grieche, »befindet sich im Landesinneren, zwölf Tagereisen vom Meer entfernt - hier an der Küste aber wird Seuthes, nachdem er dieses Heer für sich gewonnen hat, die Herrschaft ausüben. Er wird also euer Nachbar sein und alle Möglichkeiten haben, euch Gutes zu tun - oder auch Böses. Wenn ihr schlau seid, sucht ihr *seine* Freundschaft und überreicht *ihm* die Geschenke, die ihr mitführt. Davon habt ihr doch weit größere Vorteile, als wenn ihr sie dem tief im Binnenland wohnenden Medokos gebt!«

Nachdem er die Gesandten wortreich von der Richtigkeit seiner Argumentation überzeugt hatte, trat er auf uns zu und stellte sich als Herakleides aus Maroneia vor. Er sei, sagte er, ein enger Vertrauter des Fürsten und wolle uns in unserem Interesse darauf hinweisen, daß die zum Mahl Geladenen Seuthes üblicherweise großzügige Geschenke mitbrächten. Als wir uns ratlos anblickten, wandte er sich direkt an Timasion:

»Du bist doch Timasion, drüben aus der Troas. Wie ich gehört habe, hast du kostbare Gefäße und persische Teppiche in deinem Gepäck - das wären die richtigen Geschenke, um dir die Gunst des Seuthes zu gewinnen! Wenn er hier erst einmal die Macht fest in der Hand hat, kann er dich mit Leichtigkeit heimführen und auch hier zu einem reichen Mann machen.«

Timasion schickte daraufhin einen seiner Lochagen mit dem Auftrag los, so schnell wie möglich einen Teppich und eine Silberschale aus dem Stathmos herüberschaffen zu lassen. Unterdessen ging Herakleides in unserer Gruppe von einem zum anderen und warb mit leiser, eindringlicher Stimme um Geschenke für den Fürsten. Die schleimige Art, wie dieser Mann sich bei uns anzubiedern und zugleich seine einflußreiche Rolle am Hof als Druckmittel herauszukehren versuchte, stieß die meisten von uns ab - aber vor allem stürzte er uns in große Verlegenheit: Kaum einer von uns verfügte über Beutestücke, die sich zum Verschenken eigneten. Ich selbst hatte damals, als ich aus Parion zum Heer zurückkehren mußte, nichts außer einem Diener, meinem Handgepäck und dem nötigsten Reisegeld mitgenommen.

Während ich mir schon alle möglichen Gedanken durch den Kopf gehen ließ, wie ich aus dieser peinlichen Lage herauskommen könnte, trat Herakleides auf mich zu und sagte:

»Sei mir gegrüßt, Xenophon aus Athen, du Sohn der bedeutendsten Stadt Griechenlands! Dein Name steht bei Seuthes in höchstem Ansehen! Und vielleicht wirst du einmal hier bei uns befestigte Plätze und Land in Besitz nehmen wollen - wie auch andere von euch Athenern. Da geziemt es sich doch, daß du Seuthes mit großzügigen Geschenken ehrst! Ich rate dir dazu aus Wohlwollen. Denn ich weiß gut: Je reicher du ihn beschenkst, um so größere Wohltaten wirst du von ihm erfahren.«

Mit Mühe überwand ich mich dazu, ein Wort des Dankes für seinen Rat zu murmeln. Und so wandte sich der unsympathische Mann anderen Opfern zu und versuchte, ihnen Geschenke für seinen Herrn abzuhandeln. Glücklicherweise aber wurde jetzt endlich das Tor des großen Festsaales geöffnet.

Im Inneren standen rundum an den Wänden dicht nebeneinander Stühle, auf denen die etwa 80 geladenen Gäste Platz nahmen - ich auf seinen Wink hin unmittelbar neben Seuthes selbst. Der Raum, der durch zahlreiche, in eisernen Haltern steckende Fackeln erhellt wurde, war bis auf die Stühle leer - und wir Griechen, die wir uns bei Banketten daheim auf Liegesofas auszustrecken pflegen, warteten mit einiger Spannung auf den Fortgang des Festes.

Plötzlich erschienen in einer Tür an der Rückwand des Saales zwei Sklaven, die einen runden dreibeinigen Tisch hereintrugen und vor dem Fürsten absetzten. Dann wurden noch etwa zwanzig derartige Tische in gleichmäßigen Abständen vor den Gästen aufgestellt. Auf den Tischplatten waren in Portionen zerschnittene Fleischstücke aufgehäuft, die mit großen gesäuerten Broten zusammengespießt waren. Seuthes eröffnete das Festmahl, indem er von einem der Brote ein Stück abbrach und mir dieses zusammen mit einer Fleischportion reichte. Ebenso versorgte er auch die anderen Gäste in seiner Umgebung und schließlich sogar weiter entfernt sitzende Würdenträger, die er dadurch auszeichnete, daß er ihnen Fleisch und Brot eigenhändig zuwarf. Auf seinem Tisch behielt er nur soviel, wie er selbst verzehren wollte.

Nach demselben Verfahren begannen nun alle diejenigen, vor denen ein Tisch abgestellt worden war, Fleisch und Brot an ihre Nachbarn zu verteilen. Mit einer Ausnahme: Der aus Arkadien stammende Lochage Arystas, der für seine Freßsucht bekannt war, verteilte nichts, sondern nahm einen ganzen Brotlaib in die Hand, legte sich einen Haufen Fleischstücke auf die Knie und begann, das alles zu vertilgen. Während wir anderen unseren Hunger längst gestillt hatten und uns bereits ausgiebig am Wein ergötzten, der in großen Trinkhörnern rundum angeboten wurde, war Arystas noch immer dabei zu essen - und als der Weinschenk auch ihm das Horn reichen wollte, blickte er kurz auf, sah zu mir herüber und sagte:

»Gib es ihm! Er hat schon Zeit zum Trinken, ich noch nicht!«

Seuthes, der in dem brausenden Getöse, das inzwischen den Festsaal erfüllte, zwar die Stimme des Arystas gehört, aber seine Worte nicht verstanden hatte, ließ sich von seinem Weinschenk (der Griechisch verstand) den Vorfall erklären - und brach in schallendes Gelächter aus.

Als das Gelage schon weit fortgeschritten war, hörten wir zu unserer Überraschung das Getrappel von Pferdehufen: Tatsächlich führte ein vornehmer

Thraker einen feurigen Schimmel durch den Haupteingang in den Saal, nahm vor Seuthes Aufstellung, ließ sich ein Trinkhorn reichen, trank dem Fürsten zu und sagte:

»Edler Seuthes, ich trinke dir zu und schenke dir dieses Pferd, auf dem du bei der Verfolgung jeden beliebigen einholen wirst und beim Rückzug ganz gewiß keinen Feind zu fürchten brauchst.«

Seuthes erhob sich beim Anblick des herrlichen Tieres, trat nahe an es heran und begann ihm mit schmeichelnder Stimme etwas in die lebhaft aufgestellten Ohren zu flüstern. Ich wußte zwar, daß Pferde für die Thraker mehr als normale Haustiere bedeuteten, daß sie sie wie Freunde und Hausgenossen betrachteten und daß sie sich nicht einmal im Tod von ihnen trennen wollten (es herrschte die Sitte, daß nach dem Tod des Besitzers sein Lieblingspferd getötet und zusammen mit ihm bestattet wurde) - aber hier wurde mir zum ersten Mal wirklich bewußt, ein wie inniges Vertrauensverhältnis bei den Thrakern offenkundig zwischen Reitern und Pferden besteht. Dieser Mann hatte durch sein Geschenk sicher das lebenslange Wohlwollen seines Fürsten gewonnen.

Dahinter blieben die anderen Geschenke, die anschließend jeweils mit einem Trinkspruch dargebracht wurden, weit zurück: ein Sklave, kostbare Frauengewänder und schließlich auch die silberne Schale und der Perserteppich Timasions, der nach seiner eigenen Auskunft immerhin einen Wert von 10 Minen hatte.

Da stand überraschend mein athenischer Landsmann Gnesippos auf, einer der jüngeren Lochagen des Proxenos, der sich durch eine sophistisch-rhetorische Ausbildung vor den meisten seiner Kameraden auszeichnete - und von dem ich zuverlässig wußte, daß er ganz gewiß nicht über Kostbarkeiten, die sich als Geschenke für Seuthes eigneten, verfügte. Was mag er vorhaben? - hoffentlich macht er sich (und uns alle!) nicht lächerlich, dachte ich, als er das Trinkhorn erhob und mit einer Verbeugung dem Fürsten zutrank. Erwartungsvolle Stille verbreitete sich. Da trat er leicht schwankend einen Schritt vorwärts, nahm die Pose eines Redners ein und rief emphatisch:

»Es besteht ein wunderschöner alter Brauch, daß die Besitzenden dem König Geschenke geben, um ihn zu ehren, die Habenichtse aber vom König beschenkt werden...«

Unvermittelt verstummte er nach diesen Worten: Offenbar war er sich in seinem berauschten Zustand nicht mehr sicher, an welches Ziel seine Rede eigentlich geführt werden sollte. Endlich überzog ein befreiendes Lächeln sein Gesicht und er fuhr fort:

»...vom König beschenkt werden - damit auch ich etwas habe, womit ich dich, o König, beschenken und ehren kann.«

Seuthes, dem sein Dolmetscher den merkwürdigen Vortrag, so gut es ging, ins Thrakische übersetzt hatte, verzog keine Miene, und auch sonst erhob sich kein nennenswerter Beifall. Aber nun passierte das, was ich die ganze Zeit über befürchtet hatte: Ich hörte, wie Herakleides zu dem Weinschenken sagte, er möge mir das Trinkhorn überreichen.

Also gut! Ich erhob mich (und merkte dabei, daß auch mir der reichlich genossene Wein ziemlich zusetzte), trank dem neben mir sitzenden Fürsten zu und sagte:

»Verehrter Seuthes, ich schenke dir - mich selbst...«

Verblüfft sahen sich die Offiziere, soweit sie noch nicht völlig betrunken waren, gegenseitig an; einige schüttelten über meinen Einfall den Kopf, die meisten aber begannen zu lachen und zollten mir durch laute Zurufe Beifall.

»...und auch», fuhr ich fort, «alle diese meine Kameraden, um dir treue Freunde zu sein! Und zwar keinen gegen seinen Willen! Vielmehr wollen sie alle - *alle!* - noch mehr als ich deine Freunde sein! Und jetzt sind sie hier, nicht um Forderungen an dich zu stellen, sondern sie haben nur den einen Wunsch, für dich Anstrengungen und Gefahren auf sich zu nehmen.«

Ich merkte an den Reaktionen deutlich, daß ich mit dieser rhetorisch ausgemalten Beschreibung unseres neuen Soldverhältnisses, zu der ich mich unter dem Einfluß des Weines hatte hinreißen lassen, für viele meiner Kameraden zu weit gegangen war. Zwar hatten sie sich alle für den Anschluß an Seuthes entschieden - aber doch aus rein pragmatischen Gründen, nicht aus dem Wunsch nach bedingungsloser Freundschaft! Und natürlich hatten sie Forderungen an ihn. Ernüchtert versuchte ich daher, am Schluß meiner Rede wieder auf den Boden der Tatsachen zurückzufinden:

»Mit Hilfe dieser Männer«, sagte ich, »wirst du, wenn es die Götter wollen, dein väterliches Land zurückgewinnen und viel neues hinzuerobern. Und du wirst zahlreiche Pferde und Männer und schöne Frauen besitzen, die du nicht erbeuten mußt - vielmehr werden die Landesbewohner, wo immer du auftauchst, von sich aus an dich herantreten und dir Geschenke darbringen.«

Froh, daß mir im letzten Moment noch die richtige Reihenfolge *Pferde - Männer - Frauen* eingefallen war, nahm ich die dankbare Umarmung des Fürsten entgegen, trank mit ihm zusammen das Horn aus und half ihm dabei, die letzten Tropfen über die Gewänder der Zechgenossen zu verteilen - das war die thrakische Sitte, den Abschluß eines Trinkgelages anzuzeigen.

Das Fest selbst war damit allerdings noch nicht zu Ende. Vielmehr zogen jetzt Musiker ein, die aufrüttelnde Rhythmen auf Flöten und merkwürdigen Instrumenten, die wir damals *Felltrompeten* nannten, spielten. Sie bestanden aus Säcken, in die Luft geblasen wurde, welche durch anhängende Pfeifen wieder entwich und dabei je nach der Öffnung der Grifflöcher durch den Musiker verschiedene Töne erzeugte. Diese Musik fuhr Seuthes selbst so sehr in die Knochen, daß er aufsprang, den Kriegsruf ausstieß und zu einem Tanz ansetzte, in dem er durch hohe Sprünge sehr gelenkig das Ausweichen vor heranfliegenden Geschossen darstellte. Zum Schluß traten noch einige Possenreißer auf, mit deren Späßen wir allerdings nicht viel anfangen konnten.

Bei Sonnenuntergang erhoben wir Griechen uns, um in den Stathmos zurückzukehren. Jetzt sei der Zeitpunkt, so erläuterte ich Seuthes, die Nachtwachen aufzustellen und die Parole auszugeben.

»Und wir bitten dich«, fuhr ich fort, »öffentlich bekannt zu geben, daß kein Thraker nachts das griechische Lager betreten darf. Denn die Feinde sind für uns ebenso Thraker wie ihr, unsere Freunde.«

Seuthes nickte, erhob sich und begleitete uns bis vor die Türe. Draußen bat er mich und die übrigen Strategoi noch um eine kurze Unterredung ohne weitere Zeugen. Trotz seines erheblichen Weingenusses wirkte er völlig nüchtern.

»Ihr Männer«, sagte er, »unsere Feinde wissen noch nichts von unserer Waffenbrüderschaft. Wenn wir noch heute nacht gegen sie anrücken, bevor sie Schutzmaßnahmen und Vorbereitungen für die Abwehr treffen können, würden wir wohl am ehesten Sklaven und kostbare Beute in die Hand bekommen.«

Wir berieten uns kurz miteinander und stimmten seinem Vorschlag zu, obwohl die meisten von uns ihren Rausch eigentlich hätten ausschlafen müssen - aber keiner wollte zugeben, daß er dem Thraker an Trinkfestigkeit nachstand.

»Gut«, erwiderte ich im Namen der anderen, »wir sind einverstanden. Übernimm die Führung!«

Erfreut antwortete Seuthes: »Macht euch zum Abmarsch fertig und wartet in eurem Lager. Ich werde im richtigen Augenblick zu euch kommen, meine Leichtbewaffneten und euch mitnehmen und an der Spitze meiner Reiter mit Hilfe der Götter die Führung übernehmen.«

Auf diese Ankündigung hin verwies ich ihn auf die von uns Griechen üblicherweise angewandte Marschordnung bei Nachtmärschen: Nachts geben wir nämlich der langsamsten Truppe, in der Regel also den Hopliten, die Spitze. Dann zerreiße, führte ich aus, die gesamte Marschkolonne nicht so leicht, was in der Dunkelheit ja nicht selten dazu führe, daß einzelne Truppenteile die anderen, mit denen sie zusammenstoßen, für Feinde halten und mit ihnen in Kampf geraten.

Seuthes ließ sich durch meine Argumentation sofort überzeugen.

»Ich werde euch«, kündigte er an, »die besten Landeskenner unter meinen Ältesten als Führer geben und selbst mit den Reitern am Schluß nachfolgen. Im Bedarfsfall kann ich schnell vorne sein«.

Wir vereinbarten *Athenaia* als Parole, begaben wir uns zurück in unser Lager und versuchten noch ein wenig zu schlafen.

Nachdem Seuthes etwa gegen Mitternacht zusammen mit seinen gepanzerten Reitern und seinen Leichtbewaffneten eingetroffen war und uns die

Führer übergeben hatte, bestieg ich meinen Rotfuchs und setzte mich an die Spitze der Hopliten. Dann folgten die Leichten und am Schluß die Reiter. In dieser Formation marschierten wir auf der ständig leicht ansteigenden Straße ohne Zwischenfälle bis zum Morgengrauen voran. Als wir, nach etwa fünfstündigem Marsch, eine Pause einlegten, erschien Seuthes vorne und war des Lobes voll über die von mir empfohlene Marschordnung.

»Es ist mir selbst schon öfter passiert«, sagte er, »daß ich, auch wenn ich nur mit einer kleinen Truppe nachts unterwegs war, mit meinen Reitern von den Fußsoldaten getrennt wurde. Jetzt aber sind wir, wie es immer sein sollte, offensichtlich bei Tagesanbruch alle beisammen.«

Während wir anderen an Ort und Stelle blieben, ritt er allein noch ein Stück weiter, um das Gelände vor uns zu überprüfen. Nach etwa einer halben Stunde kehrte er zurück und berichtete, weiter oben liege auf dem Weg tiefer Schnee, den er nach menschlichen Spuren abgesucht habe - ohne Erfolg. Da sei niemand, weder auf- noch abwärts, unterwegs.

»Ihr Männer«, verkündete er freudig erregt, »die Sache wird gut ausgehen! Wir werden unbemerkt über die Leute herfallen. Ich übernehme jetzt mit den Reitern die Spitze, damit keiner, den wir etwa zu Gesicht bekommen, weglaufen und den Feinden Meldung machen kann. Ihr folgt uns. Wenn ihr nicht schnell genug nachkommt, richtet euch nach den Spuren der Pferde. Wenn wir den Kamm des Berges überschritten haben, werden wir in zahlreiche wohlhabende Dörfer kommen.«

Bald war die thrakische Reiterabteilung, der die Leichten im schnellen Schritt folgten, unseren Blicken entschwunden, aber über den Weg konnte aufgrund der vielen Schrittspuren kein Zweifel bestehen. Wir Hopliten kamen allerdings wegen des hohen Schnees nur langsam voran und befanden uns einschließlich unserer Leichten und der vierzig Reiter Timasions gegen Mittag noch immer knapp unterhalb der Paßhöhe. Da tauchte von oben wieder Seuthes auf und rief uns zu:

»Meine Reiter und die Leichten sind auf dem Kamm. Von dort aus kann man die Dörfer unten in der Ebene gut sehen. Ich leite jetzt den Angriff ein und lasse die Reiter zur Verfolgung von Flüchtlingen in die Ebene sprengen, die Leichten aber zu den Dörfern hinlaufen. Kommt ihr auf schnellstem Weg nach, um zu helfen, falls jemand Widerstand leistet.«

Als ich daraufhin vom Pferd stieg, fragte er verwundert: »Warum steigst du ab, wo doch Eile not tut?«

»Weil du nicht nur mich brauchst! Erfahrungsgemäß werden die Hopliten schneller und mit größerer Einsatzbereitschaft laufen, wenn ich sie zu Fuß anführe.«

Er nickte verständnisvoll und ritt wieder zurück, gefolgt von unseren Reitern, die sich den thrakischen anschließen wollten. Ich selbst ließ von Mann zu Mann durchsagen, daß aus allen Hoplitenlochoi die Unter-Dreißigjährigen ihre Schilde den Schildträgern aushändigen und nach vorne kommen sollten, übergab das Kommando über die älteren Hopliten an Kleanor und lief mit den jüngeren im schnellen Dauerlauf zum Kamm hinauf und von dort hinunter zu den dicht nebeneinanderliegenden Dörfern, auf die sich bereits die thrakischen Leichten verteilt hatten. Überall standen gruppenweise verängstigte Menschen herum, allerdings fast nur Frauen, Kinder und alte Männer, von denen keiner Widerstand leistete. Die kampffähigen Männer schienen trotz des überraschenden Überfalls mehrheitlich entkommen zu sein.

Während ich mit einigen meiner Lochagen noch über die Lage diskutierte, erschien Seuthes zusammen mit etwa dreißig Reitern und rief mir zu:

»Es ist so gekommen, wie du vermutet hast, Xenophon: Die Leute sind in unserer Gewalt. Allerdings haben sich meine Reiter bei der Verfolgung der Flüchtlinge einzeln in alle Richtungen zerstreut - und ich befürchte, daß die Feinde sich doch irgendwo zusammenrotten und Unglück über uns bringen könnten. Andererseits dürfen wir nicht alle zur Verteidigung ausrücken: Einige von uns müssen jedenfalls als Wachen in den Dörfern zurückbleiben, die voller Menschen sind.«

»Keine Sorge, Seuthes«, erwiderte ich, »wir Griechen erledigen das. Ich werde mit meinen Männern die Höhen, über die wir heruntergekommen sind, besetzen. Du aber bitte Kleanor, er möge einen Sperriegel an den Dörfern entlang durch die Ebene legen: Dann haben wir alle Gefangenen in der Falle und können jeden Angriff von außen abwehren.«

Nachdem wir diese Maßnahmen ergriffen hatten, wurden die eingefangenen Menschen und Tiere ohne Schwierigkeiten auf einem abgesperrten Platz zusammengetrieben. Wir zählten etwa 1000 Menschen, die in die Sklaverei verkauft werden sollten, dazu 2000 Rinder und Tausende von Schafen.

An Ort und Stelle legten wir für die Nacht unser Biwak an. Das war ein großer Sieg, den Seuthes, ohne einen einzigen Mann zu verlieren, mit unserer Hilfe errungen hatte. Ich konnte durchaus verstehen, daß seine Leute und viele von uns ihn überschwenglich feierten, mußte jedoch auch immer wieder an die zusammengepferchten Gefangenen denken, deren bescheidenes, freies Bauernleben auf einen Schlag zu Ende war. Aus dem armseligen Haufen drang ständig das Weinen der Kinder und das angstvolle Jammern der Frauen durch die Dunkelheit zu uns herüber: Gewiß, ihr Verkauf sollte unseren Sold einbringen - aber (das sagte ich natürlich nicht laut) war der Preis, den sie bezahlen mußten, nicht unmenschlich und grausam?

Am nächsten Tag ließ Seuthes die ausgeplünderten Dörfer bis auf das letzte Haus niederbrennen, um rundum Angst und Schrecken zu verbreiten, und ordnete den Abmarsch seiner Truppen an. Zurück blieben nur die Wachmannschaften und die Viehtreiber, welche die erbeuteten Menschen und Tiere nach Perinthos geleiten sollten. Das Kommando über diesen Elendszug führte Herakleides, der den Auftrag hatte, in Perinthos die Ware in einem großen Markt auszustellen und gegen gutes Geld an den Mann zu bringen.

Wir anderen marschierten über mehrere Tage hin nach Osten, um die *Ebene der Thyner* zu erreichen. Diese Thyner gelten als ein ausgesprochen kämpferischer Volksstamm, der den rauhen und gebirgigen pontischen Küstenstreifen nordwestlich von Byzantion mit seinem Hinterland bis hinunter an die Nordküste der Propontis innehat. Als wir in der welligen Ebene eintrafen, verließen die meisten Bewohner ihre Dörfer und flüchteten in die benachbarten Berge.

Der Wintereinbruch hatte inzwischen zu katastrophalen Verhältnissen geführt. Überall lag tiefer Schnee, und es herrschte eine solche Kälte, daß das zur Bereitung der Mahlzeiten geholte Wasser schon auf dem Weg von der Wasserstelle zu unseren Quartieren fror und der Wein in den Gefäßen zu Eis erstarrte. Zahlreichen Söldnern erfroren sogar die Nasen oder Ohren. Um so mehr beneideten wir jetzt die Thraker um ihre wunderbar schützende Winterbekleidung. Immerhin aber konnten wir die Nacht in den geräumten Dörfern verbringen und uns an den Feuerstellen der Häuser aufwärmen.

Am nächsten Morgen schickte Seuthes einige der wenigen Gefangenen, die er gemacht hatte, mit dem Auftrag los, die Flüchtlinge in den Bergen aufzusuchen und ihnen die Meldung zu überbringen: Wenn sie nicht in ihre Häuser zurückkehrten und sich seiner Herrschaft beugten, werde er ihre Dörfer und Getreidevorräte niederbrennen und sie dem Hungertod preisgeben. Daraufhin kehrten zwar Frauen, Kinder und ältere Männer zurück, die waffenfähigen jüngeren Männer aber blieben in den Dörfern unmittelbar am Fuß der Berge, von denen aus sie bei Gefahr sofort in den nahegelegenen Wäldern verschwinden konnten.

Als Seuthes dies erfuhr, erschien er bei mir und weihte mich in seinen Plan ein: Er wolle im Morgengrauen mit seinen Leuten diese Dörfer angreifen und bitte mich, ihn mit den jüngsten Hopliten zu begleiten. Die Marschstrecke dorthin betrage etwa eine Stunde und müsse um der Überraschung willen noch bei Dunkelheit zurückgelegt werden.

Trotz planmäßiger Durchführung erreichte der Überfall beim ersten Tageslicht nicht sein Ziel, weil die meisten thynischen Kämpfer entkamen. Die wenigen, welche den Thrakern in die Hände fielen, wurden auf Anweisung des Seuthes schonungslos mit Speerstichen getötet. Wir Griechen sahen dieses Hinmetzeln der wehrlosen Gefangenen zwar mit Grausen, konnten und wollten es aber nicht verhindern - das war, so sagten wir uns, eine innerthrakische Angelegenheit: Dieses Volk ist für seine Grausamkeit berüchtigt.

Plötzlich lief der Lochage Episthenes aus Olynthos auf mich zu, zeigte mit dem Finger auf einen schönen, kaum dem Knabenalter entwachsenen Jüngling, der auf der Erde kniete und mit seinem Schild die auf ihn gerichteten Speerstöße abzuwehren versuchte, und schrie mit entsetzter Stimme:

»Xenophon, rette diesen wunderschönen Knaben! Er darf nicht sterben!«

Mit heftigen Gesten brachte ich die Thraker tatsächlich dazu, ihr Vorhaben vorläufig aufzuschieben, und eilte zusammen mit Episthenes zu Seuthes, der ganz in der Nähe stand und die Durchführung seines Befehls überwachte.

»Verehrter Seuthes«, redete ich auf ihn ein, »mein Lochage Episthenes bittet dich aus tiefstem Herzen, jenen Knaben dort drüben nicht töten zu lassen.«

Seuthes blickte kurz zu der Gruppe hinüber und fragte verständnislos:

»Warum sollte ich ihn nicht töten lassen? Er ist mein Feind.«

»Weil dieser Episthenes hier«, antwortete ich, »ein glühender Knabenliebhaber ist! Er hat sogar einmal einen Lochos zusammengestellt - ausschließlich nach dem Gesichtspunkt der Schönheit seiner jungen Söldner. Und zusammen mit diesen Söldnern hat er sich als tapferer Mann bewährt!«

Seuthes sprach nun den Lochagen, dessen leidenschaftlichen Einsatz für den Knaben er sich nach wie vor nicht recht erklären konnte, direkt an:

»Mein lieber Episthenes, willst du vielleicht für ihn den Tod erleiden?«

Da streckte der den Hals in die Höhe, zeigte auf das Schwert des Fürsten und rief:

»Schlag zu, wenn der Knabe es wünscht und dir dafür dankbar sein will.«

»Soll ich ihn also«, wandte sich Seuthes an den Knaben, »statt deiner niederhauen?«

»Nein, bitte nicht!«, flehte der inzwischen völlig verwirrte Jüngling, »schenke, o Herr, uns beiden das Leben!«

Daraufhin legte Episthenes die Arme um seinen neuen Liebling und rief:

»Jetzt, verehrter Seuthes, mußt du mit mir um ihn kämpfen - denn ich werde den Knaben freiwillig nicht mehr preisgeben.«

Seuthes lachte laut auf und ließ die Sache damit auf sich beruhen.

Bald danach schickte er Boten los, welche den noch in den Dörfern der Ebene kampierenden Truppen, auch den älteren griechischen Söldnern, den Befehl zur Umquartierung in die Dörfer am Fuß und in den Hängen der Randgebirge überbrachten. Er wollte dadurch verhindern, daß aus diesen Dörfern heimlich Proviant zu den in die Wildnis ausgewichenen Kämpfern geschafft wurde. Ich selbst bezog mit den jüngsten Söldnern, die mittlerweile eine Art Eliteeinheit bildeten, im höchstgelegenen Dorf Quartier, die anderen Griechen verteilten sich auf die tiefer liegenden Hangdörfer, Seuthes besetzte mit seinen Leuten die Dörfer unmittelbar am Rand der Ebene.

Obwohl es in den nächsten Tagen ruhig blieb, machte ich mir doch große Sorgen um die Sicherheit meiner jungen Söldner. Das Dorf, in dem wir uns einquartiert hatten, würde durch seine exponierte Lage das erste Ziel thynischer Angriffe werden. Außerdem bestand es, wie auch die übrigen Dörfer dieser Gegend, aus einzeln stehenden Holzhäusern, um die jeweils eine hohe Palisade gezogen war. Der Zwischenraum zwischen Palisade und Haus diente als Schafpferch. Das bedeutete, daß die Truppe in mehreren Abteilungen, die keinen Kontakt miteinander hatten und im Fall eines Angriffs auf sich selbst gestellt waren, in den Häusern Quartier nehmen mußte. Das alles gefiel mir nicht und so beschloß ich, Seuthes aufzusuchen und die Verlegung meines Quartierraumes zu verlangen.

»Verehrter Seuthes«, sagte ich zu ihm, »mein Lager befindet sich an einer außerordentlich ungünstigen Stelle in unmittelbarer Nähe des Feindes. Ich möchte es gerne verlegen und sogar lieber unter freiem Himmel, aber an einer sicheren Stelle kampieren, als in Häusern - mit der Aussicht, darin zugrundezugehen.«

Zu meiner Überraschung ging Seuthes überhaupt nicht auf meine Bitte ein, sondern lächelte nur und ließ durch den Dolmetscher verkünden:

»Mein lieber Xenophon, du brauchst dir keine Sorgen zu machen! Du weißt noch nicht, was inzwischen passiert ist: Die Thyner haben eine Gesandtschaft heruntergeschickt und Verhandlungen über einen Waffenstillstand angeboten. Die Männer, die du da drüben sitzen siehst, haben sie als Geiseln zurückgelassen. Ich denke also, daß wir in Kürze die Bedingungen des Vertrages festlegen und damit diese ganze Gegend ohne weitere Kampfhandlungen in die Hand bekommen werden.«

Beruhigt kehrte ich in mein Dorf zurück und informierte die Söldner über die günstige Entwicklung. Wir waren alle froh, nicht mehr ständig mit Überfällen rechnen zu müssen - vor allem auch nicht in den Nächten, die viele von uns aus Angst vor den grausamen Thynern schlaflos verbracht hatten.

Noch am selben Tag erschienen einige der thynischen Kämpfer in unserem Dorf und fragten sich bis zu meinem Quartier durch. Dort baten sie mich in holperigem Griechisch, ihnen beim Abschluß des Waffenstillstandsvertrages behilflich zu sein und auf Seuthes einzuwirken, damit er sie nicht für ihr Verhalten bestrafe. Ich versprach ihnen meine Hilfe, ich verbürgte mich sogar für ihre Sicherheit, wenn sie sich, wie sie beteuerten, der Herrschaft des Seuthes unterwarfen. Nachdem sie sich gebärdenreich für meine Freundlichkeit bedankt hatten, verschwanden sie wieder in der Wildnis des Waldes.

In der folgenden stockdunklen Nacht bekam ich die Quittung für meine Leichtgläubigkeit!

Plötzlich erhob sich Geschrei, und sofort schleuderten die gleichsam aus dem Nichts auftauchenden Angreifer von der unverschlossenen Türöffnung unseres Hauses aus Wurfspieße zu uns herein und auch massive Knüppel, mit denen sie sonst, wie ich später erfuhr, im Nahkampf die schweren Stoßlanzen ihrer Gegner zu zertrümmern versuchen. Während wir in Windeseile unsere Rüstungen anlegten und zu den Waffen griffen, setzten andere Feinde bereits das Dach des Hauses in Brand.

Derselbe Vorgang spielte sich zur gleichen Zeit in allen Häusern ab, in denen unsere Gruppen untergebracht waren - und da wurde mir klar, daß die freundlichen und angeblich so dankbaren Männer, die in unser Dorf gekommen waren, in Wahrheit nur ausgekundschaftet hatten, wo wir uns befanden. Und die jeweiligen Hausbesitzer, so konnte ich im Nachhinein die Sache rekonstruieren, dienten in dieser Nacht als ortskundige Führer zu unseren Quartieren.

Vor allem hatten sie es wohl auf mich abgesehen. Als die Flammen sich schon durch das Dach fraßen, drangen barsche Stimmen von draußen herein:

»Xenophon, komm heraus und laß dich totschlagen! Oder du wirst hier zu Asche verbrennen!«

In diesem Augenblick schmetterte mein junger Trompeter, der etwa achtzehnjährige Silanos aus Makistos, von sich aus das Angriffssignal, so laut er konnte - und sofort stürmten wir und gleichzeitig auch alle anderen Gruppen mit gezückten Schwertern aus den Häusern hinaus und trieben die Angreifer in die Flucht. Manche von ihnen, welche den Ausgang aus den Palisaden nicht sofort fanden, wurden niedergemacht, andere blieben bei dem Versuch, über die Palisaden zu klettern, an ihren Schilden hängen und fielen uns so in die Hand.

Sie trugen ihre leichten Schilde nämlich nach alter thrakischer Sitte beim Marsch oder auch beim Rückzug an einem um den Hals und die linke Schulter bis zur Handhabe geführten Riemen auf dem Rücken und zogen sie nur im Bedarfsfall mit der linken Hand nach vorne. Diese in gewissem Sinn sehr praktische Maßnahme hatte den Nachteil, daß sie ihre Schilde im Notfall nicht einfach wegwerfen konnten wie unsere Speerwerfer ihre Speere - und das wurde vielen jetzt zum Verhängnis.

Wir verfolgten sie, bis sie außerhalb unseres Dorfes in der Dunkelheit verschwanden - und boten dabei vor dem Hintergrund der brennenden Häuser den entkommenen unsichtbaren Kämpfern noch einmal ein gutes Ziel. Einige Söldner und auch zwei meiner Lochagen, Hieronymos aus Euodea und Theogenes aus Lokris, wurden durch Speerwürfe verwundet, aber glücklicherweise kam niemand zu Tode. Allerdings verzehrte das Feuer mit den Häusern auch manche der darin verbliebenen Kleidungs- und Gepäckstücke.

Inzwischen hörten wir (und auch die Thyner!) den aus der Ebene immer näher kommenden und ständig auf dem Signalhorn wiederholten Angriffsbefehl des Seuthes und rechneten mit der baldigen Ankunft einer thrakischen Entsatztruppe. Seuthes, den der weithin sichtbare Feuerschein unseres brennenden Dorfes aufgeschreckt hatte, traf schließlich auch bei uns ein - begleitet lediglich von den sieben Reitern seiner engeren Leibwache, die sich bei Tag und Nacht stets in seiner unmittelbaren Nähe aufhielten; unter ihnen befand sich auch der Hornbläser, der zur Verunsicherung der Gegner während des ganzen Rittes in sein Horn stoßen mußte.

Freudig schüttelte der Fürst jedem Griechen, dem er begegnete, die Hand. Er habe wirklich befürchtet, sagte er, viele von uns tot vorzufinden. Daraufhin erklärte ich ihm, daß für mich die Angelegenheit noch nicht erledigt sei. Ich konnte ich es nicht leicht verwinden, daß Menschen, denen ich in ehrlicher Absicht Gutes zu tun im Begriff war, mich dafür auf möglichst grausame Weise hatten umbringen wollen.

»Ich werde morgen früh«, ließ ich Seuthes wissen, »mit meinen Leuten in die Berge hinaufziehen und die Thyner zum Kampf stellen. Übergib mir die Geiseln und beteilige dich, wenn du willst, mit deinen Truppen an dem Feldzug - oder aber laß uns Griechen die Sache allein erledigen.«

Am folgenden Vormittag erschien Seuthes an der Spitze seiner ganzen Truppenmacht, die sich in den letzten Tagen nahezu verdreifacht hatte: Odrysen, die unter seiner Führung ihr Land von der Herrschaft der Thyner befreien wollten, waren von allen Seiten in solchen Scharen herbeigeströmt, daß er jetzt wohl das Kommando über nahezu 6000 leichtbewaffnete und berittene Kämpfer führte.

Nachdem mir die Geiseln übergeben worden waren - recht alte Männer, die sich selbst als die einflußreichsten Repräsentanten der Bergbevölkerung bezeichneten - , begann ich an der Spitze der Hopliten mit dem Aufstieg in den Hängen. Vor uns befand sich nur noch Seuthes selbst mit einer größeren Reiterabteilung. Wir waren noch nicht weit gekommen, als eine Stockung eintrat. Dann erschien ein Bote, der mich aufforderte, nach vorne zu kommen.

Dort stand eine größere Gruppe von Thynern in demütiger Haltung vor Seuthes, der sich mir zuwandte und sagte:

»Sie sind heruntergekommen und flehen mich an, mit ihnen einen Vertrag abzuschließen. Sie würden, so versprechen sie, alle Bedingungen ohne Wenn und Aber erfüllen und fordern uns auf, ihre Treuepfänder entgegenzunehmen. Wenn du sie jedoch, mein lieber Xenophon, für ihren Überfall bestrafen willst, werde ich natürlich keinen Vertrag abschließen.«

Der kurzfristig in mir aufgeflammte Wunsch nach blutiger Rache entspricht in Wahrheit ganz und gar nicht meinem Charakter. Vielleicht mag man es naiv nennen - aber ich glaube, daß das Gute in jedem Menschen irgendwann die Oberhand gewinnt. Deshalb verzichtete ich trotz der schlechten Erfahrungen, die ich mit diesen Leuten (und auch sonst öfter in meinem Leben) gemacht habe, auf Sühnemaßnahmen und antwortete Seuthes:

»Ich nehme an, daß sie eine hinreichende Strafe erleiden, wenn sie jetzt zu Sklaven anstelle von Freien werden.«

Anschließend konnte ich mich nicht enthalten, dem Fürsten noch einen Ratschlag zu erteilen:

»Wenn du dir künftig Geiseln stellen läßt«, empfahl ich ihm, »wähle die mutigsten Kämpfer aus, die dir am meisten Schaden zufügen können, und laß die alten Männer zu Hause.«

Seuthes erklärte seine volle Zustimmung zu diesem Ratschlag und handelte mit den Thynern einen Vertrag aus, durch den sie sich bedingungslos seiner Herrschaft unterwarfen. So hatte er sein Reich ohne weiteres Blutvergießen wieder um ein beträchtliches Stück Land vergrößert.

Wenige Tage nach diesen Ereignissen brachen wir zum Weitermarsch nach Osten auf und gelangten zunächst in das *thrakische Delta* oberhalb von Byzantion. Diese Gegend gehörte nicht mehr zum Herrschaftsgebiet des Vaters Maisades, das Seuthes zurückgewinnen wollte, sondern war anscheinend dem jeweiligen König der Odrysen, zur Zeit also Medokos, direkt untertan. Jedenfalls behandelte Seuthes es wie befreundetes Land.

Schon bald stießen wir auf Herakleides, der uns mit dem Erlös aus dem Verkauf der Beute in Perinthos erwartete. Er hatte neben der Straße einen provisorischen Pferch angelegt, in dem sich drei Maultiergespanne und eine größere Anzahl von Ochsengespannen befanden. Nach einem längeren Gespräch mit Herakleides ließ Seuthes die Gespanne herausholen, Aufstellung nehmen und bot mir an, eines davon für mich selbst auszusuchen und die übrigen an meine Offiziere zu verteilen.

»Mir reicht es«, erwiderte ich, »wenn ich bei späterer Gelegenheit eines bekomme. Schenke sie den Strategoi und den Lochagen, die dich zusammen mit mir begleitet haben.«

Nach kurzer Beratung übergaben wir je ein Maultiergespann an die Strategoi Timasion aus Dardanos, Kleanor aus Orchomenos und Phryniskos aus Achaia und verteilten die Ochsengespanne unter den Lochagen. Vor allem aber warteten wir auf die Auszahlung des Soldes. Und da gab es eine große Enttäuschung: Seuthes händigte uns nur den Sold für zwanzig Tage aus, obwohl bereits ein voller Monat verstrichen war.

Als ich im Namen der Offiziere und Mannschaften heftig gegen diesen Vertrauensbruch protestierte, gab der Fürst seinem Mittelsmann Herakleides einen Wink, woraufhin dieser wortreich beteuerte, er habe durch den Verkauf der Beute leider nicht mehr erzielen können. Das schien uns angesichts der großen Menge von Sklaven, die ihm seinerzeit Seuthes anvertraut hatte, wenig glaubwürdig zu sein: Dieser Mann, davon waren wir alle überzeugt, muß in die eigene Tasche gewirtschaftet haben!

»Du scheinst mir, Herakleides«, faßte ich schließlich meinen Zorn in Worte, »die Interessen des Seuthes nicht so zu vertreten, wie du müßtest! Denn wenn du das getan hättest, wärest du jetzt mit dem vollen Sold hier - und wenn du dir das fehlende Geld hättest borgen müssen oder, verdammt noch mal, notfalls deine eigenen Kleider verkauft hättest.«

Durch diesen heftigen Ausbruch, zu dem ich mich hatte hinreißen lassen, handelte ich mir die erbitterte Feindschaft des einflußreichen Höflings ein, der offenkundig nach und nach auch Seuthes gegen mich aufzubringen vermochte. So sah ich mich den Angriffen von zwei Seiten ausgesetzt: Einerseits machten die Söldner mich als den maßgeblichen Verhandlungsführer für die Nichtauszahlung ihres Soldes verantwortlich, andererseits setzte Seuthes, bei dem ich immer wieder in dieser Angelegenheit vorstellig wurde, zunehmend eine abweisende Miene auf und gab mir unmißverständlich zu verstehen, daß er sich durch meine Hartnäckigkeit belästigt fühle. Bei früheren Gesprächen hatte er mir mehrfach die Übereignung der Hafenstädte Bisanthe, Ganos und Neon Teichos nach der Rückkehr an die Propontisküste angekündigt - davon war inzwischen keine Rede mehr. Auch dahinter steckte nach meiner Überzeugung Herakleides.

Sollte ich unter diesen Umständen überhaupt an dem bevorstehenden Feldzug ins Landesinnere teilnehmen? Als ich erfuhr, daß Herakleides alle Strategoi *außer mir* zu einer Besprechung bei Seuthes einlud und sie zu der Erklärung aufforderte, daß sie das Heer genauso gut wie ich führen könnten, und ihnen darüber hinaus die Auszahlung des Soldes für zwei volle Monate innerhalb weniger Tage versprach, war ich entschlossen, mich aus dem Unternehmen zurückzuziehen.

Nachträglich hörte ich genauer, wie das Geheimtreffen verlaufen war. Als erster hatte sich Timasion erhoben und unmißverständlich erklärt:

»Ich würde nicht einmal dann, wenn es sich um Sold für fünf Monate handeln sollte, ohne Xenophon an diesem Feldzug teilnehmen.«

Dieser Meinung schlossen sich Phryniskos und Kleanor ausdrücklich an, und auch Philesios und Xanthikles (die nicht unbedingt zu meinen Freunden gehörten) erhoben keine Gegenrede. So war der Versuch des Herakleides, einen Keil zwischen mich und meine Mitstrategoi zu treiben, gescheitert. Daraufhin rügte Seuthes seinen Höfling, daß er mich nicht auch zu der Besprechung eingeladen hatte, und sprach eine erneute Einladung nur für mich allein aus.

Da ich aber die böswillige Absicht dieses hinterhältigen Mannes, mich bei den anderen Strategoi zu verleumden, durchschaute, bat ich alle Offiziere, auch die Lochagen, mich zu Seuthes zu begleiten. Dort kam es zu einer längeren Diskussion über die Frage, ob wir an dem Feldzug ins Landesinnere teilnehmen sollten oder nicht - und Seuthes hatte alle Hände voll zu tun, den Unmut zahlreicher Offiziere, die sich hintergangen fühlten und abrieten, zu besänftigen. Den Ausschlag für die am Schluß von allen mitgetragene positive Entscheidung gab schließlich die abermals ausgesprochene Versicherung, daß uns in Kürze der Sold für zwei Monate in der Gestalt von etwa 12000 Kyzikenern ausgehändigt würde.

So marschierten wir also in nordöstlicher Richtung durch das *thrakische Delta* bis an die Pontosküste, die hier den Namen *der salmydessische Strand* trägt - nach der weiter nordwestlich liegenden Hafenstadt Salmydessos, bis zu der dieser Küstenstreifen reicht. Er wird samt seinem Hinterland von den sogenannten *hirseessenden Thrakern* kontrolliert - und diese, die einst seinem Vater Maisades untertan gewesen waren, wollte Seuthes wieder unter seine Herrschaft bringen. Dies gelang ihm ohne die geringsten Schwierigkeiten - jedenfalls nahm während des ganzen Feldzuges niemand mit uns Griechen den Kampf auf. Offenbar ließen es die Landesbewohner angesichts der militärischen Machtdemonstration (unser vereinigtes Heer war inzwischen schon auf etwa 10000 - 12000 Mann angewachsen) gar nicht mehr zu Kämpfen kommen, sondern wählten den leichteren Weg der freiwilligen Unterwerfung.

Der *salmydessische Strand* besteht aus einer menschenleeren, steinigen Flachküste, hinter der sich in den Uferbergen die Dörfer der *hirseessenden Thraker* verbergen. Häfen können hier nicht angelegt werden, weil das Meer über eine weite Distanz hin sehr seicht ist und überdies von den häufigen Nordstürmen mit voller Gewalt aufgepeitscht wird. Daher stranden und kentern in dieser Gegend viele Schiffe und werden so zur begehrten Beute der Anwohner, welche die an Land getriebenen Güter bergen und verkaufen; ebenso bieten sie auch die Seeleute, die sich retten können, auf Sklavenmärkten feil. Sie zeigten uns in ihren Häusern viele aus solchen Wracks stammende Bettgestelle und Kisten, in denen verschiedene Waren verpackt gewesen waren, und auch hölzerne Behälter voller beschriebener Papyrosrollen, die teils Schiffstagebücher und Routenbeschreibungen aus dem Besitz der Kapitäne, teils aber auch Werke der Literatur enthielten - Exportexemplare des athenischen Buchhandels, die in den pontischen Griechenstädten an den Mann gebracht werden sollten.

Auf unsere Frage, was die in gewissen Abständen am Strand aufgestellten Säulen bedeuteten, erklärten sie uns, daß dadurch bestimmte Strandabschnitte für die einzelnen Gemeinden, in denen nur deren Einwohner das angeschwemmte Strandgut bergen dürften, festgelegt worden seien. Vor dieser Regelung sei es bei Schiffskatastrophen häufig zu blutigen Auseinandersetzungen zwischen den von allen Seiten herbeieilenden beutehungrigen Umwohnern gekommen. Seit Einführung der neuen Maßnahme gebe es so etwas nicht mehr.

Nachdem Seuthes die *hirseessenden Thraker* für sich gewonnen hatte (viele schlossen sich sogar seinen Truppen an), rückten wir wieder in westlicher Richtung ab und bezogen nach einigen Tagemärschen in der Ebene oberhalb von Selymbria, etwa 30 Stadien vom Meeresufer entfernt, unser Lager. Die kleine Stadt an der Straße von Byzantion nach Perinthos hatten wir bereits auf dem Hinmarsch durchzogen.

Die Stimmung in unserer Truppe wurde von Tag zu Tag schlechter, weil Seuthes sein Versprechen, den Sold baldmöglichst auszuzahlen, noch immer nicht erfüllte. Zwar litten wir keinen Mangel an Lebensmitteln - aber die Söldner wollten jetzt endlich zu Bargeld kommen, um nach dem absehbaren Ende ihres Dienstes in der ursprünglichen Kyrosarmee, der ihnen außer unsäglichen Strapazen buchstäblich nichts eingebracht hatte, nicht mit völlig leeren Händen heimkehren zu müssen. Ihr verständlicher Zorn richtete sich (ungerechterweise, weil ich ständig in dieser Angelegenheit bei Seuthes vorstellig wurde) vor allem gegen mich als denjenigen, der ihnen den Anschluß an den Thraker vermittelt hatte. Wie aber verhielt sich Seuthes? Er wurde mir gegenüber immer abweisender und ließ mich schließlich gar nicht mehr zu sich vor - mit der fadenscheinigen Begründung, er habe gerade wichtige Geschäfte zu erledigen und könne mich nicht empfangen.

Nachdem wir schon etwa zwei spannungsgeladene (und mich persönlich durch die ständig wiederholten Vorwürfe, ich sei am Ausbleiben des Soldes schuld, außerordentlich belastende) Monate in unserem Lager verbracht hatten, trat ein Ereignis ein, durch das unser Schicksal wieder in eine neue Richtung gelenkt wurde: Es tauchten zwei Unterhändler des spartanischen Feldherrn Thibron auf, die unsere Söldner zur Verstärkung seiner eigenen Truppe anwerben sollten.

Dieser Thibron wurde damals auf Bitten der jonischen Küstenstädte, die nach der Wiedereinsetzung des Tissaphernes (als Nachfolger des Kyros im Amt des Satrapen) um ihre Freiheit fürchteten, von Sparta aus zur Abwehr etwaiger Eroberungsversuche herübergeschickt, verfügte aber nur über 5000 peloponnesische Fußsoldaten und 300 athenische Reiter. Deshalb entsandte er schon vor der Ankunft seiner Transportflotte in Asien die beiden spartanischen Offiziere Charminos und Polynikos nach Thrakien voraus, um die etwa 6000 kampferfahrenen Kyreer anzuwerben. In der Tat war sein kleines Heer in den ersten Kämpfen mit dem Aufgebot des Satrapen in der Mäanderebene - insbesondere gegenüber der übermächtigen persischen Reiterei - so hoffnungslos unterlegen, daß er sich schleunigst nach Norden zurückziehen mußte.

Als die beiden Unterhändler in Selymbria eintrafen, vermuteten wir zwar, daß sie diesen Auftrag hatten, erfuhren aber zunächst nichts Näheres, da sie sofort das Hauptquartier des Seuthes aufsuchten. Was sich dort abspielte, haben sie mir, als wir näher miteinander bekannt wurden, ausführlich erzählt.

Sie trafen zunächst auf Herakleides und baten ihn, zu Seuthes vorgelassen zu werden. Auf seine Frage, in welcher Angelegenheit sie den Fürsten sprechen wollten, erläuterten sie ihm ihren Auftrag:

»Die Lakedämonier», sagten sie, «haben beschlossen, einen Feldzug gegen Tissaphernes zu unternehmen. Der Harmost Thibron, unser Kommandant, ist bereits ausgelaufen, um den Krieg zu führen - und dafür benötigt er dieses Heer.«

»Welchen Monatssold bietet er an?«
»Dem einfachen Mann einen Dareikos, dem Lochagen das Doppelte, dem Strategos das Vierfache.«
»Gut! Wartet hier, ich werde Seuthes über euer Anliegen unterrichten.«
Damit verschwand Herakleides im Quartier des Fürsten und scheint ihn dort (wie ich mir die Sache im Nachhinein zurechtgelegt habe) etwa in dieser Weise beraten zu haben:
»Besser konnte es gar nicht kommen! Die Lakedämonier brauchen das Heer, du brauchst es nicht mehr. Wenn du es an sie abtrittst, wirst du ihnen einen Gefallen erweisen - und die Söldner werden von dir keinen Sold mehr fordern, sondern unser Land verlassen.«
Seuthes machte sich diesen Rat zu eigen, ließ die beiden Spartaner eintreten und fragte noch einmal nach:
»Ihr kommt, um das griechische Heer zu übernehmen?«
»Ja, deswegen sind wir hier.«
»Also gut. Ich trete euch das Heer ab und will euer Freund und Bundesgenosse werden. Um unsere Freundschaft zu besiegeln, bitte ich euch, heute abend meine Gäste zu sein.«
Der Fürst veranstaltete an diesem Abend wirklich ein großes Festmahl, zu dem er weder mich noch sonst einen der Strategoi einlud - das war wieder ein deutlicher Beweis für die unheilvolle Wühlarbeit des mißgünstigen Herakleides: Er hatte erreicht, daß das ursprünglich freundschaftliche Verhältnis zwischen seinem Herrn und mir sich fast ins Gegenteil verkehrt hatte.
Über die Gespräche, die bei dieser Gelegenheit geführt wurden, unterrichteten mich die Spartaner später im einzelnen. Nach ihrer Darstellung fragten sie in fortgeschrittener Stunde Seuthes direkt:
»Was ist denn dieser Xenophon für ein Mensch?«
»Eigentlich kein schlechter Mann, nein«, antwortete Seuthes, »aber er setzt sich allzu hartnäckig für seine Soldaten ein - und dadurch bringt er sich selbst in Schwierigkeiten.«
»Hetzt der Mann vielleicht seine Männer auf?«
»Aber ganz gewaltig!« warf Herakleides ein, bevor Seuthes zu Wort kam.
»Dann ist also wohl auch zu befürchten, daß er sich bei der Übernahme des Heeres gegen uns stellt?«
Wieder gab Herakleides die Antwort:
»Wenn ihr diese Söldner zusammenruft und ihnen den Sold versprecht, werden sie auf ihn kaum noch achten und mit euch abziehen.«
»Wie könnten sie denn wohl für uns zusammengerufen werden?»
»Morgen werden wir euch in der Frühe zu ihnen führen. Und ich weiß: Sobald sie euch nur sehen, werden sie schon mit Freuden zusammenströmen.«
Soweit der Bericht der Spartaner über ihre Gespräche mit der Thrakern während dieses Festmahls. Tatsächlich erschienen sie am nächsten Morgen

zusammen mit Seuthes und Herakleides in unserem Lager, veranlaßten die Einberufung einer Heeresversammlung und verkündeten in lakonischer Kürze ihr Anliegen:

»Soldaten, die Lakedämonier haben beschlossen, mit Tissaphernes, der euch Unrecht getan hat, Krieg zu führen. Wenn ihr mit uns zieht, werdet ihr an eurem Feind Rache nehmen und zugleich pro Mann einen Dareikos als Monatssold kassieren, der Lochage das Doppelte, der Strategos das Vierfache.«

Aus dem allgemeinen Gemurmel, das freudige Zustimmung der Versammlung zu dem Vorschlag erkennen ließ, hörte man bald laut und schrill die Stimme eines mir nicht näher bekannten arkadischen Lochagen:

»Xenophon ist der Schuldige. Ich klage ihn an, daß er...«

Nach dieser überraschenden Ankündigung einer Klage gegen mich erhob sich aus der Masse der Söldner wie aus einem zornigen Wespenschwarm ein anschwellendes Brausen, in dem die nächsten Worte des Mannes untergingen. Offensichtlich wollten meine Gegner, die schon wochenlang Stimmung gegen mich gemacht hatten, vor den Ohren der Lakedämonier endgültig mit mir abrechnen. Jetzt kam es darauf an, die Ruhe zu bewahren, den eigentlichen Angriff abzuwarten und dann die Anschuldigungen zu widerlegen. Ich war mir darüber im klaren, daß das in der feindseligen Atmosphäre keine leichte Aufgabe sein würde, hoffte aber doch die richtigen Worte zu finden, da ich mir ja wirklich keine Vorwürfe zu machen hatte.

Als es allmählich wieder ruhig wurde, sah ich, wie Seuthes mit seinem Dolmetscher (dessen er eigentlich gar nicht bedurfte, da er doch Griechisch recht gut versteht) nach vorne trat: Er wollte sich offenbar nichts von dem, was nun gesagt werden würde, entgehen lassen. Inzwischen nahm der Arkader seine Rede wieder auf:

»Also, ihr Lakedämonier, wir wären längst bei euch, wenn Xenophon uns nicht beschwatzt und hierher geführt hätte, wo wir Soldaten den ganzen strengen Winter hindurch im Feld gekämpft haben und Tag und Nacht nicht zur Ruhe kamen. Er aber genießt die Früchte unserer Mühen. Und Seuthes hat ihn persönlich zu einem reichen Mann gemacht, uns dagegen enthält er den Sold vor. Wenn ich sehen könnte, wie dieser Mann gesteinigt wird und seine Strafe dafür, daß er uns hier herumgeschleppt hat, bezahlt - wäre das für mich dasselbe, als ob ich meinen Sold bekommen hätte, und ich würde mich nicht mehr über die vergangenen Mühen ärgern.«

Im ersten Augenblick war ich sprachlos über diese ungeheuerlichen Anschuldigungen, die sogleich unter dem Beifall der Massen noch durch weitere haßerfüllte Beiträge von Gesinnungsgenossen des Arkaders unterstützt wurden. Vor allem machte mir die unverhüllte Aufforderung zur Steinigung Angst:

Wenn in dieser aufgewühlten Stimmung auch nur ein paar Männer spontan die Steinigung einleiteten, war ich verloren.

Nachdem ich mich wieder gefangen hatte, hielt ich aus dem Stegreif eine lange Rechtfertigungsrede, mit deren Hilfe ich die Zuhörer - den Göttern sei Dank - von der Haltlosigkeit der gegen mich erhobenen Vorwürfe überzeugen konnte. Ich will hier nicht versuchen, sie im einzelnen zu rekonstruieren, aber doch meine hauptsächlichen Argumente wiedergeben. Zunächst rief ich die Vorgänge, die zum Anschluß an Seuthes geführt hatten, noch einmal in Erinnerung: wie ich meine schon begonnene Heimreise unterbrechen mußte, um von Perinthos aus die Überfahrt nach Asien zu organisieren, wie dieses Vorhaben von Aristarchos verhindert wurde und wie dann *auf einstimmigen Beschluß der Heeresversammlung* Seuthes zu unserem neuen Soldherrn gewählt wurde. Anschließend zeigte ich auf, daß die Zerrüttung meines ursprünglich guten Verhältnisses zu dem Fürsten nur dadurch eingetreten sei, daß ich mich bei ihm nach der betrügerischen Vorenthaltung des Soldes allzu energisch *für die Belange der Söldner* eingesetzt habe und noch einsetze.

Mit besonderer Entrüstung und unter Anrufung der Eidgötter widerlegte ich vor allem die perfide Unterstellung, Seuthes habe mir - auf Kosten der Söldner - größere Zahlungen geleistet. Das Gegenteil, rief ich aus, sei der Fall: Ich hätte nicht nur nicht die mir versprochenen Geschenke erhalten, sondern nicht einmal den mir zustehenden Soldanteil angenommen. Warum? Weil ich mich als *Freund* verpflichtet fühlte, mit Seuthes seine anfängliche Armut zu teilen - in der Erwartung, daß er nun, da es ihm gut geht, auch mir gegenüber seine ihm durch die Freundschaft auferlegte Verpflichtung erfüllt Denn Freundschaft bedeutet doch, daß man die gegenseitig erbrachten Dienste immer wieder aufwiegt und ausgleicht - vorausgesetzt allerdings, man hat die richtige Gesinnung: Seuthes hat sie, wie sich jetzt herausstellt, nicht, während wir Griechen ihn, wenn er uns brauchte, niemals im Stich gelassen und uns also als wahre *Freunde* bewährt haben.

Nachdem ich so (recht geschickt, wie ich glaube) die Söldner selbst in meine Argumentation einbezogen hatte, stellte ich ihnen erneut unsere aussichtslose Lage in Perinthos, aus der heraus es zum Anschluß an Seuthes gekommen war, vor Augen: Wintereinbruch, Stadttore geschlossen, Biwak im Freien, dürftiges Lebensmittelangebot, Geldmangel, gewaltsame Verhinderung der Abreise und vor allem das völlige Fehlen von Leichtbewaffneten sowie von ausreichend vielen Reitern, welche den schwerfälligen Beutezügen der von den gegnerischen Reitern und Leichten ständig bedrängten Hopliten erst hätten zum Erfolg verhelfen können. Gerade über diese Truppengattungen aber verfügte Seuthes - und nachdem wir uns mit ihm vereinigt hatten, lebten wir in völliger Sicherheit und im Überfluß und kamen sogar noch in den Genuß eines (wenn auch nicht hohen) Soldes - bedeuten denn, fragte ich mit beißender Ironie, Sicherheit plus Sold wirklich ein solches Unglück, daß derjenige, der diese glücklichen Umstände herbeigeführt hat, nicht mit dem Leben davonkommen darf?

Zum Schluß kam ich auf meine eigene Situation zu sprechen und wies Punkt für Punkt nach, wie mein Ansehen bei den Griechen und mein guter Ruf, dessen ich mich bei Seuthes und den Lakedämoniern erfreut hatte, jetzt durch die Verleumdungen der Söldner ruiniert worden waren. Dieselben Männer, für deren Wohlergehen ich unermüdlich und über meine Pflichten hinaus stets tätig gewesen war, die mich in Notzeiten *Vater* und *unvergeßlichen Wohltäter* genannt hatten - eben diese Männer, so rief ich voller Erbitterung aus, haben nichts Eiligeres im Sinn, als mich gerade in dem Augenblick, in dem sich ihr Schicksal zum Guten wendet, in dem sie von den unbestrittenen Machthabern Griechenlands, den Lakedämoniern, in Dienst gestellt werden, zu töten. Dann wandte ich mich direkt an die beiden Unterhändler Thibrons und fügte nur noch hinzu, daß nach meiner festen Überzeugung auch die Lakedämonier das Verhalten der Söldner mir gegenüber nicht gutheißen könnten - und zwang sie durch diese raffiniert ausgelegte rhetorische Fußangel, für mich das Wort zu ergreifen.

Die Zuhörerschaft war während meiner langen Rede immer stiller geworden. Schließlich erhob sich Charminos, der in der Regel für die Lakedämonier sprach, und brach das betretene Schweigen:

»Nein! Bei den Dioskuren, nein! Das ist nach meiner Überzeugung nicht gerecht, was ihr diesem Mann antut! Denn auch ich selbst kann Zeugnis für ihn ablegen: Als wir Seuthes fragten, was Xenophon für ein Mensch sei, hatte er nichts an ihm zu tadeln - außer daß er sich allzusehr für die Soldaten einsetze; nur deswegen habe er Schwierigkeiten mit uns Lakedämoniern und mit ihm.«

Damit war das Eis endgültig gebrochen. Keiner meiner Gegner machte noch den Mund auf. Die Diskussion konzentrierte sich jetzt vielmehr auf die Frage, wie der von Seuthes vorenthaltene Sold mit Hilfe der Lakedämonier eingetrieben werden könne. Ich beteiligte mich an der Aussprache zwar persönlich nicht mehr, stiftete aber meinen Freund und Landsmann Polykrates dazu an, Herakleides direkt der Unterschlagung von Einnahmen aus dem Beuteverkauf auf unsere (und auf Seuthes) Kosten zu beschuldigen und den Vorschlag zu machen, den fehlenden Sold von ihm - *einem Griechen, der Griechen hintergangen hat* - zu fordern.

Ich sah, daß Herakleides bei diesen Worten kreidebleich wurde und sich Seuthes zuwandte; in der Nähe Stehende hörten, wie er zu seinem Herrn sagte:

»Wenn wir vernünftig sind, verschwinden wir besser aus dem Einflußbereich dieser Männer!«

Jedenfalls eilten beide zurück zu ihren Dienern, die außerhalb des Zuhörerkreises mit den Pferden warteten, und ritten in Richtung ihres Lagers davon.

Bald danach tauchte Abrozelmes, der Dolmetscher des Seuthes, bei mir auf und überbrachte mir ein neues Angebot des Fürsten:

»Seuthes bittet dich, mit 1000 Hopliten in seinem Dienst zu bleiben. In diesem Fall wird er dir die festen Plätze am Meer übergeben und alles, was er dir sonst noch versprochen hat. Außerdem möchte er dich vertraulich über eine Aussage des Polynikos unterrichten: daß du, wenn du in die Hände der Lakedämonier gerätst, mit Sicherheit von Thibron getötet werden wirst.«

Ich bedankte mich für dieses Angebot und vor allem auch für die Warnung, die ich sehr ernst nahm, weil sie mir auch schon von wohlgesonnenen Freunden zugetragen worden war: Ich sei, hatten sie gesagt, bei den Lakedämoniern verleumdet worden und müsse sehr auf der Hut sein. Im ersten Augenblick dachte ich an Herakleides, aber schnell wurde mir klar, daß nur Neon der Verleumder sein konnte. Nachdem er sich in Perinthos von uns getrennt und inzwischen sicher den spartanischen Herren von Byzantion angeschlossen hatte, versuchte er mir jetzt offenbar dadurch den Rest zu geben, daß er mich als spartafeindlichen Aufhetzer hinstellte.

Wie sollte ich mich entscheiden: Unter den angebotenen Bedingungen bei Seuthes bleiben - oder, trotz der Warnungen, zusammen mit dem Heer zu Thibron abrücken? Um mir Klarheit zu verschaffen, veranstaltete ich eine Opferzeremonie für *Zeus den König*, ließ zwei Opfertiere schlachten und stellte jedesmal dieselbe Frage: Welche der beiden Möglichkeiten ist für mich die bessere und vorteilhaftere? Die Antwort war beide Male eindeutig: mit dem Heer abrücken!

Nachdem ich Seuthes über meine Entscheidung unterrichtet hatte, verlegte er sein Lager weiter landeinwärts, während wir unseren Stathmos in Richtung auf die Küste hin verschoben und in Dörfern nicht weit oberhalb von Selymbria, von denen aus der Hafen leicht erreicht werden konnte, Quartier nahmen. Hier wollten wir unsere Lebensmittelvorräte für die bevorstehende Überfahrt nach Asien auffüllen.

Aus unserem Umzug erwuchs jedoch ein zusätzliches Problem: Diese Dörfer hatte nämlich der mir wohlbekannte Gesandte Medosades, eigentlich ein rechtschaffener, braver Diener seines Herrn, von Seuthes nach der Unterwerfung des ganzen Landstrichs zur persönlichen Nutzung geschenkt bekommen - und mußte nun mitansehen, wie sie von uns gewaltsam ausgeplündert wurden. Zwar konnte ich gut verstehen, daß er über unser Verhalten wütend war, aber wir waren gezwungen, uns selbst zu verproviantieren, da Seuthes den Kontakt mit uns gelöst hatte.

Am Tag darauf kam es zu einem Zwischenfall, der glücklicherweise ohne ernste Folgen blieb. Einer unserer Vorposten rief mich hinaus an die Grenze unseres Lagerbereichs: dort warte Medosades zusammen mit weiteren Thrakern und wolle mich sprechen. Als ich in Begleitung einiger Lochagen und zufällig anwesender Priester den Treffpunkt erreichte, sah ich mich einer etwa 30 Mann starken Reitergruppe gegenüber, an deren Spitze Medosades und ein noch sehr junger, in wertvolle Gewänder gekleideter Odryse hielten. Er war das ranghöchste Mitglied einer Gesandtschaft aus Oberthrakien, die vor wenigen Tagen bei Seuthes eingetroffen war. Soweit wir gehört hatten, wollte Medokos, der den Titel *König von Oberthrakien* trug, mit dem unerwartet zu Macht gekommenen *Herrscher der Küste*, wie sich Seuthes neuerdings nennen ließ, in Verhandlungen über die Abgrenzung der gegenseitigen Einflußbereiche eintreten.

Diesen sehr tatkräftig aussehenden Jüngling, vielleicht einen Sohn oder Neffen des Medokos, hatte Medosades offensichtlich als Bundesgenossen in seinem Konflikt mit uns gewonnen. Nachdem sie beide abgestiegen waren, eröffnete Medosades die Verhandlung:

»Ihr verübt Unrecht, Xenophon, indem ihr unsere Dörfer verwüstet. Wir tun euch hiermit feierlich kund, ich im Auftrag des Seuthes, dieser Mann hier im Auftrag des Medokos, des Königs von Oberthrakien: Verschwindet aus unserem Land, andernfalls werden wir es euch nicht überlassen, sondern euch, falls ihr unserem Land Schaden zufügt, wie Feinde abwehren.«

Bei allen Göttern, sie kamen tatsächlich als offizielle Herolde ihrer Herren und überbrachten uns in den üblichen formelhaften Wendungen die Vorankündigung einer regelrechten *Kriegserklärung*! War denn Medosades von allen guten Geistern verlassen? Andererseits: Die Truppen des Seuthes hatten inzwischen eine beträchtliche Größe erreicht und konnten unsere Hopliten vor allem durch ihre vorzügliche Reiterei in erhebliche Schwierigkeiten bringen - zumal dann, wenn sie aus Oberthrakien noch Unterstützung erhalten sollten. Unter den gegebenen Umständen durften wir diese Drohung nicht auf die leichte Schulter nehmen. Deshalb entschloß ich mich zum rhetorischen Gegenangriff und setzte dabei meine Hoffnung auf den jungen, aber offenkundig sehr einflußreichen Odrysen.

Überdeutlich machte ich ihm klar, daß wir Griechen vor dem Freundschaftsvertrag mit Seuthes dank unserer militärischen Stärke die eigentlichen Herren des küstennahen Thrakien gewesen seien - eines Landstrichs, den Seuthes damals mit seinen Leuten nicht zu betreten gewagt habe oder allenfalls fluchtbereit mit bei Nacht aufgezäumten Pferden. Und nun, nachdem wir das von uns eroberte Gebiet an Seuthes abgetreten und ihm und seinem Hofstaat, auch Medosades, zu Reichtümern verholfen hätten, würden wir zum Dank für unsere Wohltaten nicht etwa mit Geschenken überschüttet, sondern in schamloser Weise regelrecht aus dem Land gejagt.

Daß diese emotional vorgetragene Darstellung nur noch entfernt mit der Wirklichkeit übereinstimmte, war mir zwar bewußt - aber ich merkte, daß sie Medosades gewaltig erschreckte und vor allem auch den jungen Odrysen beeindruckte. So holte ich zum letzten Schlag aus und machte damit zugleich meinem Ärger über einen Vorgang Luft, über den ich nicht hinwegkam.

»Aber warum«, wandte ich mich an Medosades, »kommst du mit deinem Anliegen eigentlich zu *mir*? Nicht ich habe hier das Kommando, sondern die Lakedämonier, denen ihr doch das Heer zum Abzug übergeben habt. Und dabei habt ihr unbegreiflichen Männer mich nicht im geringsten einbezogen! Und zwar doch wohl deswegen, weil ihr verhindern wollt, daß der *Haß* der Lakedämonier, den ich mir durch die Zuführung des Heeres zu *euch* zugezogen habe, jetzt durch meine persönliche Übergabe des Heeres an sie in *Dankbarkeit* umschlagen könnte!«

Das wirkte! Jedenfalls sprang der junge Odryse auf, sah Medosades an und rief empört:

»Ich möchte, Medosades, über das, was ich da höre, vor Scham in der Erde versinken! Wenn ich das vorher gewußt hätte, wäre ich gewiß nicht mit dir hierher gekommen. Und nun werde ich mich entfernen. Denn auch Medokos, unser König, würde mir gewiß keinen Beifall spenden, wenn ich diese Männer aus dem Land treiben wollte - *unsere Wohltäter!*«

Nachdem die Odrysen ohne weitere Verzögerung davongeritten waren, blieb der durch den Verlust seines Bundesgenossen völlig entmutigte und niedergeschlagene Medosades, der mir inzwischen fast leid tat, allein zurück. Schließlich bat er mich, Charminos und Polynikos als die augenblicklichen Kommandanten des Heeres herbeizurufen, um mit ihnen die Frage des Abzuges zu klären.

Also machte ich mich zusammen mit meinen Begleitern auf den kurzen Weg, traf die beiden Lakedämonier im Gespräch mit zwei oder drei unserer Strategoi an und informierte sie über meinen Auftrag.

»Medosades«, sagte ich, »läßt euch rufen, um euch dasselbe wie mir zu verkünden: Wir sollen das Land verlassen!«

»Wir sollen das Land verlassen? Das haben wir in Kürze vor - aber wollt ihr denn auf euren Sold verzichten?«

»Natürlich nicht! Darf ich euch einen Vorschlag für die Verhandlungen unterbreiten? Ich glaube, daß *ihr* den geschuldeten Sold für das Heer bekommen könnt, wenn *ihr* erklärt: daß das Heer an euch herangetreten sei und euch um Hilfe bei der Eintreibung des Soldes von Seuthes - und zwar mit oder gegen seinen Willen! - gebeten habe. Und daß die Soldaten dann, wenn diese Sache erledigt sei, bereit seien, euch zu folgen. Und daß ihr ihre Forderungen für berechtigt hieltet! Und daß ihr ihnen versprochen hättet, erst abzurücken, wenn sie zu ihrem Recht gekommen seien.«

Nachdem die Spartaner erklärt hatten, sie würden diese und noch weitere Erwägungen mit allem Nachdruck vortragen, zogen wir gemeinsam zu Medosades, der uns in recht kläglicher Stimmung erwartete. Und sofort sprach Charminos ihn mit schroffer Stimme an:

»Wenn du uns etwas zu sagen hast, Medosades, bitte - wenn aber nicht, haben wir dir etwas zu sagen!«

Diese bedrohlich klingende Anrede brach endgültig das Selbstbewußtsein des armen Höflings. Nicht einmal mehr der Gedanke an die Vernichtung seines Eigentums vermochte ihn zu energischem Handeln anzustacheln. Stattdessen verwies er in den üblichen diplomatischen Wendungen nur noch auf die Verpflichtungen, welche die neuen Herren den unterworfenen Einheimischen gegenüber übernommen hätten:

»Ich habe euch, in völligem Einvernehmen mit Seuthes, folgendes zu sagen: Wir fordern, daß den Leuten hier, die unsere Freunde geworden sind, von euch kein Schaden zugefügt wird. Denn jeden Schaden, den ihr ihnen zufügt, fügt ihr auch uns zu: Sie gehören zu uns!«

Diese eher halbherzig klingende Aussage nahmen die Spartaner schweigend zur Kenntnis. Dann brachte Charminos in seiner scharf formulierten Antwort die Soldfrage vor:

»Wir möchten gerne abrücken - sobald die Männer, die euch dies alles verschafft haben, ihren Sold haben. Falls das nicht geschieht, kommen wir in Kürze mit Hilfstruppen hierher, um ihnen beizustehen und die Männer, die ihnen unter Bruch ihrer Eide Unrecht getan haben, zu bestrafen.»

Als Medosades ihn wegen dieser unverhüllten Ankündigung einer militärischen Intervention spartanischer Truppen in dem neu gewonnenen Gebiet entsetzt anblickte, fügte Charminos mit ausdruckslosem Gesicht hinzu:

»Wenn ihr auch zu den Übeltätern gehört, werden wir hier bei euch damit anfangen, das zu holen, was ihnen rechtmäßig zusteht.«

Keiner Antwort mehr fähig schüttelte Medosades nur verzweifelt den Kopf. Da konnte ich mich nicht enthalten, ihm noch weiter durch einen ironischen Vorschlag zur Beilegung des Konfliktes zuzusetzen:

»Wollt ihr es vielleicht diesen Leuten, in deren Land wir uns befinden - und die nach deinen Worten eure *Freunde* sind - überlassen, in einer Abstimmung darüber zu entscheiden, ob *ihr* oder *wir* aus dem Land abziehen sollen?«

Jetzt erwachte Medosades wieder aus seiner Erstarrung, wies diese Idee weit von sich und sagte, er halte es für das beste, wenn die beiden Spartaner persönlich in der Soldangelegenheit bei Seuthes vorstellig würden; nach seiner Auffassung könnten sie ihn wohl von der Rechtmäßigkeit unserer Forderung überzeugen. Als keiner der beiden zu dieser Erwägung Stellung nahm, fügte er schnell hinzu:

»Wenn ihr das nicht wollt, solltet ihr Xenophon zusammen mit mir entsenden! Ich werde, das verspreche ich, sein Anliegen unterstützen. Aber ich habe noch eine herzliche Bitte: Brennt mir meine Dörfer nicht nieder!«

So kam es, daß ich in Begleitung einiger redegewandter Freunde sowie des mißmutig dreinblickenden Medosades, der diesen Gang zu seinem Herrn wohl am liebsten vermieden hätte, noch einmal vor Seuthes erschien und ihm in einer sehr ausführlichen Rede viele Argumente vortrug, die nicht nur den Anspruch der Söldner auf die Auszahlung des Soldes, sondern auch meinen persönlichen Anspruch auf die Wiederherstellung meines durch sein Verhalten ruinierten Ansehens beim Heer begründeten. Diese schließlich erfolgreiche Rede, in die ich meine ganze Überzeugungskraft hineinlegte, will ich hier nicht im einzelnen nachzeichnen, aber doch in groben Zügen wiedergeben.

Zuerst machte ich darauf aufmerksam, daß Seuthes, der durch uns zum König über viele Menschen und viel Land aufgestiegen war, nunmehr kein einfacher Privatmann mehr sei, sondern sich bei allen seinen Handlungen der ständigen Kontrolle durch die Öffentlichkeit bewußt sein müsse und daher auch nicht den Anschein erwecken dürfe, er wolle seine *Wohltäter* ohne den versprochenen Dank abziehen lassen und - das Allerschlimmste für einen Fürsten - *sein Wort brechen*.

Und dabei gehe es, so legte ich dar, um einen einzigen Monatssold für die Söldner, also um etwa 30 Talente - eine läppische Summe, gemessen an dem Wert des von uns erobertеten Reiches! Und es sei wohl klar, daß die Herrschaft über dieses Reich nicht auf der Freundschaft der Unterworfenen zu ihren neuen Herren beruhe, sondern auf Zwang und Angst - und zwar auf *Angst vor uns!* Wenn diese Angst aber entfalle, und wir uns (vermutlich sogar mit der Unterstützung der Spartaner) auf die Seite der Unterworfenen stellten und sie in ihrem Kampf um die Freiheit unterstützten, werde das fatale Folgen für das Land haben: Es müßte nicht nur uns und die herbeieilenden spartanischen Truppen ernähren, sondern auch noch die großen Söldnermassen, die zum Kampf gegen uns angeworben werden müßten - falls es überhaupt noch Söldner gäbe, die in den Dienst eines Soldherrn, der sein Wort gebrochen hat, treten wollten.

Nach diesen Darlegungen, die ihren Eindruck auf Seuthes offensichtlich nicht verfehlten, verlangte ich von ihm die Wiederherstellung meines persönlichen Ansehens beim Heer, das mich aufgrund seines Verhaltens nicht mehr als Führer anerkenne, sondern mit ungerechten und ehrenrührigen Beschuldigungen an den Pranger stelle. Vor den allwissenden Göttern rief ich ihn zum Zeugen dafür an, daß ich weder persönliche Geschenke noch für die Soldaten bestimmte Zahlungen von ihm je erhalten (und gar unterschlagen!) hätte.

Dann kam ich noch einmal auf die Verpflichtungen zu sprechen, die sich aus der Freundschaft, die ursprünglich zwischen Seuthes und mir bestanden hatte, ergeben. Er habe mich seinerzeit, so führte ich aus, mit freundlichen Gesten, mit Gastgeschenken und großzügigen Versprechungen für die Zukunft als Freund empfangen. Und nun, nachdem ich ihm meinerseits mit vollem Einsatz zur Erfüllung seiner Wünsche und zu seiner hohen Stellung verholfen hatte - da könne er nicht einfach darüber hinwegsehen, wie sein Freund bei den Soldaten in Unehre falle! Das passe doch nicht zu seinem Charakter! Er werde auf Dauer den Vorwurf, daß er seine *Wohltäter* betrüge, nicht ertragen und also den Sold zahlen und dadurch mein Ansehen bei den Söldnern wiederherstellen.

Seuthes hatte meine lange Rede aufmerksam angehört, jetzt sprang er auf und rief mit vor Entrüstung vibrierender Stimme:

»Verflucht sei derjenige, der schuld daran ist, daß der Sold nicht längst ausgezahlt worden ist! Denn ich selbst hatte ja niemals - *niemals!* - im Sinn, ihn euch vorzuenthalten - und ich werde ihn auszahlen!«

Wie geschickt, dachte ich, spielt dieser skrupellose Mann höchst theatralisch vor uns den selber Betrogenen! Indem er uns seinen treuen Diener Herakleides (nur er konnte doch wohl mit dem *Schuldigen* gemeint sein) gleichsam zum Fraß vorwarf, glaubte er sich selbst unbeschädigt aus der Affäre ziehen zu können. Doch das Wichtigste war: Er hatte vor vielen Zeugen die Auszahlung des Soldes angekündigt. Da hakte ich nach:

»Nachdem du dich entschlossen hast, den Sold zu zahlen, bitte ich dich, die Auszahlung *jetzt* durch mich vornehmen zu lassen - und nicht unbeeindruckt zuzusehen, daß ich *jetzt* durch deine Schuld im Heer nicht dasselbe Ansehen genieße wie *damals*, als wir zu dir kamen.«

Darauf gab Seuthes mir eine ausweichende Antwort:

»Du wirst bei den Soldaten meinetwegen nicht weniger Ansehen genießen, wenn du mit nur 1000 Hopliten bei mir bleibst, und ich werde dir dann die festen Plätze am Meer und, was ich dir sonst noch versprochen habe, ausliefern.«

»Das ist nicht möglich! Laß uns abziehen.«

»Und doch weiß ich, daß es für dich erheblich sicherer ist, bei mir zu bleiben als abzuziehen.«

»Ich danke dir für deine Fürsorglichkeit. Ich kann aber nicht bleiben. Doch sei gewiß: Wo immer *mein* Ansehen zunimmt, wird sich das auch für *dich* günstig auswirken.«

Da endlich merkte Seuthes, daß er sich nicht weiter um die Soldfrage herumdrücken konnte, und unterbreitete uns mit mißmutigem Gesicht sein etwas klägliches Angebot:

»Geld habe ich nur sehr wenig, und das gebe ich dir: ein Talent. Dazu 600 Rinder und etwa 4000 Schafe und rund 120 Sklaven. Nimm das alles und dazu noch Geiseln von denjenigen, die dir Unrecht getan haben - und dann zieh ab!«

Seuthes war offenkundig recht verärgert über meine Weigerung, bei ihm zu bleiben, und auch über die Hartnäckigkeit, mit der ich auf der Auszahlung des Soldes bestand. Sein Angebot, davon war ich überzeugt, würde niemals einen Gewinn von 30 Talenten erbringen - aber für die Söldner spielte die Soldfrage nach der Übernahme durch die Spartaner ersichtlich nicht mehr dieselbe Rolle wie zuvor. Wohl aber für mich: Ich brauchte diesen (wenn auch bescheidenen) Erfolg, um meine Glaubwürdigkeit im Heer zurückzugewinnen und den Vorwurf der persönlichen Bereicherung loszuwerden.

Die Empfehlung, etwa Herakleides als Geisel zu nehmen und erst gegen ein hohes Lösegeld seiner Familie zurückzugeben, verfolgte ich nicht weiter - aber was war mit diesem Talent, das Seuthes mir anscheinend als persönliches Geschenk (um seiner Freundespflicht nachzukommen!) zugedacht hatte? Selbstverständlich warf ich es später in die gemeinsame Kasse, aber für den Augenblick machte ich daraus noch ein (nicht ernst gemeintes) Argument für meine Aussage, daß ich nicht bei Seuthes bleiben könne, sondern abziehen müsse.

»Wenn alle diese Rinder, Schafe und Sklaven«, sagte ich lachend, »für den Sold nicht ausreichen, von wem, werde ich einem, der mich fragt, antworten, habe ich das Talent? Ist es also nicht auch deshalb, weil gerade dieses Talent mit Gefahr für mich verbunden ist, besser, daß ich auf jeden Fall abreise - und mich so vor der Steinigung schütze? Du hast die Drohungen selbst gehört.«

Diese Anspielung auf die von den Söldnern erhobenen Vorwürfe, Seuthes habe mich heimlich zu einem reichen Mann gemacht, lockerte die Stimmung merklich auf. Da inzwischen die Dunkelheit eingefallen war, blieb ich über Nacht mit meinen Begleitern im thrakischen Lager, allerdings ohne Seuthes selbst noch einmal zu Gesicht zu bekommen.

In der Morgenfrühe wurden die aneinander gebundenen Sklaven und die Masse der Tiere von thrakischen Treibern zu einer langen Kolonne aufgestellt, an deren Spitze wir nach gut zweistündigem Marsch in unser Lager einzogen - freudig begrüßt von den Söldnern, unter denen noch bis zu meinem Erscheinen das böse Gerücht umlief, ich sei nur deshalb zu Seuthes gegangen, weil ich mich in Thrakien niederlassen und alles in Besitz nehmen wollte, was er mir versprochen hatte.

Beim Einzug sah ich, daß hinter den jubelnden Zuschauern, die unseren Zug bis zu dem freien Platz in der Mitte des Lagers begleiteten, Charminos und Polynikos standen und das Schauspiel beobachteten. Da ging ich zu ihnen hinüber und sprach sie an:

»Das alles ist durch euren Einsatz für das Heer gerettet worden! Ich übergebe es hiermit an euch. Stellt es zum Verkauf und verteilt den Erlös an das Heer.«

Mit diesen Worten legte ich gleichsam mein Strategenamt nieder und kehrte ins Zivilleben zurück - wie ich damals glaubte. Die beiden Spartaner kamen ihrer Amtspflicht nach, bestimmten eine Reihe von Männern zu offiziellen *Beuteverkäufern* und ließen sie die Ware an mehreren Markttagen absetzen - nicht ohne sich dabei viel Ärger einzuhandeln: Bei solchen Gelegenheiten gibt es immer die Besserwisser, die meinen, man hätte größere Gewinne erzielen müssen.

Ich selbst hielt mich ganz aus der Sache heraus und betrieb für jedermann erkennbar die Vorbereitungen für meine Heimreise nach Athen. Aber daraus wurde wieder nichts. Denn nun suchten mich die einflußreichsten und vertrautesten Freunde, die ich unter den Offizieren im Lager hatte, gemeinsam auf und baten mich dringend, nicht abzureisen, bevor ich nicht das Heer aus Thrakien fortgeführt und an Thibron übergeben hätte. Ich muß gestehen, daß die Anerkennung meiner Führungsqualitäten durch diese qualifizierten Offiziere mich sehr stolz machte, und so übernahm ich noch einmal die Aufgabe des zwar offiziell den Spartanern unterstellten, tatsächlich aber selbständig entscheidenden Oberkommandierenden unserer Söldnerarmee.

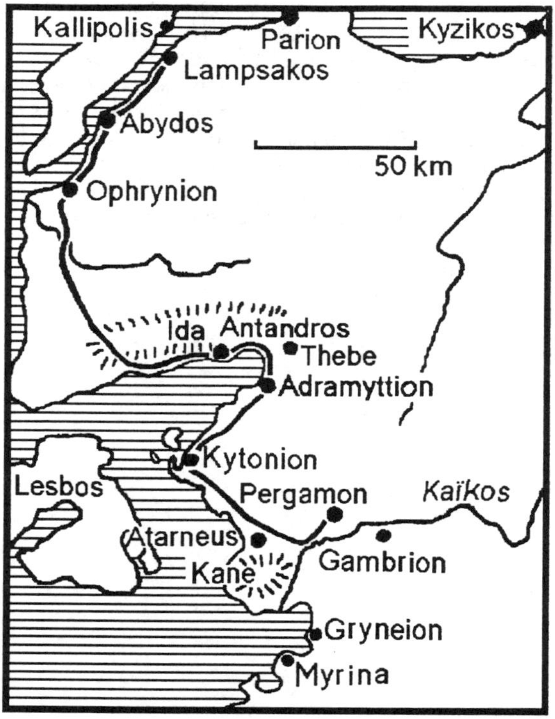

Skizze zum Marsch der Söldner
von Lampsakos nach Pergamon

Von Selymbria nach Pergamon

Die bevorstehende Abreise der Söldnerarmee hatte sich im ganzen Propontisraum herumgesprochen und dazu geführt, daß unzählige größere und kleinere Fährschiffe und Fischerboote von überall her den Hafen von Selymbria anliefen - in der Hoffnung, bei unserem Transport berücksichtigt zu werden. Da die Kosten für die Überfahrt von den Spartanern getragen wurden, gab es keine Schwierigkeiten, ausreichenden Schiffsraum zusammenzustellen. Sobald alle Vorbereitungen abgeschlossen waren, verließen wir die (nicht niedergebrannten!) Dörfer des Medosades und rückten in den Hafen von Selymbria ein. Nachdem die einzelnen Fahrzeuge jeweils bis an die Grenze ihrer Tragfähigkeit mit Menschen, Tieren und dem Gepäck beladen worden waren, traten sie in langer Reihe die Reise in westlicher Richtung an.

Der weit auseinander gezogene Konvoi, der sich dicht unter Land hielt, kam bei mäßigem Wind nur langsam voran. Bis Perinthos kannten wir die Gegend aufgrund unserer Märsche auf der Küstenstraße gut, dahinter fuhren wir an unbekanntem Land entlang - aber die Namen der gelegentlich auftauchenden befestigten Plätze waren mir vertraut, weil Seuthes sie öfter genannt hatte - zunächst Bisanthe, dann kurz dahinter Neon Teichos: das waren ja jene Küstenstädte, die er mir ursprünglich einmal hatte schenken wollen!

Hier ging der Kurs der Flotte aus westlicher in westsüdwestliche Richtung über. Rechter Hand ragte nun das *Heilige Gebirge* auf, von dem seinerzeit der spartanische Nauarch Anaxibios gesprochen hatte, und im Küstenbereich davor lag Ganos, wieder eines der von Seuthes versprochenen Geschenke. Wir fuhren jetzt auf den inneren Eingang des Hellespontos zu, der langen, schmalen Wasserstraße zwischen dem ägäischen Meer und der Propontis, und wollten uns im Hafen von Kallipolis vor der Überfahrt nach Asien sammeln. Je näher wir der Engstelle bei Kallipolis kamen, umso deutlicher trat das asiatische Ufer in unser Blickfeld. Tatsächlich betrug der Abstand zwischen Kallipolis und dem gegenüber liegenden Hafen Lampsakos, unserem Ziel, kaum mehr als 50 Stadien!

Schließlich überquerten wir den Sund, schifften uns in der weit geschwungenen Hafenbucht von Lampsakos aus und legten vor der Stadt unseren Stathmos an, von dem aus wir nach einem kurzem Aufenthalt den Truppen Thibrons entgegenziehen wollten. Charminos und Polynikos blieben bei uns, setzten sich aber sofort nach der Ankunft durch berittene Boten mit ihrem Kommandeur in Verbindung.

Hier fanden sich auch meine Diener mit meinem Rotfuchs und meinem Gepäck wieder ein, die mir vor Monaten durch die überstürzte Abreise aus Parion buchstäblich verlorengegangen waren. Sie erzählten mir zerknirscht, daß sie den vergangenen Winter nur unter größten Schwierigkeiten überstanden und für Unterkunft, Essen und Pferdefutter alle Wertgegenstände, schließlich auch das zweite Pferd und die paar Münzen, die sich im Gepäck finden ließen (mit Ausnahme der *heiligen Mittel* für Artemis und Apollon) aufgebraucht hätten. Ich konnte ihnen für ihr Verhalten keine Vorwürfe machen - wirklich ging ich, wie ich mir schon öfter schmerzlich bewußt gemacht hatte, aus diesem ganzen Kyrosunternehmen ohne jeden Gewinn hervor und konnte froh sein, wenigstens mein Leben gerettet zu haben.

Da ich die (wie sich später herausstellte: vergebliche) Hoffnung hatte, möglichst bald, vielleicht sogar noch von Lampsakos aus, die Heimreise antreten zu können, machte ich mir ernstliche Sorgen über die Beschaffung des Fahrgeldes: Der einzige Wertgegenstand, den ich noch zu Geld machen konnte, war - mein treues und herzlich geliebtes wunderbares Pferd. Zunächst wies ich diesen schrecklichen Gedanken weit von mir, aber er ging mir fortan nicht mehr aus dem Sinn, wenn ich ziellos und niedergeschlagen durch die belebten Straßen der Stadt schweifte.

Auf einem dieser Gänge hörte ich plötzlich meinen Namen rufen, drehte mich um und stand zu meiner großen Überraschung einem guten alten Bekannten aus Athen gegenüber, dem Seher Eukleides aus Phleius. Ich kannte ihn seit vielen Jahren von seinen Auftritten bei dem jährlich am 23. Anthesterion, zum Ende des Winters, gefeierten großen Volksfest für *Zeus Meilichios,* den *Diasia*. Dann strömt die ganze Bevölkerung in das Gebiet des Ilissos außerhalb der Mauern der Stadt, opfert dort Tiere oder Opferkuchen (die - und das ist hier das Besondere - als *holokaustisches* Opfer, wie wir sagen, ganz verbrannt werden müssen) und feiert nach dem Abschluß des ernsten Festabschnittes in privaten Zirkeln fröhliche Gastmähler bis in die Nacht hinein. Als Opferpriester war dabei für unsere Familie fast immer Eukleides tätig - übrigens ein Sohn des prominenten Malers Kleagoras, der die im Lykeion ausgestellten 'Traumerscheinungen' gemalt hat.

Gerührt umarmte er mich lange und drückte immer wieder seine Freude darüber aus, daß ich das große Abenteuer lebend überstanden hatte. Nur selten seien einmal Nachrichten über unseren Zug nach Athen gelangt, und die hätten meistens eher Anlaß zu Befürchtungen als zur Freude gegeben.

»Aber jetzt«, so fuhr er fort, »trägst du sicher einen ganzen Sack voll Gold nach Hause.«

»Ich schwöre dir bei allen Göttern«, erwiderte ich, »daß ich nicht einmal genügend Reisegeld für die Heimfahrt haben werde, wenn ich nicht mein Pferd und mein Gepäck verkaufe.«

Nun mußte ich trotz meiner ziemlich verzweifelten Lage doch über sein maßlos erstauntes Gesicht lächeln. Er schüttelte mehrmals heftig den Kopf, musterte mich noch einmal aufmerksam von der Seite und sagte dann:

»Das ist doch unmöglich. Zwei Jahre lang bist du in dem goldreichen Orient herumgezogen und hast kein Vermögen gemacht? Du willst mich verspotten!«

Meiner Beteuerung, daß ich die Wahrheit gesagt hätte, wollte er einfach nicht glauben. Er hielt mich, diesen Eindruck hatte ich beim Abschied, für einen schamlosen Betrüger, der seinen neu erworbenen Reichtum sogar vor seinen wohlmeinenden Freunden verbergen wollte.

Am Nachmittag desselben Tages verkaufte ich wirklich traurigen Herzens meinen Roten an einen der spartanischen Offiziere, der von dem rassigen Pferd so begeistert war, daß er mir 50 Dareiken, also 1000 Drachmen, dafür bezahlte. Ungeachtet dieses hohen Preises, der das Fahrgeld nach Athen weit übertraf, empfand ich eine solche Scham über meine Handlung, daß ich in der Nacht keinen Schlaf fand.

Am nächsten Tag schickten mir die Lampsakener Gastgeschenke, die mich in die Lage versetzten, ein bescheidenes Opfer für Apollon zu veranstalten. Und dazu lud ich Eukleides ein, um ihm die Möglichkeit zu geben, sich aus dem Ablauf und dem Ergebnis der Opferhandlung ein Urteil über meine Lage zu bilden. Nachdem er die Zeremonie in allen Einzelheiten verfolgt und den Zustand der Opfertiere genau überprüft hatte, wandte er sich zu mir um und erklärte:

»Jetzt bin ich davon überzeugt, daß du wirklich kein Geld hast.«

Mit einem verschmitzten Lächeln fügte er noch hinzu:

»Nun, ich weiß ja aus früheren Tagen, daß immer, wenn du drauf und dran bist, an Geld zu kommen, irgendein Hindernis auftaucht - und falls es kein anderes Hindernis ist, bist du selbst dir dieses Hindernis.«

In der Tat hatte mir meine Naivität und Gutgläubigkeit in Geldangelegenheiten schon öfter herbe Verluste eingebracht - ich hatte zum Beispiel auch vor kurzem das von Seuthes geschenkte Talent unnötigerweise wieder aus der Hand gegeben. Also konnte ich nicht umhin, Eukleides zuzustimmen, der daraufhin in sehr ernstem Ton fortfuhr:

»Es ist nämlich so, daß *Zeus Meilichios* dein Hindernis darstellt. Hast du ihm denn schon geopfert? Und zwar in der Weise, wie ich das für euch zu Hause immer gemacht habe: als *holokaustisches Opfer*?«

»Nein, diesem Gott habe ich nicht geopfert, seit ich Athen verlassen habe.«

»Dann bring ihm ein *holokaustisches* Opfer dar - und es wird dir besser gehen.«

Ich bedankte mich für seinen Rat und versprach, ihn so schnell wie möglich in die Tat umzusetzen. Dazu kam es jedoch zunächst nicht, weil wir den Weitermarsch in die Troas antraten. Nach den letzten Nachrichten befand sich

Thibron immer noch weit im Süden und ließ uns mitteilen, daß wir ihm zumindest bis Pergamon entgegenkommen sollten. Am dritten Marschtag war unser Stathmos bei Ophrynion, einer kleineren Stadt mit einem Hafen am Ausgang des Hellespont in das ägäische Meer, vorgesehen. Ich hatte mir inzwischen für wenig Geld ein älteres Pferd gekauft, auf dem ich allein vorausritt, um lange vor den Truppen an Ort und Stelle zu sein und in aller Ruhe mein versprochenes Opfer für *Zeus Meilichios* vollziehen zu können.

In Ophrynion kaufte ich zwei Schweinchen, schlachtete sie im Beisein eines dortigen Sehers und wartete, wie bei den *Diasia* zu Hause, geduldig stundenlang, bis das immer wieder geschürte Feuer sie völlig zu Asche verbrannt hatte. Zu unserer Freude waren wir uns am Schluß beide einig, daß nach den während der gesamten Zeremonie erkennbaren Zeichen *Zeus Meilichios* das Opfer angenommen hatte.

Und nun passierte folgendes! Als am frühen Nachmittag die Marschkolonne im Stathmos eintraf, suchten mich in meinem Quartier zwei spartanische Offiziere auf, Biton und Nausikleides, stellten sich als Beauftragte Thibrons vor - und übergaben mir eine Schatulle voller Geld für das Heer! Es war fast unglaublich: So schnell hatte *Zeus Meilichios* mein Gebet erhört! Dankbar bewirtete ich die beiden, so gut es ging, bis schließlich Nausikleides, nach einem kurzen Blickwechsel mit seinem Kameraden, wie beiläufig sagte:

»Laß uns, mein lieber Xenophon, einmal hinausgehen. Wir müssen dir noch etwas zeigen.«

Und da draußen stand, gehalten von einem Diener, mein Rotfuchs!

»Wir haben dein Pferd zurückgekauft«, fuhr Nausikleides fort, »weil wir annehmen, daß du es aus Not veräußert hast - wir hören ja von allen Seiten, wie sehr du an ihm hängst.«

Überwältigt von diesem erneuten Zeichen göttlicher Huld begann ich mit Tränen in den Augen zu stammeln:

»Den Kaufpreis werde ich euch....«

»Nein! Nimm dein schönes Pferd als Geschenk des Heeres, das dir wahrlich viel zu verdanken hat, in deine Obhut zurück.«

Hinter Ophrynion wandten wir uns von der Küste ab, zogen auf der großen Fernstraße durch das Binnenland auf das Ida-Gebirge zu und erreichten über dessen westliche Ausläufer wieder das Meer. Der Marsch führte weiter durch die kleine Stadt Antandros am Südrand des Gebirges und anschließend in die schöne Ebene von Thebe. Von dort ging es in südlicher Richtung nach Adramyttion am Ende der Ebene, dann auf der Küstenstraße über Kytonion auf den markanten Burgberg von Atarneus zu und von dort über die Randberge hinüber in die Talebene des Kaïkos und in ihr weiter bis nach Pergamon. Der mehrtägige Marsch verlief ohne jeden Zwischenfall.

Die Stadt Pergamon liegt auf einem Ausläufer des eindrucksvollen Pindasos-Gebirges und wird von einem steil aufragenden Burgberg gekrönt, der sich nur zur Kaïkos-Ebene hin abflacht und an dieser Seite die zum Teil auf Terrassen angelegte Unterstadt trägt. Die von starken Mauern umzogene Burg selbst halte ich für so gut wie uneinnehmbar, da sie auf der West- und Ostflanke zusätzlich durch die Schluchten von zwei kleineren Flüssen, dem Selinus und dem Ketios, gegen Angriffe gesichert ist. Aber auch die Unterstadt weist einen stattlichen Mauerring auf, an dem wir, auf einem Plateau vor dem Übergang in die Ebene, unseren Stathmos anlegten.

Noch am Tag unserer Ankunft überbrachte mir ein Bote aus der Stadt einen Brief, in dem eine Fürstin namens Hellas mich freundlich in ihr Haus einlud. Von dieser Frau hatte ich bereits gehört. Sie war die Witwe des Fürsten Gongylos, dessen aus Eretria stammender Vater, der gleichfalls Gongylos hieß, bald nach den Perserkriegen wegen Zusammenarbeit mit dem Feind aus seiner Heimat verbannt und damals vom Großkönig mit den Städten Gambrion und Palaigambrion in der Kaïkos-Ebene östlich von Pergamon sowie mit den Küstenstädten Gryneion und Myrina südlich der Kaïkosmündung ins Meer beschenkt worden war.

Die *Gongyliden* stellten also im pergamenischen Raum ein über große Ländereien verfügendes, einflußreiches griechisches Geschlecht dar, das sich überdies der Gunst der Großkönige erfreuen konnte - und zwar nunmehr bereits in der dritten Generation: denn inzwischen hatten die Söhne der Hellas, Gorgion und Gongylos (der dritte Träger dieses Namens), die Regierung des kleinen Fürstentums übernnommen. Allerdings ging ihrer wohl etwa sechzigjährigen Mutter der Ruf voraus, daß sie nach wie vor das Heft fest in der Hand halte.

Sie bewohnte in der Unterstadt ein weiträumiges Anwesen unmittelbar an der Hauptstraße, die in steilem Anstieg bis zur Akropolis hinaufführt. In ihrem recht komfortabel eingerichteten Haus wurde ich sehr zuvorkommend aufgenommen. Gegen Mittag fanden sich ihre beiden Söhne und noch weitere Verwandte und Hausgenossen ein - und, zu meiner Überraschung, auch Prokles, der uns damals, nach der Schlacht bei Kunaxa, gemeinsam mit Glus, dem Ordonnanzoffizier des Prinzen, die traurige Nachricht vom Tod des Kyros überbracht hatte. Als es beim Rückmarsch am Tigris entlang zu den unseligen Spannungen zwischen uns und Ariaios kam, verschwand er völlig aus unserem Blickfeld: Jetzt erfuhr ich, daß er damals zusammen mit Ariaios ohne weitere Schwierigkeiten in seine Heimat zurückkehrte, d.h. nach Teuthrania, in die Vorgängerburg von Pergamon, die sich ein Stück weit flußabwärts, näher am Meer, auf einem steilen Gipfel erhebt.

Mit der Herrschaft über Teuthrania, die in der Nähe liegende Stadt Halisarna sowie Pergamon selbst war sein Großvater, der spartanische König Damaratos, vom persischen Großkönig Dareios I. beschenkt worden, nachdem er von den Spartanern auf Betreiben seines Mitkönigs Kleomenes kurz vor der ruhmreichen Schlacht bei Marathon seines Amtes enthoben worden und bald danach zu den Persern geflüchtet war. Seitdem befand sich das kleine Fürstentum in den Händen seiner Nachkommen, die engen Kontakt zu den benachbarten Gongyliden pflegten - zumal auch Hellas väterlicherseits dem Geschlecht des Damaratos angehörte.

Während wir nachmittags in großer Runde beisammensaßen und über alles Mögliche redeten, erwähnte ich nebenbei auch die beklagenswerte Tatsache, daß der jahrelange abenteuerliche Feldzug den meisten von uns fast keine Beute eingebracht hatte. Da warf Hellas den Namen Asidates in die Debatte.

»Könnten sich unsere Freunde«, meinte sie, »nicht an Asidates schadlos halten?«

Als daraufhin die anderen eifrig nickten, fragte ich:

»Wer ist Asidates und wie stellst du dir vor, daß wir uns an ihm schadlos halten?«

»Er ist einer dieser verdammten Perser, die sich hier in unserer Ebene angesiedelt und große Ländereien in Besitz genommen haben. Wenn ihr die ganze Familie gefangennehmt, könnt ihr gewiß hohe Lösegelder herausschlagen - ganz abgesehen von den Sklaven und Pferden und sonstigen Schätzen, die sich mit beträchtlichem Gewinn verkaufen lassen.«

»Das klingt interessant - aber führt ein solcher Überfall nicht zu persischen Gegenaktionen und letzten Endes zu Mord und Totschlag in der ganzen Gegend?«

Da meldete sich Prokles zu Wort und sagte:

»Mein lieber Xenophon, wir sind eigentlich ununterbrochen in Auseinandersetzungen mit den persischen Gutsbesitzern verwickelt, die sich hier - in unserem Land! - als große Herren aufspielen. Mit den kleinen Leuten haben wir keine Probleme - für sie verkörpern wir Griechen seit langem die herrschende Schicht. Und auch die persische Zentralregierung, die unsere Großväter ja seinerzeit mit der Herrschaft betraut hat, tastet unsere Unabhängigkeit jedenfalls bisher nicht an. Aber Männer wie dieser Asidates machen uns ständig Ärger. Sie versuchen, unsere Felder und Weidegründe an sich zu bringen, sie haben ihre Gutshöfe zu regelrechten Festungen ausgebaut und wollen uns im Vertrauen auf ihre Stärke aus dem Land treiben. Immer wieder kommt es zu Schlägereien zwischen ihren und unseren Knechten, wenn sie bei der Feldarbeit oder beim Viehweiden aufeinanderstoßen. Kurzum: Für uns alle hier wäre es ein großer Erfolg, wenn es gelänge, gerade diesen Asidates zu entmachten - aber das ist nach unseren bisherigen Erfahrungen nur möglich mit Hilfe kampferprobter Söldner, die wir normalerweise nicht zur Verfügung haben. Euer Erscheinen hier bedeutet für uns einen Glücksfall - und auch für euch: Jetzt könnt ihr soviel Beute machen, wie ihr wollt!«

»Also gut«, erwiderte ich, »was du gesagt hast, leuchtet mir ein. Wie stellt ihr euch die Durchführung des Unternehmens vor?«

Da ließ sich wieder die unerschrockene Hellas vernehmen:

»Der Angriff sollte heute nacht erfolgen. Als Führer würde ich euch hier meinen Neffen und meinen getreuen Hausverwalter Daphnagoras, der sich in der Gegend vorzüglich auskennt, zur Verfügung stellen.«

»Wieviele Leute sollte ich mitnehmen?«

»Mehr als 300 Mann sind, denke ich, nicht nötig. Oder was meinst du, Prokles?«

Als auch der militärisch erfahrene Prokles diese Anzahl für ausreichend erklärte, begab ich mich zusammen mit den beiden Führern zurück in unseren Stathmos und vollzog dort nur in ihrer Anwesenheit und im Beisein des Eliers Basias, eines unserer Seher, ein Opfer, um die Frage zu klären, ob das Unternehmen gut ausgehen werde. Basias beurteilte am Schluß die dem Opfer zu entnehmende Prophezeiung als überaus günstig für mich: Der Mann, sagte er mit einer allerdings sehr vorsichtigen Formulierung, dürfte sich wohl fangen lassen.

Daraufhin ließ ich die zehn besonders zuverlässigen Lochagen, mit denen ich mich im Lauf der Zeit angefreundet hatte, zu mir kommen, unterrichtete sie über das geplante Unternehmen, durch das ich ihnen einen möglichst großen Beuteanteil zu verschaffen hoffte, und bat sie um die unauffällige Aufstellung einer Truppe von 300 Mann. Als wir nach dem Abendessen losmarschieren wollten, drängten sich gewaltsam noch etwa 600 Mann in unsere Reihen, die irgendwie von dem geheimen Beutezug Wind bekommen hatten. Sie ließen sich auch durch die Lochagen nicht mehr vertreiben, sondern nahmen schließlich sogar eine drohende Haltung ein. Wir mußten sie also an unserem Unternehmen beteiligen, das dadurch allerdings eine ganz andere Dimension annahm und nicht zuletzt deswegen wohl auch scheiterte.

Zwar kamen wir unter der landeskundigen Führung gut voran, überschritten den Karkasos, einen kleinen Nebenfluß des Kaïkos, und erreichten gegen Mitternacht den im nördlichen, ansteigenden Bereich der Ebene liegenden Gutshof des Asidates. Es handelte sich dabei um ein ganzes Dorf mit Wohnhäusern für die Knechte und Sklaven, großen Lagerhallen, Viehställen und Pferchen und in der Mitte einem gewaltigen, mehrstöckigen Wehrturm: Er war aus luftgetrockneten Lehmziegeln errichtet, wies nur im oberen Bereich kleine, schießschartenartige Öffnungen auf und wurde von einer befestigten Kampfplattform gekrönt, auf der sich bald nach unserem Erscheinen zahlreiche Bogenschützen aufstellten und die unter ihre Schilde geduckten, wehrlosen Hopliten unter Beschuß nahmen.

Während wir uns vergeblich darum bemühten, das schwere Holztor des Turmes aufzuschlagen und deshalb der Umgebung zu wenig Aufmerksamkeit schenkten, entkamen viele Dorfbewohner in der Dunkelheit und vermochten dabei sogar noch das meiste Vieh, vor allem die kostbaren Pferde, fortzutreiben. So fielen uns nur etwa 200 Menschen und wenige Rinder und Schafe in die Hand, die wir bis zum Rückmarsch unter scharfe Bewachung stellten.

Unterdessen hatten wir unsere Angriffstaktik am Turm geändert: Da luftgetrocknete Ziegel nicht die Härte gebrannter Ziegel haben, begannen wir damit, uns einen mannshohen Weg durch die Mauer selbst zu hacken - durch eine Mauer, die, wie sich bei der Arbeit herausstellte, immerhin acht Ziegel dick war! Erst im Morgengrauen waren wir durch, aber im selben Augenblick, als Licht durch die Öffnung nach innen fiel, schoß plötzlich die Spitze eines eisernen Ochsenbratspießes heraus und durchbohrte den Schenkel unseres vordersten Mannes durch und durch. Als gleichzeitig noch ein heftiger Pfeilhagel aus dem Inneren einsetzte, mußten wir unseren engen Gang fluchtartig räumen und hatten große Mühe, die Verwundeten zu bergen. Auch auf diesem Weg war der Turm nicht zu nehmen.

Unsere Lage hatte sich mittlerweile dramatisch verschlechtert. Noch während der Nacht waren Lichtsignale und laute Hilfeschreie von der Plattform des Turmes ausgesandt worden, die aus verschiedenen Richtungen beantwortet wurden. Jetzt, bei Tageslicht, sahen wir von unserem hochgelegenen Standort aus, daß sich das gesamte Umland in Aufruhr befand. Aus Parthenion und Apollonia, den beiden nächstgelegenen Städten, waren Truppen im Anmarsch, ferner näherte sich eine Einheit von Westen her. Am gefährlichsten war aber ein großer gemischter Truppenverband, der aus der in der Kaïkos-Ebene gelegenen Garnisonstadt Komania zu uns im Aufstieg war: Er bestand aus assyrischen Hopliten, etwa 80 hyrkanischen Reitern und schätzungsweise 800 Leichtbewaffneten - allesamt Söldner des Großkönigs.

Wenn unser leider fehlgeschlagenes Unternehmen nicht auch noch in einer Katastrophe enden sollte, mußten wir dringend den Rückmarsch antreten. Um wenigstens die geringe Beute, die wir gemacht hatten, nach Möglichkeit zu retten und dadurch zugleich dem Feind und auch den eigenen Männern zu zeigen, daß wir keineswegs in panische Flucht verfielen, ließ ich das *offene Karree* bilden und nahm die Gefangenen und unsere Verwundeten in die Mitte. Die wenigen Rinder und Schafe wurden vorweggetrieben, entkamen aber, als die Angriffe der Verfolger begannen, alle bis auf einige wenige Schafe, die gerade noch für die am nächsten Tag durchgeführten Opfer ausreichten.

Während wir mühsam die von allen Seiten gegen uns anfliegenden Schleudersteine und Pfeile mit unseren Schilden abzufangen versuchten (wobei ich wieder einmal bedauernd feststellen mußte, daß die nur für den Nahkampf ausgerüsteten Hopliten gegen die schnellfüßigen, über Fernwaffen verfügenden Leichten oder gar Reiter praktisch nichts ausrichten können), erschien in der Ferne überraschend Gongylos mit einer kleinen Streitmacht (gegen den

Willen seiner Mutter, wie man uns dann erzählte) und schließlich sogar Prokles mit ein paar Reitern - aber sie vermochten gar nicht bis zu uns vorzudringen, sondern blieben jenseits des Karkasos, dem wir uns allmählich näherten, stehen: So groß war die Überlegenheit der Feinde. Andererseits begann das eigentliche pergamenische Gebiet hinter diesem Fluß, so daß die Verfolgung - das war unsere Hoffnung - hier wohl aufgegeben werden würde.

Aus demselben Grund verstärkten freilich auch die Feinde ihre Angriffe und brachten uns vor allem auf der rechten Flanke und der Rückseite, wo es unmöglich war, immer die linke Schildseite dem Gegner zuzuwenden, viele Schußverwundungen bei. Da kam mir spontan der Einfall, unser ganzes Karree zusätzlich zu der Vorwärtsbewegung auch noch in eine ständige Rechtsdrehung zu versetzen. Dadurch verwandelte es sich schnell in eine abgerundete Formation, in der sich jedoch alle Hopliten stets mit dem Schild gegen die Geschosse schützen konnten. Zwar rückten wir jetzt nur noch sehr langsam vorwärts, da wir auf der rechten Seite unserer Formation sogar jedesmal ein paar Schritte in Gegenrichtung marschieren mußten, aber die Vorteile überwogen doch deutlich diesen Nachteil. Mit Hilfe dieser Taktik durchfurteten wir schließlich auch den Karkasos und erreichten glücklicherweise alle lebend das andere Ufer. Allerdings hatte fast die Hälfte der Söldner (meist leichtere) Verwundungen davongetragen, unter ihnen zu meinem Bedauern auch der Lochage Agasias, mit dem mich ein besonderes Freundschaftsverhältnis verband. Aber dank der ärztlichen Versorgung in unserem Stathmos, in den wir gegen Mittag ohne weitere Schwierigkeiten wieder einrückten, kamen fast alle schnell wieder zu Kräften.

Der Mißerfolg ärgerte mich und die beteiligten Offiziere so sehr, daß wir beschlossen, mit dem gesamten Heer noch einen zweiten Versuch zu wagen - allerdings unter Zuhilfenahme einer Kriegslist: Ich ließ am nächsten Tag überall die Nachricht verbreiten, daß wir noch während der Nacht zum Weitermarsch nach Lydien aufbrechen würden, um uns unterwegs mit den von Süden heranrückenden Truppen Thibrons zu vereinigen. Meine Absicht war, die Angst vor uns durch den Gedanken, daß wir nicht mehr in der Nähe waren, abzubauen und dadurch die Perser zu größerer Sorglosigkeit zu verleiten. Nachdem wir am Nachmittag vor aller Augen die erbeuteten Schafe geopfert und die gewonnenen Vorzeichen als günstig interpretiert hatten, zogen wir kurz nach Mitternacht auf der lydischen Straße in Richtung Gambrion tatsächlich los.

Jenseits des Karkasos verließen wir jedoch unbemerkt diese Straße und schlugen den uns bekannten Weg zum Gutshof des Asidades ein - und fanden ihn völlig verlassen vor. Zu Asidades, so hörte ich, war mein Gerücht in der Fassung, ich hätte abermals für einen Zug gegen ihn geopfert und greife ihn mit dem ganzen Heer an, gedrungen und hatte ihn dazu veranlaßt, sich mit seiner gesamten Habe weiter flußaufwärts zurückzuziehen und in Dörfern unterhalb der Stadt Parthenion einzuquartieren. Dort stöberten wir die Familie schließlich auf, nahmen ihn selbst, seine Frau, seine Kinder und Diener gefangen, erbeuteten zahlreiche herrliche Pferde und Maultiergespanne und eigneten uns auch seinen sonstigen kostbaren Besitz an, den er vor uns hatte in Sicherheit bringen wollen. So erfüllte sich dann doch noch die Weissagung des Sehers Basias.

Nachdem wir wieder in Pergamon eingetroffen waren, erhob ich die Hände zum Himmel und entsandte dem Gott meinen Gruß mit einem Dankgebet für seine Hilfe. Als mit der Verteilung der Beute begonnen wurde, war ich zu meiner großen Überraschung der Held des Tages. Die anwesenden Spartaner, meine Strategoikollegen, die Lochagen und auch die einfachen Söldner wetteiferten darin, mir durch die bevorzugte Zuweisung der schönsten Pferde, der besten Gespanne und der wertvollsten Beutestücke ihre Dankbarkeit zu beweisen. Was ich nach den vielen bitteren Erlebnissen der Vergangenheit niemals für möglich gehalten hätte, trat nun ein: Von allen Seiten wurde mir auf die Schulter geklopft und die uneingeschränkte Anerkennung für meine erfolgreiche Truppenführung ausgesprochen. Außerdem wurde ich durch den mir zugewiesenen Beuteanteil zu einem wohlhabenden Mann und konnte endlich auch meinerseits denjenigen Kameraden, die immer treu zu mir gehalten hatten, durch großzügige Geschenke ihre Freundschaft vergelten.

Wenige Tage nach diesen Ereignissen erreichte Thibron an der Spitze seiner Truppen Pergamon und legte den Stathmos neben dem unsrigen an. Als ich die *Kyreer* offiziell seinem Kommando unterstellte, war ihm die Erleichterung über diese erhebliche Verstärkung seiner Kampfkraft deutlich anzusehen. Wir setzten uns noch am Abend in seinem Zelt zusammen und erörterten ausführlich die Anlage der Feldzüge, die er gegen Tissaphernes und Pharnabazos zu führen beabsichtigte. Und bei dieser Gelegenheit drängte er mich dazu, meine persönlichen Pläne - wieder einmal! - aufzugeben. Unter Hinweis auf die unschätzbaren Erfahrungen, über die ich inzwischen ja tatsächlich verfügte, überredete er mich dazu, zumindest noch für einige Zeit meine bisherige Funktion unter seinem Oberbefehl weiterauszuüben. Wie konnte ich ahnen, daß sich dadurch meine Heimkehr um Jahrzehnte verzögern würde?

Nachwort des Verfassers

Der Verfasser ist dem Leser, der den abenteuerlichen Zug der Söldner des Kyros von Sardeis bis nach Pergamon verfolgt hat, zwei wichtige Erklärungen schuldig.

Erstens: Er versichert, daß sich die aus der Sicht des zufällig in die Vorgänge verstrickten Atheners Xenophon nacherzählten Ereignisse (soweit wir wissen) tatsächlich so abgespielt haben, wie sie hier geschildert werden, und daß ihre Darstellung möglich ist, weil Xenophon selbst sie zum Gegenstand eines Geschichtswerkes mit dem Titel ANABASIS gemacht hat. Dieses Werk gehört jedoch der *gehobenen Literatur* an und muß sich deshalb bestimmten stilistischen und strukturellen Zwängen fügen. Überdies wandte es sich an *Zeitgenossen*, die keine Informationen über die *allgemeinen Umstände*, unter denen sich die Ereignisse damals abspielten, benötigten. Und doch werden die modernen Leser ein *lebendiges* Bild der Antike vor allem aus den allgemeinen Umständen gewinnen. Der Verfasser hat sich aus diesem Grund mit allen Kräften darum bemüht, die literarischen Zwänge aufzuheben und die Lücken durch zwar fiktive, aber an Andeutungen in der ANABASIS anknüpfende Erzählungen (deren Inhalt aus anderen Quellen gewissenhaft zusammengetragen wurde) zu überbrücken. Der (zunächst vielleicht widersprüchlich erscheinende) Untertitel *Historischer Tatsachenroman* soll diese besondere Erzählsituation charakterisieren.

Zweitens: Der Verfasser hat nicht nur versucht, die Handlungen Xenophons während des Kyros-Unternehmens gleichsam selbst im einzelnen nachzuvollziehen, sondern sich auch in seine Persönlichkeit zu versetzen. Deshalb sollte der Leser nicht irritiert sein, wenn dieser Mann bei vielen Gelegenheiten mit aufdringlicher Eitelkeit von seinen Leistungen spricht, wenn er sein Interesse vor allem auf Militärisches richtet und seine eigenen Neuerungen auf diesem Gebiet voller Stolz breit ausmalt, oder wenn er völlig unreflektierten Vorurteilen unterliegt - zum Beispiel dem damals in der griechischen Gesellschaft verbreiteten nationalistischen Vorurteil, daß *die Griechen den Barbaren grundsätzlich überlegen* seien, und vieles mehr. Daß er sich andererseits nicht scheute, gewisse Vorzüge der persischen gegenüber der griechischen *Erziehung* öffentlich anzuerkennen und die *monarchische Organisation des persischen Staates* sogar zu bewundern, muß ausdrücklich als seine individuelle Leistung hervorgehoben werden. Ferner begegnet der Leser auf Schritt und Tritt liebenswürdigen Eigenschaften Xenophons, die ihn als einen human denkenden, charmanten, gelegentlich humorvollen, pflichtbewußten Mann kennzeichnen. Zu seinen schönsten Charakterzügen gehört es wohl, daß er trotz seiner militärischen Karriere im Grunde seines Herzens immer wie ein *Zivilist* dachte. Der Verfasser hat versucht, sich den schillernden Charakter Xenophons genau so, wie er aus unzähligen Stellen der ANABASIS abgeleitet werden kann, zu eigen zu machen und weder unsympathische Züge zu glätten noch sympathische hinzuzufügen. Er ist sich darüber im klaren, daß durch dieses Verfahren allerdings der ganze Sexualbereich (der in *rein fiktiven* Historischen Romanen häufig eine nicht unerhebliche Rolle spielt) entfällt.

Die ANABASIS endet mit einem kurzen Hinweis auf die Übergabe der Söldner an den spartanischen Feldherrn Thibron. Aber aus anderen Quellen und einigen kurzen Hinweisen in der ANABASIS selbst läßt sich doch auch das weitere Schicksal Xenophons wenigstens in groben Zügen rekonstruieren. So reiste er offenbar nicht so schnell wie möglich nach Athen zurück, sondern blieb anscheinend unter dem Kommando Thibrons sogar noch mehrere Jahre lang der führende Strategos über die *Kyreer*, wie man die kampferprobten Söldner jetzt nannte. Als dann im Jahr 396 v.Chr. der spartanische König Agesilaos selbst den Oberbefehl über alle gegen die Perser aufgebotenen griechischen Truppen übernahm und die *Kyreer* einem neuen Kommandanten, dem Spartaner Herippidas, unterstellte, schloß sich Xenophon selbst eng an den von ihm sehr bewunderten König an. Vermutlich als Mitglied seines Stabes, ohne eigenes Truppenkommando, erlebte er seine Unternehmungen in Asien mit und blieb auch an seiner Seite, als dem König von Sparta aus, gegen das sich daheim eine Koalition feindseliger griechischer Staaten gebildet hatte, die Rückkehr nach Griechenland befohlen wurde.

Vor dem Abmarsch suchte er jedoch noch einmal Ephesos auf, um dort im Heiligtum der Artemis, das damals auch als eine Art Weltbank diente, die Hälfte jener *heiligen Mittel* zu deponieren, die ihm (wie auch den anderen Strategoi) seinerzeit in Kerasus zu treuen Händen anvertraut worden waren. Er hatte sie durch alle Fährnisse hindurchgerettet und übergab nun den für *Artemis* bestimmten Anteil an die dortige Priesterschaft zur vorläufigen Aufbewahrung, während er den für *Apollon* bestimmten Anteil wohl in der Hoffnung, ihn bald in Delphi persönlich weihen zu können, weiterhin im Gepäck mitgeführt zu haben scheint.

Dann eilte Agesilaos mit seinen Truppen auf der großen Fernstraße, die auch der persische Großkönig Xerxes auf seinem Zug gegen Griechenland benutzt hatte, der Heimat entgegen. Erste Kämpfe waren in Nordgriechenland zu bestehen. Bei den Märschen durch die großen thessalischen Ebenen, die ständigen Rückenangriffen ausgesetzt waren, wandte Agesilaos übrigens, offensichtlich auf Anraten Xenophons, die Marschtaktik des *offenen Karrees* an, die seinerzeit erfolgreich in den Uferebenen des Tigris ausprobiert worden war. Schließlich, Ende August 394 v.Chr., kam es bei der böotischen Stadt Koroneia zur Entscheidungsschlacht, in der Agesilaos die Truppen der feindlichen Koalition besiegte. Diese Koalition setzte sich aus den Mannschaften vieler Städte zusammen, darunter auch einer *athenischen*. Das brachte Xenophon - unabhängig von der Frage, ob er tatsächlich mit der Waffe in der Hand gegen seine Landsleute gekämpft hatte oder nicht - in Athen die mit der Todesstrafe und der Einziehung des Vermögens bedrohte Anklage *wegen Landesverrats* ein.

Zwar vermochte er sein Leben zu retten, indem er die im attischen Recht vorgesehene Möglichkeit der *freiwilligen Verbannung* ergriff, aber an eine Rückkehr nach Athen war nun nicht mehr zu denken. Er blieb im Gefolge des Agesilaos und scheint ihn auch nach Delphi begleitet zu haben, als der König dort den *Zehnten* aus dem Erlös seiner Kriegsbeute, nicht weniger als 100 Talente, dem Gott darbrachte. Damals könnte Xenophon im *Schatzhaus der Athener* auch das für *Apollon* bestimmte Weihgeschenk persönlich aufgestellt haben; in der Inschrift ließ er seinen eigenen und den Namen des von den Persern getöteten Freundes Proxenos verzeichnen.

Nach weiteren Jahren an der Seite des Agesilaos kehrte er endlich, etwa ein Jahrzehnt nach dem unfreiwilligen Aufbruch in den Orient, in das Zivilleben zurück. Damals verliehen die Spartaner dem heimatlosen Athener eine Art *Ehrenbürgerrecht* und übereigneten ihm bei der kleinen Stadt Skillus, einige Kilometer südwestlich der Altis von Olympia, ein Landgut, auf dem er mit seiner Familie (er hatte inzwischen geheiratet und zwei Söhne gezeugt) etwa zwanzig friedliche Jahre verbrachte.

Dort ließ er sich dann auch vom Oberpriester des Artemisheiligtums in Ephesos anläßlich dessen Besuches der Olympischen Spiele (388 oder 384 v.Chr.) die hinterlegten *heiligen Gelder* wieder aushändigen, kaufte dafür in der Nähe von Skillus ein weiträumiges Gelände und legte darauf einen *heiligen Bezirk* für die ephesische Artemis an, dessen Zentrum von einer stark verkleinerten Nachbildung ihres Riesentempels in Ephesos mit Altar und Kultbild gebildet wurde. In diesem *Temenos* feierte er nach der Fertigstellung Jahr für Jahr mit den umwohnenden Nachbarn ein großes Opferfest zu Ehren der Göttin und erfüllte so auch die zweite Hälfte der Verpflichtung, die er in Kerasus am Schwarzen Meer übernommen hatte.

In Skillus verfaßte er schließlich die ANABASIS, jenes kunstvoll komponierte Geschichtswerk, dem wir einen so detaillierten Einblick in die beiden aufregendsten Jahre seines Lebens verdanken, und veröffentlichte es unter dem Pseudonym *Themistogenes von Syrakus*. Durch diese Distanzierung von sich selbst (der fiktive Autor spricht von Xenophon immer in der *dritten* Person) konnte er seinen persönlichen Anteil an der Rettung der *Kyreer* deutlicher als im eigenen Namen hervorheben und durch entsprechende Färbung des Berichtes sein Verhalten vor den Athenern und auch vor manchen mißliebigen ehemaligen Kameraden überzeugender rechtfertigen. Aber es gab wohl in der Antike kaum einen Leser, der nicht sehr schnell das Täuschungsmanöver durchschaute.

Als dann Sparta allmählich seiner Vormachtstellung verlustig ging und sich im Spätsommer 371 v.Chr. in der Schlacht bei Leuktra den Thebanern geschlagen geben mußte, eroberten die Elier Skillus und vertrieben Xenophon aus seinem Landgut. Die Familie bezog einen neuen Wohnsitz in Korinth - und dort traf wenige Jahre später, nachdem es zu einer politischen Annäherung zwischen Sparta und Athen gekommen war, die erlösende Nachricht ein, daß der athenische Staat die Verurteilung seines inzwischen berühmt gewordenen Sohnes mit allen Konsequenzen zurücknahm. Xenophon war endlich wieder ein freier Mann und widmete in der Folgezeit seine ganze Arbeitskraft dem unermüdlichen Schreiben von Büchern über sehr verschiedene Themen - auch über Persien, das einen unauslöschlichen Eindruck in ihm hinterlassen hatte.

Wohl kurz vor seinem Tod (vermutlich in der zweiten Hälfte der 50er Jahre) wurde die griechische Welt von einem Ereignis aufgeschreckt, das den alten Mann bis ins Mark erschüttert haben dürfte: im einer Nacht des Jahres 356 v.Chr. fiel der Artemistempel in Ephesos dem Brandanschlag eines gewissen Herostratos zum Opfer. Für den frommen und der ephesischen Artemis besonders innig verbundenen Xenophon sank damals sicher mehr als ein unbeschreiblich eindrucksvolles Bauwerk (das einige Jahrzehnte später durch ein neues ersetzt wurde) in Schutt und Asche - und er mag sich mit Genugtuung daran erinnert haben, daß er der Göttin in Skillus eine wenn auch bescheidene Heimstatt errichtet hatte.

****

Am Schluß des Nachwortes bleibt dem Verfasser noch die schöne Pflicht, Dank zu sagen. Einmal dem Primus-Verlag und seinem Lektor, Herrn Hornstein, die durch ihre engagierte Mitarbeit das Zustandekommen dieses *Historischen Tatsachenromans* ermöglicht haben und so einem breiteren Publikum den Zugang zu einem kulturhistorisch einzigartigen antiken Dokument eröffnen, in das gelegentlich Klassische Philologen (meist sogar nur ausschnittsweise) Einblick nehmen. Der Verfasser hofft, daß der Verlag das Risiko, das er mit der Aufnahme des Werkes in sein Programm eingeht, nicht bereuen wird.

Mein ganz persönlicher Dank gebührt aber der befreundeten Frau Dr. Manuwald in Düsseldorf, der ich eine frühere Fassung des Manuskripts mit der Bitte ausgehändigt hatte, mir ihr Urteil über den Sinn des ganzen Projekts offen und ehrlich mitzuteilen.

Sie hat mir dann zu meiner Freude nicht nur den Sinn des Projekts uneingeschränkt bestätigt, sondern zusammen mit ihrer Tochter Henrike zusätzlich das Manuskript zweimal von der ersten bis zur letzten Zeile intensiv durchgearbeitet. Dabei haben die beiden Damen an unzähligen Stellen stilistische und strukturelle Verbesserungen vorgeschlagen, die ich mir fast alle zu eigen gemacht habe. So darf ich sagen, daß die jetzt vorliegende Fassung ganz wesentlich von dieser Überarbeitung geprägt ist. Sollten trotz unserer gemeinsamen Bemühungen noch Fehler oder Ungereimtheiten stehengeblieben sein, trage ich dafür selbstverständlich die alleinige Verantwortung. Jedenfalls ist es mir ein tief empfundenes Bedürfnis, diese dem Buch so unerwartet zuteil gewordene Hilfeleistung hier am Schluß voller Dankbarkeit herauszustellen.

Otto Lendle

Erläuternder Anhang

1. Zum militärischen Bereich

Die Armee der griechischen **Söldner** (xenoi, häufig werden sie auch als **Soldaten**, stratiotai, bezeichnet) setzte sich aus mehreren verschieden großen Abteilungen zusammen, die jeweils unter dem Kommando des **Strategos**, der sie im Auftrag und auf Kosten des Kyros angeworben hatte, standen. Diese **Strategoi** waren teils Männer, die sich als Berufssoldaten im Kriegshandwerk bewährt und dadurch das Vertrauen der Söldner gewonnen hatten, teils aber auch gebildete Philosophen oder Redner, die während ihrer Ausbildung die Theorie der *Kunst des Führens* studiert hatten und sich für befähigt hielten, diese auch in der Praxis verwirklichen zu können. Da unsere Bezeichnungen *General, Oberst* oder *Stratege* dem geschilderten Berufsbild nicht entsprechen, wird in der Darstellung der antike Begriff Strategos bzw. Strategoi beibehalten.

Dasselbe gilt für die **Lochagen**, die Anführer der **Lochoi**, deren Größe anfangs zwischen 50 und 400 Söldnern schwankte und später auf etwa 100 Mann festgesetzt wurde. Hier handelt es sich in der Regel um kampferfahrene Söldner, die wegen ihrer besonderen Tapferkeit aus dem Mannschaftsstand zum Offiziersrang aufgestiegen waren. Sie stellten das eigentliche Rückgrat der Armee dar. Die **Lochoi** waren in zwei **Züge** (Pentekostys) unterteilt, die ihrerseits aus je zwei **Enomotien** bestanden, und konnten dementsprechend verschiedene Marschformationen einnehmen: entweder **nach Lochoi** (dann marschierten die vier Enomotien in Dreierreihen hintereinander) oder **nach Pentekostys** (mit je zwei Enomotien neben- und hintereinander) oder **nach Enomotien** (mit den vier Enomotien nebeneinander).

Diese Formation entsprach zugleich der üblichen, acht Mann (d.i. eine **Rotte**) tiefen **Phalanx- Aufstellung** der für den Nahkampf ausgebildeten und mit Helm, metallverstärktem Lederpanzer, großem Schild (hoplon), Stoßlanze und kurzem Schwert gerüsteten **Hopliten** (Schwerbewaffnete), welche die Hauptmasse der Armee bildeten und in der offenen Feldschlacht die Entscheidung herbeizuführen hatten.

Neben den Hopliten gehörten in weit geringerem Umfang auch noch **Leichtbewaffnete** zu den Kampftruppen. Sie verteilten sich auf drei Waffengattungen, die auf den **Fernkampf** spezialisiert waren: die **Speerwerfer** (Peltasten), die mit mehreren leichten Wurfspießen und einen kleinen Rundschild (pelte) ausgerüstet waren, die **Bogenschützen** (mit relativ kleinen Bögen und Köchern für die Pfeile) und die **Schleuderer**, die außer einem Ranzen für die Munition (Steine oder Bleikugeln) nur ihre **Schleudern** (in der Mitte zur Aufnahme der Geschosse verbreiterte Leder- oder Flechtwerkriemen) trugen. Da die Bogenschützen und Schleuderer für ihre Kampftechnik beide Hände benötigten, mußten sie auf Schilde verzichten.

Die **Leichten** wurden zwar gelegentlich in die Hoplitenphalanx integriert, hatten aber in der Regel die Aufgabe, in der Vorbereitungsphase der offenen Schlacht die gegnerische Phalanx durch schnelles Vorstürmen, Beschießen und Zurückweichen zu irritieren und, wenn die schweren Truppen sich bis auf Angriffsdistanz nahe gekommen waren, hinter der eigenen Linie Schutz zu suchen. Außerdem konnten sie dank ihrer Schnelligkeit flüchtende Feinde verfolgen und dadurch einen errungenen Sieg zu festigen versuchen.

Dies hätte allerdings weit wirkungsvoller durch eine **Reitertruppe** erledigt werden können - und es gehört zu den ganz großen Mängeln der griechischen Söldnerarmee, daß sie (im Unterschied zu den Persern, denen Tausende von Reitern zur Verfügung standen) zunächst über keine, später mit Mühe und Not über etwa 50 Berittene verfügte

Zusätzlich zu den (anfangs) 14000 Soldaten ist mit etwa der gleichen Menge nichtkämpfender Teilnehmer am Kriegszug zu rechnen. So gut wie jeder Hoplit beschäftigte (mindestens) einen persönlichen Diener (**Schildträger)**, die Offiziere zogen mit größeren **Dienerscharen** (darunter auch **Treiber** für ihre **Tragtiere** und menschliche **Lastträger**) ins Feld; im allgemeinen Troß ist dann mit weiteren **Lasträgern** (Skeuophoren, Doryphoren), Viehtreibern, Wagenlenkern, Handwerkern zur Reparatur und Neuanfertigung von Waffen und Geräten, Sehern, Priestern, Ärzten, Kaufleuten, zum Verkauf in die Sklaverei bestimmten Gefangenen und nicht zuletzt zahlreichen Dirnen zu rechnen. Auch für diese am Kampf unbeteiligte Menschenmasse mußte in gewissem Umfang Verpflegung herbeigeschafft werden.

Die **innere Organisation** der Armee ähnelte der Organisation griechischer Stadtstaaten. Für allgemein bedeutsame Entscheidungen konnte eine Art *Volksversammlung*, die **Heeresversammlung** (ekklesia), einberufen werden, an der alle Offiziere und Soldaten mit Rede- und Stimmrecht (durch Handaufheben) teilnehmen durften. Daneben bestand die **Offiziersversammlung** (synkalein strategous kai lochagous), in welcher die Lochagen die große Masse bildeten (sie gewann im Lauf der Zeit immer größeren Einfluß und diente zum Beispiel bei einem Gerichtsverfahren gegen die Strategoi als *Volksgericht*). Im **Strategoirat** (edoxe tois strategois) traten bei Bedarf die (ursprünglich sieben) völlig gleichberechtigten Strategoi zusammen, um über militärisch notwendige Maßnahmen zu beraten und darüber Mehrheitsbeschlüsse zu fällen. Dieses demokratisch korrekte, aber zeitaufwendige und für Sofortmaßnahmen ungeeignete Verfahren wurde in der Praxis dadurch relativiert, daß einzelne Strategoi im Strategoirat eine dominierende Rolle einnahmen (zunächst Klearchos, dann Cheirisophos und Xenophon) und ihre eigenen Vorschläge meist problemlos durchsetzten oder aber, wenn die Zeit drängte, ihre Befehle nach kurzer Beratung mit den zufällig in der Nähe befindlichen Strategoikollegen erteilten.

Die Verbreitung von Befehlen oder Anweisungen erfolgte entweder durch die Offiziere persönlich oder durch verschiedene, jedermann bekannte **Trompetensignale** oder durch **Herolde**, offiziell eingestellte Spezialisten, die sich durch extrem laute und gleichzeitig klar verständliche Stimmen auszeichneten (ein Trompeter und ein Herold gehörten immer zum Stab der führenden Strategoi), oder durch die **Weitergabe von Mann zu Mann** (parangelsis), durch welche zum Beispiel die kilometerweite Entfernung zwischen Vorhut und Nachhut in schwierigem Gelände in Minutenschnelle überbrückt oder auch der in Hörnähe befindliche Gegner über geplante Maßnahmen im Unklaren gelassen werden konnte.

Im übrigen werden in der Erzählung viele Begriffe des militärischen Alltags (**Paragoge**, **Kontremarsch** [strephein], **Abrollung** [anaptyssein to keras] usw.) nach der professionellen Beschreibung Xenophons in ihren jeweiligen Funktionen verdeutlicht.

2. Zum religiösen Aspekt

In einer für moderne Gesellschaften kaum vorstellbaren Weise war sowohl das Leben der zivilen als auch der militärisch organisierten Bürgerschaft in der griechischen Welt zur Zeit Xenophons von **religiösen Riten** geprägt. In beiden Bereichen spielten insbesondere die **Seher** (manteis) und **Opferpriester** eine maßgebliche Rolle.

In der Armee des Kyros gab es (neben privat im Troß mitreisenden Sehern) offiziell berufene **Seher**, die im Auftrag der Heeresleitung vor schwierigen Entscheidungen ritualisierte **blutige Opferhandlungen** vollzogen, um entweder die einem geplanten Unternehmen offenkundig Widerstand leistenden chthonischen Kräfte (etwa heftige Winde oder Flußgottheiten) zu beschwichtigen oder, weit häufiger, **Weissagungen** (omina) über die Einstellung bestimmter Götter zu **Alternativanfragen** (*Sollen wir heute den Feind angreifen oder besser nicht?*) herbeizuführen. Aufgrund des Verhaltens der **Opfertiere** (Schafe, Ziegen, Schweine, Rinder und andere) vor und während der **Tötung** und zahlreicher subtiler Beobachtungen während der **Verbrennung** des ausgeweideten Kadavers (dessen Überreste später vergraben wurden) konnte der Seher am Schluß die Einstellung des befragten Gottes mit einem klaren »Ja« oder »Nein« bewerten.

Bei negativem Ergebnis wurde die Zeremonie manchmal mit weiteren Tieren bis zu dreimal wiederholt, um vielleicht doch noch die Zustimmung des Gottes zu erreichen. Blieb es beim »Nein«, wurde das geplante Unternehmen nicht durchgeführt.

Etwas anderes waren die **Opferfeste** (Speiseopfer), auf denen große Mengen von Opfertieren (manchmal handelte es sich dabei tatsächlich um **Hekatomben**, das heißt um 100 Rinder, der Begriff wurde jedoch auch allgemein für aufwendige Speiseopfer verwendet) rituell geschlachtet und zerlegt wurden - aber für die Götter wurden nur die mit Fettstücken überdeckten Knochen verbrannt (weil man annahm, daß der zum Himmel aufsteigende Fettdunst ihnen besonders willkommen war), während im Anschluß an die religiöse Zeremonie die guten Fleichstücke von den Menschen als Festmahl verzehrt wurden.

Außerdem wurden noch bei vielen anderen Gelegenheiten Opfer dargebracht (**Reinigungsopfer**, **Dankopfer**, **Eidopfer**, **Totenopfer**, **Trankopfer** [spondai, Spenden]), die in der Darstellung nach den Angaben Xenophons genauer charakterisiert werden.

3. Zu topographischen Fragen

In keiner einzigen der oben erwähnten Städte haben sich sichtbare Spuren aus der Zeit um 400 v.Chr. erhalten; manche sind sogar so vollständig unter späteren Ansiedlungen oder gänzlich vom Erdboden verschwunden, daß ihre Existenz sich nur noch aus literarischen Zeugnissen ableiten läßt. In den meisten Fällen ist jedoch die (manchmal nur ungefähre) Lokalisierung möglich. Eine Ausnahme bildet die Stadt **Thapsakos** am Euphrat, die an verschiedenen Stellen vermutet wird.

Ferner ist zu berücksichtigen, daß hier und da die Landschaften selbst ein anderes Aussehen angenommen haben. So hat sich etwa die große **Meeresbucht von Ephesos** durch die inzwischen eingetretene Versandung in eine landwirtschaftlich genutzte Ebene verwandelt; die Stadt, die Xenophon gesehen hat, ist viele Meter tief im Schwemmland rund um das **Artemision** (dessen Rekonstruktion nur als eine aus winzigen Splittern aufgerichtete Hypothese zu betrachten ist) versunken. Auch das antike **Tarsos** liegt verborgen unter der modernen Stadt. Zur Zeit Xenophons floß der (in der Spätantike umgeleitete) **Kydnos** mitten durch das Stadtgebiet, war bis dorthin schiffbar und mündete im Süden in eine große, mit dem Meer in Verbindung stehende Lagune, die als vorzüglich geschützter Seehafen diente; sie ist inzwischen versumpft und liegt etwa 6 km von der Küste entfernt.

Mit besonders dramatischen Veränderungen der Landschaft, ohne deren Kenntnis der xenophontische Bericht nicht zu verstehen ist, muß im **babylonischen Tiefland** gerechnet werden. Von wesentlicher Bedeutung in unserem Zusammenhang ist die Tatsache, daß das Bett des **Tigris** damals (in der Gegend von Bagdad) etwa 15 km weiter östlich als heute verlief. Es kommt hinzu, daß Xenophon zusätzlich dadurch für Verwirrung gesorgt hat, daß er die Namen der Städte **Opis** (am Tigris) und **Sittake** (am **Physkos** = Diyala) offensichtlich irrtümlich miteinander vertauschte.

Die später von ihm unter den Namen **Larisa** und **Mespila** erwähnten Ruinenstätten am mittleren Tigris lassen sich dagegen mit Sicherheit bestimmen: Larisa ist mit Kalchu (Kalach) neben dem heutigen Nimrud, Mespila mit Ninive, der berühmten Hauptstadt Assyriens im 7.Jh.v. Chr. (deren Ruinen heute in das Stadtgebiet von Mosul einbezogen sind), zu identifizieren.

Xenophon selbst hat der Landschaft, durch welche der Marsch der Söldner führte, sehr selten einmal einen Blick gewidmet. So gut wie alle in die Erzählung eingefügten Hinweise auf landschaftliche Besonderheiten entstammen den Berichten von Reisenden des 18. und frühen 19.Jh.n.Chr., die vor dem Ausbau moderner Straßennetze auf denselben Wegen wie Xenophon durch Asien und den Orient gezogen sind und (dafür können wir ihnen nicht dankbar genug sein) auch der Natur ihre Aufmerksamkeit geschenkt haben.

4. Zum ethnographischen Bereich

Xenophon hat während seiner Teilnahme an dem Kyros-Unternehmen viele **fremdartige Völker** kennengelernt und ihre **Sitten und Gebräuche** beschrieben. Manche dieser Völker wie etwa die **Syrer, Armenier** oder **Karduchen** (Vorläufer der *Kurden)* können zweifelsfrei identifiziert werden. Für viele andere finden sich in der ANABASIS die ältesten oder jedenfalls die aussagekräftigsten Zeugnisse ihrer Existenz. Zum Beispiel wäre es nicht möglich, ohne die durch andere Quellen nur punktuell ergänzbaren ethnographischen Beobachtungen Xenophons von den beiden Stämmen der **Mossynoiken** ein *lebendiges* Bild zu entwickeln und auf diese Weise eine verschwundene Zivilisation dem Vergessen zu entreißen. Dasselbe gilt für zahlreiche **andere versunkene Völker**. Ausführlicher Erläuterungen bedarf es in diesen Zusammenhängen nicht, weil der Verfasser alles darangesetzt hat, die Andeutungen Xenophons jeweils in dramatisches Geschehen umzusetzen.

Als kulturhistorische Kostbarkeiten allerhöchsten Ranges dürfen die bis in die Einzelheiten ausgemalten **großen Feste** gelten, welche die Griechen mit ihren einheimischen Gästen in **Kotyora** und später selbst als Gäste des thrakischen Königs **Seuthes** feierten. Es gibt keine einzige andere antike Quelle, die es ermöglicht, den Ablauf solcher Feste zu rekonstruieren - und wiederum ist versucht worden, diese Rekonstruktion als bildhafte und lebendige Handlung wiederzugeben und dadurch die Leser in die Lage zu versetzen, die beschriebenen Vorgänge in allen Details verfolgen zu können.

Dem besonderen Interesse Xenophons an allem Militärischen werden einmalige Informationen über die **Bewaffnung**, **Bekleidung** und **Kampftechnik aller Völker**, mit denen die Söldnerarmee in Berührung kam, verdankt. Auch zu diesem Punkt wird in der Erzählung nach den Angaben Xenophons das Notwendige so anschaulich wie möglich vorgeführt.

Daß die ANABASIS eine unerschöpfliche zeitgenössische Quelle für die Kultur und Zivilisation der Völker darstellt, die in den von den Söldnern durchzogenen Gebieten lebten, wird aus vielen Stellen deutlich. Erinnert sei an die weitgehend **unterirdischen Häuser der Armenier** und an den dort genossenen **Gerstenwein** (ein obergäriges *Bier*, das aus gerösteten Gerstenkörnern, aber ohne Hopfen hergestellt wurde und durch die natürliche Gärung einen hohen Alkoholanteil erreichte); an die **Vergiftung durch Honig** wenige Tagereisen vor Trapezus (sie wird durch das toxische Azetylandromedol hervorgerufen, das in den von den Bienen bevorzugt aufgesuchten *Rhododendronblüten* an der Schwarzmeerküste konzentriert enthalten ist und auch heute noch gelegentlich zu kurzfristigen Vergiftungen führt, deren Symptome exakt den hier beschriebenen entsprechen); an die **Felltrompete**, die auf dem Fest des Seuthes gespielt wurde (offenkundig eine Art von *Sackpfeifen*, wie sie im Balkan auch heute noch gebräuchlich sind: Sie bestehen aus dem aus einem Tierfell hergestellten *Windsack*, in den durch ein *Anblasrohr* wie in eine Blechtrompete Luft geblasen wird, die durch Zusammendrücken des Sackes einmal in die angehängte *Bordumpfeife* strömt und dort gleichbleibend tiefe Töne erzeugt, andererseits in der mit Grifflöchern versehenen *Spielpfeife* eine allerdings nur eine Oktave umfassende Melodie ermöglicht). Man könnte an zahlreichen weiteren Beispielen demonstrieren, daß die ANABASIS ein absolut unersetzliches kulturhistorisches Dokument für die Zeit um 400 v.Chr. darstellt, aber der Verfasser hofft, daß sich in der von ihm gewählten, in lebendige Erzählung umgesetzten Darstellung so gut wie alle Einzelheiten gleichsam selbst erklären.

5. Zu Maßen, Gewichten und Münzen

1 **Fuß** ca. 30 cm, 1 **Elle** ca. 45 cm, 1 **Plethron** ca. 30 m, 1 **Stadion** ca. 180 m.

1 **Medimnos** [Scheffel] (Mehl) ca. 50 l (= 48 **Choinikes**, *Tagesrationen* pro Mann), **Choes** [Krüge] (*Wein*) fassten ca. 2,5-4,5 l Inhalt. Sie wurden aus genormten tönernen **Amphoren** [keramia] mit durchschnittlich 20-25 l Inhalt abgefüllt.

1 **Talent** = 30 **Minen** = 6000 **Drachmen** [Silber] (3 Drachmen entsprachen damals dem durchschnittlichen *Tagesverdienst* eines Lohnarbeiters),

1 **Dareikos** [Gold] = 20 Drachmen [Silber], 1 **Kyzikener** [Gold] = 28 Drachmen [Silber].

Leser, die sich über diese und über die in die Erzählung integrierten Erläuterungen hinaus mit den angesprochenen Themen näher beschäftigen wollen, können Anregungen am bequemsten aus einem Kommentar entnehmen, der auf derartige Sachfragen spezialisiert ist und weiterführende Literatur in großem Umfang aufführt: O.Lendle, Kommentar zu Xenophons Anabasis (Bücher 1-7), Darmstadt (WB) 1995